Eine dunkle Schuld tritt aus dem Schatten des Vergessens

Montreal, heute: Judith Harper, eine renommierte Psychologin, wird von Unbekannten entführt und auf grausame Weise umgebracht. Zur selben Zeit verschwindet Nathan Lawson, ein angesehener Anwalt, nachdem er in Panik Dokumente auf einem Friedhof vergraben hat, und nur wenig später stürzt sich ein Obdachloser von einem Hochhaus in den Tod. In seinem Mantel stecken die Brieftaschen von Harper und Lawson. Als Sergent-Détective Victor Lessard und seine Partnerin Jacinthe Taillon die Ermittlungen aufnehmen, stoßen sie auf eine verstörende Aufnahme von Lee Harvey Oswald, dem Mann, der einst J. F. Kennedy erschoss und der jetzt aus dem Grab zu ihnen spricht.

Martin Michaud hat als Musiker und Anwalt gearbeitet, bevor er zu schreiben begann. Heute ist er einer der erfolgreichsten Krimiautoren Kanadas. Seine Reihe um Victor Lessard wurde mit zahlreichen Preisen ausgezeichnet. Martin Michaud lebt in Montreal.

MARTIN MICHAUD

Aus dem Schatten des Vergessens

VICTOR LESSARD ERMITTELT
THRILLER

Aus dem kanadischen Französisch
von Anabelle Assaf und Reiner Pfleiderer

HOFFMANN UND CAMPE

Die Originalausgabe erschien 2012 unter dem Titel *Je me souviens*
bei Les Éditions Goélette, Saint-Bruno-de-Montarville, Québec.

Der Verlag dankt dem Canada Council for the Arts
für die Förderung der Übersetzung.

1. Auflage 2022
Taschenbuchausgabe
Copyright © 2012
Les Éditions Goélette, Martin Michaud
Für die deutschsprachige Ausgabe
Copyright © 2020
Hoffmann und Campe Verlag, Hamburg
www.hoffmann-und-campe.de
© Umschlaggestaltung und Bildmotiv:
Hauptmann & Kompanie Werbeagentur, Zürich
Stadtmotiv: © L. Toshio Kishiyama / Getty Images, Ahornblatt: H&K
Satz: Dörlemann Satz, Lemförde
Gesetzt aus der Berling LT Std Roman
Druck und Bindung: GGP Media GmbH, Pößneck
Printed in Germany
ISBN 978-3-455-01167-8

Ein Unternehmen der
GANSKE VERLAGSGRUPPE

Für Guy,
schon seit über zwanzig Jahren
erinnere ich mich

an die Meinen.

Dem Schicksal Gewalt anzutun
ist das Wesen der Helden.

VICTOR HUGO

Die wohl überlegtesten Pläne von Mäusen
und Menschen schlagen oft fehl.

ROBERT BURNS

20. MAI 1980

REFERENDUM

Ich habe gerade René im Fernsehen seine Rede halten hören, wie immer eine Zigarette im Mundwinkel.

»Wenn ich Sie richtig verstanden habe, wollen Sie sagen: ›Bis zum nächsten Mal.‹«

Es hat mich zum Schmunzeln gebracht, dass er meine Worte benutzt hat. Ich werde ihn nicht wiedersehen. In Anbetracht der Situation oder des Abstimmungsergebnisses sollte ich wohl eine gewisse Erregung verspüren, doch ich empfinde nichts. Was ist wirklich wichtig?

Was ich bin oder das Bild, das ich von mir habe?

Was in meinem Leben geschieht oder die Vorstellung, die ich mir davon mache?

Ich bin nur ein Nichts, eine Abstraktion. Ich bin nichts von dem, was ich geglaubt habe zu sein.

Ich bin ohne Identität. Ein wenig wie das Québec von heute.

Eines Tages wird vielleicht jemand kommen, der zwischen diesen Zeilen lesen und mir sagen kann, wer ich bin.

DER TRICHTER DER ZEIT

1.
DAS HALSEISEN

Montreal
Donnerstag, 15. Dezember, 23.57 Uhr.

Gebrochen, geleert, neu programmiert, wiederhergestellt.

Die Frau mit dem grauen Kraushaar wusste alles über die Mechanik des Gehirns, aber nie hatte sie mit einem verdrehteren zu tun gehabt als ihrem eigenen.

Die Zeit des Schreckens, der Schreie und der Schluchzer war vorüber, die Schmerzen putschten sie auf ...

Das Halseisen, das man ihr angelegt hatte, drang in ihr Fleisch ein, bohrte sich in die Knochen von Brustbein und Kinn und zwang sie, den Kopf ganz hinten zu halten.

Man hatte ihr die Kleider ausgezogen, um sie zu demütigen. Ihre Füße waren nackt, ihre Hände hinter dem Rücken gefesselt, ihre Beine fixiert, damit sie sie nicht beugen konnte.

Das Mondlicht, das durchs Fenster schien, warf ein Rechteck auf den Beton.

Die Frau wusste, dass man sie beobachtete. Ein letztes Mal entspannte sie ihre Schließmuskeln, spürte mit Genugtuung, wie der Urin an ihren Schenkeln hinunterlief.

»Fu... fuck you!«, stieß sie abgehackt hervor und versuchte zu schlucken.

Ein Gedanke trieb ihr ein Grinsen ins Gesicht: die bunten Magnetziffern ...

Die Frau überschritt die rote Linie und griff, aus vollem Hals lachend, nach dem Schlüssel.

2.
SCHNEESTURM

Montreal
Donnerstag, 15. Dezember. Früher am Tag.

Die Wetterfee neigte den Kopf zur Seite und legte mit mürrischer Miene zwei Finger ans Ohr. Dann, als die Stimme in ihrem Ohrknopf zischelte, dass sie auf Sendung gehe, hellte sich ihr Blick auf, und sie gab selbstsicher ihre Prognose zum Besten.
»Schneesturm. Dreißig Zentimeter Niederschlag. Pulverschnee. Orkanartige Winde.«
Die Frau stand auf und schaltete den Fernseher aus.
Ein übermütiges, fast wildes Lächeln ging über ihr zerfurchtes Gesicht. Sie spülte die Schale, die ihre Frühstücksflocken enthalten hatte, im Ausguss ab und stellte sie anschließend auf die Ablage.
Die Leuchtziffern am Herd zeigten sechs Uhr.
Es gab keine bessere Gelegenheit für einen Spaziergang als ein Schneesturm am Morgen. Die Zeit stand still, und die Stadt kam unter der milchigen Kuppel, die sie von ihrem Schmutz reinigte, wieder zu Atem.

Die Frau nahm immer denselben Weg.
Eingemummelt in einen Daunenmantel, verließ sie das Haus in der Rue Sherbrooke, in dem sie, unweit des Musée des beaux-arts, wohnte und ging die Rue Crescent hinunter. Dort, wo sich an Sommerabenden eine Schar neureicher Angeber vor den Bars drängte, begegnete sie nur ihrem Spiegelbild in den Schaufensterscheiben. Dann führte sie ihr Weg den Boulevard de Maisonneuve hinauf, vorbei an dem Stripteaseclub Wanda's.

An der Ampel Ecke Rue Peel überquerte sie die Straße und beobachtete amüsiert, wie ein Auto bei dem Versuch, die Kurve zu nehmen, wegrutschte und ins Schleudern geriet.

Der Schnee häufte sich bereits auf den Gehwegen, der Wind heulte in ihren Ohren, die Flocken wirbelten durch die Luft.

Auf der Esplanade du 1981 an der Avenue McGill College blieb sie stehen. Die mit Lichtern geschmückten Bäume an der breiten Straße kämpften mit den Böen.

Sie bewunderte gerade die Skulptur *La foule illuminée*, als sich eine Hand auf ihre Schulter legte und sie zusammenzucken ließ. Trainingsjacke aus Wolle, Armeehosen, die in Doc Martens mit vierzehn Ösen steckten, diverse Piercings, schwarz geschminkte Augen und Dreadlocks, die unter einer Mütze mit aufgesetztem Totenkopf hervorquollen – die junge Punkerin schien direkt aus einem Sex-Pistols-Konzert zu kommen.

Erschrocken wich die Frau zurück, als der Engel der Finsternis die Hände trichterförmig an die schwarzen Lippen legte, näher trat und ihr ins Ohr raunte:

»*I didn't shoot anybody, no sir!*«

Die Frau fragte sich, ob sie richtig verstanden hatte, wollte um Wiederholung bitten, doch bevor sie dazu kam, machte die Vampirin auf dem Absatz kehrt, schwang sich auf ihr Fahrrad und wurde vom Schneesturm verschluckt. Die Frau riss die Augen auf, stand einen Augenblick lang reglos da und suchte, von den Schneeböen geschüttelt, die Straße ab.

Um 11.22 Uhr kehrte die Frau in ihre Wohnung zurück.

In aller Eile zog sie auf der Fußmatte ihre Stiefel aus, warf Mütze und Fausthandschuhe aufs Sofa und stürzte ins Badezimmer, wo sie ihren Mantel auf die Fliesen fallen ließ.

Mit einem tiefen Seufzer erleichterte sie sich im Dunkeln.

Dann knipste sie das Licht an und betrachtete im Spiegel ihr

Gesicht, wie zweigeteilt von einem breiten Lächeln, die Lippen blau angelaufen von der Kälte.

Sie war von der Innenstadt bis zum Mont-Royal marschiert, wo sie Stunden damit zugebracht hatte, die Fußwege abzulaufen, die Nadelbäume zu bewundern, die sich unter der Schneelast bogen, und die von weiter unten heraufschimmernde Stadt zu beobachten.

Summend ging sie in die Küche, um sich einen Tee zu machen.

Der Wasserkessel pfiff, als sie spürte, dass etwas nicht stimmte. Sie hatte das Gefühl, dass ein Gegenstand nicht an seinem Platz war. Ihr Blick suchte zunächst die vollgestellte Arbeitsplatte ab, schwenkte dann zur Spüle hinüber und strich an den Schränken entlang.

Sie erschrak, als sie das Datum auf dem Kühlschrank sah.

Als sie vor fünf Minuten die Milch herausgeholt hatte, hatten die bunten magnetischen Ziffern aus Kunststoff noch nicht an der Tür des Gefrierfachs geklebt.

An die Begegnung von heute Morgen hatte sie nicht noch einmal gedacht. Doch jetzt schlug ihr ganzer Körper, von einem Zittern durchfahren, Alarm.

Eine Stimme hinter ihr ließ sie erstarren, ihr die Haare zu Berge stehen.

»*I didn't shoot anybody, no sir!!*«

Sie fuhr herum und stieß einen schrillen Schrei aus, als sie in die drohende Mündung einer Pistole blickte.

Die Projektile schnitten durch die Luft und bohrten sich in ihre Haut. Der Stromstoß der Elektroschockpistole streckte sie nieder.

Während sie zu Boden sank und Krämpfe ihren Körper schüttelten, wurde sie wieder von dieser Stimme bedrängt, die sie ohne Mühe wiedererkannt hatte.

Die zarte Stimme des Mörders von Präsident Kennedy.

Die Stimme Lee Harvey Oswalds.

3.
GALGENMÄNNCHEN

Freitag, 16. Dezember

Erstaunlich flink für einen über Siebzigjährigen erklomm der Mann die Treppe, die zum Tour de la Bourse führte. Ohne den mit einem roten Band geschmückten Kranz, der über dem Eingang hing, eines Blickes zu würdigen, zog er die Glastür auf und schlüpfte hinter dem heulenden Wind hinein.

Der Winter hatte Montreal nun doch noch am Wickel gekriegt.

Während Jesus an seinem Kreuz fröstelte, drängten sich Weihnachten und die Tempelhändler vor der Tür.

Schnee löste sich von seinen Überschuhen und schmolz auf dem spiegelglatten Marmor.

Im leeren Aufzug hörte der Mann mit halbem Ohr die samtige Stimme Bing Crosbys, der mit viel Schmalz eine Marshmallow-Welt besang. Im achtundvierzigsten Stock bedachte er die Empfangsdame mit einem verführerischen Halblächeln ähnlich dem, das Bernard Derome vom *Téléjournal* berühmt gemacht hatte.

»Guten Morgen, Maître Lawson.«

Im U-Boot begegnete er niemandem.

Tatsächlich weckten die Büros der Sekretärinnen und die Kartonstapel, die den Flur versperrten, in ihm jeden Morgen das beklemmende Gefühl, in das beengte Innere eines U-Boots zu marschieren.

Die Anwaltskanzlei Baker, Lawson, Watkins, zu deren Seniorpartnern er heute gehörte, hatte zahlreiche Wandlungen erfahren, seit er ihr Anfang der sechziger Jahre beigetreten war. Damals noch keine zwanzig Anwälte zählend, hatte die Firma ein exponentielles Wachstum hingelegt und sich dank einer Reihe kluger Fusionen bis zur Jahrtausendwende zu einer landesweit tätigen Gesellschaft gemausert. Heute beschäftigte sie über sechshundert Juristen, davon allein vierundsechzig in Montreal.

Im Lauf der Jahre waren die feudalen Büros schlichteren Räumlichkeiten gewichen. Die winzigen, durch vergilbte Trennwände abgeteilten Kabuffs, in denen die Teilhaber heute rackerten, standen im krassen Gegensatz zum Image der Kanzlei. Doch die Klienten, die ja auf Rosen gebettet werden wollten, hatten zum Bauch des U-Boots keinen Zutritt. Sie wurden in die luxuriösen Konferenzräume im neunundvierzigsten Stock ausgesperrt, wo sie den Panoramablick genießen und die Kunstsammlung bewundern konnten.

Schnaubend schälte sich Nathan Lawson vor dem Schreibtisch seiner Assistentin aus dem Mantel. Kopfhörer auf den Ohren, tippte sie gerade die Memos ab, die er am Vorabend diktiert hatte. Es gab viele Sekretärinnen, die bereit waren, auch abends und nachts zu arbeiten, doch er vertraute niemandem außer ihr.

»Gut geschlafen, Adèle?«

»Ganz leidlich.«

Seit sechsundzwanzig Jahren wiederholte sich dieses Spiel, beteiligten sie sich Tag für Tag freiwillig an dieser Farce. Seit sechsundzwanzig Jahren belogen sie sich jeden Morgen gegenseitig. Lawson war es völlig schnuppe, ob seine Assistentin gut geschlafen hatte, und Adèle hatte einmal mehr die Nacht damit zugebracht, die Risse in der Zimmerdecke zu zählen.

Getreu ihrer Gewohnheit tauschten sie den restlichen Tag über keine weiteren Höflichkeiten aus und beschränkten ihre Interaktion auf wenige einsilbige Bemerkungen, die der Arbeit galten.

In ein paar Sekunden würde er sich in sein Büro begeben, um seine Post durchzusehen, und in einer halben Stunde würde ihm Adèle eine Tasse dampfenden Kaffee mit zwei Stückchen Zucker bringen.

Von den Anwälten war Nathan Lawson häufig der Erste, der morgens den Fuß in die Etage setzte, aber er kam niemals vor Adèle. Von dieser Regel hatte es nur eine einzige Ausnahme gegeben: an jenem Tag vor acht Jahren, als sie ihre Mutter begraben hatte.

Im Lauf der Jahre hatte eine Art unfreiwillige Osmose dazu geführt, dass sie alles vom Leben des anderen wussten, ohne jemals darüber zu sprechen.

»Haben Sie das zu meiner Post gelegt?«

Sich am Türrahmen festhaltend, wedelte Lawson mit einem Blatt Papier.

Er hatte es zwischen dem *Journal du Barreau* und der Aufstellung der abrechenbaren Stunden für November gefunden. Während er auf Adèles Antwort wartete, schnipste er ein Staubkorn vom Revers seines Sakkos. In ihre Arbeit vertieft, die Augen auf den Bildschirm gerichtet, klapperte sie weiter auf ihrer Tastatur.

»Lucian kümmert sich um die Post, nicht ich.«

Verwirrt kehrte Lawson in sein Büro zurück. Er sank wieder in seinen Sessel, betrachtete einen Moment lang die Weihnachtskarten, die in der Schreibtischecke aufgereiht waren, und hing seinen Gedanken nach.

Plötzlich kam ihm eine Idee und fegte die Fragezeichen aus seinen Augen.

In der gesamten Firma gab es nur einen, der sich so einen Scherz ausdenken konnte.

Schmunzelnd rief er sich in Erinnerung, dass Louis-Charles Rivard erst vorige Woche wieder zugeschlagen hatte. Da hatte er sich den Jux erlaubt, die Familienfotos in den Büros zweier Prozessanwälte zu vertauschen.

Obwohl Rivard in fachlicher Hinsicht gewisse Defizite aufwies, hatte Lawson schon mehrfach eine Entlassung seines Schützlings abgebogen.

Amüsant und sexy wie er war, machte Rivard seine Unzulänglichkeiten durch soziale Kompetenz wett.

Das Telefon klingelte und riss Lawson aus seinen Gedanken.

»Ihre Klienten sind da«, meldete die Empfangsdame aus dem neunundvierzigsten Stock.

»Sehr gut.«

Er stand auf und blickte auf seine Uhr: zwei Minuten nach sieben. Als er seine Unterlagen ergriff, blieb sein Blick noch einmal an dem Blatt Papier auf dem Tisch hängen:

```
Guten Morgen, Nathan.

Lassen Sie uns Galgenmännchen spielen:
_ V _ _ G _ _ _ N

Tipp: Firma voller Leichen.
```

```
Macht das nicht Spaß, Nathan?
```

Er steckte das Blatt ein.

Die Besprechung zog sich endlos hin, und der Mann auf dem Gemälde von Jean-Paul Lemieux, das an der Wand hing, schien sich entsetzlich zu langweilen. Lawson standen zwei weitere Teilhaber der Kanzlei zur Seite, beide in Armani gewandet und wie Lords parfümiert.

»Wir sollten vor dem Abschluss den Rückkaufswert der Vorzugsaktien festlegen«, schlug Lawson vor und blickte zu den Klienten.

»Wenn wir wiederkommen, nennen wir Ihnen einen Betrag«, erwiderte der Finanzchef eines großen Pharmaunternehmens verbindlich. »Wobei mir einfällt: Wir haben noch gar keinen Termin für den Abschluss erhalten.«

Lawson wandte sich an einen Mitarbeiter. Zuständig für den Zeitplan und die Dokumentation des Abschlusses war sein Protegé.

»Carlos, bitten Sie Rivard, zu uns zu kommen.«

»Er ist nicht im Haus, Maître Lawson. Tania vertritt ihn. Ich rufe sie an.«

Lawson schüttelte den Kopf: Er hatte ganz vergessen, dass Louis-Charles Rivard eine ganztägige Besprechung bei einem anderen Klienten hatte.

Das Gespräch wurde wieder aufgenommen, doch Lawson hing seinen Gedanken nach: Er dachte an die Zeichnung.

In einer Pause, in der sich die anderen Kaffee einschenkten, zog er heimlich das Papier aus der Tasche und betrachtete das Galgenmännchen genauer.

Gruselig, wie ihm die Zunge heraushing. Oder handelte es sich vielleicht um einen Schnurrbart?

Nathan R. Lawson hatte seit seiner Kindheit nicht mehr Galgenmännchen gespielt – selbst als junger Mensch hatte er nie viel Zeit zum Spielen gehabt –, aber er wusste noch, dass die Zeichnung jedes Mal um einen Strich erweitert wurde, wenn der andere Spieler einen falschen Buchstaben nannte.

In diesem Fall hier war sie offenbar schon vollständig. Was hatte das zu bedeuten?

Plötzlich kam ihm ein Geistesblitz, und die Härchen auf seinen Unterarmen stellten sich auf. Mit seinem Kugelschreiber setzte er Buchstaben auf die vakanten Striche.

Das gesuchte Wort war wie ein Schlag ins Gesicht.

»Maître Lawson?«

»Nathan?«

Vier Augenpaare waren auf ihn gerichtet.

Hatte er einen Schrei ausgestoßen?

Verwirrt stammelte er irgendwelche Entschuldigungen und stürzte aus dem Konferenzraum.

Mit verschwommenem Blick und zitternden Fingern tippte er in sein Handy.

»Adèle«, sagte er mit tonloser Stimme, »Sie müssen mir Unterlagen aus dem Archiv besorgen!«

Eine vierzig Jahre alte Akte zu finden sei kein Honigschlecken, hatte sie sich ihm gegenüber beklagt. Aber Lawson hatte kaum hingehört.

Denn er hatte zwar eine gewisse Zeit gebraucht, ehe er es bemerkte, doch jetzt schien das Gesicht der Angst in jeder Ecke zu lauern.

Als er den Deckel von einem der Kartons hob, stellte er mit Erleichterung fest, dass die Siegel mit dem aufgedruckten Vermerk »Niemals vernichten« noch unversehrt waren.

Er griff zum Telefon und rief Wu an. Er teilte ihm mit, dass er für ein paar Tage verreisen werde, und bat ihn, eine Tasche für ihn zu packen und seinen Pass mit hineinzulegen.

Dann verließ er das Büro und sprach kurz mit seiner Assistentin. Adèle konnte ihre Überraschung nur schlecht verbergen. Er gönnte sich nur selten Urlaub.

»Und die laufenden Fälle?«, hielt sie ihm entgegen.

»Rivard und die anderen werden sie übernehmen, dafür zahlen wir ihnen ja viel Geld.«

Stockwerk um Stockwerk entschwebte über ihnen, bis im zweiten Untergeschoss die Aufzugtür aufging. Lawson wischte sich mit einem Taschentuch die Stirn ab, und der Bürobote wuchtete die Kartons auf die Sackkarre, wobei er die keltischen Armbandtattoos auf seinem rechten Bizeps entblößte.

»Mein Wagen steht dort, neben dem schwarzen Laster«, erklärte Lawson nervös.

Eine Reihe von Neonröhren warf ein fahles Licht auf die Betonwände der Tiefgarage. Er schritt eilig aus und warf besorgte Blicke über die Schulter, ohne aber die beiden Kartons auf der Sackkarrenschaufel aus den Augen zu lassen.

»Beeilen Sie sich, Mann.«

Auf den letzten Metern, die ihn noch von seinem Mercedes trennten, entriegelte er den Wagen per Fernbedienung.

»Sind Sie sicher, dass Sie sich nicht erinnern, Lucian?«, versuchte er es noch einmal, während der Bürobote die Kartons in den Kofferraum lud.

»Wie ich Ihnen bereits gesagt habe, Maître Lawson, durch meine Hände gehen jeden Tag hunderte Unterlagen. Ich habe keine Ahnung, wie diese Nachricht auf Ihrem Schreibtisch gelandet ist.«

Enttäuscht ließ der Anwalt einen Zehndollarschein in die Hand des jungen Mannes gleiten und schlüpfte in den Wagen.

»Dämlicher Rumäne«, knurrte er, während er im Rückspiegel sah, wie der andere wieder dem Aufzug zustrebte.

Gegen die lähmende Angst ankämpfend, fuhr Nathan Lawson zügig aus der Tiefgarage. Minutenlang kutschte er einfach nur durch die Gegend, den Rückspiegel ständig im Blick, um sich zu vergewissern, dass ihm niemand folgte.

Seine grauen Zellen arbeiteten an der Lösung eines Problems: Was, außer die Polizei zu rufen, was in diesem Fall keine Option war, konnte ein gewöhnlicher Sterblicher tun angesichts der Gefahr, in der er schwebte?

Ein Gedanke stach aus allen anderen heraus und drängte sich ihm auf: Ein Durchschnittsmensch würde einen möglichst großen Abstand zwischen sich und die drohende Gefahr bringen.

Folglich würde er das Gegenteil tun: Er würde sich ganz in der Nähe verstecken, dort, wo ihn niemand suchen würde.

Seine Gegner verfügten über beträchtliche Mittel. Sie würden wohlüberlegt und eiskalt zu Werke gehen. Und wenn er mit seiner Vermutung richtiglag, wurden die Bahnhöfe und Flughäfen bereits überwacht.

Was hier vorging, überraschte ihn nicht übermäßig.

Aber warum jetzt, nach so vielen Jahren?

Gemäß seinen Anweisungen brachte ihm der Pförtner die Tasche, die Wu gepackt hatte, in eine Seitenstraße. Nachdem er sich vergewissert hatte, dass sie seinen Pass enthielt, fuhr er weiter, wobei er sich fragte, warum man ihm diese Warnung hatte zukommen lassen, statt ihn einfach kurzerhand hinzurichten. Doch wie er es auch drehte und wendete, es lief immer auf dieselbe Antwort hinaus: Man wollte ihn einschüchtern und dazu bringen, einen Fehler zu machen.

Lawson schlug sich mit der flachen Hand an die Stirn: die Akten, die er im Kofferraum durch die Gegend karrte ...

War es nicht ein Fehler gewesen, sie aus dem Versteck zu holen?

Er hatte sich verraten.

Lawson hielt an einem Kiosk und kaufte Müllsäcke. Er packte die Akten in die Säcke, damit sie vor Wasser und Feuchtigkeit geschützt waren, und legte sie wieder in den Kofferraum. Anschließend fuhr er in ein Geschäftszentrum, von wo er ein Fax verschickte. Schließlich nahm er auf dem Gehweg SIM-Karte und Akku aus seinem Handy und warf beide mitsamt dem Gerät in eine Mülltonne.

Als er überzeugt war, dass ihm niemand folgte, fuhr er auf den

Friedhof Mont-Royal und hielt vor einem verwitterten Grabmal. Unauffällig trug er die Müllsäcke ins Innere des Grabmals, verschloss die rostige Eisentür wieder und legte den Schlüssel hundert Meter entfernt auf einen Grabstein.

Dann stieg er in den Mercedes und fuhr davon. Kurz vor seinem Ziel glaubte er verfolgt zu werden, bis ihn schließlich eine Frau in irgendeinem Wagen überholte, ohne ihn auch nur eines Blickes zu würdigen.

Als er in den Summit Circle einbog, beruhigte er sich langsam. Die erste Runde ging an ihn, er war ihnen erfolgreich entwischt.

Jetzt war Tschaikowski angesagt: Sein Zeigefinger tippte auf den Startknopf des CD-Players.

Aus dem Rauschen der Aufnahme drang in einer Endlosschleife eine vertraute Stimme, die von Oswald, und ließ ihm das Blut in den Adern gefrieren:

»*I emphatically deny these charges ... I emphatically deny these charges ... I emphatic...*«

4.
DER BRIEFTASCHENMANN

Samstag, 17. Dezember

Die Lichtkegel mehrerer Scheinwerfer kreuzten sich auf der Backsteinfassade des Édifice New York Life und brachten die herrliche Uhr und die Patina des Türmchens noch besser zur Geltung. Vom Dach aus ließ der Mann den Blick über die anderen denkmalgeschützten Gebäude an der Place d'Armes schweifen, die für die Touristen illuminiert wurden.

Nach einer Weile setzte er sich wieder in Bewegung und torkelte durch die Dunkelheit.

»Ist doch immer dasselbe! Verfluchtes Hundeleben!«

Eine Spuckepfütze färbte den Schnee zu seinen Füßen dunkel.

Für jeden anderen Obdachlosen wäre es ein Ding der Unmöglichkeit gewesen, sich hier heraufzuschleichen, ohne bemerkt zu werden. Nicht aber für André Lortie. Schlösser knacken, sich im Schatten verstecken und einen günstigen Moment abpassen, um in Aktion zu treten, das hatte er über weite Strecken seines Lebens getan.

»Diese kranke Bande, mit ihren Maschinen überall«, murrte er, als er über eine Klimaanlage hinwegstieg. »Nix ist hier mehr wie früher, meine Sylvie. Aber ich finde dich trotzdem. Dein Dédé hat dich nicht vergessen.«

Lortie zog eine Flasche Gros Gin aus der Tasche seines speckigen Mantels und nahm einen kräftigen Schluck.

»Ahhh. Mann, wie mir das fehlen wird!«

Der Obdachlose tastete sich an die Backsteinmauer heran.

»Meinem Gefühl nach müsste es in der Ecke hier sein, meine Sylvie ...«

Lortie leuchtete mit seinem Feuerzeug die Wand ab, als suche er zwischen den Mörtelfugen den Sinn des Lebens.

»Ich erinnere mich an den Tag, es war heiß. Ich glaub, es war ein paar Tage vor der Ermordung von Laport. Ich bring die Daten nicht mehr auf die Reihe. Aber ich weiß noch, dass du verdammt schön warst. Du hattest dein Kleid ausgezogen, genau hier, meine Sylvie.«

Der Betrunkene betrachtete zärtlich den zertrampelten Schnee vor sich. Im Schein der flackernden Flamme, die er mit seinen schmutzigen Fingern schützte, suchte er die Mauer noch einmal gründlich ab.

Nach ein paar Minuten gab er auf, steuerte auf den Rand des Daches zu, setzte sich auf die Brüstung und ließ die Beine ins Leere baumeln.

»Sie haben die Backsteinmauer neu gemacht«, sagte er mit unendlicher Traurigkeit in der Stimme. »Erinnerst du dich? Dein Name und meiner, drumherum ein großes Herz, meine Sylvie. Ich hab mein Messer geschrottet. Dann hast du mich geküsst wie eine Wahnsinnige und wieder dein Kleid angezogen ...«

Er trank die Flasche in einem Zug aus und ließ sie in die Tiefe fallen. Dann begann er, wie ein Kind zu schluchzen.

Die Flasche zerschellte auf dem Bürgersteig.

Glassplitter trafen einen Passanten. Dieser rief um 21.47 Uhr die 911 an. Zwölf Minuten später trafen die Streifenpolizisten Gonthier und Durocher vor Ort ein.

»Ist alles in Ordnung, Monsieur?«, fragte Polizistin Gonthier mit mühsam beherrschter Stimme.

Der alte Mann mit den zerzausten Haaren drehte sich zu ihnen herum, schien sie aber nicht zu sehen, er war wie gefangen in seiner Parallelwelt. Doch als die Polizistin Anstalten machte, auf ihn zuzugehen, rutschte er auf der Balustrade weiter nach oben.

Sie blieb abrupt stehen.

»Was machen Sie hier, Monsieur?«

Ein bitteres Grinsen legte sich auf das zerfurchte Gesicht.

»Ich hätte auch gern welche, ich hätte auch gern Erinnerungen.«

»Ich verstehe Sie«, sagte die Polizistin und suchte den Blick ihres Kollegen.

»Ich versuche, mich an Sylvie zu erinnern. Aber ich kann ihr Gesicht nicht mehr sehen.«

»Wollen Sie, dass wir sie anrufen?«

Der Obdachlose brach in lautes Lachen aus.

»Ich glaub nicht, dass sie im Himmel Telefone haben.« Er sah die Polizistin verzweifelt an. »Und das Herz, dass ich da reingeritzt hab, ist auch nicht mehr da.«

Lorties Zeigefinger deutete auf die Mauer, die er abgesucht hatte.

»Sie haben ein Herz in den Backstein geritzt?«

Ein Strahlen ging über sein Gesicht.

»Siebzig war das, Madame. Meinen Namen und dann den von Sylvie.«

»Ich verstehe. Kommen Sie da runter. Dann suchen wir es gemeinsam, okay?«

»Ich hätte auch gern welche, ich hätte auch gern Erinnerungen.«

»Aber Sie haben doch welche, Monsieur. Der Beweis ist, dass Sie sich an Sylvie erinnern.«

Lorties Gesicht glich jetzt einer Totenmaske.

»Nein, ich hab alles genau abgesucht. Da ist nichts an der Mauer. Die haben mir zu viel am Gehirn rumgemacht. Ich bin nicht mehr richtig im Kopf. Dann fängt es wieder an. Ich hab genug davon …«

Er senkte den Blick und schaute auf die Straße hinunter. Die Polizistin erkannte die Brisanz der Situation.

»Nicht bewegen, okay? Ich komme.«

Bevor Lortie sprang, zog er etwas aus der Tasche und legte es auf die Balustrade. Die Finger der Polizistin Gonthier verfehlten den Stoff seines Mantels nur um wenige Zentimeter.

Als der Boden näher kam, sah Lortie im Widerschein der Straßenlampen, wie Sylvies himmlisches Lächeln immer größer wurde. Sein Kopf zerplatzte zehn Stockwerke tiefer auf dem Bürgersteig unter den entsetzten Blicken von hundert Menschen, die gerade aus einem Weihnachtskonzert des Montrealer Sinfonieorchesters in der Basilika Notre-Dame kamen.

Die Hand ihres Kollegen auf der Schulter, verharrte Polizistin Gonthier einen Moment lang wie unter Schock und starrte auf die rote Qualle, die unten über den Schnee kroch.

Dann bemerkte sie die beiden Brieftaschen, die das Opfer auf der Balustrade zurückgelassen hatte.

5.
DIE UNBEKANNTE TOTE

Sonntag, 18. Dezember

Die Hände auf den Oberschenkeln, den Kopf weit vornübergebeugt, rang Victor Lessard um Atem. Aus dem hintersten Winkel der Lagerhalle hatte er zwanzig Meter bis zur Tür rennen müssen, bevor er endlich ins Freie stürzen konnte.

Noch heftig keuchend wandte er den Blick von der gelblichen Lache ab und richtete sich auf.

Der Sergent-Détective wischte sich die Lippen ab und zückte eine Packung Zigaretten. Der erste Zug kratzte im Hals, der zweite brannte in der Lunge, der dritte beruhigte ihn.

Sein Gesicht nahm langsam wieder seine normale Farbe an. Er zog den Reißverschluss seiner Lederjacke zu und ging, die Hände in den Taschen seiner Jeans, ein paar Schritte zwischen dem Gerümpel auf dem verschneiten Hof: einem alten, auf Holzkisten aufgebockten Boot, ausgeschlachteten Autowracks, verrosteten Schrottteilen.

Mit ein wenig Phantasie hätte man in dieser atomisierten, postapokalyptischen Welt die Kulisse einer Fotografie von Edward Burtynsky sehen können …

Um sich zu vergewissern, dass sich niemand auf die Suche nach ihm gemacht hatte, warf Victor einen Blick in Richtung Lagerhaus. Von dort, wo er stand, konnte er den Namen auf dem Schild über dem Eingang lesen: MetalCorp.

Ein Stück weiter zu seiner Linken zeichnete sich die schmale Silhouette der Auffahrt zur Autoroute Décarie ab, die zur Pont Champlain führte.

Wie gebannt stand er eine Weile da und beobachtete den unablässigen Strom von Fahrzeugen, dann ging er weiter zum Lachine-Kanal. Obwohl seine Chucks aus schwarzem Leder bis zu den Knöcheln reichten, setzte er vorsichtig einen Fuß vor den anderen, damit kein Schnee in die Sneakers geriet.

Sein Blick verweilte eine Zeit lang am gegenüberliegenden Ufer.

Die Gegend hier war zwar noch industriell geprägt, aber Wohnhäuser schossen wie Pilze aus dem Boden. Allerdings war das nichts im Vergleich zum Osten, wo man stillgelegte Fabriken in Luxuseigentumswohnungen umwandelte, von denen er sich zusammen mit Nadja einige angesehen hatte.

Er schnippte die Kippe in das Wrack eines Plymouth Duster, strich sich mit den Fingern über die Wangen, die ein Dreitagebart bedeckte, schüttelte den Kopf und kehrte leicht humpelnd zur Halle zurück. Dieses Humpeln war die einzige sichtbare Folge eines tätlichen Angriffs, der ihn beinahe das Leben gekostet hatte, doch weder die Zeit noch eine Psychotherapie hatten die Wunden ganz heilen können, die der König der Fliegen seiner Seele geschlagen hatte.

»Mann, hast du einen empfindlichen Magen, Lessard. Du kotzt jedes Mal ...«

Victor schob das Kinn vor und mit dem Blick seiner grünen Augen durchbohrte er seine Kollegin.

»Ich war eine rauchen.«

Jacinthe Taillon bedachte ihn mit einem leicht spöttischen Lächeln, tauchte ihre Wurstfinger in eine Tüte Cheetos und stopfte sich eine Handvoll in den Mund.

»Der Trick ist, dass man immer was im Magen hat. Frühstückst du morgens?«

»Du hast da was Rotes am Mund, Jacinthe.«

Die Vierzigjährige mit den weichen Gesichtszügen, kurz

geschnittenen Haaren und noch durch den Schutzanzug sichtbaren Fettpolstern, die gegen Make-up allergisch war und von ihren Kollegen liebevoll »die dicke Taillon« genannt wurde, wischte sich mit dem Handrücken die Lippen ab. Sie war geradeheraus, ungehobelt und fest geerdet, bekannt für ihre spitze Zunge und ihre Neigung, kein Blatt vor den Mund zu nehmen.

»Okay. Gehen wir, Schätzchen. Wir wollen hier nicht den ganzen Tag vertrödeln.«

Damit setzte sie ihre kompakte Masse in Bewegung und kehrte, die Chipstüte zerknüllend, in den hinteren Teil des Lagerhauses zurück.

Victor massierte sich kurz die Schläfen, holte tief Luft und folgte ihr.

Drinnen herrschte ein ähnliches Chaos wie auf dem Hof, doch es war ein geordnetes Chaos aus Dreck, Gerümpel und Altmetall, das übereinandergestapelt oder in Holzkisten verstaut war.

Zwei Techniker der Spurensicherung waren gerade damit beschäftigt, auf einem Teil des Fußbodens Luminol zu versprühen, um nach Blutspritzern zu suchen.

Victor versuchte, sich an ihre Namen zu erinnern, gab es dann aber auf. Seit seiner Rückkehr ins Dezernat Kapitalverbrechen hatte er sich so viele Dinge merken müssen, dass sein Hirn mitunter überfordert war.

»Was Neues von Monsieur Horowitz?«

Jacinthe seufzte ärgerlich.

»Herzinfarkt. Er liegt auf der Intensivstation im Saint-Luc.«

»Versetz dich doch mal in seine Lage«, gab Victor zu bedenken. »Wer rechnet schon damit, am Sonntagmorgen in seinem Lagerhaus eine Leiche vorzufinden ...«

»Mag ja sein ... aber jetzt müssen wir warten, bis wir ihn vernehmen können. Wir verlieren Zeit!«

»So oder so müssen wir uns mit der Unbekannten beschäftigen. Das wird so lange dauern, wie es dauert.«

»Sag mal, willst du mich heute Morgen absichtlich nerven?«

Das saubere und gediegene Büro von Monsieur Horowitz bildete einen starken Kontrast zum Rest: lackierter Betonboden, Glastisch und Ledersessel unter Industriefenstern, Computer, Papiere und Stifte fein säuberlich in Reih und Glied, Aktenschränke aus Metall, Toilette gleich nebenan, Drucke von Toulouse-Lautrec an den Wänden, Kochnische mit Spüle, Mikrowelle und Espressomaschine, Tisch mit Laminatplatte und mehrere Stühle, um die Mahlzeiten einzunehmen.

Nur die gelben Kunststoffbänder, die um Tatort und Leiche gespannt waren, störten die Harmonie des Ganzen.

Einen kurzen Augenblick lang hoffte Victor, er könnte die Tote verschwinden lassen, wenn er die Augen schloss.

Doch als er sie wieder öffnete, lag sie immer noch da, blutleer und nackt auf dem Rücken, genau an der Stelle vor dem Tisch, wo er sie bereits gesehen hatte, bevor ihm schlecht geworden war.

Ein Sonnenstrahl, der durch ein Fenster fiel, zeichnete eigenartige Muster auf die Haut der Toten, deren Haltung an die gekrümmten Leiber auf Gemälden von Delacroix erinnerte.

Die Schließmuskeln waren im Augenblick des Todes erschlafft, und die seitlich angewinkelten Beine lagen im Urin und den Exkrementen. Victor zog sich das T-Shirt über die Nase, um den Gestank auszusperren, der ihm in die Nasenlöcher stieg.

Jacob Berger – fein geschnittenes Gesicht, fliehendes Kinn, geschniegeltes Haar – wandte sich ihm lächelnd zu.

»Geht's wieder besser, Lessard?«

Beide Männer waren annähernd einsneunzig groß, aber das war auch die einzige Ähnlichkeit zwischen ihnen. Während die strengen Gesichtszüge und die athletische Statur dem Sergent-

Détective etwas Bedrohliches verliehen, entsprach der Gerichtsmediziner mit seiner schlaksigen Gestalt eher dem Prototyp eines Intellektuellen.

»Wie hältst du das nur aus, Jacob?«

Victor hielt Abstand und vermied es, sich der Leiche zu nähern.

Die verdrehten Augäpfel der Leiche machten ihm Angst, doch er konnte den Blick nicht von den runzligen Armen wenden, dem weichen, wabbeligen Fleisch, das kleine Blutstropfen sprenkelten.

»Man gewöhnt sich dran«, antwortete Berger, der neben dem Opfer kniete.

»Ich anscheinend nicht.«

Jacinthe verdrehte die Augen, bevor sie den Blick auf die Kleider richtete, die in einer Ecke auf einem Haufen lagen.

»Unterhaltet euch später über eure Befindlichkeiten, ihr Weicheier. Ist sie hier umgebracht worden?«

»Ja.«

»Wie lang ist sie schon tot?«

»Dem ersten Augenschein nach würde ich sagen, dass der Tod vor mehr als achtundvierzig Stunden eingetreten ist. Wahrscheinlich in der Nacht von Donnerstag auf Freitag.«

Victor nahm es zur Kenntnis und zögerte dann kurz, weil er nach einer passenden Formulierung für die Frage suchte, die er dem Mediziner stellen wollte. Berger konnte sehr aufbrausend werden, deshalb wollte er ihm keinen Grund liefern, sich gegängelt zu fühlen.

»Wir haben weder eine Tasche noch Papiere gefunden, deshalb möchte ich, dass du dein Augenmerk auf alles richtest, was bei ihrer Identifizierung helfen könnte: Zahnersatz, besondere Kennzeichen, Etiketten, Designerklamotten usw.«

»Kein Problem.«

Vielleicht wurde Berger, wie er selbst, mit zunehmendem Alter doch noch milder.

»Auf wie alt schätzt du sie?«, fragte Victor weiter.

»Auf über sechzig, aber ich kann mich auch täuschen.«

»Jedenfalls wird sie nicht mehr älter«, witzelte Jacinthe und quittierte ihren eigenen Scherz mit einem lauten Lachen. »Ähm ... und die Todesursache?«, fuhr sie, nun wieder ernst, fort und rückte mit einem Fingernagel dem roten Zeug zu Leibe, das zwischen ihren Zähnen klebte.

»Sie ist verblutet. Ich glaube, irgendwas hat ihren Hals durchbohrt, und zwar komplett von hinten nach vorn.«

»Daher das Loch da?«

Jacinthe deutete mit dem Finger auf die kreisförmige Wunde direkt über der Luftröhre. Behutsam drehte Berger den Kopf der Toten und steckte den Zeigefinger in die Öffnung.

Von dem schmatzenden Geräusch wurde Victor übel. Er sah weg, wieder kurz davor, sich zu übergeben. Dagegen beobachtete Jacinthe fasziniert, wie die geschickten Hände des Gerichtsmediziners über den Hals der Leiche spazierten.

»Das ist das Austrittsloch. Der Gegenstand, den der Mörder benutzt hat, ist im Nacken eingedrungen und an der Luftröhre wieder ausgetreten und hat unterwegs die Halsschlagader zerfetzt. Die Wirbelarterien, die das Gehirn versorgen, verlaufen durch die Halswirbel. Die Blutung war sehr stark. Sie hat mehrere Minuten gelitten, bevor sie starb.«

»Der Mörder hat einen Gegenstand benutzt ...« Victor machte eine kurze Pause. »Es handelt sich also nicht um eine Schussverletzung?«

»Ich könnte ins Detail gehen, aber ...«

»Nur zu«, stieß Jacinthe hervor.

»Kurze Antwort: Es ist keine Schussverletzung.«

»Okay. Was war dann die Tatwaffe?«, fragte sie weiter.

»Nach der Autopsie werde ich mehr darüber wissen, aber ich würde sagen, eine Blankwaffe, die durch irgendeinen Mechanismus betätigt wurde.«

»Einen Mechanismus?«, wiederholte Victor erstaunt.

Berger sah ihn über seine Brille hinweg an, die wackelig auf dem Nasenrücken balancierte.

»Um eine solche Verletzung herbeizuführen, ist Geschwindigkeit erforderlich. Eine höhere, als die Kraft eines Menschen erzeugen kann.«

Ihre Blicke begegneten sich für einen Moment.

»Da wäre noch etwas anderes«, fuhr Berger fort.

»Ah ja?«, brummte Jacinthe.

Der Gerichtsmediziner strich mit dem Finger über zwei Schrammen, eine am Brustbein, die andere am Kinn, dicht über dem Hals. Beide wiesen zwei deutliche Einstiche auf.

»Ich weiß nicht, was die verursacht hat, aber sie sind tief.«

Überall dasselbe Bild, wo Victor auch hinschaute: Der Kopf und das graue Kraushaar der Toten schwammen in einer roten Lache, während das Mona-Lisa-artige Halblächeln auf ihren Lippen unverändert blieb, als wäre sie friedlich eingeschlafen.

»Und wir haben Reibemale an den Handgelenken und am Hals …«

»Und das bedeutet?«, krächzte Jacinthe.

»An den Handgelenken könnten es Handschellen gewesen sein.«

»Und am Hals?«

»Sieht so aus, als hätte der Mörder sie gezwungen, einen sehr schweren, sehr eng sitzenden Gegenstand zu tragen.«

»Ein Hundehalsband?«, vermutete Victor.

»Dann müsste es ein sehr großes Halsband gewesen sein«, erwiderte Berger.

6.
ZIMMER 50

Chronik einer angekündigten Katastrophe:

Der Ermittler Chris Pearson betrachtete seufzend das Foto seiner Frau und seiner beiden Töchter, das auf der Ecke des Schreibtischs stand. Heute war Sonntag. Die Woche hatte noch nicht begonnen, und schon würde Corinne alleine das Abendessen zubereiten und die Kinder baden müssen.

Wenigstens würde er versuchen, wieder zu Hause zu sein, bevor die Kleinen zu Bett gingen.

Während er einen Schluck Kaffee trank, musste er an die Gründe denken, die ihn bewogen hatten, um seine Versetzung ans 21. Polizeirevier zu ersuchen.

Der Mythos Innenstadt.

Viele junge Ermittler träumten davon, sich dort zu beweisen, dort zu sein, wo die Action war, aber nur die Besten schafften es. Pearson gehörte dazu, wie das Empfehlungsschreiben bestätigte, das sein alter Mentor, Victor Lessard, seinerzeit unterzeichnet hatte.

Dessen Wechsel ins Dezernat Kapitalverbrechen hatte im Übrigen schwerwiegende Folgen gehabt. Lessard war ein Neurotiker, brummig und eigensinnig, aber Pearson hatte sehr gerne mit ihm zusammengearbeitet. Er war ein loyaler Chef, gab nie auf und verstand es, sein Team vor Übergriffen von oben zu schützen.

Nach seinem Weggang hatte Commandant Tanguay angefangen, sich nach Belieben in laufende Ermittlungen einzumischen, bis das Klima im 11. Revier irgendwann so vergiftet war, dass Pearson Lust auf Veränderung bekam.

Dann war das 21. Revier in sein Blickfeld geraten.

Doch das Adrenalin und die Spannung, auf die er in der Innenstadt gehofft hatte, ließen auf sich warten. Stattdessen erstickte er in einem rasant wachsenden Berg von Akten über Bagatellfälle.

Lessard hatte ihn wiederholt davor gewarnt, seine Ehe und sein Familienleben zu vernachlässigen und dieselben Fehler zu begehen, die er selbst gemacht zu haben glaubte.

Doch Pearson, damals noch ein junger Mann, hatte nur mit halbem Ohr zugehört, überzeugt, dass er es besser wusste und dass ihm solche Fehler nicht passieren würden.

Und jetzt gingen Corinne und er zu einer Paartherapeutin.

Ein Anruf zu später Stunde hatte Pearson aus dem Reich der Träume gerissen.

Corinne war nicht aufgewacht. Bevor er ging, hatte er noch einen Moment in der Tür des anderen Zimmers gestanden, gerührt über die beiden Blondschöpfe, die unter den Decken hervorschauten.

Er fuhr direkt zum Édifice New York Life.

André Lorties Leichnam war mit einer Plane zugedeckt, der Bereich weiträumig abgesperrt.

Etwas abseits warteten zwei Bedienstete, die Gesichter in flackerndes Warnlicht getaucht, auf das Zeichen, ihn ins Leichenschauhaus zu bringen.

Vor Ort stellte Pearson die üblichen Nachforschungen an.

Lortie war es gelungen, den Wachmann auszutricksen, sich ins Treppenhaus zu schleichen, ein paar Schlösser zu knacken und so aufs Dach zu gelangen. Die Streifenpolizisten, die auf den Notruf reagiert hatten, wirkten mitgenommen, aber ihr Bericht war klar und prägnant.

Ausweise hatte der Selbstmörder nicht bei sich gehabt, aber seine Fingerabdrücke waren registriert. Tatsächlich war André Lortie wegen einiger kleinerer Delikte polizeibekannt.

Seit einiger Zeit hatte er mit anderen Obdachlosen in einem Wohnheim geschlafen. Da seine Akte keine Kontaktdaten einer im Notfall zu benachrichtigenden Person enthielt, fuhr Pearson in der Hoffnung, Informationen über etwaige Angehörige zu erhalten, gleich um acht Uhr dorthin.

Weder die anderen Heimbewohner noch die zahnlose Concierge konnten ihm Hinweise auf Verwandte geben. Pearson ließ sich von der Concierge die Tür öffnen und durchsuchte das verwahrloste Zimmer oberflächlich, fand aber nichts, was Lortie mit der Außenwelt in Verbindung brachte. Er besuchte sogar zwei weitere Obdachlosenasyle namens Accueil Bonneau und Maison de Père, in denen Lortie gelegentlich aufgetaucht war.

Auch dort wusste niemand, mit wem er Umgang gehabt hatte. Diejenigen, die ihm öfter begegnet waren, beschrieben ihn als wortkargen Einzelgänger. »Er war nicht sehr kontaktfreudig, eher verschlossen«, versicherte ihm eine Mitarbeiterin im Maison de Père. »Abgesehen von der Übernachtungsmöglichkeit hat er keine von uns angebotenen Dienste in Anspruch genommen. Er hat keine Hilfe gesucht.«

Lortie hatte auch in der Mission Old Brewery verkehrt, bis er dort nach einem Zwischenfall Hausverbot bekommen hatte. »Er hat eine ehrenamtliche Helferin geschlagen«, berichtete ein Teamleiter lakonisch, konnte ihm aber nichts Näheres über die Art der Tätlichkeit sagen.

Pearson fand den Bericht über den Vorfall in der Datenbank des Centre de renseignements policiers du Québec (CRPQ), doch er enthielt nicht die Informationen, die er suchte.

Nach einem Abstecher ins Schnellrestaurant Tim Hortons kehrte er ins 21. Revier zurück.

An seinem Schreibtisch sitzend, riss Pearson den Umschlag auf, den ihm die Streifenpolizisten ausgehändigt hatten. Er entnahm ihm zwei Brieftaschen.

Wahrscheinlich waren sie gestohlen, doch der Selbstmörder konnte sie ebenso gut auch gefunden haben. Eine erste Suche in den Datenbanken förderte nichts zutage: Die beiden betroffenen Personen, ein Mann und eine Frau, waren weder als vermisst gemeldet worden, noch hatten sie Anzeige wegen Diebstahls erstattet.

Pearson wunderte das nicht. Der Selbstmord hatte in der Nacht stattgefunden, und manchmal dauerte es Stunden, bis die Leute merkten, dass ihnen etwas gestohlen worden war.

Die Telefonnummer der Frau stand auf einem Krankenhausausweis. Die des Mannes ermittelte er anhand seines Führerscheins.

Er hinterließ beiden dieselbe Nachricht: Hatten sie Ihre Brieftasche verloren oder waren sie Opfer eines Diebstahls geworden? Wenn ja, sollten sie sich bei ihm melden, damit sie ihnen zurückgegeben werden konnten.

Den Umschlag mit den beiden Brieftaschen unterm Arm stand er auf und begab sich in Zimmer 50, jener Dienststelle, in der man sie vorschriftsgemäß mit einem Strichcode versah oder aufbewahrte, bis die Eigentümer sie abholten.

In das Formular, das er auszufüllen hatte, trug er die Namen der beiden Brieftaschenbesitzer ein: Judith Harper und Nathan R. Lawson.

7.
ZEUGENAUSSAGE

Nur wenige Autos fuhren durch die Rue Saint-Denis in Richtung Autoroute Ville-Marie.

Victor nahm einen Zug von seiner Zigarette und schlug fröstelnd den Kragen seines Jacketts hoch. Den Mantel weit offen, mampfte Jacinthe Schokolade.

Putzhilfen, Krankenschwestern und Patienten im Morgenmantel, die Infusionsständer mit sich herumschleppten: Das übliche Rauchervolk drängte sich an der Wand neben dem Haupteingang des Krankenhauses Saint-Luc.

Victor fühlte mit den Leuten, die hier ausgesperrt waren, trotzdem hätte er sich am liebsten verdrückt, um ihrem Unglück zu entfliehen, aus Angst, es könnte ansteckend sein.

Die Wolken jagten über den von Schneeflocken schraffierten Himmel, Wind, Kälte und Feuchtigkeit schnitten in die Haut.

Victor warf seine Kippe weg, die eine schwarze Furche in den Schnee zog. Jacinthe folgte ihm auf dem Fuß. Es war 10.37 Uhr.

»Mit wem wichtelst du? Wen hast du gezogen?«, gluckste sie.

»Sag ich dir nicht.«

Victor versuchte, dem neben den Aufzügen hängenden Plan zu entnehmen, wo sie hinmussten. Pragmatisch schob Jacinthe zwei Finger in den Mund und pfiff, um die Aufmerksamkeit des Wachmanns zu erregen, der hinter seinem Schalter mit offenen Augen träumte.

Der Mann zuckte zusammen und erklärte ihnen dann, in welches Stockwerk sie zu gehen hatten.

»Raus mit der Sprache, Lessard. Wer ist es?«, bohrte Jacinthe weiter, als die Stahltüren zuglitten.

»Gilles.«

Gilles Lemaire war bis zu Victors Rückkehr ins Dezernat Kapitalverbrechen Jacinthes Partner gewesen. Neben seinen Aufgaben im Außendienst war er jetzt auch für den EDV-Teil der vom Dezernat durchgeführten Ermittlungen zuständig. Im Übrigen machten ihn seine geringe Körpergröße und seine sieben Kinder zur bevorzugten Zielscheibe des Spotts.

»Haha, du hast Gilles gezogen! Hast du schon eine Idee?«

»Das geht dich nichts an.«

»Also, ich hab dich gezogen.«

»Echt jetzt?«

»Ja! Und ich hab mir überlegt, dir Hautcremes zu kaufen, Mister Retrosexuell. Du weißt ja, ab vierzig muss man auf sich achten.«

Jacinthe lachte schallend, und alle Blicke richteten sich auf sie, als sie durch den Korridor gingen.

»Es heißt ›metrosexuell‹, Jacinthe, nicht ›retrosexuell‹«, konterte Victor, ohne eine Miene zu verziehen.

»Ist doch dasselbe.«

Er zuckte mit den Schultern und schüttelte den Kopf.

»Nur weil ich ins Fitnessstudio gehe und auf meine Ernährung achte, bin ich nicht gleich ein Metrosexueller.« Er seufzte. »Und was das Wichteln angeht, es gibt da eine neue Muhammad-Ali-Biografie, die mich interessieren würde. Ich kann dir den Titel sagen …«

Das längliche Gesicht von Robin Horowitz, dem Mann, der die unbekannte Tote in seinem Lagerhaus gefunden hatte, war so weiß wie die Laken des Betts, in dem er lag. Obwohl er keine Schmerzen hatte und mit dem Schrecken davongekommen war, hatte eine Schwester die Polizisten gebeten, sich kurz zu fassen.

Victor hatte sich ans Bett gesetzt, ein Notizbuch aufgeschlagen auf den Knien. Schon nach kurzer Zeit wurde klar, dass Horowitz als Täter nicht infrage kam.

Das Lagerhaus war freitags und an den Wochenenden für Kunden geschlossen, doch der Inhaber war am fraglichen Morgen hingegangen, weil er mit der Buchhaltung im Rückstand war.

»Sie haben also die Gewohnheit, den Schlüssel auf den Rahmen der Hintertür zu legen?«, fasste Victor zusammen.

»Ja«, antwortete Horowitz mit brüchiger Stimme.

»Ich habe keine Alarmanlage gesehen.«

Ein Hustenanfall schüttelte den bettlägerigen Mann.

»Bis auf den Computer gibt es dort nichts von Wert. Wer würde schon Altmetall stehlen?«

»Wer hat von dem Schlüssel gewusst?«, fragte Victor weiter.

»Wir sind ein Familienbetrieb. Meine beiden Brüder handeln gerade in China einen Vertrag aus. Meine Schwägerin kommt dreimal im Monat, um die Buchführung zu machen. Die Kinder schauen hin und wieder vorbei. Das sind schon einige.«

»Gut, wir werden eine Liste der Namen brauchen, Monsieur!«, erklärte Jacinthe, die am Fenster stand, die Arme auf dem Rücken verschränkt.

Victor schüttelte verneinend den Kopf, um den Mann zu beruhigen.

»Wir glauben, dass der Mörder diesen Schlüssel benutzt hat, um hineinzukommen«, fuhr er fort. »Wer außer den Familienangehörigen wusste noch Bescheid? Ein Lieferant vielleicht, ein Kunde, ein Bekannter?«

Horowitz strengte sein Gedächtnis an, was ihn aber die letzten Kräfte zu kosten schien.

»Mir fällt niemand ein, nein.«

Mehr aus Gewohnheit denn aus Galanterie trat Victor am Aufzug beiseite und ließ Jacinthe den Vortritt. Und mehr aus Virilität denn aus Gewohnheit unterließ sie es, ihm zu danken.

»Du bist ganz schön weich geworden!«, blaffte sie. »Die Sache ist überhaupt nicht klar. Er belügt uns. Das spüre ich.«

»Beruhige dich, Jacinthe«, entgegnete er und drückte auf den Knopf zum Erdgeschoss. »Der kleine Mann ringt gewissermaßen mit dem Tode. Können wir ihm nicht etwas Ruhe gönnen?«

»Genau, was ich sage. Du bist zu weich geworden!«

»Vielleicht werde ich nur gelassener.«

»Gelassener, du? Dass ich nicht lache. Her mit den Autoschlüsseln. Ich fahre.«

»Wie du willst«, sagte er und gab sie ihr.

»Wir gehen was essen. Ich hab Hunger.«

Jacinthe hatte einen Bleifuß, der gewichtsmäßig zum Rest von ihr passte, und bretterte so selbstverständlich über rote Ampeln, wie sie eine Handvoll Smarties verschlang. Dank durchgedrücktem Gaspedal brauchten sie nur wenige Minuten bis zur Ecke Rue René-Lévesque und Saint-Urban: Sie schwärmte für das Dim Sum im Maison Kam Fung.

Das Restaurant war voller Lärm und voller Chinesen, die im Kreis der Familie ihr Sonntagsmahl einnahmen.

»Eine Liste wird nichts bringen. Ich vermute, dass der Mörder Horowitz von dem Radweg am Kanal aus beobachtet hat. Auf die Weise hat er herausbekommen, wo er den Schlüssel versteckt hat.«

»Wie kannft du dir da fo ficher fein?«, nuschelte Jacinthe, während sie Nudeln in sich hineinschlang.

»Intuition. Ich habe es heute Morgen überprüft: Vom Kanal aus sieht man die Tür zur Lagerhalle.«

»Ich werde morgen noch mal ins Krankenhaus fahren und eine Liste machen. Ich gehe lieber kein Risiko ein.«

Ganz mit seinen Gedanken beschäftigt, hatte Victor sein Essen kaum angerührt.

»Warum hat der Mörder sich ausgerechnet diese Halle ausgesucht?«, fragte er. »Was meinst du?«

»Hmm? Verfluchte Essstäbchen! Keine Ahnung ... weil sie so abgeschieden liegt?«

»Er hat bestimmt das Kommen und Gehen von Horowitz beobachtet. Er wusste, dass er auf die Schreie des Opfers nicht würde achten müssen.«

Jacinthe griff in ihre Tasche und zog ihr Handy heraus, das vibriert hatte.

»Von Gilles«, sagte sie und überflog ihre Textnachrichten. »Die Tote ist nicht aktenkundig, und in den Vermisstenakten findet sich keine Frau, auf die ihr Profil passt.«

»Das überrascht mich nicht«, erwiderte Victor, der gleichwohl enttäuscht dreinschaute. »Wir werden Berger bitten, Fotos von der Leiche zu machen und an die Reviere zu mailen.«

»Glaubst du, ein Streifenpolizist könnte sie wiedererkennen?«

»Ein Streifenpolizist oder ein Ermittler. Man weiß nie.«

Victor tippte eine SMS an den Gerichtsmediziner.

»Gute Idee.« Jacinthe zögerte, dann deutete sie auf einen der Bambuskörbe, der Baozis mit Fleischfüllung enthielt. »Nimmst du noch einen?«

»Nein, nein, bedien dich.« Kurze Pause. »Vielleicht sollten wir Taucher anfordern und den Kanal absuchen lassen.«

»Wenn sie in dem Kanal die Mordwaffe finden, setze ich mich auf Diät. Der ist zugefroren.«

»Nein, nicht überall. Das Eis ist brüchig ... Ich dachte, du bist bereits auf Diät ...«

Jacinthe warf ihm einen schiefen Blick zu. Sie redeten noch ein paar Minuten, so lange, bis Victor seinen grünen Tee ausgetrunken, Jacinthe ihre Apfel-Beignets verputzt und der Kellner die Rechnung gebracht hatte.

Obwohl sie von der Tür des Restaurants nur fünfzehn Meter zu ihrem Dienstwagen zu gehen hatten, zog Victor den Kopf ein.

Es blies ein kräftiger Wind.

Auf dem Beifahrersitz lauschte er dem Geräusch des Motors, der kurz aufheulte und die Grabesstille durchbrach.

»Ich frage mich, was er in diesem Moment wohl macht...«

»Wer?«, fragte Jacinthe, ohne den Blick von der Straße zu wenden.

»Der Mörder.«

8.
DIE LUFTBLASE

Nathan Lawson versuchte, die verschwommene Gestalt zu erkennen, die mit der Luftblase hantierte, doch eine zähflüssige Substanz trübte seinen Blick, als hätte er Salbe in den Augen. Bevor er wieder in eine unterirdische Welt am Rande der Bewusstlosigkeit sank, dachte er noch, dass er eindeutig zu viel Alkohol getrunken hatte. In schneller Abfolge zogen Bilder an seiner Großhirnrinde vorüber.

Er war ins Haus gegangen, nachdem er den Wagen in die Garage gestellt hatte.

Da er die Räumlichkeiten gut kannte, richtete er sich ein, ohne Licht zu machen. Bei Einbruch der Dunkelheit zündete er eine Kerze an und stellte sie so hin, dass der Lichtschein von draußen nicht gesehen werden konnte. Später am Abend genehmigte er sich einen Whisky.

Dann noch einen …

Als er ins Schlafzimmer torkelte, versuchte er sich aufzumuntern, indem er sich immer wieder sagte, dass ihn hier kein Mensch suchen würde. Ein Name tauchte aus seinem Gedächtnis auf und schwirrte ihm im Kopf herum, als er unter die Decke schlüpfte.

Warum musste er plötzlich an ihn denken?

Man hatte ihm doch versichert, dass André Lortie seit einer Ewigkeit keinen Schaden mehr anrichten könne, und nichts wies darauf hin, dass sich daran etwas geändert hatte.

Lawson wachte mitten in der Nacht auf, mit einem Kater und dem dringenden Bedürfnis zu urinieren. Im Dunkeln tastete er sich auf den Flur hinaus. Als er den Kopf hob, erschrak er: Eine Gestalt hob sich gegen die Türöffnung zum Badezimmer ab.

Nach dem ersten Schrecken hatte er noch versucht, Peters Jagdgewehr zu erreichen, doch vergeblich …

Nathan Lawson öffnete die Lider halb. Das Licht eines starken Scheinwerfers blendete ihn. Er hatte das Gefühl, monatelang geschlafen zu haben, und ein metallischer Geschmack lag auf seiner pelzigen Zunge.

Er drehte den Kopf. Die verschwommene Gestalt war verschwunden, nur die Luftblase war noch da. Sein Blick fokussierte sich auf die Blase, bis er begriff, dass es sich nur um einen Infusionsbeutel handelte, der eine klare Flüssigkeit enthielt. Er riss die Augen weit auf und sah, dass sein milchig weißer Körper an das Bett geschnallt war und die Schläuche seine Adern mit dem Beutel verbanden.

Wie lange hing er schon am Tropf?

Angst strömte durch seinen Körper mit einem Schwall Adrenalin.

Er war gefangen und begann zu schreien.

9.
RÜCKSTÄNDE

Die Räumlichkeiten des Dezernats Kapitalverbrechen an der Place Versailles hatten nichts von einem Schloss, doch die Polizisten hatten es sich zur Gewohnheit gemacht, von ihnen nur noch als »Versailles« zu sprechen. Der große Bau an der Ecke Rue Sherbrooke und Autoroute 25 beherbergte außerdem die Abteilungen Bandenkriminalität, Sexualverbrechen und Betrug.

Als sie an der langen Reihe von Supermärkten und Boutiquen entlangmarschierten, lächelte Victor. Wenigstens diesmal hatten sie sich einen Besuch in der Fresspassage des Einkaufszentrums erspart.

Vom Aufzug aus gingen sie bis zum hinteren Ende des beigefarbenen, unpersönlichen Raums, wo sich Schreibtisch an Schreibtisch reihte und alles mit Computern, Kartons und Papierbergen vollgestopft war. Gilles Lemaire war gerade heftig gestikulierend am Telefonieren.

Auf Zehenspitzen schlich sich Jacinthe hinter ihren ehemaligen Partner, der ganz dandylike die Haare mit Pomade nach hinten geklatscht hatte und einen eleganten, tadellos gebügelten Anzug mit Seidenkrawatte trug, und tippte ihn ans Ohr. »Der Gnom«, wie ihn alle nannten, fuhr jäh herum und warf ihr, seine Kinderhand gegen den Hörer pressend, einen bösen Blick zu.

»Lass den Quatsch!«, zischte der kleine Mann, dessen Augen gerade auf gleicher Höhe mit dem üppigen Busen seiner Kollegin waren. »Ich telefoniere gerade mit der Spurensicherung.«

Jacinthe zog einen Flunsch, pflanzte sich vor ihm in einen Sessel und schmollte.

»Du bist ein Langweiler. Nicht mal mehr lachen darf man ...«

Am benachbarten Schreibtisch sah Victor bereits seine E-Mails durch.

Berger hatte ihm Fotos vom leblosen Gesicht der unbekannten Toten geschickt.

Innerhalb weniger Minuten schrieb der Sergent-Détective eine Mail, in der er ausführlich die Umstände des Leichenfunds schilderte und jeden, der im Besitz von Informationen war, aufforderte, mit ihm Verbindung aufzunehmen.

Als er fertig war, schickte er die Mail an alle Polizeireviere auf der Insel, mit den Fotos im Anhang. Dann öffnete er die Nachricht, die er sich bis zum Schluss aufgehoben hatte.

Ich habe erst jetzt von dem Mord erfahren ...
Ich hoffe, du hast trotzdem einen schönen Tag.
Sehen wir uns heute Abend?
Gib mir Bescheid.
iID
N xx

Ein Lächeln erhellte sein Gesicht.

Mit Nadja Fernandez, einer ehemaligen Kollegin vom 11. Revier, teilte er seit mehreren Monaten sein Leben. Während seiner Genesungszeit hatte sie sich häufig in seiner kleinen Wohnung in der Rue Oxford aufgehalten. Sie und Martin, Victors Sohn, mit dem sie sich blendend verstand, hatten sich in dieser schweren Zeit abwechselnd um ihn gekümmert. Neulich hatte sie sogar gefragt, ob sie nicht zusammenziehen sollten. Vielleicht aus Angst, sie zu verlieren, hatte er es nicht über sich gebracht, ihr zu beichten, dass er sich dazu noch nicht bereit fühlte. Nadja gab ihm Halt, brachte Ordnung in sein Leben, ertrug seine

Stimmungsschwankungen. Sie war sexy, temperamentvoll, witzig, immer gut drauf.

Und er liebte sie ... auch wenn er noch nicht den Mut gefunden hatte, es ihr zu sagen.

Wovor hatte er nur Angst?

Vielleicht wollte er nur nicht wieder in die Falle tappen, die das Ende seiner Ehe eingeläutet hatte. Marie und er hatten es sich in ihrem Glück bequem gemacht und sich dabei aus den Augen verloren. Sodass sie nicht imstande gewesen waren, sich wiederzufinden, als er nach einer schweren Verletzung im Dienst dem Alkohol verfiel und in eine Depression stürzte.

Vielleicht hatte er Angst vor sich selbst.

Victor bemerkte, dass Jacinthe über seine Schulter hinweg die Antwort las, die er gerade tippte, doch er entdeckte keine Spur von Sarkasmus in ihrem Blick.

Beide fuhren gleichzeitig herum, als Lemaire krachend den Hörer auflegte.

»Die Spurensicherung hat unweit der Leiche ein Stück Metall gefunden.«

Jacinthe verdrehte ungeduldig die Augen.

»Scheiße! Der ganze Schuppen ist eine Altmetallverwertung, Gilles!«

»Ich weiß, Jacinthe. Ich möchte euch nur auf dem Laufenden halten.«

»Und was noch?«, schaltete sich Victor ein.

»Woher weißt du, dass noch was kommt?«

»Wenn du etwas verheimlichst, sprichst du immer langsamer, und deine Stimme wird tiefer.«

Der Gnom lächelte beeindruckt.

»Ich werde versuchen, daran zu denken, wenn ich das nächste Mal meine Frau anschwindele.«

»Wir hängen an deinen Lippen«, drängte Jacinthe.

»Auf dem Betonboden neben dem Tisch waren Rückstände von Klebstoff.«

»Was für Klebstoff?«, fragte Jacinthe.

»Derselbe, den man auf Klebeband findet.«

Victor spürte, dass eine Migräne im Anmarsch war, und kniff sich mit Daumen und Zeigefinger in den Nasenrücken. Er brauchte immer eine gewisse Zeit, um sich in einen neuen Fall hineinzudenken. Wenn ihn sein Gefühl nicht trog, würde dieser kein Honigschlecken werden.

»Was meint Horowitz dazu?«

»Er sagt, dass er dort nichts geklebt hat. Im Übrigen hat Berger dieselben Rückstände an der Leiche der Unbekannten gefunden, an Knöcheln und Oberschenkeln.«

10.
IDENTIFIZIERUNG

Nach dem Mittagessen, bei dem er an einem Kreuzworträtsel geknobelt hatte, rang sich Chris Pearson dazu durch, in der Rue Sainte-Catherine einen Spaziergang zu machen, doch der eisige Wind zwang ihn, den Rückzug anzutreten.

Wieder im Büro, schenkte er sich einen Kaffee ein, der in seiner Konsistenz an Sirup erinnerte.

Ein Anruf zu Hause, um festzustellen, wie es mit den Mädchen lief, trug ihm Vorhaltungen Corinnes ein, die er aus ihrem Mittagsschlaf geweckt hatte.

Pearson entschuldigte sich und legte auf.

Er trat ans Fenster und betrachtete eine Weile gedankenverloren Schneematschfontänen, die unter den Autos hervorspritzten, die durch den Boulevard René-Lévesque fuhren.

Der Name einer Person, die im Notfall benachrichtigt werden sollte, stand häufig in den Krankenakten. Die Büros der Verwaltung waren sonntags geschlossen, doch Pearson hoffte, am nächsten Tag mit ein paar Telefonaten einen Verwandten André Lorties ausfindig machen zu können.

Bei der Durchsicht seiner E-Mails stieß er auf die, die Lessard wenige Minuten zuvor verschickt hatte, und klickte auf den Anhang, um die Fotos herunterzuladen.

Pearson hatte bereits die Erfahrung gemacht, dass, wenn das Leben aus einem Körper gewichen war, die zurückbleibende Hülle nicht mehr real erschien, als sei sie ihrer Substanz beraubt. Auch jetzt gewann er ein wenig diesen Eindruck, als er das bleiche Gesicht der unbekannten Toten betrachtete, das ihm auf Anhieb gar nichts sagte.

Er wollte schon den Computer ausschalten und nach Hause fahren, als er noch einmal einen Blick auf das Foto der Toten warf.

Dann machte es klick, und er rannte der Korridor hinunter.

Er füllte in aller Eile die Beschlagnahmeanträge aus und trug sich ins Register ein, um die Gegenstände zurückzuerhalten, die er am Morgen in Zimmer 50 in Verwahrung gegeben hatte.

Als der Beamte ihm die Brieftaschen aushändigte, nahm Pearson die der Frau zur Hand und blätterte hektisch durch die Karten, bis er auf den Führerschein stieß. Ein Blick auf das Foto genügte ihm.

Lessard meldete sich nach dem ersten Klingeln.

»Deine Tote ... sie heißt Judith Harper. Ich habe ihre Brieftasche in meinem Zimmer 50.«

SEPTEMBER 1964

DU KOMMST NICHT IN DEN HIMMEL

Unweit von Joliette

Der näselnde Klang der Glocke, die schrille Stimme der Lehrerin, das Kreischen der anderen Kinder. Den Mantel in der Hand, stürzt Charlie Hals über Kopf auf den Korridor hinaus, stößt die Schultür auf und bleibt draußen abrupt stehen, geblendet vom Sonnenlicht, das den Hof flutet.

Ein Blick nach rechts: Die große Gestalt Lennies erhebt sich unter den Bäumen hinter dem Zaun. Egal wie heiß es ist, egal ob Regen, Schnee oder Eiseskälte, Lennie hält ihre gemeinsamen Verabredungen immer ein.

Die Baseballmütze bis zu den Augenbrauen ins Gesicht gezogen, rennt Charlie zu ihm hinüber.

»Ha-hallo, Cha'lie.«

Sein Gestotter hört sich unverständlich an, doch Charlie ist daran gewöhnt.

»Hallo, Lennie. Hilfst du mir?«

Der Rucksack wechselt die Schulter, und Charlies Hand verschwindet in der des Hünen.

»Ei-nen sch-schönen Tag ge-habt, Cha'lie?«

»Na ja, geht so. Und du?«

»Sie w-will nicht weg-gehen, Cha'lie.«

»Wer?«

Lennie bleibt stehen und sieht Charlie in die Augen.

»Die S-Stimme in m-meinem Kopf.«

Der Riese bekreuzigt sich, und die beiden verschwinden im Licht am Ende des Fußwegs.

Die goldenen Ähren wiegen sich sanft im Wind. Léonard liebt es, mit der flachen Hand über ihre Grannen zu streichen. Ein 57er-Chevrolet überholt sie in vollem Tempo auf der Schotterstraße, wirbelt Sand auf und hüllt sie in eine Staubwolke. Sie kommen an der heruntergekommenen Farm der Boivins vorbei, und deren Hund springt bellend um sie herum. Erschrocken versteckt sich Léonard hinter Charlies Rücken.

»Nicht doch, Lennie. Der ist lieb. Streichel ihn.«

Der Hüne streckt die Hand aus, zieht sie aber gleich wieder zurück. Charlie ergreift die Riesenpranke und führt sie sanft über den Rücken des Tiers.

»Siehst du, so geht das. Braver Hund ...«

»B-brave' Hund«, wiederholt Léonard mit einer Stimme, in der noch Besorgnis mitschwingt.

»Hab keine Angst, Lennie.«

Das argwöhnische Gesicht des Hünen hellt sich auf, und seine Augen beginnen zu leuchten, als der Border-Collie sich auf den Rücken legt, um seine Streicheleinheiten zu empfangen.

Ein breites Lächeln legt sich über Léonards Züge.

»E' ist l-lieb ...«

Stimmen ertönen hinter ihnen. Sie fahren herum.

Sorgenfalten treten auf Charlies Stirn: René Desharnais, ein Blödmann mit Ringen unter den Augen und Löchern in seiner Jeans, kommt großspurig auf sie zu stolziert, flankiert von den anderen Raufbolden seiner Bande.

»Sieh mal einer an, da sind Charlie und Le ... Le ... Le ...«

Das Gewieher der anderen Jungs dröhnt Charlie in den Ohren. So laut, dass sie die anderen geradeso übertönt, erhebt sich eine Stimme über die anderen.

»Charlies Bruder, der Idiot.«

Der Sprecher streicht sich eine Haarsträhne aus den Augen und wischt mit dem Ärmel den Rotz weg, der ihm aus der Nase läuft.

»Mein Vater sagt, dass er schwachsinnig ist.«

Geistig behindert, mental zurückgeblieben – Papa und Mama haben das Geheimnis um Lennies Zustand nie gelüftet, aber in Charlie brodelt es: Der Mangel an Respekt ist abscheulich.

»Lennie ist nur anders. Du bist hier schwachsinnig!«

»Ach ja? Dann komm doch her und sag es mir ins Gesicht.«

Charlie stürzt sich auf die Rotznase. Die beiden wälzen sich im Staub, und es hagelt Schläge, bis eine unbesiegbare Kraft sie vom Boden hochhebt.

Das Geschrei verstummt, kein Laut kommt mehr aus den offenen Mündern, allgemeine Kiefersperre.

»Lass mich los«, tobt Charlie und spuckt einen Klumpen Blut in den Sand.

Mühelos hält Léonard alle beide an den Hosenböden.

»D-d-das ist b-böse, Cha'lie. Du ... du ... k-kommst nicht in den Hi-Himmel.«

Die schimmernden Lichtreflexe des scheidenden Tages züngeln auf den Bäumen, Wind streicht durch den Wald. Auf dem Rücken des Hünen singt Charlie beschwingt:

»Die Ameisen marschieren Schritt für Schritt, hurra ...«

»N-noch mal, Cha-Cha'lie, noch mal«, bettelt Léonard, ein seliges Lächeln im Gesicht.

Die Lichter des Hauses blinken in der Ferne zwischen den Bäumen, und zwei neugierige Glühwürmchen schwirren durch die Luft. Plötzlich wird alles von grellem Scheinwerferlicht verschluckt. Der 57er-Chevrolet drosselt das Tempo und kommt neben ihnen zum Stehen.

Das Fenster auf der Fahrerseite senkt sich: Zwei Männer sitzen drin. Im Zwielicht kann Charlie den boshaften Blick des Fahrers ausmachen. Ein Spuckestrahl landet vor ihren Füßen.

»Verfluchtes Hundeleben! Hütet euch vor dem Schwarzen Mann, Kinder. Wie's scheint, treibt er sich hier herum.«

Das teuflische Lachen verliert sich im Lärm der Reifen, die durch den Schotter malmen, dann im sich entfernenden Brummen des Motors.

Léonard und Charlie kommen zu Hause an.

Papa kauert auf allen vieren auf der Veranda und ringt nach Atem. Mama steht über ihn gebeugt, eine Hand in seinen Haaren. Charlie weiß, dass etwas nicht stimmt, noch bevor sie Mamas ersticktes Schluchzen hören.

Léonard schreit auf wie ein verwundetes Tier und stürzt zum Hauseingang.

Charlie steigt die Stufen hinauf und erstarrt vor Papas verschwollenem Gesicht.

11.
DURCHSUCHUNG

Ein Lavastrom hätte die Stimmung in Versailles nicht mehr aufheizen können als Pearsons Anruf. Nachdem er seinen Kollegen Anweisungen gegeben hatte, erstattete Victor eilends seinem Chef, Paul Delaney, Bericht.

Dann kam der heikelste Teil der Übung.

»Wir sind gerade dabei, uns Durchsuchungsbeschlüsse zu besorgen, Chef. Glaubst du, du könntest noch mal den gleichen Trick bemühen wie beim letzten Mal?«

Victor spielte auf einen Fall an, bei dem sie den richterlichen Segen dank Delaneys Initiative in Rekordzeit bekommen hatten.

Der Leiter des Dezernats Kapitalverbrechen, dessen Gesicht mit alten Aknenarben übersät war, seufzte und kratzte sich den Scheitel, wo sich seit einigen Jahren eine kahle Platte breitmachte. »Aber heute ist Sonntag, falls ihr das noch nicht gemerkt habt ...«

»Ich weiß. Danke, Paul.«

Paul Delaneys bester Freund im Jurastudium war heute Richter am Gerichtshof von Québec.

Delaney, der zudem Pate einer Tochter des Richters war, rief seinen alten Kumpel auf dem Handy an, und möglicherweise, weil es um Mord ging, erhielten sie die Beschlüsse diesmal noch schneller.

Mit heulender Sirene und flackerndem Warnlicht brauste der Streifenwagen in die Dunkelheit und schlängelte sich durch den

Verkehr auf dem Boulevard René-Lévesque. Ein Zivilfahrzeug folgte in seinem Windschatten.

»Wer fährt mit Gilles zu Judith Harper?«, fragte der Sergent-Détective, weiter auf die Straße konzentriert.

Jacinthe rutschte seufzend auf dem Beifahrersitz herum.

»Kid ...«

Victor zog die Stirn kraus und schüttelte unzufrieden den Kopf.

»Loïc? Ich weiß nicht, ob das eine gute Idee ist.«

»Der Junge wollte unbedingt mit, und Gilles hat sich erweichen lassen.«

Victor bog scharf in die Rue Berri ab.

»Ich hoffe nur, dass er nicht wieder Mist baut.«

Genervt konsultierte Jacinthe zum x-ten Mal das Display ihres Blackberry.

»Noch immer keine Nachricht von der Streife, die wir zu Lawson geschickt haben.«

Die Polizisten, die zur Wohnung des Anwalts gefahren waren, hatten Anweisung, Jacinthe sofort anzurufen, wenn sie ihn gefunden hatten. Zu diesem Zeitpunkt hatten die Ermittler zwar noch keinen Grund, um Lawsons Sicherheit zu fürchten oder anzunehmen, dass er etwas mit dem Tod Judith Harpers zu tun hatte. Trotzdem musste geklärt werden, warum sie ihn nicht erreichen konnten und wie Lortie in den Besitz der Brieftaschen gekommen war.

»Lass ihnen Zeit. Wenn sie ihn gefunden haben, werden wir es früh genug erfahren.«

»Ich wette um einen Zehner, dass wir in Lorties Zimmer Lawsons Leiche entdecken.«

»Okay, du hast verloren, Pearson hat die Bude bereits durchsucht.«

Victor warf einen Blick in den Rückspiegel, ehe er fortfuhr:

»Und du weißt genauso gut wie ich: Wenn ein Obdachloser

im Besitz der Brieftaschen von Judith Harper und Lawson ist, heißt das noch lange nicht, dass er sie auch ermordet hat. Im Übrigen wissen wir ja noch gar nicht, ob der Anwalt tot ist.«

»Schon, aber der Obdachlose hat Selbstmord begangen«, erinnerte ihn Jacinthe mit erhobenem Zeigefinger.

Plötzlich strahlte Victor übers ganze Gesicht.

»He, wo wir gerade beim Wetten sind, du schuldest mir noch zehn Dollar vom letzten Mal.«

»Scheißkanadier!«, brüllte sie. »Du wirst sie schon kriegen, deine zehn Dollar, keine Sorge.« Kurze Pause. »Übrigens, warum hat Pearson eigentlich die Akte Lortie bekommen? Er hatte in der Nacht doch gar keine Schicht.«

»Pearson hat ihn seit Wochen gesucht. Die Streifenpolizisten vom 21. hatten Anweisung, ihn zu benachrichtigen, wenn sie ihn gefunden haben.«

»Wieso?«

»Lortie hatte einer Politesse den Strafzettelblock geklaut.«

Jacinthe brach in schallendes Gelächter aus und zückte eine Tüte mit Süßigkeiten.

»Hahaha! Dafür hat er posthum einen Orden verdient. Möchtest du Lakritz?«

»Nein, danke.«

»Lortie ist zum Schlafen nicht ins Wohnheim zurückgekehrt?«

»Anscheinend ist es öfter vorgekommen, dass er woanders geschlafen hat.« Er schielte auf die Tüte. »Gib mir doch was.«

Kaum hatte Victor den ersten Bissen gekaut, steckte er sich einen Finger in den Mund und untersuchte seine Backenzähne, weil er fürchtete, eine Plombe verloren zu haben.

»Wi-der-lich«, knirschte er.

»Hat Pearson etwas Interessantes in den Brieftaschen gefunden?«

»Nein, nichts.«

»Und er hat nicht darauf bestanden, dich zu begleiten?«

Als sie über die Rue Saint-Antoine fuhren, zog zu ihrer Linken die Silhouette des stillgelegten alten Bahnhofs Château Viger vorüber. An der Ecke Rue Saint-Louis bremste Victor scharf und hielt neben einem Polizeiauto, das am Straßenrand parkte.

»Nicht, als ich ihm gesagt habe, dass du mitkommst«, antwortete er und öffnete die Tür.

Jacinthe lachte schallend, ein ehrliches Lachen. Der Scherz war ganz nach ihrem Geschmack.

Ein Stück weiter im Osten stieg weißer Rauch aus dem Ziegelschornstein der Brauerei Molson.

In diesem Teil der Rue Saint-Louis mischten sich unter die geschmackvoll renovierten denkmalgeschützten Häuser auch marode Altbauten und unbebaute Grundstücke. Vor mehreren Fassaden waren Reklameschilder von Immobilienhändlern aufgepflanzt.

Das Gebäude, das sie betraten, war mit Abstand und keineswegs überraschend das schäbigste von allen. Victor spähte die Treppe hinauf. Die vergilbten Wände waren verkratzt, der Gips an mehreren Stellen abgeplatzt. Als er die Stufen erklomm, stieg ihm Uringeruch in die Nase.

Auf dem Treppenabsatz spendete eine einsame Glühbirne ein fahles Licht.

Laut Vorschrift hätten die Ermittler eigentlich einen Schlosser hinzuziehen müssen. Da Lortie aber tot war, hatten sie sich damit begnügt, die Concierge um Hilfe zu bitten.

Letztere wollte gerade die Tür aufschließen, als sie einen Schritt zurückwich. Auch Jacinthe und Victor hatten das Geräusch gehört, das von drinnen gekommen war.

Victor zog seine Glock und hämmerte mehrmals gegen die Tür.

»Polizei! Öffnen Sie.«

Die beiden Polizisten brauchten kein Wort zu wechseln.

Jacinthe öffnete, und Victor stürzte ins Zimmer. Es dauerte nur einen Sekundenbruchteil, bis er die Lage erfasst hatte, zu dem offenen Fenster lief und den Vorhang aufzog, der im Wind flatterte: Ein Mann in Unterwäsche flitzte die gewundene Feuerleiter hinunter, die auf einen kleinen Hinterhof führte, an den ein unbebautes Grundstück mit schlanken Bäumen grenzte.

Victor wollte schon auf den Flüchtenden anlegen und ihn zum Stehenbleiben auffordern, als die beiden Streifenpolizisten, die unten geblieben waren, mit gezückten Waffen in den Hof stürmten.

Barfuß im Schnee, blieb der Mann sofort stehen, ohne Widerstand zu leisten. Die Beamten nahmen ihn am Fuß der Leiter in Empfang.

Drinnen kam ein angetrunkener Mann in Jeans und Muscle-Shirt aus seinem Zimmer. Ein anderer in Lumpen trat auf den Treppenabsatz.

»Hier gibt es nichts zu sehen. Kehren Sie in Ihre Zimmer zurück«, rief Victor und schwenkte seine Marke.

Weil Uringestank aus der Matratze aufstieg, hatte Victor das Fenster offen gelassen. In den vier grauen Wänden des Zimmers standen nur ein speckiges Bett, eine auseinanderfallende Kommode und ein wackeliger Stuhl. In einer Ecke lag ein Haufen zusammengeknüllter Wäsche, die nach Schweiß und Feuchtigkeit muffelte.

Durch die papierdünne Wand vernahm Victor von Zeit zu Zeit laute Stimmen aus dem Nachbarzimmer, in das Jacinthe den Flüchtigen gebracht hatte, um ihn zu vernehmen.

»Ich überlasse ihn dir, aber dreh ihn nicht durch die Mangel«, hatte er ausdrücklich noch gesagt.

»Nur ein bisschen«, erwiderte sie mit einem maliziösen Grinsen.

»Jacinthe!«, hatte er zwischen zusammengebissenen Zähnen hervorgestoßen.

Seine Kollegin ging ihm häufig so auf die Nerven, dass er in Rage geriet.

»Reg dich ab! Das war ein Scherz.«

Mit Latexhandschuhen ausgestattet, stöberte Victor in den Taschen einer Hose, die er auf gut Glück von dem Kleiderhaufen geklaubt hatte, brachte aber nur Zigarettenkippen zum Vorschein. In einer Schublade der Kommode fand er ein Polaroidfoto, das ein brünette, vollbusige Frau Anfang dreißig zeigte. Sie blickte in die Kamera, ohne zu lächeln. Nachdem er vergeblich zu entziffern versucht hatte, was in verwaschener Schrift auf den weißen Rand gekritzelt war, versenkte er das Foto in einem Plastikbeutel.

Unter dem Bett lagen zwei leere Gin-Flaschen der Marke De Kuyper.

Victor stand eine Weile da und betrachtete den Blumentopf auf der Kommode. Es war doch erstaunlich, dass Lortie, der sich selbst ganz offensichtlich vernachlässigt hatte, eine Pflanze am Leben erhalten hatte.

Plötzlich fiel ihm auf, dass aus dem Nebenzimmer nichts mehr zu hören war. Konnte er Jacinthe vertrauen? Er beschloss, den Dingen ihren Lauf zu lassen.

Seinen Ekel überwindend, hob er die Matratze an. Ein Pillenfläschchen lag auf dem Rost. Er griff danach, nahm es in Augenschein und ließ es dann in einen Beutel gleiten.

Er untersuchte den Rost und drehte ihn komplett um. Mehrere Pappdeckel waren zwischen Bettpfosten und Holzrahmen gestapelt. Er zog sie vorsichtig hervor und breitete sie auf dem Boden aus. Er brauchte eine Weile, bis er die sechs Rechtecke von 24 × 60 Zentimetern richtig zusammengefügt hatte.

Victor wurde leicht schwindelig: Auf die Pappdeckel war ein

kompliziertes Gewirr von Wörtern geschrieben, mal mit blauem oder rotem Kuli, mal mit schwarzem Filzstift. Hunderte, ja sogar Tausende von Buchstaben und Symbolen, die ein chaotisches Labyrinth ergaben, ein Netz, das seinen eigenen Regeln folgte, ein undefinierbares Mosaik.

Das Werk eines verwirrten Geistes, hätten die einen gesagt, das eines Genies, die anderen. Jacinthe, die in ihrem wiegenden Gang hereinkam, wusste sofort, was sie davon zu halten hatte:

»Scheiße! Ein armer Irrer!«

12.
ZEITUNGSAUSSCHNITT

Nachdem sie das Gekritzel auf den Pappdeckeln eine Zeit lang angestarrt hatten und zu dem Schluss gekommen waren, dass ihnen auf die Schnelle nichts Vernünftiges dazu einfallen würde, einigten sich Jacinthe und Victor darauf, die Spurensicherung zu rufen, damit sie Fotos davon machte. Und noch bevor Victor dazu kam, ein weiteres Wort zu sagen, berichtete ihm seine Kollegin, dass der Mann, der den Fluchtversuch unternommen hatte, Michael Witt heiße und ein Zimmer im Stockwerk darunter bewohne. Anfangs habe er behauptet, er habe nur einen Flaschenöffner holen wollen, den er Lortie vor einigen Tagen geliehen hatte. Später habe er dann zugegeben, dass er, nachdem er von dessen Tod erfahren hatte, in sein Zimmer eingestiegen sei, um ihn zu bestehlen.

Jacinthe war dem nachgegangen, hatte aber kein Diebesgut bei ihm gefunden.

Victor wagte sich nicht vorzustellen, wie sie diesen Witt so schnell zum Reden gebracht hatte. Er schürzte die Lippen und schüttelte sichtlich verärgert den Kopf.

»Jacinthe … du hast ihn doch nicht …«

»Mann, du kennst mich doch!«, brauste sie auf, das Unschuldslamm spielend.

Victor machte sich immer dann die größten Sorgen, wenn Jacinthe ihn davon zu überzeugen versuchte, dass er sich keine zu machen brauche.

»Gut«, sagte er bewusst unaufgeregt. »Sonst noch was?«

»Die Concierge ... Sie bestätigt, dass Lortie häufig für längere Zeit weggeblieben ist. Sie glaubt, dass er im Freien oder in Obdachlosenasylen geschlafen hat.«

»Ich habe vielleicht eine Idee, wo er hingegangen sein könnte.«

Victor hielt ihr den Beutel mit dem Pillenfläschchen hin, das er zwischen Matratze und Bettrost gefunden hatte.

»Pillen?«

»Neuroleptika. Der Name des Arztes steht drauf.«

Die kurzsichtige Jacinthe musste sich das Fläschchen nah vor die Augen halten, damit sie das Etikett entziffern konnte.

»Doktor Mark McNeil ... Und inwiefern verrät uns das, wo Lortie hingegangen ist?«

»McNeil arbeitet in der Psychiatrischen Klinik Louis-H. Lacontaine. Wir sind noch nicht dazu gekommen, uns Lorties Akte anzusehen, aber es würde mich nicht überraschen, wenn er von Zeit zu Zeit einen Abstecher dorthin gemacht hat.«

»Und woher weißt du, dass McNeil Psychiater im Louis-H. ist? Wegen deines Vaters?«

Victor erstarrte, dann ballte er die Fäuste, und seine Kiefernmuskeln verkrampften sich.

»Ich weiß es eben!«, antwortete er schroff und stürmte auf den Flur hinaus.

Auf der Etage gab es nur ein Bad für vier Zimmer. Victor betrat die Kloake und schlug die Tür hinter sich zu. Über das Waschbecken gebeugt, spritzte er sich zunächst kaltes Wasser in das hochrote Gesicht, dann befühlte er die geschwollenen Adern an seinen Schläfen.

Sein Blut kochte. Eine dumpfe Wut war in ihm hochgestiegen, die er nicht unter Kontrolle bekam. Seine Faust flog durch die Luft, zertrümmerte den Spiegel und verwandelte ihn in ein Mosaik.

Am Ende ließ er seinen Aggressionen freien Lauf, indem er immer wieder gegen die Kachelwand trat.

Victor brauchte einen Moment zum Verschnaufen, dann öffnete er das Fenster und steckte sich eine Zigarette an. Diese Wutanfälle hatten während seiner Genesungszeit begonnen und wurden immer häufiger. Sie kamen ganz plötzlich und ohne Vorwarnung, waren übermächtig und entzündeten sich oft an banalen Ärgernissen. Im Übrigen bereitete es Jacinthe ein diebisches Vergnügen, an den Schrauben zu drehen, die ihn aus der Haut fahren ließen, und das zehrte an ihm. Diesmal hatte sie mit ihrer Bemerkung zwar keine böse Absicht verfolgt, wohl aber einen wunden Punkt getroffen.

Glassplitter des Spiegels hatten sich in seine Hand gebohrt. Er zupfte sie vorsichtig heraus und spülte die Haut unter fließendem Wasser ab. Da er nichts Besseres hatte, wickelte er eine halbe Rolle Toilettenpapier um das Handgelenk. Erschöpft hockte er sich auf den Rand der Badewanne, die schwarz war vor Dreck, und nahm, den Blick auf den Boden gerichtet, einen tiefen Zug von der Zigarette.

In diesem Moment sah er sie: Unter der Wucht seiner Tritte war eine Kachel verrutscht. Victor beugte sich vor und bemerkte, dass der Fugenmörtel in gleichmäßigen Abständen Risse aufwies. Hatte man die Stücke wieder eingesetzt, um den Anschein zu erwecken, dass die Fugen noch intakt waren?

Mit Hilfe seines Autoschlüssels hebelte er die Fliese vollends von der Wand.

Sein Puls beschleunigte sich. Mit Daumen und Zeigefinger zog er an dem Ziegel dahinter, und tatsächlich, er glitt heraus. Er griff in die Öffnung, tastete den Hohlraum ab und brachte einen zylindrischen Gegenstand zum Vorschein. Er betrachtete ihn im Licht: Es handelte sich um einen Tubo aus Aluminium, der einmal eine Montecristo-Zigarre beherbergt hatte. Victor öffnete ihn und fand darin einen vergilbten, rissigen Zeitungsausschnitt.

Er rollte ihn behutsam auseinander und stellte fest, dass der Artikel vom 11. Oktober 1970 datierte.

Am Ende des Korridors sprach Jacinthe mit einem Heimbewohner.

»Geht's wieder«, fragte sie, sich Victor zuwendend.

Er sah sie kaum an.

»Wir fahren nach Versailles zurück.«

»Aber wir sind mit der Befragung der anderen noch nicht fertig.«

»Ruf die Spurensicherung an. Sie sollen auch das Badezimmer unter die Lupe nehmen.«

»Hast du noch was gefunden?«

Victor eilte in Lorties Zimmer. Er raffte die Beutel zusammen, schnappte die Pflanze auf der Kommode und stürmte die Treppe hinunter.

Er bat die Streifenpolizisten, sich bis zum Eintreffen der Kriminaltechniker vor Lorties Zimmertür zu postieren, dann ging er mit Jacinthe schweigend zum Wagen. Als er sich ans Steuer setzte, hielt er ihr den Zeitungsausschnitt hin.

»Was ist das?«, fragte sie beim Anschnallen.

Victor fuhr los.

»Ein Artikel über die Entführung von Pierre Laporte.«

»Dem Kerl, den die FLQ gekidnappt hat?«

»Laporte war Minister.«

»Armer Irrer«, murmelte Jacinthe, womit sie André Lortie meinte.

Victor stieg auf die Bremse: Eingemummelt in einen schmutzigen Parka, war vor ihnen Michael Witt zwischen zwei Autos hervorgetreten. Victor winkte ihn über die Straße, dann drehte er sich, ein unheilvolles Funkeln in den Augen, zu Jacinthe hinüber.

»Ich hab's gewusst!«

Witt hielt einen blutverschmierten Lappen an sein linkes Auge gedrückt.

13.
DIE GROSSE TAFEL

Victor klebte sich ein Pflaster auf die Hand und goss die Pflanze, die er auf seinen Schreibtisch gestellt hatte. Dann begab er sich in den Konferenzraum, wo Jacinthe in Erwartung eines langen Abends gerade Hühnchen bestellte.

Jemand hatte die Fotos der Spurensicherung von Judith Harpers Leiche und die des toten Lortie, die Pearson geschickt hatte, an die große Plexiglastafel geheftet.

Victor klebte Kopien des Zeitungsartikels und des Polaroidfotos aus dem Wohnheim daneben.

Nach seiner Rückkehr hatte er sich die Zeit genommen, einen Blick auf das Strafregister des Obdachlosen zu werfen, wozu er in der Hektik vor der Durchsuchung nicht gekommen war. Dabei hatte er erfahren, dass Lortie mehrfach wegen Landstreicherei und Störung der öffentlichen Ordnung festgenommen worden war. Vor allem aber hatte er bestätigt gefunden, was er bereits vermutet hatte, nämlich dass die Polizei ihn des Öfteren in die Psychiatrie gebracht hatte. Der jüngste Vorfall datierte vom November: Lortie war von einer Streife in die Lafontaine-Klinik gefahren worden, weil er Suizidabsichten geäußert hatte.

Es war also nicht verwunderlich, dass Victor Neuroleptika in seinem Zimmer gefunden hatte.

Als er den Beutel mit dem Pillenfläschchen auf den Tisch stellte, fiel ihm ein, dass er noch etwas zu erledigen hatte. Er warf einen Blick auf seine Uhr und zog eine Pillendose aus der Tasche.

Er hatte gerade zwei Tabletten geschluckt, als er merkte, dass Jacinthe in der Tür stand und ihn komisch ansah. Hastig steckte er die Dose wieder weg und verschluckte sich an seiner Spucke.

»Paracetamol ... Ich habe Kopfschmerzen.«

Jacinthe wusste, dass das gelogen war, und Victor wusste, dass sie es wusste.

»Ich habe dir einen Schlegel und einen Salat mit Sahnedressing bestellt.«

»Perfekt, danke.«

Um demonstrative Gelassenheit bemüht, setzte sich Victor in einen Sessel und begann, einen Bericht zu lesen, in dem die Informationen, die man in ihrer Abwesenheit über Nathan R. Lawson gesammelt hatte, zusammengefasst waren. Jacinthe ging mit dem über Judith Harper aus dem Raum.

Lawson war einundsiebzig Jahre alt. Aus Montreal stammend, hatte er von seiner Mutter ein beträchtliches Vermögen geerbt, das sie im Import-Export-Geschäft gemacht hatte. Er wohnte in einer luxuriösen Eigentumswohnung im Herzen der Stadt und besaß darüber hinaus ein prächtiges Landhaus am Massawippi-See sowie eine Villa an der Côte d'Azur.

Victor schmunzelte: »Mit goldenem Löffel im Mund geboren«, hätte sein ehemaliger Partner, Mentor und Ersatzvater Ted Rutherford gespottet.

Junggeselle, homosexuell und kinderlos, hatte Lawson an der renommierten Harvard University studiert und seinen Abschluss gemacht. Er saß im Verwaltungsrat einer ganzen Reihe von Unternehmen, Stiftungen und karitativen Einrichtungen. Als persönlicher Freund eines früheren Dirigenten des Montrealer Sinfonieorchesters besaß er ein Abonnement für das Théâtre du Nouveau Monde und wurde häufig bei Partys der Gesellschaft gesehen. Selbstverständlich verkehrte er in den besten Restaurants der Stadt.

Victor stand auf und ging in die Küche, um sich eine Flasche Wasser zu holen. Als er zurückkam, saß Jacinthe am Schreibtisch und las ihren Bericht. Ihre Blicke begegneten sich. Er hätte es nicht beschwören können, aber sie wirkte irgendwie unzufrieden.

Er nahm seine Lektüre wieder auf, übersprang einige Absätze und las aufmerksam das Protokoll eines Gesprächs zwischen dem Anwalt und seiner Sekretärin, deren Namen er sich in seinem Notizbuch notierte.

»Jacinthe?«, rief er, wobei er die Hände wie einen Trichter an den Mund legte, um sicherzugehen, dass sie ihn auch hörte.

»Hmm?«

»Hast du schon was von der Streife gehört, die wir zu Lawson geschickt haben?«

»Nein. Ich habe ihnen vorhin eine Nachricht geschickt.«

Victor betrachtete ein Foto von Lawson, das er sich von der Website seiner Kanzlei ausgedruckt hatte: rotes Gesicht, schütteres Haar, fliehendes Kinn, dünner Schnauzer.

»Tauschen wir?«

Jacinthe stand vor seinem Schreibtisch und hielt ihm den Bericht über Judith Harper hin. Wie hatte seine Kollegin es geschafft, so viele Pfunde zu bewegen, ohne dass er sie hatte nahen hören?

»Okay. Hier.«

Victor senkte den Blick auf das Papier, das sie ihm gegeben hatte, merkte aber schon im nächsten Moment, dass sie sich nicht vom Fleck gerührt hatte. Er hob das Kinn. Jacinthe sah ihn streng an.

»Sag mir, dass du nicht wieder damit angefangen hast.«

»Wovon redest du? Ich hab dir doch gesagt, das war nur Paracetamol.«

Murrend ging sie aus dem Raum, und er las weiter.

Gebürtig in Montreal und siebenundsechzig Jahre alt, war Judith Harper emeritierte Professorin von der McGill University, wo sie im Fachbereich Psychiatrie über fünfundvierzig Jahre unterrichtet hatte. Sie hatte niemals Patienten behandelt, sondern sich ganz der Forschung gewidmet. Dabei hatte sie zahlreiche Bücher geschrieben, mit denen sie dem Fach ihren Stempel aufgedrückt hatte. Verwitwet und kinderlos, war sie Mitglied bei den Freunden des Centre Canadien d'Architecture und engagierte sich bei den Fangs, einer Organisation, die sich für Tierrechte einsetzte.

Victor hustete und trank einen Schluck Wasser.

Von einer Rechercheurin auf die Schnelle zusammengestellt, kamen diese Profile über Ansätze nicht hinaus. Gleichwohl vermittelten sie einen ersten Eindruck und würden im weiteren Verlauf der Untersuchung mit weiteren Inhalten gefüllt und vertieft werden. Victor machte sich am Rand eine Notiz. Bei Harper und Lawson hatten sie es mit ehrbaren Leuten zu tun, mit Menschen, die bereits über das mittlere Alter hinaus waren.

Vom Korridor hallte Geschrei herein.

Jugendliche Lachsalven verrieten Victor, dass Gilles Lemaire und Loïc Blouin-Dubois, ein langer Schlaks Ende zwanzig, im Dezernat eingelaufen waren.

Alle strömten zum Raum der Ermittler, und auch Paul Delaney erschien aus seinem Büro, die ganze Last der Welt auf seinen Hängeschultern.

»Besprechung in fünfzehn Minuten. Ich habe Hühnchen kommen lassen.«

Ein Raubtiergrinsen ging über Jacinthes Gesicht: Da sie selbst schon welche bestellt hatte, würde niemand darben müssen!

Der Geruch von Fett und Fritten erfüllte den Raum.

Die leeren Esskartons stapelten sich in einer Ecke auf dem grauen Teppich. Nur Jacinthe und Loïc hatten noch nicht aufgegessen, da Erstere widerwillig eingewilligt hatte, sich mit Letzterem eine der beiden überzähligen Portionen zu teilen.

Victor hatte Nadja gerade gesimst, dass er später kommen würde. Gilles Lemaire war noch damit beschäftigt, sich mit feuchten Reinigungstüchern die Finger zu säubern. Und am Ende des Tischs blätterte Paul Delaney, einen Rülpser unterdrückend, dann eine Handvoll Säureblocker kauend, in seinen Notizen.

»Die Streife hat Lawson nicht angetroffen, aber sie hat uns einen Zeugen mitgebracht«, teilte er mit. »Victor, du wirst dich um ihn kümmern. Loïc, du nimmst an der Befragung teil und …«

»Yesss!«, rief der junge Polizist und schlug auf den Tisch.

»Loïc, aber diesmal …«

Delaney beließ es dabei. Loïc zog ein Gummiband aus der Tasche, strich sich die langen blonden Zotteln aus den Augen und band sie zu einem Pferdeschwanz zusammen. Vor dem Essen hatte er seinen Hoodie ausgezogen und darunter ein Nirvana-T-Shirt und zwei Arme zum Vorschein gebracht, die bis zu den Handgelenken mit einem verschlungenen Labyrinth von Tattoos bedeckt waren, das auf ästhetische Weise viele kräftige Farben vereinte.

Mit zerknirschter Miene signalisierte Loïc seinem Vorgesetzten, dass er den Wink verstanden hatte.

»Es wird keine Probleme geben, Chef.«

»Wer ist der Zeuge?«, fragte Victor.

»Das ist noch unklar«, antwortete Delaney. »Ein junger Mann, der bei Lawson gewohnt hat.«

»Er hat keine Kinder«, bemerkte Victor.

»Aber dann liegt es doch auf der Hand«, meinte Jacinthe und machte augenzwinkernd eine obszöne Geste.

Sie klopfte sich auf die Schenkel, sodass Barbecuesauce auf den Jackettärmel des Gnoms spritzte, der, sehr pingelig mit seiner Kleidung, hell entsetzt war und ihr einen bösen Blick zuwarf.

»Jacinthe, ich muss doch bitten …«

»Verzeihung, Chef.«

»Gilles, erzähl uns von eurem Besuch bei der Toten«, fuhr Delaney fort.

Noch hatte der Gnom seinen Kollegen nichts Bedeutsames zu berichten. Bis auf den Umstand, dass ein paar Winterklamotten auf dem Boden herumlagen, hatte in der Wohnung alles in Ordnung ausgesehen. Auch war es noch nicht gelungen, Familienangehörige Judith Harpers ausfindig zu machen. Was ihre Nachbarn anging, so hatten die sie kaum gekannt und weder etwas gehört noch gesehen. Bei der Wohnungsdurchsuchung hatte man allerdings Adresse und Telefonnummer eines gewissen Will Bennett gefunden, der allem Anschein nach ihr Geliebter war. Bislang hatte man vergeblich versucht, ihn zu Hause zu erreichen.

»Wir müssen so schnell wie möglich mit ihm sprechen«, erklärte Delaney.

Niemand machte sich etwas vor: In den meisten Fällen wurde Gewalt gegen Frauen von Ehemännern oder verschmähten Verehrern verübt. Lortie blieb der Hauptverdächtige, aber je länger man ohne Nachricht von Will Bennett blieb, desto mehr würde der ihm den Rang streitig machen.

»Ich habe ihm eine Nachricht aufs Handy gesprochen«, fuhr der Gnom fort. »Der Klingelton hörte sich so an, als ob er im Ausland wäre.«

Dieses Detail wirkte auf die Gruppe wie eine kalte Dusche. Niemand hatte Lust, auf der Jagd nach einem flüchtigen Mörder in ein anderes Land zu reisen. Zum Schluss erwähnte Lemaire noch, dass die Spurensicherung jetzt vor Ort sei und die üblichen Untersuchungen anstelle.

»Loïc ...«

»Ja, Chef?«

»In den Müll damit.«

Es war nun schon das dritte Mal, dass Kid eine Kaugummiblase hatte platzen lassen.

Loïc stand auf, schlurfte, die Jeans auf Halbmast, zum Papierkorb und warf das Kaugummi hinein.

»Victor? Jacinthe?«

Victor berichtete von ihrem Besuch im Wohnheim. Jacinthe steuerte hier und da ein Detail bei. Dann folgte eine lebhafte Diskussion über mögliche Verbindungen zwischen Lawson, Lortie und Harper.

Delaney hörte nur mit halbem Ohr zu. Er wartete darauf, dass Victor wieder das Wort ergriff.

»Wir sollten uns auf den Mord an Harper konzentrieren, Chef. Denn zu Lawson haben wir im Moment nichts Handfestes. Es ist noch zu früh, um von einem Verschwinden zu sprechen. Er kann ebenso gut tot sein wie im Urlaub auf Costa Rica. Und wir laufen Gefahr, uns in Vermutungen zu verlieren, wenn wir zu verstehen versuchen, warum Lortie die Brieftaschen von Lawson *und* Harper hatte.«

»Was schlägst du vor?«

»Bis wir mit Lawson sprechen können, sollten wir Lorties Tagesablauf rekonstruieren. Wer weiß, vielleicht finden wir ja heraus, dass er ein Alibi für die Tatzeit hat. Das würde uns auf jeden Fall weiterbringen. Parallel dazu könnte Gilles weiter versuchen, Bennett aufzuspüren.«

»Einverstanden. Außer natürlich, deine Vernehmung führt uns in eine andere Richtung.«

»Außerdem werden wir Fotos von den Hieroglyphen auf den Kartons an die Schriftsachverständige schicken«, fügte Victor hinzu. »Sie soll sich das mal ansehen.«

»Gute Idee«, pflichtete Delaney bei.

Zwei Streifenpolizisten hatten soeben den Gemeinschaftsraum betreten. Bei sich hatten sie einen jungen Mann chinesischer Herkunft.

»Der Zeuge ist da!«, rief Loïc. Er sprang auf und eilte ihnen entgegen. Victor erhob sich seufzend.

»Das wird nicht einfach … Jacinthe, ich muss kurz mit dir reden.«

Die beiden unterhielten sich eine Weile etwas abseits, dann begab sich Victor ins Verhörzimmer.

Victor ging um den Stuhl herum, auf dem der junge Mann saß. Dieser wirkte eingeschüchtert, und er hatte Mühe, etwas aus ihm herauszubekommen.

»Wie kann ich sicher sein, dass du die Wahrheit sagst, Wu? Zuerst erzählst du meinen Kollegen, du wärst der Sohn von Monsieur Lawson. Und als ich dir sage, dass er gar keine Kinder hat, änderst du deine Geschichte. Jetzt schwörst du, dass er mit deinen Eltern befreundet ist und dich bei sich wohnen lässt. Aber unter der Telefonnummer, die du uns gegeben hast, können wir sie nicht erreichen.«

»Die Telefonleitungen in China sind schlecht, Monsieur.«

Victors Blick verlor sich im schwarzen Ozean der Augen des jungen Mannes. Loïc, der am Tischende saß, ließ sich kein Wort des Gesprächs entgehen. Sein Kopf ruckte hin und her wie bei einem Tennismatch.

»Du hast keinen Pass, keine sonstigen Papiere. Und dann behauptest du auch noch, man hätte dir die Brieftasche gestohlen. Willst du mich auf den Arm nehmen?«

Loïc lachte. Victor warf ihm einen vernichtenden Blick zu.

»Ich sage die Wahrheit. Monsieur Lawson hat angerufen und gesagt, dass er in Urlaub fährt. Er hat mich gebeten, eine Tasche zu packen, mit Pass.«

»Und die hast du dem Pförtner des Gebäudes gegeben …«

»Wie Monsieur Lawson gesagt hat.«

»Hast du ihn gesehen?«

Der junge Mann schüttelte den Kopf.

»Und wann ist das alles passiert, Wu?«

»Wie ich schon gesagt habe, Freitagnachmittag.«

»Loïc, behalte ihn im Auge, ich bin gleich wieder da.«

»Okay, Vic.«

Der Sergent-Détective drehte sich zu seinem jungen Kollegen um und hob den Zeigefinger.

»Und keine Dummheiten, Kid.«

Er verließ das Zimmer und füllte sich am Wasserspender einen Becher. Dann betrat er den angrenzenden Raum, in dem Delaney die Vernehmung hinter einem Einwegspiegel verfolgte.

»Ich glaube, dass er die Wahrheit sagt, was die Ereignisse am Freitag angeht. Aber was seine Beziehung zu Lawson betrifft, lügt er. Entweder um jemanden zu schützen oder weil er Angst hat, den Mund aufzumachen«, sagte Victor und warf den spitzen Pappbecher in den Papierkorb.

Die Krawatte gelockert, die Hemdsärmel hochgekrempelt, lehnte sich Paul Delaney in seinem Sessel zurück und legte die Füße auf den Tisch.

»Und was meinst du?«

»Ich kann mich täuschen, aber ich habe das Gefühl, dass er illegal eingewandert ist.«

»Und was hat er bei Lawson gemacht?«

»Komm schon, Paul. Du weißt, dass die Akte einen Vermerk zu seiner Homosexualität enthält.«

»Ja«, seufzte er. »Und die Geschichte mit der gestohlenen Brieftasche?«

»Langsam nehmen die gestohlenen Brieftaschen überhand.«

Vom Korridor drangen laute Stimmen herein. Delaney sprach weiter:

»Ich habe ganz vergessen, dir zu sagen, dass der Junge einen Anwalt angerufen hat, bevor die Beamten ihn mitgenommen haben. Das Gemecker da draußen, das muss er sein. Im Moment haben wir nichts in der Hand. Lass ihn laufen. Ich lasse ihn beschatten.«

Victor hatte kaum die Tür geöffnet, als er auch schon von

einem arroganten Kerl mit blondem Bürstenschnitt, kantigem Kinn und den breiten Schultern eines Quarterbacks angeschnauzt wurde.

»Sind Sie Lessard?«

Die Arme vor der Brust verschränkt, stellte sich Victor zwischen den ungebetenen Gast und die Tür zum Verhörzimmer und versperrte ihm so den Weg. Er hob die Hand, um Delaney zu beruhigen, der Anstalten machte, sich einzumischen.

»In Person. Und Sie?«

»Maître Louis-Charles Rivard, von der Kanzlei Baker, Lawson, Watkins«, kam die Antwort in selbstgefälligem Ton. »Wo ist Wu?«

»Nebenan«, sagte Victor und deutete mit dem Kinn auf die Tür.

»Sie haben nichts gegen ihn in der Hand. Oder ist es ein Verbrechen, sich die Brieftasche stehlen zu lassen?«

»Ganz und gar nicht«, erwiderte Victor in giftigem Ton.

Durch den Wortwechsel alarmiert, eilte Jacinthe zur Verstärkung herbei.

»Aber wozu braucht er überhaupt einen Anwalt?«, schob Victor hinterher.

Rivard stieg die Zornesröte in die Wangen. Victor trat beiseite und ließ ihn ins Verhörzimmer.

»Komm, Wu. Nimm deine Sachen, wir gehen.«

Ein Knall zerriss die Stille. Unter dem empörten Blick Rivards holte Loïc Blouin-Dubois die geplatzte Kaugummiblase wieder ein und kaute weiter. Ausnahmsweise einmal musste Victor schmunzeln.

Ängstlich schlüpfte der junge Chinese in seine Jacke und sah sich verstört um.

»Da Sie schon mal hier sind, hätte ich ein oder zwei Fragen zu Maître Lawson.«

»Maître Lawson ist im Urlaub. Mehr gibt es nicht zu sagen.«

»Ah ja? Er ist ohne seine Brieftasche in Urlaub gefahren?«

In Rivards Pupillen zuckte ein Blitz auf und erlosch sofort wieder.

»Und wenn ich ihn erreichen wollte?«, hakte Victor nach.

»Kommt nicht infrage. Er erholt sich.«

»Na schön, in dem Fall sehe ich mich gezwungen, eine Suchmeldung herauszugeben.«

Louis-Charles Rivard geriet außer sich und trat auf den Sergent-Détective zu, der ihn um Haupteslänge überragte.

»Das werden Sie hübsch bleiben lassen«, knurrte er, den erhobenen Zeigefinger nur Zentimeter vor Victors Brust.

Der Ton wurde rauer. Delaney und Jacinthe schickten sich an, die beiden Männer zu trennen.

»Ich gebe ihm bis morgen Zeit, sich bei uns zu melden«, erwiderte Victor.

»Steht er denn unter irgendeinem Verdacht?«, brüllte Rivard.

»Unter Mordverdacht«, antwortete Victor wie aus der Pistole geschossen.

14.
HEIMKEHR

Der Gnom ging um 20.30 Uhr als Erster.

»Schließlich ist heute Sonntag«, sagte er, als wollte er sich dafür entschuldigen, dass er sie allein ließ, nachdem seine Frau angerufen und ihn gebeten hatte, dringend heimzukommen.

Er schlüpfte in Stiefel und Mantel und stürzte, das Handy am Ohr, zum Ausgang. Die Familie hatte sieben Kinder, alle sehr klein für ihr Alter. Das Alter der Sprösslinge, die Jacinthe übrigens »die sieben Zwerge« nannte, reichte von wenigen Monaten bis dreizehn Jahre.

»Nein, Mathieu, ihr könnt nicht im Gartenhaus schlafen! Warum nicht? Weil es nicht geheizt ist und wir zehn Grad unter null haben … Was soll das heißen, das macht nichts? Gib mir deine Mutter …«

Eine Stunde später machte sich mit bedrückter Miene Paul Delaney auf den Weg, unterm Arm die Plastiktüte mit der Tupperware, die sein Lunch enthalten hatte. Victor, der wusste, wo sein Vorgesetzter hinging, bedachte ihn mit einem mitfühlenden Blick, den der andere, ganz mit sich selbst beschäftigt, jedoch nicht bemerkte.

Loïc Blouin-Dubois wartete nach dem Abgang des Chefs noch zehn Minuten, ehe er ebenfalls verschwand. Seit er die Ersatzbank drücken musste, wiederholte sich jeden Abend dasselbe Spiel: Der Junge sah sich genötigt, Überstunden zu klotzen, um Eindruck zu schinden, dabei wussten alle, dass er nur auf Facebook die Zeit totschlug.

Victor betrachtete durch eine Lupe das Polaroidfoto, das er an die große Tafel geheftet hatte, und ließ den Blick über die Züge der Unbekannten wandern, als Jacinthe zu ihm trat.

»Hast du sie inzwischen angerufen?«, fragte er und drehte sich um.

»Schon vor einer ganzen Weile. Sie müsste jeden Moment hier sein. Was wollen wir eigentlich von ihr?«

»Hast du den Bericht über den Vorfall gelesen?«

»Überflogen.«

»Wovon hat Lortie gesprochen, bevor er gesprungen ist?«

»Weiß ich nicht mehr«, antwortete sie gleichmütig und griff in die Tasche, wo ihr Handy klingelte. »Hallo? ... Einen Augenblick, ich mache Ihnen auf.«

Jacinthe beendete das Gespräch und strebte in Richtung Eingangstür.

»Wenn man vom Teufel spricht«, sagte sie, ohne sich umzudrehen.

Victor bat Constable Gonthier – einnehmendes Gesicht, lachende Augen –, im Konferenzraum Platz zu nehmen, und brachte ihr einen Kaffee. Er selbst nahm keinen, obwohl er gerne einen getrunken hätte. Von Reflux und Verdauungsstörungen geplagt, gestattete er sich nur ein oder zwei Tassen koffeinfreien am Tag.

Widerwillig goss er sich ein Glas heißes Wasser ein und setzte sich der Polizistin gegenüber. Jacinthe trank einen Red Bull und schritt vor der großen Plexiglastafel auf und ab.

»Tut mir leid, aber wir mussten einem Notruf nachgehen«, entschuldigte sich Gonthier und entblößte lächelnd ihre weißen Zähne.

»Aber nicht doch, wir danken Ihnen, dass Sie so schnell gekommen sind. Hören Sie, ich habe Ihren Bericht über den Vorfall gelesen und hätte noch ein paar Fragen.«

Auf seine Bitte hin schilderte sie den Einsatz noch einmal in groben Zügen.

»Dann hat Lortie also ein Herz gesucht, das in die Backsteinmauer geritzt war, mit seinen Initialen und denen einer Frau«, fasste er zusammen.

»Ja.«

»Erinnern Sie sich an den Namen der Frau?«

Die Polizistin durchforstete ihr Gedächtnis und schüttelte schließlich den Kopf.

»Lautete er zufällig Sylvie?«

»Sylvie! Genau!«

Victor stellte noch eine paar Fragen, klärte einige Details, dann brachte er die Polizistin zum Aufzug. Jacinthe stellte ihn zur Rede, als er wieder in den Konferenzraum zurückkehrte.

»Woher hast du den Namen gewusst?«

Er nahm die Lupe vom Tisch und gab sie ihr.

»Sieh dir die halb verwischten Buchstaben auf dem Polaroid an.«

»Du könntest recht haben«, räumte sie ein, ein Auge geschlossen, das andere hinter der Linse auf der Lauer. »Aber es ist nur ein Vorname, der bringt uns nicht viel weiter.«

»Nein, aber wir haben einen Anhaltspunkt, das ist doch was. Wir sollten das Foto von den Experten prüfen lassen. Vielleicht können sie uns sagen, mit was für einem Apparat es aufgenommen wurde. Das könnte uns helfen, es zu datieren.«

»Pfff ... Das wird Tage dauern, und am Ende kommt nichts dabei heraus ... Ich kann dir auch ohne Experten sagen, dass es in den siebziger Jahren gemacht wurde. Sieh dir doch nur ihre Klamotten an, und dann die Frisur.«

»Ja, aber da ist noch ein weiterer Punkt, den ich sowieso interessanter finde.«

»Dass der Typ gesagt hat, er würde sich auch gern erinnern können, oder so was in der Art?«

»Ganz recht. Wir müssen mit seinem Arzt im Louis-H reden.«

»Könnten die Medikamente vielleicht daran schuld sein, dass er Dinge vergessen hat?«

»Das bleibt abzuwarten.«

Jacinthe öffnete den Umschlag, den sie unter dem Arm trug, seit Gonthier gegangen war, und breitete eine Reihe von Fotos vor ihnen aus.

»Die haben wir von der Spurensicherung bekommen. Aus den Kartons, die du bei Lortie gefunden hast.«

Sie betrachteten die Fotos in fast schon andächtigem Schweigen. Die Schrift wirkte wie von nervöser Hand geschrieben, die Buchstaben und Symbole waren in großer Hast hingeworfen worden.

»Das erinnert an Memos«, murmelte Victor nach einer halben Ewigkeit.

»An was?

»An Merkzettel. Schau genau hin ... Was siehst du?«

»Na ja, Datumsangaben, Straßennamen, Wörter ohne logischen Zusammenhang. Das hier hat Ähnlichkeit mit einer Einkaufsliste.«

»Genau. So hat sich Lortie Notizen gemacht.«

»Dann war das so was wie sein Terminkalender?«

»Es war mehr als das, Jacinthe. Ich möchte wetten, Lortie hat unter Gedächtnisverlust gelitten und sich auf den Kartons Notizen gemacht, um den Faden nicht zu verlieren. Was du da siehst, ist das Innere seines Gehirns.«

Als Victor aus der U-Bahn-Station Villa-Maria kam, schickte er Nadja eine SMS, um sie wissen zu lassen, dass er bald da sei. Sein alter Corolla, fast zwei Jahrzehnte lang sein treuer Begleiter, hatte an einem Novembertag von Rost zerfressen den Geist aufgegeben. Am Vorabend war er noch abgegangen wie eine

Rakete, und als er am nächsten Morgen den Schlüssel im Zündschloss drehte, nichts mehr. Herzstillstand. Es hatte ihm einen kleinen Stich versetzt, als der Abschleppwagen ihn abholte, aber er konnte sich mit dem Gedanken trösten, dass sein Wagen das Ende gefunden hatte, das er sich für ihn erträumt hatte: eines Abends einschlafen und nie wieder aufwachen.

Er hatte sich noch immer keinen neuen gekauft.

Nicht weil die Ausgabe seine Mittel überstiegen hätte, sondern weil er im Moment damit leben konnte, mit U-Bahn oder Taxi zu fahren oder sich von Jacinthe mitnehmen zu lassen, die sich dann und wann einen fahrbaren Untersatz lieh. Am Wochenende konnte er darauf zählen, dass Nadja ihn bei Bedarf chauffierte.

Seine iPod-Stöpsel in den Ohren, überquerte Victor den Fußgängerüberweg, der sich über die Autoroute Décarie spannte, diese lange Narbe, die das Gesicht der Stadt entstellte. An der Ecke Rue Girouard blieb er einen Augenblick lang stehen und bewunderte das Schauspiel des schräg einfallenden Schnees, der im grünlichen Licht der Neonreklame an der Taverne Mokland durch die Luft wirbelte.

Einige Meter weiter sah er durch die beschlagene Fensterscheibe das Gedränge im Pub Old Orchard. Plötzlich ging die Tür auf und entließ neben einem Schwall lauter Stimmen zwei Mädchen, die lachend durch den Schnee torkelten.

Victor trank seit längerem nicht mehr, aber von Zeit zu Zeit ging er am Ende der Woche gerne im Pub essen. An der Ecke Avenue Marcil wäre er fast ins Provigo abgebogen, um Milch und Brot zu kaufen. Es war ein alter Reflex, denn seit er mit Nadja zusammenlebte, war sein Kühlschrank im Gegensatz zu früher stets gut gefüllt.

Er checkte seine Nachrichten.

Sie antwortete gewöhnlich, wenn er ihr eine SMS schickte. Aber diesmal ... Die Nasenspitze taub von der Kälte, ging er die

Avenue d'Oxford entlang und betrachtete dabei die Äste, die sich zum Rhythmus der Musik von The Dears im Wind wiegten.

> All systems, go sister
> Up in the air it's a cloud
> All systems, go sister
> Pack up your love and get down
> Underground

Sein Sohn Martin hatte die Playlist zusammengestellt. Nach ein paar schwierigen Jahren, in denen er gefährlich mit Drogen experimentiert und sich mit Kriminellen eingelassen hatte, hatte sich Martin wieder gefangen und arbeitete jetzt als Studiotechniker in der Musikbranche.

Victor war so tief in Gedanken, dass er fast in ein Auto gelaufen wäre, als er die Rue Sherbrooke überquerte. Von einem Hupkonzert begleitet, kam er an seiner Wohnung an.

Im Dunkeln betätigte er den Lichtschalter.

»Nadja?«

Während er den Mantel auszog, fragte er sich, wo Martin jetzt wohl war. Seit Tagen hatte er nichts mehr von sich hören lassen. Aber das war normal. Er würde spätestens dann wieder auftauchen, wenn ihn Mélodie, seine Freundin, nach einem Streit vor die Tür setzte. Victor ging ins Wohnzimmer, sauer, weil Nadja nicht da war. Sie hatte ihm doch gesimst, dass sie bei ihm warten würde.

»Nadja?«

Er wollte gerade den Fernseher einschalten, um RDI zu hören, als er ein gedämpftes Geräusch hörte. Ein Räuspern, das aus dem Schlafzimmer kam. In diesem Moment war es nur eine irrationale Angst, doch sobald sie ihn befallen hatte, konnte er sie nicht mehr vertreiben: Da war jemand.

Sein Puls beschleunigte sich, die Angst setzte Adrenalin frei.
»Nadja?«

Die gezückte Pistole in der zitternden Hand, schlich er sich geräuschlos heran, sah den Lichtschein unter der Tür und trat sie mit dem Fuß auf.

»Steck die Kanone weg, Cowboy. Die brauchst du nicht. Jedenfalls nicht die.«

Von einer Kerze beschienen, strahlte ihm das sanfte Gesicht seiner Geliebten aus dem Zimmer entgegen. Ihre Haare, schwarz wie Ebenholz, wallten auf ihre Schultern, ihre grünen Jadeaugen funkelten, ihr nackter, kupferfarbener Körper tauchte das weiße Laken in rote Glut, flüsterte ihm eine Einladung zu, und die frechen Spitzen ihrer Brüste neckten ihn.

Victor schüttelte den Kopf, stemmte die Hände in die Hüften und atmete in kleinen Stößen aus. Langsam entspannte er sich, legte die Waffe auf die Kommode und konnte endlich lächeln.

»Das hätte gefährlich werden können! Warum hast du denn nicht geantwortet?«

»Tut mir leid, Liebster. Aber es ist nicht leicht, einen paranoiden Ermittler zu überraschen! Komm schon her.« Sie klopfte mit der rechten Hand auf die Matratze.

Victor fuhr sich mit den Fingern durch die kurzen, dichten Haare und zog grinsend sein T-Shirt aus. Muskeln und Adern zeichneten sich unter der Haut ab. Gewichte zu stemmen war für ihn in den letzten Jahren zu einem Ventil geworden.

Nadja und er waren seit den Ermittlungen gegen den König der Fliegen zusammen.

Kennengelernt hatten sie sich im 11. Revier, wohin Victor nach einem schweren Fehler strafversetzt worden war. Er war damals noch mit der Mutter seiner Kinder zusammen und steckte in einer schweren Krise.

Später musste er noch eine schmerzliche Beziehung mit Véronique durchleben, ehe ihm dämmerte, dass Nadja Interesse an ihm hatte. Ein Interesse, das er bis heute nicht begreifen konnte, war der Altersunterschied zwischen ihnen doch beträchtlich.

Im Übrigen machten sie darüber mittlerweile ihre Späße.

»Ja, nicht übel für einen über Vierzigjährigen«, säuselte Nadja mit aufreizender Stimme.

Sie hielt ihn fest, bevor er neben ihr ins Bett schlüpfen konnte, und machte seine Hose auf. Dann schob sie die Finger hinein, holte sein Geschlecht heraus und begann, es zu streicheln.

»Woran hast du gedacht, als du heimgekommen bist?«, fragte sie, während es in ihrer Hand hart wurde. »An deine Ermittlungen?«

Ihre Bewegungen wurden schneller, und er konnte schon keinen klaren Gedanken mehr fassen.

»Vorhin? Hmm ... ist das gut ... Nein, ich habe an ...«

Das Bild seines Sohnes huschte vor seinem inneren Auge vorüber.

»Ich habe an Martin gedacht.«

»Ach ja? Und dann?«, fragte sie mit verruchtem Blick.

»Immer weniger ...«

Als sie es in den Mund nahm, dachte Victor nicht mehr an Martin, auch nicht an die Welt da draußen, die ihn mit jedem Tag mehr verschlang.

Er lebte in der Unendlichkeit des Jetzt.

15.
DER DRITTE MANN

Die drei vermummten Männer brachen mit jedem Schritt die verharschte Schneekruste auf, als sie über die Nordflanke des Mont-Royal huschten. Sie waren weiß gekleidet und eilten mit der Entschlossenheit und Präzision eines Elitekommandos ihrem Ziel entgegen, wobei sie die Lichtkegel der Laternen am Chemin de la Forêt mieden.

Mitten auf dem Friedhof blieb der Mann an der Spitze stehen und gab mit der Hand ein Zeichen.

Wortlos trat einer der beiden anderen zu ihm.

Mit vereinten Kräften machten sie sich daran, systematisch einen Grabstein nach dem anderen umzustoßen. Krachend durchschlugen die Steine die dünne Eisschicht der Schneedecke.

Mit einer Sprühdose bewaffnet, näherte sich der Dritte einem Grabdenkmal, das ein Davidstern schmückte. Er schüttelte die Dose kurz, damit sich die Farbe darin gut vermischte, und begann dann, rote Buchstaben auf Grabsteine zu sprühen:

»Muslim Power«, »Tod den Juden«, »Vergeltung«.

Er hatte gerade einen fünften Stein besprüht, als sich eine Hand auf seine Schulter legte.

»Das war's, wir verschwinden.«

Ein Blick nach rechts klärte ihn darüber auf, dass seine beiden Komplizen inzwischen an die fünfzehn Grabsteine umgeworfen hatten.

Er schleuderte die Sprühdose in den Schnee und folgte den anderen. Sie kletterten über den Eisenzaun, der den Friedhof Shaar Hashomayim umgab. Die Aktion hatte nur wenige Minuten gedauert.

Alles war wie geplant und ohne Zwischenfall gelaufen.

Die Gruppe war auf dem Weg zum Auto, als im Haus gegenüber ein Licht anging. Mitten in der Nacht war das kein gutes Zeichen. Sie waren entdeckt.

Die Haustür ging auf. Ein Mann im Morgenmantel und mit zerzausten grauen Haaren beugte den Oberkörper aus dem Türspalt.

»He! Was habt ihr da hinten getrieben? Die Polizei wird jeden Moment hier sein.«

Der Anführer griff unter den Mantel und zog eine Pistole mit Schalldämpfer hervor. Ohne stehen zu bleiben, feuerte er zwei Schüsse in Richtung des aufdringlichen Menschen. Die Kugeln fuhren in das Holz der Tür, die sofort wieder zuging.

Der Wagen stand mit laufendem Motor in einer dunklen Ecke. Sie sprangen hinein, der Fahrer gab Gas. Sie waren gerade auf den Boulevard Mont-Royal eingebogen, als ihnen ein Streifenwagen entgegenkam und mit hoher Geschwindigkeit vorbeifuhr.

Der Schütze auf dem Beifahrersitz drehte sich zu dem dritten Mann auf der Rückbank um, der als Einziger noch vermummt war.

»Nimm das Ding runter, Lessard. Sonst verrätst du uns noch.«

Martin gehorchte und schob dann die Hände unter die Oberschenkel, damit die anderen nicht merkten, dass sie zitterten.

16.
VERNEHMUNGEN

Montag, 19. Dezember

Victors Blick wanderte aus dem Fenster des Shaïka Café hinüber zum Parc Notre-Dame-de-Grâce, irrte dort umher und verweilte auf einem Hund, der an einen Baum pinkelte, dann auf dessen Herrn, der starr vor Kälte war. Auf der Rue Sherbrooke wälzte sich ein endloser Strom von Autos Richtung Osten, und sobald die Ampel an der Ecke Avenue Girouard auf Rot sprang, bildete sich ein Stau.

»Wo bist du, Victor Lessard?«

Sein Blick glitt über den verschneiten Gehweg, kehrte ins Innere des Restaurants zurück, wanderte über den Tisch und heftete sich schließlich an Nadjas. Es war kurz vor sieben Uhr, und sie hatten bereits gefrühstückt.

»Ich war in Gedanken, entschuldige.«

Nadja legte ihre Hand auf seine und schenkte ihm ein himmlisches Lächeln. Er hätte lieber auf der Stelle tot umfallen wollen, als mit einem anderen zu tauschen.

»Macht doch nichts. Um wie viel Uhr holt dich Jacinthe ab?«
»Sie müsste jede Minute hier sein. Ich werde zahlen.«

Eng umschlungen warteten sie auf dem Gehweg. Der eisige Wind stach auf der Haut. Victor wollte sich gerade zu seiner Geliebten hinüberbeugen, um sie zu küssen, als hinter ihnen eine spitze Stimme ertönte. Nadjas Yogapartnerin nahte, einen Kinderwagen durch den Schneematsch steuernd.

Freudenschreie, Umarmungen: Die beiden Freundinnen hatten

sich seit der Entbindung vor zwei Monaten nicht mehr gesehen. Nadja beugte sich über den Kinderwagen und schlug die Decke zurück, um Victor das Gesicht des Säuglings zu zeigen.

»Einfach süß, nicht?«, rief sie mit einem Glanz in den Augen, den er nicht an ihr kannte.

»Hmm«, brachte er heraus und verschluckte sich.

Es hupte ein paarmal. Er wandte den Kopf. Jacinthe stand auf der anderen Straßenseite. Er verabschiedete sich von den beiden Frauen und lief um die stehenden Autos herum über die Straße.

Er griff nach der Tür des Ford Crown Victoria wie nach einem Rettungsanker und stieg ein.

»Alles klar, Lessard? Du siehst angeschlagen aus.«

Jacinthe fuhr Slalom um die Autos, aber diesmal ließ Victor sie gewähren. Der Revierkampf fand auf einem anderen Feld statt. Sie verwickelten sich in eine Art Krieg der Knöpfe: Er drehte die Heizung hoch, sie drehte sie runter. Sie stellte einen Radiosender ein, er einen anderen.

»Du weißt doch, dass ich Cowboymusik hasse, Jacinthe.«

»Blödsinn, das war Country. Und verschone mich mit deiner Clubmusik.«

Schließlich einigten sie sich auf einen Jazzsender, der, als Victor den Knopf drückte, gerade *So What* von Miles Davis spielte.

»Wie viele Jahre seid ihr auseinander, Fernandez und du?«

»Zwölf.«

»Will sie Kinder?«

»Keine Ahnung. Wir haben eigentlich nie darüber gesprochen. He, Themawechsel: Was wissen wir über den Geliebten von Judith Harper?«

»Bennett? Nicht viel. Er ist Vizepäsident bei Pyatt & White, dem Flugzeugteilehersteller. Und du, willst du noch mehr Kinder?«

»Findest du nicht, dass mit denen, die ich schon habe, genug schiefgelaufen ist? Wo war er denn auf Geschäftsreise?«

»Ich glaube, Gilles hat von Boston gesprochen.« Kurze Pause. »Du wirst keine Wahl haben, wenn du sie behalten willst. Da vorn ist es.«

Der Gnom erwartete sie in der Eingangshalle eines Hochhauses ganz in der Nähe des italienischen Generalkonsulats in der Rue Drummond, etwas südlich der Avenue du Docteur-Penfield. Im Aufzug berichtete er ihnen, dass Will Bennett in der Nacht mit dem Flieger zurückgekommen sei und in aller Frühe bei ihnen angerufen habe.

»Weiß er Bescheid?«

»Er hat darauf bestanden, alles zu erfahren.«

Die drei Polizisten setzten dem Anlass entsprechende Mienen auf und drückten Will Bennett ihr Beileid aus. Er wirkte eher wie von den Ereignissen überrollt als von Trauer überwältigt.

Auf Bitte des Hausherrn zogen die Polizisten die Schuhe aus und legten den Weg durch den Flur ins Wohnzimmer auf Socken zurück. Der Raum war sehr maskulin und luxuriös eingerichtet, ohne protzig zu wirken. Will Bennett bot den Ermittlern Kaffee an, doch nach einem verstohlenen Blick zwischen Victor und Jacinthe lehnten die drei ab.

Vom Sofa aus musterte der Sergent-Détective Bennett. Er entsprach dem üblichen Bild des Erfolgsmenschen: schlank, sportlich, Mitte fünfzig, Poloshirt von Lacoste, darüber lässig einen Pullover geworfen.

Die ersten Routinefragen brachten mehr über ihn in Erfahrung: Er war geschieden, hatte eine Tochter in den Zwanzigern und arbeitete seit über fünfzehn Jahren bei P & W. Judith Harper hatte er vor vier Jahren bei einem Benefizdinner der Fangs kennengelernt.

Wenig später waren sie ein Paar geworden.

»Wann haben Sie Madame Harper das letzte Mal gesehen?«, fragte ihn Victor.

»Wir haben am Abend vor meiner Abreise zusammen gegessen.« Er überlegte lange. »Also am Dienstag.«

»Haben Sie danach noch von ihr gehört?«

»Nein«, antwortete Bennett sofort.

»Denken Sie in Ruhe nach. Keine E-Mail, keine SMS?«

»Nein, nein. Judith hatte weder einen Computer noch ein Mobiltelefon.«

»Hat es Sie nicht beunruhigt, dass Sie nichts von ihr gehört haben?«

»Überhaupt nicht. Wir hatten eine sehr offene Beziehung. Wir haben uns manchmal wochenlang nicht gesehen, und dann sind wir uns zwölf Tage nicht von der Seite gewichen.«

»Hatte sie Familie?«, fragte der Gnom.

»Judith war Witwe, Einzelkind, und sie hatte selbst keine Kinder. Ihr Vater ist gestorben, als sie noch ein Teenager war, und die Mutter hat sie vor ein paar Jahren verloren. Sie muss noch ein paar Cousins haben, aber niemanden, der ihr so nahestand, dass ich von ihm wüsste.«

»Sie war viel älter als Sie, nicht wahr?«, wagte Jacinthe zu fragen.

»Nun ja, ich bin achtundfünfzig, und Judith war sechsundsiebzig«, antwortete Bennett trocken. »Worauf wollen Sie hinaus?«

»Verzeihen Sie, Monsieur Bennett«, erwiderte Victor ruhig. »Sie haben eine schwere Zeit, und dann kommen wir mit all den Fragen. Unter anderen Umständen wären Sie ein potenzieller Verdächtiger gewesen, da Sie aber im Ausland waren …«

»Ich habe ein Alibi, wollen Sie das damit sagen?«

Bennett lief vor Empörung rot an.

»Ich verstehe, dass Sie aufgebracht sind. Aber geben Sie uns zehn Minuten, dann haben wir es hinter uns«, schlug Victor vor.

Sie stellten Bennett noch ein paar Fragen zu seiner Geschäftsreise. Auf Bitten Victors gab er ihnen seine Bordkarten, seinen Parkschein, die Hotelrechnung, und die Telefonnummern und Adressen der beiden Kollegen, die ihn begleitet hatten.

Will Bennett schlug die Tür hinter ihnen zu.

»Zehn Dollar, dass er einen Range Rover fährt«, sagte Jacinthe.

»Nein«, hielt Victor dagegen, »einen Mercedes.«

»Er fährt einen Audi«, klärte der Gnom die Frage, ohne in dem Bericht vom Vortag nachzusehen, der in einem Schnellhefter unter seinem Arm klemmte.

Der Gespräch ging draußen auf dem Parkplatz weiter.

»Hol dir trotzdem von seinen Kollegen eine Bestätigung«, sagte Victor zu Lemaire.

»Zeitverschwendung«, erwiderte Jacinthe. »Der Typ hat ein hieb- und stichfestes Alibi.«

Der Wind heulte zwischen den Häusern.

»Wo drückt der Schuh, Vic?«, fragte der Gnom fröstelnd.

»Es ist wahrscheinlich nichts, aber als ich ihn gefragt habe, wann er Harper das letzte Mal gesehen hat, hat er lange überlegt, bevor er geantwortet hat. Doch als ich wissen wollte, ob er danach noch etwas von ihr gehört hat, hat er sofort geantwortet. Als ob er keinen Zweifel aufkommen lassen wollte.«

»Toll ... Victor Lessard und seine Intuition!«, spottete Jacinthe und verdrehte die Augen.

Von Judith Harpers Wohnzimmer aus beobachtete Jacinthe Taillon, die Hände auf dem Rücken, eine Weile die Passanten, die eingemummelt den Boulevard de Maisonneuve heraufkamen, dann bewunderte sie die Aussicht auf den glitzernden Fluss.

»Sie hat nicht gerade am Hungertuch genagt«, sagte sie, als sie sich zu Victor in die Küche gesellte.

Der Sergent-Détective hatte die Arme verschränkt und schien in Gedanken versunken.

»Gut, du wolltest sehen, wie sie gewohnt hat. Bist du jetzt zufrieden?«, sagte sie. »Wir haben alles durch.«

Er hatte sich jedes Zimmer angesehen, die Nase in jede Ecke gesteckt, aber die Küche zog ihn an wie ein Magnet, ohne dass er wusste, warum.

»Hast du was gefunden?« Pause. »Nein? Können wir dann gehen?«

Jacinthe marschierte schon mal auf den Korridor. Bevor er das Licht löschte, sah sich Victor noch ein letztes Mal stirnrunzelnd um.

Auf dem Bürgersteig neben dem Wagen zündete er sich eine Zigarette an und nahm einen langen Zug. Jacinthe saß bereits auf dem Fahrersitz und telefonierte. Ihre gedämpfte Stimme hallte in der kalten Luft wider. Er stieß den Rauch in bläulichen Kringeln wieder aus und klopfte ans Beifahrerfenster. Sie beendete das Gespräch und ließ die Scheibe herunter.

»Ausgequalmt?«

»Um wie viel Uhr treffen wir uns mit Lawsons Sekretärin?«

»Um elf.«

Victor warf die Kippe in den Schnee und stieg in den Wagen.

»Fahren wir, wir haben noch Zeit.«

»Wo soll's hingehen?«

Der Kostümverleih Joseph Ponton, 1865 gegründet, residierte in einem denkmalgeschützten Haus in der Rue Saint-François-Xavier.

»Wegen deinem Quatsch kommen wir noch zu spät«, murrte Jacinthe und stieß die Ladentür auf.

»Zwei Minuten, nicht länger«, entgegnete Victor, dessen Blick bereits über die Auslagen wanderte.

Ein Angestellter mit Doppelkinn kam ihnen händereibend entgegen.

»Kann ich Ihnen helfen, Monsieur?«

»Vielleicht, ja. Ich suche ein Koboldkostüm für Weihnachten.«

»Ich habe keine in Ihrer Größe. Was ich auf Lager habe, eignet sich allenfalls für ein Kind.«

»Zeigen Sie es mir trotzdem«, erwiderte Victor aufgeräumt.

Jacinthe runzelte die Stirn. Sie hatte verstanden.

»Was bist du nur für ein Idiot, Lessard!«

Adèle Thibault hatte sich mit ihnen im Gastronomiebereich der Tour de la Bourse verabredet. Es wimmelte dort von Geschäftsleuten mit verdrießlichen Gesichtern, die wenige Tage vor den Ferien davon träumten, an einem Strand im Süden, in ihrer Hütte in Laurentides oder auch zu Hause das Fest zu feiern. Lawsons Sekretärin trug ein sehr strenges, schwarzes Kleid mit einer gelben Nelke auf der linken Brust. Ihr graues Haar war zu einem Dutt gebunden, der ihr Gesicht und seine Schönheitsfehler preisgab. Sie trank ihren Kaffee in kleinen Schlucken und verzog dabei das Gesicht, als nehme sie bitteren Hustensaft zu sich.

»Seine Abreise scheint sie überrascht zu haben«, bemerkte Victor.

»Er hat in sechsundzwanzig Jahren ein Dutzend Mal Ferien gemacht. Es ist das erste Mal, dass er verreist, ohne mir vorher Memos zu den Klientendossiers zu diktieren. Außerdem hat er den Löwenanteil an Maître Rivard delegiert, der nicht unbedingt ... ich meine ...«

»Der nicht der Kompetenteste ist?«, komplettierte Victor den Satz.

Sie schloss die Augen, schüttelte den Kopf, öffnete sie dann wieder und sah ihn verschwörerisch an.

»Von mir haben Sie das nicht.«

»Wissen Sie von seinem Umgang mit einem jungen Mann namens Wu?«

Die Sekretärin deutete ein Lächeln an.

»Von dem speziell jetzt nicht, aber Ihnen dürfte ja bekannt sein, dass er eingefleischter Junggeselle ist.«

Victor und Jacinthe tauschten einen wissenden Blick aus: Die Anspielung auf Lawsons Homosexualität war ungefähr so versteckt wie eine Warze mitten auf der Nase. Adèle Thibault gehörte der Generation an, in der man Schwule noch so titulierte.

»Wie sah sein Terminkalender an dem Tag aus?«, fragte Victor.

»Er hatte um sieben Uhr ein wichtiges Meeting mit Klienten, hat es aber mittendrin verlassen und mich gebeten, eine Akte aus dem Archiv holen zu lassen.«

»Und dann?«

»Zehn Minuten später ist er bei mir erschienen, hat gesagt, dass ich keine Anrufe durchstellen soll, und sich in sein Büro zurückgezogen. Als die Akte gekommen ist, hat er Lucian, den Büroboten, gebeten, sie zu seinem Wagen runterzubringen, und ist gegangen.«

»Ich könnte mir vorstellen, dass dieses Verhalten ungewöhnlich für ihn war.«

»So etwas ist noch nie vorgekommen.«

»Und die Akte? Worum ging es dabei?«

Eine alte, abgelegte Akte, an deren genauen Namen sie sich nicht mehr erinnerte. »North Industries oder so etwas in der Art« war alles, was Victor aus ihr herausbekam. Sie versprach, ihm die Details zu mailen.

»Hat er anders gewirkt, als er ging? Durcheinander?«

»Durcheinander? Allerdings. Aber so wirkt er immer.«

Victor konnte sich ein Schmunzeln nicht verkneifen. Bevor sie ihren Kaffee austrank, zog die Frau eine Tüte Pfefferminzbonbons aus ihrer Handtasche und schob sich eines in den Mund. Sie bot ihnen davon an. Jacinthe, die noch kein Wort gesagt hatte, konnte nicht widerstehen.

»Sie haben nicht geglaubt, dass er in den Urlaub gefahren ist?«, fragte Victor weiter.

»Keine Sekunde.«

»Wo ist er dann? Ist sonst noch etwas Ungewöhnliches geschehen? Überlegen Sie ... ein merkwürdiger Telefonanruf, ein Besuch?«

Jacinthe klopfte Victor auf die Schulter und deutete auf etwas.

»Mach dich auf Ärger gefasst.«

Der Sergent-Détective drehte den Kopf. Ein gewinnend lächelnder Louis-Charles Rivard machte den Gockel vor einer jungen Praktikantin, deren lange, schlanke Beine durch schwarze Nylonstrümpfe schimmerten.

Das Lächeln des Anwalts erstarb, als er Lawsons Assistentin mit den Polizisten erblickte.

Augenblicklich kam er, rot vor Zorn, herübergestürmt.

»Wie können Sie es wagen, ohne Erlaubnis unsere Angestellten zu befragen?«, stieß er mit leiser Stimme hervor, bemüht, seine Entrüstung zu bezähmen.

Er nahm Adèle am Arm und zwang sie, aufzustehen und ihm zu folgen. Zum zweiten Mal innerhalb von vierundzwanzig Stunden versperrte ihm Victor den Weg.

Diesmal gab es nichts zu lachen.

»Ich brauche keine Erlaubnis, um Sie zu befragen. Was können Sie mir zu der Akte sagen, die Maître Lawson in die Ferien mitgenommen hat?«, fragte Victor, wobei er »in die Ferien« betonte und mit den Händen zwischen Anführungszeichen setzte.

»Nichts. Das fällt unter das Berufsgeheimnis. Aus dem Weg.«

Eine Beleidigung auf der Zunge, musterte Victor den Anwalt verächtlich, ohne etwas zu sagen. Jacinthe kannte diesen Blick und wusste, dass er nicht nachgeben würde. Mit einem Mal wirkte er wie eine unüberwindliche Mauer. Sie stand auf und legte ihrem Partner die Hand auf die Brust.

»Lass ihn vorbei, Vic. Bevor er sich in die Hosen scheißt.«

Vom Square Victoria fuhren sie direkt nach Versailles zurück und aßen im Atrium schnell etwas, bevor sich jeder an seinem Schreibtisch Routineaufgaben widmete, Auskünfte auswertete, Aussagen abglich, Informationen sichtete und Papierkram erledigte. Genervt von ihrer Liste fuhr Jacinthe irgendwann ins Krankenhaus zu Horowitz. Zwei Stunden später kam sie wieder und verzog sich mit ihrem Schlechtwettergesicht in den Konferenzraum.

Derweil kritzelte Victor frustriert in sein Notizbuch und hakte ab, was erledigt war: Die Schriftsachverständige, der Gerichtsmediziner und die Kriminaltechniker saßen an ihren Analysen. Die Taucher hatten den Kanal abgesucht, aber nichts gefunden. Und die Frau auf dem Polaroid tauchte nirgendwo in ihren Fotodatenbanken auf.

Bis auf das, was in Lorties Akte stand, hatten sie kaum etwas über sein Kommen und Gehen in den Tagen vor dem Selbstmord in Erfahrung gebracht. Als Victor erfuhr, dass der Leiter der Psychiatrie im Louis-H. erst am nächsten Tag wieder ins Büro kommen würde, ging er nach draußen und rauchte in der feuchten Luft eine Zigarette.

Da es nur noch wenige Stunden bis zur Wintersonnenwende waren, lag schon Dunkelheit über der Stadt.

Der Parkplatz leerte sich nach und nach. Schlecht gelaunt wie er war, hatte Victor den Eindruck, dass alle Türen, die sich öffneten, nur in Sackgassen führten. Als er wieder hineinging, verriet ihm eine Haftnotiz an seinem Computerbildschirm, dass der Chef ihn zu sprechen wünschte.

Im Büro war es totenstill. Den Stuhl nach hinten gekippt, die Füße auf der Fensterbank und die Augen geschlossen, schien Paul Delaney zu schlafen.

»Salut, Chef.«

»Setz dich, Victor.«

Seufzend drehte Delaney den Stuhl. Blaurote Augenringe, müdes Gesicht, grauer Teint: Der Leiter des Dezernats Kapitalverbrechen hatte sich vorzeitig verschlissen.

»Wie geht's ihr?«

»Unverändert. Im Lauf der Woche hat sie noch eine Untersuchung.«

»Und dir, Paul?«

Delaney schnippte mit dem Finger Staubflusen von der Schreibtischplatte.

»Madeleine bekommt eine gute Behandlung, die Ärzte sind wirklich ausgezeichnet. Aber am meisten macht mir zu schaffen, dass ich mich ausgeschlossen fühle. Niemand informiert mich. Die Ärzte kämpfen mit ihr zusammen gegen die Krankheit, aber ich bleibe außen vor.«

Delaneys Augen verschleierten sich. Victor senkte den Kopf.

»Wenn ich etwas tun kann ...«

Delaney verdrückte ein paar Tränen, indem er hustete und alles auf seine Allergie schob.

»Ich habe deine E-Mail gelesen. Du willst von mir grünes Licht für eine Suchmeldung nach Lawson.«

»Vielleicht krepiert er in diesem Moment irgendwo, Chef.«

»Sofern er nicht der Mörder ist. Du musst mich nicht überzeugen, aber die Antwort lautet trotzdem Nein.«

»Setzen sie dich unter Druck, Chef?«

»Sie drohen uns mit rechtlichen Schritten.«

»Maître Rivard?«

Delaney nickte. Victor erzählte ihm von dem Zusammenstoß, den er am Morgen mit dem Anwalt gehabt hatte.

»Dass er eine Vernehmung Wus unterbindet, um Lawsons Ruf zu schützen, kann ich ja noch verstehen, aber dass er mich daran hindern will, mit seiner Assistentin zu sprechen ... Die versuchen, etwas zu vertuschen.«

»Du schießt übers Ziel hinaus. Sie wollen keine negative Publicity. Muss ich dir das wirklich erklären? Du weißt, was passiert, wenn die Medien Wind davon bekommen, dass der Seniorpartner einer der größten Kanzleien der Stadt verschwunden ist. Wir sprechen hier nicht von irgendwem. Der Name von dem Mann steht auf dem Briefpapier der Firma. Und stell dir weiter vor, sie kriegen spitz, dass er im Zusammenhang mit einer Mordsache gesucht wird.«

»Ihr Pech.«

»Lass mir noch etwas Zeit, okay? Das gibt Ärger von oben. Wenn Lawson in den nächsten vierundzwanzig Stunden nicht wieder auftaucht, gibst du deine Suchmeldung raus.«

Victor verzog das Gesicht. Die Vorstellung behagte ihm nicht, doch er vertraute auf das Urteil seines Vorgesetzten und wusste, dass er Druck bekam. Außerdem hatte ihm Delaney reinen Wein eingeschenkt, und dafür war er ihm dankbar. Seine Methoden standen im krassen Gegensatz zu denen von Commandant Tanguay, seinem früheren Chef.

»Okay, Paul.«

Victor war bereits aufgestanden und wandte sich zum Gehen, doch Delaney rief ihn zurück.

»He, Vic! Gilles hat mir gesagt, dass du Loïc vor Ort geschickt hast.«

»Das stimmt.«

»Bist du dir deiner Sache sicher?«

Delaney freute sich, dass die Initiative von Victor aufgegangen war, doch er wollte nicht, dass er sich genötigt fühlte, Loïc Blouin-Dubois unter seine Fittiche zu nehmen. Als Jacinthe und Victor mehrere Wochen zuvor Tatortfotos studierten, war ihnen aufgefallen, dass der junge Mann mit beiden Füßen auf einem blutgetränkten Teppich stand. Auch wenn es ein Versehen war, hatte ihm die Tatsache, dass er am Tatort ein wichtiges Beweismittel kontaminiert hatte, den Zorn der Kollegen eingetragen.

»Kid hat keine Ahnung von Mordermittlungen, aber auf der

Straße kennt er sich aus. Auf jeden Fall müssen wir ihm eine zweite Chance geben.«

Die Fotos vom Tatort im Halbkreis vor sich ausgebreitet, blies Jacinthe im Konferenzraum Trübsal und futterte Brownies aus einer Schachtel. Sie gab es nur ungern zu, aber Victor hatte recht behalten: Der Besuch bei Horowitz war reine Zeitverschwendung gewesen. Und auch die Vernehmung Bennetts war fruchtlos verlaufen.

Es war schon nach siebzehn Uhr, und wieder hatten sie einen Tag damit vertan, falschen Spuren nachzugehen. Jacinthe hatte auf einen Geistesblitz gehofft, wenn sie sich die Fotos noch mal ansah, aber nichts. Da war nur eine Leere, die sie zunehmend lähmte.

Schließlich riss sie den Blick von Judith Harpers bläulichem Gesicht los, stand auf und löschte das Licht. Ende der Vorstellung, ab nach Hause.

Victor hing noch über seinem Schreibtisch. Er ging meistens als Letzter. Jacinthe wollte ihm noch eine Grobheit an den Kopf werfen, als sie bemerkte, dass er im Flüsterton telefonierte. Sich auf Zehenspitzen anschleichend, schnappte sie Bruchstücke des Gesprächs auf.

»… ich werde sie dir schicken … aber kein Wort zu niemand, klar? Wenn das rauskommt, kriege ich Ärger«, schloss der Sergent-Détective und legte auf.

»Mit wem hast du gesprochen, Lessard?«, fragte sie, als sie bei ihm war.

Victor zuckte zusammen. Er hatte sie nicht kommen hören.

»Jacinthe!«, stieß er hervor. »Hast du mich vielleicht erschreckt.«

»Wer war das am Telefon?«, bohrte sie weiter.

»Was? Äh … das war Nadja«, antwortete er Und hielt ihrem Blick stand.

Victor ging gegen zwanzig Uhr, völlig geschafft und nur den einen Gedanken im Kopf: einen Happen essen, dann schlafen. Bei D.A.D.'s Bagels in der Rue Sherbrooke, einem Lokal, das sieben Tage die Woche rund um die Uhr geöffnet hatte und in dem er im Jahr seiner Trennung Heiligabend verbracht hatte, holte er sich Butterhühnchen. Nachdem er seine Sachen auf das Sofa hatte fallen lassen, machte er den Fernseher an und startete noch einmal *Casablanca*. Nadja und er hatten sich den Film gestern Abend angesehen, aber er war vor dem Ende eingeschlafen. Und während Humphrey Bogart mit düsterer Miene Ingrid Bergman versicherte, dass ihnen Paris immer bleiben würde, aß er das Gericht, das er sich in der Mikrowelle aufgewärmt hatte. Stumpfsinnig sah er den Abspann, ohne ihn zu verfolgen, und stellte dann das Geschirr in die Spüle. In Unterhosen putzte er sich die Zähne und wollte gerade ins Bett, als er die Tür in den Angeln quietschen hörte. Nadja, die heute im 11. Revier Nachtdienst hatte, kam in ihrer Pause auf einen Überraschungsbesuch vorbei. Victor wollte sie küssen und fragen, wie es lief, doch sie biss ihm in die Lippe und drückte ihn gegen die Kachelwand.

»Fick mich.«

Er riss ihr die Kleider vom Leib und nahm sie von hinten am Waschbecken. Ihr keuchender Atem beschlug jedes Mal den Spiegel, wenn er in sie eindrang, und ihre glänzenden Lippen tippten leicht an das Glas. Victor hielt sie an den Hüften und sah dabei ihre Lendenwirbel unter seinen Stößen tanzen. Er konnte den Blick von der perfekten Rundung ihrer Hüften erst losreißen, nachdem er darin explodiert war.

Nadja hatte ihn zugedeckt und war wieder entschwunden wie eine flüchtige Erscheinung. Seit sie fast jede Nacht neben ihm lag, konnte er nur schwer einschlafen, wenn sie nicht da war. Er stand mehrmals auf und ging auf die Toilette, drehte immer wieder das Kopfkissen um, konnte sich nicht entscheiden, ob er ein Bein aufgedeckt lassen sollte oder nicht.

Im Halbschlaf fuhren seine Gedanken Karussell und vermischten Einzelheiten des Mordfalls mit älteren Erinnerungen: Seine Mutter und sein Bruder Raymond, auch sie eines gewaltsamen Todes gestorben, liefen barfuß über Glasscherben und zogen Judith Harper fort zu einem dunklen, gespenstischen Wald. Schließlich träumte er von Nadja, wie sie in der Küche Drillinge zur Welt gebracht hatte. Als er vom Büro nach Hause kam, fand er die Neugeborenen in einer Blutlache im Kühlschrank sitzend, wo sie mit Magnetbuchstaben und Magnetziffern spielten. Nadja kauerte schluchzend in einer Ecke, das Gesicht in faltigen Händen vergraben.

Schreiend fuhr er in seinem Bett hoch. Nachdem er wieder zu Atem gekommen war, sah er auf die Uhr. Egal! Er stand auf, schlüpfte in seine Jeans und öffnete das Fenster. Dann steckte er sich eine Zigarette an, nahm ein paar Züge und holte sein Handy vom Nachttisch.

»Hallo?«, meldete sich eine verschlafene Frauenstimme.

»Jacinthe?«

»Nein, warte, Victor …«

Das Nuscheln, das er zunächst vernommen hatte, wich rasch heftigen Vorhaltungen. Offensichtlich hatte Jacinthe keinen leichten Schlaf.

»Scheiße, Lessard!«, brüllte sie schließlich.

»Judith Harper hatte kein Kind.«

»Und deshalb weckst du mich um zwei in der Frühe?«

»Wir müssen mit der Spurensicherung in ihre Wohnung zurück.«

»Du raubst mir noch den letzten Nerv, Lessard. Ich leg auf.«

»Am Kühlschrank waren Magnetziffern, Jacinthe. Bunte Ziffern aus Plastik, für Kinder. Mach Licht! Der Mörder ist dort gewesen.«

17.
DAS HALSBAND

Das Fenster des Wagens senkte sich, und dahinter erschien das finstere Gesicht des Riesen hinter dem Steuer. Er trug eine Sonnenbrille, obwohl es Nacht war. Anscheinend hielt er sich für Corey Hart, den Rockmusiker.

Will Bennett reichte ihm den Umschlag. Der Fahrer konnte sich ein Grinsen nicht verkneifen, als er das Bündel Geldscheine zählte, und entblößte dabei makellose Zähne.

»Zimmer 38«, sagte der Hart-Imitator und gab ihm einen Schlüssel.

Der Riese ließ die Fensterscheibe wieder nach oben, doch Bennett schob die Hand dazwischen und blockierte sie.

»Ich hoffe, die Ware ist erstklassig. Beim letzten Mal …«

Der Fahrer nahm die Sonnenbrille ab, kniff die Augen zusammen und starrte ihn lange an. Er schien unschlüssig, ob er lachen oder einen Wutanfall bekommen sollte.

»Das ist sie«, sagte er. »Aber diesmal keine Spuren. Sonst ist es das letzte Mal.«

Will Bennett betrat das Zimmer durch die Tür vom Parkplatz aus, damit er nicht an der Empfangsdame des Motels vorbeimusste. Eine Nachttischlampe erhellte das Zimmer, das nicht viel hermachte.

Das Mädchen lag auf dem ungemachten Bett, ein Halsband um den Hals, die Hände hinter dem Rücken gebunden, die Beine mit Klebeband gefesselt. Ein an den Bettpfosten verknotetes Seil war an dem Halsband befestigt, sodass sie den Kopf nicht bewegen konnte, und ein Gummiball, den ein Lederriemen an Ort und Stelle hielt, diente als Knebel.

Will Bennett sah die Angst in den Augen des Mädchens, als er ans Bett trat.

Ohne Hast zog er seine Handschuhe an.

18.
DAS BÖSE

Das Böse lauert, das Böse streift umher, es stiehlt sich in die Ritzen der Seele. Und manchmal, ohne ersichtlichen Grund, wenn ihr es anderweitig beschäftigt glaubt, wittert es euren Aschegeruch in der kalten Luft, macht kehrt und heftet sich an eure Fersen. Von diesem Augenblick an weiß jede Faser eures Körpers, dass es keinen Waffenstillstand geben wird und dass es um die Hülle, die euch birgt, geschehen ist. Nur das Gehirn nährt bis zur letzten Sekunde noch die Illusion, dass es eine Lösung, einen Ausweg geben kann.

Während Nathan Lawson noch von einer Ohnmacht in die nächste sank, hatte man ihn vom Bett losgeschnallt und ihm ein Halsband umgelegt, versehen mit spitzen Dornen, die an Brust und Hals ins Fleisch eindrangen und ihn zwangen, den Kopf um fünfundvierzig Grad nach hinten zu neigen, was das Schlucken beschwerlich und normales Atmen unmöglich machte.

Auf seinem Rücken verband eine komplizierte Vorrichtung das Halsband mit Schellen, die seine Handgelenke umschlossen. Am anderen Ende, über seinem Nacken, saß eine Art Vogelspinne aus Metall, aus der drohend ein schwarzer Stachel ragte. Zudem hatte man ihm, bevor er wieder zu sich kam, Augen und Mund mit Klebeband zugeklebt.

Ein gelber Blitz hatte sich in seine Netzhaut gebrannt, als man das Klebeband wieder wegriss, doch er hatte nur einen Augenblick gebraucht, um zu erfassen, in welch prekärer Lage er war.

Er befand sich in einem kalten Raum im Keller. Er hatte ihn an den Rattanregalen und an der Schlachtbank, die in einer Ecke stand, erkannt.

Der Raum war klein und mit einer Stahltür versehen. Eine Glühbirne an der Decke warf ihr Licht auf den grauen Beton. Lawson konnte gehen, aber er war nicht in der Lage, die Knie zu beugen. Er hatte vergeblich die Augen verdreht, um festzustellen, warum nicht.

Ihm war kalt, er zitterte.

Soweit er es beurteilen konnte, hatte man ihm nur die Unterwäsche gelassen.

Jedes Mal, wenn er am Einschlafen war und sein Kopf nach vorn sank, bohrten sich die Dornen in das Fleisch an seiner Brust und den Knochen seines Kinns. Sie verletzten kein lebenswichtiges Organ, aber der rasende Schmerz zwang ihn, wach zu bleiben.

Dünne Blutfäden rannen aus seinen Wunden und trockneten in Schichten an Hals und Brust.

Wie lange war er schon hier? Zwei Stunden oder zwanzig?

Letzteres hielt er für wahrscheinlicher: Der Gestank seiner Exkremente hing in der Luft, und seine Beine zitterten vor Erschöpfung. Einen Moment lang hatte er daran gedacht, sich auf den Boden fallen zu lassen, um sich auszuruhen, aber die Angst, dass die Dornen noch tiefer in sein schlaffes Fleisch eindringen könnten, hatte ihn davon abgehalten. Noch mehr Schmerzen könnte er nicht ertragen.

Am Anfang hatte er sich eingeredet, dass er sterben wollte.

So alt, wie er war, gab es keine Sehnsüchte mehr. Er hatte das Leben gelebt, das er sich erträumt hatte. Er hatte von der Welt gesehen, was er sehen wollte, hatte die Dinge erworben, die er begehrte, und hatte sich den Sex gegönnt, den er haben wollte. Was das Zwischenmenschliche anging, so gab es, seit seine Mutter nicht mehr war, keine Bindungen mehr, niemanden, den er vermissen, niemanden, der ihn vermissen würde.

Die Arbeit? Er hätte noch ein paar Jahre weitermachen können, doch ihm war klar, dass das Ende nahte.

Dann begann er, über die Situation nachzudenken, in der er sich befand. Er hatte seinen Peiniger weder zu Gesicht bekommen noch auch nur ein Wort mit ihm gewechselt. Doch er wusste, dass es sich nicht um André Lortie handeln konnte. Wieder fragte er sich, ohne eine Antwort geben zu können, warum diese Geschichte ausgerechnet jetzt wieder hochkam.

Dann verschlang ihn die Angst, und er dachte nicht mehr an diesen Schlüssel, der, wie er aus dem Augenwinkel sah, auf der Schlachtbank lag. Stundenlang hatte er seine Gedanken beherrscht, stundenlang hatte sich sein Gehirn davon zu überzeugen versucht, dass dieser Schlüssel einen Ausweg darstellte. Dass er, wenn es ihm gelang, ihn zu ergreifen, seine Handschellen aufschließen und sich aus der Falle befreien könnte.

Bereit zu sterben?

Eher würde Nathan Lawson alles dafür tun, ein letztes Mal Weihnachten feiern zu können. Er würde es allein verbringen und das Ritual fortsetzen, das seine Mutter und er so viele Jahre gepflegt hatten: Er würde sich den Stummfilmklassiker *Das Phantom der Oper* ansehen und sich mit Champagner und Stopfleber den Bauch vollschlagen.

Doch seit Stunden weigerte sich sein Körper, ihm zu gehorchen und den Schlüssel zu nehmen.

Nur wegen der roten Linie.

Tatsächlich war vor der Schlachtbank ein roter Klebestreifen am Boden, und jedes Mal, wenn er sich ihm näherte, verkrampfte sein Körper, wich einige Schritte zurück, überzeugt, dass es sich um eine Falle handelte oder um eine Warnung, dass er sterben würde, wenn er die Linie überschritt.

Lawson watschelte steifbeinig wie ein Pinguin zu dem Möbel, die Fesseln klirrten im Rhythmus dazu. Er war zu der Überzeugung gelangt, dass er etwas versuchen musste und dass er ohnehin bald sterben würde, wenn er nichts riskierte. Seine Kräfte schwanden rapide, er verlor Blut, und er würde die Schmerzen nicht länger ertragen können, ohne verrückt zu werden. Sein ganzer Körper bereitete ihm Qualen. Seine Halswirbel schienen jeden Moment brechen zu wollen, Arme und Rücken kurz vorm Zersplittern.

Er überlegte: Er musste, koste es, was es wolle, einen Blick unter die Schlachtbank werfen. Wegen des Halseisens war das die einzige Stelle, die er nicht in Augenschein hatte nehmen können.

Die einzige Stelle, wo sich noch eine Bedrohung verbergen konnte.

Die Augen weit aufgerissen und gierig jedes Sauerstoffmolekül durch die Nasenlöcher einsaugend, stieß Lawson den Kopf mit einem Ruck nach vorn. Die Dornen bohrten sich tiefer in die Knochen an Brust und Kinn, Blut spritzte, die Schmerzen wurden unerträglich.

Ein Schrei blieb ihm im Hals stecken, Tränen schossen ihm in die Augen.

Aber er hatte es gesehen! Da war nichts unter der Schlachtbank, nichts!

Aus Aberglauben hütete er sich, die rote Linie mit den Füßen zu berühren.

Mit dem Rücken zum Tisch tastete er nach dem Schlüssel und bekam ihn zu fassen. Unter Verrenkungen gelang es ihm, ihn in das Schloss der Handschellen zu stecken. Als er ihn umdrehte, spürte er mit Erleichterung, wie der Druck auf seine Handgelenke nachließ.

Sein Gehirn jubilierte, und all die verlorene Zeit verdichtete sich, um wie eine Verheißung an seinen Augen vorüberzuziehen.

Im selben Moment gab ein Mechanismus, der beim Drehen des Schlüssels ausgelöst wurde, Riegel frei, Federn schnellten los, und mit rasender Geschwindigkeit drang der Stachel in seinen Nacken ein und trat an der Gurgel wieder aus, wobei er die Halsschlagader durchbohrte und die Jugularvene zerfetzte.

Mit dem Gesicht am Boden lag Lawson bald in einer Blutlache. Bis zur letzten Sekunde hatte er an einen möglichen Ausweg geglaubt. Hätte er auf seinen Instinkt gehört statt auf seinen Verstand, hätte er ohne Zweifel länger leben können.

Aber nicht viel.

NOVEMBER 1981

DIE NACHT DER LANGEN MESSER

In jener Nacht, in der René und seine Delegation in Hull schliefen, hat Justizminister Jean Chrétien in der Küche des Hotels Château Laurier in Ottawa mit den Ministern der anderen Provinzen Geheimverhandlungen geführt.

Der Schock ist gewaltig: Die Einigung über die »Repatriierung« der Verfassung ist von Trudeau und zehn der elf kanadischen Regierungen unter Ausschluss der Québecer Regierung getroffen worden, da so individuelle Rechte Québecs außer Kraft gesetzt wurden.

Natürlich hat René die Unterzeichnung verweigert. Im Fernsehen hat er wie ein Romantiker gewirkt und traurig ausgesehen. Nicht ohne Grund, denn er fühlt sich durch den Dolchstoß der anderen Premierminister verraten.

Am liebsten würde ich ihn in den Arm nehmen und ihm zuraunen, dass wir gemeinsam die Wut darüber bezähmen werden, Gefangene im eigenen Land zu sein. So wie ich die Wut darüber bezähme, Gefangener in meinem Körper und Geist zu sein.

Das Québec, das mit dem Schmerz der Ausgeschlossenen lebt, ist ein anderes Wesen, ein einzigartiges Gebilde, ein Raum, den es zu gestalten und zu definieren gilt.

Ich glaube, das Gleiche könnte man auch von mir sagen.

READ-ONLY MEMORY

19.
LOUIS-H. LAFONTAINE

Dienstag, 20. Dezember

Es war 6.25 Uhr, und die Plastikpflanzen im Restaurant Chez la Mère erzitterten im Rhythmus des knatternden Räumfahrzeugs, das die nächtlichen Schneemassen entlang der Bürgersteige zusammenschob. Ganz in der Nähe, Ecke Boulevard Pie-IX, ertönte die Sirene eines Abschleppwagens und forderte alle, die ihr Fahrzeug noch nicht umgeparkt hatten, umgehend dazu auf. Jacinthe wollte sich gerade über eine Poutine hermachen, während Victor schwermütige Löffelkreise in seinem Kaffee zog. Sie waren erst vor wenigen Minuten eingetroffen, nachdem sie fast die ganze Nacht mit der Spurensicherung Judith Harpers Wohnung durchsucht hatten.

»Na, achtest du auf dein Cholesterin?«, fragte er ironisch.

»Das oder Zigaretten ... An irgendwas muss man ja sterben.«

Sie schnappte sich diverse Soßen und verwandelte ihr Gericht in einen matschigen Brei. Der Sergent-Détective zuckte die Schultern, bevor er fortfuhr:

»Ist trotzdem frustrierend.«

»Was?«, sagte Jacinthe, bevor sie mit dem ersten Happen ein Viertel ihres Tellers verputzte.

»Blaue Null, rote Eins, orangefarbene Zwei, gelbe Drei, lila Vier, grüne Sechs«, zählte Victor auf. Den Blick auf sein Notizbuch geheftet, ging er die bunten Magnetziffern durch, die sie an Judith Harpers Kühlschrank gefunden hatten. »Wir schlagen uns die ganze Nacht um die Ohren, und am Ende haben wir nicht mehr als das!«

»Es sei denn, die Kriminaltechnik findet noch Fingerabdrücke.«

»Würde ich nicht drauf wetten. Das war kein Versehen. Der Mörder wollte, dass wir die Zahlen finden.«

»Warum? Um uns auf eine Spur zu locken?«, fragte sie zwischen zwei Bissen.

Victor pustete in seinen dampfenden Kaffee, bevor er einen Schluck nahm.

»Ist dir aufgefallen, dass es sechs Ziffern sind? Eine zu wenig für eine Telefonnummer, vielleicht ein Datum.«

Jacinthes Gabel schwebte einen Moment in der Luft, dann krachte die Faust der Ermittlerin auf den Tisch.

»Vielleicht will er unsere Aufmerksamkeit auf ein bestimmtes Ereignis lenken!«

»Oder ein bedeutendes Datum für Judith Harper.«

»Na also. Hast du nicht eben noch gemeint, wir hätten nichts?«, sagte Jacinthe und rieb sich die Stirn. »Aber wenn er uns auf eine Spur bringen will, warum hinterlässt er uns die Zahlen dann durcheinander?«

»Keine Ahnung.« Nach einer kurzen Stille sagte Victor: »Du hast Soße am Kinn«, und schaute demonstrativ weg.

»Sechs Ziffern ... Das sind eine Menge Möglichkeiten.« Sie wischte sich mit dem Ärmel übers Gesicht. »Wann treffen wir den Psychiater?«

»Um acht. Gib mir mal die Schlüssel, ich leg mich im Auto eine Runde aufs Ohr. Ich bin völlig erledigt.«

Jacinthe reichte ihm den Schlüsselbund und nuschelte irgendwas von Dessert, aber Victor hatte bereits seine müden Glieder auseinandergeklappt und schlängelte sich an Tischen mit vereinzelten Gästen vorbei, von denen einige das *Journal de Montréal* lasen.

Victor öffnete die Tür, seine Pupillen starrten ins Weiße; der Himmel war wie aus Watte, die Wolken hingen so tief, dass er Lust bekam, darin zu schlafen.

Jacinthe weckte ihn, als sie auf dem Parkplatz der Psychiatrischen Klinik Louis-H. Lafontaine den Motor abstellte. Mit steifem Kreuz und klappernden Zähnen rauchte Victor vor dem Haupteingang eine Zigarette.

Sie hatten mit einer spartanischen Einrichtung gerechnet, mit ein paar Zeugnissen an der Wand und staubigen Aktenstapeln und waren nun umso überraschter von Doktor Mark McNeils Büro: weiße Wände, ein dunkler Holzboden, minimalistisches Mobiliar; außer den klaren Linien eines iMac und einem Terminkalender deutete nichts auf einen Arbeitsplatz hin.

Der Chefarzt der Psychiatrie war kräftig gebaut, hatte einen üppigen Oberlippenbart à la Magnum und eine raue Stimme.

Als Erstes klärten die Ermittler mit dem Arzt die Formalitäten ab, vor allem die Frage der Schweigepflicht. Auch wenn er, solange kein Haftbefehl vorlag, ihre Fragen nicht beantworten musste, beruhigte McNeil sie sofort: Da Lortie ohne bekannte Angehörige verstorben war und es sich um einen Mordfall handelte, würde er hier eine Ausnahme machen.

Jacinthe und Victor kamen direkt zur Sache und baten den Psychiater um seine Unterstützung bei ihrem Versuch, mehr über André Lortie herauszufinden. McNeil schaute auf den Bildschirm und erklärte, Lortie sei zum ersten Mal 1969 in der Klinik behandelt worden. Damals sei der Mann völlig aufgelöst und mit psychotischen Wahnvorstellungen in der Notaufnahme erschienen. Nachdem er untersucht und beobachtet worden sei, hatte man bei ihm eine sehr ernste Form der bipolaren Störung diagnostiziert – damals sprach man eher von manischer Depression –, begleitet vom üblichen Größen- und Verfolgungswahn.

Lorties Akte enthalte nur wenige Details zu seiner Vergangenheit, präzisierte McNeil. Hatte er zuvor, wie so viele andere, einen festen Wohnsitz gehabt, eine Anstellung, ein Sozialleben, eine Partnerin? Und was hatte zu seiner Obdachlosigkeit geführt? Die Mediziner, die mit seinem Fall betraut gewesen waren, schienen darüber nichts herausgefunden zu haben. Stattdessen bestätigte McNeil, dass der Mann seit mehreren Jahren im Stadtzentrum auf der Straße oder in Obdachlosenheimen gelebt hatte.

Sie erfuhren, dass Lortie nach seiner ersten Aufnahme im Louis-H. Lafontaine wiederholt stationär behandelt worden war. Die Dauer hatte je nachdem, wie ernst sein Zustand gewesen war, zwischen einigen Tagen und mehreren Monaten variiert. Jedes Mal hatte er psychotische Symptome aufgewiesen. Doch in den letzten Jahren war sein Zustand dank wirksamer Medikamente und engerer Betreuung einigermaßen »stabil« gewesen. Erst kürzlich hatte er ein Zimmer in dem Wohnheim erhalten, das die beiden Ermittler bereits aufgesucht hatten.

»Sie erwähnten eben, dass Lortie Wahnvorstellungen hatte. Was genau bedeutet das?«, fragte Jacinthe, die von der Unterhaltung ungewöhnlich gefesselt war.

Die Hände flach auf den Armstützen, lehnte McNeil sich im Stuhl zurück.

»Ein extremer manischer Zustand kann zu psychotischen Symptomen wie Wahnvorstellungen und Halluzinationen führen. Oft enthalten die Wahnvorstellungen einen Funken Wahrheit, aber die Person, die unter ihnen leidet, verliert jeden Bezug zur Realität und ist überzeugt von der Wahrhaftigkeit einer Sache, die nicht real ist. Manische Episoden gehen häufig mit Risikoverhalten und depressive Episoden mit Selbstmordgedanken einher.«

»Dann wird es Zeit für die Klinik«, vermutete Victor.

»Ganz richtig. Eine Einweisung erfolgt entweder auf freiwilliger Basis oder auf Gesuch eines Dritten. Lortie wurde meistens von der Polizei hergebracht, wenn er aufgehört hatte, seine Medikamente zu nehmen.«

»Und die Wahnvorstellung beziehen sich generell worauf?«, fragte Victor.

»Ach Gott ... Das ist bei allen Kranken unterschiedlich. Manche leiden beispielsweise an Verfolgungswahn: Da glaubt der oder die Betroffene, Opfer einer Intrige oder Verschwörung zu sein.«

Jacinthe berichtete dem Psychiater von den beschrifteten Kartons, die sie in Lorties Zimmer entdeckt hatten.

»Außerdem haben wir einen Zeitungsartikel gefunden, den er versteckt hatte«, ergänzte Victor. »Es ging um die Entführung von Pierre Laporte.«

Das Gesicht des Psychiaters erhellte sich.

»Aber ja! Ich war zwar keiner der behandelnden Ärzte, aber ich spreche natürlich mit meinen Kollegen, und wenn ich mich recht erinnere, gehörte Laporte zu einer seiner fixen Ideen. Lortie behauptete, damals Teil der Operation gewesen zu sein. Was offensichtlich nicht stimmt: Die beteiligten Felquisten sind seit langem bekannt. Das ist ein gutes Beispiel für einen megalomanischen Wahn. Eine Selbstüberschätzung, die mit der Realität nichts zu tun hat. Die Aufschriften, die Sie auf den Kartons gesehen haben, waren vermutlich das Ergebnis eines Wahns.«

»Handelt es sich dabei um eine Krankheit?«, fragte der Sergent-Détective.

»Wir sprechen eigentlich von einer psychischen Störung. Für sich genommen ist die Wahnvorstellung ein Symptom, das zeigt, dass die Denkweise des Patienten gestört ist.«

Victor hob den Blick vom Notizbuch, in dem er bereits mehrere Seiten gefüllt hatte.

»Sind die Ursachen dafür bekannt?«

»Es kann mehrere geben«, seufzte McNeil. »Die Einnahme toxischer Substanzen, eine Erkrankung des zentralen Nervensystems, ein traumatisches Erlebnis, genetische Faktoren, Stress. Es wird immer versucht, die Auslöser zu identifizieren, aber oft gelingt das nicht.«

»Und bei Lortie?«, fragte Jacinthe.

Der Psychiater setzte eine skeptische Miene auf.

»Ich meine, es wurde nie ein eindeutiger Grund gefunden. Abgesehen davon, dass sich die Symptome in seinem Fall zu einer chronischen halluzinatorischen Psychose entwickelten.«

»Noch mal für Normalsterbliche?«, bat Jacinthe.

»Der Erkrankte hört Stimmen. Die Beeinträchtigung ist mal mehr, mal weniger schwer, sie kann vorübergehend nachlassen, aber auch schlimmer werden.«

»Wie wird das behandelt? Kann man geheilt werden?«, fragte Victor.

»In manchen Fällen können die Symptome mit Neuroleptika abgeschwächt werden. Aber nein, ganz geheilt wird man nie. In dem Moment, in dem, häufig ausgelöst durch eine Krise, die Abwehr zusammenbricht, kehrt das Problem regelmäßig an die Oberfläche zurück. Der Kranke ist dadurch zu großer Einsamkeit verdammt. Die sozialen Auswirkungen sind furchtbar.«

Victor stand auf und ging im Büro ein paar Schritte auf und ab, um seine Beine zu lockern.

»Wäre Lortie Ihrer Meinung nach imstande gewesen, jemanden zu töten?«

»Die kurze Antwort: sicherlich. Wer unter einer bipolaren Störung leidet, kann mörderische wie selbstmörderische Tendenzen aufweisen.«

»Und die lange Antwort?«, fragte Victor.

McNeil setzte zu einem regelrechten Vortrag an, mit zahlreichen Erklärungen, die die beiden Ermittler nicht ganz begriffen. Danach wechselte Jacinthe rasch das Thema:

»Sind Ihnen Leute bekannt, mit denen Lortie Umgang hatte?«

Der Psychiater schüttelte den Kopf.

»Wie ich bereits sagte, macht diese Krankheit das Aufrechterhalten sozialer Kontakte sehr schwer. Lortie dürfte nicht viele Freunde gehabt haben.«

»Verstehe«, sagte Victor. »Aber einen Versuch ist es wert: Erwähnte Lortie jemals eine Sylvie?«

McNeil strich sich über den Bart, während er einen Moment lang die vor ihm ausgebreitete Akte überflog.

»Ich kann hier nichts finden«, sagte er und hob den Blick. »Aber vielleicht sprechen Sie mal mit Madame Couture.«

»Und wer ist das?«, fragte Jacinthe.

»Eine Pflegehelferin, die sich viel um Lortie gekümmert hat. Meine Assistentin stellt sie Ihnen sicher gern vor.«

Die zwei Polizisten bedankten sich bei McNeil. Sie wollten gerade gehen, als der Psychiater Victor eine Hand auf die Schulter legte und ihn eindringlich ansah.

»Entschuldigen Sie bitte, Sergent, aber es lässt mich nicht los. Kennen wir uns? Ihr Gesicht kommt mir so bekannt vor …«

Victor sah zu Boden; Jacinthe betrachtete ihn verwundert.

»Wir sind uns im Juli in der psychiatrischen Notaufnahme begegnet.« Er lächelte verlegen. »Sie haben mir Paroxetin verschrieben.«

Im Anschluss an die Ermittlungen gegen den König der Fliegen hatte Victor unter einer schweren Depression gelitten.

Eines Abends, den Kopf voll düsterer Gedanken, die sein Gehirn befallen hatten wie Würmer, war er von sich aus zum Louis-H. gegangen, nachdem er in einer Bar in Hochelaga-Maisonneuve beinahe rückfällig geworden war. Er hatte freiwillig ein paar Tage in der Klinik verbracht.

»Natürlich! Wie taktlos von mir«, antwortete McNeil mit schuldbewusster Miene.

McNeils Sekretärin war eine unscheinbare Person, die sie lautlos durch ein Labyrinth von Fluren führte. Als könnten die Protagonisten aus *Einer flog über das Kuckucksnest* daraus hervorspringen, lugte Jacinthe vorsichtshalber in jede Ecke. Irgendwann erreichten sie ein Wartezimmer. Bevor sie die Pflegehelferin suchen ging, bat die Sekretärin die beiden, Platz zu nehmen. Gegen das Unbehagen knetete Jacinthe ihre Hände im Schoß und wollte gerade die Stille durchbrechen, als Victor zu reden anfing:

»Wusstest du, das Nelligan von 1925 bis zu seinem Tod hier gelebt hat?«

»Der Dichter? Der war verrückt?«

»Sagt man jedenfalls. Aber den Fakten nach war er nur nicht besonders sozial. Wie du siehst, begeben sich also nicht nur Bekloppte ins Irrenhaus.«

»Warum hast du mir nichts gesagt?«

Victors Augen verschleierten sich; er zuckte mit den Schultern. Jacinthe legte ihm eine Hand auf den Unterarm. Sie wusste, wie empfindlich er war.

»Du warst lange der Einzige im Team, der was über mein Privatleben wusste, Lessard. Und du hast nie geurteilt. Ich mache vielleicht oft blöde Sprüche, aber darüber hätte ich kein falsches Wort verloren.«

Victor schwieg.

»Jedenfalls erklärt das die ›Paracetamol‹, die du heimlich nimmst. Du hättest mit mir reden sollen! Ich hatte nämlich Angst, du wärst rückfällig geworden.«

»Ich hab seit sieben Jahren keinen einzigen Tropfen angerührt«, sagte Victor, drehte langsam den Kopf zu seiner Partnerin und schaute sie finster an. »Finde dich damit ab!«

Viermal im Jahr ging er zu den Anonymen Alkoholikern, allerdings eher, um alte Freunde wiederzusehen denn aus Notwendigkeit.

»Ich rede doch nicht zwangsläufig vom Alkohol, Lessard! Bei den ganzen Medikamenten, die du wegen deinem Bein genommen hast, hättest du auch zum Junkie werden können. Sucht ist angeblich was Genetisches. Und auch wenn's nicht deine Schuld ist, bist du nun mal für gewisse Sachen anfällig.«

Einen Moment lang hatte Victor seinen Vater vor Augen. Schaum in den Mundwinkeln, benebelt vom Alkohol, nachdem er gerade mal wieder in Victors Beisein dessen Mutter verprügelt hatte.

»So ein Quatsch«, murmelte er kopfschüttelnd.

»Man weiß nie, mein Bester!«

Jacinthes Bemerkungen hatten schmerzhafte Schatten heraufbeschworen und waren ihm unangenehm, doch er riss sich erfolgreich zusammen und überspielte es. Sie warteten noch ein paar Minuten ohne ein weiteres Wort, dann kam eine Frau herein. Sie trug eine hellblaue Krankenhauskluft, hatte Sommersprossen auf den Wangen und ihr aschblondes Haar zu einem Zopf zurückgebunden.

»Guten Tag! Sie wollten mich sprechen?«, sagte sie mit ruhiger, fester Stimme.

»Ja«, sagte Victor. »Doktor McNeil ist der Meinung, Sie könnten uns in einer Angelegenheit weiterhelfen.«

»Ich muss zu einem Patienten. Können wir unterwegs sprechen?«

Victor stellte ihr verschiedene Fragen zu Lorties Beziehungen. Doch wie McNeil gesagt hatte, hatte der Mann ein Leben am Rand der Gesellschaft geführt und nur wenige eingeschränkte Sozialkontakte gepflegt. Nach einigem Kopfzerbrechen fiel der Pflegehelferin ein junger Mann ein, mit dem Lortie ab und zu Schach gespielt hatte, nur an seinen Namen konnte sie sich nicht erinnern.

Was die Orte anging, an denen er sich aufgehalten hatte, konnte sie noch weniger weiterhelfen.

Vor der Tür eines Patienten, eines enorm übergewichtigen Mannes, der auf der Seite lag und schlief, blieben sie stehen. Die Pflegehelferin näherte sich ihm langsam und leise sprechend. Er gab ein paar röchelnde Laute von sich. Victor und Jacinthe bekamen mit, dass er auf die Toilette sollte, wogegen er unmissverständlich protestierte. Der offensichtlich einfühlsamen Pflegehelferin gelang es schließlich trotzdem, ihm beim Umdrehen und Aufstehen zu helfen. Sie stützte ihn bis ins Bad und kam heraus, nachdem er sich gesetzt hatte.

»Wie machen Sie das?«, fragte Victor. »Ihr Job muss doch unglaubliche Geduld und noch mehr Kraft kosten.«

»Die Kraft verdanke ich meinem Vater. Er hätte lieber einen Jungen gehabt«, sagte die Frau lachend.

»Hat André Lortie jemals Personen erwähnt, die ihm nahestanden? Eine Sylvie zum Beispiel?«

»Nein, nicht, dass ich wüsste«, sagte sie nach kurzem Überlegen. »Aber wenn ich mir die Frage erlauben darf, warum stellen Sie mir all diese Fragen? Ist Monsieur Lortie etwas zugestoßen?«

»Oh, entschuldigen Sie! Ich dachte, Sie wüssten Bescheid.«

Victor erläuterte ihr die Todesumstände des Obdachlosen; jetzt zog sich eine tiefe Falte über ihre Stirn.

»Vielleicht haben Sie mit Doktor McNeil schon darüber gesprochen, aber für mich klingt das sehr nach einer Geschichte, die Lortie oft erzählt hat.«

»Und die wäre?«

»Er war überzeugt, dass er in der Vergangenheit mehrere Blackouts hatte. Und nach einer dieser Episoden ist er angeblich panisch aufgewacht, in dem Glauben, er hätte mehrere Menschen umgebracht, die er gar nicht kannte.«

»Und wieso sehen Sie da einen Zusammenhang?«, fragte Victor neugierig.

»Weil er sagte, seine Sachen wären nach dem Aufwachen voller Blut gewesen.«

Die Pflegehelferin hob den Kopf und sah sie beide eindringlich an, bevor sie fortfuhr:

»Und weil er angeblich die Brieftaschen der Opfer bei sich hatte.«

20.
SCHLECHTER SOHN

»Ihr werdet mich niemals lebend kriegen! Nie werdet ihr mich lebend kriegen!«

Martin drehte sich um und sah sie hinterm Gitterzaun unter gellendem Geschrei auf den Erwachsenen zurennen.

Sie fesselten ihm die Beine, bevor der Erzieher unter der schieren Überzahl der Kinder und ihrem lauten Gelächter zusammenbrach und theatralisch im Schnee verendete.

Martin ließ die Kindertagesstätte der YMCA hinter sich.

Er beobachtete ein paar Krähen, die aufgereiht auf einer Stromleitung saßen, und überlegte, wann er die Grenzen der kindlichen Phantasiewelt hinter sich gelassen hatte und in Richtung der trübsinnigen Erwachsenenrealität abgebogen war. Eine ferne Erinnerung blitzte auf und entlockte ihm ein Lächeln: Sein Vater hatte ihn geweckt, und im silbernen Morgengrauen waren sie aus dem Haus geschlichen. Ohne zu reden hatten sie im Park einen roten Drachen steigen lassen.

Martins Gesicht verfinsterte sich. Diese Erinnerung brachte jedes Mal eine Portion Melancholie mit sich. Warum wurde er den Eindruck nicht los, dass man ihm die Kindheit gestohlen hatte, dass er seine Zeit vergeudet hatte? Warum waren ihm nur Bruchstücke davon im Gedächtnis geblieben? Seine Jugend war nicht einmal besonders schwer gewesen, auf seine liebenden Eltern hatte er sich immer verlassen können.

Wie oft hatte er seine Erinnerungen schon zurückverfolgt und herauszufinden versucht, was genau ihn aus der Bahn geworfen hatte? Nur bei einem war er sich absolut sicher: Es war kein bestimmtes Ereignis gewesen, sondern eine ganze Reihe Faktoren, die für sich genommen unbedeutend erschienen waren.

An der nächsten Kreuzung überquerte Martin die Rue Notre-Dame-de-Grâce und lief weiter die Hampton runter.

Es war 8.53 Uhr, die Temperatur lag bei minus acht Grad, und er hatte es nicht eilig. Die Kapuze seines Hoodie hatte er tief ins Gesicht gezogen.

So wenige Straßen von der Wohnung seines Vaters entfernt, hoffte er, ihm nicht über den Weg zu laufen. Sollte er ihn dennoch treffen, würde er behaupten, er hätte bei Mélodie in Côte-Saint-Luc geschlafen und wäre jetzt unterwegs, um ein paar Freunde auf einen Kaffee zu treffen.

Was ja nicht allzu weit von der Wahrheit entfernt war ...

Während er sich vorsichtig dem Haus seiner Mutter näherte, wählte Martin auf seinem Smartphone eine Nummer, wartete, bis der Anrufbeantworter dranging, und legte auf. Das Ganze wiederholte er noch zweimal. Als er sicher sein konnte, dass die Luft rein war, ging er links ums Haus herum und stapfte durch den wadenhohen Schnee zum Balkon.

Der Schlüssel lag noch immer versteckt an derselben Stelle.

Martin trat durch die Hintertür ein, seine Schuhe ließ er auf der Fußmatte stehen. Er lauschte, um sicherzugehen, dass wirklich niemand da war, bevor er, immer vier Stufen auf einmal nehmend, die Treppe in den Flur hochhechtete. Er zögerte einige Sekunden, bevor er seine Zimmertür öffnete, und erstarrte noch auf der Schwelle. Seitdem er ausgezogen war, hatte seine Mutter nichts angerührt. Alles war unverändert: Auf der Kommode lag sein Stapel Hockeykarten, in einer Ecke der Haufen ausrangierte *Guitar-Hero*-Instrumente und auf dem Teppichboden sein zusammengeknülltes altes Canadiens-Trikot. Von der Wand blickte Kurt Cobain auf ihn hinab.

Die Scheidung seiner Eltern war ein paar Jahre her, und Martin hatte mitangesehen, wie sie beide durch den Single-Sumpf gewatet waren. Seine Mutter kam damit anfangs besser klar, während Victor in eine Depression abrutschte. Für Marie verlief die Rückkehr ins Leben durchaus entspannt: Mit Anfang vierzig verwandelte sie sich in eine regelrechte »Cougar« und ging mit wesentlich jüngeren Männern aus.

Trotzdem war ihre Beziehung nie enger und harmonischer gewesen als zu jener Zeit, da sie ihn endlich besser verstand und die Regeln lockerer wurden. Eines Abends vertraute sie ihm sogar an, dass sie auf einem Rave Ecstasy probiert hatte.

Nach einigen Jahren Schlingerkurs fing sie sich wieder und begann ein neues Leben mit Derek, einem anglophonen Buchhalter, dessen Freundlichkeit Martin verabscheute und für falsch hielt.

Marie hingegen schwor nur noch auf ihn: »Derek sagt dies«, »Derek glaubt das«, »Derek meint jenes« …

Gestritten hatten sie sich nicht, Marie und er, und Martin hatte auch keine Türen geknallt. Er war einfach nur zu Victor geflohen, bei dem er seither ein und aus ging, je nachdem, wie es gerade zwischen ihm und Mélodie lief.

Der junge Mann betrat sein ehemaliges Zimmer, zog die unterste Schublade der Kommode heraus und stellte sie umgekippt aufs Bett. Das, wofür er hergekommen war, war in weißen Stoff eingeschlagen und mit Klebestreifen an der Außenseite der Rückwand befestigt. Seitdem sein Vater ihm vor ein paar Jahren den Hintern gerettet und aus der Patsche geholfen hatte, hatte Martin die Waffe nicht mehr angerührt. Jetzt wickelte er den Stoff ab und wog sie einen Moment lang in der Hand, bevor er sie hinten in seinen Gürtel schob.

Diesmal würde er die Sache durchziehen. Und diesmal müsste ihn niemand aus dem Schlamassel befreien.

Martin setzte die Schublade zurück an ihren Platz und ließ, bevor er die Tür schloss, einen letzten nostalgischen Blick durchs Zimmer schweifen.

Die Hand auf dem Geländer lief er die Treppe hinunter; in seinen Rücken drückte die Pistole.

21.
FRANCINE GRIMALDI

Jacinthe und Victor standen vor einer kleinen Frau mittleren Alters, die einen ockerfarbenen Kaftan und einen kunterbunten Turban trug, der an Francine Grimaldi erinnerte. Eine Stunde zuvor hatte Mona Vézina Victor eine Nachricht auf die Mailbox gesprochen, die dieser erst beim Verlassen des Louis-H. hatte abhören können. Der Sergent-Détective hatte sie sofort zurückgerufen und ein umgehendes Treffen mit ihr vereinbart. Ihr kleines anonymes Arbeitszimmer befand sich in einem Bürokomplex ganz in der Nähe der Place Versailles.

»Kommen Sie herein, setzen Sie sich«, sagte die Schriftsachverständige und deutete mit beiden Armen, an denen ein gutes Dutzend Armreifen klimperte, auf die Besucherstühle.

Fast schien es, als wolle Mona Vézina eine Kristallkugel hervorholen und ihnen die Zukunft vorhersagen.

»Vielen Dank, dass Sie sich so schnell Zeit für uns genommen haben«, murmelte Victor und nahm Platz.

An der Wand über dem Kopf der Schriftsachverständigen hing ein gerahmtes Foto von Papst Johannes Paul II.

»Aber gerne doch«, sagte sie und legte den Rosenkranz, den sie bei ihrer Ankunft gebetet hatte, vor sich auf den Tisch.

Sie lächelte zum ersten Mal, wobei sie kleine, eng stehende Zähne entblößte, die sich unten etwas voreinandergeschoben hatten. In der feuchten Luft des heißen Büros schien sie sich wie in Zeitlupe zu bewegen.

Jacinthe, die Wangen bereits rosig, schnappte sich, sobald sie saß, als Erstes einen Umschlag vom Tisch und fächelte sich Luft zu.

Mona Vézina begann mit ein paar allgemeinen Hinweisen und erläuterte, dass sich ihre Meinung, wie sie bereits wüssten, allein auf die Untersuchung des Polaroids und der in Lorties Zimmer gefundenen Kartons beschränke, auf die das, wie sie es nannte, Mosaik gezeichnet worden war. Besagte Meinung äußere sie außerdem unter absolutem Vorbehalt, da sie sich jederzeit ändern könne, sobald ihr neue Fakten bekannt würden. Dann öffnete sie einen Papphefter, nahm ein Blatt heraus und überflog es kurz.

»Vorweg kann ich Ihnen schon mal sagen, dass das Mosaik in mehreren Etappen und mit unterschiedlicher Tinte angefertigt worden ist. Für eine genauere Bestimmung der Zeiträume müssten Sie sich an einen Chemiker wenden. Ich kann Ihnen gern jemanden empfehlen, der öfter mit dem SPVM, zusammenarbeitet.«

»Nicht nötig«, sagte Jacinthe.

»Gut. Abgesehen davon habe ich nach eingehender Prüfung mit Lupe und Mikroskop keinen Grund anzunehmen, dass Teile des Mosaiks ver- oder gefälscht sind. In Anbetracht dessen würde ich also sagen, das Mosaik stammt von einer einzigen Person. Allerdings ist es mir unmöglich, Monsieur Lortie als Urheber zu bestimmen. Wenn Sie möchten, dass ich dem weiter nachgehe, benötige ich zum Abgleich eine Schriftprobe. Einen Brief beispielsweise.«

»Momentan ist ›Sylvie‹, das Wort auf dem Polaroid, leider alles, was wir an Handschriftlichem haben«, sagte Victor.

»Und selbst da können wir noch keinen zweifelsfreien Zusammenhang mit Lortie nachweisen«, sagte Jacinthe.

»Das hat Lortie geschrieben. Wir können doch wohl davon ausgehen, dass alles, was wir in seinem Zimmer gefunden haben, auch seins war«, widersprach Victor und wandte sich wieder Mona Vézina zu. »Stimmen die Handschriften überein?«

»Ein einzelnes Wort genügt als Schriftprobe für eine unwiderlegbare Aussage einfach nicht«, sagte die Frau. »Aber ich kann mit etwa fünfundsiebzigprozentiger Sicherheit sagen, dass die Schrift auf dem Polaroid und die des Mosaiks von derselben Person stammen.«

»In jedem Fall hat's ein Typ geschrieben«, warf Jacinthe ein.

»Ich möchte Ihnen nicht widersprechen, Madame«, fuhr die Expertin fort, »doch im Gegensatz zum allgemeinen Volksglauben lassen sich durch eine Schriftanalyse genau drei Dinge nie kategorisch feststellen: Alter, Geschlecht und ob jemand Rechts- oder Linkshänder ist.«

Vor Überraschung verschlug es Jacinthe einen Moment die Sprache. Dann führte ein Gedanke zum nächsten, und sie fragte: »Können Sie uns denn etwas über die Persönlichkeit der oder des Schreibenden sagen?«

»Hören Sie. Ich bin Schriftsachverständige, keine Graphologin.«

Doch Jacinthe, die immer noch mit dem entwendeten Umschlag vor ihrem Gesicht herumwedelte, ließ sich nicht so leicht abwimmeln. »Sie haben doch trotzdem eine Meinung dazu? Was war Ihr erster Eindruck bei der Untersuchung des Mosaiks?«

Als wollte sie sich seiner Zustimmung vergewissern, sah Mona Vézina zu Victor. Der nickte.

»Nun. Ich glaube, es ist Ihnen nicht neu, dass der Urheber offensichtlich gestört war. Es mag seltsam klingen, aber er scheint gleichzeitig verwirrt gewesen und doch methodisch vorgegangen zu sein. Jede Handschrift weist automatisch natürliche Varianzen auf. Diese hier stammt von ein und derselben Person, enthält aber in gewisser Hinsicht radikale Brüche. Wenn ich wetten müsste, würde ich sagen, der Urheber leidet unter einer Persönlichkeitsstörung.«

Etwas an der Körpersprache der Schriftsachverständigen machte Victor stutzig, vielleicht ihre Art, beim Sprechen den Blick zu senken. Er hatte das diffuse Gefühl, dass sie einen bestimmten Gedanken nicht aussprach.

»Ist Ihnen sonst noch etwas aufgefallen, Madame Vézina?«

Die Frau zögerte, knetete ihre Hände. Ein greifbares Unbehagen machte sich breit.

»Also ... wie soll ich sagen ...« Einen Augenblick sortierte sie sich und suchte nach den richtigen Worten. »Wie Sie wissen, bin ich als Beraterin für den Montrealer Polizeidienst tätig, und mein Auftrag ist unmissverständlich: Es geht um Schriftanalyse. Normalerweise beschränke ich mich allein auf die Form und ignoriere den Inhalt. Verstehen Sie? Aber da es sich hier nun mal um einen Mordfall handelt und ich absolut fasziniert war, habe ich mir erlaubt, etwas zu tun, das meine Kompetenzen eigentlich übersteigt. Nur damit Sie verstehen, dass ich mich nicht in den Fachbereich der Kollegen einmischen wollte ...«

Victor verstand voll und ganz.

Seit der Glorifizierung der Kriminaltechniker durch Serien wie *CSI* hielten sich manche von ihnen für die hellsten Leuchten im Lampenladen. Die Schriftsachverständige war von Natur aus neugierig und hatte sich fraglos mehr als einmal anhören dürfen, sie solle sich aus anderer Leute Angelegenheiten raushalten.

Victor und Jacinthe hatten jedoch nichts zu verlieren, wenn sie ihr zuhörten.

Die Kriminaltechnik arbeitete parallel an der Analyse des Mosaiks, war aber bisher zu keinerlei Schlüssen gelangt.

»Seien Sie beruhigt, Madame Vézina, das bleibt unter uns.«

Sie schenkte ihm ein dankbares Lächeln. Das Vertrauen, das der Sergent-Détective ihr entgegenbrachte, wusste sie zu schätzen.

»Die meisten Wörter kommen im Mosaik nur einmal vor und

sind zusammenhanglos, oder aber es handelt sich um Wortfolgen ohne offensichtliche Bedeutung, die sich teilweise mehrfach wiederholen. Ich habe stundenlang erfolglos versucht, darin einen Sinn oder eine Logik zu erkennen. Also habe ich meine Herangehensweise verändert und stattdessen nach Sätzen gesucht. Es gibt nicht viele, aber ein paar habe ich gefunden.«

Mona Vézina legte ein Foto auf den Tisch.

»Schauen Sie mal, das hab ich von der Spurensicherung bekommen. Es handelt sich um einen Ausschnitt des Mosaiks von zehn mal achtzehn Zentimetern.«

Die Schriftsachverständige nahm ein Blatt Papier aus ihrem Hefter und reichte es dem Sergent-Détective, bevor sie fortfuhr: »Die vier Sätze, die sich am häufigsten wiederholen, habe ich abgeschrieben, und spaßeshalber die Anzahl der Wiederholungen notiert. Ich weiß nicht, ob es ein Zufall ist, aber wie Sie hier auf dem Foto sehen können, befinden sich die vier Sätze jeweils in der Nähe der anderen. Das ist der einzige Teil des Mosaiks, in dem sie so angeordnet sind.«

Einen Moment lang betrachtete Victor das Blatt, dann reichte er es Jacinthe.

»Treffen mit Mr McGregor, Föderation der Laizisten Québecs, 1. Mai 1965« (3)
»Richard Crosses The Door« (7)
»My ketchup uncle Larry Truman relishes apples« (9)
»Watermelon man is watching« (13)

»Mein Ketchup-Onkel! Armer Irrer!«, entfuhr es Jacinthe.

»Und was schließen Sie daraus?«, fragte Victor.

»Sehen Sie die Kreuze hier und hier? Er scheint sich viel mit Religion beschäftigt zu haben. Mir ist außerdem die Gegenüberstellung der Kreuze und der Begriffe ›Föderation der Laizisten Québecs‹ aufgefallen. Vielleicht ein Widerspruch zwischen religiösem und weltlichem Leben? Die Andeutung eines Konflikts? Wie dem auch sei, ich habe im Internet recherchiert, und soweit ich feststellen konnte, gab es nie eine Föderation der Laizisten Québecs.«

»Nicht schon wieder was mit Religion!«

Victor warf Jacinthe einen vorwurfsvollen Blick zu.

»Fahren Sie fort, Mona«, sagte er.

»Außerdem ist mir der Gebrauch des Wortes ›Crosses‹ aufgefallen, also englisch für Kreuze. Ob da ein Zusammenhang besteht? Und es gibt drei Anspielungen auf Nahrung, zweimal Früchte, Äpfel und Wassermelone, einmal Sauce, Ketchup. Bevor Sie mich fragen: Nein, ich habe keine Ahnung, was das bedeuten soll.«

Auf Jacinthes Stirn stand so viel Schweiß, dass sie aussah, als fiele sie gleich in Ohnmacht. Und auch Victor wurde langsam heiß. Nur Mona Vézina machte unbeirrt weiter.

»Die schwarzen Punkte könnten Augen darstellen, was vielleicht darauf hindeutet, dass er sich beobachtet fühlte. Vor allem in Verbindung mit dem Satz ›Watermelon man is watching‹. Womöglich handelt es sich dabei um einen Mann mit besonders großem Kopf. Oder jemanden, der oft Melone isst? Wetten können ab jetzt platziert werden!«, schloss sie und zuckte theatralisch die Achseln.

»Und was denken Sie?«, fragte Victor.

Denn natürlich ging es darum. Mona Vézina lächelte, als wüsste sie Dinge, die sich von selbst erklärten.

»Wenn Sie mich fragen, handelt es sich um kodierte Nachrichten«, sagte sie, überglücklich, zur Lösung des Rätsels beizutragen. »Aber ich halte lieber den Mund!« Sie tat, als würde sie ihre Lippen mit einem Reißverschluss zuziehen. »Ich habe meine Fachkompetenz bereits weit überschritten.«

Victor pustete zum x-ten Mal das Blatt einer Pflanze beiseite, das über seine Schulter strich und ihn im Nacken kitzelte.

»Wenigstens haben wir ein Datum und ein paar Namen, die wir durch die Datenbank jagen können«, sagte er zu Jacinthe. »Larry Truman und diesen Mr McGregor. Das ist doch was. Und nach dieser Föderation der Laizisten Québecs schauen wir auch noch mal.«

»Würde ich alles Gilles schicken. Der liebt doch Kreuzworträtsel«, sagte Jacinthe. »Das ist genau sein Ding.«

»Gute Idee«, sagte Victor und wandte sich wieder an die Schriftsachverständige. »Könnten Sie eine Kopie davon an Gilles Lemaire vom Dezernat für Kapitalverbrechen faxen?«

»Ich habe leider kein Fax.«

In dem Moment sprang Jacinthe auf, ergriff Mona Vézinas Hand und zerquetschte sie beinahe zum Abschied.

»Entschuldigen Sie, aber ich kann nicht mehr. Mir ist einfach zu heiß. Danke, Madame!«

Während sie auf den Flur hinausstürzte rief sie, ohne sich umzudrehen: »Ich warte unten auf dich, Lessard.«

Nun erhob sich auch Victor und holte einmal tief Luft. Das Verhalten seiner Kollegin machte ihn rasend, aber er ließ es sich nicht anmerken.

»Ich danke Ihnen vielmals, Mona, Sie haben uns sehr geholfen.«

Die Schriftsachverständige wurde rot vor Stolz.

»Kann ich das behalten?«, fragte er und zeigte auf das Blatt Papier.

»Ja natürlich, die Kopie war für Sie.«

Im Erdgeschoss beugte sich Victor über einen Trinkbrunnen. Als er sich gerade wieder aufrichtete, stieß Jacinthe zu ihm.

Noch beim Mundabwischen sagte er: »Die ersten Buchstaben von Föderation der Laizisten Québecs ergeben jedenfalls dasselbe Akronym wie das der Befreiungsfront. Und ›*Richard Crosses the Door*‹ könnte eine Anspielung auf die Entführung Pierre Laportes sein.«

»›*The Door*‹ soll auf Laporte anspielen?!«, rief Jacinthe. »Warum nicht gleich auf Jim Morrison?« Fast hätte sie losgeprustet, doch als sie den Blick ihres Kollegen sah, schluckte sie es lieber hinunter. »Äh … aber das mit ›*Richard Crosses*‹ verstehe ich trotzdem nicht.«

»Noch nie was von James Richard Cross gehört?«, frage er einen Hauch arrogant.

»Ist das nicht auch ein Sänger?«, fragte Jacinthe so ernsthaft wie möglich.

Victor knöpfte seinen Mantel zu, und gemeinsam gingen sie hinaus auf den Parkplatz. Die kalte Luft tat gut.

»Cross war ein britischer Diplomat. Das genaue Datum hab ich nicht mehr im Kopf, aber er wurde 1970, wenige Tage vor Pierre Laporte, von der FLQ entführt.«

22.
PRESSEKONFERENZ

Victor fühlte sich wie in einer Parallelwelt, seine Lippen bewegten sich in Zeitlupe, seine Stimme sackte ab, sodass sie kaum hörbar war, und seine Worte waren langgezogen und verzerrt. Schlug die Frau in der ersten Reihe die Beine absichtlich immer wieder über- und auseinander, damit er sie bemerkte? Nach seiner monotonen Erklärung stürzte er sich sofort auf das Glas Wasser; vom anhaltenden Blitzlichtgewitter war er halb blind.

Bei ihrer Ankunft in Versailles hatten sie zunächst Paul Delaney gebrieft. Angesichts der neuesten Entwicklungen hatte dieser zugestimmt, einen Antrag zu stellen, um die psychiatrische Akte von André Lortie zu bekommen. Jacinthe erledigte den notwendigen Papierkram im selben Moment, in dem der Sergent-Détective vor die Journalisten trat.

Mit zusammengekniffenen Augen schielte Victor auf seine Notizen, um sicherzugehen, dass er sämtliche Punkte abgehakt hatte, dann nahm er die Karaffe und goss sich ein weiteres Glas Wasser ein.

»Ich beantworte jetzt Ihre Fragen«, seufzte er.

Im Saal, der überhitzt war von den Scheinwerfern, erhob sich Geschrei. Ein Reporter mit spärlichem Bartwuchs stand auf, wobei lose Blätter aus seiner Westentasche flatterten.

»Monsieur?«, erteilte ihm der Sergent-Détective das Wort und wischte sich über die Stirn.

»Jacques-Yves Brodeur von Radio Canada. Wenn ich Sie richtig verstanden habe, glauben Sie nicht, dass Maître Lawsons Verschwinden mit einem anderen Kriminalfall zusammenhängt.«

»Das ist korrekt«, antwortete Victor, nachdem er mehrere Schlucke Wasser getrunken hatte.

»Warum dann gleich eine Pressekonferenz? Warum keine einfache Fahndung?«

Mit der Frage hatte Victor gerechnet, jedoch nicht so bald. Delaney und er hatten das Ganze diskutiert und waren in Anbetracht von Lawsons Bekanntheitsgrad zu dem Schluss gelangt, dass sich die Medien sowieso auf den Fall stürzen würden, unabhängig davon, wie sie die Nachricht verkündeten.

Da konnten sie das Echo auch gleich maximieren, indem sie die Nachricht so breit wie möglich streuten.

»Weil Monsieur Lawson ein wichtiges Mitglied der Montrealer Geschäftswelt ist.«

»Glauben Sie, dass sein Verschwinden mit dem Tod von Judith Harper zusammenhängt? Gilt er als verdächtig?«

Erneut nahm Victor, bevor er antwortete, einen Schluck Wasser. Entweder Brodeur war ziemlich auf Zack oder jemand hatte ihm etwas geflüstert.

»Im Augenblick behandeln wir beide Fälle unabhängig voneinander.« Die Frau mit den übergeschlagenen Beinen hob die Hand. Er beeilte sich, sie dranzunehmen. »Ja, Madame?«

»Virginie Tousignant, *La Presse*. Ihnen ist also bekannt, dass Monsieur Lawson eine Reise angekündigt hat, aber Ihnen liegen keine Informationen vor, ob er Montreal wirklich verlassen hat. Richtig?«

»Ganz genau. Wir wissen, dass er im Besitz seines Reisepasses ist, aber bisher wurde er von keinem Grenzposten gemeldet.«

Während die Frau das Gespräch mit dem iPhone, das sie weit von sich gestreckt hielt, aufzeichnete, musterte Victor sie eingehend: langes dunkles Haar, eine rechteckige Brille mit markantem Gestell, dahinter große funkelnd grüne Augen, ein Mund wie Angelina Jolie und ein Blick, der ihr etwas Rührendes verlieh.

»Glauben Sie, dass Maître Lawson einer Entführung zum Opfer gefallen ist? Oder, noch schlimmer, einem Mord?«

Victor leerte sein Glas in einem Zug.

»Zurzeit ziehen wir alle Möglichkeiten in Betracht, aber kein Indiz lässt eindeutige Schlüsse zu.«

Der Sergent-Détective beantwortete noch ein paar Fragen, dann erklärte die PR-Beauftragte, die ihm zur Seite stand, die Pressekonferenz für beendet. Unter lautem Getöse verließen die Journalisten den Saal.

Victor hatte zu viele Wassermoleküle im System und spurtete mit zum Bersten gefüllter Blase zu den Toiletten. Die Kacheln waren voller dubioser Spuren, und die Verbindungen der Rohre, die an den Wänden entlangführten, waren bedeckt mit schwarzem Schimmel. Es gab zwei Kabinen mit schiefen Türen und drei Urinale an der hinteren Wand. Victor lief an den fleckigen Waschbecken vorbei, betrachtete sich einen Augenblick im Spiegel und öffnete noch auf dem Weg zum mittleren Pissoir den Reißverschluss.

Er war vor Erleichterung wie in Trance und drehte sich nicht um, als die Tür aufging.

Erst als die Schritte, die er gehört hatte, leiser wurden, bekam Victor plötzlich ein unbehagliches Gefühl: Jemand stand hinter ihm und betrachtete ihn. Sein Sichtfeld war so eingeschränkt, dass er unmöglich erkennen konnte, wer sich in seinen toten Winkel geschlichen hatte. Ihm lief ein Schauer über den Rücken: Er musste unweigerlich an John Travolta in *Pulp Fiction* denken und wie dieser auf der Toilette überrascht wird. Jetzt, mit seinem besten Stück in der Hand, befand er sich selbst in einer äußerst ungünstigen Position. Den Bruchteil einer Sekunde später packte er sein Teil weg und fuhr, den Finger am Abzug seiner gezückten Glock, herum.

Verängstigt riss der Reporter von Radio Canada die Hände vors Gesicht und zog den Kopf ein.

»Warten Sie! Warten Sie! Ich habe bloß eine letzte Frage.«

Victor steckte die Pistole zurück ins Halfter und stieß kopfschüttelnd und mit pochendem Herzen den angehaltenen Atem aus.

Nachdem er den Reporter zum Ausgang eskortiert hatte, begab Victor sich zu seinen Kollegen in den Konferenzraum. Es war fast fünfzehn Uhr. Am Kopfende des Tisches saß Delaney und viertelte einen Apfel; ein Stück reichte er Victor und beglückwünschte diesen zu seinem Auftritt. Victor schob sich den Apfel in den Mund und ließ sich auf einen Stuhl fallen. Beim Kauen wurde ihm bewusst, dass er nicht zu Mittag gegessen hatte.

Jacinthe verkündete, dass der Antrag auf Einsicht von Lorties psychiatrischer Akte erledigt sei und sie nur noch auf Antwort aus der Rechtsabteilung warte, bevor sie ihn an McNeil weiterleitete. Anschließend diskutierten die Polizisten verschiedene Aspekte der Ermittlung: den Fund der magnetischen Plastikziffern, die Angaben der Pflegehelferin aus dem Louis-H. und die Hypothesen der Schriftsachverständigen.

Im Übrigen hatte die Spurensuche in Lorties und Judith Harpers Apartments immer noch nichts Aufschlussreiches ergeben. Für den Moment galten Nathan Lawson und Lortie als Hauptverdächtige.

Jemand erwähnte die mögliche Schuld von Will Bennett, doch da der Gnom diesbezüglich zuständig, gerade aber nicht anwesend war, kamen sie schnell zum nächsten Punkt.

»Wie wir's auch drehen und wenden, uns fehlt trotzdem die Verbindung zwischen Harper, Lawson und Lortie«, brummte Jacinthe.

Die Bemerkung wirkte wie eine kalte Dusche. Niemand sagte etwas, bis Delaney die Stille durchbrach.

»Gibt's was Neues von Loïc?«

Just in diesem Augenblick platzte der keuchende Gnom ins Zimmer. Er schaltete den Fernseher ein und zappte zu einem Nachrichtenkanal.

»Schaut euch das an«, sagte er und erhöhte die Lautstärke.

Auf dem Bildschirm gab Louis-Charles Rivard gerade ebenfalls eine improvisierte Pressekonferenz zu Lawsons Verschwinden. Im anschließenden Interview vor dem Radio-Canada-Hochhaus erklärte er, seine Kanzlei sei bereit, jedem, der in dieser Sache Hinweise liefern könne, ein Vermögen zu zahlen.

Abschließend nannte er eine Telefonnummer, unter der er zu erreichen sei.

»Ich wende mich hiermit an den Entführer von Maître Lawson«, verkündete er. »Egal was vorgefallen ist, wir können uns einig werden. Kontaktieren Sie mich. Ich habe, wonach Sie suchen.«

Delaney, dessen Gesicht dunkelrot angelaufen war, sagte: »Wenn die meinen, sie können uns in die Ermittlungen pfuschen, liegen sie aber falsch.«

»Die benehmen sich, als hätten sie was zu verbergen«, fügte der Gnom hinzu.

»Dämlicher Idiot«, fasste Jacinthe zusammen.

Victors Handy blinkte und vibrierte vor ihm auf dem Tisch.

Als er die Nummer auf dem Display sah, verließ er den Konferenzraum und nahm den Anruf erst ein Stück weit entfernt in der Kochnische entgegen. Dort, den Fuß auf einem Stuhl, Ellbogen auf dem Knie und das Kinn in der Hand, sah er beim Sprechen aus dem Fenster.

Draußen auf dem Parkplatz bemühte sich eine Frau verzweifelt, ihre Windschutzscheibe von festgefrorenem Graupel zu befreien.

»Hast du was Neues für mich?«, fragte Victor seinen Gesprächspartner.

»Vielleicht. Aber du müsstest mir Zugang zu den Unterlagen von der Spurensicherung verschaffen.«

»Online ist zu riskant«, antwortete Victor leicht gereizt. »Ich besorg dir eine Kopie. Aber ich verlass mich auf deine absolute Diskretion.«

»Natürlich, keine Sorge. Ich behalte alles für mich.«

Der Kopierraum befand sich direkt neben der Kochnische, allerdings mit separatem Eingang.

Als Victor zum Konferenzzimmer zurückging, bemerkte er Jacinthe nicht, die sich in die Abstellkammer geschlichen hatte, um ihn zu belauschen.

Ein paar Minuten nach Rivards überraschendem Auftritt vor der Presse, rief Victor ihn im Beisein seiner Kollegen an.

»Sie spielen ein gefährliches Spiel, Rivard!«

»Lassen Sie die Erwachsenen mal machen, Lessard. Ich wickle ständig Millionendeals ab. Und sollte sich jemand melden, kann es gut sein, dass ich erst mit ihm abrechne, bevor ich Sie anrufe.«

»Das hier ist kein Rechtsstreit, Rivard. Das Leben Ihres Kollegen könnte auf dem Spiel stehen. Und Ihres genauso, falls Sie zur Zielscheibe werden.«

Plötzlich wurde Victor rot vor Wut und knallte den Hörer auf den Apparat.

»Und?«, fragte Delaney.

Sichtlich verärgert und mit geschlossenen Augen schüttelte der Sergent-Détective den Kopf.

»Der Dreckskerl hat einfach aufgelegt.«

SEPTEMBER 1964

EHRE

Mama lässt Charlie erst mal ein Bad ein. Sie hat einen Blick, der jede Wunde heilen kann, und säubert mit Seife und Waschlappen zärtlich wie immer die aufgeschürften Knie und Ellbogen. Charlie bleibt so lang im heißen Wasser liegen, bis die Fingerspitzen ganz schrumpelig sind.

Anschließend setzt Charlie sich im Schlafanzug auf den gewohnten Platz am Tisch, wo Léonard und Papa schon warten. Unter dem Kruzifix an der Wand sprechen sie gemeinsam ein Dankgebet, dann essen sie Brathähnchen, das Mama gemacht hat. Léonard kippelt unaufhörlich mit dem Stuhl, sodass sich überall um seinen Teller Essenskrümel sammeln.

Papa fragt Charlie alles Mögliche über die Schule, nur über den Streit, der zu den Schrammen geführt hat, will er nichts wissen.

Genauso hütet Papa sich, auch nur die geringste Anspielung auf die Szene zu machen, die Léonard und Charlie mitangesehen haben, als sie nach Hause gekommen sind.

Während Mama nach dem Abendessen den Abwasch macht, hilft Papa Charlie bei den Hausaufgaben. Er diktiert einen Text über Pferde, die frei über Wiesen galoppieren und Äpfel direkt von den Ästen fressen.

Danach schaut Charlie mit Lennie fern, und Papa und Mama führen irgendeine lautstarke Diskussion. Einzelne Gesprächsfetzen wabern zu den Kindern herüber: Papa ist der Meinung, sie sollten das Geld zurückgeben, Mama findet, sie sollten es behalten und die ganze Geschichte vergessen.

Seufzend geht Charlie in die Küche, stemmt die Hände in die Hüften und unterbricht energisch den Streit: »Hört endlich auf, euch zu ärgern! Wir können nicht mal den Fernseher verstehen!«

Lächelnd kommt Mama auf Charlie zu, während Papa hastig einen großen Umschlag im Schrank verschwinden lässt.

Im Haus ist alles still. Mama deckt Charlie bis zum Kinn zu, dann gibt es noch einen Kuss auf die Stirn. Sie lächelt, bevor sie das Zimmer verlässt und bringt damit alle Dinge wieder ins Gleichgewicht. Dann geht sie runter. Bestimmt, um sich in ihre Geschichtsbücher zu vertiefen. Schon seit Jahren arbeitet Mama an ihrer Abschlussarbeit. Sie gibt nicht auf und wiederholt andauernd, Frauen hätten dieselben Fähigkeiten wie Männer. Und wie Charlie weiß, wird Papa, nachdem er den Kindern gute Nacht gesagt hat, den restlichen Abend damit verbringen, spaltenweise Zahlen zu addieren.

Durchs geöffnete Fenster dringt nur noch das Zirpen der Grillen an Charlies Ohr. Für die Jahreszeit ist es so spät noch außergewöhnlich warm, der Sommer zieht sich in die Länge.

Papa macht die Tür auf und setzt sich aufs Bett, nah an Charlies Kopf.

»Was ist heute auf dem Rückweg von der Schule passiert?«

»René Desharnais war schuld. Er hat Léonard schwachsinnig genannt!«

»Und dann habt ihr euch geprügelt?«

»Er hat unsere Ehre beleidigt, Papa! Du sagst doch immer, dass wir zwar arm sind, aber trotzdem unsere Ehre haben.«

Papa beißt sich auf die Lippen, damit Charlie nicht sieht, wie gerührt er ist.

»Das ist wahr, Charlie. Aber manchmal muss man wissen, welche Schlachten es sich zu kämpfen lohnt und welche nicht.«

Charlie setzt sich im Bett auf.

»Aber das weiß ich doch! Ich konnte ihn ja nicht schlecht über meinen Bruder reden lassen!«

Mit der Spitze des Zeigefingers wischt Charlie die Träne weg, die Papa über die Wange rollt, und berührt dann den lilafarbenen Bluterguss unterm linken Auge.

»Und was ist dir passiert?«

Papa sieht Charlie an mit einem Blick zum Steineerweichen und streichelt dem Kind übers Haar.

»Nichts, Charlie. Aber manchmal hat die Ehre einen hohen Preis.«

23.
SCHLAFLOS

Victor startete den Dienstwagen und drehte die Heizung voll auf. Dann stieg er schimpfend wieder aus und machte sich daran, die Scheiben freizukratzen. Es war dunkel, und seine Finger und Zehen waren eingefroren. Er warf einen Blick auf seine Chucks.

»Du brauchst dringend vernünftige Stiefel«, hörte er Nadja sagen.

Er spürte die beißende Kälte im Gesicht und gab ihr, anders als sonst, beinahe recht.

Und wo er schon mal dabei war, könnte ein Paar Handschuhe auch nicht schaden.

»Verflixter Scheißwinter!«, brummte er, als er auf die Kupplung trat.

Er bog auf die Rue Sherbrooke in Richtung Innenstadt und schaltete das Radio ein.

Ron Fournier, eine schillernde Persönlichkeit wie kaum ein anderer, befand sich gerade in einem seiner unverwechselbaren poetischen Höhenflüge, zu denen niemand fähig war außer ihm: Bevor er die Anrufe der Zuhörer entgegennahm, improvisierte er noch schnell einen altfranzösischen Rigaudon, in dem er den Führungsstab der Montréal Canadiens dazu anhielt, Verstärkung fürs Powerplay zu beschaffen. Wenige Sekunden reichten aus, und Victor schmunzelte; er lachte sogar lauthals, was ihn selbst überraschte. Ron Fourniers Hörfunkmonolog zu lauschen tat ihm gut. Im Grunde war der Mann, obwohl ihm nie die gebührende Anerkennung zuteilwurde, auf seinem Gebiet doch ein wahres Genie.

Allmählich wurde es warm im Auto, und Victors Zehen kribbelten, als seine Füße wärmer wurden. Das Viereck, das er in den Raureif gekratzt hatte, wurde größer, die Konturen weicher, und es verschwand schließlich zugunsten einer Form, die an Schmetterlingsflügel erinnerte.

An der Ecke Rue Amherst fuhr Victor langsamer; das Auto vor ihm geriet auf einer vereisten Stelle ins Schlingern. Während Fournier gerade einem Zuhörer die Meinung geigte, schaltete Victor die Scheibenwischer ein: Der Himmel spuckte dicke, feuchte Flocken.

Er parkte den Wagen in der Avenue Viger.

Die Hände in den Taschen seiner Lederjacke vergraben und mit einem großen gelben Umschlag unterm Arm, ging er eilig den Boulevard Saint-Laurent hoch. Er hatte gerade das Restaurant Hong Kong passiert, als zu seiner Linken jemand hupte. Für den Bruchteil einer Sekunde sah er sich suchend nach dem Ursprung des Geräuschs um, dann hatte er das Auto entdeckt und lief über die Straße. Den Umschlag ließ er durch den Spalt des heruntergelassenen Fensters gleiten und wechselte ein paar knappe Worte mit dem Fahrer, der gleich darauf weiterfuhr.

Danach begab sich Victor in die Rue de La Gauchetière im Herzen von Chinatown.

Jacinthe wartete ein paar Sekunden, bevor sie die Verfolgung aufnahm. Soweit sie das beurteilen konnte, hatte Lessard sie nicht gesehen.

»Verdammte Scheiße!«, entfuhr es ihr, als sie um die Ecke bog.

Sie spähte durch die Schaufenster sämtlicher Geschäfte, suchte die kleinen Straßen ab, die hinter den Gebäuden herführten, aber von ihrem Partner fehlte jede Spur. Der Wagen war ein Ford Escape gewesen, aber sie war nicht nah genug herangekommen, weder um das Gesicht des Fahrers zu erkennen noch das Nummernschild.

Es war wieder eine dieser Nächte, in denen Victor um drei Uhr aufwachte und nicht mehr einschlafen konnte.

Einen Moment lang starrte er zur Decke. Wo er lag, war das Bett schweißnass.

Links neben ihm schlief Nadja, den Kopf auf seinem Arm. Gegen einundzwanzig Uhr, als sie von der Arbeit gekommen war, hatten sie gemeinsam gegessen. Frische Nudeln, die Victor gleich um die Ecke auf der Rue Sherbrooke bei Pasta Casareccia besorgt hatte.

Beim Essen berichteten sie sich von ihrem Tag, und Nadja kommentierte den ein oder anderen Aspekt seines Falls. Als sie gerade den Abwasch machen wollte, zog er sie mit sich ins Schlafzimmer. Sie ließ sich nicht lang bitten. Beim Rascheln des Stoffs, der über ihre gebräunte Haut glitt, hatte Victor den Eindruck, dass die Luft dünner wurde und aus dem Raum wich.

Danach schliefen sie ineinander verschlungen ein.

Jetzt zog Victor vorsichtig seinen Arm, der allmählich taub wurde, weg und stand auf. Er sammelte seine Sachen vom Boden, ging auf Zehenspitzen hinaus und schloss so leise wie möglich hinter sich die Tür.

Vor dem Wohnzimmerfenster zog er sich an. Das orangefarbene Licht einer Straßenlaterne, die direkt vor dem Haus stand, erhellte den Raum. Victor schnappte sich seinen Mantel und schlüpfte in die Chucks.

Die Luft war trocken, unter seinen Schritten knirschte vereister Schnee. Die Stadtreinigung hatte den Bürgersteig noch nicht geräumt. An der Ecke Sherbrooke zögerte er einen Moment, steckte sich eine Zigarette an und lief dann weiter. Er kam an D.A.D.'s Bagels vorbei und dachte, wo er schon wach war, könne er doch eigentlich auch einen Happen essen, aber als er drinnen das Lachen einer Gruppe junger Leute hörte, überlegte er es sich anders. Mit Sicherheit waren sie gerade von einer Kneipentour in der Innenstadt zurück, und ihm war nach Alleinsein.

Er blieb seiner gewohnten Runde treu und lief die Avenue Wilson hoch bis zur Côte-Saint-Antoine.

Auf einem Weg durch den Parc Notre-Dame-de-Grâce begegneten ihm ein Mann und eine Frau, die eine in ein Plastiknetz gewickelte Tanne transportierten. Victor nickte ihnen zu. Seitdem er in Montreal lebte, wunderte er sich über gar nichts mehr.

Sein Handy vibrierte. Er zog es aus der Tasche: eine neue Textnachricht.

Jacinthe Taillon wälzte sich im Bett von einer Seite auf die andere und konnte nicht einschlafen.

Beim Nachhausekommen hatte sie der Geruch von Ragout empfangen. Sie hatte Lucie einen Kuss gegeben, geduscht, dann hatten sie gegessen.

Lucie und sie waren wie Yin und Yang: zwei untrennbare Gegensätze, zwei verlorene Teile eines scheinbar unlösbaren Puzzles, die perfekt ineinanderpassten. Lucie zügelte sie, beruhigte sie, holte sie auf den Boden zurück, wann immer sie an die Decke ging, und sammelte die Scherben auf, wenn sie sich mit ihrer Familie stritt oder ihre Wut an den Möbeln ausließ.

Zierlich und schmal erinnerte Lucie mit ihrer hohen Stimme ein wenig an Jane Birkin.

In ein paar Wochen feierten sie ihr Zwanzigjähriges.

Jacinthe hatte Lucie über ihre Mutter kennengelernt, mit der diese befreundet war. Jetzt, mit Anfang sechzig, lebte Lucie, umgeben von Büchern, daheim genauso wie in der Bibliothek, in der sie arbeitete.

Zu Beginn des Jahres hatte sie unter gesundheitlichen Problemen gelitten, aber inzwischen ging es ihr besser. Oft sagte Jacinthe, dass sie mit dem Tag, an dem Lucie gehen würde, auch nichts mehr auf Erden verloren hätte. Lucie war die Sanftmut in Person. Ein Engel. Ihr Gegengewicht. Ihre vier Himmelsrichtungen.

Solang Lucie sich von ihrer Krankheit erholte, hatte Jacinthe, die ihr Lebtag kein Buch beendet hatte, sich erweichen lassen, ihrer Liebsten einen Roman vorzulesen. Die Geschichte eines Jungen, der zu stehlen lernte.

Sie versuchte, sich von der Decke zu befreien, die an ihrem Körper klebte.

In dem Moment, in dem sie sich hingelegt hatte, fingen ihre Gedanken an zu rasen, und sie hatte den Fehler gemacht, es zuzulassen. Jetzt hielt sie dieser verdammte Lessard vom Schlafen ab!

Hatte er sich versteckt, weil er sie gesehen hatte, oder war er in Chinatown in ein Geschäft gegangen, um jemanden zu treffen? Wem hatte er den Umschlag überreicht? Und was war darin gewesen?

Fast hätte Jacinthe ihr Handy vom Nachttisch genommen, um ihn anzurufen und der Spannung ein Ende zu bereiten. Der direkte Weg war immer noch der beste.

Doch mit einem Blick aufs Display entschied sie, dass es bis morgen warten konnte.

Immerhin vertraute sie Lessard.

Zumindest bis zu einem gewissen Punkt.

Den Kopf in den Händen saß Paul Delaney leise weinend auf der Bettkante.

Er konnte sich nicht erinnern, wie er aus dem Krankenhaus nach Hause gekommen war, wusste nicht mehr genau, was der Arzt gesagt hatte, bis auf eins: Madeleines Krebs hatte gestreut.

Zu Beginn ihrer Krankheit hatte er eine Leere verspürt.

Die Kinder waren abwechselnd gekommen, um ihr Gesellschaft zu leisten. Dann waren die Behandlungen langwieriger geworden, und alle waren nach und nach zu ihrem Alltag zurückgekehrt.

Delaney hob den Kopf. Er wollte schreien.

Dort, wo Madeleine sonst schlief, klaffte ein gähnendes Loch im Bett, das Haus, in dem er sich herumschleppte wie ein lebendiger Toter, war zum Gefängnis geworden, und kein Tag, der verging, reichte aus, um das Nichts zu füllen, das der vorherige hinterlassen hatte. Er verspürte eine Leere in seinem Körper, eine Leere, wo er auch hinsah, Leere an jedem Ort, an dem er sich befand.

Und diese Leere war dabei, ihn aufzufressen.

In Bergers Textnachricht stand, Victor solle ihn so schnell wie möglich zurückrufen, was dieser, nachdem er sich eine weitere Zigarette angezündet hatte, umgehend tat.

»Hab mir schon gedacht, dass du auch nicht schläfst.«

»Grüß dich, Jacob. Offensichtlich bin ich nicht der Einzige.«

»Du weißt doch, wie das ist. Ich versuche, noch alles vorm Weihnachtsurlaub zu schaffen, aber man könnte meinen, je mehr ich arbeite, desto mehr kommt rein!«

Victor seufzte mutlos. Urlaub … Er fürchtete nichts mehr als den Moment, in dem er Nadja sagen musste, dass er sie vermutlich nicht in das Häuschen, das sie in Laurentides gemietet hatten, würde begleiten können. Ihr, die sich auf nichts mehr freute, als gemeinsam dort die Ferien zwischen Weihnachten und Neujahr zu verbringen.

»Vielleicht hilft es dir ja, dass wir im selben Boot sitzen?«, sagte der Sergent-Détective.

»Nee, da muss ich dich enttäuschen, das hilft leider überhaupt nicht.«

Beide lachten, dann wurde Victor ernst. Die Nachricht des Gerichtsmediziners hatte ihn neugierig gemacht.

»Also, was verschafft mir die Ehre, Jacob?«

»Soeben kamen die Ergebnisse der Analyse, die ich heute in Auftrag gegeben habe.« Victor hörte Papier rascheln. »Ist vielleicht völlig unerheblich, aber ich dachte, dich interessiert, dass Judith Harper Chlamydien hatte.«

24.
FARINE FIVE ROSES

Mittwoch, 21. Dezember

Die Altstadt Montreals lag noch in tiefem Schlaf, niemand war auf den Straßen unterwegs.

Mit einer Thermoskanne Kaffee und einer Tüte D.A.D.'s-Bagels unterm Arm, traf Victor am vereinbarten Ort an der Ecke Rue Smith und De la Commune Ouest ein. Der Wind fegte um die mit Graffiti überdeckte Eisenbahnbrücke, unter der, in einen Haufen Decken und alte Lumpen gehüllt, zwei Gestalten lagen.

Direkt gegenüber thronte das Schild von Farine Five Roses über der Stadt.

Victor stieg der unangenehme Geruch von Schweiß und Urin in die Nase. Sie hatten ihn kommen sehen, eine der Gestalten schälte sich aus ihrem Schlafsack und lief ihm entgegen.

»Alles okay, Kid?«, sagte der Sergent-Détective besorgt, als er die Augenringe und das wachsbleiche Gesicht seines jungen Kollegen sah.

»Geht schon. Nur ein bisschen kalt«, antwortete Loïc und nahm den angebotenen Kaffee entgegen.

Offensichtlich hatte er kein Auge zugetan.

Als Jugendlicher hatte Victor selbst, wenn er wieder mal aus einer Pflegefamilie abgehauen war, hier und da auf der Straße geschlafen.

»Hast du hier übernachtet?«, fragte er.

Loïc nickte bibbernd.

»Wir haben's hier nicht mit dem üblichen Muster zu tun. Der

Typ ist ultraschlau: Mathematikdoktorand an der Université de Montréal. Momentan ist er ein bisschen von der Rolle, er nimmt Heroin. Sagt zwar, das käme immer mal wieder vor, aber ich hab den Eindruck, diesmal ist es ernst.«

»Wie kann er denn Vollzeitdoktorand an der Uni sein und gleichzeitig auf der Straße leben? Hat er irgendwelche Vorstrafen?«

»Konnte ich noch nicht rausfinden. Bisher wollte er mir seinen echten Namen nicht verraten. Er nennt sich Nash.«

»Wie hast du ihn gefunden?«

»Ich war in so ziemlich jeder Unterkunft und an jedem Obdachlosentreffpunkt, den du genannt hast. Fast hätt ich aufgegeben, aber dann hab ich doch noch einen letzten Versuch gestartet und mich vor den Accueil Bonneau, die Mission, gesetzt. Nash war auch da und fragte mich nach 'ner Zigarette. Vielleicht weil wir gleich alt sind, keine Ahnung, jedenfalls kamen wir ins Gespräch. Ihm war ziemlich schnell klar, dass ich bei der Polizei bin. Und als ich ihm das Foto gezeigt hab, hat er Lortie sofort erkannt.«

»Was hast du herausgefunden?«

»Bis jetzt noch nichts. Aber wir haben 'ne Abmachung getroffen.«

»Was denn für eine Abmachung?«, fragte der Sergent-Détective mit Betonung auf dem letzten Wort.

Loïc winkte ab.

»Ach, du weißt schon, 'ne Abmachung eben ... nichts Großartiges.«

Victor musterte ihn eingehend. In seinem Blick lag zwar kein Vorwurf, doch Loïc wusste, dass er sich damit nicht zufriedengeben würde.

»Okay, okay. Also er wollte, dass ich ihm einen Fix zahle und draußen die Nacht mit ihm verbringe. Gesellschaft halt. Jemanden zum Reden. Im Gegenzug hat er eingewilligt, dich zu treffen und unsere Fragen zu beantworten.« Loïc sah Victor in die Augen. »Was hätte ich denn tun sollen?«

Victor schüttelte den Kopf. Er konnte den Kleinen schlecht zurechtweisen, schließlich hätte er an seiner Stelle dasselbe getan. In Wahrheit hatte er schon viel Schlimmeres angestellt als Loïc, und zwar mehr als einmal. Allerdings war das auch kein Grund, Loïc für sein Vorgehen zu loben.

»Ich verstehe schon. Aber das mit dem Fix, das nehmen wir beide mit ins Grab. Kein Wort zu Paul oder den anderen.«

Loïc nickte. Oben fuhr unter unglaublichem Getöse ein Zug Richtung Hauptbahnhof vorbei, was Nash jedoch nicht zu wecken schien. Als der letzte Waggon außer Sichtweite war, erklang wieder sein lautes gleichmäßiges Schnarchen.

»Weiß er, warum wir uns für Lortie interessieren?«

»Ich hab gesagt, seine Familie würde ihn suchen.«

Victor holte seine Schachtel Zigaretten heraus und hielt Loïc eine hin. Die Hand über der Flamme zündete er beide an.

Sie hatten erst einmal gezogen, da rief eine tiefe Stimme: »Ey! Ich will auch eine!«

Aus einem Schlafsack tauchte Nashs bärtiges Gesicht auf; sein fiebriger Blick musterte Victor von Kopf bis Fuß.

Um sich vor dem Wind zu schützen, hatten sich die drei Männer hinter eine Säule gestellt. Nash, der einen grünlichen Teint, Schatten um die Augen und sehr schlechte Zähne hatte, verdrückte mit wenigen Bissen zwei Bagels, bevor er nach der Thermoskanne griff.

Victor schätzte ihn auf irgendwas zwischen fünfundzwanzig und fünfunddreißig.

Obwohl die Wirkung des Schusses, den Loïc ihm gezahlt hatte, sicher nachließ, wies der junge Obdachlose keine Anzeichen von Abhängigkeit auf. Er hatte seinen Konsum offenbar wirklich im Griff.

Victor wusste aus Erfahrung, dass es, auch wenn es nur wenigen gelang, manchmal eine Zeit lang möglich war, trotz Heroinkonsums zu funktionieren.

Die drei sprachen zunächst übers Wetter und wie hart es ist, im Winter auf der Straße zu leben. Dann wurden ihre Fragen präziser.

»Loïc sagte, du studierst an der UdeM?«

»Ja, ich promoviere in Mathematik. Ich habe für meine Forschung in Zahlentheorie vom Institut ein Stipendium bekommen.

Nash blinzelte ununterbrochen.

»Und was genau ist Zahlentheorie?«

Der Obdachlose hob den Kopf und lächelte Victor spöttisch an.

»Möchten Sie das wirklich wissen?«

»Nein, vielleicht doch lieber nicht«, seufzte Victor und verzog den Mund.

Wie auf Kommando mussten alle drei lachen.

»Gleichzeitig studieren und auf der Straße leben, wie funktioniert das?«

»Ich schreib seit achtzehn Monaten an meiner Diss, auf der Straße lebe ich seit sechs. Und auch nicht zum ersten Mal.«

»Kommst du denn mit dem Schreiben voran?«

Nash hob den Blick und begriff, dass Victor das völlig wertfrei meinte.

»Ja, eigentlich ganz gut. Hab mein Handy immer dabei.«

»Aber einfach kann das nicht sein.« Der Polizist nickte verständnisvoll. »Kannst du mir was über Lortie erzählen? Wo ihr euch kennengelernt habt?«

Nash langte mit seinen schmutzigen Fingern in die Tüte und krallte sich einen weiteren Bagel.

»Im Bonneau. André mischt sich nicht gern unters Volk. Ich auch nicht. Es gibt da einen Gemeinschaftsraum, wo's etwas ruhiger ist, bisschen abseits. Da sind weniger Leute. Oft waren wir gleichzeitig da, er und ich. Ich hatte immer ein Schachspiel dabei und hab für gewöhnlich allein gespielt. Irgendwann hat er mich zu 'ner Partie herausgefordert.«

Nash schob sich ein paar Stücke Bagel in den Mund und kaute im Sprechen weiter, als hätte er Angst, jemand könne sich mit dem Essen davonmachen.

»Spielt er gut Schach?«

»Nee, erbärmlich.«

Nash lachte und entblößte freiliegende Zahnhälse.

»Aber er ist ein guter Erzähler. Ich könnte ihm stundenlang zuhören. Jeder hat so seins ... Ihr euern Polizeikram, ich meine Zahlen, er seine Geschichten.«

Victor zündete zwei neue Zigaretten an und reichte eine davon Nash. Als wollte er sich ins Gespräch mischen, öffnete Loïc ein paarmal den Mund, traute sich dann aber doch nicht, etwas zu sagen.

»Was erzählt er denn so? Worüber unterhaltet ihr euch?«

»Na«, machte Nash und verschluckte sich fast beim Inhalieren, »über alles Mögliche halt. André hat zu allem eine Meinung. Und kennt sich gut mit Politik und Wirtschaft aus.«

»Irgendwas ist dir doch bestimmt im Gedächtnis geblieben?«

»Wenn der erst mal loslegt, erzählt der sonst was ...«

»Gib mir mal ein Beispiel.«

»Er sagt, er wäre bei der FLQ und der Entführung von James Richard Cross und Pierre Laporte dabei gewesen. Keine Ahnung, ob das stimmt, aber er sagt auch, sie hätten Bomben gelegt und 'ne Botschaft in die Luft gejagt. Welche, weiß ich nicht mehr. Das Schlimmste ist, dass er einen echt überzeugen kann. Bei den ganzen Details, die der parat hat, glaubt man ihm jedes Wort!«

»Was denn für Details?«

»Na, zum Beispiel, wie sie die Bomben gebaut haben. Macht den Eindruck, als kennt er sich damit ziemlich gut aus.«

Nash hob eine Hand an seinen Brustkorb, musste aufstoßen, rülpste und seufzte zufrieden.

»Hat Lortie dir jemals was von irgendwelchen Brieftaschen erzählt?«, fragte Victor beiläufig.

Nash brach in Gelächter aus.

»Also hat er euch die Nummer mit den Blackouts auch aufgetischt? Mir hat er erzählt, er hätte als junger Mann Leute getötet, die er nicht kannte, und wäre anschließend mit ihren Brieftaschen aufgewacht.«

Victor bedeutete Loïc, die Frage zu stellen, die ihm sichtlich unter den Nägeln brannte.

»Hat Lortie jemals die Namen seiner Opfer erwähnt?«

»Wenn, dann hab ich sie vergessen«, antwortete Nash, nachdem er kurz überlegt hatte.

»Wie ist er denn so?«, übernahm Victor wieder.

»André? Super misstrauisch. Abgesehen von mir hab ich ihn nie mit jemandem reden sehen. Und schräg ist er auch. Sieht sich ständig um, wie ein gehetztes Tier. Einmal hat er drauf bestanden, dass wir uns im Gemeinschaftsraum einen anderen Platz suchen. Man dürfe niemals die Tür im Rücken haben, aber auch nie zu weit weg vom Ausgang sitzen. Damit man immer weiß, wer reinkommt, und drauf reagieren kann oder so. Und draußen guckt er dauernd hinter sich. Falls ihn jemand verfolgt, behauptet er.«

Nash trank einen großen Schluck Kaffee, und Victor wartete ein paar Sekunden, bevor er weiterfragte: »Erinnerst du dich sonst noch an was über ihn?«

»Er weiß, wie man sich prügelt«, sagte Nash und stürzte den nächsten Schluck hinunter.

»Inwiefern?«

»Irgendwann haben wir mal hier geschlafen, da sind drei Punkkids vorbeigekommen und haben uns angepöbelt. Die wollten Kippen, Shit, was zu essen. Irgendwann hatte André die Schnauze voll und hat ihnen gesagt, sie sollen sich verpissen. Die drei haben ihn ausgelacht und Opa genannt. Da hat er sich einen von den Jungs geschnappt und ihm ein paar reingehauen. Der hat ihn dermaßen verdroschen, dass die anderen beiden ihn tragen mussten.«

»Was macht ihr denn abgesehen von Schach spielen und reden noch so? Geht ihr irgendwo hin?«

»Eigentlich machen wir gar nichts zusammen. Manchmal schläft er ein paar Nächte hier, dann verschwindet er wieder wochenlang.«

»Wusstest du, dass er ein Zimmer hat?«

»Ja, aber auf der Straße fühlt er sich wohler.«

»Nimmt er Drogen?«

»Nein.«

»Medikamente?«

»Weiß ich nicht.«

Victor fiel auf, dass Nash zu seiner Schachtel Kippen schielte, und er gab sie ihm.

»Hier. Kannst du behalten.«

»Danke«, antwortete der Obdachlose und schob sich eine Zigarette zwischen die Lippen.

»Wann hast du Lortie das letzte Mal gesehen?«

»Vor ein paar Tagen. Müsste ich nachgucken.« Er deutete auf einen Army-Rucksack unter der Brücke. »Ich notier mir alles im Tagebuch. Irgendwann mache ich vielleicht einen Roman draus.« Er schwieg einen Moment. »Kann ich euch auch mal was fragen?«

»Klar, nur zu«, sagte Victor.

»Ist André tot?«

»Warum fragst du?«

»Na, ich weiß nicht, aber ich kann mir kaum vorstellen, dass die Polizei zwei Ermittler losschickt, um mir Fragen zu stellen, wenn nix Schlimmes passiert ist.«

Nash blinzelte zum tausendsten Mal, seit sie sich unterhielten. Victor wusste nicht, warum sie ihm die Wahrheit hätten verschweigen sollen.

»Er hat sich Samstagabend das Leben genommen. Und für uns besteht Grund zur Annahme, dass er in der Nacht vom Donnerstag auf Freitag in einen Mord verwickelt war.«

Auf das Trio senkte sich schwere Stille. Zunächst glaubte Victor, Nash hätten die Emotionen überwältigt, aber dann begriff er, dass sein Gegenüber nachdachte.

»Würd mich sehr überraschen, wenn er was mit dem Mord zu tun gehabt hätte«, sagte der junge Mann.

»Warum das?«, fragte Victor, verblüfft, wie überzeugt Nash war.

Doch der hörte schon gar nicht mehr zu. Er war zu seinem Rucksack gegangen und nahm ein Notizbuch mit ramponiertem Einband heraus.

»Weil er hier war«, sagte Nash, als er zurückkam, und blätterte fieberhaft durch die Seiten. »Donnerstagnachmittag ist er aufgetaucht und Samstagmorgen wieder los.«

25.
LEICHEN
IM SCHRANK

Seine Lider flatterten, und die Decke schwankte einen Moment vor seinen Augen, dann hielt sie still.

Das Bett war nass wie ein Sumpfgebiet.

Schlotternd berührte Will Bennett seinen Unterkiefer, im Zahnfleisch pochte ein dumpfer Schmerz. Während ihm Schweißtropfen über die unrasierten Wangen liefen, starrte er einen Augenblick lang auf seine feuchten Fingerspitzen.

Es war wieder geschehen. Das Fieber hatte ihn gepackt, war unter seine Haut gekrochen, hatte ihn verzehrt.

Er hatte die Stimme in seinem Kopf, diese krankhafte Melodie, die ihn sich selbst entfremdete, zum Schweigen bringen wollen. Seit Judiths Tod hatte er seinen Trieb nicht mehr unter Kontrolle und gab sich ihm hemmungslos hin.

Weil nichts mehr von Bedeutung war und alles nur noch eine Frage der Zeit bis zum unvermeidlichen Ende.

Bennett stand auf und warf im Halbdunkel einen Blick auf die Unordnung im Zimmer. Vom Sofa hingen noch ineinandersteckende Klamotten, und der niedrige Couchtisch war voller Alkoholflaschen; auf dem fadenscheinigen Teppich klebten neben einem umgekippten Teller Pommes und Hähnchenreste in einer geronnenen Soße.

Bennett versteifte sich, als er in einer Zimmerecke die zusammengeknüllte, mit bräunlichen Flecken gesprenkelte Tagesdecke erspähte. Er brauchte gar nicht nachsehen, ob es sich um Blut handelte. Was sollte er Daman diesmal erzählen? Er schüttelte den Kopf, um den Gedanken zu verjagen. Völlig egal, da gab's nichts zu sagen, nichts zu machen. In dem Versuch zu begreifen, wie alles begonnen hatte, war er schon so oft in sich gegangen, der Wurzel des Bösen jedoch nie auf die Spur gekommen. Aber auch ohne dessen Ursprung zu kennen, wusste er, dass er dem Abgrund nahe war, dass ihn nur wenige Meter vom Boden trennten. Vielleicht war's am Ende besser so, vielleicht musste es aufhören. Und vielleicht war das sogar, was er wollte.

Für einen flüchtigen Moment hatte er Judiths Gesicht vor Augen. Er ließ sich die Ironie der Situation auf der Zunge zergehen: Sie hätte zweifellos von unbewusster Triebbefriedigung gesprochen.

Schwankend hielt er sich am Nachttisch fest, dann wagte er ein paar Schritte.

Er schluckte, aber da er kaum Spucke hatte, fühlte es sich an, als würgte er Feuerperlen hinunter.

Dann befeuchtete er einen Zeigefinger in seinem pelzigen Mund, fuhr damit über den Tisch, um das restliche weiße Pulver aufzulesen, und tupfte es sich ans Zahnfleisch.

Sofort betäubte das Kokain seine Schleimhäute, machte seine Zunge gefühllos.

Bennett durchquerte das verwüstete Zimmer bis zum Kleiderschrank und fand das Handy in der Innentasche seiner Jacke. 6.32 Uhr. Er war also seit fast vierundzwanzig Stunden von der Bildfläche verschwunden. Die Anzahl der Nachrichten auf seiner Mailbox bestätigte ihm das Ausmaß der Schäden. Ohne auch nur eine einzige abzuhören, schob er das Handy wieder zurück. An diesem Punkt nützten Ausreden auch nichts mehr.

Was waren schon ein paar verpasste Meetings und Verabredungen?

Bald wäre er erlöst und könnte für seine Sünden büßen.

Bennett lief ins Bad zum Waschbecken und drehte das Wasser auf. Einen Moment lang stand er mit schiefem Kopf da, die Hände aufs kalte Porzellan gestützt. Dann beugte er sich hinunter und trank lange direkt aus dem Hahn. Er spritzte sich Wasser ins Gesicht, bis die kalten Nadelstiche seiner Haut nichts mehr ausmachten, und drehte den Hahn zu, bereit, sich im schonungslosen Licht seinem Spiegelbild zu stellen.

Seine spröden Lippen und die wunden Nasenlöcher waren nichts im Vergleich zu den blutunterlaufenen Augen. Er wandte den Kopf ab. Rechts neben ihm in der Kloschüssel trieb ein Haufen Kot.

Plötzlich zuckte er zusammen, und die Erinnerungen kehrten auf einen Schlag zurück.

Das Mädchen lag aschfahl und gekrümmt in der Badewanne. Den Kopf im Nacken, den Mund geöffnet, eine Kette um den Hals, ähnelte sie einem verreckten Fisch.

Er presste sich die Hände auf die Schläfen. Daman durfte ihn hier auf keinen Fall finden.

Er grinste.

Wenn man Leichen im Schrank hat, kommt alles irgendwann raus.

Er betrachtete noch einmal das Mädchen. Eine Brust lugte aus dem BH.

In seiner Hose formte sich eine lächerliche Beule.

Weil nichts mehr von Bedeutung war und alles nur noch eine Frage der Zeit.

Sollte man ihn doch fassen oder auf sein Grab spucken.

Bennett öffnete seinen Hosenschlitz, trat an die Badewanne und masturbierte.

26.
NORTHERN INDUSTRIAL TEXTILES

Loïc drückte auf den Schalter, und die Neonröhren begannen zu knistern.

Die über Victors Schreibtisch flackerte einen Moment im Rhythmus seines Herzschlags, dann blieb sie an. Der Sergent-Détective warf einen Blick auf seine Armbanduhr: Es war sieben. Bald würde hier alles voller Leute sein, und er genoss die vorübergehende Stille.

Er nahm die Tasse vom Vortag, die noch auf seinem Tisch stand, mit ins Bad, kratzte die Kaffeereste mit den Fingernägeln ab und spülte sie mit Handwaschseife durch. Als er bei der Kruste am Boden angelangt war, füllte er die Tasse mit Wasser, ging pfeifend zurück an seinen Platz und goss die Pflanze, die er bei Lortie mitgenommen hatte.

Loïc saß in Gedanken versunken an seinem Arbeitsplatz. Die Füße auf dem Tisch, den Blick ins Leere, wartete er, dass sein PC hochfuhr. Victor hatte eine Lösung für dieses Problem gefunden: Er ließ seinen Computer einfach immer an. Abends schaltete er lediglich den Bildschirm aus, damit die Datenschutzpatrouille Ruhe gab, die sich jedes Mal aufregte, wenn sie nach Ende der Bürozeiten noch einen laufenden Rechner fand.

Victor drückte auf einen Knopf, und nach wenigen Sekunden wurde der Bildschirm hell.

Er checkte seine E-Mails, beantwortete ein paar, die dringend schienen, und archivierte, was warten konnte. Er wollte sich gerade ausloggen, als ihm eine Nachricht ins Auge fiel, die das Programm am Vorabend in den Spam-Ordner geschoben hatte.

Die Adresse kannte er nicht: *adth1952@hotmail.com*.

Überzeugt, dass man ihm ein Wundermittel für Penisverlängerung oder IQ-Verbesserung andrehen wollte – das eine folgte offenbar oft auf das andere –, hätte Victor sie fast ungelesen gelöscht. Nur für den Fall beschloss er, sie trotzdem zu öffnen.

Kurz darauf beglückwünschte er sich zu der Entscheidung, denn die Mail war von Adèle Thibault, Nathan Lawsons Assistentin, und enthielt weitere Details zu der Akte, die Lawson sich vor seinem Verschwinden aus dem Archiv besorgt hatte. Thibault betonte, dass sie ihm die Nachricht bewusst von ihrer Privatadresse geschickt habe, da man ihr aufgetragen hätte, nicht mit der Polizei zu sprechen.

Die Mail war recht wortkarg.

Das elektronische Verzeichnis, auf das sie zugreifen konnte, lieferte zum Inhalt der Kartons nur wenige bruchstückhafte Auskünfte, und zwar den Namen des Klienten, einer eingetragenen Firma, spezialisiert auf die Fertigung und den Vertrieb von Arbeitsuniformen, und die Tatsache, dass die Akte 1971 angelegt und 1972 wieder geschlossen worden war.

Abschließend wies Thibault darauf hin, dass jede weiterführende Recherche die Aufmerksamkeit ihrer Arbeitgeber wecken und ihr Probleme bereiten könnte.

Victor rief die Homepage des Québecer Handelsregisters auf, um ein »CIDREQ« zu beantragen, eine elektronische Kartei, die ihm hoffentlich weitere nützliche Informationen verschaffen würde: das Zulassungsjahr, die Adresse, Namen und Kontaktdaten der Hauptanteilseigner, Treuhänder und Manager, Tätigkeitsbereiche etc. Doch obwohl Victor den Firmennamen, den die Sekretärin ihm geschickt hatte, mehrfach überprüfte und wiederholt in die entsprechende Maske eintrug, erhielt er jedes Mal dieselbe Antwort:

Northern Industrial Textiles Ltd.
»Für diese Suchanfrage existiert kein Eintrag.«

Da er in der Vergangenheit bereits mehrere Recherchen dieser Art durchgeführt hatte, wusste Victor, dass es nicht an seiner Methode liegen konnte. Offensichtlich überstieg die Anfrage seine Befugnisse: Er würde beim Justizministerium um Hilfe bitten müssen.

Also verfasste er eine Mail, kopierte die entsprechenden Informationen hinein und schickte sie der Juristin, mit der er für gewöhnlich zu tun hatte, inklusive der Bitte, alle verfügbaren Einzelheiten zu der Firma zu beantragen.

»Wie wär's mit 'nem Kaffee, Kid?«, schlug er, seine Tasse in der Luft schwenkend, vor.

Die beiden Polizisten gingen hinüber zur Kochnische. Entgegen seiner Angewohnheit ließ Victor den koffeinfreien links liegen, einmal war schließlich keinmal. Ein bisschen Koffein würde ihm dabei helfen, den Tag durchzustehen.

Als Victor Nash gebeten hatte, sie aufs Revier zu begleiten, hatte dieser ziemlich ungehalten reagiert. In seinen Augen hatte Victor blankes Entsetzen wahrgenommen. Natürlich hätte er ihn auch zwingen können, aber das war ihm wenig hilfreich erschienen.

Als Gegenleistung für das Versprechen, ihm keine Probleme zu bereiten, hatte Victor seinen richtigen Namen erfahren. Er war überzeugt, dass der junge Mann ein Vorstrafenregister hatte. Doch wie er ihm ebenfalls gesagt hatte, war Nashs Vorgeschichte die geringste seiner Sorgen: Er ermittelte in einem Mordfall. Also hatte Nash ihm versprochen, sich der Polizei zur Verfügung zu halten, sollten sie ihn noch einmal brauchen, und hin und wieder beim Accueil Bonneau vorbeizuschauen, wo sie ihm eine Nachricht hinterlassen würden.

Außerdem hatte Victor ihm, bevor sie sich verabschiedet hatten, Pearsons Kontaktdaten vom 21. Revier und etwas Geld gegeben.

»Falls du hingehst«, hatte er dem jungen Obdachlosen noch eingeschärft, »sag ihm, dass ich dich schicke. Es gibt da ein interdisziplinäres Team, das mit und für Obdachlose arbeitet. EMRII nennen die sich. Die könnten dir behilflich sein. Sie haben zwei Sozialarbeiter und eine Krankenschwester.«

Nashs Zeugenaussage hatte Lortie ein Alibi für den Tag des Mords verschafft. Aber konnten sie es wirklich als zuverlässig einstufen?

Vielleicht hatte Nash sich bei den Daten vertan. Er führte zwar Tagebuch, aber ansonsten hatte der Kerl wenig von einem Rechtsgehilfen. Außerdem würden sie noch den Todeszeitpunkt in Betracht ziehen müssen. Wenn die sich nur um ein paar Stunden verschob, war das Alibi hin.

Bis sie also die endgültigen Autopsieergebnisse von Berger erhielten, mussten sie sich an dessen vorläufigen Bericht halten. Der finale stünde ihnen bestenfalls in ein paar Tagen zur Verfügung.

Victor blätterte in seinem Notizbuch, fand aber nicht, wonach er suchte.

»Wie war noch mal sein richtiger Name?«

»Eugène Corriveau«, sagte Loïc und pustete auf den heißen Kaffee. »Meinst du, wir können seiner Aussage vertrauen?«

»Ich hoffe schon, dass ich mich nicht in ihm getäuscht hab«, murmelte Victor. Nach einer kurzen Stille sagte er: »Schau mal seinen Namen im System nach, bloß um seine Identität zu überprüfen, und dann leg dich ein bisschen aufs Ohr.«

»Okay.« Loïc zögerte. »Was Nash uns gesagt hat, stellt doch Lorties Schuld infrage, nicht wahr?« Er stand auf, schob die Daumen zwischen Hüfte und Jeans, zog sein Hinterteil ein und die Hose ein Stück hoch. »Vielleicht war's der andere Typ, der verschwunden ist …«

»Lawson? Ich weiß es nicht, Loïc. Aber eine Sache ist klar: So lange wir ihn nicht gefunden haben, fehlt uns der Überblick.«

»Da ist noch was ... tut vielleicht nichts zur Sache, aber das Lagerhaus, in dem Harpers Leiche gefunden wurde, und die Brücke, unter der Lortie und Nash geschlafen haben, haben eine Gemeinsamkeit.«

»Ach ja? Und welche?«, fragte Victor mit einem Kratzen im Hals.

Nachdem er sich förmlich die halbe Lunge aus dem Leib gehustet und ins Spülbecken gespuckt hatte, ließ er ein bisschen Wasser drüberlaufen.

»Na der Radweg ... Der führt an beiden vorbei und verbindet sie miteinander.«

Plötzlich ertönte am Empfang ein Schwall wüster Flüche.

»Ich glaub, du gehst besser, Kid. Mir schwant, Jacinthe und ich werden gleich eine kleine Diskussion führen.«

Bevor er den Raum verließ, drehte Loïc sich noch einmal um.

»Ach, und Vic? Danke, dass du mir 'ne Chance gegeben hast«, sagte er und knetete sich verlegen die Hände.

»Kein Problem, Loïc. Hast einen verdammt guten Job gemacht.«

Ein Lächeln erhellte das Gesicht des jungen Mannes; er entfernte sich gerade noch rechtzeitig, um den Weg für Jacinthe freizumachen, die mit Schaum vorm Mund in den Raum platzte wie eine gezündete Bombe.

»Sieh mal an, wer da ist! Hättest du mich nicht anrufen können, damit ich mitkomme, anstatt mir hinterher 'ne Nachricht zu hinterlassen?!«

»Grüß dich, Jacinthe«, begann Victor mit ernsthafter sanfter Stimme. »Ich wollte dich nicht umsonst wecken.«

»Mich umsonst wecken? Der ist gut! Mich umsonst wecken! Leck mich doch, Lessard! Ich finde, bei dir hat ›umsonst‹ 'ne ziemlich dehnbare Bedeutung. Schließlich hat's dich auch nicht davon abgehalten, mich ›umsonst‹ mitten in der Nacht anzurufen, als du noch mal in die Wohnung von der alten Harper wolltest, oder?«

»Setz dich, Jacinthe. Lass uns einen Kaffee trinken. Dann erzähle ich dir, was ich rausgefunden habe.«

Jacinthe trat so heftig gegen den Tisch, dass einige Stühle davonrollten.

»Steck dir deinen Kaffee doch sonst wohin«, tobte sie und verließ den Raum.

Während Victor wartete, dass sich der Sturm wieder legte, ging er seinen üblichen Beschäftigungen nach. Langsam kam Leben in den Bau, die Mitarbeiter trafen ein, zogen ihre Mützen und Mäntel aus und trieben den Geräuschpegel in die Höhe.

Mit Kopfhörern auf den Ohren kam Delaney herein. Grußlos und niedergeschlagen durchquerte er den Ermittlerraum und schloss sich in seinem Büro ein. Victor blickte ihm hinterher. Sein Chef brauchte nichts zu sagen, damit er dessen Verzweiflung spürte. Er würde sich später erkundigen, was es Neues gab.

Nachdem er erneut seine Mails gecheckt hatte, antwortete er auf eine Textnachricht von Nadja, die ihn zwei Stunden zuvor gefragt hatte, wohin er verschwunden sei.

Danach stand er auf und begab sich direkt zu Jacinthe. Er konnte an ihrer Körpersprache erkennen, dass sie dichtgemacht hatte, aber er baute sich trotzdem vor ihrem Schreibtisch auf und zog ein zerknirschtes Gesicht.

»Ich wollte grad runter ... Komm, ich geb dir 'ne Runde Honigkrapfen aus, ja?«

Sie warf ihm einen scheelen Blick zu, der dann aber weich wurde.

»Scheißverdammter Manipulierer!« Zum Ausdruck ihrer Missbilligung schüttelte sie theatralisch den Kopf. »Du weißt ganz genau, dass ich nicht nein sagen kann, wenn du mir mit der Gefühlstour kommst!«

Jacinthe erhob sich, legte ihm zwei riesige Pfoten um den Hals und tat, als würde sie ihn erwürgen. Sie mussten beide lachen, dann gingen sie gemeinsam hinunter zum Foodcourt im Einkaufszentrum und machten es sich bequem.

Ringsherum ließen Mitarbeiter die Metallgitter vor den Geschäften hoch. Stammgäste strömten herein, allen voran alte Menschen, die ihre Tage damit verbrachten, sich die Hintern auf den Bänken in der Shoppingmall platt zu sitzen.

»Es tut mir leid, Jacinthe. Ich hätte dich anrufen sollen.«

»Blöde Arschgeige«, sagte sie der Form halber noch, grinste aber schon bis über beide Ohren.

Victor berichtete ihr detailliert davon, wie es Loïc gelungen war, den Kontakt zu Nash herzustellen und was Letzterer ihnen erzählt hatte.

»Lortie hat ihm die Geschichte mit den Entführungen von Laporte und Cross auch aufgetischt? Mmh …« Sie dachte nach. »Und du bist sicher, dass du nicht noch was vergessen hast?«

Der Sergent-Détective hielt ihrem Blick stand. Es wäre zwar nicht das Ende der Welt, ihr von dem Schuss zu erzählen, den Loïc Nash bezahlt hatte, aber wenn es irgendwie ging, wollte er es lieber vermeiden.

Er war kurz davor einzuknicken, als sich sein Gesicht erhellte.

»Ja, doch! Ich hab mit Berger gesprochen. Harper hatte Chlamydien.«

Auf Jacinthes Gesicht machte sich Überraschung breit.

»In ihrem Alter? Das ist aber seltsam.«

Victor musste zugeben, dass es zumindest ungewöhnlich war.

»Aber vergewaltigt wurde sie nicht, oder?«, fragte Jacinthe.

»Nein, nein. Das schließt Berger kategorisch aus.«

»Na, zum Glück! Verheimlichst du mir sonst noch was?«, fragte sie und musterte ihn eindringlich.

»Nicht, dass ich wüsste«, sagte er achselzuckend. »Was denn zum Beispiel?«

»Zum Beispiel, was du gestern getrieben hast, mit …«

Victor hatte sich gerade unter den Tisch gebeugt, um seine Papierserviette aufzuheben, die ihm runtergefallen war, als Gilles Lemaires winzige Schuhe und tadellose Bügelfalten in seinem Blickfeld erschienen.

»Ich wusste doch, dass ich euch hier finde«, rief dieser und schnitt Jacinthe damit das Wort ab.

Victor zog ihm einen Stuhl heran.

»Setz dich, Gilles. Was gibt's?«

»Ich stehe lieber. Da muss ich mir einmal nicht den Hals verrenken, wenn ich mit euch spreche.« Victor fiel auf, dass Lemaire kaum größer war als er selbst im Sitzen. »Ich hab gestern endlich mit den Kollegen von Will Bennett sprechen können.«

»Dem Geliebten von Judith Harper?«, unterbrach ihn Jacinthe. »Und?«

»Das Katz-und-Maus-Spiel ging zwei Tage. Irgendwann hab ich mich gefragt, ob sie versuchen, mir aus dem Weg zu gehen. Der erste hat überhaupt nix gesagt, aber den zweiten hab ich so lang ausgequetscht, bis er weich geworden ist.«

»Jetzt erzähl schon, Gilles! Red nicht so lang um den heißen Brei herum!«, wurde Jacinthe ungeduldig.

»Haltet euch fest!« Der Gnom beugte sich zu ihnen herab und flüsterte, als verrate er ihnen ein Staatsgeheimnis: »Bennett ist während ihrer Geschäftsreise verschwunden.«

Dann trat Lemaire einen Schritt zurück, um sich anzuschauen, wie seine Neuigkeit einschlug.

»Lang genug, um herzukommen, den Mord zu begehen und wieder abzuhauen?«, fragte Victor.

»Seine Kollegen haben für mehr als vierundzwanzig Stunden jede Spur von ihm verloren.«

»Wissen sie denn, warum?«, fragte der Sergent-Détective weiter.

»Bennett hat ihnen keinerlei Erklärung geliefert, was sich vielleicht damit rechtfertigen lässt, dass er ihr Vorgesetzter ist. Anscheinend hat er sich nicht zum ersten Mal davongemacht, aber noch nie so lang wie diesmal.«

»Und sie haben gar keine Ahnung, was er getrieben hat?«

»Ich hab sie noch nicht ganz so hart rangenommen, aber bisher behaupten sie, nein.«

»Dem sollten wir nachgehen. Falls er über die Grenze ist, hat er Spuren hinterlassen. Hast du bei den Grenzern schon nachgefragt?«

»Ich weiß zumindest, dass er nicht geflogen ist. Der Rest dauert ein Weilchen länger.«

»Hast du dir seine Kontodaten besorgt?«, fragte Victor.

»Sollte ich heute Nachmittag kriegen.«

»Das wird nichts bringen«, fuhr Jacinthe dazwischen. »Ich kann mir nicht vorstellen, dass Bennett so dämlich war, mit seiner Kreditkarte ein Auto zu leihen oder ein Zugticket zu kaufen«, fügte sie hinzu und schob sich einen Krapfen in den Mund. »Für so einen Quatsch haben wir keine Zeit. Wir müssen ihn sofort verhören!«

»Und genau da wird's interessant«, sagte der Gnom und lächelte geheimnisvoll.

»Inwiefern?«, fragte Jacinthe mit vollem Mund.

»Bennett ist wie vom Erdboden verschluckt.«

27.
DER TIERARZT

Victor blieb einen Augenblick vor seinem Spiegelbild stehen und betrachtete sich. Mit den Fingerspitzen betastete er die Tränensäcke und lilafarbenen Schatten um seine Augenhöhlen. Allmählich ging ihm das Älterwerden auf die Nerven.

Seit ein paar Jahren schuftete er hart, um das Beste aus dem herauszuholen, was die Natur ihm gegeben hatte: Er aß so oft wie möglich vegetarisch und hatte dank seinem verbissenen Training die abgenommenen Kilos an Muskelmasse wieder zugelegt.

Aber auch wenn er manchmal versuchte, sich das Gegenteil einzureden, beschäftigte ihn der Altersunterschied zu Nadja. Leicht deprimiert wandte er sich von seinem Doppelgänger ab und durchsuchte weiter Nathan Lawsons Zimmer, öffnete Schubladen, schaute unter Gegenstände, durchforstete einen Stapel alter Rechnungen. Aus dem Wohnzimmer konnte er Jacinthe hören, die Wu in die Mangel nahm.

Bei ihrer Rückkehr ins Büro hatte sie die Nachricht erwartet, dass das Visum des jungen Mannes wie vermutet abgelaufen war. Also hatten sie beschlossen, seinen illegalen Status als Aufhänger für ein erneutes Gespräch zu nutzen. Im Auto beratschlagten sie ihre Strategie: Sollte er sich weigern zu reden, würde Jacinthe ihm gewohnt feinfühlig mit Ausweisung drohen, und im Gegenzug würde Victor Wu für seine Kollaboration versprechen, ihn in Frieden zu lassen.

Kurz bevor sie aufgebrochen waren, hatte Lemaire sie noch darüber informiert, dass die Datenbankrecherche zu Larry Truman und den anderen Sätzen, die die Schriftsachverständige gefunden hatte, bisher ergebnislos geblieben war. Außer jener zu dem Treffen mit einem gewissen McGregor.

Er bestätigte, was Victor schon vermutet hatte, nämlich dass die Föderation der Laizisten Québecs auf die FLQ anspielte. Tatsächlich hatte Lemaire herausgefunden, dass die FLQ am 1. Mai 1965 eine Bombe im amerikanischen Konsulat gelegt hatte, und das befand sich in der Rue McGregor.

Victor hatte auch noch mal abschließend mit Loïc über Eugène Corriveau, alias Nash, gesprochen. Sein Instinkt hatte ihn nicht getrogen: Der Mann hatte tatsächlich ein paar Vorstrafen im Register, darunter eine wegen Rauschmittelbesitzes, aber insgesamt handelte es sich um kleinere Vergehen.

Allerdings war bei der Überprüfung, die Loïc unternommen hatte, herausgekommen, dass Nash sie in einem Punkt belogen hatte: Er war kein Mathematikdoktorand an der Université de Montréal mehr.

Der Dekan hatte Loïc mitgeteilt, dass Nash im Vorjahr, nachdem er mehrere Male trotz wiederholter Aufforderung die verlangten Arbeitsnachweise nicht hatte erbringen können, der Fakultät verwiesen worden war. Sein Doktorvater behauptete außerdem, es sei allseits bekannt, dass Corriveau mit ernsthaften Drogenproblemen zu kämpfen und sich wiederholt an die psychologische Beratungsstelle der Universität gewandt hatte.

Somit blieb die Frage bestehen: Konnten sie sich auf Nash verlassen, wenn dieser behauptete, Lortie sei von Donnerstagnachmittag bis Samstagmittag bei ihm gewesen?

Geistesgegenwärtig hatte Loïc Victor darauf hingewiesen, dass die Entfernung zwischen der Bahnbrücke, unter der die beiden Männer kampiert hatten, und der Lagerhalle, in der Judith Harpers Leiche gefunden worden war, in weniger als einer halben Stunde zurückgelegt werden konnte, und zwar zu Fuß über den Radweg, der trotz Schnee einigermaßen passierbar war. Es lag also im Bereich des Möglichen, dass Lortie sich ohne Nashs Wissen dorthin begeben hatte, während Letzterer seinen Drogenrausch ausschlief.

Victor wollte gerade unter Lawsons Bett weitermachen, als Jacinthe hereinplatzte. Er sah ihr sofort an, dass sie die erhofften Resultate nicht bekommen hatte.

»Die Kurzfassung: Der Junge ist seit ein paar Monaten in Québec. Ich glaube nicht, dass er Lawson besonders gut kannte, aber er hat zugegeben, dass sie sich vor etwa zwei Monaten in einer Sauna im Schwulenviertel begegnet sind. Seitdem ist er im Gegenzug für sexuelle Gefälligkeiten bei Lawson untergekommen. Was den Rest angeht, bleibt er bei seiner bisherigen Version, dass Lawson ihn am Abend seines Verschwindens angerufen hat, damit er ihm eine Tasche mit seinem Reisepass und Klamotten packt. Danach ist Wu runter und hat die Tasche beim Pförtner abgegeben, wie von Lawson verlangt.«

»Das ist alles?«

Jacinthe fasste die Frage als Vorwurf auf.

»Na, wenn du so schlau bist, versuch's doch selber.« Ein sadistisches Lächeln umspielte ihre Lippen. »Es sei denn ...«

»Nein, nein! Ich kümmere mich darum!«

Jacinthe auf seinen Fersen marschierte Victor hinüber zum Sofa, auf dem Wu saß; zusammengesunken, die Hände ineinandergelegt, den Kopf zwischen den Schultern und mit angstvollem Gesicht. Selbst ohne Gewaltanwendung war und blieb Jacinthe eine einschüchternde Persönlichkeit, dazu hatte die Drohung, ihn abzuschieben, ihre Wirkung offenbar nicht verfehlt.

Victor empfand direkt Mitleid mit Wu, der in einer Welt verloren war, deren Codes der Mann nicht kannte.

»Hallo, Wu. Ich würde dir gern auch noch ein paar Fragen stellen. Danach lassen wir dich in Ruhe, versprochen«, sagte er und ging in die Hocke, um mit dem jungen Mann auf Augenhöhe zu reden.

Dieser hob den Blick, in dem immer noch Angst lag, und willigte kopfnickend ein.

»Wenn ich's richtig verstanden habe, hast du Monsieur Lawson an dem Abend, als er verschwunden ist, nicht gesehen. Stimmt das?«

»Stimmt«, murmelte der junge Mann.

»Okay. Diesmal lass dir ruhig ein bisschen Zeit mit der Antwort und versuch, dich zu erinnern. Als er dich bat, seinen Reisepass einzupacken, hat er da erwähnt, wo er hinwill?«

»Nein«, antwortete Wu, ohne zu zögern.

»Wiederhole doch noch mal in deinen eigenen Worten, was er gesagt hat.«

»Er gesagt, er ein paar Tage auf Reisen und dass ich hierbleiben kann.«

»Was hat er sonst noch gesagt?«

»Sonst nichts gesagt.«

»Wie war er am Telefon?«

Während er nachdachte, bildete sich eine tiefe Falte auf der Stirn des jungen Chinesen.

»Er war aufgeregt. Sehr aufgeregt, ja.«

Hinter Victor trat Jacinthe zunehmend ungeduldig von einem Fuß auf den anderen. Da Victor wusste, dass sie jeden Moment explodieren konnte und ihre Anwesenheit es ihm unmöglich machte, eine vertrauensvolle Basis mit dem jungen Mann aufzubauen, bat er sie, schon mal Lawsons Büro zu durchsuchen. Unter diversen Flüchen stapfte sie in den hinteren Bereich der Wohnung.

Victor drehte sich wieder zu Wu und sah Erleichterung in dessen Blick.

»Habt ihr beide in den letzten Wochen mal über Urlaub gesprochen, eine Reise oder einen Ort, den er dir zeigen wollte?«

Der junge Mann schüttelte den Kopf.

»Ich glaube, nein.«

»Hast du irgendeine Ahnung, wo er sein könnte, Wu? Erinnerst du dich an einen Ort, an dem ihr zusammen wart?«

Der junge Mann versank in Gedanken, verneinte erneut, aber als Victor schon zur nächsten Frage übergehen wollte, sah er etwas in Wus Pupillen aufflackern.

»Dir ist doch gerade etwas eingefallen?«

Nathan Lawsons Schützling errötete.

»Er hat mich einen Abend mitgenommen für Sex. In anderes Haus.«

»Wo war das?«

»Ich kenne Stadt nicht gut genug, um zu sagen. Das war am Abend. Haus mit mehreren Etagen. Niemand drinnen. Nur er und Wu.«

Victor verzog das Gesicht, sie tappten im Dunkeln.

»Seid ihr mit dem Auto gefahren?«

»Ja. Etwa zwanzig Minuten.«

Lawson und der junge Mann waren also in der Stadt geblieben. Das war schon mal ein Anfang …

»Schließ deine Augen, Wu. Beschreib mir das Haus, wie die Umgebung aussah, was du aus dem Fenster gesehen hast.«

»Den Berg hab ich aus dem Fenster gesehen!«, rief er. »Mit Schnee drauf.«

Der Mont-Royal. Vom Haus aus sah man den Mont-Royal!

»Würdest du den Ort wiedererkennen, wenn ich dich hinbringe?«

»Ja.«

Victor lief hinunter in die Lobby und sprach mit dem diensthabenden Pförtner, demselben, der Lawson die von Wu gepackte

Tasche übergeben hatte. Er bestätigte, dass der Anwalt darauf bestanden hatte, die Übergabe in einer benachbarten Hinterhofstraße durchzuführen, und, offensichtlich auf der Hut, nicht mal aus dem Auto gestiegen war. Sonst erfuhr der Sergent-Détective nichts Neues, abgesehen davon, dass Lawson eine unangenehme und herablassende Person war, nur selten mit den Angestellten des Wohnhauses sprach, und wenn, dann nur, um sich über die Qualität ihrer Arbeit zu beschweren.

Victor trat hinaus auf den Gehweg, um eine Zigarette zu rauchen.

Sie wussten, dass Lawson seinen Reisepass nicht benutzt hatte. Je mehr er darüber nachdachte, desto mehr neigte Victor zu der These, dass der Anwalt eine falsche Fährte gelegt und in Wirklichkeit nie vorgehabt hatte, das Land zu verlassen. Er wollte nur, dass jemand anderes glaubte, er hätte das vor. Tatsächlich versteckte er sich irgendwo in der Nähe, dafür hätte Victor die Hand ins Feuer gelegt.

Vielleicht in dem Haus, das Wu erwähnt hatte?

Wenn es sich wirklich um den Mont-Royal gehandelt hatte, schränkte das den möglichen Radius enorm ein, aber nicht genug, um wertvolle Zeit damit zu vergeuden, Wu in der Hoffnung auf einen Treffer im Auto durch die Straßen von Westmount und Outremont zu kutschieren.

Die hereinbrechende Dunkelheit kündigte den baldigen Abend an. Der Wind war aufgefrischt, und es schneite. Wenn man der Wettervorhersage glauben durfte, stand ihnen ein Sturm bevor, der Québec von der Landkarte fegen würde.

Bibbernd zog Victor an seiner Zigarette; er hatte seinen Mantel nicht mitgenommen.

Sein Handy vibrierte.

Zum ersten Mal an diesem Tag erhellte ein Lächeln sein Gesicht. Es war Nadja.

Victor machte sich keine allzu großen Sorgen darüber, dass er Wu mit Jacinthe allein gelassen hatte, aber trödeln wollte er trotzdem lieber nicht. Als er das Apartment betrat, sah er, dass Jacinthe offenbar in Lawsons Vorratsschrank eine Tüte Chips gefunden hatte. Die Beine auf dem Glastisch, saß sie gemütlich im Wohnzimmer auf dem Sofa. An ihrer zufriedenen Miene erkannte Victor sofort, dass sie etwas herausgefunden hatte.

»Besaß Lawson ein Haustier?«, fragte sie, legte den Kopf in den Nacken und schüttete sich die restlichen Chipskrümel in den Mund.

»Keine Ahnung. Hast du Wu gefragt?«

»Er sagte, er hätte keins gehabt.«

Victor sah sich nach dem jungen Mann um.

»Keine Angst, er ruht sich bloß in seinem Zimmer aus. Ich hab ihm kein Haar gekrümmt.«

»Warum stellst du mir eine Frage, wenn du die Antwort schon kennst?«, sagte er und sank seinerseits in einen Sessel.

Wortlos und mit geheimnistuerischer Miene reichte sie ihm ein Blatt Papier. Victor beugte sich vor und nahm es entgegen.

»Eine Tierarztrechnung«, schloss er, nachdem er es einen Moment lang betrachtet hatte.

Sie war vom vergangenen Monat. Jacinthe hatte sie zwischen Lawsons Papieren gefunden.

»Du wirst zugeben, dass das doch reichlich seltsam ist für jemanden, der kein Tier besitzt, oder?«

»Hast du da angerufen?«

»Pf ... seit wann bin ich das Mädchen für alles?«, sagte sie sichtlich stolz auf ihre Entdeckung. »Die Ehre überlasse ich gern dir, mein Bester.«

Nachdem ihn die Sprechstundenhilfe, während sie in ihren Unterlagen nachsah, in die Warteschleife gestellt und er sich ein paar Minuten geduldet hatte, erfuhr Victor, dass es sich um die Rechnung für das Einschläfern eines Hundes handelte.

»Monsieur Lawsons Hund?«

»Nein, der Hund eines Freundes. Monsieur Lawson hat das Tier einige Tage nach dem Tod seines Besitzers bei uns vorbeigebracht, damit wir es einschläfern.«

Victors Herz begann wie wild zu hämmern.

»Kennen Sie den Namen dieses Freundes, Madame?«

»Ja, Monsieur Frost. Peter Frost.«

»Sie haben nicht zufällig seine Adresse?«

28.
SUMMIT WOODS

»Pass auf!«, schrie Jacinthe.

Mit zusammengebissenen Zähnen, die Muskeln zum Zerreißen gespannt, riss Victor das Lenkrad herum. Das Heck geriet ins Schleudern, der Crown Victoria schlingerte von rechts nach links und drohte von der Straße abzudriften, doch Victor drückte aufs Gaspedal und bekam das Auto im letzten Moment wieder unter Kontrolle. Sie sausten über den Summit Circle. Das Scheinwerferlicht fiel auf dichtes Schneetreiben, die Sicht war begrenzt auf einen Meter. In einer Haarnadelkurve tauchte an die Flanke des Mont-Royal geschmiegt plötzlich Peter Frosts Haus auf.

»Da ist es! Brems doch! STOPP! STOPP!«

Sie ließen das Auto mit eingeschaltetem Blaulicht und geöffneten Türen vor der baumgesäumten Auffahrt stehen, die zum Anwesen führte.

Nahe der Eingangstür stand ein Zu-verkaufen-Schild, was Victor in Gedanken abspeicherte.

»Ist nicht abgeschlossen«, bemerkte Jacinthe außer Atem.

Mit der Taschenlampe drückte Victor die Tür auf.

»Gehen wir rein«, murmelte er und zückte seine Glock.

Der Lichtstrahl der Taschenlampe erhellte erst ein mit viktorianischen Möbeln und schweren roten Samtvorhängen überladenes Wohnzimmer, dann ein Esszimmer mit Kristallleuchter und einem Tisch für vierzehn Personen. Victor betätigte den Lichtschalter. Kein Strom. Als Nächstes betraten sie eine Küche mit massiven Eichenschränken, danach ein vollgestopftes Büro.

Victor und Jacinthe tasteten sich systematisch vor, ohne ein Wort zu sagen, jedes Mal ihre jeweilige Stellung sichernd, bevor der andere weiterging. Victor gab seiner Kollegin ein Zeichen und deutete zur oberen Etage. Mehrere Stufen knarzten unter Jacinthes Gewicht. Victor hatte ein beklommenes Gefühl, eine Mischung aus Angst und Aufregung, und ihm lief kalter Schweiß über die Schläfen. Oben fanden sie fünf antiquierte Zimmer mit Wandteppichen. In einem davon war das Bett zerwühlt.

Victor berührte das knittrige Laken: Es war kalt.

Sie durchsuchten jedes Zimmer, jeden Raum. Nirgends Anzeichen für einen Kampf. Kein Mensch zu finden.

Im Keller war eine gesamte Wand mit Keramikwaben vollgestellt, in denen Hunderte Weinflaschen lagerten. In einer Ecke stapelten sich alte Möbel neben Skiern und einer Golftasche samt Schlägern mit gelben Überziehern. Den anderen Teil des Raums nahmen Regale voller Dinge ein, von denen sich Frost offenbar im Verlauf der Jahre nicht hatte trennen können. Sie arbeiteten sich weiter vor und gelangten in eine Art Hobbyraum, an dessen Wänden akkurat aufgereihtes Werkzeug hing.

Ein Geräusch wie das Anreißen eines Streichholzes ließ sie herumfahren: Die Gasflamme des Heizkessels hatte gezündet. Victor atmete hörbar aus, wischte sich mit der Hand über die Stirn und öffnete dann die Tür an der hinteren Seite des Werkraums.

Der Lichtkegel seiner Lampe kroch ins Zimmer, und in seiner Kehle formte sich ein Schrei. Die Luft war erfüllt von dem Gestank nach Tod und Fäkalien. In einer Lache aus Blut und Exkrementen lag die Leiche eines Mannes, der nichts trug als Unterwäsche.

Im Geist notierte sich der Sergent-Détective die Einzelheiten: Der Kadaver lag auf dem Rücken, die Arme überkreuz, und die durchscheinende Haut an Hals und Brustkorb wies goldbraun geränderte Wunden auf; violette Quetschungen an beiden Handgelenken; die trockenen Lippen aufgerissen.

Die Wände begannen sich zu drehen, und Victors Finger ließen Taschenlampe und Glock mit einem lauten Scheppern zu Boden fallen.

Gegen den Brechreiz ankämpfend stieß Victor Jacinthe zur Seite und stürzte im Dunkeln zurück zur Treppe.

Er schaffte es gerade noch, ohne sich zu übergeben, auf einen nach hinten hinausgehenden Balkon. Die kalte Luft vertrieb seine Übelkeit. Mit Blick auf die frisch geräumten Serpentinen weiter unten, rauchte er eine Zigarette.

Hinter dem Mont-Royal funkelten die Lichter der Stadt.

Victor drückte die Zigarette aus und nahm den Stummel zum Wegschmeißen mit hinein. Durchs Wohnzimmerfenster sah er das immer noch eingeschaltete Blaulicht und die offenen Autotüren. Er ging hinaus, um mit dem Funkgerät im Crown Victoria Verstärkung anzufordern. Gegenüber fegte der Wind durch die Baumkronen des Summit Woods. Auf einmal blitzte im Wald ein Licht auf, das sofort wieder verschwand.

Neugierig kniff der Sergent-Détective die Augen zusammen und ging einige Schritte darauf zu.

Anfangs konnte er nichts erkennen, dann aber glaubte er hinter einer Fichte eine Bewegung auszumachen. Noch einmal suchte er mit den Augen die Stelle ab, an der er die Bewegung gesehen hatte, und erschrak: Dort hinten stand eine dunkle Gestalt und schaute in seine Richtung.

»Hey!«, rief er und hob den Arm. Er wusste, dass auf den Pfaden in der umliegenden Gegend zahlreiche Wanderer unterwegs waren.

Plötzlich tauchte zwischen den Bäumen ein Lichtkegel auf.

Noch während er begriff, dass der andere eine Lampe besaß,

die er wieder eingeschaltet hatte, und in die entgegengesetzte Richtung davonlief, nahm Victor die Verfolgung auf.

»Taillon!«, schrie er, so laut er konnte, in der Hoffnung, dass Jacinthe ihn hörte.

Statt wie vorhin denselben Weg zurück zur Straße zu nehmen, um zum Anfang des Pfads zu gelangen, stürmte Victor direkt vor ihm einen steilen Hügel von bestimmt mehr als zehn Metern hoch. Er rutschte mit seinen Chucks auf dem Schnee weg, bekam aber einen Ast zu fassen und hievte sich damit nach oben. Der Abhang war zwar steil, der Wald aber glücklicherweise so licht, dass Victor sich einen Weg zum markierten Pfad ein Stück weiter vorn bahnen konnte.

Aus Reflex führte er die Hand ans Halfter. Leer! Glock und Taschenlampe lagen nach wie vor im Keller des Hauses. Mit Schnee an den Knien kämpfte er sich so schnell wie möglich in der Dunkelheit voran, während ihm immer wieder Zweige ins Gesicht schlugen. Auf dem markierten Pfad angelangt blieb er eine Sekunde stehen, um nach dem Lichtkegel zu suchen, den er zwischenzeitlich aus den Augen verloren hatte. Etwa hundert Meter zu seiner Rechten fand er ihn wieder und nahm erneut die Verfolgung auf.

Victor machte schnell Boden gut und ignorierte derweil den immer heftiger werdenden Schmerz in seinem Bein; jenem Bein, das ihm ein Sadist bei einem früheren Fall fast ausgerissen hätte. In den dunklen Schatten konnte Victor den Rücken des Fliehenden ausmachen. Nur noch wenige Meter, und er könnte ihn berühren. Dann begriff Victor, warum er den anderen so schnell hatte einholen können: Der Verdächtige trug Langlaufskier, die ihn bergauf behindert hatten. Sie erreichten den Gipfel an jener Stelle, wo es sofort auf der anderen Seite wieder hangabwärts ging. Victor beschleunigte noch einmal, gab alles, was er hatte: Wenn er ihn jetzt nicht zu fassen bekam, hätte er am Abhang keine Chance mehr, ihn einzuholen.

»Stehen bleiben!«, rief Victor, der sich gerade dafür verfluchte, seine Pistole nicht dabeizuhaben.

Obwohl er keine falsche Bewegung gemacht hatte, gab in dem Moment, in dem er verzweifelt den Arm ausstreckte, um den Ausreißer am Mantel zu packen, einfach sein Bein unter ihm nach. Er hatte den Eindruck, kurz in der Luft zu schweben, dann schlug er hart mit dem Kopf auf. Der Schatten kehrte zurück. Er trug einen Hoodie, die Kapuze bis zu den Augen übers Gesicht gezogen, und beugte sich zu ihm herab. Ein grelles Licht blendete Victor. Für den Bruchteil einer Sekunde glaubte er, eine Pistole auf sich gerichtet zu sehen. Oder bildete er sich das nur ein?

Alles schwankte.

Und wurde schwarz.

29.
TONSPUR

Wörter wirbelten durchs Zimmer, die sein Gehirn aus der Luft zu greifen und in die richtigen Schubladen zu sortieren versuchte, um daraus Sätze zu formen, deren Bedeutung sich ihm entzog.

»Zum Glück hab ich dich schreien gehört.«

Victor saß auf der Küchenzeile, nahm den Eisbeutel vom Kopf, den Jacinthe ihm gegeben hatte, und befühlte die Beule, die seitlich aus seinem Kopf wuchs.

»Du hättest auf mich warten sollen, anstatt loszurennen wie ein Irrer!«

Victor konnte sich daran erinnern, dass Jacinthe, als er zu sich gekommen war, auf ihn herabgeschaut hatte und dass ihm arschkalt gewesen war. Aber wie sie zurück zu Peter Frosts Haus gekommen waren, wusste er nur noch verschwommen.

»Auf alle Fälle hast du 'nen Dickschädel.«

Nach und nach fielen ihm die Ereignisse wieder ein und ordneten sich. Der Lichtkegel im Wald, die Hetzjagd, die Skier. Sein Sturz, dann die Dunkelheit.

»Ist dir schwindelig? Vielleicht solltest du besser ins Krankenhaus. Nachher hast du 'ne Gehirnerschütterung.«

Victor winkte ab.

»Nein, nein. Geht schon«, sagte er leise, wie um sich selbst zu überzeugen.

»Und dein Bein?«

Er verzog das Gesicht bei dem Versuch, es ein paarmal zu

strecken und zu beugen. Sein Bein würde nie mehr funktionieren wie früher. Nach Ansicht seiner Ärzte grenzte es schon an ein Wunder, dass er überhaupt wieder laufen konnte. Während der Reha hatten sie ihm eingebläut, er müsse von nun an gut aufpassen.

Also genau das Gegenteil von dem, was er gerade getan hatte.

»Alles in Ordnung«, log er.

»Hier, nimm mal ein paar davon«, befahl Jacinthe und reichte ihm eine Packung Paracetamol, die sie im Medizinschrank in der ersten Etage gefunden hatte.

Victor spülte die Tabletten mit einem Glas Wasser hinunter. Erst jetzt fiel ihm auf, dass das Licht an war. Jacinthe bestätigte, dass sie den Strom wieder eingeschaltet hatte. Es war einfach nur der Hauptschalter gewesen.

»Und die Leiche unten?«, fragte Victor.

»Definitiv Lawson. Die Spurensicherung ist unterwegs.«

Victor wollte ihr noch mehr Fragen stellen, doch Jacinthe lenkte das Gespräch auf die Geschehnisse im Summit Woods. Sie überlegte laut, ob der Skifahrer nicht einfach nur seine Zeichen missverstanden und Angst bekommen hatte, als Victor ihm auf die Pelle gerückt war.

»Du vergisst die Pistole«, warf er ein.

»Aber du bist dir doch nicht mal sicher, ob du eine gesehen hast«, entgegnete Jacinthe.

Auf dem Rückweg zum Haus hatte Victor ihr das tatsächlich anvertraut. Hatte sein Gehirn sich die Sache nur eingebildet? Trotz aller Zweifel musste er unfreiwillig an das alte Klischee denken, dass der Mörder stets zum Ort des Verbrechens zurückkehrt. War es das, was geschehen war? Er sprach die Frage nicht laut aus. Er wusste, dass Jacinthe sie sich selbst stellte.

Als die Kollegen von der Spurensicherung eintrafen, machten sich die beiden Ermittler an die Arbeit.

Während Jacinthe sich mit den Kriminaltechnikern an den

Fundort begab, rief Victor den Gnom an, damit er sie unterstützte. Sie brauchten Informationen zu Peter Frost. Anschließend inspizierte er noch einmal den Keller und fand mehrere alte Langlaufski-Ausrüstungen sowie Fußspuren vor der Tür zum Garten. Draußen im Schnee nahm einer der Techniker unter Victors nachdenklichen Blicken einige Abdrücke der Fußspuren, die allesamt zur Straße führten.

War der Mörder noch im Haus gewesen, als sie angekommen waren? Hatte er die Tatsache, dass sie oben die Zimmer durchsuchten, genutzt, um sich im Keller ein Paar Skier zu schnappen und abzuhauen?

Gemeinsam mit dem Kollegen von der Spurensicherung ging Victor zurück zum Summit Woods. Die Skispuren endeten an der Straße auf der gegenüberliegenden Seite des Gipfels, in der Nähe des Aussichtspunkts.

Hatte dort ein Auto auf den Skifahrer gewartet?

Ob dem so war oder nicht, würden sie nicht mehr herausfinden; mögliche Reifenspuren waren vor ihrem Eintreffen vom Räumfahrzeug beseitigt worden.

Victor steckte sich eine Zigarette an und stützte sich mit den Ellbogen auf die Brüstung. Sein Blick glitt über die prunkvollen Häuser von Westmount, die Lichter Montreals und den Sankt-Lorenz-Strom.

Er war gerade mit dem Durchsuchen des Erdgeschosses fertig, als der Gnom ihn zurückrief. Peter Frost, Besitzer mehrerer Apotheken, war vor einem Monat infolge einer längeren Krankheit verstorben. Laut seiner Schwester hatte er Lawson, einen langjährigen Freund, damit beauftragt, sein Testament zu vollstrecken. In vertraulichem Ton hatte die Frau Gilles außerdem geflüstert, das Frost und Lawson früher einmal Liebhaber gewesen waren.

Der Sergent-Détective bedankte sich bei seinem Kollegen

und rief den Immobilienmakler an, dessen Namen und Telefonnummer auf dem Schild vorm Haus geprangt hatten. Dieser erklärte Victor, dass das Haus auf Bitte von Lawson, der ihn als Testamentsvollstrecker beauftragt hatte, seit zwei Wochen zum Verkauf stand und dass ihr Kontakt ausschließlich telefonisch stattgefunden hatte.

Dass es bisher noch keine einzige Besichtigung gegeben hatte, begründete der Makler mit dem hohen Preis der Immobilie und der Tatsache, dass wie immer vor Weihnachten, Flaute herrschte.

Inzwischen war das Haus voller Scheinwerfer und Kriminaltechniker in Overalls, die emsig hin und her liefen und dabei achtgaben, nicht über die auf dem Boden verlegten Kabel zu stolpern. Victor und Jacinthe kannten sich lang genug, um auch ohne gemeinsame Absprache zu wissen, was sie im Zentrum dieser lautlosen Choreographie zu tun hatten.

Jacinthe ging den Technikern zur Hand, die erste Untersuchungen an der Leiche anstellten, während der Sergent-Détective das Zimmer mit dem zerwühlten Bett unter die Lupe nahm, wo er Kleidung, eine Ledertasche mit weiteren Kleidungsstücken sowie einen Reisepass und Papiere auf den Namen Nathan R. Lawson fand. Auf dem Nachttisch stand ein Glas, das eindeutig Alkohol enthalten hatte. Victor schnupperte: Whisky. Unterm Bett entdeckte er außerdem ein geladenes Jagdgewehr. Es stammte aus Frosts persönlicher Sammlung, die er in einem abgeschlossenen Schrank im Büro aufbewahrt hatte.

Als Jacinthe hochkam, fand sie Victor im Esszimmer, dabei, die auf dem Tisch ausgebreiteten Papiere zu studieren, und er fasste ihr die Ergebnisse seiner Suche noch einmal zusammen.

»Er hatte nie vor, das Land zu verlassen. Aus Angst um sein Leben hat er sich verkrochen. Und wenn ich mir die benutzten Teller im Geschirrspüler und den Inhalt des Mülleimers anschaue, würde ich sagen, er hat mehrere Mahlzeiten zu sich genommen. Meiner Einschätzung nach war er also hier, seitdem er verschwunden ist.«

»Keine Ahnung, wann's passiert ist, und auch nicht, wie, aber er weist die gleichen Verletzungen auf wie Judith Harper«, fügte Jacinthe hinzu. »Schätze, dir ist klar, was das bedeutet ...«

»Sag du's mir«, bluffte Victor.

»Du bist doch der Spezialist für Serienmörder.«

Damit spielte Jacinthe auf einen früheren Fall an, der Victor unfreiwillig eine Menge medialer Aufmerksamkeit verschafft hatte. Eine Publicity, auf die er liebend gern verzichtet hätte und die ihn damals rasend gemacht hatte.

»Geh mir bloß weg damit«, sagte er und funkelte sie böse an.

»Reg dich ab! Ich ärgere dich doch nur. Aber trotzdem ...«

Victor ließ ihr keine Zeit, den Satz zu beenden.

»Mach mal halblang! Die Wunden sehen vielleicht gleich aus, aber wir sind beide keine Forensiker. Und selbst wenn die Morde von derselben Person begangen worden sind ... Um von einem Serienmörder sprechen zu können, braucht es ein bisschen mehr.«

Victor wischte sich über den Mund. Er hatte gespuckt.

»Ruhig Blut, Lessard«, sagte Jacinthe mit einem spöttischen Lächeln und erhobenen Händen, als müsste sie ihren Kopf schützen.

Victor seufzte, bevor er mit tiefer, ernster Stimme sagte: »Themenwechsel. Ich habe überall gesucht, aber nirgends eine Akte gefunden.«

Jacinthe stand das Fragezeichen ins Gesicht geschrieben.

»Was denn für eine Akte?«

»Lawsons Sekretärin hat doch erwähnt, dass er am Tag seines Verschwindens mehrere Kisten mitgenommen hat, die eine Akte enthielten.«

»Das hatte ich ganz vergessen«, gab sie zu.

Plötzlich sahen sie sich an, offenbar beide mit demselben Gedanken.

»Das Auto!«, rief Jacinthe.

Die Garage war ein frei stehendes Backsteingebäude am Ende der Auffahrt. Durch das von Raureif überzogene Fenster konnten die beiden Polizisten im Halbdunkel einen Mercedes ausmachen. Victor ging zurück ins Haus und schnappte sich den Schlüsselbund, den er oben in der Hosentasche des Verstorbenen gefunden hatte.

Obwohl sie Garage und Auto akribisch durchkämmten, fanden sie nichts als zwei leere Pappkartons im Kofferraum. Ansonsten von der Akte keine Spur.

»Wir werden einen der Kollegen von der Spurensicherung bitten müssen, nach Fingerabdrücken zu suchen«, schloss Victor.

Er sah auf die Uhr. Zwölf Minuten nach fünf. In seinem Notizbuch fand er die Nummer von Adèle Thibault und rief sie an. Mit ein wenig Glück war sie noch im Büro.

Als sie abnahm, schaltete er den Lautsprecher seines Handys ein, damit Jacinthe mithören konnte. Victor erwähnte Adèle gegenüber nicht, dass sie soeben die Leiche ihres Chefs gefunden hatten, befragte sie aber erneut zu der Akte. War sie wirklich sicher, dass Lawson sie dabeigehabt hatte, als er das Büro verließ? Sie schilderte Victor noch einmal ihre Version der Ereignisse und sagte ihm, das Lucian, der Bürobote, dem Anwalt dabei geholfen hätte, die Kartons in dessen Auto zu laden.

Victor bat darum, ihn zu sprechen. Die Sekretärin legte ihn in die Warteschleife und sah nach, ob er noch im Büro war.

Es klickte ein paarmal, dann war Lucian am anderen Ende der Leitung und bestätigte ihm, dass er die Kartons zu Lawsons Auto in die Tiefgarage gebracht hatte.

»Ein Mercedes in Graumetallic?«, hakte Victor nach.

»Ja, genau«, antwortete Lucian und gab die exakte Modellnummer des Wagens wieder. »Ich hab die beiden Kartons in den Kofferraum gestellt. Maître Lawson sah sich andauernd um. Schien ziemlich nervös zu sein.«

Victor warf Jacinthe einen vielsagenden Blick zu, die ungerührt neben ihm stand, das Gesicht von der grellen Deckenlampe in tiefe Schatten gelegt.

»Weißt du, was drin war in den Kartons? Hat er dir gegenüber irgendwas von einer Akte erwähnt?«

»Nein, der hat mich nur was zu einer Nachricht gefragt.«

»Was denn für eine Nachricht?«

»Weiß ich auch nicht genau … Irgendein Zettel, den er wohl bekommen hat.«

Die weiteren Fragen, die Victor ihm stellte, brachten nicht mehr viel hervor: Lucian erinnerte sich nicht an besagte Nachricht, schließlich gingen jeden Tag mehrere Hundert Dokumente durch seine Hände, die er in mehrere Hundert Ablagen verteilte.

Dasselbe habe er auch Lawson gesagt, als dieser ihn auf dem Weg in die Tiefgarage zur Herkunft des Zettels befragt hatte.

Victor ließ sich erneut durchstellen. Am anderen Ende herrschte lange Stille. Dann klickte es wieder ein paarmal.

Lawsons Assistentin musste erst überlegen, sagte dem Sergent-Détective dann aber, sie könne sich nicht daran erinnern, mit ihrem Chef am Tag seines Verschwindens über eine Nachricht gesprochen zu haben. Doch jetzt, wo sie darüber nachdachte, fiel ihr wieder ein, dass er im Türrahmen mit einem Zettel gewedelt hatte.

Mehr wusste sie nicht, sie hatte nicht weiter darauf geachtet.

Ratlos beendete Victor das Gespräch. Neben ihm hatte Jacinthe sich über den Fahrersitz gebeugt und tastete mit einer großen latexbehandschuhten Hand im Bereich zwischen Sitz und Getriebeabdeckung herum.

»Was machst du denn da?«, fragte er ungeduldig.

»Da steckt irgendwas«, brummte sie.

Sie zog die Hand zurück – und hielt eine CD zwischen den Fingern.

»Lass mal den Motor an«, sagte sie.

Victor gehorchte, während sie die CD in den Schlitz schob.

Eine den beiden unbekannte Stimme wiederholte in Dauerschleife denselben Satz:

»I emphatically deny these charges ... I emphatically deny these charges ... I emphatic...«

30.
LAURENTIDES

> Und an diesem Tag hatte ich verstanden,
> dass die Angst ganz tief in uns steckt.
> Und dass ein Berg von Muskeln oder
> eine Million Soldaten nichts daran ändern konnte.
>
> JEAN-CLAUDE LAUZON, *LÉOLO*

Der Lieferwagen raste über die vereiste Straße. Zwischen den monotonen Nadelwäldern rechts und links blitzten ab und zu die Lichter eines Hauses auf. Aus den Lautsprechern dröhnten Eminem und Pink mit ihrer Behauptung, niemals aufzugeben, während ihm hinten auf der Rückbank die Angst den Magen umdrehte. Zum Zweifeln, Fragenstellen oder Antwortensuchen war es jetzt zu spät.

Er war ein Glied in einer Kette, und er konnte nicht mehr zurück.

Der Mann auf dem Beifahrersitz musterte ihn.

»Wir sind gleich da ... Bist du bereit, Lessard?«

Martin nickte knapp; seine Hand krampfte sich um den Griff der Pistole.

»Hast du alles parat, was wir besprochen haben? Gleich ist Schließzeit. Das heißt, es werden höchstens noch ein oder zwei Mitarbeiter da sein. Kameras gibt's keine, bewaffneten Wachdienst auch nicht, kaum Sicherheitsvorkehrungen ...«

»Fuck, die haben nicht mal 'nen Zaun, Boris!«, unterbrach ihn der Fahrer prustend.

»Einfach rein und wieder raus«, fuhr der andere fort, ohne auf den Einwurf einzugehen. »Was wir brauchen, packen wir in die

Tasche, keine Stange mehr, und dann verschwinden wir wieder. Da kann nichts schiefgehen.«

Der Fahrer schaltete runter, bremste ab und bog in eine Seitenstraße ein. Wenige Minuten später machte er die Scheinwerfer aus und fuhr eine Kiesauffahrt hoch, die zu einem Betonlagerhaus führte. Etwa hundert Meter vom Parkplatz entfernt stellte er den Wagen ab. Neben dem Gebäude standen zwei Lastwagen.

»Auf geht's«, sagte Boris und öffnete vorsichtig seine Tür.

Martin zog sich die Kapuze übers Gesicht.

»Da kann nichts schiefgehen«, murmelte er, wie um sich selbst zu überzeugen.

Die beiden Gestalten hielten sich so lang wie möglich im Schatten des Gebäudes auf, fast unsichtbar in ihrer schwarzen Kluft. Der Wind peitschte gegen die Glasscheiben, heulte sein eisiges Schluchzen. Mit gezückten Waffen überraschten sie einen Angestellten, der Zeitung lesend hinter dem Empfangstresen saß. Unter einem ausgeleierten T-Shirt, das ihm in einem anderen Leben einmal gepasst haben musste, hing ein schlaffer Bauch. Noch bevor der Mann reagieren konnte, war Boris an seiner Seite und drückte ihm den Lauf seiner Pistole gegen den Kopf.

»Okay, Dicker, wenn du tust, was ich dir sage, passiert dir nichts. Aber solltest du auf die Idee kommen, Bruce Willis zu spielen, geht's hier nur noch im Leichensack raus. Verstanden?«

»J... ja«, stammelte der Mann wie versteinert.

Martin sah sich im Lagerhaus um: Es war mucksmäuschenstill, niemand zu sehen, nirgends eine Bewegung.

»Wie viele seid ihr?«, fragte Boris.

»Nu... nunur ... ein anderer auß... außer mir. Er ist hinten.«

»Okay. Ruf ihn her. Und mach ja keinen Unfug«, sagte Boris und entsicherte seine Waffe.

Der Mann schluckte, halb tot vor Angst. Martin sah die größer werdende Pfütze auf dem Betonboden: Der Arme hatte sich eingepinkelt.

»Mar... Marcel?«, rief er mit tonloser Stimme. »Marcel?«

Genau wie sein Kollege blieb Marcel mit offenem Mund und wie angewurzelt vor den beiden auf seine Stirn gerichteten Mündungen stehen. Er leistete keinerlei Widerstand.

Martin zählte ein letztes Mal die Dynamitstangen, die sie vorsichtig in die einzelnen Fächer der Tasche gelegt hatten. Die Rechnung ging auf. Er nickte seinem Komplizen zu, der die beiden Mitarbeiter der Sprengstofffirma mit der Waffe in Schach hielt.

Die ganze Aktion hatte weniger als zehn Minuten gedauert.

»Gut. Gehen wir«, sagte Boris, und sie ließen die beiden Männer, die Hände auf dem Rücken mit Duct Tape gefesselt, in einer Ecke kniend zurück.

Sie sprinteten zum Lieferwagen. Ihr Fahrer hatte das Auto umgeparkt, um sofort zur Straße aufbrechen zu können. Noch bevor die Türen geschlossen waren, gab er Gas. Boris und Martin saßen wieder auf denselben Plätzen. Martin schob seine Kapuze zurück und wischte sich den Schweiß von der Stirn. Als er das Magazin aus seiner Pistole holte, fiel endlich die Spannung von ihm ab, löste sich langsam der Knoten in seinem Magen.

Nachdem der Fahrer auf die Hauptstraße eingebogen war und sie sicher sein konnten, dass ihnen niemand folgte, brach Boris, kurz bevor es Freudenschreie und High Fives regnete, als Erster das Schweigen.

»Wir haben einen verdammt guten Job gemacht, Jungs. Du warst super, Lessard!«

Boris und der Fahrer teilten sich palavernd einen Joint, während Martin sich schlafend stellte. In der Jackentasche tippte er heimlich eine Nachricht auf seinem iPhone und schickte sie ab. Als er sie gerade aus dem Speicher löschen wollte, legte ihm Boris die Hand aufs Knie und rüttelte ihn. Martin tat, als wache er auf, und streckte sich.

»Hier Lessard. Nimm mal 'nen Zug, wird dir guttun!«

Sie ließen sich vor einem unscheinbaren Wohnhaus in Hochelaga-Maisonneuve absetzen.

»Bring die Ware weg und komm zurück«, befahl Boris dem Fahrer.

Das Auto verschwand aus ihrem Blickfeld. Boris legte Martin einen Arm um die Schultern und zog ihn mit in Richtung Wohnhaus.

»Was ist denn los, Mann? Du wirkst wie weggetreten.«

Martin riss sich zusammen und zwang sich zu lächeln.

»Ich? Nee! Das ist bloß das Adrenalin, das nachlässt.«

»Haha! Kann's sein, dass du 'n kleines bisschen nervös warst, mein Martin?«

Bloß nie Schwäche zeigen, nie verletzlich sein. Niemals.

»Nervös? Pf ... kein Stück, Mann!«, sagte Martin.

»Ey, aber das war ja wohl der Hammer, gib's zu!«

»Auf jeden! Die beiden Typen waren starr vor Schreck.«

Um die Reaktion des ersten Mitarbeiters, den sie überrascht hatten, nachzuahmen, klappte Martin mehrmals tonlos den Mund auf und zu.

Boris platzte fast vor Lachen.

»Jetzt machen wir uns 'n hübschen Abend, Mann! Roxanne ist da, Lolita und Muriel kommen nachher auch noch. Und vielleicht Amélie.«

Martin tat begeistert.

»Du weißt schon, dass Muriel auf dich steht, oder?«, machte

Boris weiter. »Die Frau is' heiß, Mann! Heeeeeeeeeiß! Und wenn du's richtig anstellst, kannste Amélie auch gleich klarmachen. Die beiden sind ganz scharf auf Dreier.«

I wanna fuck you like an animal.

Die brachiale Musik der Nine Inch Nails dröhnte durch die Wohnung; in Martins Bauch pulsierte der synthetische Bass wie sein eigener Herzschlag. Durch die Rauchschwaden waren überall ineinander verschlungene Körper zu erkennen, deren Schweiß und Spucke sich vermischten. Muriel zog ihn in eine Ecke. Das Stroboskoplicht glitt über ihre vollen Brüste, über die harten Nippel. Er leckte sie mit der Zunge ab, doch Muriel entzog sich ihm. Sein Hosenschlitz wurde geöffnet, eine Hand umfasste sein Glied und plötzlich fuhr ein genüssliches Zucken durch seinen Körper: Muriels Mund heiß auf seiner Haut.

I wanna feel you from the inside.

Sein Blick traf den von Boris, der am anderen Ende des Zimmers seine Tentakel über Roxannes makellosen Körper gleiten ließ. War er paranoid oder sah ihn sein Freund irgendwie seltsam an? Früher am Abend war Martin auf die Toilette gegangen und hatte sein iPhone auf dem Tisch vergessen, wo sie sich gerade ein paar Bahnen weißes Pulver in die Nasenlöcher gezogen hatten. Als er zurückgekommen war, hatte Boris es ihm mit einem rätselhaften Lächeln im Gesicht hingehalten und ihm geraten, besser achtzugeben, was er rumliegen ließ.

You get me closer to God.

Martin stöhnte und packte Muriels Haar, während sie ihn noch leidenschaftlicher, noch tiefer in den Mund nahm. Hatte Boris die Nachricht gelesen, die er im Auto verschickt hatte? Oder war sein Urteilsvermögen von Drogen und Alkohol benebelt?

Fuck! Er war stinksauer auf sich, dass er vergessen hatte, die Nachricht zu löschen!

Amélie kam auf ihn zu, im Licht glänzten ihre schlanken Beine. Sie biss sich auf die Unterlippe, dann streichelte sie über Muriels Haar und steckte Martin die Zunge ins Ohr. Er löste eine seiner Hände von Muriels Kopf, packte Amélies Hintern und drückte sie an sich.

Help me tear down my reason, help me it's your sex I can smell.
Martin schloss die Augen.

Bilder von Boris, der seine Pistole an seinen Kopf hielt, gingen durcheinander mit Visionen von Muriel, die seinen Schwanz lutschte. Dann ließ er sich vom Strudel mitreißen.

Widerstand war zwecklos.

I wanna fuck you like an animal.

31.
SPIEGELSPIELE

Während im Hintergrund die Stimmen von Arcade Fire ertönten, wollte Louis-Charles Rivard den Eindruck erwecken, er betrachte sich ausschließlich im Spiegel, um die letzte Einheit seiner *Curls* korrekt auszuführen.

In Wahrheit aber bewunderte er seine Bizepse, seine athletischen Schultern, sein Gesicht, das schön wie das eines griechischen Gottes war.

Kaum merklich drehte er ein wenig den Kopf. Eine große Rothaarige näherte sich ihm, die in allen Punkten seinen Schönheitskriterien entsprach: gertenschlanke Beine, ein straffer Busen und ein kleiner Hintern, in Sportshorts, die saßen wie angegossen. Außerdem hatte sie makellose Haut und cellulitefreie Schenkel.

Sie war Rivard aufgefallen, als sie sich an ein Rudergerät in seiner Nähe gesetzt hatte.

Jetzt ging sie schon zum dritten Mal zum Trinkbrunnen und warf ihm, während sie hinter ihm vorbeilief, einen erneuten Blick zu.

Abgesehen vom Anhimmeln seines eigenen Spiegelbilds mochte er beim Training im Fitnessstudio das am allermeisten: sich im Spiegel begegnende Blicke.

Er hatte schon immer gewusst, dass echte Kommunikation mit Blicken, nicht mit Worten vonstattenging. Alles wurde über die Augen transportiert: Anziehung, Ablehnung, Liebe, Wahrheit und Lüge. Nur war das den meisten Leute nicht bewusst. Er selbst musste es ja wissen, so oft wie er in seinem Leben gelogen hatte, ohne dass sein Gegenüber etwas merkte.

Nur seine Mutter konnte er nicht täuschen; sie waren sich zu ähnlich.

Louis-Charles hielt wieder nach der Rothaarigen Ausschau. Sie beugte sich gerade über den Trinkbrunnen und bot ihm demonstrativ einen Blick auf ihre herausragenden Attribute. Sie war schätzungsweise Mitte zwanzig, wohnte vermutlich auf dem Plateau oder im Mile-End und kam nicht regelmäßig zum Trainieren ins Sanctuaire. Sie war ausschließlich da, um einen guten Fang zu machen, und wartete nur noch darauf, dass er anbiss.

Louis-Charles würde ihr den Gefallen tun.

Als sie erneut an ihm vorbeilief, schickte er ihr im Spiegel seinen Raubtierblick, den Blick des Dschungelkönigs, der sagte: »Ich will dich jetzt sofort und auf der Stelle.«

Sie lief vorbei und gab vor, ihn nicht zu beachten, doch ihr Blick streifte eine Sekunde lang den Spiegel.

Eine Sekunde zu lang, denn er hatte es gesehen. Sie saß in der Falle, ihre Augen verrieten sie: »Ich tue uninteressiert, aber ich würde schon gern.«

Für Rivard spielten die meisten Frauen, und vor allem die sehr schönen, ein Spiel. Erst bekundeten sie Interesse, dann heuchelten sie, nicht besonders angetan zu sein. Anschließend warteten sie darauf, dass der Mann den ersten Schritt machte.

Eine Frau in den Fünfzigern ging vorbei, das Gesicht vor Anstrengung rot angelaufen, als Nächstes ein Mann mit kahl rasiertem Schädel, Bart, wiegendem Gang und einem Tattoo auf dem rechten Oberarm; Louis-Charles begegnete auch seinem Blick im Spiegel. Mit den Homosexuellen war es genau das Gegenteil. Sie waren Meister der direkten Annäherung.

Louis-Charles bekam alle möglichen Angebote, ob im Fitnessstudio, bei einem seiner Boxkurse in der Rue Bélanger oder auf Facebook.

Obwohl er entschieden hetero war, fürchtete er sich weder vor den Blicken anderer Männer noch davor, sich auf das Spiel der Verführung mit einem Schwulen einzulassen. Für ihn war es genauso befriedigend, einem Homosexuellen zu gefallen wie einer Frau, er tanzte auf beiden Hochzeiten gleich gern und kokettierte auch im Büro oft mit dieser Ambivalenz, vor allem gegenüber Lawson. Zwischen ihnen war nie etwas gelaufen, doch Louis-Charles hatte des Alten Phantasie befeuert und immer wieder seinen Charme eingesetzt, um die Grauzone – oder besser Lawsons Hoffnung – aufrechtzuerhalten, dass vielleicht doch, eines Tages ...

Rivard erhob sich und legte die Gewichte auf der Halterung ab, bevor er der Rothaarigen folgte.

Ab dem Moment, in dem eine Frau ihr Interesse deutlich gemacht hat, aber Gleichgültigkeit vortäuscht, muss man unverfroren sein, die Initiative ergreifen, den Überraschungseffekt nutzen.

Und lügen. Vor allem lügen! Niemals die Wahrheit sagen. Vorgeben, man wäre bereit für die große Liebe, auch wenn man in Wirklichkeit bloß eine schnelle Nummer schieben, einmal kurz Druck ablassen und sich nie wieder melden will.

»Hey! Ich bin Louis-Charles«, sagte er, streckte die Hand aus und beehrte sie mit einem begierigen Augenaufschlag. Einem, der je nach Kontext bedeuten konnte: »Wählen Sie mich./Für Geld tue ich alles./Mir kann man vertrauen.«

Nachdem er ihre E-Mail-Adresse in seinem iPhone gespeichert hatte, ging Louis-Charles zu den Umkleiden. Es war beinahe zu einfach gewesen. Zwei Minuten Geschwafel, und die Sache war geritzt.

Wie jedes Mal hatte er behauptet, ein paar Tage auf Geschäftsreise zu müssen, sich aber nach seiner Rückkehr zu melden. So konnte man das Ganze auf sich zukommen lassen und vergeudete keine gute Gelegenheit, weil die Terminkalender nicht kompatibel waren. Danach war die Rechnung simpel:

Gutes Restaurant + gutes Essen + reichlich Alkohol = zu mir oder zu dir? Er musste nur ein bisschen von seinem Porsche Cayenne erzählen, von seinem Loft in Montreals Altstadt und seinem Segelboot, das in Lachine im Hafen entlang des Parc René-Lévesque vor Anker lag, damit die Gleichung zu einer endlosen Formel wurde.

Und dann? Rief er nie wieder zurück, legte eine neue Akte an.

Er dachte nur an sich, seine Karriere und das Geld, das sie ihm einbrachte.

Sein Adidas-Shirt war schweißgetränkt. Er zog es aus und ließ ein paar Sekunden seine Bauchmuskeln spielen. Zufrieden mit dem, was er im Spiegel sah, öffnete Louis-Charles seinen Spind und trank einen Proteinshake. Zu Hause würde er noch Kreatin nehmen, zusammen mit einem kleinen Imbiss.

Es sei denn, er ging vor dem Schlafen noch etwas essen. In einem der hippen Restaurants auf dem Boulevard Saint-Laurent gab es eine gewisse Kellnerin, die nur darauf wartete, dass er mit den Fingern schnippte.

Er legte sein iPhone auf das Brett im Spind, durchwühlte seine Hosentaschen und zog ein zweites Handy heraus, ein Durchschnittsmodell, das er auf Anraten eines Mannes gekauft hatte, der ihn nach seiner improvisierten Pressekonferenz angerufen hatte.

Keine neuen Nachrichten.

Erst, als er das Handy weglegte, fiel es ihm auf: Jemand hatte einen Zettel in seinen Spind gelegt. In der Mitte gefaltet lag er auf seinen Sachen. Louis-Charles sah eine Reihe Zahlen und strahlte übers ganze Gesicht.

Lawsons Verschwinden erwies sich für ihn als vorteilhaft: Die anderen Partner hatten sich seinen Argumenten angeschlossen und überließen es ihm, die Kanzlei durch die Krise zu führen. Ein Skandal, der allen schaden würde, sollte unbedingt vermieden werden.

Louis-Charles drückte auf die Wahlwiederholung und landete bei einem Anrufbeantworter, auf dem er eine Nachricht mit seinem Gegenvorschlag hinterließ.

Er riss den Zettel in kleine Stücke, ging in eine der Toilettenkabinen und drückte so lange die Spülung, bis alles Papier verschwunden war.

Ein Handtuch um die Taille sah ihm der Mann mit dem rasierten Schädel, dessen Blick er vorhin erst im Spiegel erhascht hatte, verwundert dabei zu.

Louis-Charles zuckte die Schultern, schenkte ihm sein schönstes Lächeln und begab sich unter die Dusche, wo er sich ausführlich mit zwei verschiedenen Lotionen wusch, einer für den Körper, einer fürs Gesicht. Dann benutzte er eine Armada verschiedenster Hautcremes. Wie Patrick Bateman aus *American Psycho* glaubte er daran, dass es wichtig war, »sich in Form zu halten«.

Auf dem Weg zum Auto sah er erneut aufs Handy. Der Anruf, auf den er gewartet hatte, war eingegangen, während er unter der Dusche stand.

Sein Gegenvorschlag war angenommen worden!

Ein Gefühl von Macht durchströmte seinen Körper.

Rivard beschloss, auf dem Boulevard Saint-Laurent zu essen. Schließlich war diese Kellnerin echt heiß. Doch vorher musste er sich noch etwas zurückholen, eine Art Ticket für die Freiheit.

Auf dem Parkplatz öffnete er den Kofferraum seines Porsche. Immer auf einem Bein balancierend tauschte er seine Sportschuhe gegen Wanderstiefel, setzte sich die Wollmütze auf, hüllte sich in einen dicken Parka und zog Halbhandschuhe aus Gore-Tex an.

Er wollte gerade die Tür öffnen und erstarrte: Für einen Augenblick hatte sich in der Fensterscheibe ein Gesicht gespiegelt. Er drehte sich ruckartig um, sein Herz raste.

Dann entspannte er sich und lachte.

Niemand. Da war niemand.

32.
NACHBESPRECHUNG

Paul Delaney hatte den ganzen Abend gedankenversunken der bunten Menge vor seinem Bürofenster zugeschaut, ohne sie wirklich zu sehen. All diese Leute, die sich abhetzten, um in letzter Minute Geschenke zu besorgen, als hinge das Schicksal des Planeten davon ab.

Der Parkplatz war seit Stunden leer, doch seine geröteten Augen starrten noch immer auf den Schneematsch.

Madeleine würde am 24. abends erneut operiert werden.

Der Arzt hatte sich geweigert, eine Prognose zu den Erfolgschancen abzugeben. Sie würden sie zunächst operieren und dann entscheiden. Falls die Metastasen auf die Leber gestreut hatten, würden sie nichts mehr für sie tun können.

Paul hatte die vergangene Nacht im Krankenhaus verbracht und würde auch Weihnachten dort verbringen. Er musste die Kinder anrufen. Um ihnen was zu sagen?

Es klopfte an der Tür.

Delaney murmelte etwas, das klang wie eine Aufforderung einzutreten, und sah Victor, der zwei Pappbecher mit dampfendem Kaffee trug, gegen die Tür kämpfen.

»Kann ich mich setzen, Chef?«, fragte er und deutete mit dem Kinn zu den Besucherstühlen.

»Klar doch«, antwortete Delaney und griff, um gelassen zu wirken, nach einem Kugelschreiber.

Victor reichte seinem Vorgesetzten einen der Becher und stellte den anderen vor sich auf dem Schreibtisch ab.

»Zum Glück sind wir bei den Anonymen Alkoholikern, sonst wäre das jetzt der Moment, die Flasche aus der Schublade zu holen«, sagte Victor ironisch.

»Glaub mir, ich hätte nicht übel Lust dazu«, gab Delaney mit düsterer Miene zurück.

»Gibt's was Neues?«, fragte Victor vorsichtig und pustete auf seinen Kaffee.

»Nichts Gutes. In drei Tagen wird operiert. Entweder es funktioniert, oder das war's.«

Victor nickte betreten.

»Fuck.«

Er hätte gern noch etwas hinzugefügt, am liebsten etwas Geistreicheres, aber ihm wollte nichts einfallen. Sie schwiegen einen Moment.

»Soll ich nachher wiederkommen?«

»Nein, nein. Bloß nicht, bleib. Ich muss auf andere Gedanken kommen. Wie geht's deinem Kopf? Und deinem Bein?«

Victor nahm einen Schluck und verzog das Gesicht. Der Kaffee war noch viel zu heiß.

»Hab 'ne hübsche Beule«, sagte er und fuhr mit den Fingern über die Stelle, an der sich seine Kopfhaut unter den Haaren wölbte. »Aber keine Gehirnerschütterung. Und das Bein ist in Ordnung.«

»Ein Glück ... Hat die Spurensicherung was gefunden, das uns mit deinem Skifahrer weiterbringt?«

Victor nahm eine Büroklammer vom Schreibtisch und bog sie in der Mitte durch.

»Nein, nach wie vor nichts.«

»Keine Sorge, egal ob er was mit unserem Fall zu tun hat oder nicht, wir werden ihn schon finden.« Delaney strich mit der Hand über seine Glatze. »Jedenfalls können wir Lawson, jetzt wo er tot ist, von der Verdächtigenliste streichen. Und Lortie sicher auch.«

»Wir sollten noch warten, bis Berger uns die exakte Uhrzeit von Lawsons Tod mitteilen kann, bevor wir Lortie endgültig abhaken. Wir haben weder einen Schimmer, warum er die Brieftaschen bei sich hatte, noch, was ihn mit den beiden Opfern verbindet.«

»Vielleicht alles reiner Zufall. Lortie war obdachlos. Er kann die Brieftaschen gut und gern in einer Mülltonne gefunden oder geklaut haben.«

»Du vergisst, was wir im Louis-H. herausgefunden haben. Über die früheren Wahnvorstellungen und die anderen Portemonnaies.«

Delaney verbarg das Gesicht in seinen Händen, dann starrte er ratlos zu Boden.

»Das stimmt. Entschuldige, hatte ich vergessen.«

Victor legte seinem Vorgesetzten eine Hand auf den Arm.

»Nicht den Mut verlieren, Paul. Wir sind alle für dich da.«

In dem Moment, in dem Victor hereingekommen war, hatte Delaney gewusst, dass es sich um einen Anstandsbesuch handelte und Victor vielmehr sein Mitgefühl und seine Unterstützung zum Ausdruck bringen wollte, als mit ihm den Fall durchzugehen. Es war seine Art, ihm Respekt zu zollen und ein guter Freund zu sein.

Mit glänzenden Augen deutete Paul ein Lächeln an und räusperte sich.

»Und was hat die Hausdurchsuchung ergeben?«, fragte er weiter.

Victor zuckte kopfschüttelnd die Achseln.

»Bis jetzt noch nichts außer der CD, Lawsons Leiche und seinen persönlichen Sachen. Sein Handy konnten wir nirgends finden, aber wir haben uns die Anrufliste besorgt. Nichts Auffälliges. Wenn man seiner Sekretärin und dem Büroboten glauben darf, hätten wir im Kofferraum seines Wagens eine Akte finden müssen …«

»… zu dieser Firma namens …« Delaney wühlte in einem Stapel Papier auf seinem Schreibtisch. »Ich könnte schwören, ich habe deine E-Mail ausgedruckt.«

»Northern Industrial Textiles«, vervollständigte Victor und kratzte sich die Wange. »Wir haben nur die leeren Kisten im Kofferraum gefunden. Entweder hat der Täter die Papiere mitgehen lassen, oder Lawson ist sie losgeworden, bevor er sich in Peter Frosts Haus verschanzt hat. In beiden Fällen müssen wir annehmen, dass es einen Zusammenhang mit den Morden gibt.« Er nahm einen Schluck Kaffee. »Was diese Firma betrifft, warte ich noch auf Infos von den Ministeriumskollegen. Schicke ich dir dann.«

»Okay, danke.« Er schwieg kurz. »Diese Northern-Geschichte könnte doch ein Rechtsfall gewesen sein, bei dem was schiefgelaufen ist.«

»Ja, könnte sein. Aber wenn, ist es ewig her.«

»Hat Berger inzwischen bestätigt, dass die beiden Morde mit derselben Waffe begangen wurden?«

»Noch nicht. Jacinthe ist allerdings davon überzeugt. Manchmal prescht sie mir zu schnell vor, aber in diesem Fall würd's mich doch sehr wundern, wenn sie falschliegt.«

»Und die Aufnahme, die ihr in Lawsons Auto gefunden habt?«

»Die CD? Hast du sie dir angehört?«

»Jacinthe hat sie mir vorhin vorgespielt.«

I emphatically deny these charges. Er hielt inne. »Anfangs haben Jacinthe und ich gar nichts kapiert. Bis Gilles uns darauf hingewiesen hat, dass Lee Harvey Oswald das nach seiner Verhaftung gesagt hat. Das hier scheint eine Kopie von einem der Mitschnitte zu sein, die damals ausgestrahlt wurden. Die finden sich ohne Ende auf YouTube.«

»Und worin besteht der Zusammenhang zwischen unserem Fall und der Ermordung John F. Kennedys?«

»Wenn du mich fragst, gibt's keinen. Ich hab mit Gilles und

Jacinthe drüber gesprochen, und wir sind uns einig: Wir sollten die Aussage nicht wörtlich nehmen, sondern symbolisch. Eine unserer Thesen ist, dass der Mörder versucht, uns auf eine Sache zu stoßen, bei der jemand seine Schuld leugnet, jemand, der ins Visier der Justiz geraten ist, aber beteuert, unschuldig zu sein.«

Delaney widmete sich seinem Lieblingssport: Staubkörner auf der Arbeitsfläche jagen. Er erwischte eines neben Victors Ellbogen und zerrieb es zwischen den Fingern.

»Jemand, dem unrecht getan wurde«, schlug er vor.

»So was in der Art.« Victor starrte einen Moment lang geistesabwesend auf die Spitze seiner Chucks. »Aber weißt du, was ich am seltsamsten finde? Der Mörder hinterlässt schon zum zweiten Mal Spuren. Erst die Ziffern auf Judith Harpers Kühlschrank und jetzt diese CD ...«

»Er will uns auf eine Spur führen.«

»Und genau das bereitet mir Sorgen. Nachher lockt er uns in die falsche Richtung, während er schön weiter seinen Plan verfolgt.«

»Du glaubst, es wird weitere Opfer geben?«

»Ich fürchte schon.«

»Ein Serientäter also?«

»Darauf hat dich doch Jacinthe gebracht! Um von Serienmord zu sprechen, ist es noch zu früh, Paul. Vergiss nicht, dass Serienmörder ihre Opfer in der Regel zufällig auswählen, auch wenn es Gemeinsamkeiten zwischen ihnen gibt. Das hier ist was anderes. Es besteht irgendein Zusammenhang, der uns bisher entgeht. Alles ist viel zu gut organisiert, zu strukturiert, um das Werk eines Serienmörders zu sein. Für mich fühlt sich das anders an.«

»Serienmörder gehen doch in der Regel sehr methodisch vor.«

»Bis zu einem gewissen Grad, ja. Aber nicht so. Und dann ist da noch die Geschichte mit der Nachricht, die Lawson erhalten hat.«

»Eine andere als die auf der CD?«

Victor fasste ihm das Gespräch mit Adèle Thibault und dem Büroboten zusammen. Die beiden hatten von einem Zettel gesprochen. Victor und Paul diskutierten einen Augenblick die Möglichkeit, dass der Anwalt einen Umschlag erhalten hatte, der sowohl einen Brief als auch die CD enthielt. Dann ergriff Paul wieder das Wort:

»Ihm wurde also gedroht.«

»Sieht so aus. Jedenfalls würde das erklären, warum Lawson so schnell sein Büro verlassen hat. Dem ist der Arsch auf Grundeis gegangen, Paul. Er hat eine Nachricht bekommen, sich die Northern-Akte besorgt und ist abgehauen, um sich zu verstecken.« Victor trank den letzten Schluck Kaffee. »Bei Judith Harper haben wir Magnetzahlen auf dem Kühlschrank gefunden. Wenn du mich fragst, wurden die Opfer gezielt ausgewählt. Als wollte der Mörder ganz bestimmte Leute zur Strecke bringen. Lawson war auf der Flucht, und unser Täter hat ihn aufgespürt.«

Delaney merkte es nicht, drückte aber unaufhörlich auf seinen Kugelschreiber und machte Victor mit dem Geklicke wahnsinnig.

»Ganz deiner Meinung. Mit dem Serienmörder wollte ich eben nur den Advocatus Diaboli spielen«, sagte Delaney. Kurz driftete er in Gedanken ab. »In jedem Fall passt Lorties Suizid da nicht rein. Und diese Mosaike und der Skifahrer«, murmelte er immer noch zu sich selbst. Delaney seufzte, wirkte überfordert, riss sich dann aber zusammen. »Du, was ganz anderes: Wenn du Berger sprichst, richte ihm doch bitte aus, er soll sich endlich mal ein bisschen ranhalten. Es würde uns verdammt noch mal weiterhelfen, wenn wir wenigstens was über die Tatwaffe wüssten.«

Victor rieb sich hilflos die Hände.

»Du kennst ihn doch. Zu sehr darf man ihm auch nicht zu

Leibe rücken. Bei allem, was uns bereits bekannt ist, kann ich mir kaum vorstellen, dass es was Gewöhnliches war.«

Victor blickte auf die Uhr und stand auf.

»Ich geh mal Rivard anrufen. Ich muss ihn über Lawsons Tod in Kenntnis setzen, und außerdem will ich ihm ein paar Fragen zur Northern-Akte stellen. Und ich bin neugierig, ob sich nach der Pressekonferenz jemand bei ihm gemeldet hat.«

Zurück in seinem Büro wählte Victor Rivards Nummer, erreichte jedoch nur die Mailbox, auf der er eine Nachricht hinterließ. Dann drehte er sich um und hastete noch mal zurück zu Delaney.

»Ach, und Paul?«

Über die Tastatur gebeugt, war Delaney gerade dabei, sein Passwort einzutippen.

Er sah auf.

»Das mit Madeleine wird schon.«

33.
DAS PHANTOM
DER OPER

Die Nacht war stockfinster. Die Eisentore des Friedhofs auf dem Mont-Royal waren verschlossen, aber Louis-Charles Rivard schlüpfte trotzdem problemlos hinein. Den Strahl seiner Lampe mit einer Hand abgeschirmt, fand er innerhalb weniger Minuten die Stele von Mordecai Richler. Vorsichtig fegte er mit dem Handrücken den Schnee vom Grabmal. Genau wie Lawson es ihm beschrieben hatte, war der Schlüssel unter einem der Steine versteckt, die Leute zu Ehren des Verstorbenen abgelegt hatten.

Feuchtigkeit kroch ihm in die Knochen. Der Wind pfiff durch die Bäume, die Äste schlugen um sich, als wollten sie nach ihm greifen. Zitterte er, weil der Ort so düster war, oder spielte ihm seine Phantasie einen Streich?

Rivard zog sich die Mütze bis zu den Augen, setzte seine Kapuze auf und lief weiter, die Richler-Stele im Rücken.

Nach hundert Metern, am Ende der Allee, ragte eine Gruft auf. Das Schloss machte ihm keine Scherereien, und auch die Metalltür drehte sich ohne Widerstand in den gut geölten Scharnieren.

Drinnen befand sich kein Sarg, nur ein Altar mit Laternen, einer getrockneten Wachslache und einem zum Schutz in Plastik eingeschweißten Buch. Auf dieses richtete Rivard jetzt den Lichtstrahl. Eine Ausgabe von Gaston Leroux' *Das Phantom der Oper*.

Der Lichtkegel wanderte weiter zu der verwitterten Inschrift auf der Grabplatte: »*In Loving Memory of Jane Margaret Sophia*

Lawson 1912–1986«. Er wandte sich ab, schließlich hatte er etwas zu erledigen.

Die beiden Müllsäcke standen in einer Ecke. Louis-Charles ging hin, öffnete einen und stellte zufrieden fest, dass er Dokumente enthielt. Dann knotete er ihn sofort wieder zu. Lawson hatte ihm zwar von der Existenz der Akte erzählt, aber nichts über deren Inhalt. Je weniger er darüber wusste, desto besser.

Am Tag seines Verschwindens hatte Lawson ihn mit unterdrückter Nummer angerufen. Der alte Bock verriet ihm nicht, wo er sich versteckte; er gab Louis-Charles nur die nötigen Informationen, wo er die Akte finden würde.

Seine Anweisungen waren klar und deutlich: Er wollte jeden Abend gegen 18 Uhr anrufen.

Täte er das nicht, wäre er tot. Wenn dieser Fall eintrat, sollte Louis-Charles sich die Akte besorgen, eine Pressekonferenz einberufen und den Inhalt publik machen.

Als Rivard nach der Gegenleistung fragte, empfahl Lawson ihm, seinen Kontostand zu überprüfen. Er traute seinen Augen kaum, als er feststellte, dass der Alte ihm fünfzigtausend Dollar überwiesen hatte. Außerdem fügte Lawson hinzu, dass er Vorkehrungen getroffen hätte, die Louis-Charles nach der Pressekonferenz noch einmal das Doppelte einbrächten.

Doch Rivard war nicht auf den Kopf gefallen.

Überzeugt, die Akte könnte ihm als Lebensversicherung dienen, hatte der alte Bock gedroht, ihren Inhalt bekanntzugeben, in der Hoffnung, dann ließe man ihn in Ruhe. Doch als Lawson ihre Telefonverabredung mehrere Male verpasst hatte, war Rivard klar geworden, dass Lawson alles auf eine Karte gesetzt und verloren hatte.

Rivard kannte die Identität des Mannes noch nicht, der sich für die Akte interessierte, aber wenn dieser bereit war zu töten, um sie sich zu beschaffen, musste sie ihm einiges wert sein.

Also beschloss Rivard, die Gelegenheit zu nutzen, und wandte die einfachste ökonomische Regel an: die Theorie von Angebot und Nachfrage. Da Lawson tot war, brauchte er keine Skrupel zu haben, die Akte aufzugeben. Rivard kannte den Wert des Geldes und war überzeugt, an noch viel mehr zu gelangen, wenn er es nicht bei dem bloßen Versprechen beließ, das er dem Alten gegeben hatte: die Akte publik zu machen.

In aller Öffentlichkeit übermittelte er der Person, die sich für die Akte interessierte, eine eindeutige Nachricht. Was sie suchte, befand sich in seinem Besitz, und er war bereit zu verkaufen. Seine Nachricht kam an. Nach der Pressekonferenz gab es eine erste telefonische Kontaktaufnahme.

Der Mann, der ihn im Büro anrief, ging jedoch nicht sofort auf das Thema ein. Er bot ihm lediglich seine Hilfe bei der Suche nach Lawson an. Aber Louis-Charles verstand die Anspielungen.

Nachdem er ein paar Stunden gezögert hatte, rief Rivard den Mann schließlich von zu Hause aus zurück.

»Ich weiß, wo sich befindet, was Sie suchen«, begann er das Gespräch.

Der andere riet ihm nur, sich ein Prepaidhandy zu besorgen, damit sie »einfacher kommunizieren« könnten.

Rivard bereute, dass er seinen Sturmrucksack aus Armeezeiten nicht mitgenommen hatte. Die Müllsäcke waren schwer, zu schwer, um sie in jeweils einer Hand so einen langen Weg zu tragen.

Und obwohl Lawson sie doppelt genommen hatte, drohten sie zu reißen.

Also musste er zweimal laufen.

Zwanzig Meter weiter merkte Louis-Charles, dass sie immer schwerer wurden: Schweißgebadet sank er im Schnee ein. Es würde kein Zuckerschlecken sein, die Säcke bis zum Auto zu schaffen, aber er biss die Zähne zusammen und mobilisierte seine Kraftreserven. Diese kleine Schwierigkeit war nichts im Vergleich zu den Übungen, die sein früherer Ausbilder, Deschenaux, ihnen aufgebrummt hatte.

Sein geschultes Auge nahm eine Bewegung zu seiner Rechten wahr. Ein Stück ging er noch weiter, dann blieb er stehen. Angestrengt versuchte er, die Gestalt im Dunkeln zu erkennen.

Hatte er richtig gesehen? War das auf der Böschung ein Baum oder ein Mensch?

Rivard wartete. Auf dem Friedhof blieb alles still, die Bäume jetzt reglos. Der Anwalt wollte gerade weitergehen, als der Schatten sich bewegte.

Da packte ihn mit einem Mal die Angst, ein Schauer lief ihm über den Rücken.

Da war *jemand* auf dem Hügel.

Der Schatten hatte einen Arm ausgestreckt, führte den anderen langsam zurück, und ließ los. Etwas schoss durch die Luft, dann explodierte Rivards Bauch. Voller Schrecken senkte er den Blick. Ein Pfeil hatte ihn durchbohrt.

Rivard ließ den Sack fallen. Dann erst setzte der Schmerz ein. Er versuchte, zwischen die Stelen zu flüchten, sank jedoch auf die Knie.

Der Schatten sauste auf Skiern den Hang hinab.

Rivard stieß auf, schnappte nach Luft, spuckte eine Blutfontäne.

Hinter ihm, seinen Hoodie bis über die Augen gezogen, blieb der Schatten stehen und schlug dann die Kapuze zurück.

Rivard drehte sich um und riss die Augen auf: Er kannte das Gesicht. Der Schatten spannte erneut seinen Bogen. Ein zweiter Pfeil surrte an Rivards Ohr vorbei und verlor sich im Schnee; eine Bilderflut raste an seinen Augen vorbei, dann traf ihn ein weiterer Pfeil in den Solarplexus.

Finsternis übermannte ihn.

34.
BURGERS

Donnerstag, 22. Dezember

Jacob Berger konnte gerade so über den Papierstapel schauen, der sich auf seinem Schreibtisch türmte. In dem fensterlosen Raum im zwölften Stock in der Rue Parthenais, dem Sitz der rechtswissenschaftlichen und gerichtsmedizinischen Labore, herrschte eine Hitze wie im Backofen.

»Mann, ist das heiß hier.«

Eine Hand am Kragen zog Jacinthe hastig an ihrem Pulli, um sich etwas Luft zuzufächeln.

»Und nimm dieses dämliche Ding aus dem Gesicht, das nervt, man versteht kein Wort, das du sagst«, tobte sie weiter.

Victor wurde rot und gehorchte wie ein kleiner Junge, den man bei einem Missgeschick ertappt hatte.

Jedes Mal, wenn sie in Bergers Büro waren, setzte er sich eine Torhütermaske auf, die der Rechtsmediziner nach der Autopsie eines Vergewaltigers behalten hatte. Von der Presse Jason getauft, war der Mann, der drei Jahre lang in Laval für Angst und Schrecken gesorgt hatte, schließlich von einer Frau, die er überfallen wollte, erstochen worden.

»Wenn ich noch mal zusammenfassen darf, Jacob, bestätigst du also, dass Lortie Lawson unmöglich getötet haben kann«, sagte Victor.

»Stimmt genau«, antwortete Berger und schob seine Brille hoch. »Er hat sich vorher umgebracht. Lortie ist Samstag gestorben. Meiner Meinung nach ist Lawsons Tod am Montag oder vielleicht noch etwas später eingetreten. Ich gebe euch ein präziseres Zeitfenster, sobald ich mit der Autopsie durch bin. Allerdings kann ich euch definitiv schon sagen, dass er dehydriert war.«

»Und die Verletzungen sind auch dieselben, oder, Burgers?«

Obwohl der Gerichtsmediziner sie mehrfach zurechtgewiesen und es ihr immer wieder erklärt hatte, sprach Jacinthe Berger grundsätzlich englisch aus und hängte ein s dran. Im Laufe der Jahre hatte der Arzt irgendwann aufgegeben. Es war keine böse Absicht, und manche ihrer Fehler waren eben irreparabel.

»Ja, Jacinthe. Zur Mordwaffe kann ich euch für den Moment noch nicht mehr sagen, aber die Perforation ist bei beiden gleich, vom Nacken zur Kehle. Und Lawson weist an Kinn und Brustbein ähnliche Wunden auf wie Judith Harper, nur sind seine tiefer.«

»Und die Abschürfungen an Hals und Handgelenken?«

»Genau wie beim ersten Opfer. Bei Lawson finden sich außerdem dieselben Klebstoffspuren an Knöcheln und Schenkeln. In ein paar Tagen kann ich euch mehr dazu sagen.«

»Das bestätigt jedenfalls, wovon wir ausgegangen sind. Beide Morde wurden mit derselben Tatwaffe und nach derselben Vorgehensweise begangen. Demnach hat Lortie also auch nicht Judith Harper umgebracht. Abgesehen davon, dass er ein Alibi besitzt: Nash, der junge Obdachlose, mit dem du gesprochen hast, behauptet ja, er wär an dem Abend mit ihm zusammen gewesen.«

»Und obwohl wir's nicht anders erwartet haben, ist es trotzdem ärgerlich«, schnaufte Victor mutlos. »Die einzige Verbindung, die bisher zwischen den beiden Morden bestand, war Lortie mit seinen Brieftaschen.«

»Jap. Damit haben wir soeben offiziell unseren Hauptverdächtigen verloren«, seufzte Jacinthe. »Na, mein Guter, siehst du auch das Nichts am Ende des Tunnels?«

»Du meinst das Licht, Jacinthe«, korrigierte Victor. »Es heißt das Licht!«

Sie verdrehte entnervt die Augen.

»Beruhig dich, Lessard ... Du wirst mich doch nicht ausgerechnet verbessern, wenn ich mal ein wenig Poesie in dein Leben bring?«

Victors Handy vibrierte in seiner Tasche.

»Vergiss nicht, dass wir noch Will Bennett und den Skifahrer haben«, rief er Jacinthe zu, während er den Raum verließ, um den Anruf entgegenzunehmen.

»Du bist doch nicht mal sicher, ob der Skifahrer 'ne Waffe hatte!«, gab Jacinthe zurück.

Doch zu spät. Er war schon draußen.

35.
MITTELALTER

Unter Schmerzen lief Victor auf der Rue Ontario gegen den orkanartigen Wind an, der versuchte ihn zu Boden zu werfen. Er hielt nach einem Ford Espace Ausschau, der direkt vor dem Café parken sollte. Vergeblich.

Drinnen vor dem Fenster saßen zwei Gäste, vertieft in ein lebhaftes Gespräch.

Da er als Erster da war, wählte Victor in dem etwas rustikalen Ambiente einen Tisch weiter hinten. Ein Kellner mit hängenden Wangen kam zu ihm, und obwohl Victor bei Berger bereits einen getrunken hatte, bestellte er Kaffee.

Die Nacht war kurz gewesen. Nachdem sie erst Lawsons Leiche entdeckt und den Tatort untersucht hatten, waren die Diskussionen zwischen Jacinthe, dem Gnom und ihm bis in die frühen Morgenstunden gegangen.

Beim Frühstück hatte er mit Nadja in der Küche Croissants gegessen, während sie über den bevorstehenden Tag plauderten. Victor hatte sich schließlich aufs Glatteis gewagt und die Feiertage angesprochen. Er war erleichtert gewesen, als sie weder überrascht noch sauer reagierte, weil er sie zwischen Weihnachten und Neujahr voraussichtlich nicht ins Ferienhaus würde begleiten können.

Am nächsten Tag fand auch noch die Weihnachtsfeier vom Dezernat Kapitalverbrechen statt, und Heiligabend würden sie mit den Kindern, Ted Rutherford, seinem Vater im Geiste, und dessen Lebensgefährten, Albert Corneau, verbringen.

»Das ist jetzt schon so viel, verstehst du?«

»Aber ja, du kommst eben, wann du kannst. Wenn du kannst.«

Nadja war so perfekt, dass es ihm manchmal Bauchschmerzen bereitete.

Und die Tatsache, dass er mit dem Geschenkekauf noch nicht einmal begonnen hatte, reduzierte sein Stresslevel auch nicht gerade. Wie gewohnt hatte er keine Ahnung, was er Martin und Charlotte besorgen sollte.

Jedes Mal, wenn er sie um Vorschläge bat, wünschten sie sich Geld. So war er ein Spezialist im Scheckverschenken geworden und hatte gleichzeitig Schuldgefühle, weil es ihm nicht gelang, die Weihnachtsmagie ihrer Kindertage wiederaufleben zu lassen. Auch in Nadjas Fall war die Aufgabe nicht viel einfacher. Natürlich konnte er immer noch auf Schmuck zurückgreifen, aber eigentlich trug sie nie welchen.

Und Ted? Und Albert?

Victor seufzte. Allein darüber nachzudenken, strengte ihn an.

Er sah auf die Uhr. Wo blieb der denn? Letztes Mal hatten sie sich in Chinatown getroffen. Das lag auf halbem Weg, und Victor hatte in der Gegend noch zu tun gehabt. Er grübelte. Ob er bei der Beschreibung des Treffpunkts etwas missverstanden hatte? Er überprüfte gerade seine Nachrichten, als ein kleiner hagerer Mann mit einer altmodischen Brille hereinkam und, ohne zu zögern, auf ihn zulief.

»Hallo, Doug. Wie geht's dir?«, sagte Victor und stand auf, um ihm die Hand zu schütteln.

Der andere legte einen gelben Umschlag auf den Tisch, bevor er den Handschlag erwiderte und ihm beinahe die Finger zerquetschte.

»Nicht schlecht, Vic, gar nicht schlecht! Entschuldige bitte, ich hab keinen Parkplatz gefunden.«

Doug Adams war ein ehemaliger Kriminaltechniker, mit dem Victor, damals beim 11., häufig zusammengearbeitet hatte. Ein zugeknöpfter, unnahbarer Einzelgänger, der genau wie er einiges durchgemacht hatte.

Nach einem holprigen Start war Victors Vertrauen in den Mann inzwischen unerschütterlich, was auf Gegenseitigkeit beruhte.

Normalerweise geizte er mit Komplimenten, aber in Adams' Fall schämte Victor sich nicht, überall zu verkünden, dass er ihn für den besten seines Fachs hielt.

»Der Einzige, der Adams das Wasser reichen kann, ist sein Barkeeper«, sagte er gern zum Spaß, ein Witz, den er mal über Chuck Norris aufgeschnappt hatte.

Aus diesem Grund, und auch weil es ihm noch nicht gelungen war, mit einem der Techniker, mit denen er jetzt zusammenarbeitete, ein so vertrautes Verhältnis aufzubauen, verließ er sich hin und wieder insgeheim auf das Gespür und die Erfahrung seines alten SPVM-Kollegen.

Seitdem Adams nicht mehr im Polizeidienst war, barg diese Angewohnheit jedoch ein gewisses Risiko, vor allem aus Gründen der Geheimhaltung. Victor wusste, dass eine Menge auf dem Spiel stand, sollte jemand von der Sache Wind bekommen.

Deshalb trafen sie sich nur heimlich, ohne dass die Kollegen Bescheid wussten.

»Und wie war China, mein Freund?«

Adams hatte seine Dienstmarke ein paar Monate zuvor abgegeben und verbrachte seither mit seiner Partnerin und den Katzen einen netten Lebensabend in der gemeinsamen Eigentumswohnung auf der Île-des-Sœurs.

»Ach, einfach spektakulär! Wirst du alles auf den Bildern sehen. Ich stelle gerade einen Film zusammen.«

Sie sprachen noch ein wenig über ihr Privatleben, und Adams bestellte einen Kaffee. Als dieser da war, kam der ehemalige Kriminaltechniker wie immer ohne Umschweife zum Thema.

»Ich habe einen Blick auf den Bericht der Spurensicherung

geworfen«, sagte er, eine Hand auf dem gelben Umschlag. »Ich habe ein bisschen recherchiert und bin, glaube ich, auf etwas gestoßen.«

Adams beugte sich vor und sah Victor direkt in die Augen.

Der Sergent-Détective spürte, wie sich sein Puls erhöhte. Wenn Adams glaubte, auf etwas gestoßen zu sein, hatte er akribisch gesucht und analysiert.

»Sag nicht, du bist auf die Tatwaffe gekommen!«

»Vielleicht teilweise.« Der kleine Mann räusperte sich und trank einen Schluck Kaffee. »Was ich entdeckt habe, erklärt zwar nicht die tödliche Verletzung, aber vielleicht die Wunden an Kinn und Brustbein.«

Victor holte sein Notizbuch heraus und zog mit den Zähnen die Kappe vom Kugelschreiber.

»Schieß los, Doug«, sagte er, nachdem er sich die Hülle in die Hand gespuckt hatte. »Ich bin ganz Ohr.«

Adams nahm seine Brille ab, hauchte auf die Gläser und putzte sie anschließend mit der Papierserviette.

»Ich warne dich, das Ding ist ziemlich schräg und stammt aus dem Mittelalter.«

36.
KETZERGABEL

Die Edelstahlbrille saß wieder auf ihrem angestammten Platz im Gesicht des ehemaligen Kriminaltechnikers.

»Schon mal was von einer ›Ketzergabel‹ gehört?«

Victor sah ihn verwundert an.

»Nein, gar nichts. Was ist das?«

»Ein mittelalterliches Folterinstrument, mit dem man Angeklagte durch Schlafentzug zu Geständnissen zwang. Ich hab dir einen Internetartikel dazu ausgedruckt.« Adams holte ein Blatt Papier aus der Jackentasche, faltete es auseinander und legte es vor Victor auf den Tisch. »Das Ding bestand aus einer einzelnen Eisenstange, die an beiden Enden in eine zweizackige Gabel mündete.« Adams deutete auf die Zeichnung eines Mannes mit schmerzverzerrtem Gesicht, dem eine Ketzergabel umgelegt worden war. »Zwei Spitzen wurden übers Brustbein geklemmt und die anderen beiden unter das erhobene Kinn, sodass die Stange parallel zum gestreckten Hals verlief. Ein Halsband oder eine Kette hielt das Ganze an Ort und Stelle.«

»Du meinst, die Wunden an Kinn und Brustbein stammen von so einer Ketzergabel?«

»Das nehme ich an, ja.«

»Könnte das auch die Spuren im Nacken erklären? Berger sagte was von einem Hundehalsband ...«

»Ganz genau«, antwortete Adams. »Es muss ziemlich eng gesessen haben.« Der ehemalige Polizist nahm noch einen Schluck Kaffee, verzog das Gesicht und zeigte wieder auf die Zeichnung.

»Damit das Opfer die Gabel nicht wegziehen kann, müssen die Hände natürlich auf dem Rücken gefesselt sein. Normalerweise wurden die Angeklagten außerdem an der Decke aufgehängt, damit sie sich nicht hinlegen konnten. In dem Moment, in dem der Kopf dann vor Müdigkeit nach vorne sackt, bohren sich die Eisenspitzen unter dem Kinn und über dem Brustbein in die Haut. Mal abgesehen von den schrecklichen Schmerzen, die das verursacht, verhindern die vier Spitzen, dass das Opfer den Kopf bewegt oder deutlich sprechen kann.«

Victor machte ein finsteres Gesicht. Er hatte schon einiges gesehen, aber das ließ ihn schaudern.

»Sadistisch«, kommentierte er.

»Vielleicht, aber auch erstaunlich effektiv. Die Gabel wurde benutzt, um Geständnisse zu erpressen oder aber um diejenigen, die bereits gestanden hatten, davon abzuhalten, sich zu widersprechen, manchmal auch, damit jemand abschwor.«

»Abschwor?«

»Seine Religion verleugnete. Während der Inquisition hat man die Gabel benutzt, um Ketzer zum Abschwören zu bewegen. Dann war oft das lateinische Wort ›abiuro‹, ich schwöre ab, eingraviert. Das muss man sich mal vorstellen. Nach mehreren Tagen ohne Schlaf und unter schrecklichen Schmerzen gaben die meisten Opfer sonst was zu.«

Victor war in Gedanken weit weg; er hoffte inständig, dass dieser Fall nicht schon wieder mit Religion zu tun hatte.

»Aber zum Durchbohren von Nacken und Hals taugt die Gabel nicht, oder?«

»Nein. Dazu bräuchte man einen anderen Mechanismus oder man müsste das Original modifizieren.«

»Und wie beschafft man sich so ein Ding, Doug? Kann man die einfach kaufen?«

»Ich würde erst mal in Läden nachfragen, die auf Waffen und Objekte aus dem Mittelalter spezialisiert sind. Es gibt auf jeden

Fall ein paar Clubs, die sich regelmäßig zu entsprechenden Rollenspielen treffen. Vielleicht können die dir weiterhelfen. Oder Leute, die Mittelalterkram sammeln. Für so was gibt's im Internet bestimmt Tausch- und Verkaufsbörsen.«

Victor machte sich ein paar Notizen. Darauf würde er Loïc ansetzen.

»Es gibt auch noch eine andere Möglichkeit«, schob Adams nach.

»Und welche?«

»Jemand, der geschickt ist, könnte sie sich selbst gebastelt haben.«

Als die letzte Pfütze Kaffee in ihren Tassen getrocknet war, waren auch Victors letzte Fragen beantwortet. Er zahlte, bedankte sich bei Adams und drückte ihm auf dem Gehweg zum Abschied herzlich die Hand.

Da die Scheiben mal wieder von Raureif bedeckt waren, holte Victor den Kratzer heraus. Anschließend ließ er sich hinters Steuer sinken und legte den Umschlag, den Adams ihm mitgebracht hatte, auf den Beifahrersitz. Der Motor stotterte los, und Victor drehte den Heizknopf bis zum Anschlag.

»Wurde auch mal Zeit, dass du kommst! Ich bin hier fast erfroren …«

Vor Schreck blieb Victor die Luft weg, und er schnellte herum.

Auf der Rückbank saß Jacinthe, die Lippen zu einem schmalen Strich zusammengepresst.

»Was hattest du mit Doug Adams zu schaffen?«

»Bist du eigentlich völlig übergeschnappt?! Soll ich einen Herzinfarkt kriegen?«

»Was du mit Adams zu schaffen hattest?«, wiederholte Jacinthe, die Stimme unverändert hart.

Noch ein paar Sekunden lang schnappte Victor, die Hand auf

der Brust, nach Luft. In eisigem Tonfall murmelte er, sie würden ab und zu einen Kaffee trinken, seitdem Adams in Rente sei.

»Verarsch mich doch nicht!«

Die beiden Ermittler starrten einander an und lauerten auf die Reaktion des anderen. Wie zwei Raubtiere, bereit, sich auf die Beute zu stürzen.

»Und was würde ich wohl in dem Umschlag da finden, hä? Kleine Schmetterlingsnotizzettel oder vielleicht doch den Autopsiebericht, den du Adams bei eurem Stelldichein in Chinatown zugesteckt hast?« Victor riss die Augen auf. »Oder war's der Bericht von der SpuSi? Verkauf mich doch nicht für dumm, Victor Lessard!«

Der Sergent-Détective senkte den Blick und seufzte.

»Es handelt sich bei der Mordwaffe eventuell um ein Halsband mit Eisenspitzen, die man unterm Kinn und auf dem Brustbein befestigt«, murrte er. »Eine sogenannte Ketzergabel.«

Jacinthe rückte zur Seite, stieg aus dem Wagen und lief außen herum zum Beifahrersitz. Victor fasste ihr das Gespräch mit Adams noch einmal zusammen.

»Der Mörder wollte den Opfern also ein Geständnis abpressen, bevor er sie umgebracht hat?«, folgerte Jacinthe, nachdem sie dem Monolog ihres Kollegen aufmerksam gelauscht hatte.

»Entweder Geständnisse oder irgendwelche Informationen, je nachdem, wie man's nennen will.«

Ihr Atem formte beim Sprechen kleine Wölkchen.

»Pf ... Also ich nenn das: sich das Leben schwermachen! Zehn Minuten Lionel Richie, und ich tu alles, was du willst, nur damit du's wieder ausmachst!«

Victor ignorierte den Einwurf und brachte sie weiter auf den neuesten Stand.

»Das ist ja alles schön und gut«, antwortete Jacinthe. »Aber wir wissen doch, dass die Wunden an Kinn und Brustbein sie nicht getötet haben. Und du sagtest, die Opfer wurden aufgeknüpft? Das sollten wir von der Spurensicherung überprüfen lassen. Wobei ich denke, sie hätten schon Entsprechendes gefunden, wenn eines der Opfer aufgehängt worden wäre. In dem Kühlraum, in dem wir Lawson gefunden haben, war die Decke jedenfalls zu niedrig.«

»Ja, das weiß ich auch«, sagte Victor ungeduldig und zuckte mit den Schultern. »Aber es ist doch immerhin ein Anfang.«

Jacinthe legte die Stirn in Falten, und er wusste, dass sie etwas beschäftigte.

»Was ist?«, fragte er.

»Ich hatte gerade einen Flash … Klingt vielleicht übertrieben, aber was, wenn wir Lortie doch zu voreilig von unserer Liste gestrichen haben?«

»Wieso das?«

»Na deine Gabel da, wenn die das Opfer mehrere Tage lang vom Schlafen abhält, eröffnet das doch ganz neue Möglichkeiten«, fuhr Jacinthe fort. »Vielleicht war Lawsons Tod vorprogrammiert. Burgers meinte, er sei dehydriert gewesen. Überleg doch mal, Lortie könnte ihm das Halsband umgelegt haben, kurz bevor er Selbstmord beging.«

»Dann hätte Lawson mehrere Tage in der Falle gesessen, bevor ein anderer Mechanismus ausgelöst wurde und ihn getötet hat.«

»Exakt. Wie so eine Art Countdown.«

»Oder ein Hinauszögern … Ja, theoretisch ist das denkbar.« Victor war trotzdem skeptisch. »Aber warum hätte sich Lortie so viel Mühe machen sollen? Ich könnte es ja noch verstehen, wenn er zum Zeitpunkt von Lawsons Tod am anderen Ende der Stadt sein wollte, um ein Alibi zu haben. Aber der Typ hat sich von einem Gebäude gestürzt. Das ergibt doch keinen Sinn …«

Jacinthe winkte ab.

»War ja auch nur eine Idee … Also gut! Rück mal zur Seite, ich fahre.«

»Wie bist du mir überhaupt gefolgt?«

»Na im Auto.«

Victor sah sie perplex an.

»Und das lässt du jetzt hier stehen?«

»Werd's abschleppen lassen müssen«, grummelte sie. »Frag nicht!«

Mit einem spöttischen Lächeln auf den Lippen stieg Victor aus.

»Gab's etwa einen kleinen Zusammenstoß, Jacinthe?«

Sie rutschte hinters Lenkrad und warf ihm einen mörderischen Blick zu.

»Ist ja gut, ist ja gut«, sagte er und zog den Kopf ein.

Kaum hatte er auf der anderen Seite Platz genommen, drückte sie aufs Gas.

»Wo geht's denn hin?«

»Nach Versailles. Während der Herr bei seinem Kaffeepläuschchen war, hab ich mit Gilles telefoniert. Die psychiatrische Akte von André Lortie ist da. Vielleicht lässt sich da eine Verbindung zu den beiden Opfern finden.«

»Sehr gut.« Der Sergent-Détective strich sich mit der Hand über den Dreitagebart. »Wo wir gerade dabei sind, hat der Gnom mittlerweile Bennett aufgespürt?«

Jacinthe verzog den Mund. Sie lenkte wie ein Cowboy, eine Hand mittig oben am Steuer, den Arm komplett ausgestreckt, den Sitz so weit wie möglich zurückgelehnt.

»Keine Ahnung. Schätze nicht, sonst hätte er was gesagt.«

Den Blick auf die vorbeirauschenden Häuser geheftet, schnallte Victor sich hastig an. Ihm wurde jetzt schon schlecht.

»Noch mal zu Adams ...«, fing er an und zögerte. »Mir wär's recht, wenn das unter uns bliebe.«

»Ach ja? Na schön. Aber vorher machen wir einen Deal. Ich würde es sehr begrüßen, wenn du das nächste Mal zuerst mit mir sprichst. Wir sind schließlich Partner, oder etwa nicht?«

Victor nickte demonstrativ. Er würde ihr versprechen, was immer sie wollte, solange sie die Sache diskret behandelte.

»Ich geb dir mein Wort, Partner.«

»Wenn das so ist«, sagte sie arglistig, »dann kannst du mir ja jetzt noch verraten, was du nach dem Umschlagschmuggel in Chinatown getrieben hast.«

Victor platzte auf der Stelle der Kragen.

»Ach fuck off, Jacinthe, das geht dich nichts an!«

»Ach nein?«, keifte sie zurück. »Für einen, der eben noch behauptet hat, wir wären Partner, stellst du dich aber an!«

»Jetzt mach mal halblang!«, rief er. »Wenn du's genau wissen willst: Ich hab Opium geraucht. Verdammt gutes Zeug übrigens. Nächstes Mal solltest du mitkommen, dann hau'n wir uns gemeinsam die Rübe weg! So wie richtige Partner!«

Jacinthe konnte nicht anders und brach in Gelächter aus.

»Du kannst ja sogar richtig lustig sein, mein kleiner Schatz. Aber Tante Jacinthe bekommt schon noch heraus, was du angestellt hast, da mach dir mal keine Sorgen ...«

In seinen Sitz gepresst hüllte Victor sich von da an in Schweigen – das er nur noch ein einziges Mal brach, um Jacinthe anzubrüllen, sie solle bremsen, bevor sie fast einen anderen Wagen rammte.

37.
FÜR JUDITH,
IN LIEBE UND ELEND

Will Bennett stand im Badezimmer seiner Wohnung und betrachtete sein Spiegelbild.

Nackt, ein Wurm. Den Kopf voll widersprüchlicher Gedanken, irgendwo zwischen Klarheit und Verwirrung. Mit dem Alter, hatte er einmal in einem Magazin gelesen, wachse die Nachsicht mit dem eigenen Äußeren.

Ein bitteres Grinsen verzerrte sein Gesicht.

Von solchen Allerweltsformeln, die der Beruhigung von Durchschnittsmenschen dienten, wurde ihm kotzübel. Er hatte nie akzeptiert, dass er alterte, nie toleriert, dass sein Körper vertrocknete. Und er konnte es auch nicht mehr hören, wenn ihm irgendwelche vierzigjährigen Muttis erzählten, dass er gut aussehe »für einen Mann in den Fünfzigern«, dass er glatt für zehn Jahre jünger durchgehe. Er hasste seine Falten, die grauen Haare, die erschlaffenden Muskeln, das fehlende Leuchten seiner Haut und die dichter werdenden Haare, die er sich immer öfter aus Nase und Ohren zupfen musste.

Mit plastischer Chirurgie hatte er die Schmach der Zeit einigermaßen erfolgreich ausbremsen können, doch das Alter, diese Arschgeige, hatte ihn eingeholt. Frauen in den Zwanzigern ignorierten ihn inzwischen völlig, und das war ihm unerträglich.

Er hatte einen regelrechten Radar für sie entwickelt, ein Prisma, das seine Realität filterte. Die Straße war sein Schlachtfeld: Er liebte die auf und ab hüpfenden Brüste unter engen Tops, die wackelnden Hintern unter Röcken, schwärmte für Lippen, die mit Spucke angefeuchtet glänzten wie Vulven, und für Nippel, die in der kalten Luft hervorstachen, dass ihm fast die Augen aus dem Kopf fielen.

Diese kleinen Schlampen.

Bennett verpasste keine einzige, wollte jede von ihnen vögeln. Wollte sie alle verrecken sehen. In seinen Träumen hackte er sie in Stücke und setzte sie neu zusammen zu dem einen perfekten Körper.

Judith hatte die Bestie in ihm geweckt, hatte ihn ermutigt, diese Version seiner Selbst zu werden, die nur noch ihren Trieben nachgab. Anfangs hatte er geglaubt, es sei besser so. Er hatte sich mächtig gefühlt, ein Gott, befreit von spießigen Regeln, den Überbleibseln seiner jüdisch-christlichen Erziehung. Dann hatte er nach und nach die Kontrolle verloren. Prostituierte hatten nicht mehr gereicht. Um die Bestie zu füttern, musste er immer weitergehen.

Judith war die einzige Frau gewesen, die er geliebt hatte. Er bedauerte ihren Tod.

Will Bennett wandte sich vom Spiegel ab.

Der Anblick dieses Weichtiers, das zwischen seinen Beinen hing, widerte ihn an. Vor einer Stunde hatte er ein letztes Mal masturbiert und dabei einer jungen Ukrainerin, die offenbar schon ganz anderes gesehen hatte, per Webcam verdorbene Befehle erteilt.

Bennett lachte auf.

Nachsicht im Alter ... Was für ein Schwachsinn ...

Nie war ihm sein Alter so sehr anzusehen gewesen wie jetzt.

Plötzlich hörte er Stimmen. Die Tür erzitterte unter lautem Hämmern, dann zerstörte ein Krachen die Stille. Damans Männer mussten gestern die Nutte in der Badewanne gefunden haben und kamen ihn jetzt holen. Sie würden keine Gnade walten lassen.

Bennett versuchte, den Mut aufzubringen, ihnen zuvorzukommen, hielt die Luft an und drückte die kalte Messerklinge an seine Halsschlagader. Das Adrenalin rauschte durch seinen Körper.

Eine einzige Bewegung, und das Spiel wäre aus.

Nun also zeigte ihm der Mann, der aus dem Spiegel zurückstarrte, sein wahres Gesicht: eine miese Kreatur, elend und pervers. Er spürte, wie ein Schrei seine Kehle hinaufkroch, seine Stimmbänder vibrieren ließ.

Der Schrei eines verreckenden Tieres.

Es war vorbei. Es musste so sein. Seine Finger schlossen sich fester um den Griff.

Im selben Moment stürmten bewaffnete Polizisten ins Bad und brüllten irgendwelche Anweisungen, die er schon nicht mehr hörte.

38.
DAS DREHTÜRSYNDROM

Victor schlug die ausgeblichene Akte auf und nahm das oberste Blatt heraus. Ein paar Sekunden versank er in Erinnerungen und musste lächeln: Wie lang war Kohlepapier schon von der Bildfläche verschwunden?

Bevor er sich ans Lesen machte, trank er einen Schluck Wasser.

André Lortie war Ende der sechziger Jahre, nach einem Vorfall am Alten Hafen von Montreal zum ersten Mal in die Psychiatrie eingeliefert worden. Wie Victor jetzt erfuhr, hatte die Klinik damals noch nicht Louis-H. geheißen:

```
Montreal,
Hôpital Saint-Jean-de-Dieu
3. Februar 1969
Männlicher Patient um 11.50 Uhr von den Polizisten
Tremblay und O'Connor eingeliefert. Der Mann war
ohne Papiere wegen Landstreicherei und ungebühr-
lichem Verhalten festgenommen worden. Er gibt an,
André Lortie zu heißen und einunddreißig Jahre alt
zu sein. Laut den Beamten existiert keine bekannte
Adresse.
O'Connor gab zu Protokoll, sie hätten Monsieur
Lortie angesprochen, als dieser gegen die Fassade
eines Restaurants in der Rue Saint-Paul urinierte.
Er schien desorientiert, verwirrt und habe nach
```

Alkohol gerochen. Monsieur Lortie erzählte den Polizisten, er sei geschlagen und misshandelt worden und hätte Drogen verabreicht bekommen. Laut Tremblay konnte Monsieur Lortie ihnen weder sagen, wo er dieser Behandlung zum Opfer gefallen war, noch, wie seine Angreifer hießen. Außerdem zeige Lortie keine offensichtlichen Spuren von Gewaltanwendung. Bei der klinischen Untersuchung habe ich selbst keine Spuren oder Verletzungen feststellen können. Grundsätzlich ist der Patient bei guter Gesundheit. Er hatte bereits eine Blinddarmoperation, wenn ich das Stadium der Narbe korrekt deute, vermutlich als junger Erwachsener. Der Patient gab an, dass er täglich zwischen zehn und zwölf große Bier trinkt.

Als Nächstes folgte eine Analyse von Lorties psychischem Zustand. Den fachlichen Teil übersprang Victor und las direkt bei den Schlussfolgerungen weiter:

Nach Abschluss der psychiatrischen Untersuchung ist mein Eindruck, dass sich der Patient zurzeit in einer manischen Phase befindet und unter einer manisch-depressiven Psychose leidet. Ich behalte den Patienten zur Beobachtung für 90 Tage hier, bis dahin halte ich mich mit einer endgültigen Diagnose zurück. Ich werde ihm während dieses Zeitraums Lithium und Haldol verabreichen. Je nachdem, wie sich die Krankheit entwickelt, könnte der Patient ein geeigneter Kandidat für eine Elektroschocktherapie sein.
Dr. Robert Thériault
Psychiater

#1215
(Unkorrigiertes Diktat)
Transkribiert von: PK

---

3. Juli 1969
Patient nachts erneut von Polizei eingeliefert. Kein fester Wohnsitz. Lief nackt durch den Parc Maisonneuve und belästigte Anwohner. Hat Medikamente abgesetzt. Starker Alkoholkonsum. Patient schätzt, pro Tag ca. einen Liter De Kuyper zu trinken. Habe Haldol-Dosis erhöht. Elektroschocksitzung für heute früh anberaumt und eine weitere für morgen. Patient befindet sich in manischer Phase. Behauptet, er würde von Auftragskiller der CIA verfolgt.

---

8. Juli 1969
Patient weiter manisch. Symptome von Alkoholentzug. Behauptet jetzt, für die FLQ Bomben gelegt zu haben. Elektroschocks wirken beruhigend. Neue Sitzung für morgen früh festgelegt.

---

31. Juli 1969
Patient dekompensiert. Ist niedergeschlagen, aber klar. Keine Wahnvorstellungen. Adäquate Medikamentendosis gefunden. Patient bekreuzigt sich oft, bevor er seine Tabletten nimmt.

Die handschriftlichen Notizen, die der Psychiater neben den diktierten Text geschrieben hatte, ergaben, dass er während André Lorties erstem Klinikaufenthalt mehrfach vergeblich versucht hatte, ein Familienmitglied, einen Freund oder Bekannten ausfindig zu machen.

Lortie schien keine Vergangenheit zu haben.

Er wurde Mitte November entlassen und im Jahr 1969 nicht erneut eingewiesen. Was nicht bedeuten musste, dass er nicht in einer anderen Einrichtung untergekommen war. Im Pinel oder im Douglas beispielsweise.

Nach einer solchen Entlassung fanden sich Kranke wie Lortie häufig in irgendeiner Bruchbude wieder oder landeten auf der Straße. Die meisten kehrten nach kurzer Unterbrechung regelmäßig in die Psychiatrie zurück. Ein Phänomen, das Victors ehemaliger Partner, Ted Rutherford, Drehtürsyndrom nannte.

Auch Victor war das Problem bekannt. Als Streifenpolizist war er oft in den ärmsten, heruntergekommensten Ecken der Innenstadt im Einsatz gewesen. Auf der Straße wimmelte es von dubiosen Leuten, ein Mikrokosmos, in dem sich der sanftmütige, freundliche Obdachlose von gestern urplötzlich in ein Tier verwandeln konnte, einen Anfall bekam und sich mit aufgerissenen Augen auf dich stürzte.

Eine alte Erinnerung meldete sich zurück: ein gefrorener Leichnam.

Frank.

Victor schüttelte den Kopf, um das Bild loszuwerden.

Lorties Fall erstaunte ihn überhaupt nicht; davon hatte er schon manchen erlebt. Aber das Bild, das Doktor Thériault da zeichnete, ließ ihn trotzdem nicht kalt. Bei dem Gedanken an das miserable Leben, das der Mann geführt haben musste, empfand der Sergent-Détective großes Mitleid.

Mit dem nächsten Eintrag sprang er in André Lorties Psychiatriegeschichte gute drei Jahre weiter:

```
13. März 1972
Patient erneut von Polizei eingeliefert. Betrunken
in der Nähe der Parteizentrale der Liberalen fest-
genommen worden. Lebt derzeit in einem Wohnheim in
```

```
Hochelaga. Psychotischer Zustand. Wollte mit Ro-
bert Bourassa über seine Rolle bei der Entführung
von James Richard Cross und der Ermordung Pierre
Laportes sprechen. Medikamente wieder verabreicht.
Elektroschocks.
```

```
14.März 1972
Patient in psychotischem Zustand. Gewalttätig. Fi-
xierungsmaßnahmen. Erneut Wahnvorstellungen. Über-
zeugt, er hätte gewaltsame Straftaten begangen.
```

Victor notierte sich das Datum. Dann senkte er mit einem Mal mutlos den Kopf. Was hoffte er, in der psychiatrischen Akte eines Patienten zu finden, der seit über vierzig Jahren an Wahnvorstellungen litt?

Er nahm den Papierstapel und blätterte mit dem Daumen durch sämtliche Blätter. So ging es noch hunderte Seiten weiter. Für ein genaues Lesen aller Einträge reichten weder seine Zeit noch seine Geduld. Er konnte sie unmöglich komplett analysieren und jedes Detail verstehen, er musste sich ein Gesamtbild verschaffen.

Seine erste Feststellung bestand darin, dass es signifikante Lücken gab.

Zwischen 1974 und 1979 war Lortie tatsächlich kein einziges Mal in der Psychiatrie gewesen.

Wie hatte sein Leben während jener Zeit ausgesehen? Hatte er regelmäßig seine Medikamente genommen, um seinen Zustand zu stabilisieren? Hatte er Arbeit gefunden? Eine Weile verschnaufen können? Oder war er im Gegenteil noch weiter in den Untiefen seines Bewusstseins versunken, noch weiter abgedriftet? 1980 war Lortie ein einziges Mal im Louis-H. gewesen. Aber zwischen 1981 und 1987 hatte die grässliche Drehtür schneller rotiert als je zuvor:

12. August 1981
Patient nach Schlägerei mit Obdachlosen festgenommen worden. Ekchymosen im Gesicht. Manische Phase. Größenwahn und Verfolgungswahn. Hat einen Pfleger gebissen, der ihm seine Medikamente verabreichen wollte.

---

16. August 1981
Patient dekompensiert. Sehr niedergeschlagen. Lithium und Haldol.

---

18. August 1981
Patient äußerst bedrückt, als er von seinem Verhalten gegenüber Pfleger erfährt. Extreme Verzweiflung, Selbstabwertung, hält sich für nutzlos und unbedeutend. Suizidale Anwandlungen. 24-Stunden-Beobachtung anberaumt. Darf nicht allein bleiben.

Victor unterbrach seine Lektüre, um ans Handy zu gehen, das in seiner Tasche vibrierte. Auf dem Display stand »Nadja«.

»Hey«, sagte er hörbar erschöpft, aber mit einem Lächeln.

»Sergent-Détective Lessard«, antwortete eine verschmitzte Stimme, »hier spricht die Weihnachtsfrau. Ich rufe an, um Ihnen mitzuteilen, dass die Feiertage bevorstehen. Haben Sie schon die Geschenke für Ihre Kinder besorgt?«

Kurz wurde ihm anders, dann nahm er seinen Kuli und schrieb sich »Geschenke« in die Hand.

»Liebe Weihnachtsfrau, die Nummer, die Sie gewählt haben, ist leider nicht vergeben. Ich wiederhole: Die Nummer, die Sie gewählt haben, ist nicht vergeben.«

Sie mussten beide lachen.

»Nein, ich hab noch nichts gekauft«, wurde er wieder ernst. »Ein bisschen Zeit zum Kopfzerbrechen ist ja noch.«

»Aber es ist doch so einfach! Martin stellt dir ständig irgendwelche Fragen zum Zweiten Weltkrieg. Schenk ihm die *Band of Brothers*-DVD-Box. Und Charlotte leiht sich andauernd meine Ohrringe. Du weißt schon, die großen goldenen Creolen.«

Victor hatte Tränen in den Augen. Womit hatte er diese Frau nur verdient? In einem Anflug von Enthusiasmus dachte er kurz daran, sie jetzt in diesem Moment zu fragen, ob sie ihn heiraten wollte, entschied sich jedoch gleich wieder dagegen. Ehen hielten nicht, davon konnte er ein Lied singen.

Was sie hatten, war perfekt, zumindest beinahe.

Doch sein Fatalismus holte ihn auch jetzt wieder ein: Die Angst, alles zu verlieren, kehrte zurück, und er glaubte eines Tages aufwachen zu müssen und alles läge in Trümmern, ihre Liebe vom Wind zum Fenster hinausgeweht.

»Vic?«

»'tschuldige«, sagte er und schüttelte die Benommenheit ab.

»Wie geht's mit deinen Ermittlungen voran?«

Nadja wusste bereits so gut wie alles. In wenigen Sätzen informierte er sie über die neuesten Entwicklungen, erzählte ihr von den Treffen mit Berger und Adams.

»Mmh ... Diese Ketzergabel klingt ja interessant. Muss ich mir gleich mal im Netz anschauen.«

»Ich bin mir nicht sicher, ob Adams da auf der richtigen Fährte ist. Damit das funktioniert, hätten die Opfer aufgehängt sein müssen. Aber ich habe eben noch mal mit der SpuSi und mit Berger gesprochen, und alle sind überzeugt, dass dem nicht so war.« Er hielt kurz inne. »Und wie läuft's bei dir?«

»Ach, Tanguay sitzt mir im Nacken«, seufzte sie, »davon abgesehen ist alles gut.«

Nadja ermittelte in einer Serie von Einbrüchen, die in mehreren Prachtvillen in Notre-Dame-de-Grâce stattgefunden hatten. Und Commandant Tanguay verlangte vom 11. Revier stets unverzügliche Ergebnisse, ohne dass jemand Zeit gehabt hätte, seine Arbeit vernünftig zu erledigen.

»Vollidiot. Andererseits kann ich ihn verstehen, bei so einem Nacken …«, lachte Victor. Dann wurde er ernst. »Du bist jedenfalls zu talentiert, um deine Zeit mit diesem Job zu vergeuden … Hast du noch mal über das Gespräch mit Delaney nachgedacht?«

»Ich hab mich noch nicht entschieden.«

Sie hatten die Sache schon lang und breit diskutiert: Zwar reizte Nadja die Aussicht, zum Dezernat Kapitalverbrechen zu wechseln, aber die damit einhergehenden Opfer ließen sie zögern. Sie war der Ansicht, dass sie sich an diesem Punkt ihrer Karriere in einer ziemlich bequemen Position befand, wogegen sie beim Dezernat Kapitalverbrechen von null anfangen und sich wieder beweisen müsste.

Wenn das Thema zur Sprache kam, sagte Victor, er könne sie verstehen, doch tief in seinem Inneren war er überzeugt, dass es sich um Ausreden handelte.

De facto vermutete er, dass Nadja schwanger werden wollte, und bei dem Gedanken wurde ihm schwindelig.

Sie redeten noch ein paar Minuten weiter.

Nadja sagte »Ich liebe dich«, bevor sie auflegten.

Er hatte draußen eine geraucht und machte sich nun in seinem Büro wieder an die Arbeit. Kurz darauf stellte er fest, dass die Berichte ab Beginn der achtziger Jahre nicht mehr mit der Schreibmaschine auf Kohlepapier getippt, sondern handschriftlich auf einfachem liniertem Papier verfasst worden waren.

Ein paar Seiten später gab es wieder eine Lücke, diesmal von 1988 bis 1995: Während dieser Jahre war Lortie vom Radar verschwunden. Victor notierte sich auch das, bevor er weiterlas.

Der höllische Kreislauf setzte 1996 wieder ein und hielt bis in die nuller Jahre an. Die Länge der Klinikaufenthalte variierte zwischen ein paar Tagen und mehreren Wochen.

8. Oktober 1996
Ehemaligen Patienten von Dr. Thériault aufgenommen. Langer Fall von Bipolarität. Alkoholmissbrauch. Agoraphobie. Seit 1987 nicht mehr in der Psychiatrie gewesen. Von der Polizei hergebracht. Psychotische Wahnvorstellungen. Verwirrt. Gibt vor, bedeutende Geheimnisse zu einem Komplott im Zusammenhang mit dem Referendum von 1995 zu besitzen. Sagt, er verfüge über Informationen zu gewissen Opfern des Amoklaufs an der Polytechnischen und dem von Valery Fabrikant. Habe Divalproex und Seroquel verschrieben.
Dr. Marina Lacasse, Psychiaterin

12. Oktober 1996
Patient immer noch mit Wahnvorstellungen. Hört nicht auf, von Volksverschwörungen und Finanzkomplotten zu reden. Erhöhe die Seroquel-Dosis.

Fassungslos hob Victor den Kopf.

Das Referendum. Die Polytechnische. Valery Fabrikant.

Was für ein Quatsch! Warum nicht gleich noch Roswell, wo man schon mal dabei war?! Ted Rutherford hätte sich kaputtgelacht und ihm seinen Lieblingsspruch gedrückt:

»Wenn du noch tiefer sinkst, stößt du auf Öl!«

39.
STATIONÄRE BEHANDLUNG

Victor seufzte und schob mit dem linken Ellbogen einen Papierstapel beiseite. Mittlerweile deprimierte ihn dieses langwierige Unterfangen, das er sich da vorgenommen hatte. Er kramte in seiner Tasche nach dem Pillendöschen, warf eine Beruhigungstablette ein und verzog das Gesicht, während er sie mit einem Schluck kaltem Kaffee hinunterspülte. Anschließend zerknüllte er den Becher, zielte auf den Mülleimer und traf daneben. Anstatt aufzustehen und seinen Flop zu beseitigen, vertiefte er sich wieder in die Lektüre. Er war bei neueren Einträgen aus den Jahren 2001 bis 2010 angelangt, einer davon zu einem Klinikaufenthalt von insgesamt acht Wochen:

5. April 2010
Ehemaliger Patient von Dr. Lacasse hat in den Mülltonnen vor seinem Haus Feuer gelegt. Manische Phase. Umfangreiche Wahnvorstellungen. Stark berauscht. Alkohol und weitere Substanzen? Bestätigt, dass er seit Jahren keine Medikamente mehr nimmt. Verschreibe Divalproex und Topamax.
Dr. Marco Giroux, Psychiater

Die einzigen Einträge, die jetzt noch folgten, stammten aus demselben Jahr vom Juni bis November. Der Klinikaufenthalt hatte insgesamt sechs Monate gedauert und war damit, seit Beginn der siebziger Jahre, Lorties längster im Louis-H.

12. Juni
Schwere depressive Phase. Suizidgedanken. Von Polizei eingeliefert.
Wollte sich von einer Brücke auf die Décarie-Autobahn stürzen.
Psychose. Manische Phase. Überzeugt, jemand versucht, ihn
umzubringen. Halluzinationen. Sieht die Geister von Leuten,
die er glaubt umgebracht zu haben. Behauptet, er sei mit blutbe-
fleckter Kleidung und im Besitz fremder Brieftaschen aufgewacht.
Panikattacken. Antrag auf richterliche Anordnung. Stationäre
Behandlung und Isolation. Divalproex und Lamictal.
Dr. Marco Giroux, Psychiater

27. Juni
Reagiert nicht auf Behandlung. Weiter Halluzinationen und
Selbstmordgedanken. Erhöhe die Dosis.

Victor machte sich eine Notiz zu den Brieftaschen, erfuhr aber ansonsten nicht viel Neues, abgesehen davon, dass der Arzt diesmal eine richterliche Anordnung erhalten hatte, um Lortie notfalls gegen seinen Willen stationär zu behandeln. Ein Antrag, dem das Gericht stattgegeben hatte, weil Lortie Selbstmordabsichten hegte und nicht auf die Behandlung ansprang. Seine Medikation wurde im Übrigen noch mehrmals von Dr. Giroux verändert, bevor dieser die richtige Dosierung fand.

12. November
Zustand des Patienten seit einigen Wochen stabil. Reagiert
gut auf die Medikation. Richterliche Anordnung verfällt bald.
Patient möchte gehen. Empfehle übergangsweise Unterbringung
zur Wiedereingliederung.
Dr. Marco Giroux, Psychiater

Lortie war erst zwei weitere Wochen später aus der Klinik entlassen worden. Aus den Informationen der Akte schloss Victor, dass man ihn dort länger gegen seinen Willen behalten hatte, weil er nirgendwohin konnte. Wegen seiner Verfehlungen in der Vergangenheit hatte ihn keine öffentliche Einrichtung aufnehmen wollen.

Die meisten stuften ihn als Härtefall ein und als jemanden, der die anderen Bewohner potenziell stören könnte. Da die richterliche Anordnung jedoch aufgehoben war, musste man ihn gehen lassen. Schließlich bekam Lortie dank der Oberschwester ein Zimmer in jenem Wohnheim, das Victor und seine Kollegen durchsucht hatten.

Aber was war in der Zeit zwischen dem Tag seiner Entlassung und seinem Tod am 17. Dezember passiert?

Ein Schatten fiel in Victors Sichtfeld. Er blickte auf und rieb sich die Augen, um sicherzugehen, dass er nicht träumte: Vor seinem Schreibtisch stand Jacinthe und hielt ihm mit argloser Miene einen Styroporbecher hin.

»Jetzt bin ich dran mit Friedensangeboten.« Sie lachten. »Ist koffeinfrei.«

Victor nahm das Angebot an und trank einen Schluck.

»Das Kriegsbeil war doch längst begraben. Trotzdem danke.«

»Und?«, fragte sie. »Hast du was gefunden?«

Einen Moment lang sprachen sie über Lorties Patientenakte. Victor fasste Jacinthe grob zusammen, was er gelesen hatte, diese jedoch lief hinüber zu der großen Plexiglastafel und hörte ihm schon gar nicht mehr zu. Sie betrachtete den Karton, auf den sie die vier von Mona Vézina gefundenen Sätze übertragen hatten, dann schüttelte sie laut seufzend den Kopf.

»Normalerweise vollbringt Gilles bei der Datenbankrecherche wahre Wunder. Aber bei diesen vier Sätzen hat das System nichts ausgespuckt.« Jacinthe ging wieder zurück zu ihrem Partner und sah ihn eindringlich an. »Lortie war verrückt. Wir sollten verdammt noch mal aufhören, seine Kritzeleien zu hinterfragen, als wärn's Bibelverse!«

»Wo ist eigentlich Gilles?«, fragte Victor und sah sich um.

»Weiß ich nicht. Er ist mit Loïc los und geht nicht ans Telefon.« Sie schüttelte den Kopf. »Mein Ketchup-Onkel«, knurrte sie. »Mit dem Scheiß kommen wir doch nicht weiter!«

Sie kam gerade von einem Termin mit der Ministeriumsjuristin. Ein Treffen, das eigentlich Victor verabredet hatte, um sie zu bitten, ihn bei der Recherche bezüglich Northern Industrial Textiles zu unterstützen. Doch die Lektüre von Lorties Krankenakte hatte ihn so sehr vereinnahmt, dass er stellvertretend seine Kollegin geschickt hatte.

»Ich seh ja ein, dass sie niedlich ist, deine Juristin, aber 'ne blöde Kuh ist sie trotzdem! Hauptsache, alles umständlich machen. Da hat die mir doch zu Beginn erst mal erklärt, sie könne nichts für uns tun, wenn wir nicht das Datum der ...«, sie linste auf einen Notizzettel, »äh ... das Registrierungs- oder Auflösungsdatum der Firma hätten. Also echt!«

»Du hast sie aber hoffentlich nicht angebrüllt, Jacinthe?«, fragte Victor mit aufgerissenen Augen.

Sie winkte ab, was ihn wohl beruhigen sollte.

»Nein, nein, ich würd sagen, es war eine konstruktive Diskussion. Wir sind ja nicht die Gestapo, aber irgendwo gibt's auch mal Grenzen!«

Victor vergrub das Gesicht in den Händen. Was Jacinthe eine »konstruktive Diskussion« nannte, war für andere Bürgerkrieg.

Er hakte mehrmals nach, bis er sich schließlich zusammenreimen konnte, dass die Ministeriumsanwältin offenbar wirklich einen Eintrag zu Northern Industrial Textiles Ltd. gefunden hatte, einer Firma, die am 11. März 1959 registriert und am 17. Dezember 1974 wieder aufgelöst worden war, außerdem eine Registernummer.

Allerdings waren die Felder, in denen sonst die Firmenadresse sowie die Namen der Treuhänder und Direktoren standen, leer gewesen. Da sie derzeit schier in Arbeit versank und nicht sicher sein konnte, dass die gefundenen Einträge die korrekte Firma betrafen, hatte die Juristin die Recherche an der Stelle abgebrochen, um auf weitere Instruktionen von ihnen zu warten.

Die Arme hatte sicher nicht mit Jacinthe gerechnet.

»Da muss man doch mehr herausfinden können«, sagte Victor.

»Genau dasselbe hab ich ihr auch gesagt!«, blaffte Jacinthe.

Daran hatte er keinen Zweifel, die Frage war nur, in welchem Tonfall ...

Wenn er Jacinthes verschwurbelte Erklärungen richtig verstand, gab es jetzt zwei Möglichkeiten: Sie konnten sich entweder an den archivarischen Dienst des Handelsregisters wenden, eine Schneckentruppe, die in der Regel nicht mal ans Telefon ging, oder direkt die Québecer Gesetzestexte wälzen, was problemlos mehrere Stunden in Anspruch nehmen konnte. Außerdem müssten sie darauf hoffen, dass der Jurist oder Buchhalter, der für die damalige Veröffentlichung verantwortlich war, seine Aufgabe ordentlich erledigt hatte.

»Kurz gesagt: Madame Superanwältin wird sich informieren, welche Variante die schnellste ist, und uns Bescheid geben, sobald sie was herausgefunden hat«, tönte Jacinthe. »Ich halte das für ziemlich aussichtslos, aber wer weiß.«

Sie mussten die guten Beziehungen zu den Juristen vom Ministerium unbedingt aufrechterhalten. Wie Victor nun einsah, war es ein Fehler gewesen, Jacinthe zu schicken.

Ab jetzt würde er Gilles bitten zu übernehmen.

Als sie aus dem Flur laute Stimmen hörten, fuhren sie herum. Die Tür ging auf, und Victor bemerkte als Erstes den starren Blick des Gnoms. Danach sah er auch die Blutspritzer auf dessen Anzug und Hemd. Ohne sie wahrzunehmen, ging Gilles an ihnen vorbei.

Ein paar Schritte hinter ihm kam Loïc herein und unterbrach

für einen Moment sein Kaugummikauen, um Victor und Jacinthe über die Situation ins Bild zu setzen.

»Wir waren zu spät bei Bennett ... Er liegt im Koma. Suizidversuch.«

26. OKTOBER 1992

LAC MEECH UND CHARLOTTETOWN

Die Reise nach Jerusalem geht weiter, jetzt allerdings mit anderen Mitspielern.

In der roten Ecke im Ring sitzt jetzt Brian statt Elliott Trudeau. Und in der blauen hat Robert B. für René übernommen.

Nur der Wahnsinn ist immer noch derselbe.

Das Lac-Meech-Abkommen, das Charlottetown-Abkommen ...

Am Ende einigen wir uns darauf, dass wir uns uneinig sind. Die Anhänger des einen werden die Gegner des anderen, eine lächerliche Maskerade zwischen Gut und Böse, die an einen traurigen Wrestlingkampf erinnert.

Föderalistenverschwörungen? Holt die Fanfaren raus, schmeißt Konfetti: Da glaub ich nicht dran!

Nach dem Scheitern des Meech-Abkommens verkündete Robert B.: »Englisch-Kanada muss ein für alle Mal begreifen, dass Québec, egal was gesagt oder getan wird, eine eigenständige, freie Gesellschaft ist und bleibt, dazu in der Lage, ihr Schicksal und ihre Entwicklung selbst in die Hand zu nehmen.«

Mit diesen Behauptungen versuchen wir, uns von unserer eigenen Fähigkeit zum Fortschritt zu überzeugen.

Eine Tages werden wir mit der Vergangenheit abschließen müssen, werden aufhören müssen zu reden und Taten folgen lassen.

Das ist, wonach ich strebe.

DIE GEDÄCHTNIS-DIEBE

40.
MY KETCHUP UNCLE
LARRY TRUMAN RELISHES APPLES

Die schwarz verfärbte Emaille des Waschbeckens erinnerte an einen kariösen Zahn, und das Wasser aus dem Hahn prallte daran ab, bevor es durch den Abfluss ablief. Gilles Lemaire, ganz rot im Gesicht, schaute nicht auf, als Victor die Tür zum Badezimmer aufstieß und näherkam.

Schließlich brach der kleine Mann das Schweigen.

»Da war alles voller Blut. Bennett hat sich die Kehle durchgeschnitten.«

Er starrte einen Moment ins Leere, dann wieder auf seine Hände, die er, obwohl sie tadellos sauber waren, erneut einseifte.

»Wenn ich im Film jemanden so was tun sehe, finde ich es immer total klischeehaft.«

Victor legte ihm die Hand auf die Schulter.

»Es ist klischeehaft, bis es wirklich passiert. Du solltest dir den Rest des Tages freinehmen.«

Jacinthe stand auf und drehte am Thermostat.

Hätte sie die Temperatur im Konferenzraum unter den Gefrierpunkt drücken können, dann hätte sie es getan. Im Übrigen hatte ihr Hausarzt sie gewarnt: Diese Hitzewallungen könnten erste Vorboten der Menopause sein.

Was ihrer Laune nicht gerade zuträglich war.

Loïc berichtete seinen Kollegen, dass der Wachmann des Gebäudes, in dem Will Bennett wohnte, wie mit Lemaire abgesprochen, Bescheid gegeben habe, als Bennett in seine Wohnung zurückgekehrt sei. Dann schilderte er kurz die Umstände des Einsatzes, den der Gnom und er bei dem Geliebten Judith Harpers durchgeführt hatten. Die Spurensicherung habe dort bereits die Arbeit aufgenommen und in den Sachen des Mannes ein ganzes Sortiment an Sexspielzeug gefunden, darunter ein Halsband aus Rohleder.

Dieses Halsband sei mittlerweile bei Berger, der nach der Analyse wahrscheinlich sagen könnte, ob es die Schrammen verursacht habe, die man an Harpers und Lawsons Hals gefunden hatte. Ganz zum Schluss erwähnte Loïc noch, dass Lemaire die Blutung an Bennetts Hals bis zum Eintreffen des Notarztes durch Druck mit der Hand gestillt und ihm dadurch das Leben gerettet habe.

Er begann wieder zu kauen, sobald er fertig war.

»Lemaire hat ziemlich mitgenommen ausgesehen. Hast du ihn nach Hause gebracht?«, fragte Jacinthe.

Im selben Moment ging die Tür auf, und die schmächtige Gestalt des Gnoms erschien. Obwohl kreidebleich im Gesicht, fand er die Kraft zu lächeln.

»So leicht wirst du mich nicht los, Jacinthe.«

Lemaire setzte sie davon in Kenntnis, dass er soeben die beiden Kollegen Bennetts vorgeladen hatte, um sie noch einmal zu vernehmen. Die Ermittlungen der letzten Tage hätten nämlich nicht klären können, ob Bennett inkognito aus Boston zurückgekehrt sei. Mit seinen Bankkarten sei jedenfalls keine Transaktion getätigt worden. Er habe damit weder ein Auto gemietet noch am Flughafen irgendwelche Spuren hinterlassen.

Aber das beweise gar nichts.

Bennett sei clever. Er könnte ohne weiteres bar bezahlt haben und per Anhalter oder mit einem Fernfahrer zurückgekommen sein. Heimlich die Grenze zu passieren sei zwar nicht leicht, aber machbar, wenn man wisse, wie. Der infrage kommende

Grenzabschnitt sei groß und biete unbegrenzte Möglichkeiten. Bennett hätte locker durch eine Lücke im System schlüpfen können.

Jacinthe verzog das Gesicht und schüttelte den Kopf, um ihre Missbilligung auszudrücken.

Wozu hätte Bennett einen solchen Aufwand betreiben sollen, um sich ein Alibi zu verschaffen, das ohnehin auf wackeligen Füßen gestanden habe? Der Beweis: Seine beiden Kollegen hätten von seiner Abwesenheit gewusst und dies Lemaire gegenüber schließlich ja auch zugegeben.

Doch der Gnom ließ sich nicht beirren und verwies darauf, dass in Bennetts Tagesablauf eine Lücke klaffe. In dieser Zeitspanne hätte er faktisch die Möglichkeit gehabt, Harper zu ermorden und nach Boston zurückzukehren.

Bennett, so sein Argument, habe offensichtlich darauf vertraut, dass seine Angestellten aus Angst vor Repressalien den Mund halten würden. Schließlich sei er ihr Vorgesetzter und hätte ihnen schaden können.

Nicht von ungefähr habe er, Lemaire, die beiden lange weichkochen müssen, bis einer von ihnen ausgepackt habe. Und jetzt, wo Bennett versucht habe, sich das Leben zu nehmen, sei der Fall für ihn endgültig klar.

»Angenommen, er hat Harper getötet«, konterte Jacinthe, »und angenommen, er ist anschließend zu seinen Meetings nach Boston zurückgekehrt – wie erklärst du dir dann den Mord an Lawson?«

»Lawson ist letzten Freitag verschwunden. Und Berger zufolge ist er am Montag gestorben. Das kann bedeuten, dass er in dieser Zeit gefangen gehalten worden ist. Bennett ist in der Nacht von Sonntag auf Montag mit dem Flieger zurückgekommen. Theoretisch hatte er also die Möglichkeit, ihn zu töten. Mal ganz abgesehen von dem von dir ins Spiel gebrachten Verzögerungsmechanismus, der andere Möglichkeiten eröffnet.«

Loïc trainierte weiter seine Kaumuskeln und tippte auf seinem Blackberry, während er der Diskussion lauschte.

»Was ist mir dir, Lessard?«, rief Jacinthe. »Was denkst du?«

Urplötzlich war Victor, der gerade die Kappen seiner Chucks beäugte, in etwas hineingeraten, das langsam an einen Ehekrach erinnerte. Er stand auf.

»Keine Ahnung«, schmetterte er die Frage ab. »Ich gehe eine rauchen. Und so lange Bennett im Krankenhaus ist, sollten wir ihn auf Chlamydien testen lassen.«

Er schlüpfte in seinen Mantel, fuhr nach unten, durchmaß das Shoppingcenter und ging auf den Parkplatz hinaus, wohin ihm ein braungebrannter Typ mit dicken Bizeps folgte.

»Sorry, Dicker, hast du mal Feuer?«, fragte der Tätowierte, dem die Kälte, obwohl er nur im T-Shirt war, anscheinend nichts ausmachte.

Arschloch, dachte Victor und schnippte eine Flamme aus seinem Feuerzeug.

Der andere dankte und ging auf die Seite, um in Ruhe zu rauchen.

Victor hatte auf Jacinthes Frage ehrlich geantwortet.

Dieser Fall ging ihm auf die Nerven, er wusste nicht mehr, was er denken sollte. Lortie hatte sich zunächst als Hauptverdächtiger aufgedrängt, doch seit Berger bestätigt hatte, dass er vor Lawson gestorben war, glaubte Victor nicht mehr an seine Schuld. Ebenso wenig glaubte er an Jacinthes Verzögerungsmechanismus.

Auch Will Bennetts Selbstmordversuch gab ihm nur Rätsel auf.

Der Gnom schien felsenfest davon überzeugt, dass Bennett etwas mit dem gewaltsamen Tod Judith Harpers zu tun hatte, aber sein Verdacht ließ sich weder mit Indizien noch mit einem Motiv untermauern. Das hieß nicht unbedingt, dass Bennett unschuldig war, aber Victor hatte seine Zweifel. Er war sich unschlüssig, hin- und hergerissen zwischen dem Wunsch, an die Hypothese des Gnoms zu glauben, und dem Gefühl, dass sie auf der falschen Fährte waren und Bennett mit der ganzen Geschichte gar nichts zu tun hatte.

Er zog an seiner Zigarette, füllte seine Lunge ein letztes Mal mit den siebzig krebserregenden Stoffen, die der Rauch enthielt, starrte einen Moment lang ins Leere und warf die Kippe dann in den schmutzigen Schnee.

Völlig durchgefroren fuhr der Sergent-Détective wieder nach oben, setzte sich an seinen Schreibtisch und beantwortete einige E-Mails, bevor er in den Konferenzraum zurückkehrte. Es war niemand da außer Gilles Lemaire, der konzentriert in André Lorties psychiatrischer Akte las.

Er hob den Kopf, als er Victor hörte.

»Taillon? Loïc?«, fragte Victor beim Anblick der leeren Stühle.

»Unten in der Cafeteria«, antwortete der Gnom mit höherer Stimme als sonst.

An dieser Kleinigkeit merkte Victor, dass der Gnom erregt war.

»Alles in Ordnung?«

»Ich glaube, ich habe etwas gefunden«, antwortete der kleine Mann.

»Ah ja? Was?«

»Das …«

Der Gnom deutete auf den Aktendeckel mit dem ersten Bericht, den Victor eingesehen hatte. Mit Bleistift war ein Vermerk darauf geschrieben. Victor kniff die Augen zusammen. Bei der Lektüre der Berichte hatte er ihn nicht bemerkt.

»Ref. Dr. Ewan Cameron, 1964«, las er verwirrt vor. »Wo liegt das Problem?«

»Es sind zwei. Erstens: Was hat dieser Vermerk zu bedeuten?

Bedeutet er, dass Lortie 1964 von Cameron eingewiesen wurde? Wenn ja, haben wir nur einen Teil seiner Akte.«

»Das würde mich wundern«, erwiderte Victor nachdenklich. »Nach Auskunft des Psychiatriechefs im Louis-H. wurde Lortie 1969 erstmals eingewiesen, nachdem ihn die Polizei gebracht hatte.«

Victor blätterte in den Seiten und zeigte ihm die betreffende Stelle.

»Das ziehe ich nicht in Zweifel«, verteidigte sich Lemaire. »Ich frage nur.«

»Gut. Und das zweite Problem?«

»Bevor ich auf die Polizeischule gegangen bin, habe ich einen Bachelor in Psychologie gemacht. Vorausgesetzt, es handelt sich um ein und denselben Ewan Cameron, haben wir uns damals mit einigen seiner Experimente beschäftigt. Er hat auf seinem Gebiet eine gewisse Berühmtheit erlangt, eine zweifelhafte allerdings.«

»Was willst du damit sagen?«

»Er hat in den sechziger Jahren an der McGill University Experimente durchgeführt. Bei seinen Versuchen ging es um die Veränderung von Verhaltensmustern, hervorgerufen durch Gehirnwäsche. Man manipulierte die Psyche von Dutzenden Testpersonen aus Montreal, hauptsächlich durch Injektion psychotroper Substanzen.«

»Davon höre ich zum ersten Mal«, gestand Victor. »Und du glaubst, Lortie könnte einer seiner Patienten gewesen sein?«

»Warte! Das Beste an der Geschichte kommt ja erst noch«, sagte der Gnom mit einem leichten Beben in der Stimme. »Weißt du, wer Doktor Camerons Untersuchungen finanziert hat?«

»Ich kann solche Ratespiele nicht ab, Gilles.«

»Die amerikanischen Geheimdienste. Unter anderem die CIA.«

Victor zog die Stirn kraus.

»Und weißt du, wie das Codewort für das Projekt lautete?«

»Nein, keine Ahnung.«

»MK-ULTRA.«

Offensichtlich erwartete der Gnom eine heftige Reaktion, doch sosehr sich Victor auch das Hirn zermarterte, er kam nicht dahinter, worauf der Kollege hinauswollte.

»Müsste mir das etwas sagen, Gilles?«

Der Gnom drehte sich um und deutete auf den Karton, der an der großen Tafel klebte.

»Hast du eine Verbindung gefunden, die sich bis zu Larry Truman zurückverfolgen lässt?«, fragte Victor.

»Siehst du es denn nicht?«, seufzte der Gnom und schüttelte frustriert den Kopf.

Mit dröhnender Stimme las er einen der Sätze vor, wobei er sich einer überdeutlichen Aussprache befleißigte und jede Silbe betonte wie ein Lehrer, der vor einer begriffsstutzigen Klasse steht.

»*My ketchup uncle Larry Truman relishes apples.*« Er machte eine Pause. »Was erhältst du, wenn du aus den Anfangsbuchstaben jedes Wortes ein Akronym bildest?«

»Das ergibt MK-ULTRA«, antwortete Victor nach ein paar Sekunden verblüfft.

SEPTEMBER 1964

ZWEI TAGE

Seit zwei Tagen schläft Mama nicht mehr.

Seit zwei Tagen schleicht sie wie ein Gespenst durchs Haus, starrt blinzelnd ins Leere und bekommt ständig feuchte Augen. Seit zwei Tagen lauert ihr Ohr auf das kleinste Geräusch, stürzt sie beim leisesten Knacken ans Fenster, verliert sich ihr Blick in der Weite des Himmels.

Seit zwei Tagen zieht Léonard, obwohl körperlich schon ein Mann, den Rotz hoch und läuft weinend im Kreis wie ein Kind, das noch viel lernen muss.

Seit zwei Tagen knirscht Charlie mit den Zähnen und ballt die Fäuste.

Seit zwei Tagen ist Papa verschwunden.

Charlie springt auf und zieht sich mit entschlossener Miene die Baseballmütze ins Gesicht.

»Ich gehe ihn suchen.«

Mama legt Charlie die Hand auf den Unterarm.

»Nein. Du bleibst hier.«

Sie unterdrückt einen Schluchzer, bevor sie weiterspricht.

»Wir wissen doch gar nicht, wo er ist.«

Im hinteren Teil des Zimmers hockt Léonard auf dem Sofa und verfolgt mit staunenden Augen die körnigen Schwarzweißbilder. Normalerweise hätte sich Charlie nicht lange bitten lassen und ihm beim Fernsehen Gesellschaft geleistet, aber heute nicht.

Charlie macht sich los und schlägt wütend mit der Faust auf den Tisch.

»Wir müssen die Polizei rufen.«

Mama beißt sich auf die Unterlippe. Ihre Angst ist zu spüren.

»Kommt nicht infrage«, entscheidet sie energisch, aber mit belegter Stimme. »Das wäre das Schlimmste, was wir tun können.«

Am Ende schickt Mama beide gegen ihren Protest ins Bett. Léonard schläft in ihrem gemeinsamen Zimmer rasch ein. Charlie lauscht und wartet, bis der Atemrhythmus des Bruders sich ändert, schlägt dann die Decke zurück und steht auf, schleicht leise hinaus und bezieht wie gewohnt oben an der Treppe Posten. Von dort lässt sich alles beobachten, was unten vorgeht. An manchen Abenden geraten Mama und Papa heftig in Streit. An anderen veranlassen gewisse Szenen Charlie, grinsend ins Bett zurückzukehren.

Diesmal spürt Charlie einen Stich im Herzen und senkt den Kopf.

Mama liegt zusammengekrümmt auf dem Wohnzimmerteppich, weint und jammert, fleht den Himmel an, ihren Mann gesund und wohlbehalten zurückzubringen, klagt immerfort, dass ihm bestimmt etwas zugestoßen sei, dass er bestimmt tot sei.

Dieses Geräusch ...

Charlie schreckt aus dem Schlaf hoch und greift sich in den schmerzenden Nacken: Der Schmerz strahlt vom Kopf aus, der stundenlang am Geländer gelehnt hat. Charlie springt auf und läuft zum Fenster. Je nach Richtung und Stärke des Windes breitet sich der Schall auf dem Land nachts rasend schnell aus. Das Brummen des Motors ist bereits zu hören, bevor Sekunden später die Lichtkegel der Scheinwerfer auftauchen.

Charlie verharrt einen Moment reglos und gibt sich dann einen Ruck.

»Mama! Mama! Ein Auto!«

Der 57er-Chevrolet fährt langsam auf der Straße vorüber, hält aber nicht an. Eine Tür schwingt auf, und ein Körper rollt über den Schotter.

Atemlos sind alle drei gleichzeitig draußen auf der Straße. Papa atmet noch und hat offenbar keine schweren Verletzungen. Doch er wirkt schwach, verwirrt und orientierungslos.

Unverständliche Worte sprudeln aus ihm heraus.

»Was haben sie dir angetan? Was haben sie dir nur angetan, mein Liebling?«, sagt Mama immer wieder und wiegt ihn in den Armen.

Léonard umklammert seine Beine und weint und wimmert.

Mit zornigem Blick, einen großen Stein in der Hand, schaut Charlie dem Chevrolet nach, bis die schwebenden, gelben Augen in der Nacht verschwinden.

41.
CO-AUTOREN

Victor war aufgestanden, ging im Raum auf und ab und fuhr sich immer wieder nervös mit den Fingern durch die Haare. Schmunzelnd sah ihm der Gnom dabei zu, wie er mit sich rang und seine Gedanken zu ordnen versuchte. Mittlerweile waren Loïc und Jacinthe aus ihrer Pause zurückgekehrt und in die Diskussion mit eingestiegen. Wären Jacinthes Kaugeräusche nicht gewesen, hätte man Victor beinahe denken hören können.

»Der Hamster strampelt im Rad«, spottete Lemaire.

Victor blieb vor ihm stehen, stützte die Hände auf den Tisch und beugte sich vor.

»Wenn ich dich richtig verstehe, dann behauptest du, dass Lortie im Rahmen eines Geheimprojekts der CIA als Versuchskaninchen benutzt worden ist. Bei psychiatrischen Experimenten, die in den sechziger Jahren an der McGill-Universität durchgeführt wurden. Richtig?«

Lemaire nickte.

Während Victor hektisch in einem Stapel Papiere blätterte, schob sich Jacinthe noch eine Handvoll Smarties in den Mund.

»›Ich hätte auch gern welche, ich hätte auch gern Erinnerungen‹«, rief Victor nach einiger Zeit und wedelte mit dem Bericht über den Selbstmord des Obdachlosen, wo dessen Gespräch mit der Polizistin protokolliert war.

Er hob den Kopf und sah die Kollegen an.

»Das hat Lortie zu den Streifenpolizisten gesagt, bevor er in die Tiefe gesprungen ist.«

Diese vermeintlich bedeutungslosen Worte erschienen nun in einem ganz anderen Licht.

Zwischen mehreren Kaugummiblasen nahm sich Loïc einen Augenblick Zeit, um über die Hypothese des Gnoms nachzudenken.

»Wenn das stimmt«, sagte er schließlich, »und wenn Lortie noch so klar im Kopf war, dass er einen Satz aufschreiben konnte, der das Akronym eines streng geheimen Projekts enthielt, dann hat er vielleicht gar nicht so wirres Zeug geredet.«

»Blödsinn, Kid«, explodierte Jacinthe. »Die CIA ... Überleg doch mal, ob das sein kann! Das Geheimprojekt, dieses Mac-Dingsbums, das Gilles vom Studium kennt. Wir wissen doch, dass das seit einer Ewigkeit nicht mehr geheim ist. Bestimmt hat Lortie irgendwo etwas darüber aufgeschnappt und dann angefangen, sich irgendwelchen Quatsch dazu auszudenken wie zu allem anderen auch. Dass er Sätze hingeschrieben und Zeichnungen gemacht hat, bringt uns bei unseren Ermittlungen nicht weiter, als wenn er sich aus Phentex-Garn Hausschuhe gehäkelt hätte! Es bestätigt nur, was ich von Anfang an über ihn gesagt habe: ein armer Irrer.«

Die Diskussion lief aus dem Ruder, alle redeten durcheinander. Loïc hielt es für möglich, dass die Behandlung, der Lortie unterzogen worden war, sein Gedächtnis verändert hatte und dass er Dinge aus seiner Vergangenheit auf die Kartons geschrieben hatte, um sie nicht zu vergessen.

Der Gnom bremste ihn und warf die Frage auf, warum Lortie die Informationen hätte verschlüsseln sollen, räumte aber ein, dass eine eingehende Analyse des Mosaiks sinnvoll sein könnte.

All ihre Theorien wurden von Jacinthe abgeschmettert, die ihnen vorwarf, voreilige Schlüsse zu ziehen. So hätten sie beispielsweise keinerlei Beweis dafür, dass Lortie im Rahmen des Projekts MK-ULTRA als Versuchskaninchen benutzt worden sei.

Nur einen Vermerk auf einem Aktendeckel.

Während sich die Kollegen in den Haaren lagen, tippte Victor auf seiner Tastatur.

»Auf jeden Fall kannten die beiden sich. Sie haben zusammen mindestens zwei Artikel geschrieben.«

Alle Blicke richteten sich auf ihn.

»Wer?«, fragte Jacinthe.

»Ewan Cameron und Judith Harper.«

Victor drehte den Bildschirm in ihre Richtung. Er hatte auf der Website der psychiatrischen Fakultät der McGill-Universität eine Seite aufgerufen, die den Forschungen Judith Harpers gewidmet war. Zwei Titel aus ihrer Publikationsliste hatten seine Aufmerksamkeit erregt:

CAMERON, E. und HARPER, J., »Die Verwendung von Elektroschocks und Schlafentzug zur Eliminierung bestehender Verhaltensmuster«, *North American Journal of Psychiatry*, McGill University, Allan Memorial Institute of Psychiatry, 1960.

CAMERON, E. und HARPER, J., »Eine Fallstudie über ›Depatterning‹ zur Eliminierung bestehender Verhaltensmuster«, *North American Journal of Psychiatry*, McGill University, Allan Memorial Institute of Psychiatry, 1961.

»Da haben wir doch die Verbindung«, rief Loïc aufgeregt. »Judith Harper war ebenfalls Psychiaterin. Angenommen, Lortie war einer von Camerons und Harpers Patienten. Er könnte sie getötet haben, um sich für eine schlechte Behandlung zu rächen!«

»Du liegst völlig daneben, Kid«, tönte Jacinthe. »Denk doch mal zwei Minuten nach. Wir haben zwei Morde, die mit ein und derselben Waffe verübt wurden, folglich nur einen Mörder. Und Lortie war bereits tot, als Lawson umgebracht wurde. Das hat uns Berger bestätigt. Was Harper angeht, hatte Lortie ein Alibi. Wir haben ihn von der Liste der Verdächtigen gestrichen. Was brauchst du denn mehr? Oder willst du uns auch noch weismachen, dass Lawson Lorties Anwalt war und der Spinner sich für eine überhöhte Rechnung rächen wollte?«

Loïc senkte den Kopf und zog die Schultern ein.

»Jacinthe, bitte«, schaltete sich Victor dazu. »Du warst es doch, die vor nicht allzu langer Zeit von einem Verzögerungsmechanismus gesprochen hat.«

Der Wortwechsel ging weiter, und jeder beharrte auf seiner Theorie.

Richard Blaikie, Dekan der psychiatrischen Fakultät der McGill University, hatte weißes Haar und trug einen kleinen Spitzbart, eine Fliege und eine Browline-Brille. Victor kramte in seinem Gedächtnis: Blaikie erinnerte ihn vage an jemanden. Nur an wen? An der Wand hinter ihm hing ein überdimensionales Ölgemälde mit Krakelee.

Es zeigte einen würdevollen Herrn, der mit stolzer Miene und verächtlich verzogenem Mund in die Ferne blickte. Victor versuchte vergeblich, seinen Namen auf der Kupferplakette zu entziffern. Wahrscheinlich ein Vorgänger Blaikies, sagte er sich, vielleicht sogar der erste Dekan des Instituts.

Jacinthe, die sich herzlich wenig um Benimmregeln scherte, trommelte mit den Fingern auf ihrer Armlehne. Obwohl es bereits auf fünf Uhr zuging, hatte Blaikie sofort eingewilligt, sie zu empfangen, nachdem ihm Victor am Telefon mitgeteilt hatte, dass sie den Mord an Judith Harper untersuchten.

Mit offenkundiger Aufrichtigkeit brachte der Dekan zu Beginn seine Bestürzung über den Tod seiner ehemaligen Kollegin zum Ausdruck, die er in bester Erinnerung behalten werde.

Doch als sie zur Sache kamen, änderte sich seine Haltung auffallend.

Der Unmut war ihm am Gesicht abzulesen, als Victor erklärte, dass sie die psychiatrische Akte eines gewissen André

Lortie eingesehen hätten und herauszufinden versuchten, ob er Patient von Doktor Ewan Cameron gewesen sei. Und als Victor auf das Projekt MK-ULTRA zu sprechen kam, schien sich Blaikies Unmut bis zur Entrüstung zu steigern.

»Hören Sie, ich habe keine Möglichkeit festzustellen, ob der Mann im Rahmen dieses Projekts behandelt wurde. Es stimmt zwar, dass die Experimente von MK-ULTRA an der McGill durchgeführt wurden, aber sie unterstanden nie der Verantwortung unseres Instituts.«

»Es muss doch irgendwo Akten geben«, sagte Victor.

»Aber das ist über fünfundvierzig Jahre her! Ich war damals noch gar nicht an der Fakultät. Außerdem befanden sich die Akten in Camerons Gewahrsam. Und wenn ich mich recht entsinne, wurden sie in den siebziger Jahren auf Weisung des damaligen CIA-Direktors vernichtet.«

Blaikies Assistentin, die sich an einem Servierwagen zu schaffen gemacht hatte, stellte jetzt eine Tasse mit dampfendem Tee vor ihren Chef hin, schenkte den Polizisten ein Glas Wasser ein und platzierte die Karaffe in Reichweite auf einem Tablett.

»Die beiden haben zusammen Artikel geschrieben, könnte es da nicht sein, dass Judith Harper auch an Camerons Experimenten mitgewirkt hat?«, nahm Victor den Faden wieder auf.

Der Dekan tat die Frage mit einer Handbewegung ab.

»Sie sind auf dem Holzweg. Judith hat geforscht, nicht praktiziert. Im Übrigen hat sie diese Artikel am Anfang ihrer Karriere geschrieben. Sie hat sich später davon distanziert, als ihr klar wurde, was das für klinische Experimente waren, die Cameron durchgeführt hat.«

Die Assistentin brachte noch einen Teller mit diversen Keksen und entfernte sich dann. Blaikie dankte ihr mit einem steifen Lächeln, während Jacinthe bereits zulangte.

»Jedenfalls ranken sich um das Projekt MK-ULTRA viele Legenden.«

Victor stellte noch ein paar Fragen, beendete das Gespräch aber, als ihm dämmerte, dass aus Blaikie nichts herauszubekommen war. Im Übrigen konnte er den Widerstand des Mannes verstehen. Die Geschichte, um die es hier ging, hatte dem Ruf des von ihm geleiteten Instituts lange geschadet.

Nach dem Gespräch tauschten sie die üblichen Dankesfloskeln aus und schüttelten einander die Hände. Als Victor sich wegdrehte und zum Gehen wandte, bemerkte er, dass nur noch ein Keks auf dem Teller lag.

Er warf Jacinthe einen bösen Blick zu, doch die zuckte nur mit den Schultern und zog ein Gesicht, als wisse sie überhaupt nicht, was er ihr vorzuwerfen habe.

Die beiden gingen wortlos zum Wagen, der auf dem Parkplatz an der Avenue des Pins stand. Victor schlug nachdenklich seinen Kragen hoch, steckte sich eine Zigarette an und betrachtete rauchend den Mont-Royal, der sich schemenhaft in der Dunkelheit abzeichnete.

Jacinthe telefonierte mit Lucie und kündigte ihre baldige Heimkehr an.

»Bei seinem Anblick habe ich Hunger bekommen«, sagte sie, nachdem sie das Telefonat beendet hatte. »Findest du nicht, dass er Ähnlichkeit mit Colonel Sanders von Kentucky Fried Chicken hat?«

Es war stärker als er. Victor hätte sich beinahe am Rauch verschluckt. Colonel Sanders! Das war die Ähnlichkeit, die ihm aufgefallen war, als er das Büro des Dekans betrat. Ausnahmsweise einmal brachte Jacinthe ihn richtig zum Lachen.

»Hahaha! Das stimmt.« Seine Miene verfinsterte sich wieder. »Aber hör mal, denkst du auch mal an etwas anderes als ans Essen?«

»Hin und wieder, aber dafür denke ich nie ans Rauchen«, feuerte Jacinthe umgehend zurück.

42.
EISBAHN

Jacinthe stieg in ihren eigenen Wagen um, als sie in Versailles ankamen. Victor war müde und wollte am liebsten auch nach Hause, trotzdem fuhr er ins Büro hoch. Auf dem Flur begegnete er dem Gnom, der gerade am Gehen war. Bennetts Zustand war immer noch kritisch, aber stabil. Die Ärzte wollten anrufen, sobald er aus dem Koma erwacht war.

Victor schaute bei Paul Delaney vorbei, um zu fragen, ob es etwas Neues gebe. Doch sein Büro war leer. Er konnte nur hoffen, dass ihm nicht die Decke auf den Kopf gefallen war.

Loïc saß dagegen noch an seinem Arbeitsplatz.

Er hatte im Internet ein Portal für Mittelalter-Shops in Québec entdeckt. Doch nach rund fünfzehn Anrufen hatte er noch immer keinen Laden gefunden, der Ketzergabeln verkaufte. Seine Nachforschungen auf den Websites von Onlinehändlern waren nicht erfolgreicher gewesen.

Wenn es einen Markt für solche Dinge gab, dann war er allenfalls marginal.

»Fahr nach Hause, Loïc. Mach morgen weiter.«

Der Junge schüttelte deprimiert den Kopf. Victor setzte sich auf die Schreibtischkante. Seit der Besprechung am Nachmittag wirkte Loïc bedrückt, und Victor wollte die Gelegenheit nutzen, etwas klarzustellen.

»Weißt du, Kid, Jacinthe fasst keinen mit Samthandschuhen an. Mich nicht, Gilles nicht, niemanden. Sie ist eine Kriegerin, sie würde ohne Zögern ihr Leben aufs Spiel setzen, um deines zu retten, aber Taktgefühl und Einfühlungsvermögen gehen ihr ab. Und das wird auch so bleiben.«

Loïc sah Victor an und fragte sich, was wohl noch kommen würde.

»Ich sag dir das, damit zu verstehst, mit wem du es zu tun hast, und vor allem, damit du dich von ihren Sprüchen nicht runterziehen lässt. Es war richtig, dass du deinen Standpunkt verteidigt hast. Und nur weil sie ihn ins Lächerliche zieht, darfst du nicht damit aufhören. Lass den Kopf nicht hängen, Kid, du hast in letzter Zeit einen guten Job gemacht.«

Victor erkannte sofort, dass er ins Schwarze getroffen hatte. Loïc hatte wieder Farbe bekommen. Er klopfte ihm freundschaftlich auf die Schulter, schnappte seinen Mantel und ging. Bevor er die U-Bahn nahm, schickte er seinem Sohn, der lange nichts mehr von sich hatte hören lassen, eine SMS, in der er ihn daran erinnerte, dass sie Heiligabend bei Ted feierten. Als er an der Station Villa-Maria ausstieg, erwartete ihn eine Antwort im Posteingang: Martin würde kommen.

Nadja hatte ein Rinderragout mit Gemüse gekocht, und Victor hatte den Abwasch gemacht. Er wollte sich gerade aufs Sofa setzen, um sich eine Dokumentation über Muhammad Ali anzusehen, die er mehr oder weniger legal im Internet heruntergeladen hatte, als Nadja mit einem breiten Grinsen ein altes Paar weiße Schlittschuhe aus einem Beutel zog.

»Sag ja«, flehte sie.

Zuerst gab er vor, nicht zu wissen, wo seine Schlittschuhe seien, doch Nadja hatte vorgesorgt und sie in den Schrank an der Tür geräumt. Dann packte er der Form halber sämtliche Ausreden aus, die er auf Lager hatte: Er habe zu viel gegessen, es sei zu kalt, seine Kufen seien nicht geschliffen, er sei müde, habe Kreuzschmerzen.

Nadja wehrte alle Versuche elegant ab: Ein wenig Bewegung

würde seiner Verdauung guttun; er könnte seinen neuen Mantel anziehen, den er sonst zu warm finde; da er früher Eishockey gespielt habe und sie noch Anfängerin sei, gleiche sein fehlender Kufenschliff ihren Niveauunterschied aus; er werde besser schlafen, wenn er an der frischen Luft Sport getrieben habe; sie werde ihn massieren, wenn sie wieder zu Hause seien, usw.

Er war ganz einfach: Victor konnte ihr nichts abschlagen. Er wäre ihr in die Hölle gefolgt, wenn sie ihn darum gebeten hätte.

»Also gut.«

Sie jauchzte vor Freude, fiel ihm um den Hals und bedeckte sein Gesicht mit Küssen.

Ein Lächeln auf den Lippen, kostete er den Moment voll aus.

Auf der Eisbahn des Lac aux Castors auf dem Mont-Royal drehten etwa zwanzig Schlittschuhläufer ihre Runden. Die Luft war eisig, doch Victor spürte die Kälte nicht. Die Bewegung im Freien tat ihm gut und erlaubte ihm abzuschalten, an nichts zu denken.

Sie liefen Arm in Arm. Der Himmel war klar, und Nadjas Lippen glänzten im Flutlicht.

»Du, ich habe noch einmal über die Waffe nachgedacht, die bei den Morden benutzt wurde. Hast du dich bei den Leuten umgehört, die diese Liverollenspiele organisieren? Ich weiß, dass es dafür Vereine gibt.«

Victor antwortete, dass Adams das Thema bereits angesprochen habe, und erwähnte auch die Nachforschungen, die Loïc momentan anstellte. In wenigen Sätzen fasste er die Entwicklungen des heutigen Tages zusammen. Sie stellte Fragen, die ihm bestätigten, dass sie bisher keinen Aspekt außer Acht gelassen hatten.

»Was nicht zu deinen Morden passt, das ist der Selbstmord. Von dem würde ich ausgehen. Es muss irgendwo eine Verbindung geben.«

»Da bin ich ganz deiner Meinung. Lortie gibt mir Rätsel auf. Der Psychiater sagt, dass in den Wahnvorstellungen von Menschen mit bipolarer Störung oft ein Körnchen Wahrheit steckt. Ich habe mir seine Akte angesehen. Das Problem ist, dass seine Wahnvorstellungen so an den Haaren herbeigezogen sind, dass es schwerfällt, sich ein klares Bild zu machen. Wurden im Rahmen von MK-ULTRA Experimente mit ihm durchgeführt? War er in der FLQ? Hatte er schon andere Brieftaschen in seinem Besitz außer denen der Mordopfer?« Er seufzte. »Ich weiß nicht mehr, was ich denken soll. Ich werde das Gefühl nicht los, dass ich etwas übersehe ...«

»Wirst du morgen noch mal mit dem Psychiater vom Louis-H. sprechen?«

»Ja. Ich möchte hören, was er über MK-ULTRA weiß. Außerdem möchte ich ihn fragen, ob Lortie vor seiner Einweisung ins Louis-H. woanders behandelt worden sein könnte.«

Danach sprachen sie über ihr Vorhaben, gemeinsam in eine andere Wohnung zu ziehen. Sie vereinbarten, sich nach den Feiertagen wieder Wohnungen anzusehen.

Und sie liefen Schlittschuh, bis ihre Gesichter ganz verfroren waren.

Victor war glücklich und zuversichtlich. Nichts würde ihr Glück trüben. Nicht einmal ein Wahnsinniger, der mit mittelalterlichen Folterinstrumenten Menschen umbrachte.

Nadja lachte ausgelassen, als sie ungeschickt eine Pirouette drehte. Er fing sie auf, bevor sie hinfallen konnte, und flüsterte ihr zum ersten Mal die Worte ins Ohr.

»Ich liebe dich.«

43.
HANDELN SIE NIE GEGEN IHR GEWISSEN, AUCH WENN ES DAS VON IHNEN VERLANGT

Martin erwachte schweißgebadet mitten am Nachmittag. Das grelle Licht von der Straße drang durch die Vorhänge. Mit trockenem Mund taumelte er ins Badezimmer.

Zum Glück hatte Boris Paracetamol in der Hausapotheke. Martin trank am Wasserhahn, dann kniete er sich, von einem Würgereiz gepackt, vor die Kloschüssel.

Seine Lebensgeister erwachten erst wieder, als die Tabletten den bohrenden Schmerz in seinen Schläfen zu lindern begannen.

Der Weg zurück durch den Flur glich einem Leidensweg. Der Fußboden im Wohnzimmer war mit leeren Flaschen übersät. Die Erinnerungen an den gestrigen Abend stiegen geballt in ihm hoch, als er in die Küche trat. Boris, der vor einem Kaffee und einer aufgeschlagenen Zeitung saß, beantwortete die Frage, die zu stellen er nicht die Kraft hatte.

»Hallo, Schlafmütze. Muriel ist gestern Abend gegangen. Roxanne vor einer Stunde.«

Bevor er sich wieder seiner Lektüre widmete, fügte er noch gähnend hinzu:

»Auf der Anrichte steht Kaffee.«

Martin aß ein paar Croissants und schaute dabei aus dem Fenster. Der Winter war grau und schmutzig. Boris holte eine Schere hervor und schnitt schweigend Zeitungsartikel aus. Während Martin darauf wartete, dass der andere noch mehr sagte, ergriff wieder Unruhe von ihm Besitz.

Hatte sein Freund die SMS gelesen?

Nach dem Duschen sank er aufs Sofa und schaltete den Fernseher ein. Beim Zappen blieb er bei einem Nachrichtenkanal hängen. Ein Reporter berichtete über einen am Vortag begangenen Diebstahl im »Lagerhaus eines auf Sprengarbeiten spezialisierten Unternehmens in Laurentides«.

Martin drehte lauter und rief Boris.

Der Reporter sagte, dass die Behörden »keine Angaben zur genauen Menge der von zwei bewaffneten Maskierten geraubten Sprengstoffe« machen wollten, und bezeichnete den Überfall als »gut geplant«. Er schloss mit den Worten, dass Experten für das organisierte Verbrechen von der Sûreté du Québec mit den Ermittlungen betraut worden seien, und äußerte die Vermutung, dass die Tat wahrscheinlich mit dem »seit einigen Monaten sich anbahnenden, neuen Rockerkrieg« in Verbindung stehe.

»Hast du das gehört?«, fragte er Boris und schaltete stumm.

Der hatte kaum den Kopf gehoben, um die Reportage zu verfolgen.

»Ja, ich habe heute Morgen Nachrichten gehört. Ist doch optimal, dass sie an die Rocker denken. Das bedeutet, dass sie keine Spur haben. Da, sieh dir das an.«

Boris hielt Martin die Zeitungsausschnitte hin.

Die Artikel waren schon mehrere Tage alt und stammten aus den wichtigsten Montrealer Tageszeitungen. Sie waren alle demselben Thema gewidmet, nämlich der Schändung eines jüdischen Friedhofs, die »einer Gruppe radikaler Islamisten« zugeschrieben wurde, »die seit drei Monaten auf der Île de Montréal immer aktiver wird, aus dem Untergrund operiert und kein anderes erkennbares Motiv hat als den Hass auf Juden.« Man machte sie auch für die Schändung zweier Synagogen verantwortlich.

Obwohl vom Leiter des Instituts für ethnische Studien der Université de Montréal als »Randphänomen« eingestuft, gebe die Gruppe allmählich Anlass zur Sorge. Zumal »in einer Stadt, in der trotz der jüngsten, durch die Debatte über zumutbare Anpassungen verschärften Spannungen ein friedlicher Multikulturalismus herrscht«.

Martin konnte nur mit Mühe seinen Zorn bezähmen, als er die Artikel überflog. Um sich nicht zu verraten, blickte er zu Boris und rang sich ein Lächeln ab.

»Siehst du, Mann«, sagte dieser, »ich habe dir doch gesagt, dass es funktionieren wird.«

Den restlichen Tag spielten sie Videospiele und tranken Bier. Dabei versäumte es Boris nicht, Martin die eine oder andere Steilvorlage zu liefern, damit er ihm Einzelheiten über seine »Lustnacht« mit Muriel und Roxanne erzählte. Martin antwortete ebenso ehrlich wie einsilbig: Er konnte sich kaum an etwas erinnern. Danach unterhielten sie sich über Eishockey und rauchten einen Joint. Schließlich stand Boris auf und ergriff seine Jacke.

»Kommst du?«

Es war mehr eine Aufforderung als eine Frage. Martin streckte sich, dann brachte er sein Knochengestell in die Senkrechte und zog seinen Mantel an.

»Wohin gehen wir?«, wagte er zu fragen.

»Wir drehen eine Runde. Jetzt, wo wir den Sprengstoff haben, brauchen wir auch Zünder.«

Boris drehte sich um und sah ihn mit einem unergründlichen Blick an.

»Wenn du dein Handy suchst, ich habe es auf den Kühlschrank gelegt.«

Zu Tode erschrocken konnte Martin kaum schlucken.

44.
IN DER SONNE VOR DEM INSTITUT ALLAN MÉMORIAL

Freitag, 23. Dezember

Victor schleppte sich zur U-Bahn-Station Villa-Maria und stieg mit schmerzverzerrtem Gesicht die Treppe hinunter. Er kam sich albern vor. Ohne sich vorher aufzuwärmen, hatte er gestern Abend Vollgas gegeben und auf Schlittschuhen ein paar schnelle Runden gedreht, um Nadja zu imponieren.

Auf der Rückfahrt hatte er im Wagen ein Ziehen in der Lendenwirbelgegend gespürt. Und zu Hause hatte er statt mit dem Kopf mit dem Unterleib gedacht und Nadja vorgeschlagen, zu ihm unter die Dusche zu kommen.

Nach einigen akrobatischen Verrenkungen hatte er sich auf den kalten Fliesen des Badezimmers wiedergefunden, sein bestes Stück erschlafft, sein Rücken steif. Nadja, die sich vor Lachen nicht mehr einkriegte, versuchte ihm mit einer Massage Linderung zu verschaffen. Gegen ein Uhr morgens schlief er ein. Doch die Schmerzen, die bis in die Hinterbacke ausstrahlten, weckten ihn um fünf. Im Morgengrauen hatte er sich dann auf den Weg gemacht, bevor Nadja aus dem Land der Träume erwachte. Seine Laune war unterirdisch, und er wollte mit niemandem sprechen.

Von den Muskelrelaxanzien, die er vor Verlassen der Wohnung geschluckt hatte, war er etwas entspannter und fasste im Aufzug den Vorsatz, seine guten Gewohnheiten wieder aufzunehmen, sobald dieser Fall abgeschlossen war. Er wollte wieder regelmäßig etwas für seine Fitness tun. Da er wegen seines Beins nicht mehr joggen konnte, war er auf Schwimmen umgestiegen. Dabei wurde der ganze Körper beansprucht, und es war gelenkschonender. Doch er hatte es nach und nach wieder aufgegeben.

Zum einen schwamm er schwerfällig wie ein Flusspferd und konnte nicht einmal kraulen. Zum anderen war er nach ein paar Bahnen Brustschwimmen völlig groggy.

Vor allem aber hasste er das Drumherum. Der Chlorgeruch im Schwimmbad des YMCA machte ihn ganz wirr im Kopf, und die abgeschlafften alten Knacker in ihren schrillen Designerbadehosen verursachten ihm Übelkeit.

Er hatte erwartet, der Erste im Büro zu sein. Umso größer war sein Erstaunen, als er durch die Tür trat und dort bereits reges Treiben herrschte. Alle oder fast alle waren schon an ihren Arbeitsplätzen. Selbst die Tür zu Delaneys Büro war geschlossen, was bedeutete, dass auch der Chef da war.

Gilles Lemaire bedachte ihn mit einem freundlichen Lächeln und einem launigen »Guten Morgen«.

»Was ist denn los?«, maulte Victor. »Wieso sind alle schon so früh da?«

»Heute Abend ist doch die Weihnachtsfeier. Wir hören früher auf, weißt du nicht mehr?«

Victor schlug sich mit der flachen Hand an die Stirn. Das hatte er völlig vergessen. Sein Wichtelgeschenk lag noch in der Wohnung. Und er hatte es nicht eingepackt. Fluchend setzte er sich an den Computer, schickte Nadja eine E-Mail und bat sie, es mitzubringen, wenn sie zur Feier kam. Danach starrte er minutenlang auf den Bildschirm und tat so, als lese er E-Mails. Mit leerem Blick, kurz davor, in einen katatonischen Zustand zu verfallen, kämpfte er gegen die Niedergeschlagenheit an, die ihn zu übermannen drohte.

Mit Mühe gelang es ihm, sich der Versunkenheit zu entreißen und die Nummer des Psychiatriechefs im Louis-H. zu wählen. Er bat um einen Termin mit dem Arzt noch am selben Tag, erhielt aber von dessen Assistentin eine Absage: Doktor McNeil sei den ganzen Tag in einer Besprechung. Fast hätte er auf seiner Forderung bestanden und sie darauf hingewiesen, dass er von der Polizei sei und dass es sich um einen Notfall handele, aber ihm fehlte die Kraft dazu und davon abgesehen stimmte es ja auch gar nicht. Er notierte sich die Uhrzeit für das Treffen am nächsten Tag und legte auf.

Jacinthes massige Gestalt tauchte am Ende des Korridors auf. Sie kam direkt auf ihn zu. Nicht auch noch das. Ihre Sticheleien würde er jetzt nicht ertragen. Er wappnete sich innerlich. Bei der kleinsten boshaften Bemerkung würde er ihr ins Gesicht springen. Ohne ihn zu grüßen, warf sie ihm einen kartonierten Briefumschlag auf den Schreibtisch.

»Hier, das kam mit der Post.«

Sie rauschte ungebremst an ihm vorbei, ohne eine Antwort abzuwarten, pflückte einen Notizblock von ihrem Tisch und steuerte auf den Konferenzraum zu.

Victors Anspannung löste sich, und er seufzte, fast enttäuscht, dass das Duell ausgeblieben war.

Er wog den Umschlag in der Hand. Es waren weder Briefmarke noch Poststempel drauf, auch kein Absender. Nur in der Mitte sein Name in Blockschrift. Er öffnete ihn mit einem Messer, das auf dem Tisch lag. Verwundert zog er die Fotokopie eines Schwarzweißfotos heraus, das zwei Männer und eine Frau zeigte. Sie posierten vor einem Gebäude, und ihre zusammengekniffenen Augen und die Schärfe der Aufnahme ließen vermuten, dass sie in der prallen Sonne standen.

Judith Harper erkannte Victor auf Anhieb, obwohl sie auf dem Foto vierzig Jahre jünger war. Anhand aktueller Fotos hatte er sich ein Bild von ihr machen können. Sie war definitiv eine schöne Frau. Aber bis zu diesem Moment hatte er nicht geahnt, wie schön sie gewesen war. Er zwang sich, den Blick von der in die Kamera lächelnden Schönheitskönigin loszureißen, und las die gedruckte Bildunterschrift.

> Dr. Ewan Cameron und Kollegen vor dem Institut Allan Mémorial, in dem die MK-ULTRA-Experimente durchgeführt wurden. Montreal, Kanada, um 1964.

Victor vermutete, dass der ältere Mann Ewan Cameron war. Er richtete den Blick auf den anderen. Er brauchte eine Weile, um in seinem Kopf die Verbindung herzustellen, hatte dann aber keinen Zweifel mehr an der Identität des Mannes. Seine Rückenschmerzen waren vergessen, als er mit einem Satz aufsprang und in den Konferenzraum eilte.

Die Finger in einer Tüte Cheetos, begutachtete Jacinthe gerade die Fotos, die die Spurensicherung von den Kartons aus André Lorties Zimmer gemacht hatte.

»Komm bloß nicht auf falsche Gedanken, Lessard! Ich bin nach wie vor davon überzeugt, dass das zu nichts führt. Lortie war nur ein armer Irrer. Aber das Mosaik sehe ich mir trotzdem an ...«

Victor verzog das Gesicht und griff sich ins Kreuz. Der stechende Schmerz strahlte jetzt von der Pobacke bis ins Knie aus.

»Alles in Ordnung, Schätzchen?«

»Hexenschuss. Wo kam der Umschlag her?«

»Keine Ahnung. Er lag heute Morgen an der Pforte. Wieso?«

Victor legte das Foto vor sie hin.

»Sieh es dir an.«

Jacinthe wischte ihre gelblichen Finger an ihrer Hose ab und klaubte das Foto auf.

»Scheiße! Das ist Harper mit Cameron.«

»Kennst du den anderen Mann?«

Sie betrachtete das Bild noch eine Weile und gab dann auf.

Victor landete erneut bei Doktor McNeils Assistentin, die wiederholte, dass ihr Chef den ganzen Tag in einer Besprechung sei und ... Er schnitt ihr das Wort ab und erklärte in einem Ton, der keinen Widerspruch duldete, dass er einen Vorführungsbefehl gegen den Doktor erwirken werde, wenn sie nicht augenblicklich eine Lücke im Terminkalender für ihn finde.

»Wir werden gegen neun da sein«, verfügte er trocken.

»Nein, um halb zehn«, erwiderte sie eilends.

Jacinthe nickte beifällig. Es gefiel ihr, wenn Victor Klartext redete.

»Ich gehe runter in den Foodcourt. Ich habe Hunger.«

»Ich komme mit, eine rauchen.«

Wortlos gingen die beiden Ermittler den Korridor hinunter. Mit einem Kopfnicken grüßte Victor einen Kollegen aus einem anderen Dezernat, während seine Partnerin ihn ignorierte.

»Wer uns das wohl geschickt hat?«, sagte sie nach einer Weile. »Doch nicht etwa der Mörder?«

Victor sah sie geheimnisvoll an.

»Ich habe da so eine Ahnung.«

Weder die verschlossenen Mienen der Ermittler noch der Umstand, dass sie mit seiner Zwangsvorführung gedroht hatten, wenn er sie nicht in einer Stunde empfing, schienen Doktor Mark McNeil einzuschüchtern. Er machte aus seinem Zorn, ob nun gespielt oder echt, keinen Hehl.

»Ich hoffe, es ist wichtig! Heute ist der einzige Tag im Monat, an dem alle Klinikchefs zusammenkommen, und ich leite die Sitzung, sind Sie sich darüber im Klaren?«

Jacinthe fuhr von ihrem Stuhl hoch, um die Spitze des Arztes zu kontern. Victor legte ihr die Hand auf den Unterarm und veranlasste sie, sich wieder zu setzen. Im Wagen hatten sie über ihr hitziges Temperament gesprochen und sich darauf verständigt, dass sie ihm die Gesprächsführung überließ. Im Gegenzug hatte er versprochen, keine Zeit zu verplempern und gleich zur Sache zu kommen.

»Kannten Sie Judith Harper?«, begann er.

McNeils Maske bekam Risse. In seinen entglittenen Zügen zeichnete sich Unverständnis, dann Überraschung ab.

»Äh ... ja. Jeder kennt sie vom Hörensagen.«

»Haben Sie mit ihr verkehrt?«

»Ehrlich gesagt, ich habe an der Universität bei ihr studiert«, antwortete er und zwirbelte dabei sichtlich ungehalten seinen Schnurrbart.

»Warum haben Sie das bei unserem Gespräch nicht erwähnt?«

»Sie haben nicht danach gefragt. Inwiefern ist das von Belang?«

McNeil zog ein Taschentuch aus der Jackentasche und tupfte sich damit die Stirn ab, die jetzt mit Schweißperlen übersät war.

»Sagen Sie es mir«, erwiderte Victor und warf das Foto auf den Tisch.

Der Psychiater nahm es und warf einen Blick darauf.

Sein Mund öffnete sich, um zu protestieren, er beließ es aber bei einer stummen Beschwerde.

»Sie könnten vielleicht damit anfangen, dass Sie uns von Ihrer Mitwirkung an dem Projekt MK-ULTRA erzählen«, sagte Victor.

Die Worte schienen eine Weile zu brauchen, bis sie den Weg zu McNeils Neuronen fanden.

»Was? Meiner Mitwirkung am Pro...«

Jetzt erst begriff der Psychiater. Rot im Gesicht, schüttelte er mehrmals den Kopf.

»Das ist lächerlich. Ich bin ganz zufällig auf dieses Foto geraten.«

»Ach ja?«, erwiderte Victor in scharfem Ton. »Erklären Sie mir das.«

»Ich war damals Masterstudent. Ich habe für Judith Harper

Abstracts geschrieben, kurze Zusammenfassungen psychiatrischer Arbeiten. Ich habe in einem fensterlosen Kabuff gearbeitet und keinen Kontakt zu den Patienten gehabt.«

Victor stand auf und ging ein paar Schritte durch den Raum, dann kam er zurück und legte die Hände flach auf den Schreibtisch, sodass er den Psychiater mit seiner ganzen Größe überragte.

»Also, warum Sie sind auf dem Foto?«

Der Mediziner seufzte, durch die Wendung, die das Gespräch nahm, sichtlich verunsichert.

»Weil Judith es wollte. Sie hat mich damals überall mit hingeschleppt.«

»Im Sommer 1964.«

»Das weiß ich nicht mehr genau. Wenn Sie es sagen.«

»Haben Sie es miteinander getrieben?«

McNeils Augen waren nur noch schmale Schlitze.

»Judith war verheiratet. Ich war ihr Spielzeug ... ihr Zeitvertreib, wenn Sie so wollen.«

»Sie hatten ein Verhältnis.«

»Mit neunzehn denkt man nicht in solchen Begriffen. Meine Hormone spielten verrückt, und ich hatte eine sexuelle Beziehung mit einer verheirateten Frau, die zehn Jahre älter war. Unser Abenteuer hat drei oder vier Monate gedauert, bis Judith Schluss gemacht hat. Das ist alles.«

»Wirklich?«, fragte Victor arglos.

Er lauerte auf die Reaktion des Psychiaters. Der hielt seinem Blick stand, ohne mit der Wimper zu zucken.

»Falls Ihre Frage darauf abzielt: Nach 1964 habe ich nie wieder mit Judith geschlafen.«

Jacinthe und Victor hatten die Stunde vor dem Gespräch dazu genutzt, in der Vergangenheit des Psychiaters zu stöbern und möglichst viel über ihn in Erfahrung zu bringen. Der Recherchebericht, den sie erhalten hatten, war zwar bruchstückhaft, doch sie hatten herausgefunden, dass er vor einigen Jahren wieder geheiratet hatte, und zwar eine dreißig Jahre jüngere Frau thailändischer Herkunft, mit der er eine Tochter hatte.

»Auch nicht vor kurzem?«, fragte Jacinthe. »Anscheinend verlieren manche Frauen jedes Interesse am Sex, wenn sie entbunden haben. Ein Mann in Ihrem Alter hat noch Bedürfnisse. Judith war kein junges Ding mehr, aber wenn das Gebiss erst mal raus ist ...«

»Sie sind abscheulich«, stieß McNeil hervor und machte ein angewidertes Gesicht.

Victor versuchte einzugreifen, fuhr Jacinthe an, doch die dachte gar nicht daran, sich zurückzuhalten.

»Und als sie damit droht, Ihrer Frau von dem Verhältnis zu erzählen, rasten Sie aus und ...«

Mit hochrotem Kopf fuhr der Psychiater von seinem Stuhl hoch.

»Verdächtigen Sie mich etwa, Judith getötet zu haben?«

»Hatten Sie in letzter Zeit zufällig eine Chlamydieninfektion?«, schob Jacinthe nach und sah ihn schief an.

Brüllend vor Zorn ging McNeil auf sie los, doch sie wich keinen Millimeter zurück. Victor musste dazwischengehen und dem wutschäumenden Arzt den Weg versperren. Schmähungen flogen hin und her. Victor erhob die Stimme, versuchte, die beiden abwechselnd zu beruhigen und auf Distanz zu halten, und redete auf sie ein. Schließlich zwang er Jacinthe, den Raum zu verlassen und draußen zu warten.

Der Psychiater brauchte eine Weile, ehe er sich beruhigte und wieder Platz nahm.

Er entschuldigte sich bei Victor und wiederholte mehrmals, dass es sonst nicht seine Art sei, so aus der Haut zu fahren. Victor versicherte ihm, dass er ihn verstehe, und schaffte es leidlich, das Gespräch wieder in die richtige Bahn zu lenken.

»Das ist absolut lächerlich. Ich bin Judith hin und wieder bei einer Cocktailparty oder einem Vortrag begegnet. Mehr aber nicht, das müssen Sie mir glauben!«

»Haben Sie an der Arbeit Doktor Camerons mitgewirkt?«

»Nein. Natürlich nicht.«

»Und Judith Harper? War sie an den Experimenten beteiligt?«

McNeil lockerte seine Krawatte und öffnete den obersten Hemdknopf, ehe er antwortete:

»Sie haben eine berufliche Beziehung unterhalten. Aber Judith hat nur geforscht, nicht praktiziert. Ihre Zusammenarbeit mit Cameron beschränkte sich auf den Austausch von Informationen. Da sie auf Gedächtnisstörungen spezialisiert war, hat Cameron sie manchmal zurate gezogen, um Hypothesen zu überprüfen, aber das war auch schon alles.«

»Dann war sie also nicht an der Misshandlung bestimmter Patienten beteiligt?«

»Nein.«

Entweder war sich McNeil dessen, was er behauptete, nicht sicher oder er log. Victor blickte auf die gefalteten Hände des Psychiaters, betrachtete die manikürten Finger, die in die Hemdaufschläge gestickten Initialen und die goldenen Manschettenknöpfe mit eingefasstem schwarzem Kleeblatt, die das Gesamtbild abrundeten.

»Schöne Manschettenknöpfe«, sagte er mit großen Augen.

»Ein Geschenk«, erwiderte der Psychiater zerstreut.

Victor stand auf und ging zum Bücherschrank, wo er eine Reihe gerahmter Fotos betrachtete, die McNeil mit seiner Frau und ihrer Tochter zeigten.

Ein Bild erregte seine Aufmerksamkeit. Ein winziges Detail ließ ihn erstarren, wühlte seine Gedanken auf, doch er fasste sich wieder und versuchte, seine Überraschung zu verbergen. Seine Hose zurechtrückend, trat er direkt vor den Psychiater hin.

»Hat André Lortie zu Doktor Camerons Patienten gehört?«

McNeil zögerte kurz und wich Victors Blick aus.

»Woher soll ich das wissen? Ich war an dieser Studie nicht beteiligt. Und überhaupt, warum stellen Sie mir all diese Fragen zu Cameron?«

Victor erzählte ihm von der handschriftlichen Notiz, die der Gnom auf dem Aktendeckel entdeckt hatte. Etwas im Auge des Psychiaters schien aufzuleuchten und gleich wieder zu erlöschen. Doch soweit es Victor beurteilen konnte, war seine Überraschung nicht gespielt.

»Und seine Krankenakte? Wenn er von Doktor Cameron behandelt worden ist, muss man sie doch bekommen können.«

»Lorties psychiatrische Krankenakte, bevor er ins Louis-H. kam? Wenn es eine gegeben hat, hat sie hier niemand zu Gesicht bekommen. Ich habe Ihnen sämtliche Unterlagen geschickt, die wir hatten.«

Victor löcherte McNeil weiter, bis sein Vorrat an Fragen erschöpft war.

»Werden Sie mich verhaften?« Der Psychiater hatte sich die naive Frage nicht verkneifen können.

Der Blick des Sergent-Détective wanderte noch einmal zu den Fotos im Bücherschrank.

»Nein. Aber ich muss Sie bitten, die Stadt nicht zu verlassen und sich zu unserer Verfügung zu halten.«

Victor suchte Jacinthe eine Weile auf der Etage. Als er von der Oberschwester erfuhr, dass sie in den Aufzug gestiegen war, musste er schmunzeln. In der Erwartung, sie in der Cafeteria vor einem üppigen Imbiss sitzend anzutreffen, fuhr er nach unten. Doch zu seinem Erstaunen glänzte sie auch dort durch Abwesenheit. Verwirrt ging er auf den Parkplatz hinaus. Frierend hielt er sich die Hand über die Augen und stellte fest, dass der Wagen nicht mehr an seinem Platz stand. Er zückte sein Handy und wollte sie gerade anrufen, da ließ ihn ein Hupen zusammenzucken.

Der Crown Victoria stoppte neben ihm. Die Beifahrertür flog auf.

»Wartest du schon lange?«

Victor stieg ein. Eine noch schneebedeckte Tanne tropfte auf dem Rücksitz. Harzgeruch erfüllte das Wageninnere.

»Das wird den Raum etwas verschönern, findest du nicht? Außerdem habe ich Gilles gebeten, im Ein-Dollar-Laden Christbaumkugeln und Lametta zu besorgen.«

Victor sprach jetzt aus, was ihn seit gestern beschäftigte: Ob es in Anbetracht der Krankheit von Paul Delaneys Frau nicht besser wäre, die Feier abzublasen? Nein, versicherte ihm Jacinthe. Sie habe mit dem Chef gesprochen, und der meine, dass es ihm guttun würde, unter Leute zu kommen.

Dann, noch bevor er ein Wort sagen konnte, erstattete sie ihm Bericht. Erstens, Loïc war bei seinen Nachforschungen in Sachen Ketzergabeln nicht nennenswert weitergekommen. Zweitens, der Gnom hatte von der Anwältin die Namen und Kontaktdaten der Vorstände von Northern Industrial Textiles erhalten und blieb am Ball. Drittens, Bennett lag noch im Koma. Und viertens, die Spurensicherung hatte nichts, woraus sich eine Spur ergeben könnte.

An einer roten Ampel überkam Victor eine Ahnung. Er drehte sich um, betrachtete den Baum, dann Jacinthe, dann wieder den Baum, Jacinthe und ... Nein! Das hatte sie nicht gewagt!

»Jacinthe, sag mir, dass du den nicht in irgendeinem Garten abgesägt hast.«

Sie sah ihn verschmitzt an.

»Na hör mal! Glaubst du vielleicht, ich trage in meiner Tasche einen Fuchsschwanz mit mir herum?«

»Überraschen würde es mich nicht.«

Jacinthe lachte, bis ihr die Luft wegblieb, dann fragte sie nach McNeil. Er fasste den Teil des Gesprächs zusammen, den sie verpasst hatte.

»In einigen Punkten lügt er, ich weiß nur nicht, in welchen«, fuhr er fort. »Auf jeden Fall werden wir uns einen richterlichen Beschluss besorgen, damit wir seine Telefonunterlagen einsehen und sein Handy abhören können.«

»Ach ja?«, staunte Jacinthe. »Für jemanden, der nicht weiß, in welchen Punkten McNeil lügt, bist du dir deiner Sache plötzlich ganz schön sicher. Mir muss da was entgangen sein.«

Die Ampel sprang auf Grün. Jacinthe setzte den Wagen auf dem vereisten Asphalt in Bewegung.

»Er hat ein gerahmtes Foto seiner Tochter im Büro.«

»Ja und?«

Der Blick des Sergent-Détective suchte den seiner Partnerin.

»Sie spielt darauf vor einem Kühlschrank ... auf dem Magnetziffern aus buntem Kunststoff sind.«

Der Crown Victoria geriet ins Schleudern, doch Jacinthe hatte ihn sofort wieder unter Kontrolle.

45.
BLACK JACK

Es war 11.45 Uhr. Bereits jetzt fuhren die ersten Busse und Shuttles mit Spielern am Casino von Montreal vor. Als Victor den Blick zu dem Gebäude erhob, kam ihm unwillkürlich der Gedanke, dass es einem Raumschiff ähnelte. Zwei alte Tanten in Trainingsanzügen hasteten an ihnen vorüber.

Aus ihrer Aufgeregtheit schloss Victor, dass sie an die Spielautomaten wollten.

Er zog an seiner Zigarette.

Vor ein paar Wochen hatte er mit einer Raucherentwöhnungstherapie angefangen, doch wegen der vielen Arbeit in den letzten Tagen hatte er nicht zu den Sitzungen gehen können. Bei dem momentanen Stress war der Zeitpunkt so oder so schlecht gewählt. Er nahm sich vor, damit weiterzumachen, wenn der Fall abgeschlossen war. Das sollte sein Vorsatz für das neue Jahr sein, obwohl er sonst nie welche fasste. Nadja hatte ihn nicht darum gebeten, aber er wusste, dass sie sich darüber freuen würde.

Er nahm einen letzten Zug und drückte die Kippe in dem Aschenbecher an der Wand aus. Im selben Augenblick beendete Jacinthe ihr Telefongespräch.

»Der Antrag auf Telefonüberwachung ist gestellt. Paul hat bereits mit seinem Freund, dem Richter, gesprochen, das dürfte klappen. Gilles wird sich außerdem seine Vermögensverhältnisse ansehen. Er konnte es nicht fassen, als ich ihm von dem Foto in McNeils Büro erzählt habe.«

Victor zuckte mit den Schultern, während sie auf den Eingang zusteuerten.

»Du sagst doch selbst immer, dass wir uns vor übereilten Schlussfolgerungen hüten müssen. Die McNeils sind bestimmt nicht die Einzigen, die Magnetziffern am Kühlschrank haben.«

»Schon wahr. Trotzdem ist es ein merkwürdiger Zufall.«

Victor öffnete die Tür und ließ Jacinthe den Vortritt.

»Hast du eigentlich mit der Assistentin von Colonel Sanders gesprochen?«, fragte sie. »Hat sie das Foto von Judith Harper mit Cameron und McNeil geschickt?«

»Ja, Madame.«

Victor hatte nämlich, während Jacinthe mit dem Gnom ein paar Dinge klärte, mit der Assistentin des Dekans der psychiatrischen Fakultät an der McGill telefoniert. Zuerst wollte sie gar nicht mit ihm reden. Dann gab sie zu, dass sie ihm, nachdem sie Zeugin ihres Gesprächs in Richard Blaikies Büro geworden war, das Foto geschickt hatte, und erzählte ihm widerstrebend von Gerüchten, wonach Judith Harper an Camerons Experimenten mitgewirkt habe. Zu einer möglichen Beteiligung McNeils konnte sie hingegen nichts sagen.

»Warum hat der Dekan uns das verschwiegen?«, fragte er sie.

»Sie schützen sich gegenseitig. Und vor allem schützen sie den unantastbaren Ruf der Universität.«

»Und Sie? Warum haben Sie mir das Foto geschickt?«

Erst nach langem Schweigen hatte sie geantwortet:

»Seit Jahren verspricht mir Richard, dass er seine Frau verlässt. Aber er wird es niemals tun.«

Die beiden Polizisten warteten seit acht Minuten in einem Vorzimmer mit Filzteppich, als eine Tür aufging und ein Kleiderschrank von einem Mann erschien: gut geschnittener Anzug, Krawatte, Dreitagebart und kahlgeschorener Schädel. Beim Anblick des Sergent-Détective ging ein Lächeln über Guillaume Dionnes strenges Gesicht.

»Victor Lessard! Schön dich zu sehen, alter Freund.«

Sie schüttelten einander kräftig die Hände, und Victor stellte Jacinthe vor. Dionne führte sie in sein Büro, das einen ungehinderten Blick auf den Fluss, die Île Notre-Dame und den Hafen bot.

»Tja, mein lieber Guillaume«, grinste Victor, als er in einem Luxussessel Platz nahm. »Man muss dich echt nicht bemitleiden. Du hast es bestimmt nicht bereut, dass du den Polizeidienst quittiert hast.«

Die beiden Männer waren früher zusammen Streife gefahren. Später hatten sich ihre Wege immer wieder gekreuzt, je nachdem, wo sie jeweils eingesetzt wurden. Doch richtig in Kontakt gekommen waren sie erst wieder vor ein paar Jahren, und zwar durch Pearson, als der Dionnes Schwester Corinne heiratete.

Seitdem trafen sich alle drei hin und wieder zum Essen.

»Nicht eine Sekunde! Klar, manche Leute finden es geiler, Polizist zu sein als Sicherheitschef des Casinos, aber auch hier ist was los. Und ich brauche dir nicht zu sagen, dass ich hier wesentlich bessere Konditionen habe. Nebenbei bemerkt, wir stellen zurzeit ein, falls du Interesse hast. Leute wie dich können wir immer gebrauchen. Aber ich nehme an, du bist nicht vorbeigekommen, um über meinen neuen Job zu reden. He, da fällt mir ein: Bevor wir anfangen, kann ich euch etwas zu trinken anbieten? Egal was, wenn es existiert, haben wir es.«

Er lachte schallend und entblößte nikotingelbe Zähne.

»Sicher, ich ...«, begann Jacinthe.

Victor schnitt ihr das Wort ab.

»Nein, ich danke dir, Guillaume. Wir haben es eilig.«

Dionne lehnte sich im Stuhl zurück und verschränkte die Hände im Nacken, während Jacinthe einen Flunsch zog.

»Ich kann nicht leugnen, dass mich dein Anruf neugierig gemacht hat. Worum geht's?«

»Hast du noch deine Manschettenknöpfe?«

Ein Schatten des Unverständnisses legte sich auf Dionnes Gesicht, dann brach er in Lachen aus.

»Lessard, du überraschst mich immer wieder. Welche Manschettenknöpfe? Du bist doch nicht etwa hergekommen, um mich danach zu fragen?«

Da Victor keine Miene verzog, suchte Dionne in Jacinthes Augen einen Hinweis darauf, dass sie ihn veralberten.

Doch auch sie blieb ungerührt.

»Es ist wichtig, Guillaume. Ich meine die, die du getragen hast, als wir das letzte Mal mit Pearson beim Vietnamesen zu Abend gegessen haben. Die goldenen, mit einem Kleeblatt drauf.«

»Ja, ja, ich erinnere mich. Ihr habt mich die ganze Zeit deswegen genervt. Pearson hat mich sogar gefragt, ob es solche auch für Männer gibt. Aber ich verstehe den Zusammenhang nicht.«

»Wenn ich mich recht entsinne, hast du gesagt, dass nur eine begrenzte Zahl davon im Umlauf ist.«

»Ja, der VIP-Service des Casinos hat vierzig Paar an seine treuesten Spieler verschenkt. Aber das ist noch gar nichts. Kürzlich haben sie eine Gruppe Chinesen aus Macao eingeladen. Der VIP-Service hat ihnen den Flug bezahlt, das Hotel, das Essen und sich verpflichtet, ihnen zehn Prozent ihrer Verluste zu ersetzen.«

»Die Chinesen sind mir schnuppe, Guillaume. Mich interessieren nur die Spieler, die diese Manschettenknöpfe bekommen haben. Ihr habt doch sicher eine Liste?«

Dionnes Ruhe war dahin.

»Ich wusste, dass du mir Ärger machst, Lessard.«

46.
MÜNZTELEFON

Mark McNeil fuhr ins erste Untergeschoss hinunter, wo es ein öffentliches Telefon gab. Es hing in einer der ruhigsten, abgeschiedensten Ecken der Klinik, in der man nicht durch das ständige Kommen und Gehen von Patienten und Schwestern gestört wurde.

Plötzlich vernahm er Schritte auf dem gebohnerten Parkett. Sein Herz pochte in der Brust, er hob den Kopf. Ein Hausmeister schob einen Abfallbehälter an ihm vorbei, ohne ihn anzusehen, und brabbelte dabei vor sich hin.

Der Psychiater wartete, bis er am Ende des Korridors verschwunden war, dann zog er einen Zettel aus der Tasche. Er warf Geldstücke in den Schlitz und wählte die Nummer, die darauf stand.

Während es klingelte, musste er unwillkürlich an die Ereignisse der letzten Stunden denken. Das Gespräch mit den Polizisten hatte ihn so aus dem Gleichgewicht gebracht, dass er einem Nervenbündel glich.

Diese Taillon war ein widerliches, gemeines Biest, klar, aber sie hatte kein Format. Gefährlicher war ihr Kollege, dieser Lessard. Hatte er ihm geglaubt oder ahnte er etwas? Schwer zu sagen. Der Polizist wusste seine Gefühle zu verbergen, deshalb war er schlecht einzuschätzen.

Und er selbst ... Wie hatte er nur so die Beherrschung verlieren können! Ob er sich verraten hatte? Wie auch immer, jedenfalls war er anschließend in seine Sitzung zurückgekehrt, und es war ihm gelungen, den Schein zu wahren. Jetzt musste er wichtige Vorkehrungen treffen.

Beim vierten Klingeln wurde abgehoben. Diese kehlige Stimme am anderen Ende der Leitung ...

Immer dieselbe.

»Hier McNeil. Äh ... ... Nein, noch nicht. Ich brauche etwas mehr Zeit.« Er verdrehte verzweifelt die Augen. »Ich verstehe, ja. Ich verstehe vollkommen, dass es sich um einen letzten Aufschub handelt ... Ja. Geldübergabe an derselben Stelle wie gewöhn... ... Perfekt. Das ist das letzte Mal, versprochen.«

Nach dem Auflegen massierte er sich die rechte Hand, die leicht zitterte.

McNeil atmete mit aufgeblasenen Backen aus, sodass sein Schnurrbart in Bewegung geriet. Wie hatte er sich nur auf eine solche Geschichte einlassen können? Kopfschüttelnd ging er zum Aufzug. Da war noch eine andere Sache, die er möglichst schnell klären musste.

Vielleicht bot sich ihm eine neue Chance.

47.
WEIHNACHTSFEIER

Durch die Glastür am Eingang sah Victor zu, wie sie ihren Mantel auszog. Nadja lächelte der Frau des Gnoms zu, die den Jüngsten der sieben Zwerge in den Armen hielt. Ihre glänzenden Lippen entblößten strahlend weiße Zähne. Nadja beugte sich über Nummer sieben, strich ihm über die rosige Wange und sah ihn mit zärtlichem Blick an.

Victor bemerkte den Widerschein des Lichts in ihrem schwarzen Haar, den Glanz ihrer braunen Haut.

Sie trat in den Korridor.

Er beobachtete jede ihrer Bewegungen und begriff, welches Glück er hatte.

Ihr schwarzes Kleid ließ den Brustansatz erahnen und der Beinschlitz zeigte endlose lange Beine. Bei jedem Schritt in ihren High Heels wiegte sie sich in den Hüften. Nadja hatte ihn noch nicht gesehen. Über dem Arm trug sie einen Kleidersack mit frischen Sachen. Victor hatte keine Zeit gehabt, nach Hause zu fahren und sich umzuziehen. In dem Sack war sicher auch das Geschenk für den Gnom, das mitzubringen sie versprochen hatte. Und bestimmt hatte sie es auch eingepackt, denn sie dachte immer für ihn mit.

Das Herz krampfte sich in ihm zusammen, eine Träne rollte ihm über die Wange.

Hatte er jemals einen Menschen so geliebt? Würde er diesmal wissen, was zu tun war? Plötzlich streifte ihn ein kalter Hauch: Er fühlte sich hilflos und nackt. Aber was genau musste man tun?

Er hatte es nie wirklich gewusst. Er würde es nie schaffen.

Nadja hob den Kopf, ihre Blicke begegneten sich. Ein Lächeln ließ das Gesicht seiner Geliebten erstrahlen.

Doch, er würde es schaffen.

Der Konferenzraum war nicht wiederzuerkennen.

Aus einer Stereoanlage rieselten klassische Weihnachtslieder von Fernand Gignac. Die große Tafel war mit einem schwarzen Tuch zugehängt. Die Tanne, die Jacinthe organisiert hatte, glitzerte in einer Ecke, davor lagen die Geschenke. Loïc und der Gnom hatten den Baum geschmückt und auch an den Wänden Lichterketten gespannt.

Lemaire war kein Spielverderber, als er die Geschenke verteilte, und tatsächlich in das Koboldkostüm geschlüpft, das Victor spaßeshalber gekauft hatte. Victor hatte noch ein zweites Geschenk für ihn in petto: eine Biografie über Winston Churchill. Der Gnom war regelrecht fasziniert von dem Mann und streute regelmäßig Zitate von ihm in ihre Diskussionen ein. Victor würde es ihm später überreichen.

Lemaires Kinder tummelten sich in allen Ecken. Nummer eins und zwei hatten ganz wunde Nasen, weil sie ständig mit Kleenex-Tüchern hantierten, an denen sie vorbeikamen. Nummer drei, vier und fünf, zwei Mädchen und ein Junge, sprangen, sobald sie ihre Geschenke bekommen hatten, auf dem Korridor um Loïc herum, der einen Zombie spielte.

Nummer sieben war inzwischen in den Armen Nadjas gelandet, die ihm das Haar streichelte, während sie mit Jacinthes Ehefrau Lucie sprach. Letztere hatte freiwillig die Bedienung übernommen, dabei aber kaum mehr zu tun, als die Frischhaltefolie von den Platten zu ziehen, die der Caterer vor einer Stunde auf den Tisch gestellt hatte. Aber so konnte sie von den Speisen naschen und sich dabei einbilden, dass es niemand bemerkte.

Paul Delaney hockte jetzt in einer Ecke und half Nummer sechs, aus Legosteinen eine Bionicle-Figur zu bauen.

Victor stand etwas abseits und machte mit der Digitalkamera, die Nadja vor ein paar Wochen gekauft hatte, Fotos und Videos. Die Resultate waren vielversprechend. Er hatte von den Muskelrelaxanzien eine höhere Dosis eingenommen als empfohlen und schwebte in einer Art Trancezustand, der alles andere als unangenehm war. Zudem waren die Schmerzen im unteren Rücken verschwunden.

»Victor Lessard!«, rief Lemaire. »Komm und pack dein Geschenk aus! Komm her und setz dich dem besten, schönsten und intelligentesten Wichtel des Weihnachtsmanns auf den Schoß.«

Victor ließ sich kein zweites Mal bitten, reichte die Kamera an Loïc weiter und kam dem Wunsch des Gnoms nach. Alle Erwachsenen hatten gleichzeitig den Kopf gehoben, um die Szene mitzuerleben.

»Gib ihm einen Kuss, Vic!«, rief Jacinthe, die gerade ein Eiersandwich ohne Rinde verschlang.

Es wurde gestrahlt, gelächelt und gelacht.

Man schlürfte den Punsch, den Lemaires Frau gebraut hatte. Aus Rücksicht auf Victors und Delaneys Vorgeschichte enthielt er keinen Alkohol.

Victor packte das Geschenk aus, das ihm der Gnom überreicht hatte. Es handelte sich um den Roman *Mr. Vertigo* von Paul Auster. Victor posierte noch kurz auf Lemaires Knien und ging, als dieser Delaney zu sich rief, zu Jacinthe hinüber, wobei er unterwegs die hintere Umschlagseite überflog. Er selbst hatte noch nie etwas von Auster gelesen, aber seine Exfreundin Véronique hatte auf ihn geschworen.

»Das ist von dir, nicht?«, fragte er und schwenkte das Buch vor Jacinthe herum.

Die Füße in hochhackigen Schuhen und den Körper in ein

geblümtes Kleid gezwängt und für diesen Anlass geschminkt, antwortete sie mit einem Nicken.

»Danke!«, rief Victor begeistert. »Hat du es gelesen?«

»Ja«, antwortete sie mit einem Hauch von Schüchternheit in der Stimme. »Genauer gesagt, ich habe es Lucie während ihrer Genesungszeit vorgelesen. Es ist die Geschichte von dem Wunderknaben Walt und Meister Yehudi, einem alten Mann, der ihm das Fliegen beibringt. Aber nicht richtig fliegen. Lucie sagt, dass das nur ein Bild ist, eine … eine …«

»Eine Metapher.«

»Genau. Das klingt im ersten Moment verrückt, aber du wirst sehen, es ist wirklich gut. Man liest sich ein …«

Zu ihrer Rechten brach Gelächter los: Nummer drei, vier und fünf hüpften um Loïc herum und fuchtelten mit den Armen, während er ihre Namen rief und so tat, als sehe er sie nicht.

Jacinthe grinste übers ganze Gesicht, legte die Hände an den Mund und rief in scherzhaftem Ton:

»He, Loïc! Wie wär's, wenn wir uns auch ein paar anschaffen? Du siehst so aus, als wärst du nicht abgeneigt, mein Lieber!«

Schlagartig wich die Freude aus dem Gesicht des jungen Polizisten, und ein Schatten ging über seine Züge. Einen Augenblick lang schien er den Tränen nahe, dann verließ er den Raum.

Nur Victor und Jacinthe waren Zeugen der Szene geworden.

»Habe ich was Falsches gesagt?«, murmelte sie, eine Hand vor dem Mund.

»Weißt du denn nicht Bescheid?«, fragte Victor.

»Bescheid? Worüber?«

»Loïc hat zwar keine Erfahrung mit Tötungsdelikten, aber nach der Polizeischule hat er drei Jahre als verdeckter Ermittler im Sitten- und Drogendezernat gearbeitet. Er hat sich in eine Straßengang in Montréal-Nord eingeschleust. In seiner Zeit dort hatte er eine Romanze mit der Schwester eines Bandenmitglieds. Sie ist schwanger geworden. Seit dem Ende der Operation sitzen seinetwegen alle wegen Drogenhandels im Knast, und seine Ex verbietet ihm, seine Tochter zu sehen. Die Kleine dürfte jetzt zwei oder drei Jahre alt sein. Das ist ein heikles Thema.«

Jacinthe sah ihn entsetzt an. Victor legte ihr eine Hand auf die Schulter.

»Es ist nicht deine Schuld. Du konntest es nicht wissen. Paul hat niemandem davon erzählt, damit der Junge nicht getriezt wird. Ich habe es erst erfahren, als ich ihn wegen der Geschichte mit dem Teppich suspendieren lassen wollte.«

»Scheiße! Wenn ich das gewusst hätte! Aber das merkt man ihm überhaupt nicht an. Immer gut drauf, immer begeistert bei der Sache. Zu sehr sogar, manchmal.«

»Du solltest eigentlich wissen, dass der Schein mitunter trügt.« Er hielt kurz inne. »Hinter einem Lächeln verbirgt sich manchmal Verzweiflung. Ich werde mit ihm reden.«

Victor wandte sich zum Gehen, drehte sich aber noch einmal um, trat zu seiner Kollegin und gab ihr einen Kuss auf die Wange.

»Danke für das Buch, Jacinthe. Ich weiß es zu schätzen.« Er sah ihr in die Augen. »Ehrlich.«

Er war schon an der Tür, als sie ihm nachrief:

»He, Lessard … Ich wollte dir sagen …« Sie verschränkte die Hände, verdrehte die Finger. »Ich weiß, ich zeige es nicht immer, aber … Ich bin froh, dass wir wieder ein Team sind.«

Victor fand tröstende Worte für Loïc und holte ihn wieder auf die Feier zurück. Keiner von den anderen merkte, dass er gerötete Augen hatte. Nach der Bescherung setzte man sich zu Tisch, und Salatschüsseln und Pappteller, die sich unter der Last der Speisen bogen, wurden herumgereicht.

In der Ecke, in der Victor, Delaney und Loïc saßen, wurde lebhaft über die Canadiens diskutiert.

Der Gnom war so begeistert über die Churchill-Biografie,

dass er sie nicht aus den Augen ließ. Die Frauen unterhielten sich untereinander. Jacinthe hielt Lucies Hand.

Irgendwann hob Victor die Augen und lächelte. Er kam sich vor wie in einer Familie.

Es war ein schöner Abend.

Während alle darauf warteten, dass die Bûche de Noël angeschnitten wird, die Lucie gebacken hatte, gab der Gnom Victor unauffällig ein Zeichen. Die beiden gingen etwas zur Seite. Der immer noch mit dem Koboldkostüm ausstaffierte Lemaire setzte sich auf eine Schreibtischecke und erklärte stolz:

»Ich habe heute Nachmittag ein paar Nachforschungen angestellt. Es gibt zwei gute Neuigkeiten.«

Der kleine Mann ging gern methodisch vor.

Victor wäre es lieber gewesen, er hätte ihm gleich seine Ergebnisse präsentiert, doch er wusste, dass sein Kollege ihm unbedingt vorher verklickern musste, wie er zu ihnen gelangt war. Das war eine Eigenart von ihm, und Victor hatte gelernt, sie zu respektieren.

Also erklärte ihm der Gnom zunächst einmal, dass er die Verbindung zwischen Judith Harper und Lortie, die offenbar über MK-ULTRA zustande gekommen war, zum Anlass genommen habe, sich mit Lawson zu beschäftigen. War es möglich, auf irgendeine Weise auch den Anwalt mit dem Projekt in Verbindung zu bringen, das Cameron im Auftrag der CIA durchgeführt hatte?

Lemaire hatte verschiedene Hypothesen in den Blick genommen, von denen ihm eine besonders vielversprechend erschien. Und tatsächlich, als er in öffentlichen Dokumenten wühlte, machte er die Entdeckung, dass ehemalige Patienten und ihre Familien zu Beginn der siebziger Jahre Zivilklagen angestrengt hatten. Klagen, die die Regierungen Kanadas und der USA zügig außergerichtlich beigelegt hatten, um einen Prozess zu verhindern, der möglicherweise Informationen zutage gefördert hätte, deren Bekanntwerden in ihren Augen »die nationale Sicherheit gefährden« würde.

Da man die Experimente in den Räumlichkeiten der McGill University durchgeführt habe, so der Gnom, hätten sich die bei Gericht eingereichten Klagen gegen sie gerichtet.

»Und jetzt rate mal, welche Kanzlei damit beauftragt wurde, die McGill zu vertreten?«

Victor spürte, wie ihn ein Adrenalinstoß durchfuhr.

»Die von Lawson.«

»Volltreffer. Baker, Cooper, Sirois – die Vorgängerin von Baker, Lawson, Watkins – bekam von der McGill University den Auftrag, sie gegen Forderungen im Zusammenhang mit MK-ULTRA zu verteidigen. Warte, es kommt noch besser. Der für die Fakturierung zuständige Gesellschafter war Lawson persönlich.«

Victor brauchte ein paar Sekunden, ehe er reagierte.

Sein Gehirn bildete neue Verknüpfungen, die ein weites Feld von Möglichkeiten eröffneten. Das Akronym MK-ULTRA, das Lortie in den Kartonkritzeleien versteckt hatte, das Foto, das Judith Harper zusammen mit Doktor Cameron zeigte, und jetzt die Mitwirkung von Lawsons Kanzlei. Zum ersten Mal seit Beginn der Ermittlungen hatten sie eine mögliche Verbindung zwischen den beiden Morden und dem Suizid hergestellt.

Der Klingelton seines Handys meldete den Eingang einer SMS. Er sah nach. Guillaume Dionne, der Sicherheitschef des Casinos, schrieb, dass er ihm ein Fax geschickt habe. Victor steckte das Handy wieder ein und hob den Kopf.

»Das ist wirklich ein Ding! Gut gemacht!«

Der Gnom nahm das Kompliment mit geschwellter Brust entgegen. Victor verharrte noch einen Moment wie unter Schock und verarbeitete die Neuigkeit.

»Du hast gesagt, du hättest zwei gute Nachrichten, Gilles.«

»Die bessere habe ich mir sogar für den Schluss aufgehoben.

Ich habe heute Nachmittag die Gesprächsverläufe von Mark McNeils Handy bekommen. Weißt du, welche Person ihn an dem Tag angerufen hat, an dem sie ermordet wurde?«

Victor bemühte kurz seine grauen Zellen, dann spuckte sein Gedächtnis einen Namen aus. Er schüttelte ungläubig den Kopf.

»Nein! Doch nicht Judith Harper?«

»Höchstselbst«, erwiderte der Gnom schwungvoll. »Und weißt du, was das Schönste an der Geschichte ist? McNeil ist vielleicht ein komischer Vogel von einem Psychiater. Er ist schon mal wegen Körperverletzung verknackt worden.«

48.
HOCHELAGA

Durch die Fensterscheibe des Audis beobachtete Mark McNeil die schäbige Vorderfront der Kneipe und das Kommen und Gehen der Gäste. Die Spelunke lag in einem verrufenen Teil von Hochelaga, einem Hort des Widerstands, der noch nicht von den Hipstern vereinnahmt worden war.

Es war 20.17 Uhr. Der schlecht beleuchtete Gehweg war leer.

Vor dem Eingang lagen Papierfetzen und sonstiger Abfall im schmutzigen Schnee.

Zwei Männer in Mänteln kamen herausgetorkelt. Einer öffnete den Hosenstall und erleichterte sich an der Backsteinmauer. Dann verschwanden die beiden in der Gasse.

McNeil atmete nervös einmal tief durch und stieg aus dem Wagen.

Schnellen Schrittes überquerte er die Straße und steuerte auf die Tür zu.

Drinnen ließ er den Blick über die Anwesenden gleiten, ausschließlich finster dreinblickende Stammgäste. In seinem Kaschmirmantel war er hier deplatziert. Er ging durch bis zum Tresen und bestellte mit unsicherer Stimme einen Cognac. Der Barkeeper, ein Muskelprotz mit Dreck unter den Fingernägeln, stellte ein Glas vor ihn hin und schenkte ein. Der Psychiater leerte das Glas in einem Zug. Der Alkohol brannte ihm in der Kehle und trieb ihm Tränen in die Augen.

»Ich heiße McNeil«, sagte er und verzog das Gesicht. »Sie müssten etwas für mich haben.«

Er rang sich ein Lächeln ab. Der Barkeeper sah ihn ausdruckslos an. Dem Psychiater kamen Zweifel. Hatten sie es sich anders überlegt? Da griff der Kerl unter den Tresen. Erschrocken wich McNeil einen Schritt zurück und zog den Kopf ein. Der andere lachte, wobei er einen zahnlosen Mund entblößte, brachte einen braunen Umschlag mit einem dicken Gummiband drumherum zum Vorschein und legte ihn vor ihn hin.

»Noch einen«, sagte der Psychiater, etwas entspannter.

Nachdem er auch den auf ex getrunken hatte, warf er einen Zwanzigdollarschein auf den Tresen, ergriff den Umschlag und eilte hinaus. Wieder im Wagen, ließ er sofort den Motor an und fuhr ein paar Ecken weiter. Dann nahm er den Fuß vom Gas und fuhr rechts ran. Aufgeregt riss er das Gummiband weg. Das Dollarbündel im Innern des Umschlags entlockte ihm einen Seufzer der Erleichterung.

Die erste Etappe war geschafft, der schwierigste Teil getan. Nun musste er nur noch die zweite Sache erledigen.

Ein hämisches Grinsen erschien auf seinen Lippen.

Jetzt konnte er alles Weitere wider Erwarten optimistisch angehen.

49.
HAFTBEFEHL

Jacinthe und Loïc stießen zu Victor und Lemaire. Die Polizisten nahmen ihre Diskussion wieder auf und stellten im Licht der neuen, vom Gnom entdeckten Fakten Vermutungen an. Victor war bereits klar, dass es ihm schwerfallen würde, wieder in Feierlaune zu kommen. Sein Gehirn produzierte unablässig Theorien zu den vielen Fragen.

Da er vermutete, dass es den Kollegen genauso ging, schlug er vor, sich in Delaneys Büro zurückzuziehen. Ihre Partnerinnen nahmen es gelassen. Zum einen führten sie ein lebhaftes Gespräch über den Verlust von Traditionen und Werten in der Québecer Gesellschaft, zum anderen waren sie Überraschungen gewöhnt.

Victor ließ die anderen vorgehen und machte einen Umweg zum Faxgerät, wo er die Liste holte, die Guillaume Dionne geschickt hatte. Im Büro des Dezernatleiters für Kapitalverbrechen angekommen, schloss er die Tür hinter sich.

Seine Kollegen warteten darauf, dass er das Wort ergriff, und das tat er dann auch.

»Wir berichten dir, was wir haben, Paul. Anschließend entscheidest du, ob es für einen Haftbefehl reicht. Fakt Nummer eins: McNeil kannte Judith Harper. Und nicht nur, weil sie ihn an der Universität unterrichtet hat.«

Victor zeigte seinem Vorgesetzten das vor dem Institut Allan Mémorial aufgenommene Foto, das den Psychiater mit Harper und Cameron in Verbindung brachte und damit indirekt auch mit dem Projekt MK-ULTRA. Dann erklärte er, welche Art von Experimenten im Rahmen dieses Programms durchgeführt worden war.

»Fakt Nummer zwei: Judith Harper hat am Tag ihres Todes mit McNeil telefoniert.«

Der Gnom reichte Delaney eine Kopie der Gesprächsnachweise des Psychiaters. Victor fuhr fort:

»Fakt Nummer drei: In McNeils Büro findet sich ein Foto, auf dem seine Tochter vor einem Kühlschrank mit Magnetziffern spielt. Bunten Plastikziffern wie denen, die wir bei Harper gefunden haben.«

Um seine Hände zu beschäftigen, zog Delaney einen Notizblock hervor und kritzelte darauf herum.

»Fakt Nummer vier: Wir wissen noch nicht, ob Lawson und McNeil sich kannten, aber Gilles hat herausgefunden, dass Lawsons Kanzlei damit beauftragt war, die McGill University gegen Zivilklagen zu verteidigen, die ehemalige Patienten des Programms MK-ULTRA gegen sie eingereicht hatten.«

Delaney blickte zum Gnom, der das mit einem Nicken bestätigte.

»Fakt Nummer fünf: McNeil verkehrt regelmäßig im Casino von Montreal, wo er auf der Liste der VIP-Spieler steht.«

Victor zeigte ihm das Fax, das Guillaume Dionne vorhin geschickt hatte.

»Fakt Nummer sechs: Wenn man den Auskünften des VIP-Service des Casinos und dem von Gilles erstellten Finanzprofil glauben darf, hat McNeil in den letzten drei Monaten eine hübsche Stange Geld verloren. So um die ...«

»Sechshunderttausend Dollar«, präzisierte Lemaire. »Und er hat nirgends mehr Kredit.«

»Wie seid ihr denn dahintergekommen, dass er im Casino gespielt hat?«, fragte Delaney, indem er einen Blick auf das Fax warf.

»Durch seine Manschettenknöpfe«, antwortete Victor.

Delaneys Miene hellte sich auf, als ihm wieder einfiel, dass man ihm dieses Detail früher am Tag mitgeteilt hatte.

»Es ist doch sehr ungewöhnlich, dass sich ein Psychiater zu einem so zwanghaften Verhalten hinreißen lässt«, bemerkte er kopfschüttelnd und machte ein desillusioniertes Gesicht.

»Er wäre nicht der Erste, dem das passiert, aber das ist eine andere Geschichte, Chef«, urteilte Victor. »Fakt Nummer sieben: McNeil ist schon einmal wegen Körperverletzung verknackt worden.« Er blickte zum Gnom. »Gilles?«

»Das war 2003, ein Nachbarschaftsstreit. Anscheinend ging es dabei ums Schneeschippen. McNeil hat behauptet, er hätte in Notwehr gehandelt. Der andere hätte versucht, ihn mit seinem Auto zu rammen. Er hat ihn mit der Schaufel dreimal voll ins Gesicht geschlagen. Das Opfer hatte vier abgebrochene Zähne und schwere Prellungen. McNeil ist mit einer Verurteilung zu gemeinnütziger Arbeit davongekommen.«

»Fakt Nummer acht«, nahm Victor den Faden wieder auf. »Na ja, du wirst jetzt sagen, das sei reiner Zufall, aber Lawsons Sekretärin und der Bürobote haben übereinstimmend bestätigt, dass Lawson am Tag seines Verschwindens eine Nachricht bekam, die ihn beunruhigt hat.«

»Ich erinnere mich, ja. Eine Drohung …«

»Das nehmen wir an.«

Delaney legte den Kopf nach rechts und stocherte mit dem kleinen Finger im Ohr herum.

»Ihr glaubt, dass Harper und Lawson von McNeil erpresst wurden? Ist es das?« Er wandte sich an Kid. »Loïc, du siehst aus wie eine wiederkäuende Kuh.«

Der Angesprochene erstarrte und lief rot an. Victor ergriff wieder das Wort:

»McNeil hat Spielschulden, Paul, er braucht Geld. Er buddelt eine alte Geschichte aus, ein Geheimnis, das in der Vergangenheit begraben war: das Projekt MK-ULTRA. McNeil bedroht Nathan Lawson mit einem Brief und einer Tonbandaufnahme mit Lee Harvey Oswalds Stimme und Judith Harper mit den Magnetziffern am Kühlschrank. Zahlt, oder ich bringe die Wahrheit ans Licht.«

»Aber was haben die Tonbandaufnahme, die Magnetziffern und MK-ULTRA miteinander zu tun?«

»Weißt du noch, wie wir neulich über die symbolische Bedeutung der Aufnahme gesprochen haben?«

»Ja, ja, wir haben über jemanden gesprochen, dem unrecht getan worden ist.«

»Etwas Ähnliches ist den Patienten von MK-ULTRA passiert. Für Harper waren die Ziffern das Symbol. Vielleicht haben sie an ein wichtiges Datum im Zusammenhang mit dem Projekt erinnert.«

»Und Lawson? Was hat er sich vorzuwerfen? Es ist doch kein Verbrechen, die McGill zu vertreten, oder?«, fragte Delaney.

»Es ist nur eine Vermutung, aber möglicherweise hat er dabei geholfen, Beweismaterial zu unterdrücken oder verschwinden zu lassen. Er wäre nicht der erste Anwalt, der Unterlagen frisiert und *aus Versehen* wichtige Beweismittel wegwirft.«

»Das macht Sinn. Aber warum belässt es McNeil nicht beim Abkassieren? Warum bringt er Harper und Lawson um?«

»Das ist die große Frage, Chef. Im Moment haben wir nur Vermutungen, nichts Handfestes. Aber wir wissen, dass solche Geschichten häufig böse enden. Ist die Lawine erst einmal losgetreten, gibt es kein Halten mehr. Wir wissen, dass McNeil eine Vorstrafe hat, dass er unter bestimmten Umständen zur Gewalt neigt. Vielleicht haben sich Judith Harper und Lawson abgesprochen, vielleicht wollten sie nicht zahlen oder haben damit gedroht, ihn anzuzeigen, wer weiß?«

Delaney griff wieder zu seinem Kuli und produzierte Kritzeleien. Eine beredte Stille trat ein.

»Und der Selbstmord?«, fuhr der Chef nach einer Weile fort. »Wie hängt der mit all dem zusammen?«

»Lortie?«, schaltete sich Jacinthe ein, die sich bisher herausgehalten hatte. »Das ist der ideale Sündenbock, ein altes Opfer des Programms MK-ULTRA, psychisch labil und unausgeglichen. McNeil schiebt ihm die Brieftaschen unter, um ihn zu belasten. Aber Lortie findet sie, und aus bisher ungeklärten Gründen stürzt er sich von einem Gebäude, bevor uns die Spur zu ihm führt.«

»Alles kreist um MK-ULTRA, Chef«, versicherte der Gnom. »Das ist der Dreh- und Angelpunkt. Hier laufen alle Fäden zusammen.«

Der Leiter des Dezernats Kapitalverbrechen zögerte nicht lange.

»Okay. Stellt einen Haftbefehlantrag, ich werde ihn unterschreiben. Die Verbindung zu Lawson kommt mir zwar schwach vor, aber gut …« Kurze Pause. »Wollt ihr noch heute Abend loslegen? Ich hätte nichts dagegen, aber es wäre das Ende unserer kleinen Feier.«

Victor blickte fragend in die Runde. Die Kollegen nickten.

»Sie ist bereits zu Ende, Chef. Jacinthe hat ihren Nachtisch gegessen.«

Der Scherz rief allgemeines Schmunzeln hervor, dann sagte Paul Delaney:

»Ich schaue mal, was ich tun kann.« Er blickte, mit einem Mal genervt, auf die Uhr. »Aber ich kann nichts versprechen. Manche Richter schlafen um diese Zeit schon.«

Victor zuckte mit den Schultern.

»Tu, was du kannst, Chef. An dem Punkt, an dem wir jetzt sind, macht es keinen großen Unterschied, ob heute Abend oder morgen früh.«

Delaney riss das oberste Blatt von seinem Block ab und zerknüllte es.

»Wenn wir den Haftbefehl haben, bringt ihr McNeil zum Verhör hierher und durchsucht sein Haus. Aber ich warne euch, die Sache muss vorläufig unter Verschluss bleiben. Wenn ein Journalist Fragen stellt, wisst ihr, was ihr zu antworten habt.«

»Alles klar, Chef«, versicherte Victor. »Monsieur McNeil gilt nicht als Verdächtiger, sondern als wichtiger Zeuge.«

SEPTEMBER 1964

GELD UND DIE STIMMEN DER MINDERHEITEN

Monsieur Jacques hat seinen Truppen eine eindrückliche Rede gehalten:

»Wir haben uns tapfer geschlagen.«

»Wir waren der Unabhängigkeit so nahe.«

»Vergesst niemals: Drei Fünftel von uns haben mit Ja gestimmt. Das hat nicht ganz gereicht, aber bald wird es reichen. Unser Land wird unser sein!«

Aber ich war nicht gerade begeistert, als ich Monsieur von Geld und von den Stimmen der Minderheiten habe reden hören. Am liebsten hätte ich ihm die Worte wieder zurück in den Mund gestopft, um seinen Ruf zu schützen, und auf *rewind* gedrückt, um die Zeit dreißig Sekunden zurückzuspulen.

Denn Monsieur Jacques hat sich gut geschlagen, und man muss diejenigen respektieren, die den Mut haben, für ihre Überzeugung zu kämpfen.

Dieses zweite Nein schmerzt mich an Leib und Seele.

Von nun an ist mein Schmerz ein inneres Land.

WATERMELON MAN

50.
ICH NANNTE IHN
IMMER »MONSIEUR«

Die Polizisten bekamen den Haft- und den Durchsuchungsbefehl schnell. Manchmal schliefen Richter um diese Zeit bereits, aber manchmal feierten sie auch noch mit Freunden in einer Tapasbar im Bezirk Plateau. Loïc durfte die Kollegen nicht begleiten, auch wenn er dagegen protestierte. Paul Delaney wollte gewährleisten, dass seine erfahrenen Ermittler bei dem heiklen Einsatz den Rücken frei hatten. Draußen hatte erneut Schneefall eingesetzt. Da zudem starker Wind wehte, war es fast wieder ein Schneesturm.

Sie fuhren an einer Outdoor-Eisbahn vorbei. Gestalten in den Trikots der Canadiens, Bruins und Canucks trotzten der Witterung und spielten im Flutlicht Eishockey. Der Gnom, der hinten saß, drückte sich die Nase an der Scheibe platt und drehte den Kopf, um den Spielern zuzusehen, bis sie nur noch kleine Punkte am Horizont waren.

Einen Moment lang war er ganz in Erinnerungen versunken.

»In meinem Viertel, in Rosemont, gab es einen alten Mann. Im Winter wässerte er die Eisbahn und räumte den Schnee weg, damit wir Eishockey spielen konnten. Seinen Namen habe ich nicht gekannt. Ich habe ihn immer nur ›Monsieur‹ genannt. Er hat allein gelebt. Bei den Vorbereitungen für die Festtage hat meine Mutter immer ein paar Fleischpasteten und Zuckerkuchen extra gebacken. An Heiligabend hat sie mich gebeten, sie ihm zu bringen. Ich weiß noch, dass mir das genauso verhasst war, wie am Neujahrstag um den väterlichen Segen zu bitten. Der Alte bestand immer darauf, mir eine heiße Schokolade zu machen und Fotos seiner Enkel zu zeigen. Ich wusste nie, was ich sagen sollte. Eines Tages bin ich mit dem Beutel, den meine Mutter gepackt hatte, wieder zu ihm hin. Ich habe mehrmals geklingelt, aber er hat nicht aufgemacht, da habe ich gegen die Tür gedrückt, und sie ist aufgegangen. Ich habe den Alten tot in seinem Wohnzimmersessel gefunden. Er ist ganz einsam gestorben.« Er hielt kurz inne. »Ich muss immer an ihn denken, wenn ich an einer Eisbahn vorbeikomme.«

Lemaires Blick traf im Rückspiegel auf Jacinthes und verschleierte sich für einen Augenblick.

»Entschuldigt. Ich weiß nicht, warum ich euch das erzähle.«

Victor kannte die Stadt Mont-Royal kaum, diese Ansammlung von Villen, schmucken Fassaden und Eingangsportalen. Das Haus des Psychiaters gehörte zu den imposantesten in der Straße. Die Polizisten verhandelten durch die Tür, und Jacinthe musste ihren Ausweis zeigen, bevor Mark McNeils Frau ihnen öffnete.

Victor hatte zwar gewusst, dass sie dreißig Jahre jünger war als ihr Mann, doch so hübsch hatte er sie sich nicht vorgestellt. Die schwarzen Haare fielen ihr wie Seidenfäden ins Gesicht und betonten den Glanz ihrer Mandelaugen. Sie hatte einen zarten Teint und war in eine Art dunklen Kimono gehüllt, der bis zur Mitte der Oberschenkel reichte und den Blick auf schlanke Beine und rot lackierte Zehennägel freigab.

»Ist Mark etwas zugestoßen?«, fragte sie beunruhigt. »Hatte er einen Unfall?«

Offensichtlich war McNeil nicht zu Hause, und so machte sich der Gnom daran, sie zu beruhigen. Es bestehe kein Grund, sich um ihren Mann Sorgen zu machen, allerdings hätten sie eine gerichtliche Vorladung für ihn und einen Durchsuchungsbeschluss für ihr Haus.

»Er hat gesagt, dass er nach der Arbeit ein paar Besorgungen zu machen habe und später nach Hause komme«, antwortete sie misstrauisch, als Lemaire sie fragte, wo er sich aufhalte.

Gleichwohl war es bewundernswert, wie die junge Frau nach dem ersten Schreck die Fassung bewahrte. Sie versuchte vergeblich, ihren Mann auf seinem Handy zu erreichen, und hinterließ ihm eine Nachricht. Dann wollte sie den Durchsuchungsbefehl sehen, erkundigte sich bei Lemaire nach der Möglichkeit, einen Anwalt zurate zu ziehen, und fügte im gleichen Atemzug hinzu, dass sie nichts zu verbergen hätten, ehe sie, die Hände ans Gesicht gelegt, über praktische Dinge nachsann: ob sie während der Durchsuchung mit ihrem Kind, das im Obergeschoss schlafe, im Haus bleiben könne?

Der Gnom, der das Koboldkostüm gegen Straßenkleidung getauscht hatte, nickte seinen beiden Kollegen zu. Er würde mit der Frau, die er im Übrigen bereits in Richtung Wohnzimmer bugsierte, die notwendigen Formalitäten erledigen.

»Seien Sie unbesorgt, meine Kollegen werden darauf achten, dass sie die Kleine nicht wecken«, flüsterte er ihr ins Ohr und bot ihr den Arm an.

Victor und Jacinthe liefen in die Küche. Die Magneten klebten noch an der Kühlschranktür. Sie zählten durch. Die Buchstaben schienen komplett, doch wenn man davon ausging, dass das Spiel ursprünglich auch alle Ziffern von null bis neun enthalten hatte, fehlten jetzt die Ziffern 0, 1, 2, 3, 4 und 6.

Victor blätterte in seinem Notizbuch, bis er den Eintrag fand, den er vor Tagen in Judith Harpers Küche gemacht hatte.

»›0 blau, 1 rot, 2 orange, 3 gelb, 4 blasslila, 6 grün.‹ Das stimmt mit den Ziffern und ihren jeweiligen Farben überein«, sagte er und hielt Jacinthe die Seite hin.

Sie nickte. Sie tüteten die verbliebenen Ziffern ein und durchsuchten dann gründlich McNeils Büro.

Das erwies sich als ebenso mühsam wie fruchtlos. Der Computer war mit einem Passwort geschützt, das die Frau des Psychiaters nicht kannte. Jedenfalls behauptete sie das, und sie hatten keinen Grund, an ihrem Wort zu zweifeln. Zudem gab es nur sehr wenige Akten, und die Papiere, die sie fanden, schienen nichts zu enthüllen.

Jacinthe stieg ins Untergeschoss hinunter, und Victor nahm sich das Schlafzimmer vor.

Auch dort machte er keine interessante Entdeckung bis auf den Umstand, dass jeder Ehepartner ein eigenes Waschbecken und einen eigenen begehbaren Kleiderschrank hatte. Außerdem fiel ihm auf, dass das Zimmer samt angrenzendem Bad größer war als seine komplette Wohnung.

Auf der Schwelle zum Kinderzimmer zögerte er, als er ein gleichmäßiges Atmen vernahm. Doch er musste sich vergewissern, dass Neil sich nicht darin versteckte. Er trat ein und durchsuchte den Raum, ohne Lärm zu machen. Alles in Ordnung.

Bevor er wieder hinausging, betrachtete er ein paar Sekunden lang mit einem gerührten Lächeln die friedlich schlafende kleine Schönheit mit ihrem lockigen Haar.

Als er ins Erdgeschoss zurückkehrte, sah er den Gnom mit McNeils Frau auf dem Sofa sitzen. Sie sprachen leise miteinander, und er hielt ihr gerade ein Glas Wasser hin. Gilles Lemaire war ein echter Gentleman und hatte unbestreitbare menschliche Qualitäten, um die ihn Victor beneidete: Er verstand es, mit den Menschen zu reden, ihnen zuzuhören und Empathie zu zeigen.

Nicht, dass er selbst dazu völlig unfähig gewesen wäre, doch manchmal tat er sich schwer, die richtigen Worte zu finden. Auch wenn er mit zunehmendem Alter, wie guter Wein, immer besser wurde.

Oder weicher, wie Jacinthe behauptete. Je nachdem.

Victor näherte sich dem Sofa geräuschlos, da seine Füße regelrecht im dicken Teppich versanken.

Gilles und die Frau schauten erst zu ihm auf, als er wenige Meter vor ihnen stand. Victor fragte, ob sie etwas von McNeil gehört hätten, und Gilles hatte kaum verneint, da drang aus dem Untergeschoss ein dumpfes Grollen herauf.

»Lessard!«, brüllte Jacinthe. »Lessard! Komm und sieh dir das an!«

Victor entschuldigte sich und eilte zur Treppe. Auf den Stufen hörte er ein fürchterliches Scheppern von Metallteilen, die aneinanderstießen.

Was machte sie denn?

Er durchquerte das Familienzimmer und trat in die Garage. Jacinthe stand ganz hinten über eine Skibox aus Kunststoff gebeugt.

»Sieh dir das an!«, rief sie aufgeregt und richtete sich auf.

In der einen Hand hielt sie Langlaufskier, in der anderen schwenkte sie die Stöcke.

51.
PARC MAISONNEUVE

Mark McNeil folgte dem verlassenen Weg, den Kopf nach vorn gebeugt, um sich vor dem schneidenden Wind zu schützen. Der weiße Turm des Olympiastadions ragte in die Nacht. Zu seiner Rechten reihten sich Bäume. Hinter ihm verwischte das Schneetreiben seine Spur.

Heute waren die Masken gefallen.

»Ich weiß, dass du es bist«, hatte er ins Telefon geflüstert.

Die Antwort hatte auf sich warten lassen, in der Leitung war nur ein Rauschen. Der Psychiater hatte damit gerechnet, dass der andere widersprach, dass er energisch leugnete oder sich zu rechtfertigen versuchte, aber nichts dergleichen geschah.

»Was willst du?«

Die Stimme klang ruhig, aber frostig.

Er erklärte, was er wollte, und die Stimme schlug vor, sich heute Nacht im Parc Maisonneuve zu treffen. Dann war nichts mehr geschehen. Der andere hatte aufgelegt.

Der Psychiater hatte den Wagen auf dem Boulevard Rosemont geparkt. Wenn er den Park von dieser Straße aus betrat, hatte er alles besser im Blick. Angst hatte er nicht, denn er war überzeugt, die Situation im Griff zu haben. Allerdings war das kein Grund, leichtsinnig zu werden. Mit den Fingern fuhr er über den Griff des Messers in seiner Tasche.

Hinter einer Biegung sah er den Hügel auftauchen.

Niemand da.

War er am falschen Ort? Es schneite in dichten Flocken. Er kniff die Augen zusammen und suchte die Umgebung ab. Er schloss die Lider, um das Eis wegzudrücken, das an seinen Wimpern hing. Plötzlich tauchte zu seiner Linken eine Gestalt zwischen den Nadelbäumen auf, eine Mütze tief ins Gesicht gezogen.

Zehn Meter vor ihm blieb die Gestalt stehen.

»Hast du geglaubt, du könntest weiter lügen und alle noch länger zum Narren halten?«, tönte der Psychiater.

Lächelte die Gestalt? Er war sich nicht sicher. Er konnte kaum so weit sehen.

»Mir gefällt unser Handel«, fuhr er fort. »Du erkaufst mein Schweigen, ich schaue dafür weg. Und die Polizei sucht weiter in der falschen Richtung. Auf jeden Fall dauert es viel zu lange, sie wird nie auf die richtige Spur kommen. Hast du das Geld?«

Die Gestalt schwenkte eine Plastiktüte und stellte sie vor sich in den Schnee.

»Hier, ist alles da.«

Ohne ein weiteres Wort machte die Gestalt kehrt und verschwand in der Nacht.

McNeil kostete den Moment aus, durchmaß ohne Hast die Strecke, die ihn von seiner Beute trennte, und hob sie auf. Er schob die Finger in die Tüte, um die Scheine zu befühlen, und erstarrte: Er hielt nur Streichholzheftchen in der Hand.

Wütend schüttete er den Inhalt der Tüte auf den Boden und stieß einen Schrei aus. Er wollte sich gerade an die Verfolgung der Gestalt machen, als er hinter sich ein Geräusch vernahm, ein leises Zischen. Das Messer in der Hand, wirbelte er herum.

Ein Skifahrer nahte in hohem Tempo und bremste dann scharf ab.

McNeil atmete auf. Er wollte in die andere Richtung davongehen, da bemerkte er, dass der andere ihn beobachtete. Ein

Schauder lief ihm über den Rücken: Der Skifahrer spannte die Sehne eines Bogens, mit dem er in seine Richtung zielte.

McNeil begriff: Wenn er mit dem Leben davonkommen wollte, musste er die schützenden Bäume erreichen. Er rannte, so schnell er konnte, los. Ein Pfeifen an seinem Ohr warnte ihn. Er hechtete nach links und rollte sich ab.

Der Pfeil hatte ihn knapp verfehlt.

Er war sofort wieder auf den Beinen und rannte weiter. Ein Blick über die Schulter verriet ihm, dass der andere die Verfolgung aufgenommen hatte und rasch aufholte.

Die Baumreihe kam näher.

Über hundert Meter, schätzte er. Er konnte sie erreichen.

Und war er erst mal im Wald, war alles möglich. Erstens konnten Stämme und Äste die Flugbahn der Pfeile ablenken, zweitens spielte Schnelligkeit keine Rolle mehr, Skier waren sogar hinderlich. Und im Nahkampf konnte er mit dem Messer etwas ausrichten.

In diesem Augenblick verfluchte er sich, weil er sein Handy im Auto gelassen hatte, war aber froh darüber, dass er sich in den letzten Jahren einem so harten Training unterzogen hatte.

Nur noch wenige Meter …

Die Bäume kamen in Reichweite, er konnte schon fast die ersten Äste berühren.

Atemlos ging er hinter dem dicken Stamm einer Fichte in Deckung. Das Messer zitterte in seiner Hand. War sein Verfolger schon hinter ihm in den Wald eingedrungen? Jetzt vor allem nicht mehr keuchen, sonst verriet er seine Position.

Nach und nach verfeinerte sich sein Gehör. Er vernahm das Heulen des Windes, das Schwanken der Bäume, in der Ferne das Rauschen des Verkehrs.

Keine Schritte, kein Knirschen des Schnees, kein Knacken von Zweigen. Er wagte einen Blick zu der Stelle, wo sich der Verfolger jetzt eigentlich befinden musste.

Niemand. Er war allein.

Mit unendlicher Vorsicht drehte er sich um und ging geduckt weiter. Alle zehn Meter hielt er inne und lauschte, dann setzte er sich wieder in Bewegung. Plötzlich blieb er stehen. Er hatte etwas gesehen, rechts vor ihm.

Der Skiläufer tauchte auf, eine Kapuze über den Kopf gezogen, den Bogen gespannt, die Finger schussbereit neben dem Mund. McNeil klapperten die Zähne.

Wo kam der Mann bloß her?

Er wollte losrennen, sich hinwerfen, in Deckung gehen, aber er war wie gelähmt vor Angst, konnte den Blick nicht von dem Bogen wenden.

Sein Herz raste, sein Mund verzog sich zu einem bitteren Grinsen.

»Bitte nicht so«, hörte er sich murmeln.

Ein Bild brannte sich in seine Netzhaut: Daumen und Zeigefinger des Angreifers ließen los, zischend schnellte der Pfeil vom Bogen.

Seine Gedanken rasten.

Nie hatte er so sehr leben wollen wie in diesem Augenblick. All die Zeit, die er noch vor sich zu haben glaubte, schwand dahin. Er sah sie durch seine Finger rinnen, dann zwischen den Bäumen verschwinden. Er dachte an seine Frau und seine Tochter.

Die Kleine, die er liebte und die er durch eigene Schuld nicht würde aufwachsen sehen. Er dachte an den Spielteufel, den er in sein Leben, in ihr Leben gelassen hatte.

Da er alle psychischen Mechanismen kannte, die aus Menschen pathologische Spieler machten, hatte er sich für stärker gehalten und geglaubt, er sei gegen diese Sucht gefeit.

Seine Augen weiteten sich: Sein Gehirn erkannte, dass es zu spät war, dass er dem Geschoss, das mit rasender Geschwindigkeit auf ihn zuflog, nicht ausweichen konnte. Seine Gedanken überschlugen sich, während der Pfeil durch die Luft pfiff. Nur noch ein paar Nanosekunden bis zum Auftreffen. Sein Verstand beschloss seinen Sturzflug mit Fragen.

Was wäre geschehen, wenn er sich Marsha von Anfang an anvertraut hätte? Er war überzeugt, dass sie ihn liebte, aber was genau bedeutete das?

Liebte sie ihn wahrhaftig oder nur für das, was er darstellte?

McNeil hatte nie darüber nachgedacht und würde die Wahrheit niemals erfahren.

Der Pfeil beendete seine Flugbahn, zertrümmerte das Brustbein und durchbohrte das Herz. McNeils Mund öffnete sich leicht, seine Finger verkrampften, dann ließ er das Messer los. Ein zweites Geschoss fuhr ihm in den Hals. Sein Körper sank zuerst auf die Knie, dann kippte er hart nach hinten.

Schon sahen seine aufgerissenen Augen die Bäume nicht mehr.

52.

VIDEOBAND

Samstag, 24. Dezember

Der Weckton des Handys riss Victor aus einem bleiernen Schlaf. Er langte zum Nachttisch hinüber und tastete nach dem Gerät. Sein Ellbogen warf das Fläschchen mit den Schlaftabletten um, stieß gegen ein Glas, das einen Moment lang in der Schwebe zwischen der materiellen Welt und der Leere verharrte, ehe es kippte und zu Boden fiel. Victor fuhr aus einem Knäuel durchgeschwitzter Laken hoch und öffnete die Augen. Tageslicht blendete ihn.

Er rieb sich die Augen und warf einen Blick auf die Uhr.

Warum hatte ihn Nadja so lange schlafen lassen? In ihrer Abmachung gab es doch keine Grauzone. Sie weckte ihn, bevor sie ging, Punkt. Vollkommene Stille in der Wohnung. Wo war sie hin?

Ihr Name hallte von den Wänden wider.

Victor kniff sich in den Nasenrücken: ein pochender, bohrender Schmerz. Kein Wunder, beide Nasenlöcher waren komplett verstopft. Er verharrte eine Weile reglos. Dann katapultierte er sich mit einem Hüftschwung aus dem Bett.

Seine Füße landeten in etwas Feuchtem und Weichem.

Er suchte den Boden um seine Zehen herum ab. Die zusammengeknüllten Taschentücher neben dem Bett schwammen jetzt in einer Pfütze. Zum Glück war das Glas nicht zerbrochen. Er bückte sich, um es aufzuheben. Dabei stellte er fest, dass die Schmerzen im Lendenbereich und in der Pobacke wieder da waren. Da er sich verschnupft fühlte, holte er ein Grippemittel aus der Hausapotheke und schluckte es zusammen mit einem Cocktail, der aus seiner Tablette gegen Reflux, einem Antidepressivum und einem Entzündungshemmer bestand.

Um seine Niedergeschlagenheit zu verscheuchen, wich er von seiner Gewohnheit ab und holte die Packung mit normalem Kaffee aus dem Kühlschrank, die er dort für Notfälle aufbewahrte.

Er ergriff sein Handy, öffnete das Küchenfenster und steckte sich eine Zigarette an. Während er auf der Toilette war, hatte jemand eine Sprachnachricht hinterlassen. Nummer unbekannt. Er erkannte die näselnde Stimme von Lawsons Assistentin.

»Ja, Monsieur Lessard, hier spricht Adèle Thibault. Hören Sie, ich weiß nicht, ob es richtig ist, Sie anzurufen, aber ich wollte Ihnen sagen, dass Maître Rivard am späten Mittwochabend eine Nachricht auf meine Voicemail gesprochen und sämtliche Termine für den nächsten Tag abgesagt hat. Und gestern ist er, ohne jemandem Bescheid zu geben, nicht im Büro erschienen. Dabei hatte er mehrere wichtige Besprechungen. Niemand hier kann ihn erreichen. Also, ich habe mir gedacht, das würde Sie interessieren.«

Victor schüttelte den Kopf, blies Rauch durch die Nasenlöcher und speicherte die Nachricht.

In Anbetracht des Ärgers, den sie seit Beginn der Untersuchung mit der Kanzlei Baker, Lawson, Watkins hatten, ging er davon aus, dass Paul Delaney persönlich mit einem Gesellschafter der Firma telefonieren wollte, um Näheres über das Fernbleiben Louis-Charles Rivards zu erfahren.

Der Chef hob beim ersten Klingeln ab und lauschte seinem Bericht über Thibaults Anruf, ohne ihn zu unterbrechen. Und da Victor schon dabei war, schilderte er ihm mit monotoner Stimme und in wenigen Sätzen den Einsatz vom Vorabend: Sie waren bis fünf Uhr morgens bei den McNeils geblieben, hatten ein Paar Skier entdeckt und der Spurensicherung geschickt, die sie mit den in Summit Woods sichergestellten Abdrücken vergleichen sollte, und schließlich eine Streife vor dem Haus postiert mit der Anweisung, sie sofort zu verständigen, wenn der Verdächtige auftauchte.

»Glaubst du, McNeil hat sich aus dem Staub gemacht?«, fragte Delaney.

Victor stieß eine Rauchwolke aus und stieg in ein Paar Jeans.

»Keine Ahnung, Paul. Aber mit Sicherheit ist es kein gutes Zeichen, dass er zur gleichen Zeit wie Rivard verschwindet. Lass uns nachher noch mal reden. Ich ziehe mich rasch an und komme dann.«

»Habt ihr versucht, McNeils Handy zu orten?«

»Hat nicht geklappt. Es ist ausgeschaltet oder in einem Funkloch.«

»Na super!« Delaney hustete und brauchte einen Moment, ehe er fortfuhr. »Hör zu, es besteht kein Grund zur Eile. Heute ist Samstag, Jacinthe und Gilles sind noch nicht da, und du hast keine drei Stunden geschlafen. Ich werde Näheres über Rivard in Erfahrung bringen. Ich halte dich auf dem Laufenden.«

Victor entsorgte seine Kippe in der Kloschüssel und kehrte in die Küche zurück, um Frühstück zu machen und sich einen Kaffee einzuschenken. Ein Zettel auf der Anrichte, den er erst jetzt bemerkte, brachte ihn endlich zum Lächeln.

Du bist spät (oder früh) nach Hause gekommen, und du hast so schön ausgesehen, da wollte ich dich nicht wecken!
Einen schönen Tag, Liebster.
Bis heute Abend :)
Gib mir Bescheid.
N xx

Victor schleppte sich mühsam nach Versailles zurück. Der Aufzug fuhr von Etage zu Etage, kam aber nie zu ihm ins Erdgeschoss herunter und stellte seine Geduld auf eine harte Probe. Frisch rasiert und elegant in seinem grauen Anzug kam der Gnom in Überschuhen angeschlurft.

Bei seinem Anblick überfiel Victor ein Gedanke, entglitt ihm aber sofort wieder, da er sich nicht konzentrieren konnte. Man hätte meinen können, jemand hätte sein Gehirn in der Nacht durch ein aufgeweichtes Brötchen ersetzt.

Er fuhr sich mit der Hand durch den Mehrtagebart, schaute an sich hinunter auf seine Lederjacke, seine abgewetzten Jeans und seine Chucks und seufzte angeödet.

»Hallo, Gilles.«

»Hallo, Vic«, antwortete Lemaire fröhlich. »War wohl eine kurze Nacht, wie?«

Victor nickte und schloss deprimiert die Augen.

»Ach, Gilles, bevor ich's vergesse … Habe ich es nur geträumt, oder hat Jacinthe gestern gesagt, du hättest die Namen der Bosse von Northern Industrial Textiles rausgekriegt?«

Ein Schmunzeln ging über das Gesicht des Gnoms.

»Nein, hast du nicht geträumt. Aber hier war so viel los, dass ich ganz vergessen habe, es dir zu sagen.«

»Hast du die Namen durch die Datenbanken des CRPQ gejagt?«

Endlich hielt der Fahrstuhl im Erdgeschoss, und die Metalltüren glitten auseinander. Die beiden Ermittler setzten das Gespräch im Aufzug fort.

»Das hat nichts gebracht, aber Loïc hat mir geholfen, die drei Bosse ausfindig zu machen. Einer ist 2005 an Krebs gestorben, ein anderer lebt in einem Pflegeheim. Alzheimer. Mit dem dritten habe ich gestern gesprochen. Er war der Präsident des Unternehmens, das 1974 aufgelöst wurde. Er hat Harper nicht gekannt, und es dauerte eine ganze Weile, bis er sich an Lawson erinnert hat. Er sagt, dass sie seit mindestens dreißig Jahren nicht mehr miteinander gesprochen hätten. Er will nur ein paarmal mit Lawsons Kanzlei zu tun gehabt haben und weiß von keiner speziellen Akte, die für ihn von Interesse hätte sein können.« Er machte eine Pause. »Das ist auch der Grund, warum es mir entfallen ist. Wenn ich mich nicht gewaltig täusche, haben die drei nichts mit unserem Fall zu tun.«

»Komisch«, murmelte Victor und stierte ins Leere.

Punkt 10.54 Uhr kam Jacinthe in den Konferenzraum, dunkle Ringe unter den Augen, in der einen Hand zwei Büchsen Red Bull, in der anderen einen Karton Donuts. Sie lud ihre Fracht auf dem Tisch ab und schien etwas sagen zu wollen, begnügte sich dann aber mit einem Gähnen. Nachdem sie jeden einzelnen Fingerknöchel hatte knacken lassen, riss sie die erste Dose auf und führte sie an die Lippen. Sie leerte sie mit wenigen Schlucken und stellte sie auf den Tisch zurück. Dann gab sie einen satten Rülpser von sich und grinste zufrieden.

»Wie lange bist du schon da, Lessard?«

Mit gerunzelter Stirn drückte Victor eine Taste an der Fernbedienung und fror das Bild auf dem Fernsehschirm ein.

»Seit ungefähr einer Stunde«, antwortete er und wandte sich seiner Partnerin zu.

»Willst du einen?«, fragte sie und biss in einen Erdbeerdonut, dessen Puderzucker an ihren Mundwinkeln kleben blieb.

»Später vielleicht. Sieh dir das an.«

Er spielte eine Videosequenz ab, die Louis-Charles Rivard bei dem improvisierten Gespräch mit Journalisten zeigte, das er nach ihrer Pressekonferenz geführt hatte.

»Wenn Sie aus irgendeinem Grund davor zurückschrecken, mit der Polizei zu sprechen, wenden Sie sich direkt an mich. Egal was vorgefallen ist, wir können eine Einigung erzielen. Kontaktieren Sie mich. Ich habe, wonach Sie suchen.«

Jacinthe nahm einen ersten Schluck aus der zweiten Dose Red Bull, die sie diesmal offenbar langsamer trinken wollte. Sie zuckte mit den Schultern.

»Ja und?«

»Komm schon, fällt dir nichts auf?«

Victor ließ das Ende des Clips noch einmal laufen.

»Hör genau zu.«

Rivards Gesicht erschien in Großaufnahme.

»Kontaktieren Sie mich. Ich habe, wonach Sie suchen.«

»Was denn?«

»Findest du das nicht seltsam? Was will er damit sagen: ›Ich habe, wonach Sie suchen‹?«

»Mensch, Lessard! Das ist doch sonnenklar. Er ist bereit, ein Lösegeld zu zahlen. Er hat Kohle. Genau das will er sagen.«

Victor seufzte und verdrehte die Augen. Die Engstirnigkeit seiner Kollegin nervte ihn.

»Sonnenklar, Jacinthe!«, wiederholte er mit zusammengebissenen Zähnen, er konnte nicht anders. »Nein, ich bin nicht deiner Meinung. Genau das sagt er eben nicht. Kaum haben wir Lawsons Verschwinden bekanntgegeben, spricht Rivard schon von Entführung. Das ist mir erst vorhin aufgefallen! Er setzt eine Botschaft ab. Er wendet sich an den Mörder von Lawson und Harper. Er lässt ihn wissen, dass er etwas in seinem Besitz hat, das für ihn von Interesse ist.«

Jacinthes Gesicht verwandelte sich in ein Fragezeichen, während Victors Blick über die Wand hinter ihr wanderte.

»Wir sind auf der falschen Fährte, was Rivard und McNeil angeht. Die beiden sind tot.«

Jacinthe bekam einen solchen Hustenanfall, dass ihr Red Bull aus den Nasenlöchern herausspritzte.

53.
PROFILFRAGE

Jacinthe wischte sich mit einem eilends abgerissenen Papiertuch das Gesicht ab, dann brachte sie ihr Missfallen zum Ausdruck, indem sie ihm in schroffem Ton vorwarf, aus Louis-Charles Rivards Statement vor den Kameras voreilige Schlüsse zu ziehen. Der Sergent-Détective schnellte in die Höhe, deutete mit dem Finger auf sie und öffnete den Mund, um sein Gift zu verspritzen, besann sich dann aber anders und stürmte, ohne etwas zu entgegnen, davon.

Er durchquerte den Raum der Ermittler in Richtung Ausgang, doch Jacinthe nahm halb im Laufschritt die Verfolgung auf und holte ihn auf dem Korridor ein.

Sie packte ihn am Arm und zwang ihn, sich umzudrehen.

»Was ist? Was habe ich denn gesagt?«

Sie starrten einander lange schweigend an, und ein einziges falsches Wort hätte genügt, um eine Atomexplosion auszulösen. Ein Licht blitzte in Victors Augen auf, das sie schon ewig nicht mehr gesehen hatte, und erlosch dann wieder.

»Ich muss nur ›weiß‹ sagen, dann sagst du ›schwarz‹!«, stieß er zwischen den Zähnen hervor.

»Ich wusste nicht, dass wir immer einer Meinung sein müssen, du Sympathiebolzen.«

»Es liegt an deiner Art, Jacinthe. Musst du immer so grob sein?«

Sie machte ein zerknirschtes Gesicht wie jemand, der bei einem Fehler ertappt worden war, und ließ den Kopf sinken.

»Wo wolltest du eigentlich hin?«

Zum Zeichen, dass er seine Wut im Griff hatte, atmete Victor tief durch und entkrampfte seine Hände.

»In Rivards Wohnung. Er ist seit zwei Tagen nicht im Büro erschienen.«

»Nicht noch einer, der verschwunden ist! Darf ich dich darauf hinweisen, dass wir keinen Durchsuchungsbeschluss haben?«

»Seit wann brauchst du einen Durchsuchungsbeschluss, um jemandem einen Besuch abzustatten? Beeil dich, wir dürfen keine Zeit verlieren.«

Ein diebisches Grinsen umspielte ihre Mundwinkel. Sie hatte keine Ahnung, was in ihren Partner gefahren war, aber dieser Lessard 2.0 gefiel ihr.

Im Wagen ließ sich Victor zwei Donuts aus dem Karton geben, den Jacinthe mitgenommen hatte, und aß sie schweigend, wobei er jeden Bissen sorgsam kaute. Im Bemühen um Wiedergutmachung fragte ihn Jacinthe, warum er glaube, dass Rivard und McNeil tot seien. Er antwortete, es sei eher ein Bauchgefühl als eine Gewissheit.

Er sei überzeugt, wiederholte er, dass Rivard dem Mörder eine Botschaft übermittelt habe. Jetzt, wo er verschwunden sei, liege der Schluss doch nahe, dass der gesuchte Mörder ihn beseitigt habe.

»Für mich«, beharrte Jacinthe, »ist ganz klar McNeil der Mörder.«

Victor schüttelte den Kopf.

»Bis gestern war ich auch davon überzeugt, aber jetzt habe ich meine Zweifel. Ist dir eigentlich bewusst, wie leicht es für uns war, die Teile des Puzzles zusammenzusetzen? Und im Nachhinein erscheinen bestimmte Indizien doch fragwürdig.«

»Ach ja? Welche?«

»Die Magnetziffern zum Beispiel. Warum sollte ein intelligenter und gebildeter Mann wie McNeil Ziffern benutzen, die an seinem eigenen Kühlschrank kleben?«

Jacinthe verwies darauf, dass Mörder häufig wegen Unvorsichtigkeiten oder Fehleinschätzungen überführt wurden, die einem klar denkenden Menschen nicht unterlaufen wären.

Victor stimmte ihr in diesem Punkt zu, hielt aber dagegen, dass dies nur für sogenannte »kleine Morde« gelte, die in der Regel von Leuten begangen wurden, die mit Alkohol- oder Drogenproblemen zu kämpfen hätten, mit häuslicher Gewalt und so weiter.

»Das ist hier nicht der Fall«, beharrte er. »Ich kann dir weitere Beispiele geben. Nimm doch nur die ausgefallene Mordwaffe oder die Planungen, die notwendig waren, um die Morde überhaupt begehen zu können ... Nachdem McNeil so viel Hirnschmalz verbraten hat, soll er bei einer so albernen Sache wie den Magnetziffern Mist gebaut haben? Das kann ich mir nicht vorstellen, Jacinthe. McNeil ist zu intelligent, um einen so klaren Beweis zurückzulassen. Das passt nicht zu seinem Profil.«

»Und die Skier?«, fragte sie.

»Wir haben von der Spurensicherung noch keine Rückmeldung, aber es würde mich wundern, wenn die Spuren, die wir in Summit Woods gefunden haben, von McNeils Skiern stammen.« Er hielt kurz inne. »Wir haben uns von der Aussicht auf eine schnelle Verhaftung blenden lassen. McNeil ist nicht unser Täter, Jacinthe. Vielleicht ist er indirekt in den Fall verwickelt, vielleicht hat jemand alles so hingedreht, dass der Verdacht auf ihn fällt, aber irgendwas ist hier faul. Und wir müssen schnell dahinterkommen, was. Wenn nicht, werden Leichen unseren Weg pflastern.«

Jacinthes Absätze klapperten über den Asphalt, und das Streusalz, das das Eis auftauen sollte, knirschte unter ihren Sohlen. Der Eingang des Gebäudes, in dem sich Rivards Wohnung befand, lag in der Fußgängerzone Cours Le Royer. Sie klopften an die letzte Tür am Ende des Flurs, und als niemand öffnete, schirmte Jacinthe ihren Kollegen mit ihrer Leibesfülle ab, während er sich vorbeugte, um das Schloss zu knacken.

So getarnt, war er praktisch unsichtbar. Schweiß perlte auf seiner Stirn. Das Schloss machte ihm mehr zu schaffen, als er erwartet hatte.

»Ja, Euer Ehren, eigentlich wollten wir Maître Rivard einen Besuch abstatten, da aber die Tür halb offen stand, beschlossen wir, wieder zu gehen«, witzelte Jacinthe leise.

Endlich drehte sich der Türgriff.

Victor atmete auf und wischte sich mit dem Handrücken die Stirn ab.

»Wir sehen uns nur kurz um, okay?«, sagte er und hielt Jacinthe eine Paar Gummihandschuhe hin. »Wenn wir uns hier erwischen lassen ...«

Ein geräumiger, heller Loft, Designermöbel, minimalistische Ausstattung, zwei Gemälde vom selben Künstler (Porträts von verzerrten, gequälten Gesichtern), ein Flachbildschirm, der fast eine ganze Wand einnahm, und eine Hi-Fi-Anlage eines schwedischen Herstellers.

Oder war es ein finnischer? Véronique hatte damals die gleiche Anlage gekauft, aber er erinnerte sich nicht mehr genau. Wohingegen er den Preis, den sie dafür bezahlt hatte, nicht vergessen hatte. Er entsprach der Hälfte seines Jahresgehalts.

Jacinthe steuerte direkt auf den Glasschreibtisch zu, auf dem ein Telefon, ein Computer und ein Faxgerät standen. Sie blätterte die wenigen Unterlagen durch. Dann kippte sie den Inhalt des Papierkorbs aufs Bett. Victor sah sich zuerst in der Küche, dann im Badezimmer um.

Beim Anblick der Flaschen und Flakons, die sauber aufgereiht auf einem Glastablett standen, musste er unwillkürlich schmunzeln. Was Jacinthe wohl sagen würde, wenn sie Rivards

Sortiment sah, wo sie doch ihn schon als Metrosexuellen bezeichnete und ihm damit auf die Nerven ging, nur weil er auf sein Äußeres achtete und sich fit hielt.

Da er nichts Interessantes entdeckte, kehrte er in den Hauptraum zurück, blickte in die Runde und ließ seinem Gehirn Zeit, das Gesehene abzuspeichern.

Er hielt nach einem Störelement Ausschau, nach etwas, das an seinem Platz zu sein schien, es aber nicht war. Frust und Hektik machten sich breit. Sie mussten sich beeilen, doch auf den ersten Blick schien alles in Ordnung.

»Hast du den Computer hochgefahren?«, fragte er Jacinthe.

Sie saß in einem Ledersessel, tippte mit einer Hand auf Rivards Telefon herum und kritzelte mit der anderen grimmig Notizen auf einen Zettel.

»In den Rechner komm ich nicht rein, er ist passwortgeschützt. Ich schreibe gerade die Anrufliste ab. Der letzte Anruf datiert vom Dienstag.«

Victor deutete auf die Papiere, die fächerförmig auf dem Bett verteilt waren. Mit einer Kopfbewegung gab Jacinthe zu verstehen, dass sie nichts Interessantes entdeckt hatte.

Mit flauem Gefühl im Magen stand Victor eine Weile vor dem Bücherregal. Außer Autozeitschriften barg es nur ein paar Gesetzbücher. Rivard war offensichtlich keine Leseratte.

Auf einem Couchtisch lag ein Stapel DVDs: *Platoon, Der Soldat James Ryan, Der schmale Grat*. Nur Kriegsfilme. Traurig …

Er sah nervös auf die Uhr. Die Sache zog sich.

»Wir müssen auch das Faxgerät checken«, sagte er, während er ein paar Schubladen durchstöberte. »Einige Fabrikate speichern die letzten Nachrichten.«

Ohne von ihrer Arbeit aufzuschauen, stieß die Jacinthe ein lautes Lachen aus.

»Mann, Lessard! Sehe ich vielleicht wie eine Computertechnikerin aus?«

Victor hatte Adams schon mehrmals bei der Übung zugesehen und traute sie sich durchaus zu. Er inspizierte das Gerät, drückte auf ein paar Tasten, und es begann zu summen. Ein Blatt wurde eingezogen, und die Rollen gerieten in Bewegung.

»Manche Geräte drucken das neueste Fax zuerst aus, andere machen es umgekehrt«, erklärte er.

Der Klingelton seines Handys ließ ihn zusammenzucken. Das Display verriet ihm, dass der Gnom ihn zu erreichen versuchte. Bevor er ranging, holte er tief Luft, um sich zu beruhigen.

»Hallo, Gilles.« Sein Gesicht verfinsterte sich. »Was? Wo? … Ja, ja, sie ist bei mir. Was? … Nein, nein, nichts Wichtiges … Hör mal, das erkläre ich dir später. Wir treffen uns dort, okay?«

Victor unterbrach die Verbindung. Eine Falte grub sich in Jacinthes Stirn. Sie ahnte, dass er keine gute Neuigkeit hatte.

»Was ist los?«

»Sie haben noch eine Leiche gefunden. Im Parc Maisonneuve.«

»Wer ist es? McNeil oder Rivard?«

»Sie sind sich noch nicht sicher, aber sie glauben, dass es McNeil ist.« Die beiden Polizisten sahen sich schweigend an. »Und du, hast du etwas?«

Jacinthe streckte ihm den Zettel hin, auf dem sie die Nummern der letzten zehn Anrufe notiert hatte, die in Rivards Festnetztelefon gespeichert waren. Eine Nummer tauchte viermal auf. Das Faxgerät spuckte ein Blatt aus. Sie nahm es. Es handelte sich um die erste Seite eines zehnseitigen Vertrags.

»Scheiße, wir sind noch nicht fertig! Ich gehe runter zum Wagen und schicke das ins Büro«, sagte sie, ihre Notizen meinend. »Damit wir wissen, mit wem wir es zu tun haben. Du kommst dann nach.«

Nachdem sie gegangen war, drehte Victor im Zimmer eine Runde, begleitet vom Surren des Faxgeräts. Seine Unruhe wuchs. Er hatte spontan gehandelt, ohne an die Konsequenzen zu denken. Aber widerrechtlich in Rivards Wohnung einzudringen, war nun wahrlich keine grandiose Idee gewesen. Es konnte sie in Teufels Küche bringen.

Das Faxgerät stockte. Im Glauben, es hätte seinen kompletten Inhalt ausgespuckt, ging er hin, doch eine blinkende Anzeige signalisierte ihm, dass ein weiterer Ausdruck folgte.

»Verfluchte Kiste!«, zischte er.

Wieder im Crown Victoria schickte Jacinthe die Nummern, die sie aus Rivards Telefon ausgelesen hatte, über den Bordcomputer ins Büro. Anschließend versuchte sie, Lucie zu Hause anzurufen. Doch die ging nicht ran, und so sprach sie ihr eine Nachricht auf die Sprachbox.

Sie schaute auf die Uhr. Wo Lucie bloß steckte?

Selbst nach all den Jahren wurde sie ihre Unsicherheit nie ganz los. Sie war fest davon überzeugt, dass ohne ihre Liebste alles zusammenbrechen, alles seinen Sinn verlieren würde. Lucie war der unsichtbare Faden, der sie mit dem Rest der Welt verband.

Riss dieser Faden, war sie wieder eine ausgerenkte Marionette, eine leblose Puppe.

Sie stierte auf die Schneedecke, die tags zuvor noch einmal ein paar Zentimeter gewachsen war. Sie wollte gerade nach dem Handy in ihrer Tasche greifen, weil sie langsam ungeduldig wurde, da sah sie Lessard aus dem Haus treten, einen Papierstapel unterm Arm.

Er kam rasch zum Crown Victoria und stieg ein.

»Und?«, fragte Jacinthe, während sie das Warnlicht einschaltete.

Victor hatte zugesehen, dass er schleunigst aus der Wohnung kam, und noch keine Zeit gehabt, einen eingehenden Blick auf die ausgedruckten Faxe zu werfen. Er schnallte sich an, legte sich den Stapel auf den Schoß und ging Blatt für Blatt durch.

»Vertrag, Rechtsgutachten, Vertrag«, leierte er herunter und beleckte sich den Zeigefinger.

Der Crown Victoria raste bereits durch die Rue Notre-Dame Est.

»Wir fahren über die Pie-IX«, murmelte Jacinthe, die im Kopf die kürzeste Strecke zum Parc Maisonneuve absteckte.

Victor erstarrte.

Vorsichtig nahm er ein Blatt von dem Stapel und betrachtete es mit angehaltenem Atem und fast schon andächtiger Aufmerksamkeit.

»Was ist? Red schon, Lessard! Hast du was entdeckt?«

»Ich glaube, ja«, antwortete er und drehte das Blatt langsam in ihre Richtung, damit sie es sehen konnte.

Darauf war ein Galgenmännchen zu erkennen, das die Zunge rausstreckte, begleitet von einer Aufforderung, die an Lawson gerichtet war:

Guten Morgen, Nathan. Lassen Sie uns Galgenmännchen spielen.

Und neben dem Galgenmännchen war von Hand und offensichtlich in großer Hast hingekritzelt:

L-C, wo sind Sie?
Ich habe Ihnen eine Nachricht aufs Handy gesprochen.
Rufe heute Abend noch mal an.
Brauche Ihre Hilfe.
ES IST VERDAMMT DRINGEND.
Nathan.

54.
SUCHTRUPP

Die Polizeikette rückte gleichmäßig vor, die Bewegungen aller Beteiligten waren genau aufeinander abgestimmt.

Vorn wuselten die Hunde, schnüffelten am Boden, strichen mit den Schnauzen über den Schnee und wühlten ihn auf. Vom Eingang des Parks aus bewegte sich der Suchtrupp auf die Bäume zu, hin zu der Stelle, wo die Leiche gefunden worden war.

Jacinthe und Victor schlugen einen Bogen und überholten die Gruppe auf der rechten Seite. Kollege Giguère, der ein paar Schritte vor ihnen auf dem markierten Weg ging, sprach zu ihnen, ohne sich umzudrehen.

»Das ist die zweite Querung. Bis auf die Skispuren und die Streichholzheftchen haben sie beim ersten Mal nichts gefunden.«

Seine Ohren hatten eine bedenklich blasslila Farbe angenommen, als wollten sie jeden Moment zerspringen und zu Staub zerfallen.

Am Fuß des Hügels deutete er mit dem Finger auf vier rote Stangen, zwischen die Techniker der Spurensicherung gelbe Plastikbänder gespannt hatten.

Die Markierung, erklärte Giguère, kennzeichne die Stelle, wo die Hunde den Beutel mit den Streichholzheftchen erschnüffelt hätten, der teilweise vom Neuschnee des gestrigen Abends bedeckt gewesen sei.

Obwohl Jacinthe geländetaugliche Stiefel trug wie ihre Kollegen, hatte sie Mühe, das Gleichgewicht zu halten und den anderen zu folgen. Sie war völlig außer Atem, als sie auf der Hügelkuppe ankamen, und stützte sich bei Victor ab, um zu verschnaufen. Ein paar Meter weiter bog Giguère den Ast einer Tanne zur Seite, um sie durchzulassen. Sie gelangten auf eine kleine Lichtung, einen kreisrunden, von Bäumen umsäumten Platz.

Das Blitzlicht eines Fotoapparats zuckte und erhellte die Leiche und den rot gefärbten Schnee.

Zwei Techniker der Spurensicherung waren dabei, mit Schaufeln die Leiche rundherum freizulegen. Sie arbeiteten schweigend. Jede Bewegung war präzise und hatte Methode.

Während Giguère zu seinen Leuten zurückkehrte, richtete sich der Gnom, der neben dem Toten gekauert hatte, auf und kam zu Victor und Jacinthe herüber. Er trug eine Strickmütze in den kanadischen Nationalfarben, die er sich von einem seiner Sprösslinge geborgt hatte. Er sah damit nicht älter als zwölf aus.

»Es ist McNeil ... Irgendwas hat ihm das Herz und den Hals durchbohrt«, sagte er als Antwort auf die Frage, die sie gerade hatten stellen wollen. »Berger muss es zwar noch bestätigen, aber einer von den Technikern tippt auf Pfeilwunden. Er wurde ein Stück weiter hinten getötet und dann hierher geschleift. Ein Spaziergänger hat ihn gefunden. Oder vielmehr sein Hund.«

Der Psychiater lag auf dem Rücken. Raureifkristalle hatten sich über sein Gesicht gelegt wie ein dünner Film, der ein durchscheinendes Leichentuch bildete.

»Und was haben die Streichholzheftchen zu bedeuten?«, fragte Victor.

Der Gnom zuckte mit den Schultern.

»Keine Ahnung. Wir haben sein Auto auf dem Boulevard Rosemont gefunden. Unter dem Fahrersitz klemmte eine Tüte voller Geld. Fünfzehntausend Dollar. In kleinen Scheinen. Sein Handy lag auf dem Beifahrersitz. Kein Wunder, dass wir es nicht orten konnten. Es war ausgeschaltet. Ich habe mir die Anrufliste angesehen. Nichts.«

»Und die Skispuren?«, fragte Jacinthe. »Sind es dieselben wie in Summit Woods?«

»Es sind dieselben«, antwortete der Gnom. »Ein Techniker hat es mir gerade bestätigt. Und der Vergleich hat gezeigt, dass McNeils Skier viel zu groß sind für die Spuren, die wir hier und in Summit Woods gefunden haben.«

»Das haben wir uns schon gedacht, Gilles«, erwiderte Jacinthe schlecht gelaunt. »Sonst wäre ich nicht hier und würde mir den Arsch abfrieren.«

Victor konnte den Blick nicht von dem Toten wenden. Er dachte an McNeils Frau, die sie gestern Abend kennengelernt hatten, und an ihre Tochter, die nun ohne ihn aufwachsen würde. Die Kleine würde ihr Leben lang darunter leiden, so wie er seit Jahrzehnten den Verlust seiner Familie mit sich herumschleppte. Er trat unter den Bäumen hervor und ging ein paar Schritte.

Die Polizeikette war mittlerweile über die roten Markierungen hinaus und kam dem Fuß des Hügels näher. Er schloss die Augen und versuchte sich die Szene auszumalen, sich ein Bild zu machen. Er stellte sich vor, wie der Psychiater und der Skifahrer am Ende des Hangs aufeinandertrafen.

Im Kopf legte er den Weg zurück, den McNeil gegangen war. Irgendwann war er in Todesangst den Hang hinaufgerannt und hatte versucht, den Schutz der Bäume zu erreichen.

Weiter stellte er sich vor, wie der Mörder kühl und überlegt den Bogen spannte und wie der Pfeil unter dem entsetzen Blick des Psychiaters die Luft durchschnitt. Als Victor wieder die Augen öffnete, hatte sich ein Gedanke in seinem Kopf festgesetzt, der alle anderen überlagerte, eine Eingebung, die er jedoch mit nichts hätte untermauern können. Das Schnaufen Jacinthes, die von hinten anwalzte, riss ihn aus seinen Überlegungen.

»McNeil kannte seinen Mörder«, sagte er, ohne sich umzudrehen. »Er war nicht misstrauisch.«

Während Jacinthe versuchte, einen Geschwindigkeitsrekord aufzustellen, telefonierte Victor, ans Armaturenbrett geklammert, mit Paul Delaney und schilderte ihm seine ersten Eindrücke vom Tatort. Einerseits beseitigten die Skispuren die letzten Zweifel daran, dass der Skifahrer von Summit Woods mit den Verbrechen zu tun hatte. Andererseits machte es die beiden Polizisten stutzig, dass der Täter eine andere Waffe benutzt hatte als bei den ersten beiden Morden. Was war der Grund für diese Änderung der Vorgehensweise? Erneut wurde die Theorie vom Serienmörder angesprochen. Änderungen in der Vorgehensweise waren häufig. Schließlich kam das Gespräch auf den Psychiater selbst.

»Die Ziffern am Kühlschrank, Harpers Anruf am Tag ihres Verschwindens, der Umstand, dass Lawsons Kanzlei die McGill vertreten hat ... Mark McNeil war der ideale Täter. Es war zu schön, um wahr zu sein, Paul.«

Wut und Enttäuschung schwangen in Victors Stimme mit.

»Wir sollten das Kind nicht mit dem Bade ausschütten«, mahnte Delaney zur Vorsicht. »Sein Tod beweist, dass er in die Sache verwickelt war. Wir wissen nur noch nicht, wie. Die Analysen dürften zeigen, dass die bei McNeil sichergestellten Magnetziffern aus demselben Spiel stammen wie die, die wir bei Harper gefunden haben.« Kurze Stille. »Außerdem spaziert man nicht ohne Grund mit fünfzehntausend Dollar durch die Gegend.«

Als zu dem Thema alles gesagt war, nutzte Victor die Gelegenheit für eine Beichte.

»Da wäre noch eine Sache, über die ich mit dir sprechen muss, Chef. Wie wir an die Information gekommen sind, wird dir nicht gefallen, aber mit dem Ergebnis wirst du zufrieden sein.«

Ohne Zögern berichtete Victor seinem Vorgesetzten von ihrem widerrechtlichen Eindringen in Rivards Wohnung. Sein Geständnis wurde mit längerem Schweigen aufgenommen.

»Was habt ihr gefunden?«, seufzte Delaney schließlich, hörbar verärgert über die unorthodoxen Methoden seiner Leute.

Victor berichtete von der Galgenmännchenzeichnung, die Rivards Faxgerät ausgespuckt hatte, und beschrieb sie detailliert.

Delaney hustete los wie ein Tuberkulosekranker.

»Entschuldige. Ich wäre fast an meiner Spucke erstickt.« Er hustete erneut. »Das ist doch der Beweis, der uns gefehlt hat. Lawson hat einen Drohbrief erhalten. Aber was ich an deiner Geschichte nicht verstehe: Warum hätte er Rivard um Hilfe bitten sollen?«

Victor dachte in Ruhe über die Frage nach, ehe er antwortete:

»Was wissen wir, Paul? Dass Lawson als Reaktion auf die in der Galgenmännchenzeichnung enthaltenen Drohung das Büro mit einer Akte verlassen hat.«

»Der Northern-Akte.«

»Genau. Und wie es der Zufall will, ist die Akte unauffindbar, und Rivard verschwindet. Ich kann mich täuschen, aber es sieht ganz so aus, als hätten die beiden miteinander gesprochen.« Kurze Pause. »Und was schließen wir daraus?«

»Dass Lawson Rivard gebeten hat, die Akte an sich zu nehmen«, antwortete Delaney.

»Ich sehe keine andere Erklärung. Für mich ist jetzt die wichtigste Frage, was er damit gemacht hat.«

Victor erzählte von seiner Theorie, wonach Rivard bei seiner Pressekonferenz eine Botschaft abgesetzt habe: Kontaktieren Sie mich. Ich habe, wonach Sie suchen.

»Wenn ich dich recht verstehe, würde das bedeuten, dass Rivard jetzt, wo Lawson tot ist, versucht, die Northern-Akte jemand anderem zukommen zu lassen«, folgerte Delaney.

»Genau das denke ich. Die Northern-Akte spielt in dem Fall eine Schlüsselrolle, Paul. In dem Text zu der Galgenmännchenzeichnung ist von einer ›Firma voller Leichen‹ die Rede.« Er machte eine Pause. »Nur sind da noch zwei Dinge, die ich nicht verstehe. Erstens, Gilles hat mit ehemaligen Geschäftsführern der Northern gesprochen, und wenn man ihm glauben darf, hat die Firma nichts mit unserem Fall zu tun. Zweitens, ich habe vergeblich alle möglichen Kombinationen ausprobiert, das gesuchte Wort kann unmöglich Northern Industrial Textiles sein. Die Buchstaben passen nicht auf die leeren Striche unter dem Galgenmännchen.«

Langes Schweigen folgte, und jeder grübelte vor sich hin. Es war Victor, der schließlich wieder das Wort ergriff:

»Es wäre gut, wenn die Kanzlei Baker, Lawson, Watkins kooperieren würde, Paul. Wir brauchen unbedingt Auskünfte über die Northern-Akte.«

»Ich habe eine Nachricht hinterlassen und warte auf einen Rückruf des geschäftsführenden Gesellschafters. Glaube mir: Jetzt, wo Rivard verschwunden ist, werden sie garantiert kooperieren.«

»Okay. Gibst du eine Pressekonferenz zu seinem Verschwinden?«

»Dazu ist es noch zu früh. Wir werden zunächst eine Mitteilung herausgeben und seine Beschreibung an alle Polizeidienststellen schicken.«

»Ich habe das Gefühl, dass Rivard tot ist, Paul.«

»Zugegeben, sein Verschwinden ist verdächtig. Umso mehr, als es zeitlich mit der Entdeckung von McNeils Leiche zusammenfällt. Aber deshalb zu behaupten, Rivard sei tot, halte ich für voreilig. Im Gegenteil, ich finde, wir müssen ihn als Verdächtigen betrachten. Besonders wenn man bedenkt, dass er jetzt im Besitz der Northern-Akte ist.«

»Das ergibt doch keinen Sinn, Paul. Glaubst du ernsthaft,

Lawson hätte ihm die Galgenmännchenzeichnung geschickt und ihn um Hilfe gebeten, wenn er der Mörder wäre?«

»Es wäre nicht das erste Mal, dass das Opfer seinem Mörder vertraut«, konterte Delaney.

Victor schluckte den Widerspruch, der ihm auf der Zunge lag, hinunter und fragte: »Hast du Neuigkeiten von Berger?«

»Es ist auf dem Weg zum Parc Maisonneuve. Übrigens, ich weiß nicht, ob du schon deine Mails gecheckt hast, aber sein Autopsiebericht zu Lawson liegt vor. Jetzt steht fest, dass der Mord am Montagabend geschah. Spätestens Dienstag früh.«

»Am Neunzehnten«, zählte Victor an den Fingern ab.

»Genau. Und es wird eine Woche dauern, bis wir die Resultate der toxikologischen Untersuchung kriegen.«

Bevor Delaney auflegte, versprach er Victor, ihn anzurufen, sobald er etwas von dem geschäftsführenden Gesellschafter gehört habe. Während Victor sein Handy einsteckte, kam ihm wieder der von Jacinthe ins Spiel gebrachte Verzögerungsmechanismus in den Sinn. Hätte Nathan Lawson es mehrere Tage durchstehen können, nicht zu essen oder zu trinken, sich nicht zu setzen oder zu schlafen, noch dazu mit den Dornen der Ketzergabel an Kinn und Brust? Victor begrub seufzend das Gesicht in den Händen. Vom ständigen Hirnzermartern war sein Schädel kurz vor dem Platzen.

Die Galgenmännchenzeichnung war am Freitag, den 16. Dezember, um 13.40 Uhr auf Rivards Faxgerät eingegangen, wie die Empfangsdaten auf dem Faxdokument belegten. Dort waren auch Name und Faxnummer des Absenders aufgeführt. Jacinthe und Victor hatten die Spur bis zu einem Geschäftszentrum in Côte-des-Neiges zurückverfolgt.

Sie parkten den Crown Victoria vor dem Center und gingen hinein. Bis auf einen Angestellten, der hinter der Theke gerade etwas aß, war der Laden leer.

Der Mann legte sein Sandwich weg und betrachtete, noch Senf im Mundwinkel, das Foto, das Victor ihm hinhielt. Dann nickte er und gestikulierte so heftig, dass der Sergent-Détective erwartete, er würde gleich loslegen, doch es dauerte eine halbe Ewigkeit, bis er endlich aufgekaut hatte.

»Den kenne ich«, versicherte er, als das, was er zu Brei verarbeitet hatte, runtergeschluckt war.

Mit einem Blick auf das Foto hatte er Nathan Lawson wiedererkannt.

Er griff nach einer Thermoskanne, die vor ihm auf der Theke stand, und goss sich einen Kaffee ein, den er in einem Schluck hinunterstürzte.

»Er war letzten Freitag hier, zur Essenszeit. Er hat mich gebeten, ein Fax zu verschicken, dann ist er wieder gegangen. Ich erinnere mich noch sehr gut, weil Sie nicht die Ersten sind, die sich für ihn interessieren.«

Die beiden Polizisten wechselten einen verdutzten Blick, dann bombardierten sie den Angestellten mit Fragen, doch der konnte ihnen nur die vage Beschreibung eines Mannes in den Dreißigern geben, der am Vortag bei ihm aufgetaucht war: Mütze, dunkler Mantel, ohne auffallenden Akzent, ohne besondere Merkmale. Kurzum, ein stinknormaler Durchschnittsmensch.

»Er wollte von mir wissen, wer der Empfänger war und was der Alte ihm gefaxt hat. Als ich ihm gesagt habe, dass ihn das einen feuchten Kehricht angeht, hat er es gut sein lassen.«

»Und dann?«, fragte Victor.

»Nichts! Er ist gegangen, ohne noch eine Frage zu stellen.«

»Fanden Sie das nicht merkwürdig?«, empörte sich Jacinthe.

»Werte Madame …« Er richtete den Zeigefinger auf seine Schläfe und malte im Uhrzeigersinn konzentrische Kreise in die Luft. »Wenn ich mir jedes Mal Gedanken machen müsste, wenn hier jemand Merkwürdiges aufkreuzt …«

Er griff wieder zu seinem Sandwich und biss hinein. Ein Stück Schinken und Salatzipfel hingen ihm aus dem Mund, doch es gelang ihm, sie einzusaugen. Jacinthe schüttelte seufzend den Kopf und steuerte in Richtung Tür. Sie konnten nicht noch eine Stunde warten, bis Monsieur fertig gekaut hatte.

Victor bedankte sich und gab ihm seine Karte, verbunden mit der Bitte, ihn anzurufen, wenn ihm noch etwas einfiel. Dann folgte er Jacinthe ins Freie. Er warf einen Blick zur Straße. Die Äste der Bäume bogen sich unter der Schneelast.

Motorengeknatter hinter ihnen veranlasste sie, sich umzudrehen. Sie traten beiseite und ließen ein Räumfahrzeug durch, das am Straßenrand einen kleinen Schneewall aufwarf, ehe es um die Ecke verschwand.

»Noch nichts von der Schriftsachverständigen?«, knurrte Jacinthe.

Victor verschluckte sich, als er einen Zug von der Zigarette nahm, die er sich gerade angesteckt hatte.

Es war noch keine Stunde her, dass sie der Sachverständigen eine Kopie des Galgenmännchens geschickt hatten.

»Mona Vézina? Nur keine Hektik. Sie soll sich das in aller Ruhe ansehen.«

Jacinthe reagierte sich ab, indem sie die Radläufe des Crown Victoria mit Fußtritten von Eisklumpen befreite, als *Who Let The Dogs Out*, der Klingelton ihres Handys, ertönte. Sie nahm den Anruf entgegen und sprach ein paar Sekunden lang einsilbig.

Unterdessen sah sich Victor nach einer geeigneten Stelle um, wo er seine Kippe hinwerfen konnte, entdeckte aber keine. Schließlich schnippte er sie einfach weg.

Jacinthes Miene ließ nichts Gutes ahnen.

»Ein Problem?«

»Es geht um die Anrufe, die von Rivards Festnetztelefon aus getätigt wurden.«

»Um die vier mit derselben Nummer?«

»Nein. Die hat er mit einer Frau geführt, mit der er vögelt. Die anderen galten seinem Zahnarzt, seiner Mutter und Anwälten der Kanzlei. An keinem von denen ist etwas ungewöhnlich. Nur am letzten. Das Gespräch wurde am Dienstag geführt.«

»Und wer war der Auserwählte?«

»Senator Daniel Tousignant.«

55.
EIN HANDTASCHENANRUF

Victor zog an seiner Zigarette und betrachtete Eisschollen, die auf dem Fluss trieben. Sein Blick wanderte zur Honoré-Mercier-Brücke hinauf. Ein paar Lebensmüde fuhren mit ihren Autos über das rostige Schandmal. Daniel Tousignants Haus im Tudorstil lag versteckt auf dem Landvorsprung unweit der Fleming-Windmühle. In einem anderen Leben war Victor mit den Kindern schon auf dem Radweg am Boulevard LaSalle entlanggefahren.

Senator Tousignant eilte sein Ruf voraus: Als Topanwalt hatte er im Immobiliengeschäft ein beträchtliches Vermögen gemacht. Erst nachdem er seine Firma aufgelöst und sich aus dem Geschäftsleben zurückgezogen hatte, war er als Philanthrop einer der angesehensten Männer von Québec geworden.

Die von ihm ins Leben gerufene Stiftung, die sich für den Umweltschutz einsetzte, wurde oft mit der von David Suzuki verglichen. Obwohl man über seine politischen Überzeugungen nichts wusste, war er einige Jahre zuvor in den Senat berufen worden.

Durch sein Charisma und seine Herzlichkeit verkörperte Tousignant den seltenen Typ Mensch, der in der Lage war, Leute um ein Projekt zu scharen, die ganz gegensätzliche Ansichten vertraten, und die erbittertsten Feinde für eine gemeinsame Sache zu gewinnen.

In Anbetracht seiner Reputation war den Polizisten nicht wohl dabei, dass sich seine Telefonnummer in der Anrufliste

Rivards fand, eines Mannes, nach dem inzwischen alle Polizeibehörden der Provinz fahndeten, da er mit drei Morden in Verbindung gebracht wurde.

Eine Persönlichkeit vom Kaliber Tousignants aufzusuchen war ein Schritt, den Victor und Jacinthe niemals ohne vorherige Rücksprache mit ihrem Vorgesetzten unternommen hätten. Paul Delaney hatte jedoch keine Einwände erhoben und ihre Bedenken sogar ein wenig zerstreut, indem er ihnen mitteilte, dass Lawson und Tousignant früher zusammengearbeitet hatten. Der Senator hatte nämlich zu den Gründern einer der Kanzleien gehört, aus denen nach diversen Fusionen Baker, Lawson, Watkins hervorgegangen war.

Dieser Umstand hatte Delaney zu folgender Vermutung geführt: Vielleicht habe Rivard mit Tousignant einfach nur deshalb telefoniert, weil er ihn über die Entwicklungen rund um das Verschwinden und den Tod Nathan Lawsons auf dem Laufenden habe halten wollen.

Victor hatte befürchtet, am Telefon von Assistent zu Assistent weitergereicht zu werden, doch der Senator nahm seinen Anruf persönlich entgegen. Am anderen Ende der Leitung war keinerlei Unbehagen zu spüren, als er sich als Ermittler des SPVM vorstellte, und der Philanthrop unternahm nicht den geringsten Versuch, in Erfahrung zu bringen, warum ihn die Polizei zu sprechen wünschte. Sein Ton verströmte die Sicherheit eines Menschen, der mit ruhigem Gewissen schlief.

Trotz der Aufgeschlossenheit, die der Senator an den Tag legte, hatte es Victor überrascht, dass der Mann, dessen Terminkalender ebenso prall gefüllt sein musste wie der des Premierministers, bereit war, sie sofort in seinem Haus zu empfangen. Und wenn Victor auch nicht gleich mit einem Butler oder livrierten Dienern gerechnet hatte, so war er doch überrascht, als ihnen Tousignant persönlich die Tür öffnete.

Trotz seiner neunundsiebzig Jahre gerade wie eine Eiche, mit rosigem Gesicht und gepflegtem weißen Haar, beeindruckte der Senator durch sein gutes Aussehen ebenso wie durch den lebhaften Blick seiner grünen Augen, mit denen er seine Besucher durchdringend ansah und für sich einnahm.

Es war schwer, einen solchen Mann nicht auf Anhieb zu mögen.

Noch ehe er ein Wort gesprochen hatte, hätte man alles für ihn getan. Und daran änderte sich nichts, wenn er den Mund aufmachte, denn er hatte eine Stimme, die gleichzeitig warm und tief war, mit einem Hauch von Verletzlichkeit darin, eine Stimme, die jedem alles hätte schmackhaft machen können.

Der Senator empfing sie ausnehmend freundlich und kochte ihnen in der Küche einen Kaffee, den sie nicht abzulehnen wagten, da er von Herzen kam. Victor musste sich zwicken. Es war eine Ewigkeit her, dass er Jacinthe das letzte Mal nachmittags hatte Kaffee trinken sehen.

Das Tablett mit den Tassen selbst tragend, führte Tousignant sie durch eine Reihe prächtig ausgestatteter Räume. Nach dem fünften Kristallleuchter hörte Victor auf zu zählen. Im Vorbeigehen erklärte der Senator, wie dieses Möbelstück aus dem achtzehnten Jahrhundert gefertigt war oder nach welcher besonderen Methode der Künstler jenes Gemäldes seine Farben gemischt hatte.

Dies alles wurde mit entwaffnender Einfachheit vorgetragen, ohne Dünkel und Aufgeblasenheit, einfach aus der Freude daran, seine Gäste an seinem reichen, im Laufe der Zeit erworbenen Wissensschatz teilhaben zu lassen.

Sie traten durch eine mit rotem Leder bezogene Tür ins Arbeitszimmer, dessen Wände komplett hinter hohen Bücherschränken verschwanden.

Alle Regalreihen waren üppig mit ledergebundenen Büchern bestückt. Der wuchtige Eichenschreibtisch stand gegenüber einem großen Panoramafenster, das auf den Fluss hinausging. Ein Lichtstrahl nutzte ihre Anwesenheit, um die dunklen Dielen zu ihren Füßen zu küssen.

Der Senator stellte das Tablett auf einen Servierwagen und reichte den Polizisten ihre Tassen, dann setzte er sich in einen Plüschsessel und forderte sie auf, auf einem langen Sofa Platz zu nehmen.

»Ihr Arbeitszimmer ist, gelinde gesagt, ein anregender Ort«, begann Victor leicht eingeschüchtert.

Er schielte zu Jacinthe hinüber. Sie saß kerzengerade da, in einer steifen Haltung, die ihr gar nicht ähnlich sah.

»Sie haben recht, Monsieur Lessard. Ich werde nie müde, den Fluss zu betrachten.«

Victor senkte den Blick. Sie hatten am Eingang ihre Schuhe ausgezogen, und mit einem Mal kam er sich lächerlich vor, in Socken eine Befragung durchzuführen. Er räusperte sich.

»Hören Sie, Senator, ich weiß, dass Sie sehr beschäftigt sind, deshalb werden wir Sie nicht lange stören.«

Tousignant tat die Bemerkung mit einer Handbewegung ab.

»Wissen Sie, in Wahrheit bin ich gar nicht so beschäftigt, wie die Leute meinen. Ich nehme zwar noch ein paarmal im Jahr an Sitzungen des Stiftungsrats teil, doch aus dem Tagesgeschäft habe ich mich zurückgezogen. Gut, ich sitze noch im Senat. Aber Sie wissen genauso gut wie ich, was böse Zungen über den Arbeitsaufwand der Senatoren sagen.«

Augenzwinkernd beugte er sich im Sessel nach vorn und fügte in vertraulichem Ton hinzu:

»Unter uns gesagt, frage ich mich manchmal, ob sie nicht recht haben.«

Ein Lachen schüttelte seine Schultern.

»Verzeihen Sie«, sagte der alte Mann und lehnte sich wieder zurück. »Nicht Sie, sondern ich sollte darauf achten, dass ich Ihnen nicht die Zeit stehle. Ich nehme an, Sie wollen mit mir über Nathan sprechen?« Seine Miene wurde nachdenklich. »In unserem Alter sieht man immer häufiger Freunde gehen, aber ich muss Ihnen gestehen, dass die Nachricht von seinem Tod unter diesen besonderen Umständen ein Schock war. Was für ein grausames Ende!« Er starrte einen Augenblick lang zu Boden, als verharre er in stillem Gedenken. »Wussten Sie, dass ich ihm seine erste Anwaltsstelle angeboten habe?«

Victor bejahte, und der Senator, zweifellos etwas wehmütig, erzählte von ihrer »schönen, entschwundenen Jugend«, ihren damaligen Idealen, von der Zeit, als Québec neu aufgebaut werden musste, allerdings ohne das Thema zu vertiefen oder ewiggestrig zu erscheinen.

Er sprach mit der Offenheit eines Menschen, der mit ein paar alten Freunden in Erinnerungen schwelgt.

Nach und nach entwickelte sich zwischen dem Sergent-Détective und dem Senator ein Gespräch, bei dem Jacinthe bloße Statistin war. Tousignant stellte sich selbst die Fragen und beantwortete sie kurz und prägnant, während Victor ihn mit einem Kopfnicken zum Fortfahren ermunterte oder unterbrach, um ein Detail zu klären.

Bedauerlicherweise, so vertraute ihnen der Senator an, seien Lawson und er dann getrennte Wege gegangen und hätten sich im Lauf der Jahre etwas aus den Augen verloren. Doch er habe Nathan, der einer der einflussreichsten Anwälte von Montreal geworden sei, sehr bewundert. Er wisse nicht mehr genau, wann sie sich das letzte Mal begegnet seien, aber es sei bestimmt schon mehrere Jahre her. Im Übrigen bedaure er, dass er ihn nicht wiedergesehen habe, bevor …

Kurzum, sein Tod sei für die Justiz und die Geschäftswelt ein großer Verlust.

»Kennen Sie Louis-Charles Rivard, einen der Anwälte, mit denen Maître Lawson eng zusammengearbeitet hat?«

»Ich kannte ihn nicht, bis er nach dem Bekanntwerden von

Nathans Verschwinden diese Pressekonferenz gegeben hat. Danach habe ich ihn im Büro angerufen, ihm Hilfe angeboten und meine Unterstützung zugesichert. Ich habe ihm vorgeschlagen, mich gegebenenfalls an einer Lösegeldzahlung zu beteiligen. Das war das Mindeste, was ich tun konnte. Auch wenn wir uns nicht mehr oft gesehen haben, war Nathan doch ein alter Freund.«

»Haben Sie seitdem noch einmal mit ihm gesprochen?«, fragte Victor.

»Mit Rivard? Nein. Nicht seit man Nathans Leiche gefunden hat. Aber Sie erinnern mich daran, dass ich es tun sollte, und sei es nur, um meinen Schmerz zum Ausdruck zu bringen.« Er ergriff mit beiden Händen Tasse und Untertasse und trank einen Schluck Kaffee. »Ein brillanter junger Mann, wenn auch ein wenig steif, dieser Rivard. Übrigens, gibt es schon Fortschritte bei den Ermittlungen?«

Ohne vertrauliche Informationen preiszugeben, fasste Victor für ihn in wenigen Sekunden die jüngsten Entwicklungen zusammen. Er lauerte auf eine Reaktion in Tousignants Gesicht, las darin aber nur Überraschung und Empathie, als er den Namen des Psychiaters erwähnte. Normalerweise sprach er mit einer Zivilperson nie über laufende Ermittlungen, doch heute brach er mit dieser Gewohnheit, aus Respekt vor dem Mann und um auf diese Weise den Boden für seine nächste Frage zu bereiten.

»Hören Sie, was ich Ihnen jetzt sage, ist noch vertraulich, aber wir haben Grund zu der Annahme, dass Maître Rivard verschwunden ist.« Erstaunen sprach aus den Zügen des Senators. »Wir wissen, dass er am Abend nach der Pressekonferenz mit Ihnen telefoniert hat.« Victor erwähnte die Anrufliste. »Ich hatte gehofft, dass Sie uns vielleicht helfen könnten, klarer zu sehen, und über Informationen verfügen, die uns auf seine Spur bringen könnten.«

Tousignant hielt dem Blick des Polizisten stand.

»Sie haben recht. Das Telefonat, das Sie ansprechen, hat in der

Tat stattgefunden. Es hat nur ein paar Sekunden gedauert. Ich habe Lärm am anderen Ende der Leitung gehört und versucht, mit ihm zu sprechen, aber er hat nicht geantwortet. Meiner Frau passiert das ständig. Sie wühlt in ihrer Handtasche, kommt versehentlich an die Tasten ihres Handys und ruft jemanden an, ohne es zu wissen.« Er schmunzelte. »Sie nennt das übrigens einen ›Handtaschenanruf‹.«

»Trotzdem merkwürdig«, bemerkte Victor stirnrunzelnd. »Die Verbindung ist nämlich über den Festnetzanschluss in Maître Rivards Haus zustande gekommen, nicht über sein Handy.« Kurze Pause. »Und Sie haben ihn nicht zurückgerufen?«

»Ich hatte Gäste im Haus. Ich habe mir gedacht, dass Rivard wieder anrufen würde, wenn es wichtig ist. Später habe ich dann, offen gestanden, nicht mehr daran gedacht.«

»Haben Sie schon einmal von einem Unternehmen namens Northern Industrial Textiles gehört?«, fragte Victor weiter.

»Nein, nicht dass ich wüsste«, antwortete Tousignant kopfschüttelnd, einen Zeigefinger auf dem Mund. »Ist das ein Klient Rivards?«

Victor ließ nun eine Reihe von Fragen folgen, die das frühere Verhältnis des Senators zu Nathan Lawson betrafen. Tousignant ging bereitwillig darauf ein, kramte in seinem Gedächtnis und wartete mit näheren Details auf, wenn Victor darum bat. So ging es minutenlang hin und her. Victor löcherte den Senator mit einer solchen Ausdauer, dass sich Jacinthe nach einer Weile demonstrativ räusperte. Der Sergent-Détective wandte sich ihr zu und sah sie kurz irritiert an, ehe er begriff, was sie meinte.

»Senator«, sagte er und erhob sich, »wir wollen Sie nun nicht weiter mit Fragen belästigen. Wir haben Ihre Zeit schon zu sehr in Anspruch genommen.«

Tousignant stellte Tasse und Untertasse auf den Schreibtisch und stand seinerseits auf.

»Aber Sie haben mich keineswegs belästigt. Ganz im Gegenteil! Und zögern sie nicht wiederzukommen, wenn ich Ihnen in irgendeiner Weise behilflich sein kann. Meine Tür steht Ihnen jederzeit offen.«

Der alte Mann trat beiseite, um sie vorbeizulassen, und geleitete sie dann auf leisen Sohlen durch das Labyrinth in die Eingangshalle zurück. Er holte ihre Mäntel, während sie ihre Stiefel anzogen, wozu sich Jacinthe schnaufend auf eine Bank setzen musste.

»Nur noch eine letzte Frage«, sagte Victor, als er in seinen Mantel schlüpfte. »Das Projekt MK-ULTRA, sagt Ihnen das was?«

»Die Experimente, die im Auftrag der CIA an der McGill durchgeführt wurden? Aber natürlich! Wer aus meiner Generation erinnert sich nicht daran? Es gab einen Riesenskandal, als das damals herauskam. Aber warum fragen Sie?«

»Wir halten es für möglich, dass eine Verbindung zwischen diesem Programm und unseren Opfern besteht. Wussten Sie, dass seine Kanzlei damals dazu auserkoren wurde, die Universität in Zivilprozessen zu vertreten?«

Der Senator kratzte sich am Kopf, schien sein Gedächtnis zu durchforsten.

»Das kann, offen gestanden, durchaus sein, aber ich erinnere mich nicht mehr daran. Ich könnte in meinem Archiv nachsehen, wenn Sie möchten.«

Victor winkte ab.

»Nein, das wird nicht nötig sein. Vielen Dank, dass Sie uns empfangen haben, Senator. Und danke für Ihre Zeit.«

Die beiden Männer gaben sich die Hand, während Jacinthe, die noch mit dem Reißverschluss ihres zweiten Stiefels kämpfte, einen gedämpften Fluch von sich gab.

Victor lächelte dem Senator verlegen zu, und der antwortete mit einem Augenzwinkern.

»Das Vergnügen war ganz auf meiner Seite, Sergent-Détective.«

Wenige Schritte durch die Zufahrt brachten sie wieder auf den Boulevard LaSalle zurück. Beim Anblick des Crown Victoria bemerkte Victor, dass der Wagen vom Streusalz angefressen war.

»Ein toller Mann, was?«, gab Jacinthe von sich, noch immer hin und weg.

Victor antwortete nicht.

Auch er war dem Charme des Mannes erlegen, doch eine innere Stimme meldete leise Zweifel an. Ohne das geringste Zögern hatte Tousignant auf jede Frage eine klare und schlüssige Antwort gegeben. Das eigentliche Problem, das spürte er, war das abgebrochene Telefonat, der »Handtaschenanruf«. Rivard hatte die Nummer bestimmt nicht aus Versehen gewählt.

Was hatte er mit dem Anruf bezweckt?

Victor griff in die Tasche nach seinen Zigaretten.

Ein Windstoß fegte ihm durch die Haare, er fröstelte. Die Feuchtigkeit kroch ihm in die Knochen.

Warum zeigte der Senator so viel Anteilnahme an einem früheren Kollegen, den er vor langer Zeit aus den Augen verloren hatte?

Und überhaupt: Was war der wahre Grund, warum sie sich jahrelang nicht mehr gesehen hatten? Einfach nur die Wechselfälle des Lebens oder vielleicht ein alter Konflikt?

Victor versuchte zum Ausgangspunkt zurückzukehren: Was konnte Rivard von einem Mann wie dem Senator gewollt haben, außer ihm die Northern-Akte anzubieten?

Wie selbstverständlich kam ihm eine andere Möglichkeit in den Sinn:

Wollte Rivard Tousignant erpressen?

Jacinthe entriegelte den Crown Victoria.

Victor stieß eine letzte Rauchwolke aus, bevor er einstieg. Dabei drehte er sich abrupt zu dem Haus um und glaubte zu bemerken, wie sich im ersten Stock die Vorhänge bewegten.

56.
LAST-MINUTE-GESCHENKE

Die ganze Welt schien sich gegen sie verschworen zu haben, um sie an der Weiterfahrt zu hindern. Jacinthe schimpfte und schlug mit der Faust aufs Armaturenbrett. Dann schaltete sie Sirene und Warnlicht ein und fuhr mit den beiden linken Rädern auf dem Mittelstreifen weiter.

Als der Stau hinter ihnen lag, trat sie wieder das Gaspedal durch.

Der Crown Victoria heulte, bäumte sich auf und schoss dann mit wimmerndem Keilriemen davon. Victor, hin- und hergeworfen wie ein Paket im Güterzug, klammerte sich an den Sitz und kämpfte gegen die aufsteigende Übelkeit an, indem er Galgenmännchen in die vereiste Scheibe kratzte. Beim Blick auf die Uhr war Jacinthe klar geworden, in welcher Bredouille sie steckten.

»In zwei Stunden schließen die Geschäfte«, brüllte sie zwischen einer Kanonade von Flüchen.

»Scheiße«, ergänzte der Sergent-Détective mit zusammengebissenen Zähnen.

Die Fahrt zurück ins Büro wurde zu einem denkwürdigen Erlebnis, das sich für immer in Victors Gedächtnis einbrannte. Mehr als einmal sah er sich schon aufgebahrt in einem schwarz lackierten Sarg liegen, mit wächsernem Gesicht, die Hände auf der Brust gefaltet. In kontrollierter Schleuderfahrt erreichten sie den Parkplatz an der Place Versailles, und Jacinthe stellte den Wagen in der für Einsatzfahrzeuge reservierten Zone ab.

Unterwegs hatte Victor Lemaire angerufen und gebeten, die Verbindungsnachweise der Handys von Rivard und Tousignant zu beschaffen. Er wollte wissen, ob die beiden entgegen der Aussage des Senators mehr als einmal miteinander telefoniert hatten.

Danach hatten Jacinthe und er versucht, sich gegenseitig mit Geschenkideen zu helfen, aber keinem war etwas eingefallen, was ins Schwarze traf und dem anderen ein Heureka entlockte. Dass sie ihre Weihnachtseinkäufe noch nicht beisammen hatten, obwohl sie über einem Einkaufszentrum arbeiteten, zeugte das nicht von einem bedenklichen Hang zum Risiko oder sträflicher Sorglosigkeit? Wie auch immer, es war ein sehenswerter Anblick, wie alle beide in Panik gerieten und getrennt voneinander davonstürmten. Abenteuerlich!

Zum Teufel mit Geschenkgutscheinen für die Kinder: Victor hatte beschlossen, einen großen Wurf zu landen. Während seine Kreditkarte noch in der Gesäßtasche rauchte und er eine Tüte von Bureau en Gros unterm Arm geklemmt hielt, malte er sich die Überraschung und Freude von Martin und Charlotte aus, wenn sie ihre iPads auspackten.

Was Nadja anging, war die Sache komplizierter.

Da der erhoffte Geistesblitz ausgeblieben war, hatte er sich entschlossen, ihr einen Aufenthalt in einem Wellnesscenter in den Cantons-de-l'Est zu schenken, den er später noch online buchen würde. Da er sich aber erst in letzter Minute dazu durchgerungen hatte und den Gutschein erst in ein paar Tagen mit der Post bekommen würde, wollte er unbedingt noch etwas anderes kaufen, damit er nicht mit leeren Händen dastand.

Die Zeit raste, und ihm wollte nichts einfallen: Leicht verlegen betrat er das Dessousgeschäft La Senza. Wieder überkam ihn Panik, als er auf dem Handy nachsah, wie spät es war. In einer knappen halben Stunde schlossen die Geschäfte, und er musste noch in den SAQ-Laden, um für Ted einen edlen Tropfen zu besorgen, und dann in den Blumenladen wegen Albert, der Rosen liebte. Das war das Allermindeste, um sich für die Einladung zum Essen erkenntlich zu zeigen. Und mit etwas Glück blieb ihm dann noch Zeit, sich von der kleinen, grauhaarigen Dame im Zentralkiosk alles einpacken zu lassen.

»Bonjour, kann ich Ihnen helfen?«

Offensichtlich war ihm die Verzweiflung anzusehen, denn obwohl es im Laden vor Kunden wimmelte, war eine junge Verkäuferin direkt auf ihn zugesteuert. Beschämt antwortete er, dass er »etwas« für seine Freundin suche, und als er sich außerstande zeigte, seinen Wunsch zu konkretisieren, lächelte die Verkäuferin und lotste ihn zwischen den Verkaufsständen durch.

Zum Glück war sie so etwas anscheinend gewohnt, und die Sache lief wie geschmiert. So kam es, dass er wenige Minuten später mit einem Negligé aus schwarzem Tüll mit rosa Cups und passendem Slip, einem Pyjama und einem Paar Hausschuhe an der Kasse stand.

Er bezahlte und wollte gerade gehen, als er hinter sich eine allzu vertraute Stimme hörte.

»Was hast du gekauft, Lessard?«

Errötend drehte er sich um. Jacinthe schlenderte durch die Miederwarenabteilung.

Aus der Größe des Teils, das sie in der Hand hielt, schloss er, dass sie für Lucie einkaufte. Trotzdem formte sich in seinem Kopf perverserweise ein Bild seiner Kollegin in einem Torselett, unter dem überall Fettpolster hervorquollen. Er verscheuchte den Gedanken und murmelte der Form halber etwas, dann vereinbarten sie, sich »oben« zu treffen, wenn sie mit den Einkäufen fertig waren.

Als Victor im Blumenladen wartete, bemerkte er ein Spiegelbild im Schaufenster.

Der kleine Junge, der mit seiner Mutter in der Schlange hinter ihm stand, musste etwa sechs Jahre alt sein. Ein Zebra über die eine Hand gestülpt, einen Frosch über die andere, machte er sich einen Spaß daraus, die beiden Stoffpuppen zum Leben zu erwecken. Der Frosch begann zu sprechen:

»Mama hat gesagt, dass du ein Schummler bist, Panpan.«

»Nein, du bist ein Schummler, Zozo!«

»Schummler, Schummler, Schummler!«, wiederholte der Frosch.

Das Zebra öffnete den Mund, stieß ein Brüllen aus und biss den Frosch in den Kopf.

»Ich bin kein Zebra, Panpan. Ich bin ein Wolf.«

Mit vollbeladenen Armen trat Victor aus dem Aufzug und schlängelte sich an den Kollegen vorbei durch den Gang. Manche Pakete waren in Glitzerfolie eingepackt, andere in cremefarbenes Geschenkpapier mit rot-grünen Karos.

An seinem Arbeitsplatz angekommen, stellte er die Pakete auf den Schreibtisch.

»Meine Fresse, Lessard, da war aber jemand fleißig!«, rief eine Stimme hinter ihm.

»Und du? Bist du fündig geworden?«, gab er zurück.

Jacinthe bejahte. Victor drehte sich zu ihr um, und erst da bemerkte er, dass sie nicht allein war.

»Ach, guten Tag, Madame Vézina«, grüßte er die Schriftsachverständige.

Es überraschte ihn, sie in ihren Büros zu sehen. Sie hätte sich bestimmt nicht herbemüht, wenn sie nicht eine wichtige Entdeckung gemacht hätte.

Jacinthe schüttete eine Handvoll Cashewkerne in eine Metallschale und begann zu futtern. In ihrer unteren Schublade hatte sie immer Snacks in Reserve.

»Wir haben auf dich gewartet«, sagte sie zu Victor und dann, an die Frau gewandt: »Zeigen Sie ihm, was Sie mir gerade gezeigt haben, Mona.«

Die Schriftsachverständige legte eine Fotokopie der Zeichnung auf den Tisch, die Victor ihr vor ein paar Stunden geschickt hatte. Drei Elemente des Galgenmännchens waren umkringelt. Die drei Elemente bildeten drei Initialen, die ihm beim Betrachten der Zeichnung bisher nicht aufgefallen waren, jetzt aber förmlich ins Auge sprangen.

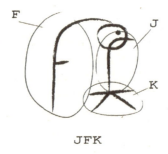

JFK

57.
HEILIGABEND

Mit der linken Hand hielt Nadja das Lenkrad, und mit der anderen drückte sie seine. An der roten Ampel warf sie ihm diesen verliebten Blick zu, der alles zum Stillstand brachte und die Zeit außer Kraft setzte. Victor seufzte, schloss die Augen und öffnete sie dann wieder, als wollte er sich vergewissern, dass er nicht träumte.

Er stellte Nat King Cole leiser, drehte sich zur Rücksitzbank und bestaunte gerührt seine Kinder: Martin und Charlotte, schon junge Erwachsene.

Wie üblich kabbelten sie sich, aber auf eine humorvolle, gutmütige Art.

»Echt stark, dein Stück, mir kommt gleich das Kotzen!«

Soweit Victor mitgekriegt hatte, ging es um einen Song von Avril Lavigne, den Charlotte genial fand, Martin aber aus Jux kritisierte, um sie auf die Palme zu bringen. Er drehte wieder am Lautstärkeregler.

Die Musik und das Dröhnen des beschleunigenden Motors übertönten bald das Gespräch, sodass er den Faden verlor. Sein Lächeln wurde breiter.

Es war der 24. Dezember, 20.30 Uhr.

Aus den Wattewolken fielen ein paar Flocken.

Nadja fand einen Parkplatz vor der Wohnung in der Rue du Square Sir George Étienne Cartier, in der Albert Corneau und Ted Rutherford schon immer lebten. Die beiden Männer hatten

Victor eine Art Familienersatz geboten, als er seine eigene unter entsetzlichen Umständen verloren hatte. Da eine Adoption durch ein schwules Paar in den sechziger Jahren undenkbar war, hatte Ted später seine damalige Sekretärin und ihren Mann dazu überredet, den bis auf die Knochen abgemagerten Waisenjungen zu adoptieren.

Ted hatte in ihm den Wunsch geweckt, auf die Polizeischule zu gehen, und war später, als Victor die ersten Gehversuche in dem Beruf machte, sein Mentor geworden. Kurz bevor Ted in den Ruhestand trat, hatten sie sogar ein Team gebildet.

Die Tür ging auf, und Albert erschien auf der Schwelle, in seinem ewigen weißen Hemd mit Maokragen, groß und schlank, ein rüstiger Mittsechziger, an dem die Zeit spurlos vorübergegangen war. Ted hingegen schaute, in seinem Rollstuhl sitzend, vom Wohnzimmerfenster aus herunter.

Er und Victor sahen sich einen Moment lang an.

Der Alte nickte, ein heiteres Funkeln in den Augen, glücklich und stolz, sie zu begrüßen. Victor lächelte und winkte ihm zu. Ted war als erster Polizist am Schauplatz des Dramas eingetroffen, das seine Familie ausgelöscht hatte.

An jenem Tag vor Jahrhunderten war Ted für ihn zur Vaterfigur und Autoritätsperson geworden.

Victor war wie in Trance, als Martin den Kofferraum öffnete und ihm half, die Tüten mit den Geschenken hinaufzutragen. Charlotte und Nadja umarmten bereits Albert.

In dem Moment, als er über die Schwelle trat, verspürte er dieses vertraute Gefühl, das er immer empfand, wenn er den Fuß in die Wohnung setzte, diese melancholische Wehmut, die ihm die Kehle zuschnürte. Und dieser typische Geruch, der ihn in der Nase kitzelte, versetzte ihn weit in die Vergangenheit zurück. Er schloss die Augen. Das Bild Raymonds, seines ermordeten jüngeren Bruders, stieg vor seinem inneren Auge auf.

Einen Moment lang wollte er schreien, glaubte, ohnmächtig zu werden. Doch das ging vorbei.

Nadja legte ihm die Hand in den Nacken und küsste ihn.

»Alles in Ordnung, Liebster?«

Ja, alles war perfekt. Er schloss Albert in die Arme. Küsse und ein paar Freudentränen folgten auf die Umarmung. Die Wohnung seiner Kindheit. Wohin er so oft aus dem Heim geflüchtet war. Albert ging, den Arm voller Geschenke, bereits den Flur hinunter, Nadja und die Kinder im Schlepptau. Ganz hinten funkelten die Lichter des Weihnachtsbaums.

Victor dachte an Valérie, die Schwester, die ihm die Adoption mit siebzehn beschert hatte. Sie hätte eigentlich zu ihnen stoßen sollen, hatte aber in letzter Minute beschlossen, die Feiertage im Süden mit ihren Kindern und ihrem neuen Freund zu verbringen. Seine Adoptiveltern, die vor einigen Jahren gestorben waren, vermisste er bei solchen Familientreffen.

Er holte tief Luft und ging ins Esszimmer, wo Ted ihn erwartete. Die Stunde des Wiedersehens hatte geschlagen. In diesem Augenblick bereute er, dass er sie nicht öfter besuchte.

Das von Albert zubereitete Essen, bestehend aus gefülltem Truthahn, Kartoffelbrei und Zuckerkuchen, war wie immer köstlich. Anschließend wurden fröhlich die Geschenke ausgepackt.

Charlotte fiel ihrem Vater um den Hals, als sie ihres geöffnet hatte, und sogar Martin, der sonst eher einen auf blasiert machte, schien aufrichtig dankbar.

Victor hatte beschlossen, einen intimeren Moment abzuwarten, ehe er Nadja die Wäsche aus dem La Senza überreichte, doch die online gebuchte Wellnessreservierung hatte er ausgedruckt und in eine Karte gesteckt, in die er ein paar zärtliche Worte für sie geschrieben hatte.

Beim Öffnen brach Nadja in Lachen aus.

Halb belustigt, halb beleidigt schwor sich Victor, sich nie

wieder in Poesie zu versuchen. Bis er begriff, dass sein Geschenk der Grund für ihre ausgelassene Heiterkeit war: Nadja hatte im Scandinave, einem Spa in Laurentides, einen Aufenthalt für zwei gebucht.

»Wir werden so was von ausspannen«, witzelte sie.

Außerdem steckte ein Geschenkgutschein für den Laden La Cordée in dem Umschlag.

»Damit du dir Stiefel kaufst«, erklärte Nadja und gab ihm einen Kuss.

Charlotte und Martin saßen auf dem Sofa im Wohnzimmer und daddelten auf ihren iPads, während die anderen koffeinfreien Cappuccino schlürften. Victor hatte den Fehler begangen, auf Teds Frage hin von dem Fall zu erzählen, an dem er gerade arbeitete. Darauf entbrannte eine Diskussion über die Rolle der Polizei gegenüber der wachsenden Zahl von Obdachlosen in der Gesellschaft, ein Thema, bei dem Ted so richtig in Fahrt kam.

»Das Problem ist das Gesetz«, behauptete er. »Wie viele Obdachlose erfrieren oder werden von Polizisten erschossen? Dieses Gesetz hat viele schutzbedürftige Menschen das Leben gekostet. Mit der Deinstitutionalisierung hat man alles auf eine Karte gesetzt. Wir sind von einem Extrem ins andere gefallen. Mittlerweile sind wir so weit, dass diejenigen, die am dringendsten zwangseingewiesen werden müssten, auf der Straße landen. Dein Lortie, Victor, wäre möglicherweise nicht gestorben, wenn sie ihn drinbehalten hätten.«

Albert wischte seinem Freund einen Spuckefaden von den Lippen. Seit zwei Schlaganfällen litt er unter einer leichten Lähmung des rechten Mundwinkels, die seinen Redefluss etwas hemmte.

»Ja«, hakte Nadja ein, »aber es hat Übergriffe gegeben, Ted. Wir haben mehrere Fälle erlebt, bei denen Personen in die geschlossene Psychiatrie eingewiesen wurden, die man aufgrund ihrer psychischen Verfassung niemals dauerhaft hätte wegsperren dürfen.«

»Du hast recht, Nadja. Früher war das möglich. Aber jetzt sind wir, wie ich schon sagte, ins gegenteilige Extrem verfallen. Dasselbe gilt für die Gewerkschaften, aber das ist eine andere Geschichte ...«

Victors Ansichten über Politik und Gesellschaft wichen häufig von Teds ab, der einen entschiedeneren Standpunkt vertrat, deshalb hatte er im Lauf der Jahre gelernt, solchen fruchtlosen Auseinandersetzungen aus dem Weg zu gehen, indem er sich aus dem Gespräch heraushielt.

Ein Klingelton meldete, dass er eine SMS bekommen hatte. Diskret zog er das Handy aus der Tasche und las die Nachricht, die Mona Vézina ihm geschickt hatte.

Es ist nicht Lorties Schrift ... Fröhliche Weihnachten ...
Mona:)

Jacinthe und er hatten die Schriftsachverständige gebeten, die Handschrift auf der Zeichnung des Galgenmännchens mit der auf dem Mosaik zu vergleichen.

»Glaube mir, Nadja«, fuhr Ted fort, »man würde so manchem Obdachlosen einen Gefallen tun, wenn man ihn einweisen würde ... Victor hat dir doch sicher von seinem Freund Frank erzählt ...«

Nadja drehte sich zu ihrem Partner um und rüttelte ihn aus seiner Erstarrung.

»Du hast mir nie von Frank erzählt, Liebling.«

Bilder, ferne Erinnerungen stiegen in Victor auf.

»Nein?« Stille. »Er war mein bester Freund im Heim. Wir sind zusammen abgehauen. Ich bin nach ein paar Tagen auf der Straße meistens hier gelandet. Er hat irgendwann beschlossen, für immer auf der Straße zu bleiben. Dort hat er gelebt, bis er Anfang dreißig war.«

Nadja legte ihm die Hand auf den Oberschenkel und brach nach ein paar Sekunden das Schweigen.

»Und dann?«

»Dann …«, wiederholte er und stierte lange ins Leere. »Dann ist er gestorben.«

Ted sah Victor an und zögerte fortzufahren. Trotz seiner rauen Schale war er durchaus sensibel und begriff, was vorging: Sein ehemaliger Schützling durchlebte die Szene noch einmal.

Solche Gespenster wurde man nie los.

»Eines Abends im Januar herrschte sibirische Kälte«, erklärte Ted schließlich. »Wir haben ihn unter seiner Brücke hervorgeholt und in ein Obdachlosenasyl gefahren. Er hat gewartet, bis wir weg waren, und ist dann wieder losgezogen. Frank war schizophren. Victor hat ihn am nächsten Tag gefunden, in seinem Schlafsack erfroren.«

Punkt Mitternacht fiel man sich in die Arme, nachdem man laut die letzten Sekunden heruntergezählt hatte, und wünschte sich fröhliche Weihnachten. Doch während dieser Moment in den meisten Familien den Beginn des Festes einläutete, markierte er in ihrer das Ende.

Außerdem erlaubte es Teds Gesundheitszustand nicht, den Abend in die Länge zu ziehen, denn der alte Mann besaß einfach nicht mehr das nötige Durchhaltevermögen. Und so kam es, dass Victor und sein Anhang etwa eine Viertelstunde später von ihren Gastgebern Abschied nahmen und den Heimweg antraten.

Charlotte und Martin hatten ihre Kopfhörer auf den Ohren und waren auf dem Rücksitz wieder in ihre Blase abgetaucht. Ein Lächeln ließ Nadjas Gesicht erstrahlen.

»Das war cool. Danke für den schönen Abend.«

Victor gab ihr einen Kuss auf die Hand.

»Ich danke dir.«

»Du weißt noch, dass ich morgen meinen Bruder besuche?«

Victor verzog das Gesicht. Diego fand, dass seine Schwester etwas Besseres verdiente, und konnte ihn nicht ausstehen. Was auf Gegenseitigkeit beruhte.

»Hör mal, was du …«

Sie legte ihm den Zeigefinger auf die Lippen.

»Pst, Süßer. Ich weiß schon, was du mich fragen willst. Ich werde dich ziehen lassen.«

58.
OPERATIONSTISCH

Sonntag, 25. Dezember

Das Krankenhaus war Paul Delaneys neue Welt. Stunden in der beklemmenden Stille der Korridore zu verbringen und das leise Ballett der Krankenschwestern zu beobachten war für ihn so normal geworden wie das Atmen. In diesem realen Alptraum sah er den Tod um die Zimmer schleichen, unter die Betten der Kranken kriechen und um die Tragbahren tanzen. Und wenn das Tageslicht durch die Fenster drang, dann nur, um die von den Wänden ausgeschwitzte Krankheit sichtbarer zu machen.

Victor fand ihn dort, wo die Schwester ihn hingeschickt hatte, zusammengesunken auf einer alten Kunststoffbank sitzend, den Kopf zwischen den Händen.

»Hallo, Chef.«

Paul Delaney sprang überrascht auf, müde im Gesicht, die Augen blutunterlaufen. Ihr Händedruck dauerte länger als gewöhnlich. Delaney klopfte ihm auf die Schulter.

»Habt ihr euch abgesprochen? Jacinthe war am frühen Abend hier.«

Nadja hatte Victor vor dem Eingang des Krankenhauses abgesetzt. Sie hatte vorgeschlagen, auf ihn zu warten, doch er hatte darauf bestanden, mit dem Taxi nach Hause zu fahren. Unter dem Gejohle und den spöttischen Blicken der Kinder hatten sie sich lange geküsst.

Victor gab Delaney eine der beiden Coca-Cola-Dosen, die er am Automaten im Erdgeschoss gezogen hatte. Das Knacken der

Bleche ertönte fast gleichzeitig. Sie stießen mit den aufgerissenen Dosen an.

»Fröhliche Weihnachten, Chef.«

»Dir auch, Victor.«

Sie befanden sich in einem Flügel, der den Angehörigen zur Verfügung stand. Obwohl kein Mensch zu sehen war, gingen sie flüsternd den dunklen Gang entlang. An der Wand war eine lange, von Kindern bemalte Banderole angebracht. Sie hatte sich an einem Ende gelöst, sodass die letzten drei Buchstaben von »*Merry Christmas*« in der Luft baumelten.

Delaneys Kinder waren vor einer Stunde gegangen, und seine Tochter würde ihn morgen früh ablösen. Was Madeleines Zustand anging, gab es ermutigende Neuigkeiten.

Die Ärzte hatten drei lokalisierte Tumore entfernt, und die Metastasen hatten nicht auf die benachbarten Organe übergegriffen. Delaney hatte seine Frau ein paar Minuten lang sehen können, als sie aufgewacht war. Sie blieb guten Mutes und gab sich nicht geschlagen.

Sie würde bis zum Schluss kämpfen.

Als Victor von Delaney wissen wollte, wie es ihm selbst ging, stiegen ihm Tränen in die Augen, und er musste mitten im Satz innehalten und einen Schluchzer unterdrücken. Ohne sich groß abzusprechen, waren sie in den Fahrstuhl gestiegen und fanden sich jetzt im Erdgeschoss wieder. Victor stellte seine leere Dose oben auf einen Mülleimer.

»Ich drehe durch, wenn ich noch länger hier eingesperrt bleibe«, sagte Delaney.

Gefolgt von Victor, marschierte der Leiter des Dezernats Kapitalverbrechen zur Tür, stieß sie auf und trat in die kalte Luft hinaus.

»Das tut gut«, befand er, nachdem er einmal tief durchgeschnauft hatte.

Wölkchen seines Atems standen in der Luft, wenn er sprach.

Er blickte auf die Zigarettenschachtel, die gerade in Victors Hand erschienen war.

»Gib mir auch eine.«

»Bist du sicher, Paul? Es wäre bescheuert, wenn du wieder anfängst.«

»Das ist ein Befehl«, erwiderte Delaney augenzwinkernd.

Er nahm sich eine Zigarette und beugte sich zu der Flamme vor, die ihm Victor in der hohlen Hand hinhielt.

»Was ist das nur für eine Geschichte?« Er stieß den Rauch durch die Nasenlöcher aus und hustete. »Zuerst die Aufnahme von Oswalds Stimme auf einer CD, dann die Zeichnung von dem Galgenmännchen und jetzt die drei Buchstaben. Das ist doch ein Zufall, oder bilden sie wirklich die Initialen ›JFK‹?«

»Es könnte durchaus ein Zufall sein«, räumte Victor ein, »aber nach Ansicht der Schriftsachverständigen ist es so eindeutig, dass man von Absicht ausgehen muss.«

Victor gestikulierte, während er sprach, sodass die Spitze seiner Zigarette aufglühte. Delaney trat einen Eisklumpen von seiner Schuhspitze.

»Bilde ich es mir nur ein, oder lässt da jemand nichts unversucht, um uns davon zu überzeugen, dass es bei unserer Untersuchung auch um Präsident Kennedy geht?«

Victor schwieg einen Moment, um seine Gedanken zu ordnen.

»Vielleicht wurde das Projekt MK-ULTRA unter der Regierung Kennedy genehmigt. Ich habe ein wenig dazu gegoogelt, kenne mich aber in der amerikanischen Politik zu wenig aus. Ich werde mit Gilles darüber sprechen.«

Delaney räusperte sich und spuckte in den Schnee.

»Auf jeden Fall hat das Galgenmännchen Lawson so in Aufruhr versetzt, dass er die Northern-Akte aus dem Archiv geholt hat und damit abgehauen ist«, fügte er nachdenklich hinzu und nahm noch einen Zug. Der Rauch brannte ihm im Auge. »Was hat ihm deiner Meinung nach Angst gemacht? Die Initialen ›JFK‹ in der Zeichnung oder das gesuchte Wort?«

»Ich habe, ehrlich gesagt, keinen blassen Schimmer. Aber da ist noch eine Sache im Zusammenhang mit Kennedy, die mir nicht aus im Kopf geht.« Victor sah Delaney in die Augen. »Ich habe das Gefühl, da wollte jemand McNeil zum Sündenbock machen. So wie Oswald ...«

Die beiden Polizisten sannen eine Weile darüber nach. Dann zuckte der Chef mit den Schultern.

»Ich weiß nicht, vielleicht. Aber die ersten Analysen bestätigen jedenfalls, dass die Magnetziffern, die wir bei McNeil sichergestellt haben, aus demselben Satz stammen wie die bei Harper.« Erneut räusperte er sich und spuckte in den Schnee. »Dann der geheimnisvolle Unbekannte, der junge Mann mit der Mütze, der in dem Geschäftszentrum aufgekreuzt ist. Sind wir uns sicher, dass es nicht Rivard war?«

»Ganz sicher. Die Beschreibung passt nicht. Außerdem, warum hätte er das tun sollen? Lawson hatte ihm die Zeichnung bereits gefaxt.«

Delaney nahm einen letzten Zug und drückte die Kippe in dem Aschenbecher aus, der an der Mauer des Gebäudes hing.

Victor öffnete die Tür und ließ seinem Vorgesetzten den Vortritt. In der Eingangshalle blieben sie stehen.

»Die andere Sache, die mich beschäftigt, Paul, sind die Telefonate zwischen Rivard und Tousignant.«

»Hat die Erklärung des Senators dich nicht überzeugt?«

Victor zuckte mit den Schultern.

»Ich weiß nicht. Ich komme noch mal auf die Hypothese zurück, dass Rivard im Besitz der Northern-Akte ist und sie jemandem zukommen lassen will oder dass er jemanden erpressen will, indem er damit droht, sie den Medien zuzuspielen.«

»Dieser Jemand könnte Tousignant sein«, ergänzte Delaney. »Warten wir die Anruflisten ihrer Handys ab, bevor wir Hypothesen aufstellen.« Kurze Pause. »Wenn wir nur Rivard vernehmen könnten.«

»Dazu müsste er noch am Leben sein.« Victor verlor sich für einen Moment in seinen Gedanken. »Ach übrigens, hast du noch einmal mit dem geschäftsführenden Gesellschafter über die Northern-Akte gesprochen?«

»Ja, habe ich. Ein Anwalt der Kanzlei wird dir die Einzelheiten mailen. Ich glaube, mittlerweile ist ihnen die Dringlichkeit der Angelegenheit aufgegangen.«

Victor kam wieder auf Madeleine zu sprechen. Delaney erklärte ihm die nächsten Schritte. Kurz gesagt: Die nächsten achtundvierzig Stunden konnten sich als kritisch erweisen.

Als es Zeit wurde, wieder nach oben zu fahren, spürte Victor, wie sich Delaney verschloss. In den wenigen Minuten, die sie miteinander verbracht hatten, hatte der Chef der Realität entfliehen können, doch jetzt holte sie ihn wieder ein.

Hart, kalt, unerbittlich.

Alles war gesagt, und so ließ Victor seinen Vorgesetzten allein und lief zum Ausgang.

Als er die Tür aufstieß und das Spiegelbild in der Scheibe sah, krampfte sich ihm bei dem Anblick das Herz zusammen. Delaney hatte sich auf eine Bank gesetzt.

Er hatte eine Hand vor den Augen, und seine Schultern bebten.

59.
FROHES FEST

Der erste Weihnachtsfeiertag verlief ganz anders als geplant. Eigentlich hatte Victor vorgehabt, mit Nadja auszuschlafen und dann für die Kinder Frühstück zu machen – er hatte sie mit Crêpes überraschen wollen –, doch um 4.49 Uhr riss ihn das Vibrieren seines Handys aus dem Schlaf. Als er Jacinthes Namen aufleuchten sah, dachte er sich schon, dass sie nicht anrief, um ihm fröhliche Weihnachten zu wünschen.

»Ich hole dich in zwanzig Minuten ab. Wir machen eine kleine Spritztour.«

»Scheiße«, flüsterte er. »Hast du auf die Uhr geschaut?«

»Schon gut, Lessard. Umbringen kannst du dich auch morgen noch. Zieh dich warm an, es ist saukalt.«

Er blieb reglos auf dem Rand der Matratze sitzen und starrte dumpf auf die Mulde im Kopfkissen.

Nadja schlief friedlich.

Er versuchte möglichst wenig Geräusche zu machen, als er in den Schubladen wühlte, und mied die knarrenden Dielen. Er zog eine lange Unterhose unter der Jeans an und streifte einen Fleecepullover über das T-Shirt.

Beim Knarren der Schranktür erschrak er. Nadja regte sich, seufzte ein paarmal, wachte aber nicht auf. Er begann wieder zu atmen, ergriff eine Stofftasche und stopfte eine gefütterte Jogginghose und ein Extrapaar Socken hinein. Er verließ das Schlafzimmer auf Zehenspitzen und brauchte eine Ewigkeit, um die Tür geräuschlos zu schließen.

Der Duft von frischem Kaffee stieg ihm in die Nase, noch bevor er in der Küche war. Martin saß bereits beim Frühstück, eine alte Zeitung aufgeschlagen auf dem Tisch.

Victor stellte seine Tasche auf die Fliesen.

»Du bist schon früh auf, mein Junge.«

»Hmmm …«

»Was ist los? Du siehst angeschlagen aus.«

»Ich konnte nicht mehr schlafen. Charlotte schnarcht, außerdem wälzt sie sich die ganze Zeit herum.«

Victors Wohnung hatte nur zwei Zimmer, deshalb mussten die Kinder auf dem Schlafsofa im Wohnzimmer nächtigen, wenn sie ihren Vater besuchten. Victor holte die Erdnussbutter aus dem Kühlschrank und schmierte sich ein paar Brote.

»Wir sind hier etwas beengt, aber in unserer neuen Wohnung werden wir ein Gästezimmer haben. Wir werden dafür sorgen, dass ihr es gemütlich habt, wenn ihr kommt.«

Martin hob den Kopf und trank einen Schluck Kaffee.

»Habt ihr euch in letzter Zeit welche angesehen?«

»Nein. Aber nach den Feiertagen fangen wir wieder damit an.«

Victor durchsuchte einen Wandschrank, fand aber nicht, was er suchte, und öffnete einen anderen. Im vierten fand er endlich die Thermoskanne aus Edelstahl.

»Kann ich mich bedienen?«, fragte er und deutete mit dem Kinn auf die Kaffeemaschine.

Martin machte eine einladende Geste.

»Nur zu, nimm den Rest. Ich setze neuen auf.« Er trank wieder einen Schluck. »Er ist gut, für einen Koffeinfreien.«

Victor füllte die Thermoskanne, stellte die Kanne auf den Sockel zurück und wickelte seine Brote in Alufolie ein. Dann nahm er seinen Schlüsselbund und schloss einen unten im Besenschrank versteckten Safe auf, in dem er seine Dienstwaffe aufbewahrte. Er schnallte das Holster um und schob die Glock hinein.

Die Bewegung war Martin nicht entgangen. Er wusste, dass sein Vater keinen Spaziergang unternahm, wenn er morgens um fünf mit seiner Pistole die Wohnung verließ.

»Du arbeitest heute?«

»Nur ein paar Stunden, hoffe ich. Und was hast du heute vor?«

»Ich werde hier ein bisschen chillen. Später muss ich dann Madame Espinosa besuchen.«

Sein Sohn war nicht immer ein Engel gewesen, aber Victor wusste, dass er sensibel war.

In seinen späten Teenagerjahren hatte Martin die alte Dame in der U-Bahn angerempelt und ihr die Tasche gestohlen. Von Gewissensbissen geplagt, war er am nächsten Tag zu ihr gegangen und hatte sie zurückgegeben, ohne das Geld angerührt zu haben. Statt ihn anzuzeigen, hatte sie ihn hereingebeten. So hatte es angefangen. Nach und nach war die alte Dame die Vertraute des jungen Mannes geworden, und er kaufte für sie ein und half ihr bei Reparaturarbeiten in der Wohnung.

Victor pflückte den Magnetnotizblock vom Kühlschrank und kritzelte für Nadja eine Nachricht darauf.

»Soll ich dich unterwegs absetzen?«

»Nein, nein. Ist noch zu früh.«

War da etwas in Martins Stimme, oder lag es an seinem ausweichenden Blick? Jedenfalls hatte Victor plötzlich das Gefühl, dass ihn etwas bedrückte.

»Bist du sicher, dass alles in Ordnung ist, mein Junge?«, fragte er und spreizte mit den Fingern die Jalousie auseinander.

Martin öffnete den Mund, als wollte er etwas sagen.

»Scheiße, Jacinthe ist schon da.«

Victor wandte sich seinem Sohn zu, fest entschlossen, nicht zu gehen, bevor er eine Antwort bekommen hatte. Martin stand auf und trat auf ihn zu. Und dann, ungewöhnlich für ihn, umarmte er ihn.

»Alles in Butter, Papa. Und danke noch mal für das iPad.«

Victor drückte ihn und gab ihm eine paar Klapse auf den Rücken. Männersprache für »Ich liebe dich«.

»Gut, mein Junge. Freut mich.«

Sie wünschten einander einen schönen Tag, und Victor ging.

Jacinthe, die im Wagen vor Ungeduld brannte, war schon drauf und dran zu hupen.

Ob fünf Uhr morgens oder fünf Uhr nachmittags, das machte für sie keinen Unterschied. Es war ihr völlig schnuppe, ob sie die Nachbarn störte.

Doch sie sah davon ab, als sie ihren Partner auf den Gehweg treten sah.

»Ist es Rivard?«, fragte er, während er seine Tasche auf den Rücksitz warf.

Diesmal wartete Jacinthe, bis er die Tür geschlossen hatte, ehe sie losfuhr.

»Seine Leiche ist kurz nach Mitternacht auf dem Friedhof Mont-Royal gefunden worden. Ein Mann, der das Grab seiner Schwester besuchen wollte, hat in einer verschlossenen Gruft ein Handy klingeln hören.«

Mit flackerndem Warnlicht raste Jacinthe durch die Kurven und stieg unablässig auf die Bremse. Victor kämpfte mit seinem Sicherheitsgurt, den er nicht einrasten lassen konnte, da die Abwickelrolle ständig blockierte.

»Der arme Kerl, er muss eine Scheißangst gehabt haben.«

»Ich weiß nicht. Er war ein komischer Kauz, was ich so gehört habe. Ich habe gerade mit einem der Kriminaltechniker vor Ort gesprochen. Sie haben zwei Handys bei Rivards Leiche gefunden. Sein iPhone war aus. Deswegen konnten sie es weder über das Mobilfunknetz noch per GPS orten. Das andere Gerät war ein Prepaid.«

»Gespräche mit Tousignant?«

»Weder in der Anrufliste des iPhones noch in der des Prepaidhandys findet sich darauf ein Hinweis. Das habe ich sie als Erstes überprüfen lassen. Heute Nacht gab es nur einen Anruf, und der wurde mit dem Handy getätigt. Ich habe die Nummer überprüft: Sie gehört einer von Rivards Geliebten.«

Während Victor nachdenklich zuhörte, legte er einen Finger auf sein rechtes Augenlid, das unentwegt zuckte.

»Dass das zweite Gerät ein Prepaid ist, beweist doch, dass Rivard etwas vorhatte und keine Spuren hinterlassen wollte. Und die Anrufliste des Handys ist deshalb leer, weil er die Einträge jedes Mal gleich gelöscht hat.« Er machte eine Pause. »Warum hat es so lange gedauert, bis die Spurensicherung uns verständigt hat?«

»Für den Fall, dass du es noch nicht gemerkt hast, es ist Weihnachten, Mann. Bis die Notrufzentrale eine Streife losschickt, die dann einen Zuständigen ausfindig macht und der seine kleine Feier verlässt, den Schlüssel findet … Wenn ich daran denke, dass ich den Anruf nur gekriegt habe, weil ich eingewilligt habe, meinen Bereitschaftsdienst mit Gilles zu tauschen. Hätte ich das geahnt!«

Jacinthe zog eine Hand voll Fruchtgummi aus einer Tüte, die zwischen ihren Beinen klemmte, und schob sie in den Mund. Sie schmatzte beim Kauen.

»Was das Verrückteste an der Geschichte ist: Rivards Leiche ist im Familiengrab der Lawsons gefunden worden.«

60.
RUHE IN FRIEDEN

Die Kriminaltechniker waren dieselben, die im Parc Maisonneuve McNeils Leichnam untersucht hatten. Einer von ihnen sagte im Scherz zu Victor, durch die ständige Arbeit mit Tiefkühlware würden sie ein Know-how erwerben, das ihnen in der Lebensmittelbranche von Nutzen sein könnte. Ein Techniker war bereits mit Rivards Prepaidhandy zurückgefahren, um die Daten auszulesen.

Bis jetzt hatten sie noch nichts von Bedeutung gefunden, außer dass der Tote ähnliche Verletzungen aufwies wie die, die man an der Leiche des Psychiaters festgestellt hatte. Berger hatte Jacinthe bestätigt, dass McNeil mit zwei Pfeilen getötet worden war, von denen einer mitten ins Herz getroffen hatte.

Der Mörder benutzte also einen Bogen oder eine Armbrust.

Da es aber geschneit hatte, ließ sich kaum feststellen, ob er auch diesmal auf Skiern unterwegs gewesen war. Aufgrund ihrer Erfahrung vermuteten die Techniker, dass Rivards Leiche eine kurze Strecke geschleift und dann in das Grab gesperrt worden war, aber sie hatten keine handfesten Beweise dafür.

Offensichtlich war der Überfall irgendwo auf dem Friedhof erfolgt.

Starke Scheinwerfer, die man im Grab aufgestellt hatte, beleuchteten den Leichnam. Beim Durchblättern des Romans von Leroux, den man auf dem Altar gefunden hatte, entdeckte Victor auf den ersten Seiten eine handschriftliche Widmung. In verblasster Tinte stand dort:

In Erinnerung an unsere schönen Heiligabende
Auf ewig, Mutter
Nathan

Da Jacinthe den Einsatz leitete, der mit einer Suchaktion der Hundeführer beginnen sollte, hielt sich Victor etwas abseits und befragte den Mann, der den Notruf gewählt hatte.

Dieser machte einen etwas sonderbaren Eindruck, aber seine Geschichte war bewegend und traurig. Er sprach mit einem so starken russischen Akzent, dass Victor ihn zunächst kaum verstand. Doch was er nicht auf Anhieb begriff, ließ er den Mann so oft wiederholen, bis sich die Teile des Puzzles schließlich zusammenfügten: Seine jüngere Schwester war vor fünf Jahren an Heiligabend gestorben, und er kam jedes Jahr an ihr Grab, um ihrer zu gedenken. Die Verzweiflung des Mannes, dem Tränen in die Augen stiegen, wenn er von der Verstorbenen sprach, erinnerte Victor an die Leere, die er selbst immer empfand, wenn er an den Tod seiner Mutter und seiner Brüder dachte.

Besonders an den Verlust Raymonds.

Die Befragung bestätigte, was er bereits vermutet hatte: Der Mann hatte es so merkwürdig gefunden, in einer Familiengruft ein Telefon klingeln zu hören, dass er die Polizei verständigt hatte, aber sonst wusste er nichts, was ihnen bei den Ermittlungen weitergeholfen hätte.

Bevor ihn Victor nach Hause gehen ließ, beruhigte er ihn: Man werde ihm keine Schwierigkeiten machen, weil er den Friedhof unbefugt betreten habe.

Ein Hundeführer ging an Victor vorbei. Sein Deutscher Schäferhund schnüffelte den Schnee rings um die Gruft ab.

Jacinthe stieß zu Victor. Sie war in einen langen roten Mantel gehüllt, den sie nur bei extremer Kälte hervorholte. Böse Zungen behaupteten, er sei aus einem Schiffssegel gemacht.

»Ich habe gerade mit dem Kollegen Séguin gesprochen«, sagte sie, ihre Pudelmütze zurechtrückend. »Sie haben nichts gefunden.«

Die Ermittler hatten Séguin, der als einer der ersten Streifenpolizisten vor Ort gewesen war, gebeten, mit einem Kriminaltechniker das Auto Rivards zu durchsuchen. Als Jacinthe auf den Parkplatz gefahren war, hatte sie einen zugeschneiten Porsche Cayenne bemerkt. Der Wagen parkte auf der Straße, hundert Meter von dem Gitter entfernt, das in der Nacht den Zugang zum Friedhof versperrte.

Ein paar Schwünge mit dem Schneefeger hatten die Windschutzscheibe und einen Strafzettel freigelegt. Anhand des Kennzeichens hatten sie innerhalb weniger Minuten festgestellt, dass der Wagen auf den Namen des Anwalts zugelassen war.

Da Rivard zur Fahndung ausgeschrieben war, hätten sie eigentlich viel früher von dem Porsche erfahren müssen. Ja, es war im höchsten Maß befremdend, dass dem Beamten, der den Strafzettel ausgestellt hatte, nicht aufgefallen war, dass der Wagen einer als vermisst gemeldeten Person gehörte.

Victor zuckte mit den Schultern.

In all den Jahren, die er diesen Beruf ausübte, hatte er gelernt, dass man die Zeit nicht zurückdrehen konnte, sosehr man es sich auch wünschen mochte.

Victor hielt sich eine Hand vor die Augen, um sie vor der grellen Sonne zu schützen, die mit den Wolken Verstecken spielte. Die Hundeführer folgten ihren Tieren, die da und dort zwischen den Grabsteinen schnüffelten.

»Es würde mich überraschen, wenn sie etwas finden«, sagte er. »Bei dem vielen Schnee, der in den letzten Tagen gefallen ist.«

Jacinthe pulte sich mit dem Zeigefinger zwischen Zähnen und Zahnfleisch herum. Schließlich förderte sie ein Stück

Fruchtgummi zutage und betrachtete es einen Augenblick lang, ehe sie es in den Schnee schnippte.

»Ich frage mich, was Rivard hier gewollt hat.«

»Darüber grüble ich schon die ganze Zeit nach. Die einzige logische Erklärung, auf die ich gekommen bin, ist, dass er etwas aus dem Grab holen oder dort deponieren wollte.«

»Die Northern-Akte?«, vermutete Jacinthe.

Victors Schweigen sagte mehr als Worte und schwebte in der Luft wie eine im Wind trudelnde Schneeflocke.

Fast elf Uhr. Der Vormittag zog sich hin. Victor war völlig durchgefroren, und es machte ihn verrückt, dass er warten und den Kriminaltechnikern bei der Arbeit zusehen musste.

Während Jacinthe losgezogen war, um sich etwas zu essen zu besorgen, hatte er den Kaffee aus seiner Thermoskanne getrunken, und die Alufolie, in der seine Brote eingepackt gewesen waren, lag jetzt zusammengeknüllt in seiner Tasche. Er schüttelte sich. Er musste sich bewegen. Er musste etwas tun.

Es war davon auszugehen, dass Rivard in der Nähe des Grabs getötet worden war, und er versuchte sich in den Mörder hineinzuversetzen, um die geeignetste Stelle für sein Vorhaben zu finden. Nachdem er einige Möglichkeiten in Betracht gezogen hatte, richtete er sein Augenmerk schließlich auf den kleinen vorspringenden Hügel zu seiner Rechten hinter der Gruft, in der Nathan Lawsons Mutter begraben war.

Auf halbem Weg den Hang hinauf bedauerte er, dass er keine Schneeschuhe mitgenommen hatte. Da er bis zu den Knien im Pulverschnee versank, kam er kaum vorwärts und brauchte schließlich viel mehr Zeit als erwartet, um die Kuppe zu erreichen. Während er verschnaufte, schaute er auf den Friedhof hinunter und bewunderte das Ballett von Menschen und Hunden im Schnee.

Wie er vermutet hatte, gab der Hügel einen hervorragenden Beobachtungsposten ab. Von hier oben konnte man das Kommen und Gehen rings um das Grab im Auge behalten. Außerdem hatte man den Haupteingang des Friedhofs im Blick, wo soeben Jacinthe aufgetaucht war, die jetzt, mit einem Beamten sprechend, in ihre Richtung kam. Victor musste schmunzeln: Sie hielt einen Pizzakarton in der Hand.

Er blieb noch oben und suchte die Umgebung nach Skispuren ab, fand aber keine. Gerade als er wieder hinabsteigen wollte, blinzelte die Sonne hinter einer Wolke hervor, um gleich wieder verschluckt zu werden.

Aber eine Lichtreflexion hatte seine Aufmerksamkeit erregt.

Fünfzehn Meter hinter der Stelle, wo die Hundeführer gerade zugange waren, hatte etwas im Schnee geglitzert. Victor nahm sich einen Grabstein aus schwarzem Marmor als Orientierungspunkt und machte sich, ohne ihn aus den Augen zu lassen, an den Abstieg.

Jacinthe erwartete ihn am Fuß des Hügels. In der einen Hand hielt sie ein angebissenes Stück Pizza, mit der anderen streckte sie ihm den Karton hin. Dem Augenschein nach handelte es sich mindestens um eine große, doch er gab mit einem Kopfschütteln zu verstehen, dass er nichts davon wollte.

»Ich habe mit Gilles gesprochen. Er hat die Telefonaufzeichnungen der Handys von Rivard und Tousignant bekommen. Keine Gespräche zwischen den beiden.«

Jacinthe wartete auf eine Reaktion Victors, doch der schlug einfach einen Bogen um sie herum und hielt weiter auf den schwarzen Grabstein zu.

»Hör mal, Lessard, ich verlange ja nicht, dass du die Hosen runterlässt und nackt herumläufst, aber eine Antwort könntest du mir wenigstens geben.«

Sie schaute ihm nach und heftete sich dann murrend an seine Fersen.

»Verfluchte Männer!«

Victor gab ihr mit der Hand ein Zeichen, schien etwas im Schnee zu suchen und ging dann neben einem Grabstein in die Hocke. Er zog seine Handschuhe aus und streifte welche aus Gummi über.

»Was ist das?«

Jacinthe trat näher, während er mit Hilfe eines Kulis einen Gegenstand aus Metall freilegte, der aus dem Schnee ragte.

»Hol einen Techniker«, antwortete er. »Ich glaube, das ist eine Pfeilspitze.«

61.
ANTITERROREINHEIT

Der Himmel hatte sich völlig zugezogen, und das Thermometer sank weiter. Der Wind wirbelte Pulverschnee auf. Jacinthe hatte einen Techniker von der Spurensicherung mitgebracht, der den von Victor entdeckten Gegenstand behutsam vom Schnee befreite. Es handelte sich tatsächlich um einen Pfeil. Er bestand aus einer Stahlspitze, die offenbar nicht mit Blut befleckt war, und einem schwarzen Schaft mit grauer und rosafarbener Befiederung. Die Polizisten betrachteten das Geschoss eine Weile, ohne ein Wort zu sagen.

»Wahrscheinlich hat der Mörder das Ziel verfehlt«, erklärte ihnen der Techniker. »Der Pfeil ist von einem Grabstein abgeprallt und hat sich verkehrt herum in den Schnee gebohrt.«

»Er hat ihn sicher vergessen«, vermutete Jacinthe.

»Oder nicht gefunden«, erwiderte Victor.

Der Techniker machte eine Reihe von Fotos, dann begann er die Parameter zu vermessen, mit deren Hilfe er später die genaue Fundstelle des Pfeils, Winkel, Lage und jede andere nützliche Information bestimmen konnte. Unterdessen schilderte Victor, wie er den Pfeil vom Hügel aus entdeckt hatte. Der Techniker schien seiner Theorie zuzustimmen, wonach sich der Schütze auf der Kuppe auf die Lauer gelegt hatte. Ein Klingeln ertönte. Der Sergent-Détective zog sein Handy aus der Tasche.

»Aha«, flötete Jacinthe, »ich wette, dass ist deine Freundin.«

Ein Lächeln umspielte Victors Lippen, als er auf das Display blickte. Grinsend wandte er sich seiner Kollegin zu.

»Wo du recht hast, hast du recht.«

»Du änderst immer deinen Ton, wenn sie dran ist.«

»Ich ändere den Ton? Wovon sprichst du?«

Jacinthe klimperte mit den Wimpern und schraubte ihre Stimme eine Oktave höher.

»Hallo, mein Schatz ... Ja, mein Schatz ... Einen schönen Tag, mein Schatz ...«

»Ach was, ist doch Quatsch! Ich nenne sie nie so!«

Victor musste an sich halten, um nicht laut zu lachen. Jacinthe gegenüber würde er es nie zugeben, aber sie hatte recht. Er sprach tatsächlich mit sanfterer Stimme, wenn er mit Nadja telefonierte.

»Hallo, mein Schatz.«

Er hörte Jacinthe losprusten. Plötzlich erstarb sein Lächeln.

»Was ist los?«, fragte Jacinthe stirnrunzelnd.

Einige Sekunden verstrichen, dann beendete Victor das Gespräch.

Er stand da wie vom Donner gerührt.

»Lessard! Was ist los? Gibt es zu Hause Probleme?«

Seine Hand wanderte mechanisch in die Manteltasche und zog Zigarettenschachtel und Feuerzeug hervor. Er nahm einen tiefen Zug. Er versank in einer bodenlosen Dunkelheit, deren Oberfläche zu einem leuchtenden Punkt von der Größe eines Stecknadelkopfs schrumpfte, von dem er sich immer weiter entfernte. Schwimmen erwies sich als nutzlos, der Schlamm auf dem Grund saugte sich an ihm fest, umschloss seine Füße.

Erst als er Jacinthe rufen hörte, löste er sich aus seiner Erstarrung.

Tiefes Unwohlsein überkam ihn.

Er rang nach Luft, öffnete den Kragen seines Mantels und kippte um. Jacinthe fing ihn gerade noch rechtzeitig auf, bevor er auf dem Boden aufschlug. Mit Unterstützung des Technikers setzte sie ihn in den Schnee und lehnte ihn an einen Grabstein.

»Es geht um Martin«, murmelte er leichenblass. »Er ist gerade von der Antiterroreinheit verhaftet worden.«

Jacinthe und Victor wechselten die ganze Fahrt über kein Wort. Den Kopf an die Scheibe gelehnt, starrte der Sergent-Détective in die vorüberziehende Landschaft und versuchte vergeblich, Ordnung in seine Gedanken zu bringen. Nadja erwartete ihn in der Eingangshalle des Polizeireviers. Er sah, wie sich ihre Lippen bewegten, aber die Worte schwirrten durch die Luft, ohne den Weg in sein Gehirn zu finden.

Sie redete weiter auf ihn ein, und irgendwie schien er sogar zu begreifen, dass es um wichtige Dinge ging, über die sie unbedingt reden mussten. Doch seine Aufnahmefähigkeit war erschöpft. Nicht jetzt und nicht hier.

Nadja stellte sich vor ihn hin und hinderte ihn am Weitergehen. Victor spürte, dass sie aufgeregt war und dass sie es gut meinte. Trotzdem schob er sie sanft, aber bestimmt mit dem Unterarm aus dem Weg. Jacinthe hielt sich heraus, denn sie erkannte, dass es sinnlos war einzugreifen.

Victor steuerte direkt auf den diensthabenden Polizisten zu, einen Rothaarigen, den er flüchtig aus der Zeit kannte, als er mehrere Wochen in der taktischen Spezialeinheit Dienst getan hatte, bevor ihm klar wurde, dass das SWAT nicht sein Ding war.

Die beiden Männer begrüßten sich, dann teilte ihm der Beamte mit, dass man Martin zusammen mit einem Komplizen verhaftet habe, weil sie im Besitz gestohlener Dynamitstangen gewesen seien und versucht hätten, Zündkapseln zu kaufen, anscheinend um einen Terroranschlag auf eine jüdische Synagoge zu verüben.

Das Tageslicht flackerte wie eine Glühbirne kurz vor dem Durchbrennen, und der dunkle Tunnel, in den Victor eintauchte, wurde immer enger. Er kannte seinen Sohn, und was man von ihm behauptete, konnte nicht wahr sein.

Dies sagte er seinem Kollegen, doch der zuckte mit den Schultern und entgegnete, dass die Beweise stichhaltig seien und die Ermittlungen schon seit Wochen liefen.

»Lass mich fünf Minuten allein mit ihm reden.«

Victor bettelte nicht.

Es war eine Forderung, vorgebracht in einem Ton, der keinen Widerspruch duldete. Der andere lehnte ab und legte ruhig seine Gründe dafür dar.

Victor reagierte wie ein verwundetes Tier. Sein Überlebensinstinkt schaltete sich ein.

Der Mann sperrte sich?

Wer nicht für ihn war, war gegen ihn.

Ohne Zögern packte er den Rothaarigen am Kragen und drückte ihn gegen die Wand. Jacinthe, Nadja und zwei uniformierte Polizisten stürzten herbei, um die beiden zu trennen, doch allem Flehen seiner Geliebten und allen Aufforderungen der anderen zum Trotz ließ Victor seinen Gegner nicht los.

Der Gedanke, ihm den Lauf seiner Pistole ins Gesicht zu drücken, schoss ihm durch den Kopf, aber zu viele Hände hielten ihn fest.

Laute Stimmen erfüllten den Raum. Die Situation spitzte sich zu und drohte außer Kontrolle zu geraten, doch wie von Zauberhand kehrte plötzlich Ruhe ein, als Jacinthe noch lauter brüllte als alle anderen und den allgemeinen Tumult übertönte.

»Hör mal, er verlangt doch nichts Unmögliches. Fünf Minuten mit seinem Sohn. Mehr nicht. Hast du Kinder? Versetz dich doch in seine Lage, verdammt noch mal!«

Victor und der Beamte funkelten sich feindselig an, dann senkte der Rothaarige den Blick und nickte. Er hatte in den Augen des Sergent-Détective weder Hass noch Verachtung gesehen. Nur Verzweiflung. Und wer konnte es einem Mann verübeln, wenn er sich für seinen Sohn einsetzte?

»Okay. Macht ihm die Tür auf«, sagte er zu seinen Kollegen.

Man ließ sich gegenseitig los, rückte Kleidungsstücke zurecht, und Nadja strich sich eine Haarsträhne hinters Ohr. Ein Glück, dass Weihnachten war und niemand außer ihnen auf dem Revier war. Victor bat den Beamten um Entschuldigung, die dieser mit einem Kopfnicken annahm.

Dann gab er seine Dienstwaffe ab, ignorierte Nadja, die erneut mit ihm zu sprechen versuchte, und durchschritt die Glastür, die zu den Zellen führte.

Das Herz krampfte sich ihm zusammen, als er Martin hinter dem Einwegspiegel sah, in einem fensterlosen Raum, mit Wänden aus Betonblöcken, denen man vor Urzeiten einen cremefarbenen Anstrich verpasst hatte. Sein Junge saß an einem dunklen Holztisch, die Ellbogen auf der Platte, das Gesicht in den Händen vergraben, die Finger in den Haaren. Victor verharrte einen Moment und betrachtete ihn fassungslos, eine Hand auf der Klinke der Tür, die in den Raum führte.

Nachdem er mit Zähnen und Klauen dafür gekämpft hatte, so weit zu kommen, beschlichen ihn jetzt plötzlich Zweifel. Und wenn sie recht hatten? Wenn es stimmte, was sie von Martin behaupteten? Zum ersten Mal zog er die Möglichkeit in Betracht, dass aus seinem Sohn die Art von Mensch geworden war, die er sein Leben lang verfolgt, in die Enge getrieben und manchmal unter seinem Stiefel zertreten hatte.

Victor ging hinein, Martin hob den Kopf.

Victor hätte nicht genau sagen können, was sich in seinem Blick spiegelte. Furcht, sogar Schrecken, Unmut, aber auch Erleichterung.

Die Beine des leeren Stuhls kratzten über die Fliesen, als Victor ihn zu sich herzog. Er drehte ihn um, setzte sich verkehrt herum darauf und legte die Arme auf die Rückenlehne.

»Wir haben fünf Minuten, um dich aus der Scheiße zu ziehen. Sag mir, dass es nicht wahr ist.«

Martin starrte auf die Spitzen seiner Doc Martens. Dann schaute er auf und sah seinen Vater traurig an.

»Es ist nicht so, wie du denkst, es ist nicht so, wie es aussieht. Lass mich nur machen, du wirst sehen, am Ende wird alles gut.«

»Dich machen lassen? Willst du mich auf den Arm nehmen? Bist du dir der Tragweite der Anschuldigungen bewusst, die du am Hals hast? Bei den neuen Antiterrormaßnahmen werden sie die Höchststrafe fordern. Außerdem bist du Polizistensohn. Der Richter wird keine Gnade mit dir haben. Und der Knast ist voll von Typen, die ich dingfest gemacht habe und denen es eine Freude sein wird, dir die Fresse zu polieren und auf dich zu pinkeln. Und das erwartet dich an den guten Tagen.« Er blickte auf seine Uhr. »Wir haben noch drei Minuten. Rede.«

»Ich kann nicht, Papa. Ich kann nicht reden.«

Martin wollte, aber ... Hatte er Angst vor der Reaktion seines Vaters, oder fürchtete er sich vor etwas anderem? Was auch immer, jedenfalls sprang Victor mit einem Satz auf und stieß Tisch und Stuhl zur Seite, dass er krachte.

»Hör auf, mich zu verarschen!«

Mit vorquellenden Augen und Schaum vor dem Mund, gab er seinem Sohn eine schallende Ohrfeige, die er augenblicklich bereute. Martin, dessen Kopf heftig nach hinten geschleudert wurde, begann leise zu weinen.

Victor ging neben ihm auf ein Knie.

»Martin, wenn du nicht im Gefängnis verrotten willst, rede mit mir. Und zwar schnell.«

Er hatte die Bitte in sanftem Ton und ganz ruhig vorgebracht. Schläge donnerten gegen die Tür. Eine Stimme drang herein:

»Ihr habt noch eine Minute.«

Martins Unterlippe zitterte. Er schniefte und fuhr sich mit der Hand über die verheulten Augen.

»Ich warne dich, du wirst mir nicht glauben.« Er holte tief Luft. »Ich arbeite als Informant für die Bundespolizei. Ich habe mich in eine Gruppe von Neonazis eingeschleust. Spinner, Papa. Sie greifen jüdische Ziele an und schieben es Muslimen in die Schuhe. Sie wollen ethnische Spannungen schüren, damit die Leute Multikulti für gefährlich halten.«

Die Gedanken fuhren in Victors Kopf Karussell. Neonazis? Martin Informant der Bundespolizei? Und das vor seiner Nase, ohne dass er etwas gemerkt hatte.

Da hast du's, Lessard.

Dann zwang er sich, jede Reaktion zu unterdrücken. Er musste schnell handeln und die richtigen Fragen stellen.

»Hast du mit deinem Kontaktmann bei der Bundespolizei gesprochen?«

»Ja. Ich warte auf seinen Rückruf.«

»Hast du einen offiziellen Status? Stehst du auf der Gehaltsliste?«

»Die Sache ist komplizierter, Papa.« Martin zögerte, hätte beinahe noch etwas hinzugefügt, schwieg dann aber. »Ich wollte, dass du zur Abwechslung mal stolz auf mich bist«, fuhr er schließlich fort und sah seinem Vater direkt in die Augen.

Riegel klirrten, die Tür wurde geöffnet ... Victor spürte ein Prickeln im Nacken, die Dringlichkeit der Situation löste einen Adrenalinschub aus, die Zeit beschleunigte sich.

»Sag mir den Namen deines Kontaktmanns. Ich setze mich mit ihm in Verbindung.«

»Ich kann nicht, Papa.«

»Blödsinn! Was soll das Gerede? Vertrau mir, ich kann dir nicht helfen, wenn du mir nichts sagst, Martin.« Er beugte sich vor, bis ihre Gesichter nur noch Zentimeter voneinander entfernt waren. »Wie heißt er?«

Die Tür ging auf, der Rothaarige erschien.

»Die fünf Minuten sind um, Lessard.«

»Er heißt Diego Concha Fernandez«, flüsterte ihm Martin ins Ohr.

Die Information zirkulierte eine Weile in seinen Synapsen, bis die Verknüpfung hergestellt war. Victor küsste seinen Sohn auf die Stirn, richtete sich auf und ging rückwärts zur Tür. Seine Augen schickten Fragezeichen zu Martin, und der antwortete auf die stumme Frage mit einem langsamen Nicken.

Mit dieser Geste bestätigte er, dass es sich wirklich um den Diego Concha Fernandez handelte, an den Victor dachte.

Nadjas Bruder.

62.
KÄMPFE

Jacinthe, die in einem Sessel im Eingangsbereich saß, reckte triumphierend die Faust in die Luft und stieß ein lautes »Ja« hervor, dem sie einen Kraftausdruck folgen ließ. Sie hatte soeben ihren bisherigen Rekord bei *Angry Birds* gebrochen. Seit sie das Spiel auf ihr Blackberry geladen hatte, spielte sie im Schnitt eine halbe Stunde pro Tag damit, hauptsächlich auf der Toilette.

Aus dem Besprechungsraum, in den Victor Nadja geschleppt hatte, drangen laute Stimmen. Der Rothaarige am Empfangsschalter tat so, als erledige er Schreibarbeiten, doch in Wahrheit spitzte er die Ohren, damit ihm kein Wort entging. Einmal hätte er fast die Tür geöffnet, um nach dem Rechten zu sehen, doch ein Blick Jacinthes hatte ihn davon abgehalten.

Die Tür flog auf und krachte gegen die Wand. Jacinthe spürte einen Luftzug, als Victor an ihr vorbeistürmte.

»Wir verschwinden, Taillon.«

Bis sie ihr Telefon eingesteckt hatte, war er schon draußen.

Sie steckte den Kopf in den Türspalt.

Nadjas Make-up war verschmiert, was ihrer Schönheit aber keinen Abbruch tat. Sie zog einmal kräftig die Nase hoch, bevor sie auf Jacinthes Frage antwortete und ihr versicherte, dass es ihr gut gehe. Fast flehend bat sie:

»Pass bitte auf, dass er keine Dummheiten macht, Jacinthe.«

Nadja fand noch die Kraft, den Mantel anzuziehen, das Polizeirevier zu verlassen und zu ihrem Wagen zu gehen. Doch kaum saß sie hinterm Steuer, brach sie in Tränen aus und versank in Erinnerungen.

Sie und Martin hatten sich intensiv um Victor gekümmert, während er sich von seiner Verletzung erholte, und einen guten Draht zueinander gefunden. Sie wusste nicht mehr genau, wie sie darauf zu sprechen gekommen waren, aber irgendwann hatte Martin ihr anvertraut, dass er Polizist werden wolle.

Im Lauf des Gesprächs war deutlich geworden, dass er sich besonders für den Kampf gegen den Terrorismus interessierte. Da ihr Bruder Diego die Antiterrorabteilung der Bundespolizei GRC leitete, hatte sie Martin Diegos Telefonnummer gegeben.

Glücklich, dass Martin über so etwas mit ihr sprach, und dankbar für das Vertrauen, das er ihr entgegenbrachte, hatte sie ihm dummerweise versprochen, Victor nichts davon zu sagen.

Im Nachhinein begriff sie, dass sie damals reingelegt worden war.

Sie hätte misstrauisch werden müssen, als Martin sie mit Fragen zu hypothetischen Szenarien löcherte wie: »Was würde zum Beispiel passieren, wenn ein Zivilist Informationen über einen Terroranschlag liefert?« »Wie wird man als Informant angeworben?«

Da hätte sie begreifen müssen, dass Martin von sich sprach, dass er Kontakt zu den falschen Leuten hatte und eine Gelegenheit sah, seinen Vater zu beeindrucken.

Doch am wenigsten verzieh sie sich, dass sie nicht energischer nachgehakt hatte, als sie Martin ein paar Wochen später fragte, ob er mit ihrem Bruder Diego gesprochen habe.

Martin hatte ausweichend geantwortet und zu verstehen gegeben, dass er jetzt an Studioaufnahmen für m-jeanne, einer Québecer Indierockgruppe, mitarbeite und sich nicht mehr sonderlich für den Polizeiberuf interessiere.

Das hatte zu dem Bild gepasst, das Victor ihr von seinem

Sohn gezeichnet hatte: Er fange alles Mögliche an, sei immer Feuer und Flamme, wenn er sich in ein neues Projekt stürze, und gebe es wenig später auf. In der Folgezeit hatte sie nicht mehr daran gedacht und sich darauf konzentriert, Victor zu pflegen. Und da Martin ihr versichert hatte, dass er keinen Kontakt zu Diego aufgenommen habe, hatte sie diesen gar nicht darauf angesprochen.

Victor hatte allen Grund, sauer auf sie zu sein, und warf ihr zu Recht mangelndes Urteilsvermögen vor. Wenn es stimmte, dass Diego Martin rekrutiert hatte, nahm sie es ihrem Bruder übel, dass er ihr nichts davon gesagt hatte.

Aber warum hätte er ein solches Risiko eingehen sollen?

Sie liebte ihren Bruder und konnte sich nicht vorstellen, dass Diego so etwas nur deshalb getan haben sollte, weil er Victor nicht mochte.

Nadja schaute unschlüssig auf ihr Handy. Sollte sie Diego warnen?

Der Crown Victoria raste durch die ruhige Straße eines Wohnviertels von Saint-Lampert. Die Adern an Victor Schläfen traten dick hervor. Er saß am Steuer und brachte die Zähne nicht auseinander.

»Es ist nicht ihre Schuld«, sagte Jacinthe. »Sie konnte es nicht wissen.«

»Sie hätte es wissen müssen! Und vor allem hätte sie ihn niemals zu diesem verfluchten Kerl schicken dürfen. Der Typ ist ein Arschloch. Außerdem kann er mich nicht riechen. Das muss sie doch merken.«

»Er ist ihr Bruder, Vic.« Und nach kurzer Pause: »Fahr ein bisschen langsamer.«

»Ich sage dir, sie hat die Sache falsch eingeschätzt! Sie hätte ihn fragen müssen, ob er mit Martin gesprochen hat.«

Jacinthe zeigte mit dem Finger auf einen Wagen, der auf der

schmalen Straße in ihre Richtung zurücksetzte. Victor riss das Lenkrad herum, fuhr mit zwei Rädern über den Bürgersteig und umkurvte das Hindernis, ohne das Tempo zu drosseln.

»Du bist wütend, weil du Angst um deinen Sohn hast, aber ich finde, du bist zu streng in deinem Urteil.«

Jacinthe verstand nicht alles von dem, was er knurrte, aber ganz deutlich hörte sie das Wort »Miststück«. Sie probierte es weiter:

»Wäre es nicht besser, du bittest Nadja, mit ihm zu reden, damit er vorgewarnt ist, statt dort einfach so aufkreuzen?«

Victor beruhigte sich nicht.

»Zu spät. Wir regeln das auf meine Art.«

Auf seinem Blackberry überflog er eine E-Mail, die ihm gerade ein Anwalt von Baker, Lawson, Watkins zu Northern Industrial Textiles geschickt hatte. Das musste warten, er hatte Dringenderes zu erledigen.

Jacinthe zuckte mit den Schultern. Einerseits versuchte sie ihn zur Vernunft zu bringen, doch andererseits verstand sie ihn vollkommen. An seiner Stelle hätte sie sich mindestens genauso aufgeführt. Deshalb wollte sie ihm nicht zu sehr mit dem erhobenen Zeigefinger drohen.

»Mann, heute ist Weihnachten. Bist du sicher, dass er überhaupt kommen wird?«

»Er ist mit Nadja um 15.30 Uhr im Restaurant verabredet.«

Da er gerade auf die Uhr geblickt hatte, wusste er, dass ihm genug Zeit blieb, um noch vor Diego am Restaurant anzukommen. Trotzdem schaltete er, blind vor Wut, das Warnlicht ein und drückte aufs Gaspedal. Ein mörderisches Funkeln lag in seinen Augen.

»Es wäre besser für ihn, wenn ich nicht allzu lange auf ihn warten muss.«

Seit dem Tod ihrer Eltern pflegten Diego und Nadja an Weihnachten das Ritual, sich jedes Jahr im selben Restaurant in Vieux Saint-Lambert zu treffen. Auch wenn sie sich selten sahen, standen sie einander doch sehr nahe.

Sie kamen immer recht früh und sprachen bei einem Aperitif über die Enttäuschungen in ihrem Liebesleben, was sich allerdings geändert hatte, seit Nadja eine feste Beziehung hatte. Vielleicht war das einer der Gründe für Diegos Aversion gegen Victor.

Jedenfalls ließ Diego keine Gelegenheit aus, Nadja unter die Nase zu reiben, dass ein zwölf Jahre älterer trockener Alkoholiker und Vater von zwei Kindern nicht der Richtige für sie sei.

Für Diego war Victor ein Loser.

Der Jeep Diegos rollte auf den Parkplatz und fuhr einen großen Bogen.

Wie viele andere, die ihren Wagen auf einem fast leeren Parkplatz automatisch neben ein anderes Auto stellen, parkte er dicht neben dem Crown Victoria.

Pfeifend stieg er aus dem SUV, öffnete die Heckklappe und nahm ein Geschenkpäckchen heraus. Er hatte die Klappe gerade wieder geschlossen und ging zwischen den beiden Fahrzeugen hindurch, als Victor seine Tür aufstieß, ausstieg und ihm den Weg versperrte.

»Hallo, Arschloch.«

Diego Concha Fernandez – furchteinflößender Blick, platte Nase, massiger Hals, kräftige Hände, die stämmige Statur eines Rugbyspielers – zuckte vor Überraschung zusammen und wich ein paar Schritte zurück. Er spähte über die Schulter des Sergent-Détective ins Innere des Crown Victoria, konnte aber wegen der beschlagenen Scheiben nichts erkennen.

»Hallo, Blödmann«, erwiderte er verächtlich. »Bist du hier, um meine Schwester zurückzufahren? Wo ist sie?«

»Wir sind unter uns, Arschloch.«

Diego hätte nie damit gerechnet, dass Victor ihn so abpassen würde, wirkte aber keineswegs eingeschüchtert. Sein Handy klingelte, doch er ignorierte es.

»Was willst du?«, fragte er herablassend.

Victors Augen verengten sich zu Schlitzen.

»Das weißt du ganz genau. Du wirst meinen Sohn aus dem Gefängnis holen.«

Er stand mit hängenden Armen da, ballte und öffnete abwechselnd die Fäuste. Er wirkte größer und breiter als noch vor Minuten.

»Ich verstehe nicht, was Nadja an dir findet«, höhnte Diego. »Sie verdient etwas Besseres als einen Nichtchecker wie dich, Lessard.«

Victor tat so, als hätte er es nicht gehört.

»Du wirst dich um meinen Sohn kümmern, du Arschloch.«

»Wovon redest du? Ich hab's eilig. Lass mich vorbei.«

»Du verfluchter Mistkerl! Womit hast du ihn geködert, hä? ›Möchtest du etwas Geld verdienen, Martin? Wenn du mir brauchbare Informationen bringst, wirst du entsprechend bezahlt. Und je mehr gute Tipps du für mich hast, desto mehr Kohle wirst du machen.‹ War es so?«

Diego beschloss, nicht darauf einzugehen, und legte seine Karten auf den Tisch.

»Du hast das Wichtigste vergessen: ›Wenn du dich in die Scheiße reitest, kennen wir uns nicht.‹ Vergiss es, Lessard. Wir haben keinen Vertrag unterschrieben. Martin muss allein zusehen, wie er klarkommt. Das hat er gewusst und akzeptiert. Dein Sohn hat nicht viel Verstand, aber er hat wenigstens Eier. Das zumindest hat er nicht von dir.«

Diego setzte sich in Richtung Restaurant in Bewegung und rempelte Victor, der ihn nicht vorbeilassen wollte, an. In dem Moment war es mehr ein Reflex als alles andere: Ein kräftiger rechter Haken flog auf den Mann von der GRC zu und traf ihn mit voller Wucht.

Diego knickte vornüber und griff sich ins Gesicht. Blut lief ihm aus den Nasenlöchern. Im Nu waren seine Hände und sein Mantel damit besudelt.

»Verdammte Scheiße, du hast mir die Nase gebrochen!«

Mit überraschender Geschmeidigkeit und Schnelligkeit warf er sich auf Victor. Sein erhobener rechter Ellbogen zielte auf dessen Kopf, als wäre er fest entschlossen, ihn wie eine Nuss zu knacken. Victor wich dem Stoß aus, doch Diego schickte einen Haken hinterher, der ihm die Augenbraue aufriss.

Sofort lief Blut in Victors linkes Auge, und er geriet, mit dem Rücken am SUV, für einen Moment ins Taumeln. Doch er hatte sich bereits wieder gefangen, als sein Gegner erneut auf ihn losging, und empfing ihn mit einem Fußtritt in die Rippen.

Diego verzog das Gesicht vor Schmerz und konterte seinerseits mit einem Tritt, der Victor aber verfehlte und an der Tür des Jeeps landete.

Wieder flog eine Faust durch die Luft, abgefeuert von Diego.

Victor konnte den Schlag mit dem Unterarm nur etwas ablenken und wurde hart am Kinn getroffen. Der Schmerz fuhr ihm durch alle Glieder. Doch statt ihn zum Rückzug zu bewegen, verdoppelte er nur seine Wut.

Er erkannte, dass er keine Chance hatte, wenn der Kampf noch lange dauerte. Diegos rohe Kraft und seine Größen- und Gewichtsvorteile würden ihn bald in die Knie zwingen.

Alles oder nichts. *Jetzt!*

Er stürzte sich auf den Gorilla. Die beiden Männer packten sich gegenseitig und rangen, fest an den Crown Victoria gedrückt, einen Moment lang miteinander. Dann wirbelte Victor um die eigene Achse hinter Diego, womit dieser nicht gerechnet hatte. Er packte ihn bei den Haaren, riss ihm mit aller Kraft den Kopf nach hinten und rammte ihm die Faust in die Nierengegend. Diego blieb die Luft weg. Er knickte in den Knien ein und fiel in den Schneematsch zwischen den beiden Autos.

Victor hielt ein Büschel Haare in der Hand, als er die Faust öffnete.

Er versetzte Diego einen weiteren Tritt, den dieser mit einem Schrei quittierte. Jacinthe, die im Crown Victoria alles mit ansah, bewunderte seine Technik mit einem leichten Grinsen. Sie hatte längst aufgehört, *Angry Birds* zu spielen, und ihr Handy weggesteckt, um notfalls dazwischenzugehen.

Victor packte Diego erneut bei den Haaren. Der Beamte der GRC wand sich vor Schmerzen.

»Du wirst mit jetzt genau zuhören, du Arschloch«, sagte Victor langsam mit einer Stimme, die ernster und ruhiger war als sonst.

Victor war so auf Diego fokussiert, dem er mit der Hand das Genick zusammendrückte, dass er nicht bemerkte, wie Nadjas Wagen auf den Parkplatz rollte.

63.
LE CONFESSIONNAL

Victor war seit sieben Jahren, fünf Monaten, zwölf Tagen, achtzehn Stunden und zwölf Minuten trocken, als er die Bar *Le Confessionnal*, den »Beichtstuhl«, betrat.

Und an Sünden, die er hätte beichten können, fehlte es ihm wahrlich nicht.

Um seine Nerven zu beruhigen, war er mit der U-Bahn zur Place-d'Armes gefahren und dann durch die an den Feiertagen verlassene Altstadt gestreift. Dabei strich sein Blick an den Reihen der denkmalgeschützten Häuser entlang und blieb gelegentlich an einem erleuchteten Fenster hängen, wobei er sich vorzustellen versuchte, was dahinter wohl gerade geschah.

Sein zielloser Streifzug führte ihn zum Quai Alexandra, wo er sich auf ein Geländer stützte und lange zu einem vertäuten Frachter hinausstarrte und sich ausmalte, wie es wäre, aus diesem Alptraum zu erwachen und woanders zu sein. Obwohl er sich mit Angstlösern vollgestopft hatte, rauchte er eine Zigarette nach der anderen, doch es gelang ihm nicht, das wilde Tier, das ihn von innen auffraß, zu bezähmen.

Mit den Händen in den Taschen ging er dann aufs Geratewohl die Rue Saint-Paul hinauf und tauchte in die Nacht ein, ohne sich um die Kälte zu scheren.

In der Rue McGill sah er dann das Plakat an der Tür:

Zweite Ausgabe von Weihnachten für Loser *ab 21 Uhr im Confessionnal. Ihr seid nicht anders als die anderen! Wenn ihr eure Geschenke ausgepackt habt, könnte ihr am Abend feiern.*

Seine Uhr zeigte 21.35, als er schwach wurde.

Der Eingang lag direkt am Gehweg. Ohne lange zu überlegen, ging er hinein. Obwohl er der Einrichtung kaum Beachtung schenkte, bemerkte er eine Backsteinwand, eine andere, die gefliest war, und Deckenlampen aus Kristall. Es war ein langgestreckter Raum, er ging bis nach hinten durch und setzte sich an die beleuchtete Glastheke. Und dort führte er, die Mütze tief ins Gesicht gezogen, wenig später ein Zwiegespräch mit einem Scotch, den er zwar nicht anrührte, aber unverwandt anstarrte und ihm dabei düstere Beschwörungen zuflüsterte.

Die Bar begann sich langsam zu füllen. Das Publikum, junge Leute zwischen fünfundzwanzig und fünfunddreißig, war eher von der hippen Sorte.

Nadjas Erscheinen auf dem Restaurantparkplatz hatte in einer Katastrophe geendet.

Alles sprach gegen ihn: Sie traf ihn dabei an, wie er gerade zwischen den Autos ihren Bruder misshandelte. Er hörte sie nicht kommen, und sie nahm ihn – das war einer der Nachteile, wenn man eine Polizistin als Freundin hatte – in einen Würgegriff und zwang ihn, von seinem Opfer abzulassen.

Jacinthe stieg aus dem Crown Victoria, Diego rappelte sich hoch, und alle regten sich furchtbar auf, bis Nadja sie aufforderte zu verschwinden. Victor versuchte ihr alles zu erklären, zu argumentieren, sie zur Vernunft zu bringen, aber Nadja wollte nicht verstehen.

Sie funkelte ihn so böse an, dass es ihm das Herz brach.

Darauf spielte er den wilden Mann, knallte die Wagentür zu, riss sie wieder auf und knallte sie ein zweites Mal zu, mit doppelter Wucht. Mit blutverschmiertem Gesicht und außer sich vor Rage zog er ab.

Jacinthe fuhr ihn später nach Hause, schaffte es aber trotz aller Bemühungen nicht, ihn zum Sprechen zu bringen. Sie erbot sich sogar, bei ihm zu bleiben und ihm Gesellschaft zu leisten, doch er schüttelte energisch den Kopf. Er wollte allein sein und auf den Tod warten.

Und als wäre das alles nicht schon genug, fand er, als er in die Wohnung kam, eine Nachricht seiner Tochter Charlotte auf dem Esszimmertisch. Sie verbrachte den Abend bei ihrer Mutter.

Er reagierte sich an der Küchenwand ab. Nach mehreren Fausthieben klaffte ein Loch in den Gipsplatten.

Die näselnde Stimme des DJs holte den Sergent-Détective aus seinen Gedanken. Der elektronische Beat war noch einmal lauter geworden.

Zwei Frauen in schulterfreien Tops mit tiefen Dekolletés hatten sich gerade neben ihn gesetzt. Er drehte den Kopf und warf ihnen einen kurzen Blick zu. Sie mussten über dreißig sein und schienen sich mit rotem Filzstift »Single und verzweifelt« auf die Stirn geschrieben zu haben.

Victor verzog die Lippen, als ihm eine der beiden verführerisch zulächelte, und senkte den Blick wieder auf die Eiswürfel in seinem Glas.

Die Wut war wie ein Strudel, aus dem es kein Entrinnen gab, wie ein Sturzbach, der ihn mit sich fortriss.

Und auch ein Schutz.

Flucht war immer sein erster Reflex. Einen gewissen Abstand zwischen sich und das bringen, was ihn bedrohte. Nadja hatte sich über eine Grenze gewagt, die sie niemals hätte überschreiten dürfen: Sie hatte für ihren Bruder Partei ergriffen. Alles war weiß oder schwarz. Sie hatten keine gemeinsame Zukunft mehr.

Leere würde folgen, das wusste er. Auf Wut folgte immer Leere. Und er dachte an die guten Seiten dieser wunderbaren Frau, die er nicht verdiente.

Er liebte sie …

Dann würde die Wut zurückkommen, wieder die Oberhand gewinnen.

Victor wusste das. Und dann würde er abwarten müssen, ratlos, was er tun und wie er sich verhalten sollte.

Was seine Beziehung zu Nadja anging, machte er sich keine großen Illusionen mehr: Er hatte ihren Bruder verprügelt, hatte sie seinen Zorn spüren lassen, hatte sich wie ein Rüpel benommen und sie zu Unrecht angegriffen.

Als er den Kopf nach links drehte, sah er ein Paar. Der Mann lachte, und die Frau massierte ihm den Rücken. Eine zärtliche Geste, die ihn wie ein Faustschlag auf den Solarplexus traf.

Seine Finger schlossen sich noch fester um das Glas.

Bevor er das Confessionnal betrat, hatte er bei seinem Streifzug durch die Altstadt etwas Ordnung in seine Gedanken gebracht und versucht, Marc Lagacé zu erreichen, einen Strafverteidiger, mit dem er vor Gericht schon einmal als Zeuge der Anklage die Klingen gekreuzt hatte.

Der Anwalt war ein Mann mit brutalen Methoden, der voll in die Offensive ging, ein Pitbull, der einem Arm und Bein ausriss, noch bevor der Gerichtsdiener einen aufforderte, sich zu erheben. Aber Lagacé war genau der Typ von Prozessanwalt, den man sich an seiner Seite wünschte, wenn es galt, ein Bajonett auf sein Gewehr aufzupflanzen, in den Schützengraben zu steigen und Krieg zu führen.

Victor hatte seine Telefonnummer auf dem Pager des Anwalts hinterlassen und hoffte, dass der Mann in der Stadt und nicht an einem Strand in der Karibik weilte und bald zurückrief und dann ... ach, Scheiße!

Er nahm seinen ganzen Mut zusammen und rief Martins Mutter an.

Marie wusste noch nichts von der Verhaftung und fiel aus allen Wolken. Da er spürte, dass sie zu durcheinander war, um das

Gespräch fortzusetzen, bat er sie, Derek ans Telefon zu holen, ihren jetzigen Mann. Victor war dem Buchhalter schon mehrere Male begegnet, und obwohl er ihn etwas langweilig fand, kamen sie gut miteinander klar.

Ohne ins Detail zu gehen, berichtete er ihm, was geschehen war und dass er bereits dabei sei, sich nach einem Anwalt umzutun. Bevor er auflegte, versprach er, sie auf dem Laufenden zu halten. Da er das Gefühl hatte, etwas tun und mehr über die Beweislage erfahren zu müssen, rief er anschließend den rothaarigen Beamten an, der Martin in Gewahrsam genommen hatte.

Der Mann reagierte zunächst kühl und abweisend, doch schließlich konnte ihm Victor entlocken, dass man Martin und einen Komplizen namens Boris bei dem Versuch festgenommen habe, mit einem verdeckten Ermittler der Polizei über den Kauf von Sprengzündern zu verhandeln.

Die in Laurentides gestohlenen Dynamitstangen waren bei der Durchsuchung eines Lagerhauses gefunden worden, das ein anderes Mitglied der Bande angemietet hatte. Als Victor das Gespräch beendete, schwirrten ihm tausend Fragen durch den Kopf, von denen ihn eine besonders beschäftigte: Warum hatte man ihm nicht gesagt, dass sein Sohn beschattet wurde?

Doch er kannte die Antwort bereits: Man hatte die laufenden Ermittlungen nicht gefährden wollen.

Allerdings wunderte er sich, dass ihn die Polizeiführung nicht auf informellem Weg von Martins bevorstehender Verhaftung unterrichtet hatte, wie es in solchen Fällen eigentlich üblich war.

Vielleicht lag es daran, dass der neue Polizeichef nicht viel für ihn übrig hatte.

Vielleicht war auch die Liste seiner Widersacher im Polizeidienst von Montreal länger geworden, ohne dass er davon wusste.

Tanguay, sein früherer Chef, scheute sich jedenfalls nicht, ihm bei jeder sich bietenden Gelegenheit in den Sandkasten zu pinkeln und sich auf seine Kosten zu profilieren.

Das Leben bei der Polizei barg Risiken, wenn man Einzelgänger war. Dann kam es darauf an, dass man zum Ausgleich einen einflussreichen Fürsprecher hatte. Paul Delaney war in der Hierarchie ein Schwergewicht und unterstützte ihn rückhaltlos, doch wegen der Erkrankung seiner Frau verfolgte er seit einiger Zeit nicht mehr mit der gewohnten Wachsamkeit, was hinter ihrem Rücken vorging.

Victor fegte dieses Selbstgespräch in eine synaptische Mülltonne: Im Moment war es seine geringste Sorge, welche Auswirkungen Martins Verhaftung auf seine Karriere hatte.

Um die Wahrheit zu sagen, es war ihm egal.

Das Glas begann in seiner zitternden Hand zu brennen. Wie lange konnte er es noch halten, ohne es an die Lippen zu führen und in einem Zug zu leeren? Das wäre dann das Ende, die Rückkehr in die Hölle. Der Text eines alten Lieds von Fred Fortin kam ihm in den Sinn:

> Donne-moé un verre de scotch
> pour faire fondre tout la slotche
> qui me gèle le cœur.

Plötzlich hatte er das Gefühl, dass ihn jemand anstarrte. Er hob jäh den Kopf.

In seinem Blickfeld hatte sich etwas bewegt. Bildete er es sich nur ein, oder hatte der Mann ganz hinten im Raum, dessen Gesicht ein dreifarbiges Basecap der früheren Expos verbarg, ganz plötzlich den Kopf gesenkt? Von einem Homosexuellen angegafft zu werden, störte ihn an sich nicht, aber in diesem Augenblick wollte Victor nicht beachtet werden.

Immer mehr Leute standen um ihn herum, Hände strichen über Hüften, Lippen bewegten sich, um in Ohren zu sprechen,

Lächeln begegneten einander, die Hoffnung auf gemeinsamen Sex wurde in Drinks, Lügen, Halbwahrheiten und Enttäuschungen gehandelt.

Die Brüste der Bardame wippten jedes Mal in ihrem Top, wenn sie eine Flasche ergriff oder ein Glas servierte, und in einem lichten Moment, der ihn vom Rest der Gäste unterschied, wurde ihm klar, dass sie diesen Anblick ebenso feilbot wie die Getränke.

Er versank wieder in seinen Gedanken und rief sich in Erinnerung, dass Martin, wie ihm der Rothaarige versichert hatte, nicht vor dem Achtundzwanzigsten dem Richter vorgeführt werden würde. Das ließ ihm noch etwas Zeit, mehr Licht in die Sache zu bringen und zusammen mit dem Pitbull eine Verteidigung aufzubauen, wenn dieser den Fall übernehmen würde.

Was das Echo in der Presse anging, machte er sich im Übrigen keine Illusionen. Er sah die Schlagzeilen schon vor sich: »Montrealer Polizistensohn wegen Terrorkomplott verhaftet.«

Die Medien sollten schreiben, was sie wollten: Ihn konnte nichts mehr erschüttern.

Wieder fühlte er sich von den Blicken des Mannes mit der Mütze belästigt, und er setzte ein Gesicht auf, das signalisierte: ›Lass mich in Ruhe, wenn du nicht meine Faust in die Fresse kriegen willst.‹ Wieder senkte der andere den Kopf. Schon allein das Klammerpflaster, mit dem Victor seine aufgeplatzte Braue geflickt hatte, verlieh ihm etwas Bedrohliches.

Ob ihn diese Geschichte den Job oder die Beziehung kostete, war zweitrangig. Im Moment zählte nur, dass Martin nicht allzu lange hinter Gittern schmoren musste.

Denn das würde er sich nie verzeihen.

Die Bar war mittlerweile proppenvoll. Hinter ihm drängten sich Frauen, die etwas zu trinken bestellen wollten, stützten sich auf seine Schulter und lachten, doch er hatte sich ganz in sich zurückgezogen, sodass nichts anderes mehr existierte als das Glas, das vor ihm stand und das er mit dem gebotenen Ernst beäugte.

Wie man sein Leben ruiniert, Folge 101, von Victor Lessard. Die Finger um das Glas gekrampft, hob er es vom Tresen, führte es an die Nase und schnupperte lange daran. Der Malzgeruch kitzelte in den Nasenlöchern, stieg ihm in den Kopf und gab ihm das Gefühl, einem alten Freund zu begegnen, der aus dem Exil zurückgekehrt war und den er so vermisst hatte, dass er ihn gern umarmen würde.

Ein Schatten glitt hinter ihm vorbei, er schenkte ihm keine Beachtung.

Plötzlich schien es ihm, als ob alle Leute standen, wie vor Begeisterung in die Hände klatschten, und während sich Leiber aneinander rieben, Glieder ineinander verschlangen, skandierten alle Münder wie mit einer Stimme seinen Namen:

Victor, Victor, Victor.

In dem Moment, als er das Glas an die Lippen setzte, bemerkte er ein Streichholzheftchen, das aufgeklappt auf dem beleuchteten Tresen stand. Vor einer Sekunde war es noch nicht da gewesen. Sofort erkannte er, dass es sich um dieselbe Marke handelte wie die Streichhölzer, die sie im Parc Maisonneuve gefunden hatten.

Alles um ihn herum erstarrte, während er danach griff. Und als er die Hand öffnete, schlug sein Herz schneller. In den Deckel war geschrieben:

23.10.1964
Es gibt noch andere

Verdutzt hob er den Kopf, sah sich um, sprang auf. Plötzlich spuckte sein Gehirn die in einem Winkel gespeicherte Information aus: der Schatten, der vor ein paar Sekunden hinter ihm vorbeigehuscht war.

Die Toilette!

Gäste beiseite stoßend, bahnte er sich einen Weg durch die Menge.

Mit einem Blick erfasste er, dass es weder die Typen waren, die gerade die Urinale begossen, noch der Betrunkene, der vor dem Spiegel seine Glatze zu kaschieren versuchte.

Die Kabine war verriegelt.

Beim ersten Tritt verbog sich die Metalltür, beim zweiten gab das Schloss nach. Der Mann und die Frau, die sich gerade die Nase puderten und gegenseitig befummelten, erstarrten beim Anblick der Glock in seiner Hand. Eine knappe Entschuldigung, dann war die Pistole in seiner Manteltasche verschwunden und er wieder in der Bar.

Er suchte mit den Augen jeden Zentimeter im Raum ab, musterte die Gesichter der Leute, analysierte ihr Verhalten. Wirkte jemand auffallend nervös? Der Mann war mittelgroß und von durchschnittlicher Statur, und eine Mütze war schnell abgenommen. Sein Gesicht hatte Victor unter dem Mützenschirm nicht erkennen können. Doch falls er versuchte, in der Menge unterzutauchen, würde er ihn irgendwann entdecken.

Das Shooter-Girl kam auf ihn zu, ein Lächeln auf den glänzenden Lippen.

»Wo ist der Typ mit der Expos-Mütze, der eben noch hier war?«

Die junge Frau lachte beschwipst, drückte ihren großen Busen gegen seinen Arm. Ihr Atem roch nach Sambuca und Mango, was unter anderen Umständen nicht unangenehm gewesen wäre. Sie ließ eine Hand über seinen Rücken wandern.

»Keine Ahnung.« Sie lachte. »Trinkst du einen Shooter mit mir, Süßer?«

Sie wollte ihm ein Glas reichen, bekleckerte ihn aber mit

dem Inhalt und machte Anstalten, die Bescherung mit einem Lappen zu beseitigen. Er packte sie am Handgelenk und schob sie weg.

»Schon in Ordnung«, sagte er und verschwand.

Sein Herz pochte in der Brust, als er auf die Straße trat und in alle Richtungen spähte. Schade um den Lexus, der vor dem Haus parkte, denn er und Victors großer Zeh mussten als Blitzableiter für seinen Ärger herhalten.

Der Mann mit der Mütze war ihm durch die Finger geschlüpft.

Das Handy zwischen Ohr und Schulter geklemmt, kramte er nach seinen Zigaretten. Nach dem vierten Klingeln und kurz nach dem ersten Zug meldete sich am anderen Ende eine Stimme aus dem Jenseits.

»Du musst schon einen verdammt guten …«

»Halt den Mund, Taillon, hör mir zu! Ich weiß jetzt, was die Plastikziffern an dem Kühlschrank bedeuten.«

»Na toll! Noch so ein Schwachsinn?«

Die Tür des Confessionnal flog auf. Ein Mann im T-Shirt kam heraus und kotzte dicht neben ihm auf den Bürgersteig.

»Die Ziffern stehen für ein Datum, den 23. Oktober 1964.«

»Du hättest bis morgen warten können, statt mich um ein Uhr morgens zu stören, um deine Theorie zu testen.«

»Das ist keine Theorie, Jacinthe: Der Mörder war hier!«

64.
ARCHIV

Montag, 26. Dezember

Victor hatte vergeblich versucht zu schlafen, als er aus dem Confessionnal nach Hause kam. Gedanken an Martin, an Nadja, dann an Raymond kamen und gingen in rascher Folge und verhedderten sich ineinander. Und weil ihm seine Gespenster keine Ruhe ließen, stand er um drei Uhr auf und rauchte am offenen Fenster eine Zigarette.

Anschließend setzte er sich an den Laptop und las die E-Mail, die ihm Maître Pageau, ein Anwalt von Baker, Lawson, Watkins, zur Northern-Akte geschickt hatte. Die Namen der drei Geschäftsführer deckten sich mit denen, die der Gnom ermittelt hatte.

Die E-Mail enthielt neben technischen Informationen über das Unternehmen eine Reihe von Fachausdrücken, die Victor nicht geläufig waren. Gleichwohl begriff er irgendwann, dass es in der Akte darum ging, Northern Industrial Textiles durch eine Due-Diligence-Prüfung auf eine Transaktion vorzubereiten, die nie zustande gekommen war.

Des weiteren wies Pageau darauf hin, dass die Akte offenbar von geringer Bedeutung gewesen sei und eigentlich längst hätte vernichtet werden müssen. Er bestätigte also die Auffassung, die der Gnom nach seinem Gespräch mit dem ehemaligen Präsidenten des Unternehmens zum Ausdruck gebracht hatte.

In der Hoffnung, eine Verbindung zwischen den verschiedenen Teilen des Puzzles finden, brachte Victor einen beträchtlichen Teil der Nacht damit zu, im Netz und im CRPQ zu stöbern.

Dabei verwendete er bestimmte Schlüsselbegriffe in unterschiedlichen Varianten und Kombinationen als Suchwörter, wie zum Beispiel »23 10 1964«, »Kennedy« oder »MK-ULTRA«, aber auch die Namen der Opfer und der Hauptzeugen der Untersuchung sowie die der Manager von Northern Industrial Textiles. Außerdem forschte er nach Gewaltverbrechen und Morden, die an dem betreffenden Tag auf dem Gebiet der Île de Montréal begangen worden waren.

Außer Kopfschmerzen brachte ihm das nichts ein. Kopfschmerzen und die Erkenntnis, dass der Schriftsteller Théophile Gauthier am 23. Oktober gestorben war, dass vom 10. bis 24. Oktober in Japan die Olympischen Sommerspiele 1964 stattgefunden hatten und dass an diesem Tag, der ohne erkennbaren Einfluss auf das Schicksal der Menschheit geblieben war, der Song *Do Wah Diddy Diddy* die Charts angeführt hatte. Auf YouTube bestaunte er verblüfft, wie der Interpret mit zwei Rumbakugeln in jeder Hand die Hüften schwang.

Er fiel für ein, zwei Stunden in Schlaf. Beim Aufwachen kamen ihm seine Augenlider bleischwer vor. Tiefe Erschöpfung erfüllte ihn, die Angst drohte ihn zu überwältigen. Aus Erfahrung wusste er, dass es sich um die Art von Müdigkeit handelte, die er während einer depressiven Phase verspürte. Was konnte er schon tun, außer seine Medikamente zu nehmen?

Wie ein Roboter duschte er und machte Frühstück, wie ein Automat fuhr er mit der U-Bahn zur Place Versailles. Das einzig Positive an dem Ganzen war, dass er dem Schlimmsten gerade noch entgangen war: Gleichzeitig mit dem Mützenmann hatte sich auch seine Trinklust verflüchtigt.

Der Anruf Nadjas, auf den er hoffte, ohne es sich einzugestehen, war bislang ausgeblieben.

Doch um acht Uhr hatte sein Telefon zu klingeln begonnen und seitdem nicht mehr aufgehört. Ein Gerichtsreporter versuchte ihn zu erreichen. Victor schaltete das Gerät aus, sodass sich auf seiner Mailbox die Nachrichten häuften.

Jacinthe lauschte ihm, ohne ihn zu unterbrechen, als er erzählte, was sich im Confessionnal zugetragen hatte. Er fühlte sich wie ein Versager und machte sich Vorwürfe: Der Mörder war da gewesen, vor seiner Nase, und er hatte ihn entkommen lassen!

»Du glaubst, dass er es war, aber du hast ihn nicht gesehen.«

»Er hat mich beobachtet, Jacinthe. Außerdem sind die Streichhölzer von derselben Marke wie die, die wir im Parc Maisonneuve gefunden haben. Sieh doch. Oder willst du mir erzählen, dass das ein Zufall ist?«

Die Polizistin drehte und wendete den eingetüteten Gegenstand in den Fingern.

»Nein, aber merkwürdig ist es schon. Hast du die Möglichkeit bedacht, dass der Mörder jemanden dafür bezahlt haben könnte, dass er dir die Streichhölzer hinlegt?« Sie hielt kurz inne. »Und davon mal abgesehen, warum sollte uns der Mörder weitere Indizien liefern?«

Ein Schulterzucken war seine ganze Antwort. Nach kurzem Schweigen stellte ihm Jacinthe die Frage, die ihr unter den Nägeln brannte, seit sie wusste, dass er den Abend in einer Bar verbracht hatte.

»Ich habe keinen Tropfen getrunken«, stellte er klar.

Trotz des Feiertages waren um elf alle am Arbeiten: Jacinthe und Victor setzten ihre Besprechung fort, der Gnom telefonierte mit der Spurensicherung, um sich nach dem Stand der Untersuchungen am Tatort auf dem Friedhof zu erkundigen, und Loïc hatte, wie von Victor verlangt, die Nachforschungen in Sachen Ketzergabel aufgegeben und konzentrierte sich jetzt auf Geschäfte, die Zubehör für Bogenschützen verkauften.

Victor bat Jacinthe, die E-Mail zu lesen, die ihm der Anwalt von Baker, Lawson, Watkins zur Northern-Akte geschickt hatte.

Mit dem juristischen Kauderwelsch konnte sie ebenso wenig anfangen wie er. Ihre Reaktion beschränkte sich auf eine simple Frage, begleitet von einem Magenknurren:

»Hast du schon Hunger?«

Der Sergent-Détective bat sie, ihm noch ein paar Minuten ihre Aufmerksamkeit zu schenken. In der Nacht war ihm, als er im Halbschlaf lag, nämlich ein Gedanke gekommen, und er wollte wissen, was sie davon hielt. Auch der Gnom, der sein Telefonat beendet hatte, stieß nun zu ihnen.

Victor brauchte ein paar Sekunden, um sich zu sammeln, ehe er begann.

»Aus den Überprüfungen, die Gilles vorgenommen hat, und den Informationen, die wir von Lawsons Kanzlei erhalten haben, geht hervor, dass die Northern-Akte ohne große Bedeutung war. Aber wir glauben, dass die Unterlagen, die Lawson aus dem Archiv geholt hat, für ihn selbst einen hohen Wert besaßen. Ich habe dazu eine Theorie: Könnte es sein, dass eine dicke Akte unter dem Namen eines anderen Klienten abgelegt wurde, in unserem Fall unter dem der Northern Industrial Textiles, um sie zu verstecken und zu verhindern, dass sie anhand von Schlagwörtern ausfindig gemacht werden konnte?«

»Du meinst, Lawson hätte eine fiktive Akte angelegt und unter dem Namen der Northern Industrial Textiles Dokumente archiviert?«

»Nicht unbedingt eine fiktive Akte. Um zu verhindern, dass jemand zufällig darüber stolpert, nimmst du aus den Akten deiner alten Klienten einfach die eines aufgelösten Unternehmens, eine unbedeutende Akte, von der du sicher sein kannst, dass niemand mehr die Nase hineinstecken wird.«

»Northern Industrial Textiles wurde 1974 aufgelöst«, sagte der Gnom nachdenklich. »Das würde bedeuten, dass wir einer falschen Spur gefolgt sind, als wir Ermittlungen gegen die Firmenchefs angestellt haben.«

Jacinthe reagierte als Erste:

»Weißt du, was? Wenn Lawson wirklich eine Akte hätte verstecken wollen, hätte er das doch woanders getan und nicht im Archiv.«

»Nicht unbedingt«, entgegnete Lemaire. »Es hat mehrere Vorteile, sie dort zu verstecken: Sie ist vor Durchsuchungen geschützt, sie geht in der Masse unter, und überhaupt ist es manchmal die beste Strategie, eine Sache am nächstliegenden Ort zu verstecken.«

»Und wenn man sie zusätzlich falsch beschriftet«, fügte Victor hinzu, »wird es unmöglich, sie zu finden, außer für den, der weiß, wo sie versteckt ist.«

»Gar nicht so dumm, deine Idee«, befand Lemaire.

»Mag ja alles sein«, grummelte Jacinthe, »aber die Akten werden nicht ewig im Archiv aufbewahrt. Irgendwann muss man sie vernichten. Deshalb noch einmal: Es würde mich wundern, wenn Lawson das Risiko eingegangen wäre, wichtige Dokumente dort zu lassen.«

»Bevor meine Frau Zwerg Nummer fünf bekam«, sagte Lemaire, »war sie Anwaltsgehilfin. In der Kanzlei, in der sie gearbeitet hat, gab es eine Grundregel, wonach jeder Anwalt in regelmäßigen Abständen seine archivierten Akten durchsehen und entscheiden sollte, welche er aufbewahren wollte. Ich könnte mir vorstellen, dass jede große Kanzlei ähnlich verfährt, denn der Platz, den man für die Aufbewahrung von Altpapier braucht, kann ganz schön teuer werden. Überholte Dokumente werden vernichtet, andere werden auf Datenträger übertragen, um Platz zu sparen. Jede archivierte Akte wird regelmäßig von dem zuständigen Anwalt geprüft. Deshalb konnte Lawson aufbewahren, was er wollte.«

Sie diskutierten noch eine Weile über diesen Punkt. Jacinthe beharrte auf ihrer Meinung. Anschließend gingen sie in den Food-Court an der Place Versailles. Da der Feiertagsandrang groß war, bestellten sie sich etwas zum Mitnehmen und kehrten zum Essen in den Konferenzraum zurück.

Zu Victors großer Erleichterung sprach niemand Martins Verhaftung an.

Der Gnom erzählte zur allgemeinen Erheiterung von den Streichen seiner beiden Ältesten, die die Toilette im Untergeschoss zum Überlaufen gebracht hatten, als sie ihre Schildkröte hinunterspülen wollten.

Nummer eins und zwei beteuerten ihre Unschuld und behaupteten hartnäckig, sie hätten sie da hineingesetzt, »damit sie mal ein bisschen Abwechslung hat«. Doch wie es aussah, hatten sie danach auf der PlayStation 3 gespielt und das Tier vergessen. Das Drama ereignete sich später, als Nummer vier nach einem nächtlichen Pipi die Spülung betätigte.

Zum Glück war Franklin, die Schildkröte, mit dem Schrecken davongekommen.

Nach dem Essen brach Lemaire nach Hochelaga auf, um dort einen Pfandleiher zu befragen. Mark McNeils Witwe war von einem Mann bedroht worden, der sie aufgesucht und Geld gefordert hatte. Die junge Frau hatte sich jedoch nicht einschüchtern lassen und den Gnom um Hilfe gebeten. Offensichtlich hatte McNeil sich Geld geliehen, um sich über Wasser zu halten.

Um Victor nicht direkt darauf anzusprechen, fragte Lemaire, während er sich den Mantel zuknöpfte, ob er schon das Neueste aus dem Internet kenne.

Victor schüttelte den Kopf, aber der Gnom blieb vor ihm stehen und rührte sich nicht vom Fleck.

»Vielleicht solltest du mal einen Blick reinwerfen, Victor«, sagte er sichtlich verlegen.

»Ich will nichts davon hören, Gilles.«

Victor wollte mit Loïc, der aus der Mittagspause zurückkam, gerade ein paar Dinge klären, als der Pitbull zurückrief. Der Mann erklärte sich bereit, das Mandat zu übernehmen. Sie sprachen kurz über die Angelegenheit, und Victor gab ihm die wenigen Informationen, die er hatte. Lagacé beruhigte ihn: Er werde sich mit Martin unterhalten und die nötigen Schritte einleiten, um eine Offenlegung der Beweismittel seitens der Staatsanwaltschaft zu erwirken. Anschließend regelten sie die Honorarfrage.

»Geld spielt keine Rolle, es kostet, was es kostet. Ich bin nicht reich, aber ich würde mein letztes Hemd hergeben, um zu verhindern, dass mein Sohn ins Gefängnis wandert.«

Bevor sie auflegten, verabredeten sie sich für später am Tag.

Victor seufzte. Endlich war ihm die Zentnerlast von den Schultern genommen, die ihn niedergedrückt hatte.

Im selben Moment erschien Paul Delaney mit einer Trauermiene und forderte ihn auf, ihm in sein Büro zu folgen.

»Saubande!«, explodierte der Leiter des Dezernats Kapitalverbrechen, nachdem er die Tür hinter sich geschlossen hatte.

PRESSEMITTEILUNG

Im ersten Moment fürchtete Victor, man wolle ihn vom Dienst suspendieren, doch Delaney konnte ihn beruhigen. Der Polizeichef und die Führungsspitze stünden hinter ihm. Delaneys Zorn richtete sich vielmehr gegen die sensationsheischende Onlineberichterstattung über Martins Verhaftung und die tendenziöse Art und Weise, wie die Medien diese Geschichte mit seiner bewegten Vergangenheit in Verbindung brachten.

»Ist es so schlimm, Paul?«

»Stell dir das Schlimmste vor ... Na ja, es ist noch schlimmer! Einige verlangen deine Suspendierung bis zum Abschluss der Untersuchung, andere fordern offen deinen Kopf. Ein Glück, dass die meisten Journalisten diese Woche im Urlaub sind und heute keine Zeitungen erscheinen!«

Victor atmete tief durch.

Er konnte sich die Debatte lebhaft vorstellen, die die Kolumnisten und Blogger der Stadt entfachen würden: Konnte man auf das Urteilsvermögen eines Ermittlers vertrauen, der noch nicht einmal in der Lage war, seinen Sohn von terroristischen Aktivitäten abzuhalten? Außerdem würden sie genüsslich darauf herumreiten, dass Letzterer einer gewalttätigen, rechtsextremen Splittergruppe angehöre, die Montreal von Einwanderern säubern wolle.

Gar nicht davon zu reden, dass sie seine alten Geschichten wieder aus der Mottenkiste holen würden.

»Ich bin noch nicht so weit, mich dem zu stellen, Paul.«

»Ich könnte verstehen, wenn du eine Auszeit nehmen willst ...«

Delaney wusste genau, was der Blick bedeutete, den Victor ihm zuwarf: Es kam nicht infrage, dass er zu Hause blieb und Trübsal blies.

»Der Druck wird in den nächsten Tagen noch stärker werden. Du weißt, was die Medien behaupten werden!«

»Ich weiß es, Paul. Die üblichen Argumente: Es gilt jeden Anflug eines Interessenkonflikts zu vermeiden und sicherzustellen, dass die Bevölkerung keinen Grund hat, an der Unparteilichkeit der Polizisten zu zweifeln, die gegen den Sohn eines Kollegen ermitteln.«

»Genau. Der Chef möchte, dass wir eine Pressemitteilung aufsetzen, um die Wogen zu glätten. Zunächst einmal werden wir erklären, dass du nicht weißt, was deinem Sohn vorgeworfen wird und dass du ihm als Privatperson jede Unterstützung zukommen lässt, die ein Kind unter solchen Umständen von einem Elternteil erwarten darf.«

Des weiteren sollte klargestellt werden, dass Victor sein ganzes Berufsleben der Aufgabe gewidmet habe, dem Gesetz respektvoll zu dienen, und dass er diesen Respekt auch von seinen Kindern erwarte: Gegebenenfalls werde sich sein Sohn für sein Tun vor einem Gericht verantworten, und er werde dessen Urteil akzeptieren.

Was den Wahrheitsgehalt der letzten Aussage anging, war Victor nicht ganz wohl in seiner Haut, denn er hatte schon einmal eingegriffen, um seinen Sohn vor einer Verhaftung zu bewahren, und gewisse Vergehen vertuscht. Aber natürlich waren die damaligen Delikte in ihrer Schwere nicht mit einem Terrorkomplott zu vergleichen.

»Danach«, fuhr Delaney fort, »werden wir ein paar Zeilen einfügen, in denen du versicherst, dass du den zuständigen Ermittlern jederzeit für Fragen zur Verfügung stehst.«

Victor räusperte sich und fügte hinzu:

»Und schließen werden wir mit dem Standardabsatz, in dem der SPVM bekräftigt, dass er vollstes Vertrauen in das Urteilsvermögen und die Integrität ›eines seiner besten Mitarbeiter‹ hat.«

»Na also«, sagte Delaney und zwinkerte ihm zu. »Geht doch, wenn du nur willst!«

Der Chef des Dezernats Kapitalverbrechen und die Pressesprecherin würden dem Text den letzten Schliff geben, dann würde sie noch die erforderlichen Genehmigungen einholen und für seine Verbreitung sorgen.

Kurz ertappte sich Victor bei dem Gedanken, dass ihm das Schlimmste erspart geblieben war – das eingetreten wäre, wenn jemand gefilmt hätte, wie er Fernandez auf dem Restaurantparkplatz verprügelte, und das Video auf YouTube eingestellt hätte. Fast hätte er seinem Vorgesetzten anvertraut, was er von Martin über seine angebliche Rolle als GRC-Informant erfahren hatte, zog es dann aber vor zu schweigen, bis er mehr darüber wusste.

Sie kamen kurz auf Madeleines Gesundheitszustand zu sprechen.

Es ging ihr etwas besser, sie kam langsam wieder zu Kräften. Delaney und die Kinder wechselten sich im Krankenhaus gegenseitig ab, damit immer jemand bei ihr war.

Damit waren die Präliminarien erledigt, und sie konnten sich der Hauptsache zuwenden.

»Gut. Erzähl mir jetzt, was sich gestern Abend im Confessionnal zugetragen hat.«

»Heben wir uns das für den Schluss auf, Paul.«

In wenigen Sätzen berichtete Victor von den jüngsten Entwicklungen, insbesondere von dem Pfeil, den sie auf dem Friedhof gefunden hatten. Dann legte er seine Theorie zur Northern-Akte dar, die er vorhin den Kollegen unterbreitet hatte. Und schließlich brachte er den Namen Tousignant aufs Tapet. Delaney schlug sich mit der Faust an die Brust wie jemand, der Verdauungsprobleme oder einen Herzanfall hat. Er rülpste und verzog das Gesicht.

»Du glaubst also immer noch, dass Rivard ihn mit der Northern-Akte erpresst hat, oder verdächtigst du jetzt den Senator, ihn umgebracht zu haben, um sie in die Hände zu bekommen?«

»Ich weiß nicht genau, Paul. Aber am liebsten würde ich ihn zur Vernehmung herholen.«

Seine Bemerkung war kaum mehr als ein schwacher Versuch.

»Ihr habt doch die Anruflisten ihrer Handys überprüft. Reicht es dir nicht, dass es keine Telefonate zwischen den beiden gab?«, fragte Delaney.

»Rivard hatte zwei Telefone bei sich. Sein iPhone und ein Prepaidhandy. Wenn auch Tousignant ein Prepaidhandy benutzt hat, können wir ihre Anrufe unmöglich zurückverfolgen. Dasselbe gilt, wenn Tousignant seine Anrufe von seinem Festnetzanschluss aus geführt hat. Und wer sagt uns, dass sie telefonisch kommuniziert haben?«

»In Anbetracht der Stellung des Senators erwarte ich etwas Handfesteres, bevor ich Staub aufwirbele. Wir haben so schon genug Ärger am Hals.«

Während Victor mehr schlecht als recht seine Enttäuschung verbarg, erschien auf Delaneys Lippen ein verschmitztes Lächeln.

»Andererseits hindert uns nichts daran, sein Festnetztelefon abzuhören.«

Der Sergent-Détective schlug mit der Faust auf den Tisch.

»Geht doch, wenn du nur willst!« Victor zwinkerte seinem Chef zu. »Ich rede mit Jacinthe. Wir machen uns gleich an den Abhörantrag.«

Delaney hob beschwichtigend die Hände.

»Einen Augenblick noch ... Erzähl mir jetzt, was heute Nacht passiert ist.«

Victor berichtete ihm ausführlich von dem Abend im Confessionnal und den fruchtlosen Nachforschungen, die er in der Nacht angestellt hatte.

»Paul, ich bin mir sicher, dass der Mann mit der Expos-Mütze der Mörder ist.«

Delaney kratzte sich den dichten, grauen Bart und fuhr sich dann mit der Hand durch die Haare.

»Sieht ganz so aus, als ob dein Mützenmann uns mit der Nase auf etwas stoßen will. Offensichtlich auf ein Ereignis, das sich am 23. Oktober 1964 zugetragen hat. Nur wo? In Montreal, in Québec oder sonst wo auf der Welt? Da kann man lange suchen. Vor den siebziger Jahren wurde bei der Polizei längst nicht so gründlich gearbeitet wie heute. Viele Akten aus der Zeit davor sind nie in die CRPQ-Datenbanken aufgenommen worden, als die eingerichtet wurden.«

Das Telefon auf dem Schreibtisch klingelte. Ohne den Blick von Victor zu wenden, hob Delaney den Apparat mit der einen Hand hoch und zog mit der anderen das Kabel aus der Basisstation. Das Klingeln verstummte, und der Chef wirkte darüber sehr erleichtert.

»Da liegt das Problem, Paul. Wenn wir einen ungelösten Fall suchen, sollten wir in der Lage sein, eine physische Akte zu finden. Und wir sollten wissen, was wir suchen.«

»Was Mordfälle angeht, müsste sich eigentlich eine finden lassen. Auf der anderen Seite, und das würde ich nie öffentlich wiederholen, hat die Polizei draußen im Land längst nicht so sorgfältig gearbeitet wie in Montreal. Erinnerst du dich an den Mordfall Thérèse Luce in Longueuil? Fast alle wichtigen Beweismittel gingen verloren, und der zuständige Ermittler wurde gefeuert. Und das war in den achtziger Jahren. Ich mag mir gar nicht vorstellen, wie es in den Sechzigern zuging!«

Victor schloss resigniert die Augen.

»Vorläufig habe ich meine Nachforschungen auf Québec

beschränkt, auch wenn einige Indizien woanders hinweisen.«
Er hielt kurz inne. »Werden wir uns trotzdem nicht an Interpol oder das FBI wenden?«

»Fragst du wegen MK-ULTRA und der Kennedy-Anspielung auf der Galgenmännchenzeichnung?«

Victor nickte. Über ihren Köpfen begann eine Neonröhre zu flackern und erlosch.

Delaney zog eine Schublade auf und nahm eine Büchse heraus, in der er Gewürznelken aufbewahrte. Er schob sich ein paar in den Mund und kaute darauf herum.

»Und was soll das bedeuten, ›Es gibt noch andere‹?«, fuhr er fort.

Der Sergent-Détective zuckte mit den Schultern.

»Vielleicht eine Mordserie oder eine Reihe von Gewaltverbrechen, die 1964 begangen wurden?« Kurze Stille. »Fällt dir nichts dazu ein, Paul, in deinem fortgeschrittenen Alter?«

Delaney schmunzelte über die ironische Spitze, dann tauchte er für länger in seine Erinnerungen ab, die Augen halb geschlossen, das Kinn auf die Hand gestützt.

»Nein, mir fällt nichts dazu ein.« Stille. »Aber hast du schon daran gedacht, mit Joe Bine darüber zu reden?«

Ein Strahlen ging über Victors Gesicht. Er sprang auf.

»Das ist die Idee des Jahrhunderts, Paul! Danke!«

Seine Hand drehte schon hektisch am Türgriff.

»Er hat kein Telefon, aber er wohnt ...«

Victor drehte sich nicht um. Seine schnellen Schritte hallten bereits durch den Flur.

»Ich weiß, wo ich ihn finde!«

66.
JOE BINE

Er hieß Joseph Binet, aber alle nannten ihn Joe Bine. Schon in den ersten Monaten nach seinem Eintritt in den Montrealer Polizeidienst hatte ihm ein älterer Kollege diesen Spitznamen gegeben, der wie eine zweite Haut an ihm kleben geblieben war.

Bis zum Ende seiner Karriere, die über fünfundvierzig Jahre dauerte, nannte ihn jeder im SPVM so. Zu Anfang ärgerte er sich ein wenig darüber, doch hätte man ihn später danach gefragt, so hätte er wahrscheinlich geantwortet, dass es ihn eher amüsiert habe.

Vor drei Jahren war der fast erblindete Archivar in den Ruhestand getreten, nachdem er ein ehrwürdiges Alter erreicht und so viele Dienstjahre zusammengebracht hatte, dass er in den Genuss einer vollen Pension ohne Abzüge kam.

Joe Bine hatte sich mit der Computertechnik nie anfreunden können, und das war wohl mit ein Grund, warum er unentbehrlich wurde. Tatsächlich hatte er, statt auf die Technik zu setzen, immer nur auf seine einmaligen geistigen Fähigkeiten vertraut.

Der Mann war so etwas wie das Gedächtnis des SPVM.

So konnte er beispielsweise die Vornamen aller Kinder der drei letzten Dezernatsleiter Wirtschaftskriminalität auswendig herunterbeten oder von ebenso obskuren wie vergessenen ungeklärten Mordfällen erzählen, selbst wenn sie schon drei Jahrzehnte zurücklagen und es schwierig war, in den Archiven Hinweise darauf zu finden.

Joe Bine kannte darüber hinaus die Namen mehrerer Spieler aus jedem Kader der Canadiens de Montréal von der Gründung des Clubs 1909 bis zur Entlassung von Trainer Jacques Demers 1995.

Diese Entlassung hatte er nie verwunden. Von heute auf morgen hatte er den Canadiens den Rücken gekehrt und sich den Detroit Red Wings verschrieben. Einem Verein »mit Stil«, wie er gerne sagte, einem Klub, der stets konkurrenzfähig sei und seine Angestellten »mit Respekt und Anstand« zu behandeln wisse. Und der es obendrein verstehe, sich Jahr für Jahr herausragende Spieler der letzten Meisterschaftsrunde zu angeln und Siegerteams zu präsentieren.

Aber das war eine andere Geschichte.

Joe Bine hatte seine Laufbahn als Chefarchivar im Dezernat Kapitalverbrechen beendet. Obwohl ihn wegen seines Alters, seiner schwindenden Sehkraft und seiner Inkompetenz in Sachen Datenbankrecherche niemand mehr wollte, hatte ihn Paul Delaney noch so lange wie möglich behalten, denn er schätzte den Mann und wusste, dass mit seinem Ausscheiden ein Stück SPVM-Geschichte verlorengehen würde.

Victor hatte Joe Bine bereits gekannt und ehrliche Zuneigung für ihn empfunden, als er nach einem Fehler, der zwei seiner Männer das Leben kostete, an ein Stadtteilrevier strafversetzt wurde.

Der alte Mann lebte jetzt in einem Wohnheim, das ebenso schmuddelig war wie das, in dem André Lortie seine letzten Monate zugebracht hatte. Er hatte kein Telefon, und das machte die Sache für Victor kompliziert, als er in dem Heim vor einer verschlossenen Tür stand.

Ein Mann trat auf ihn zu und sagte zu ihm, ohne Victor in die Augen zu sehen, dass Joe wahrscheinlich im Untergeschoss der Kirche zu finden sei, wo Bingo gespielt werde.

Victor, der für alte Leute nicht besonders viel übrig hatte, war bedient: Der Raum, in dem das Bingo stattfand, wimmelte von ergrauten Häuptern. Zudem hatte er beim Eintreten das Gefühl, dass alle gleichzeitig herumfuhren und ihn anglotzten, sodass er sich genötigt sah, mit der Hand in die Runde zu grüßen. Doch da hatten sich alle schon wieder ihren Karten und Zahlensteinen zugewandt, denn der Conférencier hatte »B12« ausgerufen.

Die Spieler saßen dicht an dicht an langen, aneinandergereihten Tischen. Im Hintergrund lief Countrymusik, und alle bemühten sich, nur im Flüsterton zu sprechen, sodass der Raum von einer Art Summen erdröhnte, das letztlich viel unangenehmer war, als wenn sie sich normal unterhalten hätten.

Auf den ersten Blick konnte der Sergent-Détective Joe Bine nicht unter den rund hundert Spielern entdecken.

»N38«, tat der Conférencier kund.

Ein Schrei zerriss die Luft, eine Hand schnellte in die Höhe.

»Bingo!«

Victor hielt immer noch nach dem alten Archivar Ausschau, als eine Frau lächelnd auf ihn zukam und fragte, ob er spielen wolle. Er antwortete, dass er jemanden suche. Ob sie ihn zufällig kenne?

»Sein Name ist Joseph Binet.«

Die Dame schüttelte den Kopf und wollte sich gerade entfernen, ohne noch einmal nachzufragen, da kam ihm eine Idee.

»Alle nennen ihn Joe Bine!«

Die Frau zeigte ein breites Lächeln und forderte ihn auf, ihr zu folgen. Natürlich kenne sie ihn! Wer kenne nicht Joe Bine?

Sie führte Victor durch ein Labyrinth von Gängen ins Innere der Kirche und blieb bald vor einem fensterlosen Raum stehen, der jetzt als Abstellkammer diente, früher von den Geistlichen aber wohl als Besprechungszimmer genutzt worden war.

Allein in einer Ecke saß hinter einem Stapel Papiere Joe Bine. Eine grelle Schreibtischlampe beleuchtete die Arbeitsfläche.

Im Nähertreten erkannte Victor, dass es sich vielmehr um eine Art Tageslichtprojektor handelte, der die Dokumente, die man darauf legte, erheblich vergrößerte, damit der Mann sie lesen konnte.

»Besuch für Sie, Joe«, meldete die Frau, bevor sie die beiden allein ließ und in die Spielarena zurückkehrte.

Joe hob den Kopf und blickte in die Richtung des Sergent-Détective.

Victor hatte unterwegs in einem Tim Hortons vorbeigeschaut und einen Karton Boston-Creme-Donuts gekauft, denn ihm war eingefallen, dass Joe eine Schwäche dafür hatte. Er stellte den Karton auf den Tisch, doch Joe zeigte keine Reaktion. Verdutzt wedelte Victor mit der Hand vor seinem Gesicht, doch der alte Archivar schien es nicht wahrzunehmen.

Seit dem letzten Mal war sein Sehvermögen noch schlechter geworden. Er sah nun gar nichts mehr. Ein milchiger Schleier lag auf seinen Augen

»Hallo, Joe«, grüßte Victor mit sanfter Stimme.

Der alte Mann legte die Stirn in Falten, was bei ihm ein Zeichen höchster Konzentration war. Die beiden Männer hatten seit Jahren nicht mehr miteinander gesprochen, doch Joes Züge erhellten sich fast sofort. Er streckte die Hand aus, suchte das Gesicht des Sergent-Détective und ließ die Finger über dessen raue Wangen wandern.

»Victor? Victor Lessard? Bist du das?«

»Ich bin's, Joe.«

Victor öffnete die Schachtel. Der Duft der Donuts erfüllte den Raum.

Eine Träne rollte dem alten Mann über die Wange, während er Victors Hand zwischen seinen hielt. Zum Skelett abgemagert, erinnerte er ein wenig an historische Filmaufnahmen aus Konzentrationslagern der Nazis.

Mit geschlossenen Augen kaute Joe jeden Bissen mit einer Andacht, die an Besessenheit grenzte. Dann wischte er sich mit einer der Servietten, die Victor mitgebracht hatte, den Mund ab. In seinen Bewegungen lag eine solche Hingabe, und er schien den Augenblick so zu genießen, dass sein Besucher gerührt war.

Joe aß drei, bevor er fürs Erste gesättigt war und eine Verschnaufpause einlegte.

Victor schloss die Schachtel, stellte sie auf die Seite und erklärte Joe, dass er den Rest behalten könne, was ein Lächeln auf das Gesicht des Archivars zauberte.

Mit einem Blick in Richtung der vergilbten Dokumente, die auf dem Tisch lagen, fragte ihn Victor, was er hier mache. Joe antwortete, dass er sich bereit erklärt habe, vorübergehend aufs Bingospielen zu verzichten und der Gemeinde zu helfen, etwas Ordnung in ihr Archiv zu bringen.

Eine Aufgabe, wie er im selben Atemzug hinzufügte, die sich als schwierig erwiesen habe, da er trotz Tageslichtprojektor immer weniger erkenne.

Dann sprachen sie wie wiedervereinte alte Freunde über die Vergangenheit.

Eine gar nicht so ferne Vergangenheit, in der sie regelmäßig Kontakt gehabt hatten, eine Vergangenheit, von der Joe als der Zeit sprach, in der er seine Augen noch hatte.

Ohne in alle Einzelheiten zu gehen, erklärte Victor ihm schließlich, warum er hier war und wonach er suchte.

Joe Bine hob die Augenbrauen, saß lange Zeit reglos da und starrte abwesend ins Leere.

»Ein Ereignis, das am 23. Oktober 1964 stattgefunden haben soll ... Hmmm ...« Er zuckte mit den Schultern und schwieg abermals lange. »Das ist eine ganze Weile her, mein Freund.«

Der alte Archivar erzählte von mehreren Morden, die 1964 begangen worden waren, aber keiner davon im Oktober. Victor machte sich trotzdem Notizen.

Dann, nach einer weiteren langen Pause, in der er eingeschlafen zu sein schien, fügte Joe hinzu:

»Das einzige Vorkommnis, das auf dieses Datum fallen könnte, ist ein Jagdunfall. Ich weiß nicht, ob er das ist, wonach du suchst, aber wenn mich mein Gedächtnis nicht trügt, hat er sich im Wald unweit von Joliette zugetragen. Wenn du Glück hast, hat die Polizei noch eine Akte. Wenn nicht, findest du sicher einen Artikel im Archiv der Lokalzeitung oder des *Journal de Montréal*. Wenn mich nicht alles täuscht, ging es dabei um einen Vater und seinen Sohn. Damals hat man hier etwas davon mitbekommen, weil die Polizei sich zunächst gefragt hat, ob es sich nicht vielleicht um eine Tötung aus Mitleid mit anschließendem Suizid handelte. Der Sohn war nämlich geistig behindert.«

Victor schüttelte den Kopf, ungläubig und beeindruckt zugleich.

»Ich weiß, dass du ein ausgezeichnetes Gedächtnis hast, Joe. Aber wie kommt es, dass du dich so genau an einen Vorfall erinnerst, der über fünfundvierzig Jahre her ist?«

Ein trauriges Lächeln belebte das Gesicht des alten Mannes.

»Mein älterer Bruder ist 1959 bei einem Jagdunfall ums Leben gekommen. Das prägt.«

23. OKTOBER 1964
IM WALD BEI JOLIETTE

Papa und Léonard sind auf Elchjagd gegangen. Charlie hätte sie gerne begleitet, hat aber Fieber und muss das Bett hüten. Mama besteht darauf. Schwitzend krallt sich Charlie in die Decke und beißt sich vor Wut in die Faust. Denn das Fieber ist nichts im Vergleich zu dem vernichtenden Satz, den Papa gesagt hat, bevor er sich in seiner karierten Jacke, das Gewehr unterm Arm, auf den Weg gemacht hat. »Überhaupt ist die Jagd was für große Männer, Charlie. Und wie oft habe ich dir schon gesagt, dass du im Haus die Mütze abnehmen sollst?«

Charlie hat schwer schlucken müssen und hätte, tief gekränkt, am liebsten gebrüllt: »Und warum nimmst du dann Léonard mit? Er ist vielleicht ein großer Mann, aber er ist schwachsinnig.«

Doch Charlie hat sich beherrscht, um Mama keinen Kummer zu machen. Und auch weil Léonard niemals etwas Böses tut und es ungerecht wäre, ihn anzugreifen, wo doch Papa der Schuldige war. Wie hat er nur so etwas Gemeines sagen können?

Charlie findet, dass Papa seit den Ereignissen vom September, jenen beiden Tagen, an denen er verschwunden war und dann aus einem fahrenden Auto auf die Böschung geworfen wurde, nur noch ein Schatten seiner selbst ist. Seine leichten Verletzungen sind sehr schnell verheilt, doch seit einiger Zeit fährt er morgens nicht mehr mit dem Wagen ins Büro, um Zahlen zu addieren. Er verkriecht sich den ganzen Tag in der dunklen, stillen Werkstatt hinter dem Haus, und wenn er herauskommt, spricht er oft kein Wort mit ihnen. Und was noch schlimmer ist, manchmal hat man das Gefühl, dass er sie gar nicht wiedererkennt.

Charlie findet es auch seltsam, dass Papa jedes Mal zum Fenster blickt, wenn in der Ferne ein Auto zu hören ist, und dass er auf Schritt und Tritt sein Jagdgewehr bei sich trägt. Charlie kann sich seinen Zustand nur so erklären: Papa hat noch seinen Körper, aber im Kopf ist er nicht mehr derselbe.

Sie haben so gut es geht ihr Leben wieder aufgenommen, und es ist ihnen fast gelungen zu vergessen, aber nachts, wenn auf dem Hof das Werkstattlicht brennt, hört Charlie Mama oft weinen.

Mama hat über eine Stunde am Bett gesessen und Charlie kalte Kompressen auf die Stirn gelegt, ehe sie sich mit einem Kuss verabschiedet und zur Tür geht. Dank der Medikamente ist das Fieber zwar gesunken, doch sie möchte, dass Charlie jetzt etwas schläft, um wieder zu Kräften kommen. An der Tür bleibt sie stehen und schaut noch eine Weile zum Bett herüber. Charlie stellt sich schlafend und atmet so gleichmäßig wie Lennie, wenn er eingeschlummert ist.

Als Mama schließlich nach unten geht, zieht sich Charlie leise an, bekommt dabei einen Hustenanfall, drückt sich ein Kissen ins Gesicht, um den Lärm zu ersticken, und wischt sich, als der Anfall vorüber ist, die Spucke vom Mund. Mama hat nichts gehört. Sie arbeitet unten an ihrer Abschlussarbeit und wird erst in ein paar Stunden wieder heraufkommen. Charlie zieht die grüne Öljacke und Gummistiefel an, setzt das Basecap auf und öffnet das Zimmerfenster.

Charlie ist schon öfter heimlich ausgebüxt, um sich im Wald mit Cantin zu treffen, wo sie Zigaretten rauchten, einander Geschichten von fliegenden Untertassen erzählten, die kamen, um Kinder zu entführen, oder über René Desharnais und die anderen Blödmänner aus der Schule lästerten.

Aber das war, bevor Cantins Eltern wieder in die große Stadt gezogen sind, weil es hier in der Gegend keine Arbeit gibt und Geld nicht auf Bäumen wächst. Jetzt gehören all diese schönen Momente mit Cantin der »guten alten Zeit« an, wie der Ausdruck lautet, den Charlie aus den Büchern kennt, aus denen Papa früher jeden Abend vor dem Schlafen vorgelesen hat.

Doch seitdem Außerirdische Papa entführt und an seinem Gehirn herumgespielt haben, wird vor dem Zubettgehen nicht mehr gemeinsam gelesen.

Charlie konzentriert sich auf die nächsten Schritte: vom Zimmerfenster einfach aufs Balkondach springen, dann bis zum Rand weitergehen und sich am Regenrohr – das stabil ist – langsam hinunterlassen und dabei mit den Stiefelspitzen an den Zedernschindeln abstützen.

Unten angekommen, kauert sich Charlie nieder und spitzt die Ohren: Stille, niemand da.

Vorsichtig wie ein Sioux huscht Charlie unter dem Küchenfenster durch, um von Mama nicht gesehen zu werden, dann von der Hausecke weiter in Richtung Feld und durchs hohe Gras zu dem Weg, der in den Wald führt. Die Bäume wiegen sich sanft im Wind.

Zu Hause bleiben, wenn die anderen auf die Jagd gehen? Kommt nicht infrage!

Es ist ein grauer Tag ohne Sonne, aber Charlie friert nicht, denn die Regenjacke ist mit Wolle gefüttert. Der regengetränkte Wald rauscht und glänzt. Ein bunter Laubteppich dämpft die Schritte auf der feuchten Erde.

Charlie weiß genau, wo der Hochsitz steht, den Papa und Lennie vor ein paar Jahren gebaut haben.

Hinter dem Teich zweigt ein zweiter Pfad ab, auf dem man sicher zum Hochsitz gelangen kann, ohne ins Schussfeld zu geraten, »falls einmal ein Notfall eintreten sollte«, wie Papa gesagt hat.

Papa wird nicht sehr erfreut sein, aber Charlie hat sich eine Ausrede zurechtgelegt: Das Fieber sei gesunken, darum habe Mama ihre Meinung geändert und doch noch Ja gesagt. Charlie ist sich darüber im Klaren, dass es eine Strafe setzen wird, sobald sie wieder zu Hause sind und Papa und Mama dahinterkommen, dass sie betrogen worden sind.

Ein Schuss ertönt, und das Echo hallt zwischen den Bäumen wider. Charlie zuckt zusammen, lächelt dann und geht schneller. Papa wird sicher bester Laune sein, wenn sie schon etwas erlegt haben.

Plötzlich durchbricht ein Schrei die Stille.

Ein Entsetzensschrei, der Charlie das Blut in den Adern gefrieren lässt.

Lennie!

Ohne zu überlegen, rennt Charlie los, schlägt mit den Unterarmen die Äste zur Seite, um das Gesicht zu schützen, ignoriert die Schmerzen, wenn ein Zweig eine Wange ritzt. Papa muss etwas Schlimmes zugestoßen sein, wenn Lennie so schreit.

Ein zweiter Schrei, noch beängstigender als der erste, zerreißt die Luft, dann der Knall eines weiteren Schusses.

Charlie bleibt wie erstarrt stehen. Eine ohrenbetäubende Stille legt sich über den Wald.

Eine Totenstille …

Charlie schüttelt sich und rennt in vollem Tempo weiter. Will schreien, aber der Mund ist zu trocken. Spürt das Herz in der Brust pochen. Spürt, wie die Angst den Magen zusammenschnürt. Versucht den Gedanken zu vertreiben, der immer wiederkommt: Sie sind alle beide tot.

Weiter vorn taucht zwischen den Bäumen eine Tarnjacke auf, die weder Lennie noch Papa gehört. Instinktiv hechtet Charlie in ein Farngebüsch und kriecht hinter einen dicken Baum. Auf dem Bauch liegend, die Finger in den Stamm gekrallt, neigt Charlie den Kopf zur Seite und riskiert einen Blick: Ein Mann im Kampfanzug kommt den Pfad entlang, eine Pistole im Gürtel, Streifen aus schwarzer Tarnschminke im Gesicht.

Dieses kantige Gesicht – es gehört dem Fahrer des 57er-Chevrolets.

Charlie zittert am ganzen Leib und wagt sich nicht zu rühren. Dann erfüllt Ammoniakgeruch die Luft, und gleichzeitig ertönt das Plätschern einer Flüssigkeit, die auf etwas Hartes trifft.

Mit weit aufgerissenen Augen erkennt Charlie, dass der Mann gegen den Stamm pinkelt, der den letzten Schutzwall zwischen ihnen bildet, zwischen Leben und Tod.

Der Mann räuspert sich, rülpst wie ein Schwein. Ein Strahl aus Rotz und Spucke trifft Charlie an der Schulter und rinnt langsam am Ärmel hinunter.

»Verfluchtes Hundeleben«, grunzt der Mann, als er seinen Hosenstall zuknöpft. »Wurde auch Zeit.«

Die Hand vor dem Mund, um nicht zu schreien, beobachtet Charlie, wie die schwarzen Stiefel aufstampfen, sich wegdrehen und dann in Richtung der Straße entfernen, die keine zweihundert Meter östlich von hier verläuft.

An allen Gliedern zitternd, bleibt Charlie liegen, bis das Motorengeräusch des Chevrolets in der Ferne verklingt und dem Zwitschern der Vögel weicht, und kehrt dann mit tauben Muskeln und steifen Beinen auf den Pfad zurück. Nach wenigen Metern ist der Hochsitz zwischen den Bäumen zu sehen.

Wind kommt auf, peitscht Charlie Regentropfen ins Gesicht.

Am Fuß des Hochsitzes liegt eine Gestalt im Gras. Es ist Lennie, das rechte Bein unter dem Körper in einem unmöglichen Winkel verdreht. Mit zitternder Unterlippe tritt Charlie näher. Lennies Gesicht, von einem Schuss weggerissen, ist nur noch ein blutiger Brei aus Fleisch und Gewebe.

Charlie steht unter Schock, kann den Blick nicht von Lennies unversehrtem Auge losreißen, sieht sich darin wie in einem Spiegel. Dann funktionieren die Verknüpfungen im Gehirn wieder. Charlie weicht zurück, fällt nach hinten, versucht, wieder aufzustehen, rutscht mit den Füßen im Schlamm weg, bekommt mit den Fingern etwas zu fassen, starrt einen Sekundenbruchteil zu lange darauf und wirft es wieder auf den Boden: ein Stück von Lennies Schädeldecke.

Charlie versucht zu Atem zu kommen, doch vor diesen Bildern gibt es kein Entrinnen, die Bäume beginnen zu schwanken, der Wind heult immer lauter, und ein dichter schwarzer Schleier senkt sich über den Wald. Charlie ist der Ohnmacht nahe, als plötzlich ein neues Geräusch zu hören ist. Ein Kratzen. Aus dem Hochsitz, der in fünf Meter Höhe zwischen den Bäumen klemmt. Charlie lauscht. Das ist kein Kratzen, es ist eine menschliche Stimme. Ein Stöhnen.

Papa!

Charlie stürzt zu der Holzleiter, ergreift die Sprossen und klettert so schnell wie möglich hinauf.

Das Erste, was Charlie oben in der Kabine ins Auge fällt, sind die Blutspritzer auf dem Boden und an den Wänden. Sie weisen den Weg zu Papa. Er liegt in einer großen, roten Lache. Blut rinnt aus seinem Mund, sein Atem ist nur noch als Röcheln zu hören, zusammen mit Darmgeräuschen. Aus einer Bauchwunde quellen Gedärme.

»... arlie ...«

Charlie rutscht näher, schiebt eine kleine Hand unter Papas Nacken, um seinen Kopf zu halten, gibt ihm Küsse auf die Stirn. Papas Lächeln gleicht einer Grimasse.

»Atme, Papa.«

Charlie nimmt die Gedärme in die Hand und versucht, die Augen von Tränen überfließend, sie wieder an ihren Platz in Papas Bauch zu drücken.

»Du musst durchhalten, Papa, ich brauche dich. Du darfst mich nicht allein lassen, Papa.«

»Erinnere ... dich, Char ... lie. Erin ... nere ...«

»Atme, Papa. Ich werde Hilfe holen.«

Ein langer Seufzer steigt die Kehle des Sterbenden herauf und entweicht seinem Mund. Die Augen flackern, verdrehen sich, die Lider fallen herab, und der Kopf kippt sachte zur Seite.

»Atme, Papa. Atme! Nicht, Papa. Atme!«

Der Regen trommelt auf das Dach der Kabine, und erste Spritzer dringen durch die Ritzen.

Charlie ist acht Jahre alt, und alle Schreie bleiben in der Kinderkehle stecken.

67.
ÜBERRASCHUNGS-GESCHENK

Victor rauchte seine Zigarette zu Ende, drückte die Kippe im Aschenbecher neben der Tür aus und ging wieder hinein. Das kurze Gespräch mit dem Pitbull hatte ihm Mut gemacht; Martins Schicksal lag in guten Händen. Bevor er in den Aufzug stieg, checkte er seine Nachrichten, denn er hoffte immer noch auf einen Anruf oder eine SMS von Nadja. Obwohl er tief in seinem Innern wusste, dass er es vermasselt hatte, unterdrückte er das Verlangen, den ersten Schritt zu tun und sie anzurufen.

In der Kochnische, wo er sich einen koffeinfreien Kaffee aufbrühte, vermischten sich die schmatzenden Ploppgeräusche von Kaugummiblasen mit denen aufplatzender Maiskörner: Loïc machte in der Mikrowelle Popcorn. Später am Nachmittag hatte er ein Treffen mit dem Eigentümer eines Ladens, der auf Bogenschützenzubehör spezialisiert war.

Victor nahm eine Handvoll Popcorn aus der Schüssel, die Loïc ihm hinhielt, und bat ihn, die Ermittlergruppe im großen Konferenzraum zusammenzutrommeln.

Das Geflüster verstummte, als er den Raum betrat. Jacinthe fläzte auf einem Stuhl und hatte die Beine auf einen zweiten gelegt. Die Popcornschüssel stand leer vor ihr.

Lemaire und Loïc saßen über einen Laptop gebeugt. Loïc klappte den Deckel zu, als er den Sergent-Détective erblickte.

Victor wusste, dass sie im Internet alles über seinen Sohn lasen.

»Womit fangen wir an?«, fragte er, als hätte er nichts bemerkt.

Da offenbar keiner der Kollegen das Wort ergreifen wollte, fuhr er fort:

»Dann wollen wir als Erstes versuchen, im Archiv der Provinzpolizei in Joliette eine Akte zu finden. Mit etwas Glück lebt noch einer der Ermittler oder ein Angehöriger des Opfers.«

»Moment mal«, unterbrach ihn Jacinthe, die seinen Bericht über das Gespräch mit Joe Bine mit einer gewissen Skepsis aufgenommen hatte. »Zuerst dieses MK-Dingsbums, dann Präsident Kennedy, die Northern-Akte, die gar nicht die Northern-Akte ist, und jetzt ein Jagdunfall vom Oktober 1964 ... Bin ich etwa die Einzige, die da keinen Zusammenhang sieht?«

Sie schaute einen nach dem anderen an.

»Du vergisst den Hinweis ›Es gibt noch andere‹ auf dem Streichholzheft«, erwiderte Victor in ruhigem Ton.

Jacinthe kicherte und verdrehte die Augen.

»Ich möchte ja gern glauben, dass es noch andere gibt, aber wir haben vier Morde am Hals, zwei verschiedene Vorgehensweisen, einen Selbstmord und mit Will Bennett einen Idioten, der im Koma dahinvegetiert. Und da willst du, dass wir einen Vorfall aus der Steinzeit untersuchen, nur weil ein seniler Opa glaubt, dass er sich am selben Tag ereignet hat. Verflucht noch eins, ich werd zum Elch.«

»An allem anderen bleiben wir selbstverständlich dran«, entgegnete Victor unbeirrt, »aber ja, zuerst sehen wir uns den Jagdunfall in Joliette an. Außerdem habe ich mit Paul über Tousignant gesprochen. Wir haben uns darauf geeinigt, dass er abgehört wird. Wir müssen einen Antrag stellen. Alles andere sehen wir später.«

Jacinthe stand murrend auf, stieß ihren Stuhl zurück und ging mit der Bemerkung, dass sie sich um den Antrag kümmern werde, hinaus. Loïc erbot sich, die Nachforschungen in Sachen Jagdunfall zu übernehmen, und eilte dann begeistert an seinen Schreibtisch.

Victor wandte sich Lemaire zu.

Außer ihnen war niemand mehr im Raum. Nach einem kurzen, peinlichen Schweigen sagte Victor:

»Kid ist noch nicht so weit, dass er das ganz allein machen kann, Gilles. Könntest du nicht unauffällig …«

Der Gnom beruhigte ihn: Er werde Loïc zur Hand gehen. Außerdem werde er jetzt Jacob Berger anrufen, um nach den Autopsieergebnissen von Rivard zu fragen, und noch einmal mit dem Team der Spurensicherung sprechen, das die Tatorte auf dem Friedhof und im Parc Maisonneuve untersuchte.

Victor blieb allein zurück, blies Trübsal und fragte sich, den Kopf auf die Hände gestützt, ob Martin noch einmal davonkommen würde und warum Nadja nicht anrief. Er würde vereinsamt in einem Hospiz enden und Pastillen lutschen.

Sorgsam eingeschlagen in weißes Geschenkpapier, das dickbäuchige Weihnachtsmänner und grüne Tannen zierten, lag das Päckchen auf seinem Schreibtisch, als er zurückkam. Wahrscheinlich hatte es ein Kollege dorthin gelegt. Victor lächelte und musste unwillkürlich an Nadja denken. Dann überlegte er: Warum sollte sie ihm ein Geschenk schicken? Als nächstes dachte er an die Sekretärin des Dekans und fragte sich, ob sie ihm vielleicht neue Beweismittel zukommen ließ. Aber warum hätte sie sich die Mühe machen sollen, sie einzupacken?

Die Frage blieb in der Schwebe.

Mit dem Fingernagel schlitzte er den kleinen Umschlag auf, der an dem Päckchen klebte, und entnahm ihm eine weiße Karte: *Fröhliche Weihnachten, Monsieur Lessard.*

Er riss das Papier auf und brachte einen Karton zum Vorschein, etwa fünfzehn mal zehn Zentimeter groß. Er hob neugierig die Augenbrauen und öffnete eine Schublade, aus der er eine Schere herausholte. Mit einer der Spitzen schälte er die Klebestreifen an den Rändern ab.

Er griff in die Schachtel und zog einen in Luftpolsterfolie eingepackten Gegenstand hervor.

Noch neugieriger geworden, löste er die Klammern: Es handelte sich um eine Brieftasche aus hochwertigem Leder, die neu aussah. Er hatte schon lange keine Brieftasche mehr geschenkt bekommen.

Als er sie aufklappte, erkannte er sofort seinen Irrtum und verharrte einen Moment verdutzt. Während er noch auf den Führerschein starrte, spulte sich in seinem Kopf die weitere Abfolge der Ereignisse ab: Sie würden keinen Antrag stellen müssen, damit sie den Senator abhören konnten.

Der Name, der in dem Führerschein stand, lautete Daniel Tousignant.

68.
VIRGINIE

Sie fuhren in halsbrecherischem Tempo und waren noch etwa fünfzehn Minuten vom Haus des Senators entfernt, als Victor mit Felipe Garcia telefonierte. Er war einer der Streifenpolizisten, die auf den Notruf reagiert hatten, welcher über Polizeifunk an alle Einheiten ergangen war.

Gracia war gerade dabei gewesen, einen Strafzettel unter den Scheibenwischer eines falsch geparkten Ford Focus am Boulevard LaSalle zu klemmen, als sein Partner Denis Beaupré, der im Streifenwagen geblieben war, ihn mit der Lichthupe anblinkte und dann Sirene und Warnlicht einschaltete.

Wäre Garcia in Hörweite gewesen, hätte ihm Beaupré einfach nur zugeraunt: »Abflug, Dicker, wir haben einen Notfall.«

Garcia war guatemaltekischer Herkunft, sprach aber mit Québecer Akzent. Wie er Victor berichtete, war die Haustür unverschlossen und die Alarmanlage ausgeschaltet gewesen.

Die beiden Polizisten hatten das Haus leer vorgefunden und nichts Ungewöhnliches feststellen können, als sie Zimmer für Zimmer sicherten.

»Scheint alles in Ordnung zu sein«, versicherte Garcia. »Aber inzwischen ist seine Tochter gekommen.«

»Seine Tochter? Geben Sie sie mir«, befahl Victor.

Eine schrecklich sanfte Stimme drang an sein Ohr.

»Ja, hallo?«

»Sergent-Détective Victor Lessard vom SPVM, Madame. Mit wem spreche ich?«

»Virginie Tousignant. Was ist mit meinem Vater?«

Das Bild einer jungen Frau, die bei einer Pressekonferenz die Beine übereinander- und wieder auseinanderklappte, stieg vor seinem geistigen Auge auf.

»Sind Sie die Journalistin?«

»Ja.«

»Wir suchen den Senator. Wissen Sie, wo er ist?«

»Nein, ich suche ihn auch, wir wollten zusammen essen.« Sie hatte Panik in der Stimme. »Aber jetzt machen Sie mir Angst...«

Victor fiel ihr ins Wort, bevor sie fortfahren konnte.

»Warten Sie auf mich, ich bin gleich da.«

Er legte auf, ohne eine Antwort abzuwarten.

Das war alles andere als erfreulich. Bei Ermittlungen so früh Angehörige an der Backe zu haben, war schon lästig genug, aber eine Journalistin, das war wirklich ein Kreuz.

Während Jacinthe mit vollem Tempo durch die Kurven raste, ohne einen Gedanken daran zu verschwenden, dass sie auf Glatteis ins Schleudern geraten könnten, fragte sich Victor unwillkürlich, ob Virginie Tousignant wohl zu den Journalisten gehörte, die ihn wegen Martins Verhaftung durch den Fleischwolf gedreht hatten.

Kollege Garcia, der am Fenster auf ihr Eintreffen gewartet hatte, öffnete ihnen die Tür.

Sie zogen in der Eingangshalle ihre Schuhe aus, und Garcia führte sie ins Esszimmer. Als Victor ihn fragte, wo sein Kollege sei, deutete der Polizist mit dem Finger hinters Haus und antwortete, der suche die Umgebung nach Hinweisen ab.

Tatsächlich hatte Streifenpolizist Beaupré die Gelegenheit dazu genutzt, Detektiv zu spielen, und drehte, die Hand am Griff seiner Pistole, eine Runde über das Grundstück.

Jacinthe kehrte in die Halle zurück, zog die Stiefel wieder an und machte sich schimpfend auf die Suche nach ihm.

»Blödmann.«

Durchs Fenster beobachtete Victor, wie sie durch den Schnee davonstapfte, dann wandte er sich wieder Garcia zu.

»Rühren Sie nichts an, bevor die Spurensicherung da ist.«

In dem Moment, als er den Satz beendet hatte, kam Virginie Tousignant aus der Küche und stellte ein Tablett auf den Esszimmertisch.

Kaffeeduft erfüllte den Raum und kitzelte den Sergent-Détective in der Nase.

»Die Spurensicherung?«, wiederholte sie mit besorgter Miene.

Sie musterten sich einen Moment lang gegenseitig, und Victor war verwirrt von ihrer Schönheit. Sie trug enge Jeans und ein weißes Sweatshirt. Ihr Haar war zu einem lockeren Knoten hochgesteckt. Eine widerspenstige Strähne, die ihr in die Stirn fiel, pustete sie zur Seite.

»Zum jetzigen Zeitpunkt kann ich Ihnen nicht mehr dazu sagen«, antwortete er mit einer Stimme, die beruhigen sollte.

Sie machten sich in aller Form miteinander bekannt, und Victor sah, dass sich ihre Augen mit Tränen füllten, als er ihr die Hand gab. In diesem Augenblick spürte Garcia, dass er nur noch Statist in einem Stück war, das er nicht kannte. Er griff zu dem Funkgerät, das er links an seiner Schutzweste trug, und begab sich etwas abseits, um seinem Vorgesetzten Bericht zu erstatten.

Victor wusste, was Virginie Tousignant ihn fragen wollte, noch bevor sie den Mund aufmachte, und es wäre ihm lieber gewesen, sie hätte es nicht getan. Er war ein schlechter Lügner.

»Sein Verschwinden steht im Zusammenhang mit der Mordserie, nicht wahr?«

Um seiner Nervosität Herr zu werden, drehte er unablässig das Handy in den Händen. Die junge Frau hatte ein Recht auf die Wahrheit, doch er zögerte, ihr von der Brieftasche zu erzählen, da er einen Gefühlsausbruch befürchtete, dem er nicht gewachsen war.

»Es wäre verfrüht, von Verschwinden zu sprechen«, antwortete er vorsichtig. »Ihr Vater hat sich vielleicht nur verspätet.«

»Nein, er kommt sonst nie zu spät«, versicherte sie. »Warum sind Sie hier?«

Victors Handy wechselte immer schneller von einer Hand in die andere.

»Ihr gemeinsames Essen ... War das schon länger geplant?«

»Papa hat mich gestern Abend angerufen. Er wollte etwas mit mir besprechen.«

»Kam Ihnen das nicht merkwürdig vor?«

»Wieso? Mein Vater ist ein Mann voller Überraschungen, und er hat einen gut gelaunten Eindruck gemacht. Hätte ich fragen sollen?«

Virginie vergrub das Gesicht in den Händen und brach in Tränen aus. Nur wenige Schritte trennten sie, und so trat Victor näher und berührte sie mitfühlend an der Schulter. Zu seiner Überraschung sank die junge Frau an seine Brust. Da er nicht wusste, was er sonst tun sollte, legte er den Arm um sie und sprach leise ein paar tröstende Worte. Im selben Moment vibrierte sein Handy. Über Virginies Schulter hinweg sah er, dass Nadja ihm eine SMS geschickt hatte:

Alles wird gut für Martin

Sosehr er sich auch den Kopf zerbrach, er kam nicht hinter den Sinn der sibyllinischen Nachricht. Was wollte sie ihm sagen? Hatte sie ihren Bruder dazu überredet, sich für Martin einzusetzen? Oder glaubte sie, dass er mit einem guten Anwalt aus der Sache herauskam? Sollte er sich nach dieser Nachricht erleichtert fühlen?

Und während Virginie noch an seiner Schulter schluchzte, fiel ihm plötzlich etwas Wichtiges auf: Nadja verlor kein Wort über ihre Beziehung, ging überhaupt nicht auf den Vorfall vom

Vortag ein, dabei hätte ein simples »Wir müssen reden« genügt, und er hätte wieder hoffen können.

»Bloß nichts hineininterpretieren«, sagte er sich immer wieder, doch er konnte nichts anders, er sah darin ein Zeichen. Für Nadja schien ihre Beziehung nicht mehr zu existieren.

Aus dem Augenwinkel beobachtete er, wie Taillon in der Halle ihre Stiefel auszog und leise auf sie zukam. Als sie sah, dass er die Frau im Arm hielt, zwinkerte sie ihm wissend zu und verzog den Mund zu einem spöttischen Grinsen.

Mit der freien Hand zeigte er ihr den Mittelfinger.

69.
DIE TDK-KASSETTE

Daniel Tousignant trank einen Schluck Wasser und sah sich noch einmal im Zimmer um.

Der Raum war wie aus einer anderen Zeit, einfach und wohnlich: ein Doppelbett mit orange-brauner Tagesdecke aus Wolle und gemustertem Flickenteppich davor, dunkle Wandpaneele, das Poster eines Deutschen Schäferhundes mit 3-D-Effekt, das mit Reißzwecken an der Wand befestigt war, ein goldgelber Teppich, der einen feucht-muffigen Geruch verströmte, ein Nachttisch, ein Stuhl und ein alter Holzschreibtisch. Auf dem Tisch eine Lampe mit Glühbirne, ein jungfräulicher Notizblock, ein paar Kulis, eine halbvolle Wasserkaraffe, das Glas, aus dem er soeben getrunken hatte, ein Wecker mit grünen Leuchtziffern, ein Kassettenrekorder und etwa zehn sauber gestapelte TDK-Kassetten, alle noch verpackt.

Beim Blick aus dem Fenster konnte er zwischen den Fichten den Fluss sehen, von dem Dunst aufstieg, und die Ecke einer gelben Hütte, die zum Eisangeln aufs Eis gestellt war.

Hier würde man ihn niemals finden …

Tousignant lächelte ein leicht bitteres Lächeln, als er daran dachte, dass der Fluss, bis er starb, Teil seines Karmas sein würde.

Kurz zuvor hatte er mit Appetit Spaghetti mit Tomatensoße und Hackfleischbällchen gegessen, doch erst jetzt, nachdem man das Tablett weggebracht hatte, setzte er sich wirklich zu Tisch.

Er warf einen Blick auf den Teller, der in Reichweite stand:

Man hatte ihm freundlicherweise Melonenschnitze geschnitten, seinen Lieblingsnachtisch. Fast wäre er der Versuchung erlegen, sofort davon zu essen, doch er widerstand: Er wollte damit lieber noch warten.

Er ergriff eine Kassette, durchstach die Zellophanhülle mit der Spitze eines Kulis, knüllte das Zellophan zusammen und klemmte es unter den Lampenfuß. Dann schob er, wie er es vor vielen Jahren gelernt hatte, den Kuli in die rechte Laufrolle der Kassette und drehte, bis das braune Band begann. Er drückte auf die Taste »*Stop/Eject*«, sodass der Deckel des Kassettenfachs aufklappte, und legte die Kassette ein, die er gerade gewissenhaft vorbereitet hatte.

Er nahm den Bogen mit den Haftetiketten aus der Kassettenhülle.

Auf die A-Seite schrieb er einfach:

#1

Er zog den Rekorder, ein rechteckiges Standardmodell aus schwarzem Kunststoff, zu sich heran und drückte die Tasten »*Rec*« und »*Play*«.

Eine rote Kontrolllampe leuchtete auf, und die Ziffern des Zählwerks, das er auf null zurückgestellt hatte, setzten sich in Bewegung. Er vergewisserte sich, dass das Tonband auch lief, und holte tief Luft.

»Mein Name ist Daniel Tousignant. Ich bin körperlich und geistig gesund. Dies ist mein Geständnis.«

70.
IST DAS IHR GERÄT, DAS DA PIEPT?

Virginie hatte Victor so lange bedrängt, bis er sich dazu durchrang, ihr reinen Wein einzuschenken, was Jacinthe veranlasste, die Augen zu verdrehen. Als er ihr verriet, dass er per Post die Brieftasche ihres Vaters erhalten habe, und ihre Nasenflügel zu zittern begannen, dachte er im ersten Moment, dass gleich wieder Tränen fließen würden, doch die junge Frau hielt an sich.

Natürlich bombardierte sie ihn mit Fragen.

Aber was konnte er ihr schon sagen? Sie wussten ja nichts.

Theoretisch hätten sich die beiden Ermittler einen Durchsuchungsbeschluss für das Haus besorgen müssen, doch als sie ihr erklärten, dass sie das wahnsinnig viel Zeit kosten würde, was sich vermeiden ließe, wenn sie ihr Einverständnis gebe, zögerte Virginie keine Sekunde. Allerdings bestand sie darauf, der Durchsuchung beizuwohnen, wogegen keiner von beiden etwas hatte.

Auch wenn alles auf eine Entführung hindeutete, mussten doch die üblichen Suchmaßnahmen eingeleitet werden, die in Vermisstenfällen vorgeschrieben waren. Nichts durfte dem Zufall überlassen werden.

Man verständigte sich einvernehmlich darauf, dass Garcia und Beaupré zu ihrer Einheit zurückkehren und die Suchmaßnahmen koordinieren sollten. Bevor sie gingen, gab ihnen Virginie ein aktuelleres Foto ihres Vaters, seine Personenbeschreibung und Informationen zu seinem Gesundheitszustand und seinem psychologischen Profil: Abgesehen von einem Herzschrittmacher hatte er keine bekannte Krankheit oder Behinderung, nahm keine Medikamente, hatte weder Selbstmordgedanken noch psychische Störungen.

Zudem bat Victor Virginie um eine Liste der öffentlichen Orte, die der Senator in der Umgebung aufzusuchen pflegte. Versehen mit dieser Liste sollten Garcia und Beaupré so bald wie möglich Patrouillen zu den Örtlichkeiten schicken, wo Tousignant am ehesten gewesen sein könnte. Außerdem sollten sie Rettungsdienste und Krankenhäuser kontaktieren.

Unterdessen hatte Jacinthe die Garage inspiziert. Die beiden Wagen des Senators waren noch da, zusammen mit seinem Boot, das auf einen Anhänger geladen war.

Bevor sie von Versailles aufgebrochen waren, hatten sie erfolglos versucht, Tousignants Handy zu orten. Außerdem hatte der Sergent-Détective veranlasst, informiert zu werden, wenn die Kreditkarten des Senators benutzt wurden.

Nach kurzer Beratung beschlossen Jacinthe und Victor, noch zu warten, bevor sie die Spurensicherung mit ihren schweren Geschützen anrücken ließen.

Virginie ging ins Badezimmer, um sich frisch zu machen.

Als sie nach ein paar Minuten wiederkam, begegnete ihr Blick Victors, und sie lächelte ihn an. Er war sich nicht sicher und konnte auch nicht sagen, warum, aber irgendwie hatte er den Eindruck, dass sich ihre Haltung verändert hatte.

Einen Moment lang fragte er sich, ob es vielleicht daran lag, dass sie hochhackige Schuhe angezogen hatte. Dann zuckte er mit den Schultern und machte sich an die Arbeit.

Bei der Durchsuchung des Hauses beschränkten sie sich zunächst darauf, von Zimmer zu Zimmer zu gehen und nach Auffälligkeiten Ausschau zu halten, nach Indizien, die auf eine Entführung hätten hindeuten können.

Hatten die Entführer beispielsweise Spuren hinterlassen, die bewiesen, dass Tousignant gefangen gehalten oder geschlagen worden war? Hatte der Senator unbemerkt von den Entführern eine Nachricht oder einen Hinweis für diejenigen platziert, die nach ihm suchen würden?

Um dies herauszufinden, durchkämmte Jacinthe den ersten Stock, und Victor nahm sich zusammen mit Virginie das Erdgeschoss vor. Doch sie fanden nichts, was auf Tousignants Verbleib hätte schließen lassen können.

Später schlugen sie ihr Basislager im Büro des Senators auf, und Victor bat Virginie, eine Liste aller Personen zu erstellen, mit denen ihr Vater in den letzten Stunden Kontakt gehabt haben könnte: Verwandte, enge Freunde, Kollegen.

Mit sorgfältiger Akribie erstellte die Journalistin die Liste und telefonierte sie in Rekordzeit ab, indem sie gleich auf den Punkt kam und sofort wieder auflegte. Abgesehen von seiner Sekretärin, bei der sich Tousignant am Morgen erkundigt hatte, ob Nachrichten für ihn eingegangen seien, hatte niemand etwas von ihm gehört.

Victor wurde sich bewusst, wie wenig er über das Privatleben des Senators wusste, und so konnte er nicht umhin, Virginie nach Einzelheiten zu fragen. Dabei kam heraus: Sie war Einzelkind, und ihr Vater war seit etwas mehr als einem Jahr Witwer, nachdem er fast fünfzig Jahre mit ihrer Mutter verheiratet gewesen war.

Victor landete erneut auf Nadjas Mailbox und beendete die Verbindung, ohne eine Nachricht zu hinterlassen. Das machte ihn wütend. Er hatte sie mindestens zehnmal versucht anzurufen, seit er ihre SMS gelesen hätte, aber sie ging nicht ran. Stinksauer steckte er das Handy ein und beruhigte sich erst einmal, bevor er ins Büro zurückkehrte, wo Virginie den Computer ihres Vaters durchstöberte.

»Hast du was gefunden?«

Ohne ein Wort darüber zu verlieren, waren sie wie selbstverständlich zum Du übergegangen. Sie hob den Kopf.

»Jede Menge zur Stiftung ... Ich bin mir sicher, dass es ihm lieber wäre, wenn ich nichts davon wüsste, aber ich glaube nicht, dass es die Art von Informationen ist, die wir suchen.«

Nachdem Victor eine halbe Stunde lang Unterlagen aus einem Metallaktenschrank durchgeblättert hatte, brannten ihm die Augen. Gähnend stand er auf, ging ein paar Schritte durchs Büro und streckte sich. Virginies Finger tippten weiter auf der Tastatur.

Der Ermittler sah sich die gerahmten Zeugnisse an der Wand genauer an. Neben einem Diplom der Rechtswissenschaften und einem Master der Philosophie hatte Tousignant drei Ehrendoktortitel vorzuweisen, die ihm für seinen im Rahmen seiner Stiftung geleisteten Beitrag zum Umweltschutz verliehen worden waren.

Mit einer gewissen Belustigung und großem Interesse betrachtete Victor dann den gerahmten Schutzumschlag eines Buches:

Virginie C. Tousignant
Eine vergleichende Analyse: Buster Keaton vs Charlie Chaplin.
Wer war der größte Komiker des Stummfilms?

»Wow! Hast du das geschrieben?«

»Ich habe Filmwissenschaften studiert. Das ist meine Masterarbeit, für die ich einen Verlag gefunden habe.«

Victor schüttelte mehrmals bewundernd den Kopf. Virginie stand auf und kam zu ihm.

»Mein Vater ist darauf sehr stolz«, gestand sie.

»Zu Recht. Ein Buch veröffentlichen, das ist schon was. Und wer ist nun der bessere Komiker? Chaplin oder Keaton?«

Die Hände in die Hüften gestemmt, den Kopf nach rechts geneigt, spielte sie die Beleidigte.

»Genau diese Frage darf man mir nicht stellen.« Sie sah ihn mit einem Schmollmund an, der ihre Lippen unwiderstehlich machte. »Keatons Filmfigur ist nicht so symbolträchtig wie die Chaplins. Bei Keaton erlebt der Zuschauer, wie sich ein normaler Mensch ungerührt durch eine Reihe schwieriger Situationen laviert, während Chaplins Figur selbst die Situation ist, ein komisches Tier, ein magisches Geschöpf. Im Unterschied zu Chaplin ist Keaton der Mann, der niemals lacht. Aber Keatons Sensibilität ist viel moderner als Chaplins viktorianische Sentimentalität. Und auch sein Einsatz der Technik ist raffinierter, frecher. Dagegen haben Keatons Filme eine geringere gesellschaftliche und humanistische Relevanz als die Chaplins. Kurz gesagt, ich habe sehr viele Seiten darüber geschrieben, ohne dass es mir gelungen ist, die Frage auf zufriedenstellende Weise zu klären. Das muss man erst mal schaffen!«

Victor kramte in seinem Gedächtnis. Von Chaplin kannte er mehrere Filme, konnte sich aber nicht entsinnen, einen von Keaton gesehen zu haben.

»Wie hieß noch mal der Film, in dem sich Chaplin über Hitler lustig macht?

»*Der große Diktator*«, antwortete Virginie.

»Genau! Der war wirklich gut.«

Ein Räuspern hinter ihnen ließ sie zusammenzucken. Victor drehte sich um. Jacinthe stand in der Tür.

»Klopf, klopf, klopf«, sagte sie grinsend. »Tut mir leid, wenn ich störe. Lessard, könnte ich dich mal kurz sprechen?«

Sie führte ihn in ein angrenzendes Zimmer, einen der vielen Salons des Hauses, wobei dieser Tapeten im Landhausstil hatte.

»Du bist ja sehr beschäftigt, mein lieber Vic!« Sie zwinkerte ihm zu. »Ich habe oben nichts gefunden.«

Victor errötete unwillkürlich und stammelte etwas von

wegen, dass ihm vom Lesen die Augen gebrannt hätten und dass er Virginie, die schwere Stunden durchlebe, keinen Druck machen dürfe. Jacinthes Anspielungen hätten ihn nicht zu stören brauchen, doch die Realität sah anders aus: Er hatte sich gerade ertappen lassen wie ein kleiner Junge. Sie hörte mit halbem Ohr zu, wie er mit sich selbst redete, und wurde dann wieder ernst.

»Zwei Dinge. Erstens, ich habe mit Mona Vézina gesprochen. Sie bestätigt, was wir vermutet haben: Die Handschriften auf der Streichholzschachtel, der Galgenmännchenzeichnung und der Karte, die du zusammen mit Tousignants Brieftasche bekommen hast, stimmen überein. Alle drei Nachrichten hat ein und dieselbe Person geschrieben.«

Victor nahm die Information, die sie kaum weiterbrachte, zur Kenntnis.

»Zweitens?«

»Der Gnom hat mich gerade angerufen. Bennett ist aus dem Koma erwacht. Er kann sprechen.«

»Will Gilles ihn befragen?«

»Nein, er ist mit Loïc unterwegs.«

Der Sergent-Détective wurde von einem Hustenanfall geschüttelt.

»Wollen sie nach Joliette? Wegen des Jagdunfalls?«

»Nicht sofort. Vorher schauen sie in einem Laden für Bogenschützenbedarf vorbei.«

»Ach ja! Der Pfeil, den wir auf dem Friedhof gefunden haben. Hatte ich ganz vergessen.«

»Die Sache ist die: Gilles möchte, dass ich zu Bennett ins Krankenhaus fahre.«

Victor schloss die Augen und nickte ein paarmal.

»Kein Problem. Nur zu.«

»Hast du Gummis dabei?«, fragte Jacinthe plötzlich mit einem spöttischen Grinsen.

Verdutzt runzelte der Sergent-Détective die Stirn, ehe er, bleich geworden, aufbrauste.

»Was soll denn das jetzt?«

»Victor Lessard! Du hast noch nie einer schönen Frau widerstehen können. Und ist dir aufgefallen, wie sie dich ansieht?« Sie lächelte wissend. »Auf jeden Fall würde ich an deiner Stelle keinen Scheiß machen! Schon gar nicht nach der Sache mit Nadjas Bruder ... Ich habe das Gefühl, dass du durch den Wind bist.«

Die Anspielung auf die Prügelei vom Vortag ließ ihn vollends aus der Haut fahren.

»Verpiss dich, Taillon!«, fuhr er sie an.

Jacinthe zwinkerte ihm zu.

»Reg dich ab, Schätzchen. Ich verscheißere dich nur. Gut, dann mach ich mich auf die Socken.«

Victor pochte das Blut in den Schläfen, und er brauchte eine Weile, bis er sich wieder im Griff hatte.

Er kniff sich mit Daumen und Zeigefinger in den Nasenrücken. Seine Augen schienen aus den Höhlen springen zu wollen, und nachdem er eine weitere Stunde Dokumente durchgesehen hatte, war er zu der Überzeugung gelangt, dass nichts dabei herauskam und hier kein Hinweis zu finden war, der sie auf Tousignants Spur brachte. Hätte der Senator ihnen eine Nachricht hinterlassen, wäre sie längst aufgetaucht.

Virginie sichtete unermüdlich die E-Mails ihres Vaters, machte sich Notizen und versuchte seine letzten Tage möglichst genau zu rekonstruieren.

Auch dabei war bis jetzt nichts herausgekommen. Victor wollte gerade vorschlagen, eine Pause zu machen und etwas zu essen zu bestellen, als der Klingelton von Virginies Handy ertönte:

Only happy when it rains von Garbage.

Sie stand auf und nahm den Anruf auf dem Flur entgegen.

Nachdem sie ihrem Gesprächspartner einige Sekunden gelauscht hatte, gab sie ein paar Floskeln von sich, die aufmunternd klingen sollten. Victor steckte die Nase wieder in die Papiere und tat so, als sei er eifrig am Lesen, doch er spitzte unwillkürlich die Ohren. Virginie sprach leise, aber nicht so leise, dass er sie nicht verstehen konnte.

Einen erneuten Monolog des Anrufers – Victor erkannte am Klang der Stimme, dass es sich um einen Mann handelte – unterbrach Virginie irgendwann: Ja, sie sei noch bei ihrem Vater, und nein, er solle nicht mit dem Essen auf sie warten, sie werde spät nach Hause kommen.

Bevor sie das Gespräch beendete, sagte sie noch zum Schluss, er solle nicht vergessen, »Woodrow Wilson zu füttern«.

Nicht ein Wort zum Verschwinden des Senators.

Offensichtlich wollte sie weder dem Anrufer die Situation erklären noch sich auf eine längere Unterhaltung einlassen. Sie kam ins Zimmer zurück, stöberte in ihrer Handtasche und zog einen Lippenpflegestift heraus. Victor stellte sich immer noch lesend, doch gleich darauf gewann seine Neugier die Oberhand.

»Ich möchte nicht indiskret sein«, sagte er, »aber ist Woodrow Wilson nicht der Name eines früheren Politikers?«

Virginie trug den Balsam auf und presste dann die Lippen aufeinander.

»Du hast recht. Das war der achtundzwanzigste Präsident der Vereinigten Staaten, für zwei Amtszeiten von 1913 bis 1921 gewählt.«

Victor pfiff durch die Zähne.

»Hast du Filmwissenschaften und Geschichte studiert?«

»Das ist dasselbe. Und zu deiner Information, falls es dich interessiert: Woodrow Wilson heißt unser Hund.«

Victor senkte den Blick auf ihren Ehering, ein funkelndes Schmuckstück, das an ihrem zarten Finger so klobig wirkte wie ein Stanley-Cup-Ring.

»Verheiratet?«

Virginie schaute auf ihre Hand.

»Ach darum?«, sagte sie in überdrüssigem Ton. »Jean-Bernard ist ein außergewöhnlicher Mann. Das ist das Problem. Wenn er ein Arschloch wäre, würde mir das Mut machen und das Leben erleichtern.«

Im Klartext: »Mein Mann ist ein guter Kerl, ich bin nicht mehr glücklich mit ihm, kann mich aber nicht dazu entschließen, ihn zu verlassen.« Victor wollte nicht auf der Bananenschale ausrutschen, die sie vor ihn hingeworfen hatte, und beschloss, nicht weiter zu bohren.

»Ist das nicht ein bisschen lang, wenn du ihn rufst?«

Virginie sah ihn verständnislos an.

»Woodrow Wilson, meine ich.«

Die Gedrücktheit in ihrem Gesicht wich einem breiten Grinsen.

»Für seine Freunde heißt er W.«

Victor zögerte einen Moment, bevor er etwas darauf erwiderte, und fragte sich, ob es nötig war, ebenfalls ehrlich zu sein. Dann beschloss er, sich zu outen.

»Ich heiße Victor Lessard, und ich kann Hunde nicht ausstehen.«

Diesmal brach Virginie in Lachen aus.

»Ich auch nicht! Wenn du wüsstest!« Verlegenes Schweigen. »Bist du eigentlich verheiratet?«

Er antwortete etwas zu schnell für seinen Geschmack.

»Das ist kompliziert ...«

Ein Geräusch erregte ihre Aufmerksamkeit, der Piepton eines elektronischen Geräts.

Stirnrunzelnd blickte Victor zu Virginie, die mit einem Nicken bestätigte, dass sie es ebenfalls gehört hatte.

Nach minutenlanger Suche stellte sich heraus, dass das akustische Signal aus einem Stahlgehäuse mit Kontrollleuchte kam, das, wie Victor entdeckte, am PC-Tower angebracht war. Mit Virginies Erlaubnis setzte er sich vor den Bildschirm, fand mit ein paar Klicks die App und startete sie. Ein Bedienfeld erschien, und sechs Fenster poppten auf, die in Echtzeit Bilder von außerhalb des Hauses lieferten, von der Eingangstür, der Einfahrt, dem Garten.

»Eine Überwachungsanlage?«, staunte Virginie. »Wo sind denn die Kameras?«

»Irgendwo draußen versteckt«, antwortete Victor, der sie auch nicht bemerkt hatte. »Die sind mittlerweile so klein, dass man sie praktisch an jedem Gebrauchsgegenstand anbringen kann. Ich habe schon welche in einem Sprinkler, in einer Außenleuchte und sogar in einem Ausgangsschild gesehen.«

Victor klickte ein anderes Icon an und deutete mit dem Finger auf das Fenster, das sich geöffnet hatte.

»Wie du siehst, hat dein Vater das System so konfiguriert, dass per SMS Warnmeldungen an sein Handy geschickt werden. Das Piepen, das wir gehört haben, war nur ein lokales Signal.«

»Das heißt, sobald eine Bewegung erfasst wird …«, begann Virginie.

»… bekommt er die Bilder auf sein Handy«, vervollständigte Victor den Satz.

Er klickte auf eine andere Karteikarte.

»Und mit etwas Glück werden die Bilder aufgezeichnet und eine Zeit lang gespeichert.«

Victor brauchte nur ein paar Sekunden, um den Ordner mit den Videoaufnahmen zu finden.

Beim Betrachten der ersten Videosequenz begriff er, dass der Alarm, den sie gehört hatten, von einem Auto ausgelöst worden war, das in der Hauseinfahrt gewendet hatte.

Die folgenden drei Sequenzen bestätigten ihre Befürchtungen. Beim ersten Mal sahen sie sich die Aufnahmen noch in zufälliger Reihenfolge an, dann in der chronologisch richtigen.

10.15 Uhr: Eine Person trat ins Blickfeld der Kamera. Victor erkannte sie sofort: Es handelte sich um den Mann mit der dreifarbigen Expos-Mütze, den er im Confessionnal zu stellen versucht hatte. Er kam, ein Paket in den Händen, die Einfahrt herauf und klingelte an der Tür. Aufgrund der Entfernung und des Mützenschirms war sein Gesicht nicht zu erkennen. Er verschwand aus dem Bild, als er ins Haus trat.

10.17 Uhr: Die Hände auf dem Rücken, als wären sie gefesselt, verließ der Senator das Haus. Der Mann mit der Mütze ging einen Schritt hinter ihm, eine Hand auf seiner Schulter. Er schien Tousignant, der keinen Widerstand leistete, etwas zwischen die Rippen zu drücken. Die beiden gingen aus dem Bild.

10.18 Uhr: Der Mann mit der Mütze kam wieder ins Bild, stellte neben der Einfahrt zwei Müllsäcke in den Schnee und verschwand.

Zwischen dem Auftritt des Mützenmanns und seinem Abgang mit dem Gefangenen waren drei Minuten vergangen. Bestürzt fragte Virginie, ob es auch Bilder davon gebe, was sich im Haus abgespielt habe. Victor erklärte ihr, dass die Kameras nur die Außenbereiche des Grundstücks erfassten. Obwohl die Bilder bestätigten, was sie von Anfang an vermutet hatten, war die junge Frau wie in Schockstarre.

»Er ist tatsächlich entführt worden«, stellte sie mit bebender Stimme fest.

Victor ließ die letzte Sequenz mehrmals laufen. Man sah den Mann mit der Mütze die beiden Säcke tragen. Victor hatte den Eindruck, dass er sie, bevor er sie absetzte, in die Luft hob und regelrecht in die Kamera hielt.

Er sah die Journalistin an.

»Ist heute Müllabfuhr?«

1. NOVEMBER 2005

DER SPONSOREN-
SKANDAL

Man hat Richter Gomery beauftragt, in den Mülleimern der Demokratie zu wühlen, und heute hat die Kommission, der er vorsitzt, einen Bericht zum Sponsorenskandal veröffentlicht.

Laut Medien scheint die Beweislage darauf hinzudeuten, dass das Programm vom Büro des Premierministers beaufsichtigt worden ist. Außerdem zeigt sie, dass man staatliche Stellen umgangen hat, um das Programm besser kontrollieren zu können, und dass das Büro des Premierministers vor möglichen Problemen gewarnt worden war.

Handlanger und niedere Chargen, die mitkassiert haben, werden ins Gefängnis wandern. Wen kümmert das schon?

Richter Gomery hätte den ehemaligen Premierminister, den man »den kleinen Mann aus Shawinigan« nennt, liebend gern zu einem Geständnis gezwungen, doch nicht er, sondern Jean Chrétien hat als Letzter gelacht und dabei seine Golfbälle gezeigt.

Ich muss gestehen, dass ich, obwohl ich seine Ansichten nie geteilt habe, seine Art und Weise bewundere. Für ihn musste Québec um jeden Preis beim kanadischen Mutterland bleiben: Der Zweck heiligte die Mittel.

In diesem einen Punkt bin ich mit ihm einig: Der Zweck heiligt die Mittel.

EVERGREEN

71.
DER ABFALL,
DIE ANWEISUNGEN

Da sie keine Zeit zu verlieren hatten, war Victor hinausgegangen, um die Müllsäcke zu holen, deren Inhalt nun ausgebreitet vor ihnen auf dem großen Esstisch lag. Im ersten Sack waren zwei große steife Aktenordner, jeweils so dick wie mehrere Telefonbücher; der andere enthielt fünf kartonierte Mappen, ordentlich durchnummeriert von »P-1« bis »P-5«.

Jedes einzelne Teil war mit rotem Siegelband versehen, auf dem groß »*Niemals vernichten*« prangte.

Victor war sich zwar nicht hundertprozentig sicher, aber für ihn sah es aus, als wären die Bänder entfernt und vorsichtig wieder zurückgeschoben worden.

»Die Northern-Akte«, murmelte er.

Einen Moment lang starrten sie verblüfft auf ihre Entdeckung, wobei Victors Blick seine Unschlüssigkeit darüber verriet, wie es jetzt weitergehen sollte. Virginie glaubte, seine Gedanken zu erraten und verkündete, dass sie sich nicht davon abhalten ließe, die Dokumente zu lesen.

»Du hast keinen Durchsuchungsbefehl, und wir sind immer noch im Haus meines Vaters. Wie du vorhin selbst gesagt hast, brauchst du meine Zustimmung. Außerdem bin ich Investigativjournalistin, ich kann dir also nützlich sein.«

Victor nickte, atmete tief ein und langsam stoßweise wieder aus.

So wie die Sache lag, konnte er nichts dagegen machen, dass sie sich die Dokumente ansah. Aber anders als sie glaubte, hatte sein Zögern nichts damit zu tun, dass sie an potenzielle Informationen zu ihren Ermittlungen gelangen könnte. Vielmehr wollte Victor sie vor dem Inhalt der Ordner schützen. Wie würde sie reagieren, wenn diese Akten den Beweis lieferten, dass ihr Vater in die Morde verwickelt war? War sie bereit, sich dieser Möglichkeit zu stellen?

In dem Wissen, dass sie jedes seiner Argumente vom Tisch fegen würde, wälzte Victor sie lieber stumm ein paar Sekunden im Kopf und schluckte sie schließlich hinunter.

Dann sagte er: »Wir brauchen Handschuhe.«

Wortlos stand Virginie auf und ging in die obere Etage, um einige Minuten später eine Plastikschachtel auf dem Tisch zu deponieren. Diese enthielt einen ganzen Vorrat an Atemschutzmasken und Latexhandschuhen jeglicher Größe. Victor machte ein so verdutztes Gesicht, dass Virginie sich zu einer Erklärung genötigt sah:

»Mein Vater hat die Sicherheitsempfehlungen der Behörden während der Vogelgrippeparanoia sehr ernst genommen.«

Nachdem sie Handschuhe übergestreift hatte, schnappte sich Virginie den ersten der beiden großen Ordner. Victor hingegen entfernte das Siegel der Mappe »P-1« und zog einen Stapel Dokumente heraus.

Er begann zu lesen und konnte schon kurz darauf seine Überraschung nicht mehr verbergen: Nathan Lawson hatte einen Teil seiner Korrespondenz mit Senator Tousignant aus den Jahren 1963 und 1964 aufbewahrt. Oberflächlich begriff Victor einigermaßen, worum es in den Zeilen ging, doch er verstand schnell, dass ihm der eigentliche Sinn, die versteckte Botschaft, entging.

Tousignant war offenkundig ein Meister der Auslassung und des Verwendens von Codewörtern, die grundsätzlich mehrere Interpretationen zuließen.

Montreal
12. Oktober 1963

Streng vertraulich und rechtlich geschützt

Lieber Nathan,
ich möchte Sie bitten, mit dem heutigen Datum die Zahlung der ersten Rate im Zuge der uns tangierenden Transaktion zu veranlassen.
Mit freundlichen Grüßen
Daniel

Montreal
25. November 1963

Streng vertraulich und rechtlich geschützt

Lieber Nathan,
ich möchte Sie bitten, mit dem heutigen Datum die vereinbarten Raten als finale Zahlung im Rahmen der uns tangierenden Transaktion zu veranlassen.
Mit freundlichen Grüßen
Daniel

Montreal
15. September 1964

Streng vertraulich und rechtlich geschützt

Lieber Nathan,
mir wurde zugetragen, dass die von Ihnen für die Finanzprüfung von Evergreen beauftragte Firma »Auffälligkeiten« hinsichtlich gewisser Bankgeschäfte festgestellt hat, die sich im Verlauf des am 31.8. beendeten Geschäftsjahres - insbesondere am 12.10. und 25.11.1963 - ereignet haben sollen.

Ich muss zugeben, dass mir die Situation ein wenig Sorgen bereitet. Waren nicht Sie derjenige, der die Beschaffung verifizierter Geschäftszahlen eine einfache Formalität nannte? Hatten Sie sich der »Unterstützung« dieser Firma etwa nicht vergewissert?
Unabhängig davon wird Ihnen bewusst sein, dass diese »Auffälligkeiten«, so sie bekannt würden, beträchtlichen Schaden anrichten könnten.
Um diesen Riss zu kitten und unglückliche Konsequenzen zu vermeiden, schlage ich vor, dass Sie aus gegebenem Anlass einige Umschläge befüllen und verteilen, damit eventuelle Skrupel der Hauptbeteiligten aus dem Weg geräumt werden.
Seien Sie so gut, diese »Formalität« umgehend zu erledigen.
Mit freundlichen Grüßen
Daniel

Victor richtete sich auf und streckte seine Beine. Damit das Kribbeln aus seinen Gliedern verschwand, schüttelte er die Füße, als ihm plötzlich wieder die Zeichnung des Galgenmännchens und die »JFK«-Inschrift einfielen, die Mona Vézina entdeckt hatte. Ärgerlicherweise lag der Zettel im Büro. Aber als Victor sich mit geschlossenen Augen fest darauf konzentrierte, gelang es ihm, sich die bereits gelösten Buchstaben, die noch leeren Striche und einige der Sätze, die die Zeichnung begleiteten, ins Gedächtnis zu rufen.

Lassen Sie uns Galgenmännchen spielen:
_V_ _ G _ _ _ N
Tipp: Firma voller Leichen.

Er hatte des Rätsels Lösung direkt vor der Nase, irgendwo in den Zeilen, die er soeben gelesen hatte. Sein Puls begann zu rasen, während sein Zeigefinger fieberhaft zum ersten Absatz des Briefs vom 15. September 1964 glitt:

```
»... dass die von Ihnen für die Finanzprüfung von ...«
```

Victors Augen flogen über die Zeile und das Lösungswort sprang ihm förmlich ins Gesicht:

```
EVERGREEN
```

Das Gedankenkarussell in seinem Kopf drehte sich mit rasender Geschwindigkeit und förderte verschiedene Hypothesen zutage. Noch einmal las Victor die einzelnen Mitteilungen und blieb bei dem Satz über die Bankgeschäfte von Evergreen hängen, die die Firma am 12. Oktober und 25. November getätigt hatte.

Am 22. November 1963 war Kennedy ermordet worden ...

Der Gedanke war so unvorstellbar, dass Victor ihn schnell verscheuchte, bevor er weiterlas.

```
Montreal
19. September 1964

Streng vertraulich und rechtlich geschützt

Lieber Nathan,
unglücklicherweise ist die Sorge, von der ich in
meiner letzten Nachricht sprach, nun zu einem
ernsthaften Problem geworden. Mir wurde mitge-
teilt, dass mindestens eine der Personen, denen
Sie einen Umschlag haben zukommen lassen, diesen
zurückgegeben hat.
Ich verstehe durchaus, dass Sie, wie Sie schreiben,
```

den Eifer und Starrsinn dieses Mitarbeiters nicht haben vorausahnen können (Sie sagten, er sei erst kürzlich eingestellt worden?), aber muss ich Sie wirklich daran erinnern, was auch nur das kleinste Leck anzurichten vermag?

Da wir künftig »zwingendere« Maßnahmen ergreifen müssen, informiere ich Sie nun, dass wir mit jenem Angestellten ein erstes »Subjekt« in die heilenden Hände unserer gemeinsamen Freundin übergeben werden.

Es ist von äußerster Wichtigkeit, dass wir schnellstmöglich handeln. Daher bitte ich Sie, sich umgehend mit ihr in Verbindung zu setzen und sich ihrer Verfügbarkeit sowie der ihrer Gerätschaften in den kommenden Tagen zu versichern.

Im Übrigen habe ich Langley über die bestehende Situation in Kenntnis gesetzt, woraufhin man mir bestätigte, dass in Kürze BO-Personal eintreffen werde, um »den Übergang zu erleichtern«.

Wie üblich wird CW als Verbindungsmann fungieren. Überzeugt von Ihrem Willen, uns bei der Wiedergutmachung Ihres »Fauxpas« behilflich zu sein, bitte ich Sie, sich ihm und dem BO-Personal für eventuelle logistische und operative Belange zur Verfügung zu halten.

Ich zähle auf Ihre uneingeschränkte Kooperation, ihnen die Arbeit vor Ort zu erleichtern.

Mit freundlichen Grüßen

Daniel

Virginie legte gerade die Mappe ab, in der sie gelesen hatte, und Victor hob den Blick: Er war so in seine eigene Lektüre vertieft gewesen, dass er ihre Anwesenheit ganz vergessen hatte. Virginie stand schweigend auf und verschwand in der Küche. Bevor er weiterlas, machte Victor sich rasch ein paar Notizen:

```
Heilende Hände / gemeinsame Freundin = Judith Harper =
MK-ULTRA?
BO / Botschaft / Langley???
Wer ist CW?
```

Ein paar Minuten später kam Virginie mit einem Tablett voll frischer Sandwiches, einer großen Tüte Chips mit Essiggeschmack und Getränken zurück. Victor nahm sich einen Gemüsesaft, schraubte den Deckel auf und trank einen großen Schluck.

Dann aß er ein Schinkensandwich, auf das Virginie, so wie Ted früher, eine Scheibe Singles-Käse gelegt hatte.

»Reicht das?«, fragte sie und zeigte auf den Festschmaus.

»Aber ja, das ist super!«, sagte Victor und schaufelte sich eine Handvoll Chips auf den Teller. »Danke!«

Virginie öffnete den Mund und zögerte, offenbar unschlüssig, wie sie die Frage, die ihr auf den Nägeln brannte, formulieren sollte. In diesem Moment, noch bevor die Worte aus ihrem Mund kamen, bereute Victor bitterlich, dass er ihr erlaubt hatte, die Papiere mit ihm zu sichten.

Verdammt, es ließ sich wohl nicht vermeiden!

Virginie würde ihn nach den Dokumenten fragen, die er eben gelesen hatte, und er würde ihr sagen müssen, was er über den Senator herausgefunden hatte. Im besten Fall würde sie in Tränen ausbrechen, im schlimmsten bekäme sie einen Nervenzusammenbruch.

»Bist du gut darin, verschwundene Personen wiederzufinden?«

Die Frage überraschte ihn, und er dachte einen Moment nach. Am liebsten hätte er ihr ganz unverblümt gesagt, dass Verschwundene immer irgendwann gefunden wurden, allerdings selten unversehrt. Da er das aber unmöglich antworten konnte, ohne ihr schreckliche Sorgen um ihren Vater zu bereiten, improvisierte er:

»Na ja ... schon ganz gut ...«

Virginie interpretierte das als falsche Bescheidenheit.

»Irgendwann musst du mir helfen, Réjean Ducharme zu finden.«

Réjean Ducharme ... Ganz dunkel sagte ihm das etwas, aber er kam nicht drauf. Virginie sah ihm an, wie er sich zu erinnern bemühte.

»Der Schriftsteller ...«

Victor schlug sich vor die Stirn. Aber ja! *Von Verschlungenen verschlungen!* In der Oberstufe hatte er mit Marie eine Arbeit über den Roman geschrieben.

»Für einen Artikel?«

Virginies Augen waren auf die Kerben im Tisch gerichtet, ihr ausdrucksloser Blick folgte ihnen bis zu Victors Fingern.

»Nein.« Kurz schwieg sie. »Nur um mal herauszufinden, was er eigentlich so treibt.«

»Wenn es nicht gerade unfreiwillig geschieht, verschwindet eigentlich niemand, ohne Spuren zu hinterlassen«, sagte Victor einen Moment später. »Man hält immer eine Verbindung zu seiner Vergangenheit aufrecht, manchmal sogar unabsichtlich. Jemand, der motiviert genug ist, könnte ihn also durchaus finden.«

Darauf folgte eine Stille, die allmählich drückend wurde, als Virginie schließlich aufstand und zur Toilette ging. Victor nutzte die Gelegenheit, um sich wieder in die Akte zu vertiefen.

Montreal
21. September 1964

Streng vertraulich und rechtlich geschützt

Lieber Nathan,
unsere gemeinsame Freundin bestätigte mir, dass die bei Subjekt Nr. 1 durchgeführten Behandlungen erfolgreich waren. Entsprechend bitte ich Sie, mit AL und CW in der Botschaft die notwendigen Vorkehrungen zu treffen, damit die beiden anderen Personen, denen sich Subjekt Nr. 1 anvertraut hat, ebenfalls sobald wie möglich von unserer Freundin und ihrem Assistenten behandelt werden können.
Sicher muss ich Sie nicht daran erinnern, dass DIE ZEIT DRÄNGT.
Ich bedanke mich im Voraus bei Ihnen für die gewohnte Kooperation.
Mit freundlichen Grüßen
Daniel

Montreal
20. Oktober 1964

Streng vertraulich und rechtlich geschützt

Lieber Nathan,
leider wurde mir zugetragen, dass Subjekt Nr. 1 erneut gewisse Gerüchte über Evergreens Geschäftszahlen streut, und dass es außerdem versucht hat, Subjekt Nr. 2 und 3 bei der Beschaffung weiterer Informationen zu unterstützen, anscheinend mit dem Ziel, dieses Wissen den Behörden zu melden.
Laut meiner Quellen ist es nur eine Frage der Zeit, bis sie die Puzzleteile zusammensetzen. Wie Sie

sicher nachvollziehen können, Nathan, können wir das Risiko, dass die Subjekte zum Kern der Operation vordringen und die Identität aller Beteiligten kompromittieren, nicht eingehen.
Soeben wurde mir von Langley bestätigte, dass AL Anweisungen zu einer Säuberungsaktion erhalten hat. CW ist offenbar dagegen. Da Sie gute Beziehungen zu ihm pflegen, bitte ich Sie, mich darüber in Kenntnis zu setzen, sollte Ihnen bekannt werden, dass er AL Steine in den Weg zu legen gedenkt.
Mit freundlichen Grüßen
Daniel

Victor merkte zunächst gar nicht, wie sich die Bruchstücke ineinanderschoben und ein Bild ergaben. Aber auf einmal waren die Fragen da: War dieses Subjekt Nr. 1, von dem Tousignant sprach, André Lortie?

Oder verbarg sich dieser stattdessen hinter den Initialen AL?

Und wenn dem so war, worauf spielte Tousignant mit der von Langley angeordneten Säuberungsaktion an?

So sicher Victor war, die Antwort bereits zu kennen, so sehr fürchtete er sie.

Als er erneut zum Stift griff, um sich ein paar Notizen zu machen, fiel ihm auf, dass seine Hand zitterte. Eine Horrorvision tauchte aus seinem Gedächtnis auf, und ihm wurde so schwindelig wie damals, als ihm einer der Red Blood Spillers den Lauf seiner Beretta in den Mund geschoben und ihn gezwungen hatte, dem dreckigen Mord an zweien seiner Männer zuzusehen.

Dann trat an die Stelle dieser Erinnerung die Zeichnung des Galgenmännchens.

Plötzlich hatte er das Gefühl, eine Schlinge um den Hals und eine Falltür unter den Füßen zu haben, die sich jeden Moment öffnen konnte.

72.
PUZZLETEILE

Victor konzentrierte sich mit gesenkten Lidern, die Hände flach vor sich auf dem Tisch, auf seinen Atemrhythmus. Vor seinem inneren Auge zogen Bilder vorbei, und er ließ sie ungehindert treiben, versuchte nicht einmal, sie zu verscheuchen. Während einer Panikattacke kehrten oft seine ältesten Gespenster zurück, vor allem solche, die mit der Auslöschung seiner Familie zu tun hatten.

Victor betritt das Zimmer und sieht seinen Vater ausgestreckt auf dem Bett liegen. Nachdem er Victors Mutter und die beiden Brüder erschossen hat, versuchte er, sich selbst das Leben zu neben: Doch das Projektil trat durchs Kinn ein und oben am Schädel wieder aus.

Als Victor begreift, dass sein Vater noch atmet, legt er ihm, angetrieben von einer unbezwingbaren Kraft, die Hände um den Hals und drückt zu.

Er drückt zu und drückt zu, bis die Wunde aufhört zu sprudeln.

Danach starrt Victor in der endlosen Stille auf das Blut an seinen Händen.

Einen Moment später verschwanden die Bilder und mit ihnen sein Unbehagen; er fühlte sich bereit für die nächste Mappe.

»P-2« enthielt verschiedenste Dokumente zu den MK-UL-TRA-Operationen, interne Mitteilungen und Korrespondenzen. Soweit Victor es überblicken konnte, ging es in mehreren Papieren aus den Jahren 1962 und 1963 um die Einrichtung eines Privatlabors unter der Federführung von Judith Harper. Victor sah die Dokumente aufmerksam durch, notierte sich hier und da ein paar Sätze und suchte gleichzeitig nach Anspielungen und Verweisen auf die sogenannten »Subjekte« aus der Korrespondenz zwischen Lawson und dem Senator.

Leider fand er nichts Konkretes über Behandlungen von spezifischen Patienten. Sämtliche Kommunikation zwischen Tousignant und der Organisation, für die auch Judith Harper tätig gewesen war, hatte ausschließlich über Nathan Lawson stattgefunden.

Und angesichts der Auswahl, die sich in der Akte fand, schien es überhaupt nur selten welche gegeben zu haben.

Während Victor einen weiteren Dokumentenstapel aus der Mappe zog, fiel ein vergilbter, mit einem Gummiband verschlossener Umschlag auf den Boden.

Neugierig beugte Victor sich hinab, hob ihn auf und entfernte mit dem Zeigefinger das Band.

Im Umschlag fand er eine Reihe Schwarz-Weiß-Fotos, auf denen er mühelos Judith Harper und Marc McNeil identifizierte. Die Aufnahmen zeigten die beiden Komplizen, wie sie Patienten misshandelten, wie Harper, mal hier, mal da in Begleitung ihres Assistenten, weggetretenen Personen am Kopf herumfuhrwerkte.

Immer lag auf ihren Folterknechtsvisagen ein halb stolzes, halb verächtliches Lächeln, das Victor bestens von der Beobachtung allzu vieler Psychopathen kannte. Der Anblick dieser fiesen Bilder setzte ihm dermaßen zu, dass er sich ein paar Minuten gönnte und draußen eine Zigarette rauchen ging.

Während seiner gesamten Pause plagte ihn eine einzige Frage: Wie konnte man einem anderen Menschen so etwas antun und sich daran auch noch weiden?

Zurück im Haus nahm Victor die Kanne vom Tablett, das

Virginie ein paar Stunden zuvor auf dem Tisch abgestellt hatte, goss sich eine Tasse kalten Kaffee ein und trank ein paar Schlucke.

Bei der Durchsicht von »P-3« dämmerte es Victor plötzlich.

Die drei ausgeschnittenen Zeitungsartikel, die er aus Angst, sie könnten zerreißen, ganz vorsichtig in der Hand hielt, warfen ein neues Licht auf die Identität der »Subjekte«.

Am 23. Oktober 1964 waren in der Nähe von Joliette der neununddreißigjährige Gilbert Couture und sein neunzehnjähriger Sohn Léonard unweit ihres Hauses tot im Wald aufgefunden worden.

Für einen kurzen Moment hatten die Beamten in Betracht gezogen, dass der Vater seinen Sohn aus Mitleid umgebracht und anschließend Selbstmord begangen hatte. Doch die Jolietter Polizeibehörde war zu dem Schluss gelangt, dass es sich um einen Jagdunfall gehandelt haben musste. Couture hatte erst seit wenigen Wochen bei Bélanger, Monette und Partner gearbeitet, einer Finanzbuchhaltungsfirma aus der Region.

In Gedanken versunken hob Victor kurz den Kopf, biss in ein Sandwich, das er sich vom Tablett genommen hatte, und begann unbewusst zu kauen.

Dann hatte Joe Bine sich also nicht geirrt. Es handelte sich zweifellos um denselben Jagdunfall, von dem der alte Archivar ihm erzählt hatte. Victor vertiefte sich in den zweiten Artikel.

Sofern es in den ausgeschnittenen Texten wirklich um die von Tousignant erwähnten »Subjekte« ging, ließ sich damit auch der Satz von dem Streichholzheftchen erklären – »Es gibt noch andere«.

Victors Gewissheit, die Identität dieser »anderen«, von denen die Rede war, gefunden zu haben, wuchs mit jeder Zeile.

Am 30. Oktober 1964 war Mathias Lévesque, neunundzwanzig, in der Nähe des Dorfes Saint-Ambroise-de-Kildare auf einer Landstraße ums Leben gekommen. Aus unbekannten Gründen hatte sich sein Wagen überschlagen und war in eine Schlucht gestürzt. Der Mann hatte ebenfalls für die Jolietter Finanzbuchhalter Bélanger, Monette und Partner gearbeitet.

Der dritte Artikel war in sehr schlechtem Zustand. Um ihn lesen zu können, musste Victor ihn sich direkt vor die Augen halten.

Am 7. November 1964 war Chantal Coulombe, zweiundvierzig, in Saint-Liguori mitten im Dorf frontal von einem Raser erfasst worden, den man nie hatte ausfindig machen können. Sie war als Assistentin bei Bélanger, Monette und Partner tätig gewesen.

Der Artikel stammte aus dem *Étoile du Nord*, dem früheren Lokalblatt von Joliette, und erwähnte außerdem, dass es sich in der Firma um den dritten Unfalltod innerhalb weniger Wochen handelte.

Die Geschäftsleitung hatte sich bestürzt gezeigt über diese Welle schrecklicher Unfälle und »den betroffenen Familien und den Kollegen der Verblichenen jede notwendige Unterstützung« zugesagt.

Nachdem Victor alle Artikel noch einmal gelesen hatte, blieb ihm keine andere Schlussfolgerung übrig, als dass es sich bei den »Subjekten«, auf die Tousignant in seinem Brief verwies, und den ermordeten Angestellten der Buchhaltungsfirma um dieselben Personen handelte.

Er konnte den Gedanken nicht abschütteln, dass sie umsonst gestorben waren.

Gilbert Couture, weil er bei der Finanzprüfung von Evergreen herausgefunden hatte, dass etwas nicht stimmte, ein Geheimnis, dessen Ausmaße er weder hatte einschätzen noch dessen Verstrickungen erahnen können.

Die anderen beiden, weil ihr Kollege sich ihnen anvertraut hatte und sie fortan als lästige Zeugen galten. Schließlich hatte man einfach kein Risiko eingehen wollen, nachdem sie etwas gesehen hatten, das nicht für ihre Augen bestimmt war, und alle drei eliminiert.

Und Léonard, Coutures Sohn, war nichts weiter gewesen als ein Kollateralschaden.

Victor rieb sich die Augen und wischte sich mit der Hand übers Kinn. Er spürte die Müdigkeit, war jedoch entschlossen, die gesamte Akte durchzugehen. »P-4« enthielt Kopien der Gründungsbescheinigung und Geschäftsordnung von Evergreen. Die Firma war 1961 von Daniel Tousignant gegründet worden. Zudem war er deren erster Vorsitzender, Schriftführer und Präsident der Geschäftsführung.

In der Rubrik »Tätigkeitsbereiche« stand, die Firma organisiere internationale Handelsmessen.

Da Victor aus Erfahrung wusste, wie wenig aussagekräftige Hinweise diese Art Papiere enthielten, las er sie quer, schenkte allerdings der Liste der Vorstandsmitglieder noch einmal besondere Aufmerksamkeit. Neben Maître Daniel Tousignant, Maître Nathan R. Lawson und Doktor Judith Harper fanden sich darunter etwa zehn weitere Personen, deren Namen ihm jedoch nichts sagten und die er einem der Analysten vom Revier zur Recherche weiterleiten würde.

Jetzt lag vor ihm auf dem Tisch nur noch eine letzte Mappe, die er nicht gesichtet hatte, die dünnste von allen. Einen Moment fragte Victor sich, was er darin finden würde, dann strich er mit der Hand über »P-5« und öffnete sie.

Die Mappe enthielt ein einziges Blatt, auf dem mittig ein offenbar vor Jahren mit einer alten Schreibmaschine verfasster Absatz prangte. Manche Buchstaben waren durchgehend blasser als andere. Der Text enthielt zunächst einmal das Datum, in diesem Fall 1975, den Namen einer Person und schließlich deren Adresse in Dallas, Texas.

Die Angaben waren offenbar später aktualisiert worden, das

Datum war durchgestrichen und handschriftlich durch 2003 ersetzt, ebenso war die Adresse per Hand dazu geschrieben worden. Nur der Name des Mannes, Cleveland Willis, war unverändert geblieben.

Victor machte sich eine Notiz:

CW = Cleveland Willis?

Angesichts dessen, was er gelesen hatte, war Victor zu drei Gewissheiten gelangt: Erstens, es handelte sich um jene Akte, die Nathan Lawson sich wenige Stunden vor seinem Verschwinden aus dem Archiv hatte besorgen lassen; zweitens, sie betraf in keiner Weise Northern Industrial Textiles, die nichts als eine Attrappe gewesen waren, um die eigentliche Akte, die Lawson zu Evergreen angelegt hatte, zu kaschieren; drittens, diese Akte war unvollständig.

Der Mörder spielte mit der Polizei, hatte ihnen nur einzelne Puzzleteile geliefert und das Herzstück für sich behalten.

Im Zuge eines Strafverfahrens hielt normalerweise zunächst die Staatsanwaltschaft die Vorwürfe gegen den Anklagten sowie dessen Vergehen gegen das Strafgesetzbuch in einer Anklageschrift fest. Außerdem war der erbrachte Beweis zum Beleg dieser Anschuldigungen der Anklageschrift als Anhang beigefügt.

Auch wenn für Victor offensichtlich war, dass Lawson eine regelrechte Anklageakte vorbereitet hatte, sah er genauso klar, dass die Dokumente nur einen Teil dieser Akte ausmachten, in diesem Fall den von Lawson zusammengestellten Beweis, mit dem Ziel, die Schuld einer oder mehrerer Personen zu belegen.

Doch ohne die Argumentation aus dem Hauptdokument, ohne die eigentliche Anklageschrift, würde es schwierig werden zu verstehen, worin genau die Anschuldigungen bestanden.

Victor hob den Kopf. Er war so in seine Arbeit versunken gewesen, dass er jedes Zeitgefühl verloren hatte. Mit einem Mal wurde ihm Virginies Abwesenheit bewusst, und er erinnerte sich, dass sie zur Toilette gegangen war. Der Ordner, den sie gesichtet hatte, der einzige Teil der Akte, der Victor noch fehlte, lag aufgeschlagen auf dem Tisch. Victor griff nach seinem Handy und stellte beim Blick auf die Uhr fest, dass Virginie bereits seit einer Stunde weg war.

»Virginie?«

Er lief durch sämtliche Zimmer im Erdgeschoss. Spielte ihm sein Gehirn Streiche? Das Haus schien ihm jedenfalls seltsam ruhig, nirgends ein Knacken, keines jener sonderbaren Geräusche, die ein Haus sonst belebten.

Am Wohnzimmerfenster blieb er einen Augenblick stehen und sah den Schneeflocken zu, die wie Insekten um ein Laternenlicht kreisten. Er wollte gerade zurück ins Esszimmer gehen, als ihm die hochhackigen Schuhe auffielen, die Virginie getragen hatte und die nun auf der dritten Stufe der Treppe ins obere Stockwerk standen.

Er lief ein Stück hoch und horchte.

Anfangs vernahm er keinen Laut, dann konzentrierte er sich und wurde immer sicherer: Er hörte eine Stimme. Zwar undeutlich, ja, aber definitiv eine Stimme. Eine Männerstimme.

Seine Gedanken rasten, spulten verschiedenste Szenarien ab: Hatte Virginie Geräusche gehört und die Schuhe abgestreift, um oben jemanden zu überraschen?

Die Glock in der Hand stieg Victor lautlos, mit angehaltenem Atem die Treppe hoch und fand sich auf einem dunklen Flur wieder. Unter der letzten Zimmertür drang Licht hervor. In schussbereiter Position wartete Victor noch, bis sich seine Augen ans Halbdunkel gewöhnt hatten, dann ging er langsam weiter. Er bewegte sich mit äußerster Vorsicht, in dem Wissen, dass auch nur das geringste Knarzen einer Bodendiele ihn verraten würde, und brauchte so mehr als eine Minute bis zu seinem Ziel.

Die Tür war verschlossen, doch er konnte klar und deutlich hören, wie auf der anderen Seite eine nasale Männerstimme sagte:

»*I didn't shoot anybody, no sir!*«

Ein kalter Schweißtropfen rann seine Schläfe hinab.

Leise holte er tief Luft, spannte sämtliche Muskeln an und trat mit voller Wucht neben die Türklinke.

RUND UMS BETT

Im gesamten Zimmer stand kein Möbelstück außer dem Bett, und die Wände waren abgesehen vom schwarzen Viereck eines Flachbildfernsehers makellos weiß.

Victor atmete aus, blieb einen Moment lang reglos stehen und steckte dann seine Waffe weg. Virginie, die Fernbedienung in der Hand, schien sich weder an seinem geräuschvollen Eintreten noch an der aus den Angeln getretenen Tür zu stören.

»Bist du fertig mit Lesen?«, fragte sie und blickte ins Leere. »Ich war vorhin bei den Finanzberichten von 1963–64 einer Firma namens Evergreen.« Sie hielt inne. »Aber ich hatte zu große Angst davor, worauf ich stoßen könnte, und hab lieber aufgehört.«

Auf dem Standbild prangte Lee Harvey Oswalds offener Mund. Die Schwarz-Weiß-Aufnahme warf Schatten auf die Bettdecke und Virginies Gesicht, ein virtuoses Lichtspiel.

»Es geht um Kennedy, nicht wahr?«, fragte sie.

Victors Augen glitten ein paarmal zwischen dem Fernseher und der jungen Frau hin und her. Diese lag auf dem Bett, den Oberkörper an einen Stapel Kissen gelehnt; ein Träger ihres BHs war über ihre nackte Schulter gerutscht, die aus dem Ausschnitt ihres Pullovers ragte.

Victor musste schlucken und fuhr sich mit einer Hand durchs Haar.

»Wie kommst du darauf?«

»Von den Geschäftsbilanzen hab ich nicht viel verstanden,

aber man muss keine Buchhalterin sein, um zu bemerken, dass in den Wochen vorm 22. November 1963 und in den Tagen danach mehrere größere Geldsummen abgeflossen sind. Ich wusste, dass es um Kennedy geht. Von der Geschichte war er schon immer besessen.« Kurz schloss sie die Augen, als riefe sie sich alte Erinnerungen ins Gedächtnis. »Ich weiß noch, wie ich ihn Anfang der Achtziger mehrmals beim Anschauen dieses Videos überrascht habe. Bestimmt dachte er, ich sei zu klein, um etwas zu begreifen, aber ich erinnere mich vor allem an eine Situation. Da hatte er getrunken und sagte, während er Oswald ansah, immer und immer wieder, dass irgendwas schiefgegangen sei.«

Sie drückte auf die Fernbedienung, und das Bild lief weiter. Oswalds jugendliches Gesicht, eingeschüchtert von den vielen Polizisten, die ihn umzingelten, und die verkniffenen Lippen, als er mit seiner Rede fortfuhr: *I'm just a patsy.* Ich bin nur ein Sündenbock.

Erneut hielt Virginie das Bild an und nickte in Richtung Fernseher.

»An dem Tag war er gerade mal vierundzwanzig. Sieh ihn dir an und sag mir, dass du ernsthaft glaubst, dass er Kennedys Ermordung geplant hat!«

Victor zuckte die Schultern und hätte ihr beinahe eine weitere Frage gestellt, sagte sich dann aber, dass er die Antwort gar nicht wissen wollte. Virginie tastete unter den Kissen herum und zog eine winzige Metalldose hervor. Sie machte sie auf und tauchte den kleinen Finger hinein. Dann führte sie das weiße Pulver mit dem Nagel ans Nasenloch, schnupfte das Koks und warf Victor einen glühenden Blick zu.

Auch wenn seine Augen immer wieder zu ihrer Schulter wandern wollten, zwang er sich, das Gesicht der jungen Frau zu fixieren, die sich ausgiebig die Lippen leckte.

»Willst du?«

Sie schien völlig enthemmt, und das schüchterte ihn ein. Victor fühlte sich gefangen in seinem Körper, er kam sich albern vor, wie er dastand und nicht wusste, was er mit seinen Händen anfangen sollte. Und je länger sie ihn ansah, desto unbehaglicher wurde ihm.

»Nein«, antwortete er nach einer Weile.

»Legst du mir jetzt Handschellen an?«

Virginie schien ehrlich enttäuscht, als Victor sofort konterte, dass er nicht von der Drogenfahndung sei.

Sie kniff sich mit Daumen und Zeigefinger in die Unterlippe. Eine Haarsträhne, die sie sich hinters Ohr geschoben hatte, löste sich wieder. Nervös starrte Victor auf den Boden zu seinen Füßen.

»Warum hat er das gemacht?«, fragte sie.

Victor schnippte ein paar Flusen von seinem Ärmel.

»Du meinst der Mörder? So geht das schon von Anfang an. Er spielt mit uns. Er hat die Müllsäcke absichtlich so hingestellt, dass wir sie finden.«

»Aber warum versucht er den Ruf meines Vaters zu ruinieren? Was genau wirft er ihm vor? Und warum hinterlässt er uns diese Dokumente? Was will er damit bezwecken?«

Solange es nicht absolut notwendig war, ersparte Victor Virginie lieber die Details, auf die er in den Mappen gestoßen war.

»Vielleicht denkt er gar nicht so viel. Im Gegensatz zu den meisten Filmen, in denen der Mörder seine Taten immer mit unbestechlicher Logik begründen kann, ist die Realität oft enttäuschend.«

»Und verwirrend«, fügte sie hinzu. »Immer verwirrend. Glaubst du, er ist verrückt?«

Inzwischen war ihr Pulli noch tiefer hinuntergerutscht und gab den Ansatz ihrer Brust frei. Victor hatte einen trockenen Hals, das Schlucken fiel ihm schwer.

»Daran würde ich gerne glauben, aber ich denke nicht, dass

das der Fall ist. Der Entführer will deinen Vater entweder zum Reden bringen oder zum Schweigen.«

»Und wie willst du ihn davon abhalten?«

»Indem ich versuche nachzuvollziehen, was er weiß. Eine der Mappen enthält den Namen eines Mannes aus Dallas. Cleveland Willis ... Sagt er dir was?«

»Nein. Fliegst du hin?«

Der Sergent-Détective zuckte die Achseln.

»Ich weiß es nicht.«

Virginie griff nach seiner Hand und zog ihn zum Bett.

»Komm her«, flüsterte sie.

Doch Victor umfasste ihr Handgelenk und machte sich los.

Auch wenn er Virginie attraktiv fand, war ihm jetzt nicht danach, sich weitere Scherereien einzuhandeln. Auf keinen Fall wollte er gefährden, was von seiner Beziehung zu Nadja vielleicht noch übrig war. Also ging er ein paar Schritte zurück und tastete seine Taschen nach seinem Handy ab.

Er hatte es im Esszimmer auf dem Tisch liegen lassen.

In diesem Moment erklangen dumpfe Schläge, die nicht von seinem wild in der Brust pochenden Herz stammten.

Offenbar versuchte unten jemand, die Tür einzuschlagen.

74.
VERDÄCHTIG

Victor entriegelte die Tür, und Jacinthe stürmte herein. Das Gesicht voller klebriger Reiskörner stand sie auf dem Teppich im Eingangsbereich und schüttelte sich. Überallhin spritzte Schneematsch.

»Gehst du nicht mehr ans Telefon?«, hielt sie ihm mürrisch vor.

Aus dem Augenwinkel sah der Sergent-Détective sein Handy zwischen den Papierstapeln auf dem Esstisch liegen, wo er es vergessen hatte, als er nach oben gegangen war.

»Tut mir leid, ich war auf dem Klo.«

Jacinthe schaute auf die Uhr und nickte mit dem Kinn zu seinem Mantel, den er bei ihrem Eintreffen über das Treppengeländer gehängt hatte.

»Zieh dich an, wir müssen los.«

»Wieso, was ist passiert?«

»Der Gnom hat angerufen. Wir haben einen Verdächtigen.«

Anstatt loszusprinten, erstarrte Victor. Wie konnten Lemaire und Loïc jetzt schon einen Verdächtigen haben? Bei dem Schnee und den Straßenverhältnissen konnten sie frühestens vor wenigen Minuten in Joliette eingetroffen sein. Dann fiel ihm ein, dass Jacinthe erwähnt hatte, sie würden als Erstes den Besitzer eines Bogensportladens aufsuchen.

»Etwa der Pfeil vom Friedhof?«

Jacinthe nickte und lief ins Esszimmer. Sie warf einen Blick auf die Dokumente und schnappte sich ein unberührtes Sandwich von dem Teller, den Virginie hatte stehen lassen.

Victor zog seinen Mantel über, ging noch einmal zurück und holte sein Handy.

»Der Ladenbesitzer stellt selber Pfeile her«, fuhr Jacinthe mit vollem Mund fort. »Er glaubt, dass er die mit den rosa und grauen Federn speziell für einen seiner Kunden angefertigt hat.« Sie deutete zu den Papieren auf dem Tisch. »Und was soll das sein? Lässt du das hier?«

»Lange Geschichte, erkläre ich dir später. Ich werde Garcia bitten, herzukommen und ein Auge auf Virginie und die Akte zu haben, bis wir zurückkommen. Ich möchte sie nicht allein lassen.«

Jacinthe nahm die Chipstüte vom Tisch, und sie gingen zurück zum Eingangsbereich. Ein Geräusch im oberen Stockwerk ließ sie gleichzeitig herumfahren.

»Victor?«

Virginie war die ersten paar Stufen heruntergekommen, dann aber stehen geblieben, als sie Jacinthe entdeckt hatte.

Diese warf ihrem Partner ein verschmitztes Lächeln zu.

»Nee, is klar ... So wie ich das sehe, hast du dich aufm Klo jedenfalls nicht gelangweilt, mein Bester.«

»Es ist nicht, wie du denkst«, zischte er ihr durch zusammengebissene Zähne zu.

Virginie war wieder hochgelaufen, ihre Stimme erreichte ihn trotzdem:

»Kann ich dich eine Sekunde sprechen, Victor?«

Bevor sie hinausging, knurrte Jacinthe, er solle sich ranhalten und dass sie im Auto auf ihn warte. Rasch nahm Victor immer vier Stufen auf einmal, bis er unmittelbar vor der jungen Frau stand. Ihre Augen waren verquollen.

»Das vorhin tut mir leid. Ich weiß nicht, was mit mir los war ... Das ist eigentlich nicht meine Art.«

Die Tüte Chips zwischen den Beinen fuhr Jacinthe mit derselben Geschwindigkeit, in der sie kaute, obwohl der Pulverschnee das Manövrieren erschwerte.

»Wo genau fahren wir hin?«, fragte Victor.

»Zu einem Haus auf dem Hill Park Circle.«

Sofort hatte Victor eine Serpentinenstraße am Fuß des Mont-Royal vor Augen. Er kannte den Ort.

»Ich hab einen Streifenwagen angefordert, der das Haus unauffällig observiert, ihnen aber gesagt, dass sie nicht eingreifen sollen, bis wir da sind«, erklärte Jacinthe. »Nimm mal die Tüte!«

Victor hielt sie ihr hin, sodass sie leichter hineingreifen konnte.

»Sind Gilles und Loïc schon da oder auf dem Weg nach Joliette?«

»Sie kommen auch zum Haus des Verdächtigen, aber wir werden eine ganze Weile vor ihnen eintreffen. Das Bogensportgeschäft ist in Pierrefonds.«

Victor erzählte ihr von den Aufnahmen, wie Tousignant entführt worden war, und beschrieb ihr grob den Inhalt der Mappen und Ordner aus den zwei Müllsäcken, die der Mann mit der Baseballmütze in der Einfahrt hinterlassen hatte. Als Victor die beiden Überweisungsdaten erwähnte, die die Ermordung Kennedys einrahmten, und hinzufügte, dass Virginie überzeugt war, das Verschwinden ihres Vaters hänge mit all dem zusammen, schaltete Jacinthe auf stur.

»Ach, hör mir doch auf! Kennedy ... also echt!«

Victor berichtete ihr außerdem von den Artikeln über die »Unfalltode« der drei Mitarbeiter der Buchhaltungsfirma.

»Gilles hat mit einem Beamten von der Polizeibehörde in Joliette gesprochen«, warf Jacinthe ein. »Bis jetzt kam bei der Sache nicht viel raus, in ihrer Datenbank war nichts zu finden. Jetzt suchen sie gerade im Archiv. Wenn du mich fragst, wird das nicht lang dauern. Damals war das eine kleine Provinzbehörde, und der Jagdunfall ist vor der Einführung der CRPQ-Datenbank passiert. Da die Angelegenheit nicht als Verbrechen eingestuft wurde, ist die Akte vermutlich später nicht in die Datenbank übertragen worden.«

»Wir sollten noch mal mit Gilles' Kontakt sprechen und ihm die Namen der anderen beiden Opfer von 1964 geben. Heute ist Feiertag, aber ich rufe morgen mal in der Grande Bibliothèque an. Die sollen uns die entsprechenden Tageszeitungen aus dem Archiv besorgen. Mit ein bisschen Glück stoßen wir auf etwas. Und wir sollten auch schauen, ob irgendwo Evergreen erwähnt wird.«

»Das berühmte Lösungswort«, spöttelte Jacinthe. »Vielleicht können wir uns das alles auch sparen. Darf ich dich daran erinnern, dass wir einen Verdächtigen haben?«

Victor war so sehr mit dem Sortieren seiner Gedanken und dem Abgleichen von Informationen beschäftigt, dass er ihren Einwurf überhörte.

»Und dein Treffen mit Bennett?«

Jacinthe wiegte ihren Kopf hin und her wie ein Wackeldackel.

»Willst du die lange oder kurze Version?«

»Was dazwischen.«

»Bennett hat sich mit Nutten vergnügt, die ihm ein Zuhälter, ein gewisser Daman, beschaffte. Am meisten fuhr Bennett darauf ab, ihnen ein großes Halsband umzulegen und sie an der Leine zu halten, dann festzubinden und zu bespringen. Soweit ich das verstanden hab, ist er ein paarmal zu weit gegangen, und die Mädchen wurden verletzt. Eine wurde letzten Mittwoch bewusstlos in der Badewanne eines Hotelzimmers gefunden. Sie hatte ein Schädeltrauma. Das Verrückteste an der Geschichte ist, dass Bennett behauptet, er hätte seine Schweinereien mit Judith Harpers Segen veranstaltet. Und manchmal mit ihr gemeinsam.«

»Nach den Fotos, die ich gesehen habe, überrascht mich das überhaupt nicht«, sagte Victor.

»Was für Fotos?«, fragte Jacinthe mit hochgezogenen Augenbrauen.

Der Sergent-Détective erzählte ihr von dem Umschlag, den er in der Akte gefunden hatte, und den Fotos darin.

»Verdammte Scheißirrenbande!«, sagte Jacinthe angewidert. »Na, der Arzt meint jedenfalls, Bennett hätte auch Chlamydien. Zusammengefasst: Der Typ ist krank, aber ich glaub, mit den Morden hat er nichts zu tun. Außerdem hat Burgers mir bestätigt, dass das Halsband, das wir in seinen Sachen gefunden haben, nicht das ist, von dem die Abschürfungen an Harpers und Lawsons Hälsen stammen.«

Jacinthe leckte sich Salz- und Essigreste vom Daumen. Der Crown Victoria schlingerte kurz, als sie nach links ausscherte, um zu überholen, aber sie bekam das Fahrzeug mit ein paar geschickten Manövern, bei denen Victor das Herz in die Hose rutschte, schnell wieder unter Kontrolle.

»Was wissen wir über den Verdächtigen? Wie heißt er?«

»Wurde ja auch mal Zeit! Ich dachte schon, du fragst nie! Er heißt Lucian Duca. Mitte dreißig. Keine Vorstrafen.«

»Eine Ahnung, womit er sein Geld verdient?«

»Das ist ja das Interessante an der Sache.«

Jacinthes Blick löste sich ein paar Sekunden von der verschneiten Straße, um Victors Augen zu fixieren.

»Duca arbeitet als Bürokurier bei Baker, Lawson, Watkins. Wir haben die Tage erst mit dem Typen telefoniert.«

75.
VERFOLGUNGSJAGD

Vom Chemin de la Côte-des-Neiges abgehend schlängelten sich die Serpentinen des Hill Park Circle den Mont-Royal hinauf bis zum Lac aux Castors. Der Streifenwagen, den Jacinthe angefordert hatte, parkte in einer Kurve, ein paar Meter oberhalb des Hauses, zu dem sie unterwegs waren, einem Backsteinkubus mit Fenstern so schmal wie Schießscharten.

Jacinthe fuhr an dem Gebäude vorbei um die nächste Biegung und stellte den Crown Victoria hinter dem Streifenwagen ab. Trotz der Dunkelheit konnte Victor durch die Windschutzscheibe erkennen, wie der Kollege ins Funkgerät an seiner Schulter sprach. Dann stieg er im selben Moment aus dem Auto wie Victor und Jacinthe, und alle drei trafen sich auf halbem Wege zwischen den beiden Autos. Jacinthe kniff die Augen zusammen, um den Namen des Streifenpolizisten auf dessen Jacke lesen zu können: Legris.

Der Schneesturm tobte und fuhr durch den Wald gegenüber vom Haus. Bei dem heulenden Wind waren sie gezwungen zu brüllen.

»Bist du ganz allein, Legris?«, rief Jacinthe, während sie sich die Hose hochzog.

»Mein Partner ist im Hof des Nachbarhauses. Er behält den Hintereingang im Auge.«

Victor knöpfte seinen Mantel zu, holte seine Wollmütze heraus und setzte sie auf.

»Ist jemand drinnen?«, fragte er.

»Schwer zu sagen«, antwortete der Constable.

Wenige Minuten zuvor hatte Victor mit Lemaire telefoniert: Aufgrund des Schnees und der Verkehrslage würden Loïc und er in frühestens zwanzig Minuten zu ihnen stoßen. Der Gnom war derselben Meinung wie Victor: auf keinen Fall warten.

Mit geöffnetem Mantel und offenen Stiefeln, deren Schaft im Matsch hing, richtete Jacinthe sich auf wie ein Monolith, scheinbar immun gegen die entfesselten Elemente.

»Pass auf, Legris, du postierst dich zwischen Auto und Haus, und sag deinem Partner Bescheid, dass es losgeht«, befahl sie, eine Hand auf seiner Schulter. »Wenn's irgendwie schiefgeht oder du was Unnormales siehst, rufst du uns, okay?«

Victor nahm sein Funkgerät heraus, gab Legris die Frequenzen durch und gemahnte ihn noch mal zur Vorsicht: Der Mann, dem sie auflauerten, wusste mit dem Bogen umzugehen und konnte ihm aus mehreren Metern Entfernung einen Pfeil durch die Stirn jagen.

Unfähig, eine weitere Minute stillzuhalten, ließ Jacinthe ihren Schlachtruf hören.

»Wir kommen, Arschloch!«

Victor war in dem Moment bei ihr, wo sie, an die Wand gepresst, die Pistole zog. Seine hatte er bereits in der Hand, am ausgestreckten Arm dicht am Oberschenkel. Er holte Luft: Sein Puls hämmerte gegen seine Schläfen, eine Ladung Adrenalin schoss ihm durch den Körper.

Er klopfte mehrmals so heftig gegen die Tür, dass diese erschütterte. Als niemand antwortete, drehte er am Türknauf. Es war verschlossen. Jacinthe stimmte sich nicht einmal mit ihm ab, bevor sie sich mit der Schulter gegen die Tür warf, die unter ihrem Gewicht kapitulierte. Mit erhobener Waffe trat Victor durch den Rahmen und verkündete:

»Polizei! Jemand da? Monsieur Duca?«

Währenddessen sah Legris den beiden zu, wie sie das Haus

stürmten, und verfluchte sein Pech. Bald war er zwei Jahre beim SPVM, und es war fast immer dasselbe: Jedes Mal, wenn es ein bisschen Action gab, musste er draußen bleiben und sich den Arsch abfrieren.

Er zupfte sich die Unterhose zurecht, die unaufhörlich zwischen seine Pobacken rutschte, und sagte sich, dass er besser zu den kanadischen Streitkräften gegangen wäre wie sein jüngerer Bruder André, der schon zweimal in Afghanistan gegen die Taliban gekämpft hatte.

Eine Wand im Haus ihrer Mutter war tapeziert mit Fotos von André in voller Montur. Die Bilder von seinem eigenen, bisher einzigen ruhmreichen Moment waren im Frühling 2010 entstanden, während des Minitumults auf der Rue Sainte-Catherine, nachdem die Montréal Canadiens die Washington Capitals aus den Playoffs geworfen hatten.

Und jetzt behandelte ihn dieses Walross wie einen Pfadfinderknirps.

Legris blies sich zum Aufwärmen in die Hände, dann tastete er seine Taschen nach den Handschuhen ab und stellte fest, dass er sie im Auto vergessen hatte. Ohne die Eingangstür aus den Augen zu lassen, ging er einige Schritte zurück in Richtung Wagen. Zu seiner Linken im Wald bewegte sich etwas zwischen den Zweigen. Legris drehte den Kopf, um rasch nachzuschauen, dann blickte er wieder zur Tür.

Hatte er etwas gesehen? Schwer zu sagen bei dem ganzen Schnee.

Legris blieb stehen, seine Gedanken rasten zwischen drei Optionen hin und her: der Eingangstür, den Handschuhen im Auto und dem dunklen Wald.

Erneut nahm sein Auge eine Bewegung zwischen den Bäumen wahr. Er strich die Handschuhe aus der Rechnung; jetzt rangen nur noch Wald und Eingangstür um seine Aufmerksamkeit.

Alle seine Sinne waren in Alarmbereitschaft, und seine Augen wandten sich endgültig von der Tür ab. Sein Herz pochte, seine Hand wanderte zur Hüfte, er zog die Pistole.

Da bewegte sich definitiv etwas im Wald! Und es war kein kleines Tier.

Legris feuerte in dem Moment, wo der Schmerz in seinem rechten Bein explodierte und der Boden unter ihm nachgab.

Noch im Fallen sah der Polizist eine Gestalt zwischen den Baumstämmen hervorkommen, das Gesicht unter einer Kapuze verborgen. Einen Bogen in der Hand rannte der Schatten auf den Streifenwagen zu. Er hechtete auf den Fahrersitz und ließ den Motor an. Legris durchfuhr das Adrenalin.

Er musste handeln, und zwar schnell, sonst würde sein Angreifer entkommen!

Auf dem Rücken liegend, zielte Legris auf das Auto, das bereits mit Vollgas auf die Straße bog, als er seinen Partner und das Walross auf sich zurennen sah, alarmiert von seinem ersten Schuss. Auf dem Bürgersteig stand der andere Ermittler und feuerte mit finsterem Blick eine gesamte Magazinladung auf das Auto ab, brachte die Heckscheibe zum Bersten und sprintete dann hinkend hinter ihm her.

Legris hatte einen Pfeil im Oberschenkel; eine rote Pfütze breitete sich im Schnee aus; der Schmerz wurde größer, was jedoch nicht der Grund war für seine zunehmende Wut.

»Verdammter Scheißdreck! Der hat mir meine Karre geklaut!«

Jacinthe bog links in den Chemin de la Côte-des-Neiges und sah Victor, der hundert Meter weiter unten humpelnd mitten auf der Straße lief. Wie viel Zeit war vergangen zwischen dem Moment, in dem sie das Haus gestürmt hatten und dem ersten Schuss? Eine Minute, vielleicht zwei? Sie hatten gerade einmal feststellen können, dass Duca nicht da war und sein Einrichtungsgeschmack sehr zu wünschen übrig ließ. Abgesehen von einem Bett, einem abgewetzten Sessel, einem alten Fernseher und ein paar Küchengeräten war das Haus leer gewesen.

Jacinthe überholte Victor, brachte den Wagen ein paar Meter vor ihm zum Stehen und öffnete die Beifahrertür. Ihr Partner sprang hinein, und sie trat sofort aufs Gas.

Außer Atem und mit brennenden Lungen schnallte Victor sich an und hielt sich mit beiden Händen das Bein.

»Fahr geradeaus!« Er musste husten. »Als er den Chemin McDougall genommen hat, hab ich ihn aus dem Blick verloren.«

Victor rang noch immer um Luft, während er Blaulicht und Sirene einschaltete und nach dem Funkgerät griff.

»Achtung an alle Einheiten.« Er hustete wieder. »Verletzter Kollege auf dem Hill Park Circle. Verfolgen Streifenwagen 26–11 auf Côte-des-Neiges Richtung Süden. Verdächtiger ist bewaffnet und gefährlich.«

Der Motor des Crown Victoria heulte auf und röhrte, als wollte er durch die Abdeckung schießen. Victor bemerkte, wie Jacinthe die Kiefermuskeln anspannte.

»Duca hat sich vermutlich im Wald gegenüber versteckt. Ich glaube, ich hab ihn angeschossen«, sagte Victor schließlich zwischen zwei pfeifenden Atemzügen.

»Das würde bedeuten, dass sich unsere beiden Streifentantchen bemerkbar gemacht haben.«

Der Flüchtende hatte einen ziemlich großen Vorsprung, und Victor wusste, dass sie selbst mit Jacinthe am Steuer eine Menge Glück bräuchten, um ihn einzuholen. Also hoffte er, dass Duca, der vielleicht weniger geschult war im Fahren mit hoher Geschwindigkeit und vor allem nicht an den Wagen gewöhnt, einen Fehler beging.

Und genau das geschah.

Als sie den Chemin McDougall hinunterrasten, erspähten sie ein Stück weiter vorn, quer auf der Fahrbahn, den anderen

Wagen. Duca hatte offenbar eine Hundertachtzig-Grad-Drehung hingelegt, nachdem er auf einen Hyundai Elantra aufgefahren war, der jetzt auf dem Mittelstreifen der Kreuzung lag. Duca gab Vollgas und brachte den Streifenwagen ins Schleudern, als er versuchte, ihn wieder in Fahrtrichtung zu bekommen. Er erhöhte das Tempo weiter und fuhr Schlangenlinien im Schnee. Jacinthe und Victor waren nur noch zweihundert Meter hinter ihm.

Fieberhaft griff Victor nach dem Funkgerät.

»Habe Sichtkontakt an der Ecke Côte-des-Neiges und Avenue Cedar. Der Verdächtige fährt weiter auf der Docteur-Penfield.«

Victor gab auch den Unfall durch. Jetzt waren die anderen Streifenwagen über Funk zu hören, die auf den Ruf antworteten und ihre Positionen durchgaben. Niemand griff einen ihrer Kollegen an und kam unbescholten davon: Inzwischen beteiligten sich mehrere Einsatzwagen an der Verfolgungsjagd.

Plötzlich überquerte die 26–11 den Mittelstreifen und schoss auf der anderen Seite in Richtung Gegenverkehr. Jacinthe tat es ihm gleich. Während sie im Slalom zwischen den Autos hindurchfuhr, die auf sie zurasten, bemerkte Victor ihre Finger, die sich blutleer um das Lenkrad krampften.

In rasendem Tempo passierten sie das Montrealer Hôpital général und hinterließen ein wütendes Hupkonzert von Autos, die von ihrer Fahrbahn abgekommen waren. Immerhin sorgten die Schneemassen und die Tatsache, dass Feiertag war, für weniger Verkehr als sonst.

Nichtsdestoweniger konnte ein falsches Manöver zur Katastrophe führen und gleich mehrere Seelen gen Himmel schicken. Und dieser Katastrophe kamen sie wiederholt gefährlich nah.

Wie durch ein Wunder schafften sie es unbeschadet bis zur Gabelung, an der die Avenue des Pins in den Chemin de la Côte-des-Neiges mündet. Victor seufzte und entspannte sich ein wenig: Er war überzeugt, dass Duca nun rechts auf die Docteur-Penfield und damit wieder in die korrekte Fahrtrichtung abbiegen würde. Aber in einem unvorhersehbaren Schlenker bog der Flüchtige stattdessen auf die Avenue des Pins, wieder als Geisterfahrer. Wo es auf dem Chemin de la Côte-des-Neiges – einer immerhin breiten Straße – noch möglich gewesen war zu sehen, was auf sie zukam, grenzte das Ausweichen hier an Selbstmord.

Die Parkverbotszone auf der südlichen Seite der Straße erlaubte ihnen zwar, auf dem Bürgersteig zu fahren, was Duca auch tat, dicht gefolgt von Jacinthe, doch man durfte keine Sekunde unaufmerksam sein: In kurzen Abständen rasten Laternenpfähle, Briefkästen und Hydranten auf sie zu. Jener ein paar Meter vor dem polnischen Generalkonsulat überlebte ihre Durchfahrt nicht.

Bei der Kollision ging ein Ruck durch den Crown Victoria, aber Jacinthe schaffte es, ihn in der Spur zu halten.

Wie in Trance führte sie die Lenkmanöver aus, wechselte zwischen Bremsen und Beschleunigen, schrie und verfluchte den Mann, den sie verfolgten, nach allen Regeln der Beleidigungskunst.

Und mit jedem Manöver kam sie der Streife 26–11 näher.

Langsam, aber unerbittlich.

Victor, dem schlecht war und vor allem bewusst, dass sie sich und die Allgemeinheit unsinnigen Risiken aussetzten, legte seiner Partnerin eine Hand auf den Unterarm.

»Fahr langsamer, Jacinthe. Sonst bringen wir uns um – oder noch schlimmer, jemand anderes.«

»Warte, wir haben ihn gleich. Ich wette, er biegt ab. In der Kurve schnappen wir ihn!«

Tatsächlich bog Duca rechts ab, und Victor war erleichtert, endlich wieder in der richtigen Richtung zu fahren. Der Crown Victoria befand sich jetzt nur noch wenige Meter hinter dem

Polizeiwagen. Jacinthe drückte aufs Gaspedal; das Auto machte einen Satz und prallte gegen die Stoßstange des anderen Wagens. Duca geriet ins Schlingern, schaffte es noch, das Auto wieder auszurichten, doch nicht schnell genug, um zu verhindern, dass es unter sprühenden Funken die Leitplanke zu seiner Linken streifte.

Anstatt sein Tempo zu drosseln, sorgte der Zusammenstoß für den gegenteiligen Effekt: Er drückte Duca um die Kurve, die er bei seinem vorgelegten Tempo sonst nie bekommen hätte.

Jacinthe nickte anerkennend: Mumm hatte er, dieser Duca.

»Scheißhundesohn! Du bist echt gut!«

Weil sie eben beschleunigt hatten, schoss nun auch der Crown Victoria zu schnell auf die Kurve zu, und seine Fahrerin tat es dem Fluchtwagen gleich, ließ ihren gegen die Leitplanke prallen, bevor es am Fuß des Berges weiterging. Verzweifelt ließ Victor das Fenster zehn Zentimeter herunter.

Der kalte Wind machte ihn munter. Und verhinderte, dass er sich übergab.

Duca setzte seine Amokfahrt in östlicher Richtung auf der Docteur-Penfield fort, dicht gefolgt vom Crown Victoria und seiner heulenden Sirene. An die Armlehne geklammert, gab Victor zum x-ten Mal per Funk ihre Position durch. Obwohl sie mit extremer Geschwindigkeit unterwegs waren, wichen die beiden Autos geschickt Hindernissen aus und gerieten nur selten in Bedrängnis.

Plötzlich dröhnte die Stimme eines anderen Polizisten aus dem Funkgerät.

»Hier Wagen 37-9. Werden ihm auf Höhe McTavish den Weg abschneiden.«

Von jetzt an gab Victor die Namen der Straßen durch, die sie in Höchstgeschwindigkeit passierten: du Musée, de la Montagne, Drummond … Jacinthe kam wieder nah genug an das Fluchtauto heran, um es zu rammen, doch Duca riss das Steuer herum und verhinderte haarscharf den Aufprall.

Als sie aus der langen Biegung herausfuhren, tauchte wie eine Schreckensvision die Streife 37–9 vor ihnen auf: Der Wagen stand quer mitten auf der Straße, war jedoch nicht lang genug, um den Weg gänzlich zu versperren, und falls Duca aufs Ganze ging und in ihn hineinfuhr, kam es einem Selbstmord gleich, wenn die beiden Streifenpolizisten dahinter in Deckung gegangen waren.

Auch am Hang des Rutherford-Parks waren bewaffnete Polizisten postiert, um auf den Flüchtigen zu feuern, sollte er es in jene Richtung versuchen. In jedem Fall wäre dieses Manöver für Duca am gefährlichsten.

Wenn er sich also nicht den Weg freimachen wollte, indem er mit Karacho in den Streifenwagen raste, blieb ihm nur noch, rechts auf den Fußweg auszuweichen. Die Option war am verheißungsvollsten, und er wählte sie. Victor musste zugeben, dass er unter den Umständen wohl dasselbe getan hätte.

Doch zu Ducas Unglück schnappte in diesem Moment die Falle zu.

Eine halbmondförmige Brüstung mit einer Eisenbalustrade versperrte Autos an dieser Stelle jeden Zugang zur Rue McTavish. Über etwa zwanzig Stufen und zwei Treppenabsätze gelangten Fußgänger auf die fünf Meter weiter unten gelegene nächste Straßenebene.

Als die Räder in vollem Tempo auf die Bordsteinkante trafen, schleuderte es das Fluchtauto nach rechts. Es war nur eine Frage von Zentimetern, doch Duca, der sicher geglaubt hatte, ihm bliebe genug Platz, um vorbeizukommen, schaffte es nicht mehr, den Wagen rechtzeitig in die Spur zu bekommen, um der Brüstung auszuweichen. Aufgrund der Geschwindigkeit, mit der er unterwegs war, prallte das Auto am Stein ab und flog regelrecht in die Luft, wobei es das Geländer touchierte. Einen Moment lang schwebte es, die Räder rotierten ins Leere, dann drehte es sich um die eigene Achse und landete in einem Getöse aus kreischendem Blech und splitterndem Glas auf der weiter unten gelegenen Straße, wo es, nachdem es sich mehrmals spektakulär überschlagen hatte, endgültig auf dem Dach zum Liegen kam.

Jacinthe stoppte den Crown Victoria mitten auf der Fahrbahn, sie stiegen aus und rannten los. Rund um die Brüstung hatte sich bereits eine Menge Schaulustiger gesammelt. Einer der Streifenpolizisten lief mit Jacinthe und Victor zum Unfallort, während der andere Verstärkung rief und den Verkehr regelte.

Die Waffe im Anschlag beugte sich Victor zum Autowrack, nur um festzustellen, dass es leer war. Nach einem kurzen Überraschungsmoment erspähte Victor die ausgestreckte Gestalt zehn Meter weiter unten.

Von der Wucht des Aufpralls war Duca aus dem Auto geschleudert worden.

Der Mann lag auf dem Rücken, und noch bevor Victor bei ihm war, wusste er, dass Ducas Körper, der dalag wie eine verrenkte Gliederpuppe, zerschmettert war.

Victor kniete sich neben den Sterbenden und schob eine Hand unter dessen Kopf. Ihm lief Blut aus Nasenlöchern, Mund und Ohren.

Ducas blaue Augen irrten umher, dann fixierten sie Victors, seine Hände griffen nach dessen Mantelkragen. Duca wollte etwas sagen, verschluckte sich jedoch und spuckte Blut. Victor hielt sein Ohr an die Lippen des Mannes, um sein schmerzvolles Flüstern zu verstehen.

Duca riss die Augen auf, sein Mund bewegte sich ein letztes Mal, dann fiel sein Kopf zur Seite. Victor legte ihn sanft auf dem Boden ab.

»Game over«, resümierte Jacinthe, die ihn inzwischen erreicht hatte. »Was hat er gesagt?«

Noch unter Schock stand Victor auf, blickte einen Moment auf seine blutüberströmte Hand.

Das Unverständnis stand ihm ins Gesicht geschrieben.

»Ich bin nicht sicher, ob ich's richtig gehört habe, aber er hat so was gesagt wie ...«, Victor zögerte, »er hat gesagt: ›Ich erinnere mich.‹«

76.
BRIEF OHNE ANTWORT

»Wir sollten schlafen gehen, Lessard.«

Victor schreckte hoch: Er hatte die Ellbogen auf dem Tisch und war mit dem Kopf in den Händen eingeschlafen. Er rieb sich übers Gesicht und gähnte. Da halfen Tabak und Koffein auch nicht mehr, er konnte kaum noch die Augen offen halten. Jacinthe hatte recht. Die Kriminaltechniker wären mit dem Sammeln und Analysieren der Spuren sowieso frühestens in ein paar Stunden fertig.

Nachdem sie am Unfallort die Formalitäten geklärt hatten, waren die beiden Ermittler zu Lucian Ducas Haus zurückgekehrt, das sie den restlichen Abend und einen Teil der Nacht durchsucht hatten. Im Keller waren ein paar Skier gewesen. Deren Größe passte laut dem Techniker, mit dem Victor gesprochen hatte, zu den Spuren vom Summit Circle und aus dem Parc Maisonneuve.

Außerdem analysierten die Laborkollegen derweil den Pfeil und Bogen, die sie aus dem Wrack des Streifenwagens geborgen hatten. Die Tatsache, dass auch diese Pfeile mit rosa und grauen Federn bestückt waren, ließ wenig Raum für Zweifel: Duca war ihr Mann.

Nur hatten sie immer noch keinen einzigen Hinweis auf den Verbleib von Tousignant, weshalb sie nicht nachgaben und trotz später Stunde und Müdigkeit weitersuchten.

Sie hatten Loïc und den Gnom unverzüglich zum Haus des Senators geschickt, um die Dokumente zu holen und versiegeln zu lassen. Dass die beiden sich darum kümmerten, war auf Victors Mist gewachsen. Er hatte partout keine Lust, dorthin zurückzukehren und sich dem Durcheinander zu stellen. Denn Virginie Tousignant brachte ihn durcheinander.

Jacinthe und Victor beschlossen, sich noch dreißig Minuten zu geben, bevor sie zusammenpackten. Mit schwerem Kopf ging Victor hinaus in den Schneesturm eine rauchen. Der Boden vibrierte. Victor konnte das Räumfahrzeug, das sich den Hill Park Circle hinaufarbeitete, mehrere Sekunden bevor es zu sehen war, an seinem dumpfen Grollen hören. Fast automatisch schickte Victor zwischen zwei Zügen eine neue Nachricht an Nadja. Doch zu seiner großen Überraschung erhielt er diesmal, wenige Augenblicke später, eine Antwort:

Lass uns später sprechen. Mein Bruder lässt Martin nicht im Stich.

Stinkwütend schnippte Victor seine Kippe weg. Der Glimmstängel wurde vom Wind erfasst und aus seinem Blickfeld getragen. Ja, er sollte sich freuen, sich erleichtert fühlen, dass es gut aussah für Martin. Und das tat er auch.
Doch Nadjas Wortwahl verstärkte seinen Eindruck der Ablehnung. Keinerlei Anspielung auf sie beide.
Konnte sie nicht einfach das Telefon in die Hand nehmen und ihn zum Teufel schicken?

»Tja, viel haben wir nicht, mein Lieber.«
Ihm gegenüber am Tisch saß Jacinthe, in der einen Hand einen Notizblock, in der anderen einen Kuli, auf dessen Kappe sie herumkaute.
»Lucian Duca, geboren in Québec, dreiunddreißig Jahre alt, ein Meter fünfundneunzig groß, hundert Kilo, irgendwelche

keltischen Tattoos auf dem linken Bizeps. Kein Vorstrafenregister, arbeitete seit zwei Jahren bei Baker, Lawson, Watkins als Kurier. Seine Mutter, Silvia Duca, ist rumänischer Herkunft, und Ende der achtziger Jahre verstorben.«

»Kannst du das noch mal wiederholen?«, unterbrach sie Victor.

Er massierte sich die Schläfen. Seine Gedanken verschwammen, sein Kopf quoll über vor Informationen, und er geriet bei der Datenspeicherung durcheinander.

»Seine Mutter ist Ende der Achtziger gestorben.«

»Nein, das davor. Was hast du davor gesagt?«

Jacinthe wiederholte es noch einmal. Etwas war in Victors Kopf aufgeblitzt, aber er hatte den Gedanken nicht fassen können, bevor er wieder verschwand. Er bat Jacinthe, fortzufahren.

»Silvia Duca führte eine Ballettschule auf der Rue Sherbrooke, die damals ziemlich gut lief. Sie hatte ein bisschen was schlau angelegt, und ihr Sohn erbte nach ihrem Tod das Haus hier und eine gewisse Geldsumme. Auf der Geburtsurkunde steht, Ducas Vater sei unbekannt. Davon abgesehen sonst keine Verwandten, eine Freundin hatte er anscheinend auch nicht ... Die Kontodaten sollten wir später bekommen. Fehlt sonst noch was?«

Jacinthe hielt inne, überflog noch einmal ihre Notizen, um sicherzugehen, dass sie alles abgehakt hatte. Dann wanderte ihr Blick zu Victor. Als sie seinen Gesichtsausdruck sah, wusste sie, dass etwas nicht stimmte.

»Alles gut, Lessard? Du bist ja ganz grün.«

Seit Ducas Tod und vielleicht auch aufgrund des Schlafmangels rebellierte Victors Magen, ihm war schwindelig, ein bittersüßes Gefühl, als schwebe er neben seinem eigenen Körper.

Ihm standen Schweißtropfen auf der Stirn, und das Zimmer fing an, sich zu drehen.

»Übrigens Glückwunsch, du hast immer noch ein hervorragendes Auge. Burgers hat mir gesagt, du hättest ihn genau in die Schulter getroffen.«

»Hä? Wen jetzt?«

»Duca. Du hast ihm in die Schulter geschossen.«

Victor sprang auf, rannte in den Flur, öffnete hastig ein paar Türen, bis er endlich die Toilette fand. Er ging in dem winzigen Raum vor der Kloschüssel auf die Knie und übergab sich.

Er musste mehrere Male die Spülung betätigen, bis sein Mageninhalt komplett verschwunden war.

Hinterher hätte er nicht mehr sagen können, wie lange er über die Schüssel gekrümmt auf die Fliesen starrte, bevor er zur Besinnung kam.

Als er sich aufrichten wollte, hatte er ein Déjà-vu. Zwischen zwei Fliesen neben der WC-Schüssel war eine Fuge verfärbt. Er hatte wieder das Badezimmer auf dem Gang von Lorties Wohnheim vor Augen. In seinem Kopf formte sich ein Gedanke, den er zunächst noch zurückwies.

Doch beim Händewaschen sagte er sich, dass er eigentlich nichts mehr zu verlieren hatte.

Er konnte Jacinthe schon lästern hören: »Victor Lessard und sein Instinkt!«

Mit einer Nagelschere, die er im Apothekerschränkchen gefunden hatte, löste er problemlos die Fliese heraus und entdeckte im Hohlraum dahinter eine kleine Plastiktüte mit einem vierfach gefalteten Zettel.

Ungläubig streifte Victor sich die Latexhandschuhe über und öffnete sachte die Tüte.

Das Papier war so oft auseinander- und wieder zusammengefaltet worden, dass es an den Knickstellen hier und da gerissen war.

In eng gedrängten Buchstaben hatte jemand einen Brief verfasst:

Mein geliebter kleiner Lucian, mica mea draga,
es tut mir so leid, dass du es auf diese Weise erfahren musstest, aber er hat dich nicht belogen: André Lortie ist dein Vater. Ich weiß nicht, was er dir erzählt hat, dass du dich derart aufregst, aber hör nicht auf ihn. Seitdem irgendwas mit seinem Gehirn angestellt worden ist, weiß er nicht mehr, was er sagt. Ich selbst hätte dir vor langer Zeit alles erklären sollen. Kannst du mir verzeihen, bevor ich fort muss?
Deine Mama, die dich mehr liebt als alles auf der Welt.
Silvia

MÄRZ 1981

DER MANN MIT DEN DRECKIGEN KLEIDERN

»Bitte, lass mich rein! Ich kann nirgendwo sonst hin! Bitte, Sylvie!«

Seit mehreren Minuten erzitterte die Tür unter lautem Hämmern. Silvia stand unentschlossen in der Diele: Sollte sie ihm aufmachen oder nicht?

Die verzweifelte, gebrochene Stimme des Mannes weckte ihr Mitleid, aber auch Erinnerungen, mit denen sie schon lange abgeschlossen hatte. Sie warf einen Blick durch den Türspion und stellte wenig überrascht fest, dass er in einem erbärmlichen Zustand war.

Aus André Lortie war ein Penner geworden.

Ihre Beziehung war noch jung, und sie waren glücklich gewesen, als er eines Abends im Januar 1969 ohne eine Erklärung verschwand. So plötzlich, wie er abgehauen war, tauchte er sechs Jahre später wieder auf, frisch rasiert und in einem nagelneuen Anzug. Silvia hatte zu jenem Zeitpunkt gerade eine schmerzhafte Trennung hinter sich, und seine Rückkehr war Balsam für ihre Seele.

André blieb immer vage, wenn er über die Gründe seines Verschwindens sprach, und beschränkte sich auf die Erklärung, er habe eine Zeit lang in den USA verbracht und sich dort um einen kranken Verwandten gekümmert, während er für eine Versicherung arbeitete. Er hatte stets etwas Mysteriöses, an das sie sich schließlich gewöhnte.

Doch nach und nach bemerkte Silvia, dass sich manches verändert hatte. Der selbstbewusste, zuversichtliche Mann war schweigsam und verschlossen geworden. André litt unter fürchterlichen Alpträumen und hatte verschiedene Phobien entwickelt: Niemals mit dem Rücken zu einer Tür sitzen und auf gar keinen Fall an Fenstern vorbeigehen. Vor allem, wenn er seine Medikamente nicht nahm, war er immer wieder schrecklich niedergeschlagen.

Die Monate vergingen. Silvia und André erlebten zärtliche Momente und düstere Phasen. Ende 1977, nach etwa zwei gemeinsamen Jahren, tauchte er erneut ohne jede Vorwarnung unter. Eines Abends kehrte sie von der Tanzschule heim, und André war fort, hatte seine persönlichen Sachen in seiner kleinen Glattledertasche mitgenommen und ihr nicht einmal eine Nachricht hinterlassen. Die junge Frau war beinahe erleichtert, nachdem sie mit seinen immer stärkeren Stimmungsschwankungen nicht mehr hatte umgehen können.

Zu jenem Zeitpunkt wusste Silvia noch nicht, dass sie ein Kind erwartete.

Lucian kam 1978 zur Welt, und von Anfang an kümmerte sie sich allein um ihn. Silvia war die Art Frau, die sich mit Leib und Seele ihrem Kind und dessen Erziehung widmete und sehr wenig Platz für anderes ließ. Lucian machte sie wunschlos glücklich, sie hatte alles, was sie wollte, und dementsprechend keinerlei Absichten, sich mit einem Mann herumzuschlagen.

Er flehte und krakeelte so lang, bis Silvia schließlich nachgab, das Schnappschloss aufdrehte und die Tür öffnete. Es war das zweite Mal seit seinem Verschwinden 1977, dass André Lortie so auf ihrer Türschwelle stand. Beim ersten Mal war er nur wenige Stunden geblieben und wieder aufgebrochen, nachdem sie ihm zu essen und etwas Geld gegeben hatte.

Seine schmutzigen Lumpen stanken nach Alkohol und

Straße; sein struppiges Haar fiel ihm bis auf die Schultern, er hatte sich seit Wochen nicht rasiert, und als er ihr die Hand gab, ekelte sie sich vor dem Dreck unter seinen Nägeln.

Silvia befahl ihm, sich auf der Stelle auszuziehen, und steckte seine Sachen direkt in den Müll. Nachdem er geduscht hatte, holte sie ihm saubere Kleidung und schnitt ihm schweigend Fingernägel und Haare.

Im Beisein des Kindes sah Lortie lächelnd, mit auf der Brust verschränkten Händen dabei zu, wie die langen Strähnen auf den Küchenboden fielen. Zum Schluss stutze Silvia ihm den Bart, damit er sich anschließend glatt rasieren konnte.

Trotz der Zuneigung, die er dem Jungen entgegenbrachte, fragte Lortie Silvia nicht, ob er sein Sohn war, und sie hütete sich, das Thema anzusprechen.

Der kleine Lucian saß auf der Ablage im Badezimmer neben dem Waschbecken und beobachtete, wie die Rasierklinge über die Wangen des Mannes strich. Er liebte den Geruch von Rasierschaum und wenn der Mann ihn mit dem Rasierpinsel an der Nasenspitze kitzelte. Lortie tauchte den Waschlappen ins warme Wasser, wrang ihn aus und wischte sich die letzten Spuren Rasierschaum aus dem Gesicht.

»Fühl mal, Lucian. Ganz schön glatt, was?«, sagte er und nahm die Hand des Jungen.

Lucians kleine Finger strichen einen Augenblick über die haarlosen Wangen. Dann nahm Lortie seine Hand und malte damit ein lächelndes Gesicht auf den beschlagenen Spiegel, was den Kleinen zum Lachen brachte. Er bückte sich, entfernte eine Keramikfliese direkt über dem Boden und versteckte dort die Dokumente, die er sich rasch in die Unterhose gestopft hatte, damit Silvia sie nicht sah, als er sich auszog. Danach setzte Lortie die Fliese und die Stücke der Fugenmasse wieder ein.

»Das ist unser kleines Geheimversteck, Lucian.« Er legte

sich einen Finger an die Lippen. »Das ist unser Geheimnis, ja? Sch ...«

»Sch«, wiederholte das Kind und lachte.

André Lortie gab dem Jungen einen sanften Kuss auf die Stirn.

»Essen ist fertig!«, hörten sie Silvias Stimme.

»Wir kommen, Sylvie, wir kommen.«

Sie hatte ihm tausendmal gesagt, dass ihr Name auf a endete, aber er hatte sich nie daran gewöhnen können. André Lortie hob den kleinen Lucian hoch und setzte ihn auf den Boden. Hand in Hand traten sie hinaus auf den Flur.

77.
KURZES WIEDERSEHEN

Mittwoch, 28. Dezember

Victor hatte den Kragen seines Ledermantels hochgeklappt und lief den Gehweg hinunter, die Hände tief in die Taschen geschoben, ein schwarzes Kleidungsstück über dem linken Arm.

In die Schneeberge am Straßenrand waren hier und da orangefarbene Parkverbotsschilder gesteckt worden. Wieder einmal zwang das Wetter die Stadt in die Knie: Die Räumfahrzeuge kamen kaum noch hinterher.

Vor dem Gebäude angekommen, blickte Victor nach links und rechts. Keine Menschenseele zu sehen: Es war 6.07 Uhr und die Gegend so verlassen, wie er gehofft hatte.

Ohne Eile überquerte Victor die Fahrbahn und zog an der Glastür der Polizeiwache. Drinnen schien niemand zu sein, abgesehen von dem Mann, der ihn erwartete.

Ein Polizist mit feuerrotem Haar.

Lucian Duca, der Mörder, den sie seit Tagen suchten, war tot.

Trotzdem blieb eine wichtige Frage weiter ungeklärt: Hatte er Senator Tousignant vor seinem Tod umgebracht, oder war er noch am Leben, irgendwo eingesperrt, vielleicht unfähig, sich zu bewegen, mit einer Ketzergabel um den Hals?

Der Senator war kein junger Mann mehr; die Zeit lief ihnen davon, und mit jeder Stunde schwand die Hoffnung, ihn lebend zu finden.

Die Ermittler hatten noch einmal von vorn angefangen und den Vormittag des 27. im Konferenzraum verbracht.

Anstatt die Angelegenheit wie einen typischen Vermisstenfall zu behandeln, hatte Victor von Anfang an betont, dass sie, um Tousignant wiederzufinden, zunächst einmal Ducas Motiv verstehen müssten. Und dieses Motiv hatte seinen Ursprung offensichtlich in der Vergangenheit.

Diese Ansicht traf nicht gerade auf die allgemeine Zustimmung der Kollegen, von denen manche der Meinung waren, Ducas Beweggründe seien in diesem Stadium sekundär. Tatsächlich teilten die meisten die Sorge, dass Tousignant, während sie noch versuchten, Duca zu verstehen, schon tot sein könnte.

Wenig überraschend vertrat Jacinthe in der Sache einen eindeutigen Standpunkt: Für den Moment sollten sie keine Zeit mit den zweifelhaften Todesfällen von 1964 vergeuden und damit auch nicht mit der Analyse der Evergreen-Dokumente, die ihrer Ansicht nach kalter Kaffee waren. Praktischerweise hatte sie auch schon einen Vierstufenplan parat.

Erstens: die Anrufe der Personen durchgehen, die behaupteten, den Senator gesehen zu haben, und die vertrauenswürdigsten unter ihnen treffen, mit doppeltem Eifer weitersuchen, gleichzeitig den Suchtrupp aufstocken und das Ufer des Sankt-Lorenz in der Nähe von Tousignants Haus mit Spürhunden abgehen. Zweitens: da er offenbar keine Familie hatte, mit Ducas Kollegen sprechen, seine Bankgeschäfte unter die Lupe nehmen, rekonstruieren, was er in letzten Tagen getrieben hat, herausfinden, wo er seine Urlaube verbrachte. Hat er sich beispielsweise kürzlich an einem einsamen Ort aufgehalten? Drittens: weiterführen, womit Virginie schon begonnen hatte – Tousignants Umfeld kontaktieren, um nachzuprüfen, ob jemandem etwas aufgefallen war oder jemand Duca kannte. Viertens: sich endlich nicht mehr an der Nase herumführen lassen und die Ferien genießen! Oder was davon übrig war.

Auf Jacinthes letzten Punkt hin hatten alle im Team gelacht, sogar Victor hatte sie ein Schmunzeln entlocken können.

Delaney kam ihnen schließlich auf halbem Weg entgegen.

Im Anschluss verbrachten sie also mehrere Stunden damit, verschiedene Theorien zu Ducas Motiv zu entwickeln. Aber weniger, um die Gründe nachzuvollziehen, aus denen er die Morde begangen hatte, sondern eher in der Hoffnung, dass es sie auf eine Spur brachte, die sie zu Senator Tousignant führen würde, wie Victor es eingangs vorgeschlagen hatte.

Unter den aufgestellten Thesen schien am Ende die plausibelste, dass Duca seinen Vater, André Lortie, für die Misshandlungen, die er im Zuge des MK-ULTRA-Projekts hatte erleiden müssen, rächen wollte. Dabei hatte Duca unerwartet eine noch viel größere Verschwörung aufgedeckt, hinter der Daniel Tousignant steckte.

Warum Duca ihn entführt hatte, konnten die Polizisten nicht mit Gewissheit sagen. Sie vermuteten aber, dass die Tat mit der Rolle des Senators bei Evergreen zusammenhing.

»Für mich«, sagte Gilles Lemaire, »klingen seine letzten Worte wie ein verzweifelter Aufschrei, als hätte er gesagt: ›Ich erinnere mich, was mein Vater durchmachen musste, an sein Leid, sein zerstörtes Leben.‹«

Auf Lemaires Interpretation folgte betretenes Schweigen.

Und danach?

Danach verloren sie sich in Mutmaßungen. Jacinthe merkte an, dass sie die Wahrheit vielleicht nie erfahren würden. Doch es schien logisch anzunehmen, dass Lortie die Absichten seines Sohnes zur gleichen Zeit entdeckt hatte wie die beiden Brieftaschen der Opfer. Und dass er, nachdem ihm klar geworden war, welche Verbrechen sein Sohn begangen hatte, unmöglich mit dieser Last hatte leben können, weshalb er sich auf der Place d'Armes in die Tiefe stürzte.

Diese Theorie hatte einige Schwachstellen, und Victor wies seine Kollegen darauf hin:

»Falls die Initialen ›AL‹ in der Korrespondenz zwischen Lawson und dem Senator wirklich auf André Lortie anspielen, wirft das ein sehr zweifelhaftes Licht auf seine Rolle in dieser ganzen Geschichte ...«

War er der Mann, der zu sein er vorgegeben hatte? Natürlich musste der Sergent-Détective zugeben, dass »AL« noch für zig andere Dinge stehen konnte.

Doch sein Einwand hatte eine neue Frage aufgeworfen: Welche Verbindung bestand zwischen Lortie und Evergreen und den Opfern von 1964? Hatte er beispielsweise für die Buchhaltungsfirma in Joliette gearbeitet? Und falls die Opfer, wie Victor annahm, im Rahmen von MK-ULTRA von Judith Harper »behandelt« worden waren, bevor man sie umbrachte, warum war Lortie dem Tod entgangen?

»Vielleicht blieb ihm gar keine andere Wahl, als obdachlos zu werden«, sinnierte Gilles, »um zu verschwinden. Vielleicht ist er nur am Leben geblieben, weil er auf der Straße war und sich versteckte.«

Auch die familiäre Verbindung zwischen Lucian Duca und André Lortie wurde angesprochen. Sie hatten bereits mit den Gewebeproben, die Jacob Berger den Leichen der beiden Männer entnommen hatte, einen DNA-Test anberaumt. Allerdings würden die Ergebnisse erst in ein paar Wochen vorliegen.

Die restliche Besprechung nutzte das Ermittlerteam, um eine Liste mit Informationen anzulegen, die sie vermutlich am schnellsten auf Tousignants Spur führen würden. Bevor Delaney die Sitzung beendete, verteilte er die Aufgaben.

Jacinthe würde sich um Tousignants Vergangenheit kümmern, sich erneut mit dessen Tochter und seinem näheren Umfeld in Verbindung setzen, seiner Familie, seinen Kollegen und Freunden; Loïc würde dasselbe mit den Kollegen von Lucian Duca tun.

Obwohl Jacinthe protestierte, bat Victor seinen Chef, sich

noch einmal die Evergreen-Akte ansehen zu dürfen und was damit in Zusammenhang stand. Delaney schlug einen Kompromiss vor: Er übertrug die Aufgabe dem Gnom, den er außerdem bat, sich weitere Informationen über die Tode der Angestellten von Bélanger, Monette und Partner zu besorgen sowie die entsprechenden Artikel über die Ereignisse durchzukämmen, die sie im Archiv der Nationalbibliothek bestellt hatten.

Victor wiederum sollte sich um die Koordination der verschiedenen Polizeibehörden kümmern, die an der Suche beteiligt wären, und die Pressekonferenz zum Verschwinden des Senators vorbereiten. Wobei sich alle einig waren, dass Victor – der aufgrund der Festnahme seines Sohnes sowieso schon unfreiwillig ins Visier der Presse geraten war – selbst nicht daran teilnehmen würde.

Während seine Kollegen sich zu ihren Arbeitsplätzen begaben, bat Delaney Victor, noch kurz im Konferenzraum zu bleiben. Victor drehte das Foto einer brünetten Frau mit üppigem Dekolleté in den Händen. Sylvie oder Silvia: Unabhängig von dem Namen, den Lortie auf den weißen Rand gekritzelt hatte, wussten sie jetzt, dass das Bild, das sie in seinem Zimmer gefunden hatten, Lucian Ducas Mutter zeigte.

»Muss ich dir erklären, warum ich dir weniger gegeben habe als den anderen, Vic?«, fragte Delaney.

Der Sergent-Détective legte das Polaroid auf den Tisch zwischen Berichte, Fotos, Vernehmungsprotokolle und Auskunftsbögen. Die Recherchen zu koordinieren würde ihn weniger als eine Stunde kosten, und sie wussten beide, dass Delaney die Pressekonferenz sehr wohl auch selbst vorbereiten konnte.

»Nein, Chef, musst du nicht. Danke.«

Der Grund war kein großes Geheimnis: Im Team wussten inzwischen alle, dass ihn der Leiter der Staatsanwaltschaft wegen Martin angerufen hatte.

»Nimm dir Zeit und kümmere dich um deine Angelegenheiten, Vic. Wir stehen alle hinter dir«, versicherte ihm sein Vorgesetzter.

Während seine Kollegen also den Nachmittag des 27. Dezember bis in den Abend hinein damit verbrachten, die erforderlichen Nachforschungen anzustellen, tat Victor, was ihm sein Chef empfohlen hatte: Er kümmerte sich um seine Angelegenheiten. Er führte mehrere Telefonate, um sicherzugehen, dass am nächsten Morgen alles reibungslos verlaufen würde.

Gegen dreiundzwanzig Uhr verließ er gemeinsam mit Jacinthe das Büro. Loïc und der Gnom waren immer noch bei der Arbeit. Jacinthe setzte Victor vor seinem Haus ab und wünschte ihm viel Glück. Halb angezogen fiel er aufs Bett und schlief sofort ein.

Victor wartete seit ein paar Minuten im Vorraum der Polizeiwache, als der Kollege mit den roten Haaren wieder auf dem Flur erschien, vor ihm Martin.

Beim Anblick seines Vaters hellte sich seine Miene auf, und sie fielen einander in die Arme. Der Beamte zog sich zurück, um ihnen ein wenig Privatsphäre zu geben, und ein paar Sekunden lang weinte Martin an Victors Schulter, während Victor ihm leise tröstende Worte ins Ohr flüsterte.

Nachdem sein Junge sich beruhigt hatte, ließ Victor ihn los und reichte ihm den Kapuzenpulli, den er ihm mitgebracht hatte. Bedauerlicherweise musste er ihr Wiedersehen kurz halten; sie hatten keine Zeit zu vergeuden.

»Hier, zieh den an. Und setz die Kapuze auf, nur für den Fall.«

Der Rothaarige warf einen Blick durchs Fenster auf die Straße.

»Ich glaube, die Luft ist rein«, verkündete er.

Der Beamte begleitete sie noch bis zur Tür. Bevor sie hinausgingen, schauten sich die beiden Polizisten an, und der Rothaarige nickte Victor zu. Victor klopfte ihm dankbar auf die Schulter und ging mit Martin hinaus ins Morgengrauen.

Es war zwar längst nicht alles überstanden, aber Martin war frei. Zumindest für den Moment.

Die guten Neuigkeiten hatte Victor von Marc Lagacé, dem Pitbull, am späten Abend von Ducas Todestag erfahren.

Wobei ihm der Jurist versichert hatte, dass die ganze Sache nicht sein Verdienst gewesen war: Man hatte ihn aus der Staatsanwaltschaft angerufen und ihm mitgeteilt, dass sie keine Anklage gegen Martin erheben würden. Victor ahnte, was geschehen war. Nadja hatte sich bei ihrem Bruder für ihn eingesetzt, und Diego hatte die entsprechenden Fäden gezogen, damit Martin freigelassen wurde, ganz sicher, indem er den Status des jungen Mannes als GRC-Informant angeführt hatte.

Martins Freilassung ging mit denselben Auflagen einher wie eine Bewährungsstrafe: Es war ihm verboten, Freunde oder Familie der Mitangeklagten zu treffen, Örtlichkeiten mit Alkoholausschank zu besuchen und Waffen bei sich zu tragen, selbst wenn sie legal registriert waren. Martin musste sich außerdem dem Gericht zur Verfügung halten und durfte das Land nicht verlassen.

Sowohl für seine eigene Sicherheit als auch, damit der Medienrummel ein wenig nachlassen konnte, musste der junge Mann unbedingt eine Weile von der Bildfläche verschwinden. Das »Milieu« ging mit Spitzeln nicht gerade freundlich um, und früher oder später würden seine alten Kameraden von seiner Freilassung erfahren. Victor hatte gleich nachdem Delaney ihm angeboten hatte, sich um seine Angelegenheiten zu kümmern, Martins Abreise organisiert. Am Abend hatte er mehrfach mit seiner Exfrau telefoniert, damit alles bereit war.

Martins rechtlicher Status blieb, auch nachdem Victor sich mit Lagacé besprochen hatte, unklar. Käme er ohne Vorstrafe aus der Sache heraus? Das würde die Zukunft zeigen. Für den Augenblick hatte der Sergent-Détective Dringenderes zu erledigen. Er hielt Martin am Arm, und sie überquerten die Straße.

Auf der anderen Seite wartete ein schwarzes Auto mit getönten Scheiben.

Victor öffnete die Hintertür auf der Fahrerseite und sah seinen Sohn an.

»Bevor du fährst, wollte ich dir noch eine Sache sagen.«

Der junge Mann schaute seinen Vater aus glänzenden Augen an.

»Ich liebe dich, und ich bin stolz auf dich. Ich war immer stolz auf dich.«

Vater und Sohn umarmten sich, dann legte Victor Martin professionell eine Hand auf den Kopf und schob ihn auf die Rückbank.

Als die Tür zufiel, wurde die Seitenscheibe der Fahrertür runtergelassen.

Hartes Gesicht, schwarze Locken, angegraute Schläfen und verspiegelte Brillengläser. Martins Chauffeur schenkte Victor das schönste Lächeln, zu dem er imstande war, Lippen und Schnäuzer zuckten kaum.

»Es ist alles bereit, Vic. Ich ruf dich an, sobald wir da sind.«

Victor trat zu ihm und legte eine Hand aufs Autodach. Hinten umarmten sich Martin und seine Mutter; gerührt putzte sich Marie die Nase.

»Bin froh, dass du da bist, Jeannot.«

Jean Ferland würde nie einen Schönheitswettbewerb gewinnen. Manche fanden ihn etwas spießig oder zumindest altmodisch, doch der Koloss, der seit einigen Jahren als Privatdetektiv arbeitete, hatte früher, als er noch Victors Kollege war, als einer der besten Schützen des SPVM gegolten.

Und Victor vertraute ihm sogar seinen Sohn an. Die Tatsache, dass Ferland fähig war, mit bloßen Händen einen Mann umzubringen, war dabei vielleicht nicht ganz unerheblich.

In diesem Moment bog ein Transporter um die Ecke und beschleunigte. Victor wusste sofort, dass Ärger im Anmarsch war.

»Haut ab, bevor sie hier sind. Ich kümmere mich um den Rest.«

Er trat einen Schritt zurück, und das Auto fuhr mit quietschenden Reifen davon.

Danach stellte Victor sich mitten auf die Straße und zwang den Übertragungswagen, vor ihm anzuhalten. Die Türen wurden aufgerissen, es blitzte.

»Monsieur Lessard? Eine Erklärung?«

Eine zweite Stimme übertönte die erste:

»Sergent-Détective – warum wurde Ihr Sohn freigelassen? Bekommt er eine Sonderbehandlung?«

Victor hatte erreicht, was er wollte: verhindern, dass Martin sich auf den Titelseiten der Zeitungen wiederfand. Ferland würde ihn sicher zur Ranch von Gilbert, Maries Bruder, im Norden von Saskatchewan bringen. Dort würde der junge Mann so lange bleiben, bis Gras über die Sache gewachsen war.

»Teilen Sie die Meinung Ihres Sohnes zum Thema Immigration, Lessard?«

Victor machte sich keinerlei Sorgen. Onkel Gilbert und seine Männer waren alte Cowboys und wussten mit dem Gewehr umzugehen. Sollte also ein Mitglied der Neonazigang, die Martin infiltriert hatte, auftauchen, standen die Chancen gut, dass es gegrillt wurde – mit Spieß im Hintern und Apfel im Mund.

Ohne ein Wort drehte Victor den Journalisten den Rücken zu und marschierte zum Crown Victoria, den er in einer Querstraße geparkt hatte. Erst als er den Kopf hob, fiel ihm auf, dass vor ihm neben dem Bürgersteig noch ein anderer Wagen parkte.

Er erkannte das Auto, das nun auf ihn zurollte. Durch die Frontscheibe trafen sich ihre Blicke, als sie an ihm vorbeifuhr.

Nadja hatte Tränen in den Augen.

Erst lange nachdem das Auto am Ende der Straße verschwunden war, lief Victor weiter.

78.
GESCHÄFTSREISE

Als er zu Paul Delaney ins Büro getreten war, hatte er sich nach Madeleines Befinden erkundigt und erfahren, dass es ihr besser ging. Victor wiederum hatte Paul darüber informiert, dass Martin in Sicherheit war und Nadja nach wie vor nicht mit ihm sprach.

Dann beendete Victor den Smalltalk und kam auf den wahren Grund zu sprechen, aus dem er seinen Vorgesetzten aufgesucht hatte. Delaney verschluckte sich an seinem Kaffee, der ihm sogleich aus den Nasenlöchern schoss. Hustend wischte er sich mit einer Serviette übers Gesicht und beseitigte mit dem Handrücken die Tropfen von seiner Fleecejacke.

»Alles okay, Paul? Brauchst du Hilfe?«, fragte Victor lächelnd.

»Dallas?!« Delaney hustete noch mal. »Das ist doch nicht dein Ernst! Was willst du in Dallas?«

»Nur ein kurzer Trip, Paul. Hin und zurück. Höchstens ein oder zwei Nächte, dann komm ich wieder.«

Im Stuhl zurückgelehnt, die Füße auf dem Schreibtisch, bog Delaney eine Büroklammer auseinander und pulte sich mit einem der abgerundeten Enden im Ohr.

»Aber warum musst du überhaupt da runter?«

»Um mit diesem Typen zu reden, dessen Namen in Lawsons Akte auftaucht: Cleveland Willis. Um es zu verstehen. Ein paar Sachen sind mir einfach zu unklar.«

Und Victor spulte erneut seinen Text ab, zählte auf, wo überall noch Unsicherheit herrschte, all das, worüber sie auch in der letzten Besprechung schon geredet hatten. Delaney winkte ab.

»Okay, okay. Das alles versteh ich ja«, antwortete er und wischte die Büroklammer mit einem Kleenex sauber. »Was ich sagen will, ist: Warum musst du dafür vor Ort sein? Warum kannst du nicht mit ihm telefonieren oder das FBI kontaktieren oder die Polizei in Dallas? Die könnten doch einen Beamten abstellen, um Willis zu treffen.«

»Du weißt warum, Paul. Willis besitzt vermutlich Informationen, die er seit fünfundvierzig Jahren geheim hält. Die verrät er doch nicht einem Fremden am Telefon. Wenn er jemanden an sich heranlässt, dann doch höchstens, weil der eine Ahnung hat, wovon er spricht. Ich glaube, ich weiß inzwischen genug, um sein Vertrauen zu gewinnen.«

Delaney lachte leise und trank seinen Kaffee aus.

»Und wenn er sich weigert, mit dir zu sprechen? Oder du ihn nicht ausfindig machen kannst?«

»Klar, das Risiko besteht«, gab Victor zu. »Aber die Adresse existiert, und ein Cleveland Willis ist dort gemeldet. Das habe ich schon überprüft.«

Delaney hörte auf, an seinem Pappbecher zu knabbern, und warf dem Sergent-Détective über den Rand seiner Lesebrille einen säuerlichen Blick zu.

»Ich kann dich nicht fliegen lassen, Vic. Die Medien sitzen uns im Nacken in der Hoffnung, dass wir Tousignant lebend wiederfinden. Wie bitte soll ich rechtfertigen, dass ich meinen besten Ermittler auf Kosten der Steuerzahler nach Texas schicke?«

Victor sah ihn amüsiert an und verschränkte die Arme im Nacken.

»Ganz einfach: Erstens ist allseits bekannt, dass dein angeblich bester Ermittler ein Hitzkopf ist. Zweitens weiß jeder, dass mein Sohn kürzlich in eine Terrorismusgeschichte verwickelt war. Nenn es also Kur oder Urlaub, dir fällt schon was Passendes ein. Darin bist du doch gut. Und für die Kosten komme ich selbst auf.«

Delaney verzog den Mund.

»Das ganze Team sucht nach Tousignant. Lass mich fliegen, Chef. Was haben wir zu verlieren?«

Delaney nahm die Füße vom Tisch und setzte sich auf. Die Büroklammer und das schmutzige Kleenex stopfte er in seinen Becher, bevor er alles in den Müll warf.

»Ich geb dir zwei Tage, keinen Tag mehr. Und hör auf, mich Chef zu nennen! Wie's aussieht, entscheide ich hier gar nichts mehr.«

Delaney mimte den beleidigten Vorgesetzten, was nicht im Geringsten der Wahrheit entsprach. Victor stand auf, schlug die Hacken zusammen und legte wie beim Militär die Hand zum Gruß an die Stirn.

»Jawohl, Chef!«

»Ach, geh mir aus den Augen!«, rief Delaney, konnte sich ein Lächeln aber nicht verkneifen.

79.
EIN X AUF DEM ASPHALT

Dallas, Texas
Donnerstag, 29. Dezember

Einen Augenblick lang bewunderte Victor die Wolkenkratzer, die den John F. Kennedy Memorial Plaza überragten, auf dem man dem verstorbenen Präsidenten ein Ehrengrabmal errichtet hatte. Ein neun Meter hohes, auf Betonsäulen stehendes Monument aus einem geteilten, nach oben hin offenen Raum.

Auf einer Tafel las Victor, dass das Bauwerk 1970 enthüllt worden war, sieben Jahre nach Kennedys Ermordung auf dem wenige Häuserblocks entfernten Dealey Plaza.

Der Architekt hatte das Denkmal wie ein »offenes Grab« gestaltet, um den freien Geist John Fitzgerald Kennedys zu symbolisieren. Jacqueline Kennedy, die an jenem schicksalhaften Tag einen Teil der Schädeldecke ihres Mannes vom Kofferraum der Limousine gesammelt hatte, hatte es persönlich abgesegnet.

Die zwei Hälften des Betonmonuments waren auf nur acht Säulen befestigt, sodass der Eindruck entstand, es würde schweben. Der wenige Meter breite Spalt zwischen den beiden Blöcken diente als Eingang.

Im Inneren war nichts weiter zu finden als eine schlichte Granitplatte.

Nachdem Victor dort den in goldenen Lettern eingravierten Namen des Präsidenten gelesen hatte, hob er den Kopf und legte zum Schutz gegen die Sonne eine Hand über die Augen.

Es waren fünfzehn Grad Celsius, und am strahlend blauen Himmel war nichts zu sehen als die Kondensstreifen eines Flugzeugs.

Victor lief auf dem Bürgersteig um den Platz herum und behielt nervös die Straße im Blick. Kurz sah er auf die Uhr und stellte sie eine Stunde zurück auf die korrekte Zeitzone. Gerade wollte er sich die nächste Zigarette anzünden, als ihm plötzlich Zweifel kamen: Würde der Mann, auf den er wartete, die Verabredung einhalten? Um die aufkommende Panik zu bekämpfen, fasste er sich instinktiv an die linke Seite, wo sich normalerweise seine Dienstwaffe befand, die er jedoch in Montreal gelassen hatte.

Was sollte ihm an einem öffentlichen Ort am helllichten Tag schon passieren? Dasselbe wie Kennedy, flüsterte eine leise Stimme, die er mit einem Kopfschütteln zum Schweigen brachte, während er sich eine Zigarette aus dem Päckchen fischte.

Diese Befürchtungen waren doch lächerlich!

Um 7.45 Uhr war Victor am Flughafen Montréal-Trudeau gestartet. Nach einem Direktflug von ungefähr vier Stunden war die Boeing 737 um 10.55 Uhr Ortszeit am Flughafen Dallas-Forth Worth gelandet.

Die Reise hatte Victor dank einer Beruhigungstablette, die er vorm Start genommen hatte, komplett verschlafen.

Nach seiner Ankunft hatte ein einfaches Telefonat genügt, um ihn hierherzuführen, zum Treffpunkt. Am anderen Ende der Leitung hatte eine Frauenstimme geantwortet. Victor hatte darum gebeten, mit Cleveland Willis zu sprechen. Er sollte einen Moment warten. Wenige Sekunden später war der Mann am Apparat gewesen. Victor hatte sich vorgestellt, erläutert, dass er von der kanadischen Polizei aus Montreal sei, und seinem Gesprächspartner verkündet, er wolle ihm ein paar Fragen zu André Lortie stellen.

Danach war es erst einmal still gewesen in der Leitung.

Victor hatte sich jedoch nicht aus der Fassung bringen lassen und als nächstes Daniel Tousignant und Evergreen erwähnt. Der alte Mann hatte ihm schließlich ein Treffen am John F. Kennedy Memorial Plaza vorgeschlagen.

Victor hatte mit allem gerechnet: dass Willis auflegen würde, dass er behaupten würde, er kenne niemanden, der so hieß, dass er protestieren oder ihm drohen würde; er war auf alles gefasst gewesen, nur nicht darauf, dass es so einfach würde, ihn zu treffen.

Der Mann kam in einem weißen Kleintransporter, hinter dessen Steuer eine große stämmige Frau in den Fünfzigern saß. Sie half ihm aus dem Beifahrersitz, indem sie ihm wortwörtlich unter die Arme griff, bevor sie ihn äußerst sanft auf dem Gehweg absetzte. Er war ein kleiner Mann mit durchscheinender Haut und einer von Altersflecken übersäten Stirnglatze. Hinter zwei Brillengläsern in einem filigranen goldenen Gestell blinzelten lebhafte grüne Augen. In seinen Nasenlöchern steckte ein Sauerstoffschlauch, und zum Laufen brauchte er einen Gehstock.

Victor begrüßte ihn und stellte sich in fast akzentfreiem Englisch vor; Willis' Hand verschwand beinahe vollständig in seiner. Nur die Frau stand kerzengerade vor ihm und musterte ihn aus ihren Glubschaugen von Kopf bis Fuß.

Ihre missmutige Miene ließ keinen Zweifel daran, dass sie ihm nicht über den Weg traute. Der alte Mann flüsterte ihr etwas ins Ohr, und nach kurzem Zögern stieg sie wieder in den Kleintransporter. Bevor sie davonfuhr, warf sie Victor einen letzten bösen Blick zu.

»Meine Tochter«, erklärte Willis. »Seit dem Tod meiner Frau ist sie etwas überfürsorglich.«

»Ich verstehe.« Victor schwieg einen Moment, dann fragte er: »Ist es sehr ernst?«, und zeigte auf den Schlauch.

Willis lächelte gequält.

»Ein ziemlicher Mist.« Er deutete in Richtung des Betonmonuments. »Hatten Sie Zeit, es sich anzusehen?«

Der Sergent-Détective nickte.

»Wie haben Sie mich gefunden?«

»Das ist eine lange Geschichte.«

Victor hielt ihm den Arm hin, und Willis ergriff ihn. Gemeinsam liefen sie die paar Meter bis zur Fußgängerzone, die den Platz säumte.

»Perfekt. Ich liebe lange Geschichten.«

Im Schatten der Bäume an der South Record Street erzählte Victor ihm alles, was er wusste. Der Monolog dauerte eine gute halbe Stunde. Die Hände vor sich auf den Knauf seines Gehstocks gelegt, den Kopf leicht gebeugt, lauschte Willis ihm aufmerksam, wobei er hin und wieder ein leises, zustimmendes »Mh, mh« von sich gab.

Als Victor zum Ende seines Berichts kam, beantwortete er schließlich die erste Frage, die der Mann ihm gestellt hatte:

»Bei allem, was mir aktuell vorliegt, vermute ich, dass Lawson dabei war, eine Akte über Evergreen anzulegen, um Senator Tousignant für gewisse Ereignisse im Zusammenhang mit der Ermordung mehrerer Personen im Jahr 1964 verantwortlich zu machen. In eben dieser Akte habe ich Ihren Namen und Ihre Adresse gefunden. Lawson hatte Ihre Kontaktdaten zum ersten Mal 1975 und ein zweites Mal 2003 aufgespürt.«

»Aufgespürt? Ich habe mich nie versteckt. 2003, nach dem Tod meiner Frau, habe ich das Haus verkauft und bin in eine Eigentumswohnung gezogen. Daher die neue Adresse.«

»Als ich am Telefon André Lortie und Evergreen erwähnte, stimmten Sie sofort zu, mich zu treffen, ohne eine einzige Frage zu stellen. Ich habe Sie beobachtet, als ich eben von Lawson, Tousignant und Harper sprach. Wenn mich mein Eindruck nicht trügt, wissen Sie, wer das ist. Und meine Anwesenheit scheint Sie auch nicht im Geringsten zu überraschen. Oder täusche ich mich?«

Willis räusperte sich mehrfach, bevor er Victor aus seinen Eulenaugen ansah.

»Ich wusste, dass mich früher oder später jemand zu dieser Geschichte befragen würde. Aber ich hätte nie gedacht, dass es achtundvierzig Jahre dauert!«

»Erzählen Sie mir, was Sie wissen, Monsieur Willis.«

»Das tue ich gern. Aber ich warne Sie: Wenn Sie glauben, das Rätsel um die Ermordung Kennedys zu lösen, muss ich Sie leider enttäuschen.«

Auf Willis' Bitte hin liefen sie die kurze Distanz zum Dealey Plaza, auf dem der Präsident erschossen worden war. Vor einer Bronzetafel, die den Weg der Autokolonne an jenem 22. November zeigte, blieben sie stehen.

»Der Dealey Plaza zieht ein sehr spezielles Publikum an. Vom Durchschnittstouristen bis zum renommierten Verschwörungsforscher«, erzählte Willis und deutete mit einer ausschweifenden Handbewegung über den gesamten Platz, von einer Menschengruppe zur nächsten. »Und eine Menge Pseudoexperten, die wollen ihren Schwachsinn andrehen.«

Tatsächlich konnte Victor mehrere Straßenverkäufer sehen, die den Touristen ihre Zeitungen und Bücher aufschwatzten, in denen die *ganze* Wahrheit über die Ermordung Kennedys nachzulesen war. Doch was ihn besonders erstaunte, waren die relativ bescheidenen Ausmaße des Orts, den er aus dem Zapruder-Film viel größer in Erinnerung hatte.

Die beiden Männer näherten sich einem roten Backsteingebäude. Laut Willis sah das Texas School Depository Building, das Bücherlager, von dem aus der mutmaßliche Mörder, Lee Harvey Oswald, geschossen hatte, noch fast genauso aus wie 1963. Victors Blick folgte Willis' ausgestrecktem Zeigefinger, der auf das Eckfenster in der sechsten Etage deutete, wo sich der Schütze verschanzt hatte.

»Sie haben ein Museum draus gemacht. Aber es gibt nicht viel zu sehen«, sagte Willis enttäuscht.

Ein Stück weiter zu ihrer Rechten erhob sich der *grassy knoll*, ein kleiner, geradezu winziger Grashügel. Auf dem Rasen war ebenfalls eine Tafel angebracht, »nahe dem Ort, wo die tödliche Kugel den Präsidenten getroffen hatte«, erklärte der alte Mann.

Ein paar kleine Blumen zitterten am Boden, niedergedrückt vom Wind. Victor fand es gleichzeitig makaber und faszinierend, an diesem Ort zu sein.

Willis zeigte ihm drei gemalte weiße X auf dem Asphalt der Elm Street, die die Wagenkolonne entlanggefahren war.

»Sie zeigen die Positionen des Präsidenten an, als er getroffen wurde.«

Weiter unten erkannte der Sergent-Détective die Autobahnauffahrt wieder, die die Limousine genommen hatte, um Kennedy schnellstmöglich ins Krankenhaus zu bringen. Ein Mann mit Videokamera und einem mit Fellwindschutz bezogenen Mikro scheuchte sie wichtigtuerisch fort: Er drehe hier einen Dokumentarfilm über das Attentat.

Victor half Willis beim Überqueren des Grashügels und die Stufen hoch, die diesen umgaben, dann setzten sie sich auf eine Bank. Der alte Mann schöpfte einen Moment Atem, bevor er weitersprach.

»Mit achtundzwanzig bin ich zur CIA gegangen. Das war 1961. Ich war jung und Idealist. Vorher war ich Wahlhelfer bei Kennedys Wiederwahl in den Senat 1958 und seiner Wahl zum Präsidenten 1960. Zwei Jahre lang hat mich die Agency in verschiedene Länder geschickt, um vor Ort gegen die Kommunisten und für die Demokratie zu kämpfen. Ich bin ziemlich weit herumgekommen: Laos, Paris, Berlin, Lateinamerika. Anfang 1963 wurde ich als Kulturberater in die Botschaft in Ottawa berufen, dann im Mai ins Konsulat nach Montreal. Ich gehörte zu jener Sorte Mitarbeiter, die im Organigramm nicht auftauchen. Will heißen, dass der Konsul manchmal über mein Kommen und Gehen Bescheid wusste, manchmal nicht. Damals war ich mit der Überwachung des kubanischen Konsulats beauftragt, das der russische Geheimdienst, der KGB, für seine Zwecke nutzte. Die FLQ unterhielt ebenfalls Verbindungen zu den Kubanern und dem französischen Geheimdienst. Mein Bereich war die Logistik. Ich stand in Kontakt mit Daniel Tousignant und Nathan Lawson, die für dieselbe Anwaltskanzlei arbeiteten. Sie gingen im kubanischen Konsulat ein und aus, und wir haben uns gegenseitig Information zugeschustert. Sie müssen verstehen, zur damaligen Zeit hat jeder jeden ausspioniert, und der Handel mit Informationen florierte. Ich hatte vor allem Kontakt zu Lawson, der Tousignant unterstand. Was ich damals nicht wusste, aber später erfuhr, war, dass Tousignant, während ich mit ihm zu tun hatte, ebenfalls für die Agency tätig war.«

Victor schaute überrascht.

»Tousignant hat für die CIA gearbeitet?«

Willis lehnte seinen Gehstock an die Bank, holte ein Stofftuch aus der Tasche und begann seine Brille zu putzen.

»Sein Codename war *Watermelon Man*.«

In Victors Kopf leuchtete das Bild von Lorties Mosaik auf. Willis suchte seinen Blick, bevor er fortfuhr.

»Weil er jetzt jemand völlig anderes ist, erinnern sich nur wenige daran, dass Tousignant ein dekorierter Kriegsheld war. Er ist mit zwanzig zum Militär gegangen und hat im Royal 22nd Regiment im Koreakrieg gedient. Erst nach seiner Rückkehr hat er sein Jurastudium beendet, und erst sehr viel später ist er Philanthrop geworden.«

Victor kramte sein Notizbuch hervor, schrieb etwas hinein und legte es auf seine Knie.

»1961«, fuhr Willis fort, »hat Tousignant eine eingetragene Firma gegründet, deren erster Vorsitzender, Schrift- und Geschäftsführer er wurde. Diese Firma organisierte angeblich Handelsmessen.«

»Evergreen.«

Willis nickte.

»Genau, Evergreen.« Der Alte musste husten und wischte sich mit dem Stofftuch über den Mund. »Im September 1964, als die Firma beglaubigte Zahlen für das gerade beendete Geschäftsjahr vorlegen sollte, entdeckte einer der Buchhalter eine Unstimmigkeit in den Büchern – es ging um im Oktober und November 1963 getätigte Transaktionen. Tousignant und Lawson bekamen Panik.«

Erneut wurde der alte Mann von einem Hustenanfall geschüttelt. Er krümmte sich, und es dauerte eine gute Minute, bis er sich wieder aufrichten konnte. Sein Gesicht war dunkelrot angelaufen, und als er sich über den Mund wischte, blieb diesmal eine Spur Blut auf seinem Taschentuch zurück. Nachdem Victor sich versichert hatte, dass Willis ihm nicht jetzt und hier ins Gras biss, ging er zu einem der Souvenirstände und besorgte eine Flasche Wasser. Der ehemalige Agent bedankte sich, führte die Flasche mit zitternder Hand an seine Lippen und trank ein paar kleine Schlucke. Langsam wurde seine Haut wieder so milchig blass wie zuvor. Doch er hatte den Faden verloren.

»Wo war ich stehengeblieben?«, fragte er Victor grübelnd.

»Sie sprachen von einer Unstimmigkeit in den Büchern von Evergreen.«

Willis' Pupillen leuchteten auf.

»Ja, genau. Evergreen hatte einer Firma in Berlin, wo sie angeblich eine Messe organisieren wollten, Geld für Arbeiten auf einem Baugelände überwiesen. Buchhalterisch war alles in Ordnung, die Tiefbaufirma hatte Evergreen vorschriftsmäßige Rechnungen gestellt, doch der Wirtschaftsprüfer war bei den Beträgen stutzig geworden, die seiner Meinung nach für die beauftragten Arbeiten viel zu hoch gewesen waren.« Willis hielt kurz inne, als müsse er seine Gedanken sortieren. »Der Buchhalter fing an, Fragen zu stellen. Da ihn die Antworten nicht befriedigten und er vermutete, dass die Rechnungen gefälscht waren, begann er anschließend mit Nachforschungen zu der Berliner

Baufirma. Bei seiner Schnüffelei fand er irgendwann heraus, dass die Firma zum Zeitpunkt der angeblichen Arbeiten im Oktober 1963 sowie zum Datum der Geldüberweisungen im Oktober und November weder die entsprechenden Genehmigungen eingeholt noch die Schwerlastwagen oder Maschinen besessen hatte, die für den Bauauftrag nötig gewesen wären. Erst Ende November, ein paar Tage nach der Ermordung Kennedys, konnte die Tiefbaufirma eine Erlaubnis vorlegen.«

Victor runzelte die Stirn.

»Das heißt, es handelte sich um eine Scheinfirma?«

»Ganz genau. Eine weitere, von der CIA kontrollierte Organisation.« Willis' Blick verlor sich im Blätterwerk der Bäume. »Sie waren zu hektisch gewesen und hatten ihre Spuren nicht ordentlich beseitigt. Danach versuchten sie, ihren Fehler zu vertuschen, indem sie die Genehmigung doch noch einholten. Aber der Papierkram war ziemlich schlampig, und eigentlich sollte ja auch niemand Fragen stellen. Verstehen Sie? Die Buchhaltungsfirma hatte schon vorher ein paar nette Umschläge erhalten.«

Victor schloss zustimmend die Augen.

»Nur warum fühlten sich Tousignant und Lawson derart bedroht, dass sie den Wirtschaftsprüfer gleich ausschalten ließen?«

Willis legte ihm eine fleckige Hand auf die Schulter.

»Weil er das Ende eines Fadens entdeckt hatte und sie um jeden Preis verhindern wollten, dass er daran zog, bis er das Knäuel vollständig entwirrt hatte. Sie haben ihn eliminiert, bevor er die Wahrheit herausfinden konnte.«

»Und welche Wahrheit wäre das gewesen?«

Der alte Mann sah ihm unverwandt in die Augen und wiegte den Kopf hin und her.

»Wenn er die Banküberweisungen bis zu der Baufirma weiterverfolgt und ihre Machenschaften genauer unter die Lupe genommen hätte, hätte der Buchhalter eine Verbindung zwischen Evergreen und gewissen Leuten aufdecken können, die an einem Komplott zur Ermordung Kennedys beteiligt waren. Das machte ihnen solche Angst.«

Victor lief es kalt den Rücken hinunter.

»Was wollen Sie damit sagen, Monsieur Willis?«

»Ich hatte nie einen Beweis, der vor Gericht standgehalten hätte, aber Evergreen diente der CIA als Fassade, um Auftragsmorde zu finanzieren. Was ich also sagen will, ist: Mit Hilfe von Evergreen hat die Agency die Schützen bezahlt, die an jenem Tag um den Dealey Plaza postiert waren.«

80.
BLACK OPERATIONS

Willis war in Fahrt gekommen, und obwohl Victor mehrere Fragen durch den Kopf gingen, unterbrach er ihn nicht, aus Angst, er könnte verstummen und die Quelle für immer versiegen. Victors Stift flog übers Notizbuch, damit er keine der Enthüllungen des alten Agenten vergaß.

»Sie müssen verstehen, dass Evergreen aus einer bunt gemischten Interessengemeinschaft zusammengewürfelt war. Sie verband einzig der Kampf gegen den Kommunismus. Im Vorstand saß beispielsweise der ehemalige Premierminister Ungarns, ein notorischer Antikommunist und Gegner Castros; der Anwalt eines einflussreichen amerikanischen Senators, der wiederum verdächtigt wurde, Verbindungen zur Mafia zu unterhalten; dann der Onkel des ägyptischen Königs; einer der Paten der New Yorker Mafia; ein einflussreicher österreichischer Minister, der mutmaßlich mit den Nazis kooperiert hatte; und Clay Shaw, gegen den der Bezirksstaatsanwalt von New Orleans, Jim Garrison, ein Ermittlungsverfahren eingeleitet hatte. Shaw besaß enge Verbindungen sowohl zu Pro- als auch Anti-Castro-Kräften. Sie alle wollten Kennedy aus irgendeinem Grund tot sehen, aber da müsste ich spekulieren, und ich halte mich lieber an die Fakten, die ich bezeugen kann. Wie ich bereits sagte, verfielen Tousignant und Lawson in Panik, als der Buchhalter die Unregelmäßigkeit entdeckte. Was nichts als eine Routineüberprüfung hätte sein sollen, drohte plötzlich das ganze Gebäude zum Einsturz zu bringen. Sie erwähnten vorhin, dass Sie im

Zuge Ihrer Ermittlungen mehrfach auf MK-ULTRA gestoßen sind ...«

Victor nickte.

»Nur wenige Leute wissen, dass Judith Harper 1964, als das Programm an der McGill-Universität eingestellt wurde, bereits seit einer ganzen Weile die Federführung von Doktor Cameron übernommen hatte. Die Agency hatte ihr Mittel für den Bau eines geheimen Parallellabors zur Verfügung gestellt, in dem sie sich unbemerkt ihren eigenen Experimenten widmen konnte. Sie hatte immer diesen Typen dabei ...« Willis tippte sich mit den Fingern an die Stirn. »Jetzt habe ich seinen Namen vergessen. Ein junger Bursche ...«

»McNeil? Mark McNeil?«

»Gut möglich. Ich weiß es nicht mehr. Wie dem auch sei, ich muss Ihnen wohl nicht erklären, welche Art von Experimenten die beiden durchgeführt haben, oder? Bewusstseinskontrolle, Gehirnwäsche, Methoden, mit denen die verschiedensten mentalen Zustände beeinflusst und Gehirnfunktionen beeinträchtigt wurden: durch die Verabreichung von Drogen und anderen chemischen Substanzen, mit Hypnose, Reizentzug, Isolation, verbaler und sexueller Gewalt sowie diversen Formen von Folter. Harper und ihr Assistent waren Sadisten.« Willis sah Victor eindringlich an. »Harpers Vater sympathisierte mit Adrien Arcand, einem glühenden Verehrer Hitlers und Faschistenführer in Québec. Entschuldigen Sie meine Ausdrucksweise, aber Judith war wirklich ein perverses Miststück der schlimmsten Sorte. Im Privaten zu Gräueltaten imstande, aber gleichzeitig fähig, in der Öffentlichkeit das Bild einer erstklassigen Professorin zu wahren. Als der Prüfer die ersten Unstimmigkeiten zutage förderte, versuchten Tousignant und sein Team, dessen Stillschweigen zu kaufen. Für sie war das gang und gäbe – die Chefs der Buchhaltungsfirma, die den Wirtschaftsprüfer beschäftigte, standen schon lange auf ihrer Gehaltsliste. Die Prüfung sollte eigentlich nur eine Formalität sein, niemand sollte irgendetwas feststellen. Aber sie hatten nicht damit gerechnet, dass der Prüfer gerade einen seiner ersten Aufträge für die Firma erfüllte. Er legte den typischen Anfängereifer an den Tag und stocherte viel tiefer als erwartet. Tja, als er sich weigerte, das Geld anzunehmen und den Mund zu halten, wandte Tousignant sich zur Beseitigung des Problems zuallererst an Judith Harper.«

»Harper und Tousignant kannten sich also bereits?«

»In der Öffentlichkeit zeigten sie sich nie zusammen, aber hinter verschlossenen Türen trafen Tousignant, Harper und Lawson sich regelmäßig. Im Übrigen hat Lawson Harper und ihrem Assistenten den Auftrag übermittelt, den Prüfer ›umzuprogrammieren‹. Tousignant kontaktierte parallel das CIA-Hauptquartier in Langley, das ihm ›Personal‹ von den Black-Ops schicken sollte.«

»Den Black-Ops?«

»Auftragskiller, die im Untergrund für die Agency arbeiten.«

Victor hatte plötzlich ein Gesicht vor Augen. Die Puzzleteile schoben sich an die richtige Stelle, der Nebel verzog sich und mit einem Mal konnte er alles klar sehen. Jetzt begriff er auch, die Bedeutung der Buchstaben »BO« und »AL« in Tousignants Briefen an Lawson.

»André Lortie?«

»Wie er leibt und lebte. Nathan Lawson rief mich damals an, um mich vorzuwarnen, dass Langley jemanden von den Black-Ops ins Konsulat schicken würde. Er hatte es mit der Angst zu tun bekommen und Tousignant vehement widersprochen. Mich erreichte ein paar Stunden später auf offiziellem Wege die Bestätigung, dass Lortie unterwegs war. Ich erinnere mich noch an die genauen Worte: Man bat mich, ihm behilflich zu sein, einen ›hervorstehenden Draht zu kappen‹. Da ich für die Logistik zuständig war, sollte ich ihm alles besorgen, was er vor Ort zur Ausführung seiner Mission benötigen würde. Lortie besaß die doppelte Staatsbürgerschaft. Sein Vater war Amerikaner gewesen, die Mutter aus Québec. Aber da der Vater die Familie im Stich gelassen hatte, trug er den Namen seiner Mutter. Lortie war ein ehemaliger Marine und schon auf seiner zweiten oder dritten Black-Ops-Mission. Mir war vom ersten Moment an klar, dass er ein Sadist war: Er liebte Gewalt und tötete aus purem Vergnügen.«

»Also war er derjenige, der den Buchhalter und seinen Sohn umbrachte?«, rief Victor.

Willis nickte.

»An dem Nachmittag, als er eintraf, habe ich ihn im Auto zu dem Buchhalter begleitet. Der lebte mit seiner Frau und zwei Kindern auf dem Land. Wenn ich mich recht erinnere, war das eine der beiden Kinder geistig zurückgeblieben. Während sie in der Schule waren, drohte Lortie dem Buchhalter und schlug ihn zusammen. Im Weggehen sagte er noch, als Nächstes wäre seine Familie dran, wenn er nicht das Geld nahm und die Klappe hielt.«

Vor Wut und Hilflosigkeit hatte Willis Tränen in den Augen. Seine Unterlippe bebte. Victor wusste nicht, wie er reagieren sollte, und es schnürte ihm den Hals zusammen.

»Ich sah dabei zu, ohne etwas zu unternehmen. Jahrelang redete ich mir ein, ich hätte bloß meine Befehle befolgt, aber in Wahrheit hatte ich einfach Angst. Entschuldigen Sie.« Willis legte eine Pause ein, trank erneut ein paar Schlucke Wasser. »Unglücklicherweise war der Buchhalter ein mutiger Mann. Anstatt sich einschüchtern zu lassen, vertraute er sich zwei Kollegen an und erzählte ihnen von seiner Entdeckung. Das war der Anfang vom Ende. Lortie tat, was Tousignant ihm auftrug, setzte die drei Angestellten der Buchhaltungsfirma einen nach dem anderen außer Gefecht und brachte sie Harper. Sie und ihr Assistent unterzogen sie dann ihren Behandlungen. Und da ich weiß, wie gern die Agency Operationen zergliedert, würde ich wetten, dass die beiden weder eine Ahnung von dem Komplott hatten noch was auf dem Spiel stand. Sie begnügten sich damit, auszuführen, was man von ihnen erwartete: das Gedächtnis der drei ›Subjekte‹ auszulöschen. Die Details erspare ich Ihnen, Sergent. Es waren regelrechte Foltermethoden. Die drei gebrochenen Menschen lud Lortie anschließend vor ihrer Haustür ab.«

»Aber jemand hat doch sicher die Polizei verständigt!«, rief Victor aufgebracht.

Als er den Kopf hob, überkam ihn ein ungutes Gefühl, und in seinem Mund machte sich ein metallischer Geschmack breit. Spielte ihm seine Phantasie einen Streich? Er glaubte, schon zum zweiten Mal ein schwarzes Auto mit getönten Scheiben langsam an ihnen vorbeifahren zu sehen. Victors Hand glitt erneut vergebens an seine linke Seite. Er bereute zutiefst, dass er sich nicht die Zeit genommen hatte, den nötigen Papierkram für das Mitführen seiner Dienstwaffe zu erledigen.

»Sie müssen sich in den damaligen Kontext hineinversetzen«, fuhr Willis fort, der anscheinend nichts bemerkt hatte. »Die Finanzexperten von der Buchhaltungsfirma kamen aus der Nähe von Joliette. Tousignant und Lawson zahlten dem damaligen Chef der Polizeibehörde und seinem Personal eine Menge Schmiergeld. Sie wurden einfach gebeten, die Augen zu schließen, woanders hinzusehen. Die Vermissten sind ja auch nach ein paar Tagen mit Taschen voller Geld wieder aufgetaucht. Die ganze Geschichte hätte sich von allein erledigt, wenn der eine Buchhalter nicht so beharrlich und rechtschaffen gewesen wäre. Ein paar Wochen hielt er still, dann versuchte er erneut, seine Kollegen zu kontaktieren, obwohl man ihm längst gekündigt hatte. Sein Gedächtnis war intakt geblieben, Harpers Behandlungen hatten nichts genützt. Erst da unterschrieb er sein Todesurteil und das der anderen mit.«

Victor entspannte sich: Der schwarze Wagen mit den dunklen Scheiben verschwand auf einer der Autobahnauffahrten am Ende der Elm Street.

»Lortie und ich konnten uns von Anfang an nicht leiden. Aber in dem Moment, als er drei Unschuldige hinrichten sollte, ist mir der Kragen geplatzt, und ich habe heftig protestiert.« Seine Unterlippe fing wieder an zu zittern. »Eines Nachts bin ich in meinem Bett aufgewacht und hatte ein Messer am Hals. Lortie beugte sich über mich und flüsterte mir ins Ohr, dass er mich beim nächsten Mal ohne zu zögern kaltmachen würde.«

Dem alten Mann rollten zwei Tränen übers Gesicht. Ungehindert tropften sie von seinem Kinn. Victor gab Willis Zeit, sich zu sammeln, bevor er nachhakte:

»Und Lortie hat die Morde wie Unfälle aussehen lassen ...«

»Er war ein Monster, aber zugegebenermaßen äußerst talentiert auf seinem Gebiet. Und natürlich kümmerten sich Tousignant und Lawson um den Rest und steckten den richtigen Leuten dicke Geldbündel zu.«

Zwei Frauen liefen barfuß und unbeschwert, ihre Sandalen in den Händen, vor ihnen über die sonnige Wiese, ohne einen Gedanken daran zu verschwenden, welches Drama sich hier achtundvierzig Jahre zuvor abgespielt hatte.

»Was geschah danach?«, fragte Victor.

Willis zuckte lächelnd die Schultern.

»Nichts. In Montreal konnte man damals einigen Spaß haben, und Lortie überzeugte seine Vorgesetzten, dort eine Operationsbasis einzurichten. Ich hielt mich von ihm so fern wie möglich. Aber ich weiß, dass er irgendwann die FLQ infiltrierte. Die Vereinigten Staaten steckten mitten in ihrer Kommunismusparanoia, und die Agency fürchtete Castros Einfluss auf die Québecer Separatisten. Lortie war bei mehreren ihrer Operationen dabei, vor allem bei bewaffneten Banküberfällen. 1965 ließ die FLQ eine Bombe im amerikanischen Konsulat hochgehen, genau dort, wo ich damals arbeitete. Niemand wurde verletzt, aber achtundsiebzig Fenster barsten. Als ich Lortie begegnete und ihn fragte, ob er bei dem Anschlag dabei gewesen war, entgegnete er mir scherzhaft, die Fassade des Konsulats hätte einen neuen Anstrich gebraucht.«

»Er war auch bei den Entführungen von Pierre Laporte und James Richard Cross dabei, stimmt's?«

»Nein. Aber ich glaube, ich weiß, warum Sie das denken. Sehen Sie, ab Anfang 1968 wurde Lortie zunehmend unberechenbar. Er war Alkoholiker, und im Suff wurde seine Zunge locker, und er redete zu viel. Tousignant und Lawson machten sich wieder Sorgen und erwogen, ihn von einem Black-Ops-Agenten umlegen zu lassen. Doch Lortie hatte bereits überall herumposaunt, er hätte Vorkehrungen getroffen und dass die Medien die Wahrheit erfahren würden, sollte ihm etwas zustoßen. Das Risiko, dass Lortie irgendwo kompromittierende Dokumente versteckt hatte, die bei seinem Tod auftauchen könnten, wollten Tousignant und Lawson nicht eingehen.«

Diesmal hatte Victor andere Bilder vor Augen: das Versteck hinter der Wandfliese im Badezimmer von Lorties Wohnheim; und jenes, das er gerade erst in Ducas Haus entdeckt hatte. Beides Orte, an denen Lortie die Dokumente versteckt haben konnte.

»Da er ihn also nicht ohne Risiko aus dem Weg räumen, aber auch nicht einfach weiter seine Gerüchte herumerzählen lassen konnte, beschloss Tousignant, ihn Judith Harper zu überlassen. Zum ersten Mal 1969, dann noch mal Ende 1970 für eine Nachbesserung.« Willis grinste hämisch. »Lortie war hartnäckig. Beim ersten Mal brauchten sie drei Marines, um ihn in Schach zu halten.« Er schwieg einen Moment. »Mit der Zeit und zunehmender Erfahrung hatte Judith ihre Methoden verfeinert. Sie löschte sein Gedächtnis und pflanzte ihm, um die Spuren zu verwischen, falls er doch einmal verhört werden sollte, falsche Erinnerungen ein. Deshalb war er auch überzeugt, dass er bei den Entführungen von Pierre Laporte und James Richard Cross dabei gewesen war.«

»Anfangs wurde Lortie in Montreal in der Psychiatrie behandelt, 1969. Er hatte weder Papiere noch Familie, keine Vergangenheit. Wie konnte es dazu kommen? Wie war das möglich?«

»Seien Sie doch nicht so naiv, Herr Polizist. Was Sie da beschreiben, war die Spezialität der Agency. Sie war im Auslöschen von jemandes Vergangenheit so routiniert wie ein Zahnarzt im Zähneziehen. Kommen Sie, gehen wir noch ein Stück.«

Die beiden Männer liefen in Richtung des Gebäudes, aus dem Oswald auf den Präsidenten geschossen hatte.

»Danach ging es für ihn bergab. Ohne dass es jemand vermutet hätte, litt Lortie unter einer bipolaren Störung. Sein erster Anfall wurde vermutlich durch die Einnahme gewisser Substanzen ausgelöst, die Judith Harper ihm verabreicht hatte. Sie war es im Übrigen auch, die Lortie auf Tousignants Geheiß in die Psychiatrie einweisen ließ. Zu dem Zeitpunkt war Lortie schon ein gebrochener Mann, nicht mehr als ein Schatten seiner selbst. Schwere Fälle sperrte man damals noch weg. Und Harper sorgte dafür, dass Lortie mehrere Monate in Isolation kam.«

»War sie auch dafür verantwortlich, dass die Klinik, in der Lortie behandelt wurde, Doktor McNeil einstellte?«

»Der Bursche, von dem Sie vorhin sprachen? Das kann ich Ihnen nicht sagen. Aber falls Ihre Frage darauf abzielt, ob es ihnen möglich war, Lortie mit Hilfe eines Arztes, der der CIA nahestand, heimlich weiter ihren Behandlungen zu unterziehen, würde ich sagen: Ja.«

»Wie meinen Sie das? Ich habe mir Lorties Akte angeschaut. Wie alle psychisch Kranken in Québec konnte Lortie die Klinik zu einem gewissen Zeitpunkt auch wieder verlassen. Es gab zwar noch weitere Aufenthalte, aber den Großteil seines Lebens verbrachte er draußen. Konnte er ihnen denn nicht mehr gefährlich werden?«

Willis hatte die Augen geschlossen, den Kopf in den Nacken gelegt und genoss einen Moment lang die Sonnenstrahlen auf seinem Gesicht. Als er sich Victor wieder zuwandte, schmunzelte er.

»Ich sage Ihnen was. Wenn sie Lortie in die freie Wildbahn entließen, war er für niemanden mehr gefährlich. Seine Bipolarität war für sie der reinste Segen: Sie rechtfertigte die ganzen Wahnvorstellungen und machte jede Anklage, die er hätte erheben können, absolut unglaubwürdig. Ich bin ihm einmal zufällig auf der Straße begegnet. 1973 muss das gewesen sein. Ich erinnere mich nicht mehr genau. Ist auch egal. Jedenfalls war er völlig psychotisch, hatte irgendwelche Halluzinationen und erzählte was von Pierre Laporte und der FLQ. Er erkannte mich nicht einmal. Er lebte auf der Straße wie ein Penner.«

»Eine Zeit lang war er mit einer Frau liiert, Silvia Duca ... Eine ehemalige Balletttänzerin. Sagt Ihnen der Name was?«

Dieses Mal schenkte Willis Victor neben dem Schmunzeln noch ein Augenzwinkern.

»Sie nicht unbedingt. Aber Lortie hatte mehrere Geliebte, bei denen er sich versteckt hielt. Ein bisschen wie Carlos, der Terrorist.«

»Erinnern Sie sich daran, dass er ein Kind hatte? Einen Sohn ...«

»Nach dem, was ich Ihnen eben gesagt habe, würde es mich eher überraschen, wenn er nur das eine gehabt hat!«

Auf einen Lachanfall folgte ein weiterer Hustenanfall, bei dem Willis sich das Taschentuch auf den Mund drückte. Als Victor ihn zu dem Blackout befragte, nach dem Lortie im Besitz der Brieftaschen seiner Opfer aufgewacht war, zuckte Willis die Schultern. Darüber wisse er nichts.

Der Mann, den Victor vor sich hatte, war sehr krank. Die möglichen Konsequenzen ihres Gesprächs kümmerten ihn offensichtlich nicht mehr. Warum erzählte er dann alles ihm und nicht den Medien? Willis machte eine lange Pause, bevor er antwortete:

»Ich habe die Agency 1975 verlassen und zog hierher, nach Dallas, an den Ort, wo der Präsident ermordet worden ist. Bis zur Rente war ich als Makler tätig. Die Entscheidung, hier zu leben, hatte tatsächlich einen einzigen Grund: niemals zu vergessen. Kennedy war mein Held, verstehen Sie? Das Idol meiner Jugend. Ihm verdanke ich mein politisches Erwachen, er entfachte meine Heimatliebe. Die Nachricht seines Todes erschütterte mich zutiefst. Ich war gerade erst dabei, mich davon zu erholen, als ein paar Monate später das nächste Ereignis den restlichen Verlauf meines Lebens änderte. Ein paar Zeilen in einem Finanzbericht. Ein hervorstehender Draht, der mit meiner Hilfe gekappt werden sollte. Seitdem habe ich es jeden einzelnen Tag bereut. Die Maschinerie hat mich verschluckt und gezwungen, Taten zu begehen, die vielleicht ermöglichten, dass mehrere Männer, die in das Komplott zu Kennedys Ermordung verwickelt gewesen waren, unbehelligt davonkamen. Ich habe mich in Dallas zur Ruhe gesetzt, um niemals zu vergessen, um mich jeden Tag daran zu erinnern, dass ich nicht getan habe, was ich hätte tun sollen.«

Ergriffen verstummte Willis und schluckte seine Tränen hinunter. Victor bohrte nicht weiter nach. Zum Zeichen seines Mitgefühls legte er dem alten Mann eine Hand auf den Unterarm und wartete, bis er von allein wieder sprach.

»Sie wollen wissen, warum ich mein Schweigen nie gebrochen habe ... Was soll ich Ihnen sagen? Ich hätte imstande sein müssen, mit dem Finger auf das Böse zu zeigen, aber ich hatte vor allem und jedem Angst. Angst vor Vergeltungsmaßnahmen mir gegenüber, Angst um meine Frau und meine Kinder, Angst, gemeinsam mit meinen Utopien zu sterben.« Die Gefühle trieben ihm wieder das Wasser in die Augen. »Ich habe geschwiegen, weil ich aufgehört habe zu träumen, weil ich vergessen habe, dass es besser ist, Widerstand zu leisten als zu bereuen, weil ich meine eigene Stimme erstickt habe und zu einem ängstlichen, unbedeutenden Mann geworden bin. Weil mich meine Schande bis heute erdrückt.« Willis holte tief Luft und kämpfte mit den Tränen. »Ich habe lieber geschwiegen und darauf gewartet, dass jemand kommt, der mich fragt. Und der Zufall hat gewollt, dass Sie es sind.«

Victor antwortete nicht. Er senkte lediglich den Blick.

Über seinen Gehstock gekrümmt kam der Alte nur mühsam voran. Sie hatten den *grassy knoll* hinter sich gelassen und standen nun an der Ecke Elm Street und North House, in der Nähe des Bücherlagers, als Victor ihn erneut sah: Der Wagen mit den getönten Scheiben hielt ihnen direkt gegenüber auf der anderen Straßenseite.

»Warten Sie hier auf mich.«

Angetrieben von einem Impuls lief Victor blindlings auf die Straße, die Fäuste links und rechts neben den Hüften geballt, die Arme leicht von sich gestreckt, entschlossen, der Bedrohung entgegenzutreten. Im selben Moment ging die Fahrertür auf und ein livrierter Chauffeur stieg aus.

Er kümmerte sich nicht weiter um Victor, der mit finsterem Blick auf ihn zulief, öffnete die Hintertür und half einer etwa vierzigjährigen Frau in einem eleganten Kostüm beim Aussteigen. Hinter ihr folgten zwei kleine Kinder, ein Junge und ein Mädchen. Die Frau flüsterte ihrem Chauffeur etwas zu, und dieser nickte. Er lächelte, während er der Frau dabei zusah, wie sie sich auf dem Gehweg entfernte, an jeder Hand ein Kind. Das kleine Mädchen winkte ihm zu, er winkte zurück.

Victor war beinahe auf ihrer Höhe, als ihm sein Irrtum bewusst wurde.

Freundlich fragte ihn der Chauffeur, ob er ihm behilflich sein könne. Victor stammelte irgendetwas Unverständliches, entschuldigte sich und machte kehrt. Der Fahrer sah ihm zu, wie er erneut die Straße überquerte, zuckte die Schultern und dachte vermutlich: »Noch so ein schräger Vogel.«

Cleveland Willis hatte sich keinen Zentimeter wegbewegt und überlegte offenbar, ob etwas nicht stimmte. Also murmelte Victor, dass er nach dem Weg zu seinem Hotel hatte fragen wollen, und nahm das Gespräch wieder auf, indem er Willis von Tousignants Verschwinden berichtete.

Daraufhin beschrieb der alte Agent den Senator als einen ehrgeizigen, kalten und berechnenden Mann, dessen allgemeiner Ruf dem Gegenteil seines wahren Charakters entsprach.

»Also war er der Strippenzieher?«

»Ich glaube, Daniel Tousignant und seine Schergen wussten nie, wer die tatsächlichen Drahtzieher hinter der Verschwörung zu Kennedys Ermordung waren. Sie sind schlicht und einfach von der Agency damit beauftragt worden, die Ausführenden, sprich, die Schützen, zu bezahlen.«

»Sie meinen also wirklich, dass es sich um ein Komplott gehandelt hat?«

»Ich war schon immer der Meinung, dass der Tod des Buchhalters und seiner zwei Kollegen die These untermauerte, dass es mehrere Schützen gab, aber ich konnte es nie beweisen. Wissen Sie, ein Großteil dessen, was ich Ihnen heute erzählt habe, weiß ich wiederum von Nathan Lawson. Keine Ahnung warum, aber er hat mir immer vertraut.« Willis schloss die Augen und sammelte sich einen Moment. »Oft habe ich sogar vermutet, dass ich für ihn eine Art Versicherungspolice war. Eben, als Sie erwähnten, dass er meine Kontaktdaten in seiner Akte notiert hatte, bestätigten Sie mir das gewissermaßen. Und es überrascht mich überhaupt nicht, dass diese Akte, wie Sie sagen, zum Zweck hatte, ihn selbst reinzuwaschen und Tousignant zu belasten. Das war genau sein Ding. Er war Anwalt durch und durch. Eine der letzten Sachen, die ich von Lawson über Lortie erfahren habe, ist, dass Judith Harper beim Löschen eines bestimmten Satzes aus seinem Gedächtnis ziemliche Probleme hatte. Ein Satz, über den Lortie sich, wenn er betrunken war, immer und immer wieder mokierte: *I didn't shoot anybody, no sir!*«

Plötzlich stand Victor wieder in Tousignants Villa und betrachtete gemeinsam mit Virginie die Videoaufnahme des schmächtigen jungen Mannes.

»Was ich Ihnen jetzt sage, wird Sie vielleicht überraschen: Ich weiß nicht, ob Lee Harvey Oswald am 22. November 1963 einer der Schützen war; aber eine Sache ist absolut sicher. Bis zu meinem letzten Atemzug werde ich mich fragen, ob in dem Moment, als die Limousine mit dem Präsidenten vorbeifuhr, in einem der Gebäude am Dealey Plaza nicht auch André Lortie mit einem Gewehr in der Hand am Fenster stand.«

81.
EIN BISSCHEN TOURISMUS

Der weiße Transporter war zurückgekehrt und hatte Willis an dem baumbestandenen Platz in der Nähe des Denkmals abgeholt. Während sie ihrem Vater auf den Beifahrersitz half, war Willis' Tochter Victor gegenüber keinen Deut freundlicher als zu Beginn des Treffens und bekam die Lippen gerade einmal für ein gequältes Lächeln auseinander.

Victor bedankte sich bei dem Mann und hätte gern die richtigen Worte gefunden, um ihm ein angenehmes Lebensende zu wünschen, doch er sagte nur, er solle gut auf sich achtgeben. Sie reichten einander die Hand, und der alte CIA-Agent verschwand, begleitet vom Knattern unzähliger Auspuffrohre, auf dieselbe Art aus Victors Leben, wie er wenige Stunden zuvor hineingetreten war.

Allmählich ging die Sonne unter. Victor war hin- und hergerissen zwischen dem Bedürfnis, sich im Hotel in der Nähe des Flughafens aufs Ohr zu hauen, und dem Wunsch, sich ein wenig die Innenstadt anzuschauen. Sein Rückflug ging sehr früh am nächsten Morgen. Und im Hotel gab es einen Pool. Mit etwas Glück fände er in einem der Geschäfte im Erdgeschoss eine passende Badehose und könnte ein paar Bahnen ziehen.

Gleichzeitig war er noch nie in Dallas gewesen, wäre es vermutlich auch nie wieder, und schämte sich für seine Faulheit.

Da er hinterher nichts bereuen wollte, spazierte Victor trotz seiner Müdigkeit los. Er würde sich wenigstens nach einem netten Restaurant umschauen und einen Happen essen, bevor er ins Hotel zurückfuhr.

Er wusste nicht, welche Schlüsse er aus dem Treffen mit Willis ziehen sollte, aber vielleicht würde die Bewegung ihm helfen, seine Gedanken zu sortieren. Der alte Mann hatte ihm so viel erzählt, dass Victor beinahe schwindelig war, als starre er in einen endlosen Abgrund. Er musste in seinem Kopf dringend für Ordnung sorgen.

Und er brauchte Nikotin.

Während er eine Zigarette herausholte, blieb er erneut vor dem Eckladen stehen, dessen Besitzer gerade dabei war, die Zeitschriften aufzuräumen. Victors Arbeitstag war geschafft, und er besorgte sich für einen Dollar einen Stadtplan.

Entspannt rauchend lief er die Elm Street entlang, auf der sich mehrgeschossige Backsteingebäude mit riesigen Glasbauten abwechselten.

Die Innenstadt wurde langsam leerer. Es war Feierabendzeit, und die Leute kehrten nach Hause zurück.

Victor nickte einem Mann zu, der vor einem 7-Eleven einen Zigarillo paffte. Zu seiner Linken, am Ende eines enormen Parkplatzes, stach ein Funkturm in den azurblauen Himmel.

Victor lief noch ein Weilchen weiter und durchquerte bald eine Hochhäuserschlucht. Er richtete die Augen zum Himmel und legte den Kopf so weit wie möglich in den Nacken, um die enormen Glas- und Stahlgiganten bewundern zu können.

Allmählich stand ihm der Sinn nach etwas anderem, und er entdeckte auf seiner Karte eine silberfarbene Kuppel.

Das Convention Center.

Also bog Victor nach rechts in eine Straße ab, die zwar nicht auf seinem Stadtplan verzeichnet war, aber in die richtige Richtung zu führen schien. Und obwohl er auch die nächste Kreuzung nirgends auf dem Plan entdecken konnte, blieb er weiter auf der Straße.

Wenn seine Berechnungen stimmten, würde er auf die Akard Street stoßen und von dort zum Convention Center gelangen. Je weiter er lief, desto weniger Fußgängern begegnete er. Offensichtlich hatte er sich in ein Viertel verirrt, in dem nicht so viel los war und es weniger Geschäfte gab.

Ein paar Minuten ging er noch weiter, dann sah er endlich ein, dass er sich verlaufen hatte. Er zündete sich eine neue Zigarette an und beschloss, noch bis zur nächsten Kreuzung zu gehen. Mit Hilfe der Straßenschilder an den Ecken würde er sich dort kinderleicht orientieren können. Doch auch diesmal war die Kreuzung nicht auf seinem Stadtplan vezeichnet. Das war eben das Problem mit diesen Touristenkarten: Sie enthielten ausnahmslos Hauptverkehrsadern.

Ein Latino, der auf einem Zahnstocher herumkauend an einer Ecke stand, sprach ihn an. Er trug ein Pac-Man-Shirt, lehnte an einem Metallzaun und hatte offensichtlich erkannt, dass Victor nach dem Weg suchte.

»Wo soll's denn hingehen, Kumpel?«

»Zum Convention Center.«

Der relativ kleine Mann schlüpfte in seine Sandalen und kam auf Victor zu.

»Is' ganz einfach, ich zeig's dir, Kumpel.«

Er beugte sich über die Karte und fuhr mit einem dreckigen Fingernagel den Weg entlang. Victor war tatsächlich nur wenige Straßen von seinem Ziel entfernt.

»Hast du vielleicht 'ne Kippe über, Kumpel?«

Victor tastete seine Taschen nach dem Päckchen ab, als ihm der junge Mann einen Fausthieb direkt unters linke Auge verpasste. Im selben Moment traf ihn ein heftiger Schlag in den Nacken.

Victor spürte noch, wie er nach vorn fiel, dann verschwamm alles und ihm wurde schwarz vor Augen. Nur noch ein einziges, fernes Geräusch zerstörte die Stille.

82.
BABY FACE

Victor öffnete die Augen und versuchte sofort aufzustehen. Über ihn beugte sich ein schwarzer Mann, dessen Dreadlocks im gelben Lichtkegel der Straßenlaterne schwebten.

»Yo, Bruder, mach mal langsam. Hast ganz schön was abbekommen.«

Panisch fasste Victor sich ans linke Auge: Er konnte nichts sehen! Seine Finger ertasteten eine riesige Beule. Er brauchte einen Moment, um sich zu erinnern, wo er sich befand, was passiert war und warum der Typ Englisch mit ihm sprach.

Die wohlmeinenden Hände des Mannes schoben sich in seine Achselhöhlen.

»Wart mal, Bruder. Ich helf dir hoch.«

Der Schwarze zog ihn auf die Füße und führte Victor zu seinem Taxi.

Asphalt und Häuser schwankten vor Victors Augen, verschwammen zu einer unförmigen Masse. Er spuckte auf den Boden, um den metallischen Geschmack loszuwerden. Sein Auge pochte, und mit einiger Verzögerung spürte er jetzt auch den Schmerz im Nacken.

Man hatte ihn auch von hinten angegriffen.

Stolpernd suchte Victor seine Taschen ab. Kein Portemonnaie, kein Handy, und, das Schlimmste von allem, keine Zigaretten mehr!

»Du hast Glück gehabt, Bruder, dass dir der große Boss da oben Samuel Baby Face Johnson geschickt hat. Oh ja.«

Tatsächlich hatte er Glück gehabt.

Im Vorbeifahren hatte Baby Face aus seinem Taxi heraus gesehen, wie Victor verprügelt wurde, und die Angreifer mit lautem Hupen in die Flucht geschlagen. Dann war er mit einem Baseballschläger über der Schulter ausgestiegen, um ihm aufzuhelfen.

»Ich fahr dich, wohin du willst, Bruder. Nach Hause oder ins Krankenhaus, ich kann dir auch die Polizei rufen«, sagte der Mann, während er ihm auf die Rückbank des Taxis half. »Aber dann verzieh ich mich vorher. Baby Face und die Polizei, Bruder, das ist eine lange Geschichte, aber keine besonders schöne.«

Er brach in schallendes Gelächter aus, ein Raubtierlachen, aber das eines freundlichen Raubtiers, das Zähne so weiß wie Klaviertasten zum Vorschein brachte. Nachdem Victor Baby Face erzählt hatte, dass er in Montreal lebte und nur für eine Nacht in Dallas sei, wo er im Hyatt Regency am Flughafen untergebracht war, bestand der Mann darauf, ihn ins Hotel zu fahren.

»In meinem Land behandelt man Gäste nicht so, Bruder. Baby Face lässt dich nicht im Stich. Der große Boss da oben wird erfreut sein.«

»Ich kann dich nicht bezahlen.«

»Irgendwann zahlst du es jemand anderem zurück, Bruder. Der große Boss weiß immer Bescheid und sieht alles. Der wird schon wissen, ob du deine Schuld woanders beglichen hast, Bruder. Sein Wille geschehe«, fügte er hinzu und bekreuzigte sich.

Während Baby Face ihm vom großen Boss da oben erzählte, lehnte Victor sich zurück, sah die Autobahn vorüberziehen und den Wimpel mit dem Logo der Texas Rangers am Rückspiegel baumeln.

Sie mussten ihn ziemlich übel zugerichtet haben, so wie ihn die Rezeptionistin im Hotel ansah, als er um eine neue Schlüsselkarte bat. Im Fahrstuhl wandte ein Pärchen den Blick ab.

In seinem Zimmer lief Victor sofort zum Schreibtisch, griff nach einem Stift und notierte eine Nummer auf dem Notizblock des Hotels. Bevor Baby Face wieder davongefahren war, hatte Victor darauf bestanden, dessen Visitenkarte mitzunehmen, um den Fahrpreis später begleichen zu können, doch der Mann hatte nichts davon wissen wollen. Also hatte Victor sich die Taxinummer gemerkt, die im Auto angebracht war.

Jetzt mied er sämtliche Spiegel, schluckte eine ganze Handvoll Paracetamol und besorgte sich, während er darauf wartete, dass die Badewanne volllief, am Ende des Flurs etwas Eis.

Er lag bis zum Hals im dampfenden Wasser und presste sich einen feuchten Waschlappen mit den Eiswürfeln aufs Auge. Langsam betäubte die Kälte den Schmerz.

Bei der ganzen Schinderei, die ihm nun bevorstand, um seine Karten zu sperren, war das einzig Beruhigende an dem Überfall, dass er nichts mit seinen Ermittlungen zu tun gehabt hatte. Außerdem konnte er sich glücklich schätzen, dass er seinen Reisepass und das Rückflugticket im Safe des Hotelzimmers gelassen hatte.

Victor saß nackt auf seinem Handtuch neben dem Kopfkissen und legte seufzend den Telefonhörer auf. Seine Bankkarten waren gesperrt, der Rest konnte bis morgen warten.

Die nächste Nummer versuchte er aus dem Gedächtnis zu wählen. Eine automatisierte Stimme informierte ihn auf Englisch, dass sein Anruf nicht durchgestellt werden könne. Das war der Nachteil mit den ganzen Nummern, die er im Handy gespeichert hatte; er kannte keine einzige mehr auswendig.

Nach ein paar Versuchen klappte es schließlich doch.

»...lo? Wer i... d... da? Less...? Hal...?«

»Jacinthe? Ich bin's. Ich woll... Hörst du mich?«

»...ard? ...lo? Hallo?«

Störgeräusche, Hintergrundrauschen, unterbrochene Leitung.

Offenbar hatte Jacinthe schlechten Empfang. Darüber hinaus hörte Victor ein Knistern und eine Frauenstimme, die weder Französisch noch Englisch sprach.

»Ich lande morgen Vormittag um halb zwölf. Hol mich ab.«

»Wa...?«

»Hol mich ab! Morgen! Am Flughafen!«

»...ghafen? ...iel Uhr?«

Verzweifelt knallte Victor den Hörer auf die Gabel. Dann drückte er die automatische Wahlwiederholung. Die Leitung war unterbrochen. Er versuchte es noch ein paarmal vergeblich, dann gab er auf. In diesem Moment bemerkte Victor, dass er neben sein Handtuch gerutscht war und mit nacktem Hintern auf der Tagesdecke saß. Angeekelt sprang er auf.

Diese Regel war unumstößlich, und er befolgte sie schon sein Leben lang, ob er im ranzigsten Motel oder dem edelsten Hotel wohnte: niemals, unter gar keinen Umständen die Tagesdecke berühren.

Zum Glück wirkten langsam die Schmerztabletten. Victor ging mühevoll durchs Zimmer und wagte einen Blick in den Spiegel, aber das war eine schlechte Idee! Sofort schaltete er das Licht aus. An der Stelle seines Auges befand sich eine blaulila Beule. Immerhin war die Platzwunde an seiner Braue, die Nadjas Bruder ihm zugefügt hatte, nicht wieder aufgegangen.

Er sah aus wie Rocky nach seiner Begegnung mit den Fäusten Apollo Creeds. Vor lauter Einsamkeit spielte Victor mit dem Gedanken, Nadja anzurufen, verwarf ihn aber gleich wieder. Da konnte er genauso gut wie Rocky »Adrian!« brüllen und darauf hoffen, dass sie zur Vernunft kam.

Victor zog eine saubere Unterhose an und dachte darüber nach, wie albern die ganze Situation war. Die Geschichte hatte begonnen mit den beiden Brieftaschen, die Lortie zurückgelassen hatte, bevor er sich in die Tiefe stürzte.

Und nun war ihm seine gestohlen worden ...

Den Bruchteil einer Sekunde kam ihm der Gedanke, dass der Überfall vielleicht doch nicht so zufällig gewesen war.

Dann fing Victor an, in seinem dunklen Hotelzimmer leise zu lachen.

Kein Portemonnaie, kein Geld, kein Handy, kein Sohn, keine Freundin, keine Zigaretten, die Visage ramponiert und ein nackter Hintern, der die Tagesdecke berührt hatte.

Konnte es noch schlechter laufen?

Das Lachen blieb ihm im Halse stecken. Er öffnete die Minibar und schloss sie wieder. Lief im Zimmer auf und ab. Öffnete die Minibar und schloss sie wieder. Die Schnapsfläschchen … Nein, das durfte er auf gar keinen Fall.

Er nahm eine Tablette gegen die Angst, die in ihm hochkroch.

Und dann noch eine.

83.
EINE SACHE, DIE STINKT

Flughafen Montréal-Trudeau
Freitag, 30. Dezember

Mit der Tasche über der Schulter schlängelte sich Victor zwischen den Reisenden hindurch, passierte die Glastüren und stand draußen. Beim Anblick seines braunvioletten Auges, das nicht vollständig von der Sonnenbrille verdeckt wurde, zuckte Jacinthe zusammen.

»Mensch, Lessard!«, rief sie und bekam einen Lachanfall. »Hat dir 'n Cheerleader der Dallas Cowboys ein neues Make-up verpasst?«

»Ach, leck mich doch, Taillon«, antwortete er mit gezwungenem Lächeln.

Jacinthe berührte ihn mit dem Finger an der Schulter und tat, als würde sie sich verbrennen.

»Hab dich auch vermisst, mein Bester.«

Als sie im Crown Victoria Richtung Versailles saßen, fragte Victor Jacinthe, was sich in seiner Abwesenheit getan hatte. Ihrer Einschätzung nach waren sie kaum weitergekommen. Und dann konnte sie sich einfach nicht zurückhalten und musste noch eins draufsetzen:

»Erst die Kopfnuss im Summit Woods, dann die geplatzte Augenbraue als Gruß vom Bruder deiner Ex und nun ein halb zugeschwollenes Auge. Du kannst es sicher kaum erwarten, dass der Fall abgeschlossen ist, was, mein Freund?«

Statt einer Antwort brütete Victor vor sich hin.

Die Zusammenfassung seiner Begegnung mit Cleveland Willis stieß auf großes Interesse, vor allem die Enthüllungen zum Thema Evergreen und der möglichen Verwicklung Tousignants, Lawsons und Lorties in eine Verschwörung zur Ermordung Kennedys. Delaney würde sich diesbezüglich mit den amerikanischen Behörden in Verbindung setzen und ihnen die Informationen weiterleiten. Im Moment aber ging es bei ihren Ermittlungen, wie Jacinthe allen in Erinnerung rief, zuvorderst um die Mordserie, und ihre gesamte Energie sollte sich auf eine einzige Sache konzentrieren: Senator Tousignant zu finden. Wenig überraschend vertrat sie auch diesmal eine sehr dezidierte Meinung:

»Für mich ist das Jacke wie Hose: Meinetwegen haben wir falschgelegen. Dann hat Duca die Opfer eben nicht umgebracht, weil er seinen Vater für einen Märtyrer hielt und ihn rächen wollte. Aber du meintest doch, Lortie hätte mehrere Geliebte gehabt, stimmt's?«

»Behauptet jedenfalls Willis, ja«, sagte Victor.

»Dann wette ich, dass sich mit ein bisschen Nachhorchen herausstellt, dass die Beziehung zwischen Lortie und Ducas Mutter nicht besonders rosig war. Vielleicht hat er sie sogar geschlagen. Außerdem wissen wir, dass Lortie offenbar die Angewohnheit hatte, wie manisch Dokumente in Badezimmern zu verstecken. Eines Tages stößt Duca also zufällig auf eins von Lorties Geheimlöchern und findet darin Papiere, die Papa versteckt hat, weil sie seine Schuld an der Folter und dem Tod des Buchhalters und seiner beiden Kollegen beweisen und zudem andere belasten, die mit Evergreen in Verbindung standen. Stellt euch mal Ducas Reaktion vor: Das ist ungefähr so, als fände man raus, dass der eigene Vater ein Nazi war. Er ist dermaßen angewidert, dass er einen Plan fasst: die Verantwortlichen zur Strecke bringen und es Lortie in die Schuhe schieben, indem er ihn als den Mörder dastehen lässt. Nur dass es dann, als er seinem Vater die belastenden Brieftaschen zusteckt, nicht läuft wie beabsichtigt. Lortie bringt sich um. Trotzdem beschließt Duca, sein Programm mit den restlichen Morden wie geplant durchzuziehen.«

Auf Jacinthes Ausführungen folgte langes Schweigen.

Victor musste zugeben, dass das durchaus schlüssig klang.

»Und was ist mit Rivard?«, wandte der Gnom ein. »Der war doch viel zu jung, um bei der ganzen Sache dabei zu sein, die die Buchhalter das Leben gekostet hat.«

»Der Teil ist mir auch noch nicht ganz klar«, gab Jacinthe zu. »Aber wie bereits besprochen, war Rivard vielleicht auch einfach nur insofern in die Sache verwickelt, als dass er versucht hat, sich die Northern-Akte zu beschaffen. Oder die Evergreen-Akte, wie auch immer ihr sie nennen wollt.«

Jacinthe stand da wie ein eitler Pfau, mächtig stolz auf ihre Anklagerede.

»Was denkst denn du, Kid? Bist du nicht ganz meiner Meinung?«

Die Hand zum High Five erhoben wirbelte Jacinthe zu Loïc herum, der völlig überrumpelt gar nicht anders konnte, als einzuschlagen.

Eine ernste Stimme übertönte das Tohuwabohu.

»Ich bin mit beinahe allem einverstanden, was du gesagt hast, Jacinthe. Wir nähern uns der Wahrheit … Da gibt's nur noch eine Sache, die stinkt …«

Augenblicklich verlosch Jacinthes Lächeln. Sie wollte Victor gerade sagen, was sie von seinem Einwand hielt, als dieser zwei Finger in die Luft reckte.

»Bevor du losmaulst, gib mir zwei Minuten. Ich möchte dir etwas zeigen.«

Victor stand auf und begab sich zu dem Metallregal, in dem sie das audiovisuelle Material gesammelt hatten.

Vorhin im Flugzeug war er eingenickt und hatte im Halbschlaf ziemlich plastische Träume gehabt. In einem davon war er im Confessionnal gewesen und hatte gerade zu einem Glas

Alkohol greifen wollen, als Nadja den Raum betrat. Sie zog ihre Waffe und schoss auf sein Glas, das in tausend Teile zersprang, bevor er es an die Lippen führen konnte.

Er war aufgeschreckt und hatte von dem Moment an nur noch an den Mann mit der Mütze denken können.

Er sah ihn wieder vor sich, wie er ihn, einen Ellbogen auf die Bar gestützt, anstarrte.

Noch einmal spielte Victor das Überwachungsvideo von Tousignants Haus ab. Er spulte mehrmals zu der Sequenz zurück, in der der Mann mit der Mütze die Müllsäcke in die Kamera hielt.

Auch wenn Victor sich nicht mehr genau an Ducas Körpergröße, die Jacinthe ihm am Abend seines Todes genannt hatte, erinnern konnte, war er später dennoch darüber gestolpert.

»Fällt niemandem etwas auf?«

Seine Kollegen sahen einander an. Jacinthe schmunzelte. Victor wusste, dass sie bereit war, den Schlag, den er am Vortag auf den Kopf gekriegt hatte, gegen die Glaubwürdigkeit seines nun folgenden Vorschlags zu verwenden. Er spielte ihr den Ball jedoch zurück, bevor sie den Mund aufmachen konnte.

»Jacinthe, als wir bei Duca waren, hast du mir seine Größe und sein Gewicht genannt. Hast du die irgendwo notiert?«

»Is mir entfallen«, erwiderte sie gähnend. Sie warf einen Blick auf die Uhr. »So gern ich mit dir quatsche und fernsehe, mein Lieber, inwiefern bringt uns das bei der Suche nach Tousignant weiter?«

»Worauf willst du hinaus, Victor?«, schaltete sich Delaney ein.

»Lucian Duca war ein Hüne, Paul. Der Mann mit der Mütze ist durchschnittlich groß.« Stille. »Findet das denn niemand seltsam, dass wir bei Duca keinerlei Hinweise auf den Besitz einer Ketzergabel gefunden haben? Alle nehmen einfach an, dass er der Schuldige ist, dabei haben wir es hier mit zwei völlig unterschiedlichen Vorgehensweisen zu tun.«

»Du weißt aber schon, dass veränderte Vorgehensweisen bei Mehrfachmorden häufig sind. Und ich spreche nicht nur von Serientätern.«

»Ja, Paul, das weiß ich. Aber es gibt noch eine weitere Möglichkeit, die wir in Betracht ziehen müssen.«

»Dass Duca nicht allein gemordet hat? Ist es das?«

Es war so still, dass man eine Stecknadel hätte fallen hören können. Als hätte Victor eine Granate entsichert, indem er ihre Lösung des Falls infrage stellte. Plötzlich mussten sie nicht mehr nur Tousignant finden, sondern eventuell auch einen weiteren Mörder.

»Ich werfe die Frage einfach mal in den Raum, Chef. Meiner Meinung nach hatte er einen Komplizen … Duca war wesentlich stämmiger als der Mann, dem ich im Confessionnal begegnet bin. Und soweit ich weiß, haben wir Tousignant nach wie vor nicht gefunden …«

»Größe ist relativ, Victor. Auf dem Video ist das schwer zu erkennen, und du hast selbst gesagt, dass es in der Bar dunkel war. Außerdem warst du in einem seltsamen Zustand …«

Victor sprang auf.

»Ich liege vielleicht falsch, Paul. Aber wenn du damit andeuten willst, dass ich betrunken war …«

Sofort hob Delaney abwehrend die Hände, um die Situation zu entschärfen:

»Nein, ganz und gar nicht, Victor. Das wollte ich damit nicht sagen, und das weißt du ganz genau. Ich meinte deine Auseinandersetzung mit Nadjas Bruder. Jedenfalls wurde das Phantombild, das wir dem Video entnehmen konnten, schon überall verteilt.«

Jacinthe öffnete den Mund, und Victor wusste, dass eine Gemeinheit folgen würde.

»Ich schwöre dir, Taillon, wenn du mir jetzt mit Gehirnerschütterung kommst, reiß ich dir den Kopf ab!«

5. APRIL 2010
DIE ÜBELKEIT

Jeder Tag hat seine eigene Plage, und ein Skandal folgt auf den nächsten.

Korruption im Baugewerbe, Zusammenbruch unserer Infrastrukturen, ein nachlassender Wille, die Dinge zu ändern, Kahlschlag im Kulturbereich, das Verschachern unserer natürlichen Ressourcen, die Finanzierung politischer Parteien mit schmutzigem Geld, eine Scheißegalhaltung, die zum System geworden ist, und keine Möglichkeit, die politischen Eliten haftbar zu machen.

Die Gesellschaft, in der ich lebe, stinkt zum Himmel und widert mich an, sie verursacht mir Übelkeit.

Ob als Provinz, als unabhängiger Staat innerhalb Kanadas oder als Land – Québec ist frei und bestimmt sein eigenes Schicksal. Seine Grenzen sind die, die es sich selbst auferlegt.

Und während Québec noch nach seiner Identität sucht, habe ich meine heute gefunden.

DER MANN
MIT DER
EXPOS-MÜTZE

84.
I DIDN'T SHOOT ANYBODY, NO SIR!

Victor verließ den Konferenzraum und begab sich direkt an seinen Schreibtisch. Die Einkaufsleiterin hatte darauf bereits sein neues Handy deponiert. Das Gerät war voll installiert und einsatzbereit, ihm blieb nur die langwierige Aufgabe, seine Kontakte neu einzuspeichern. Seufzend öffnete er eine Schublade, nahm seine Kopfhörer heraus und setzte sie auf, steckte das Kabel in den Computer, startete iTunes und drückte auf Shuffle.

Breathe. Pink Floyd.

Unwillkürlich musste Victor lächeln. Genau das musste er jetzt tun.

Atmen.

Seine Kollegen wollten den Fall genauso lösen wie er, nur versuchten sie die einzelnen Teile mit Gewalt an die falsche Stelle zu pressen. Er fühlte sich ungerecht behandelt. Durch seine Dallas-Reise hatte er schließlich den Wissensstand des gesamten Teams vorangebracht. Aber ihm allein hatte die Aktion ein blaues Auge beschert. Und sie dankten ihm seinen Einsatz, indem sie die Zweifel, die er an ihrer Ermittlungsrichtung äußerte, nicht ernst nahmen.

Bei Minute 2:09 von *The Great Gig in the Sky*, als er sich gerade mit geschlossenen Augen den hingebungsvollen Gesangskünsten der Solistin widmete, baute sich Jacinthe vor ihm auf, unterm Arm einen Pappkarton.

Victor konnte ihre Anwesenheit spüren und zog einen der Kopfhörer vom Ohr, sodass sie die Musik hören konnte.

»*Dark Side of the Moon?*«

»Ich warne dich, Jacinthe, ich bin wirklich nicht in der Stimmung ...«

»Ruhig Blut, Lessard ...« Sie atmete tief ein und wieder aus. »Ich war stinkig, weil ich dachte, wir könnten die Nummer zu den Akten legen und noch irgendwie so was wie Weihnachtsferien genießen, aber du hast recht. Ich bin noch mal meine Notizen durchgegangen und hab eben mit Burgers gesprochen. Duca war riesig und hatte 'ne Statur wie ein Schlachtross. Der Mützentyp vom Überwachungsvideo kann er also nicht gewesen sein.«

Victor musterte seine Kollegin, dann deutete er mit dem Kinn auf die kleine Kiste.

»Und was ist da drin?«

»Ducas persönliche Gegenstände aus dem Büro von Baker, Lawson, Watkins. Hat Loïc uns besorgt. Ich dachte, wir könnten zusammen 'nen Blick reinwerfen.«

Victor blätterte die Bogensportmagazine durch, während Jacinthe einen mit einer Papierklammer zusammengehaltenen Stapel Visitenkarten inspizierte. Die Kiste war voller bunt zusammengewürfelter Dinge, darunter eine I♥NY-Tasse, Rabattgutscheine fürs Kino, Knöpfe, AAA-Batterien, ein Maßband, eine Packung Ibuprofen, drei ungeöffnete Pakete zuckerfreier Kaugummi und zwei Fotos von Duca, der mit seinem gespannten Bogen posierte. Victor erkannte den Hintergrund wieder. Sie waren bei ihm zu Hause aufgenommen worden, vermutlich mit der Webcam.

»Keine Ahnung, ob du schon Bescheid weißt, aber während deines kleinen Ausflugs in den Süden haben wir Ducas Kontoübersicht bekommen, außerdem haben Gilles und Loïc die Nachbarn befragt, und wir haben seinen Rechner durchleuchtet.«

Victor setzte ein ironisches Lächeln auf und zeigte auf sein demoliertes Auge.

»Ja, das war ein toller Kurzurlaub! Findest du nicht, dass ich ordentlich Farbe gekriegt hab?« Er lehnte sich in seinem Stuhl zurück und legte die Füße auf den Schreibtisch. »Und, was ist dabei herausgekommen?«

»Grob gesagt, nix. Duca war sehr vorsichtig und hatte kein Sozialleben.«

Victor legte die Kaugummipackungen für Loïc beiseite und seufzte lautstark.

»Du meinst, er hatte kein Leben, Punkt ... Und sein Handy?«

»Prepaid. Die Kriminaltechnik hat versucht, die Anrufliste wiederherzustellen, aber das Gerät ist beim Unfall unters Auto gekommen und fast komplett zerstört.«

Sie machten schweigend weiter. Victor fand ein Stück dickeres Papier zwischen den Seiten eines Magazins und drehte es um. Die Visitenkarte einer Fahrradkurierfirma. Handschriftlich waren ein Name und eine Telefonnummer darauf notiert worden. Es kam Victor nicht weiter seltsam vor, so etwas in den Sachen eines Typen zu finden, der als Bürobote in einer Anwaltskanzlei gearbeitet hatte, und er legte die Karte beiseite. Er wollte gerade weitermachen, als ihm ein Gedanke kam. Erneut griff er zu der Karte und drehte sie nachdenklich zwischen den Fingern.

Jacinthe sah ihm schweigend dabei zu, wie er etwas auf seiner Tastatur tippte, eine Suchanfrage bei Google startete, eine Internetseite aufrief, ein paar Zeilen las und sich dann mit im Nacken verschränkten Armen wieder in seinem Stuhl zurücklehnte.

»Bist du auf was gestoßen?«, fragte sie und linste auf die Karte, die vor ihm lag.

»Weiß nicht ... Das ist ein Fahrradkurierdienst. Ich hab mir eben die Homepage angeschaut.«

»Und was soll daran außergewöhnlich sein? Duca hat doch in

der Poststelle gearbeitet. Briefe und Pakete hin- und herschicken war sein Job.«

Victor fuhr sich durch die Haare.

»Haben wir jemals herausgefunden, wie das Päckchen mit Tousignants Brieftasche hierhergelangt ist?«

»Nein. Der Briefträger hat's jedenfalls nicht gebracht, und bei unserer Poststelle weiß auch niemand, wo's herkam.«

»Wie hättest du denn so ein Päckchen geschickt?«

Jacinthe zuckte die Achseln.

»Ich ahne, dass du es mir gleich sagen wirst.«

Victor sah seine Partnerin einen Moment lang an.

»Du gibst das Päckchen einem Kurier mit, der sowieso schon Sachen hier abzugeben hat. Und bittest ihn, es zwischen all den anderen Paketen auf dem Tresen zu vergessen, während der Mitarbeiter den Empfangsschein unterzeichnet.«

»Aber damit das funktioniert, musst du direkt mit dem Kurier verhandeln und ihm nebenbei noch ein paar Zwanziger für sein Schweigen zustecken. Und das Problem ist, dass diese Kurierfirmen alle mit einem Disponenten arbeiten, und der wiederum wird sich den Ärger für zwei oder drei Zwanziger bestimmt nicht antun.«

»An der Stelle wird's interessant. Dieser Dienstleister hier arbeitet nämlich nur mit selbstständigen Kurieren. Auf der Homepage steht, dass der Kunde direkt die Handynummer des Kuriers erhält, der seine Sendung übernimmt. Und auf der Karte hier wurden ein Name und eine Telefonnummer notiert.«

Jacinthe hatte keine Lust zu diskutieren, obwohl sie von Victors Theorie nicht sonderlich überzeugt war.

»Dann ruf meinetwegen an, aber du verschwendest deine Zeit. Die Theorie hat haufenweise Lücken. Außerdem bleiben die Fahrradkuriere immer im Stadtzentrum. Bis hierher fahren die überhaupt nicht raus.«

»Fragen kostet nichts«, sagte Victor, während an seinem

Ohr bereits das Freizeichen ertönte. »Hallo? Spreche ich mit Annika? ... Hi, ich heiße Vict... Sitzt du gerade auf dem Fahrrad? In der Pause? Ah, okay. Ich heiße Victor Lessard. ... Nein, kein Kunde, ich bin Ermittler beim SPVM. ... Ja, Polizei. ... Was? ... Nein, nein, deshalb rufe ich nicht an. ... Er hat dich geschnitten? ... Ähm ... Ja ... Hör zu, Annika, es ist mir ehrlich gesagt egal, ob du einen Rückspiegel abgerissen hast! Deshalb rufe ich nicht an ... Nein ... Nein, du brauchst dir keine Sorgen zu machen, du hast nichts Falsches getan ... Darüber würde ich lieber persönlich mit dir sprechen ... Wo bist du denn gerade? ... Okay. Gib mir fünfzehn Minuten, dann bin ich da.«

Victor drehte sich zu Jacinthe um.

»Sie macht gerade Mittagspause. Ecke Cathcart und Rue University.«

»Ich warne dich, ich hab Hunger und werde jetzt essen. Ich habe keine Zeit, dahin zu fahren.«

»Aber wenn du fährst, können wir's in fünfzehn Minuten schaffen. Danach lade ich dich ins Boccacinos zum Mittagessen ein. Und nimm die Fotos mit.«

Ihre Augen funkelten.

»Du bist echt ein Arsch, Lessard«, sagte sie und griff nach ihrem Mantel.

Sie trafen Annika gegenüber von einem Tim Hortons auf einer Bank in der Rue Catheart. Sie rauchte und lachte mit ein paar Kurierkollegen. Zum ersten Mal seit Tagen sorgte die Sonne für milde Temperaturen.

Victor stellte sich vor und nahm die junge Frau beiseite. Jacinthe war im Auto geblieben, um sie nicht zu verschrecken, stieß jetzt aber dazu. Annika war Punkerin, trug schwarzen Lippenstift und hatte schwarz lackierte Fingernägel und verzog keine Miene, als Victor ihr seine Partnerin vorstellte.

Bei acht hörte er auf, Annikas Piercings zu zählen.

»Zu heiß wird einem da auch nicht«, sagte Jacinthe und legte eine Hand auf den Fahrradsattel der jungen Frau, um das Gespräch in Gang zu bringen.

»Wenn man in dem Job Geld verdienen will, muss man im Winter fahren. Da kommt man auf achtzig Dollar am Tag. Manchmal hundert. Aber je schöner das Wetter, desto größer die Konkurrenz.«

»Kennst du diesen Mann?«, fragte Victor ohne Vorwarnung und reichte ihr ein Foto von Duca.

»Nie gesehen«, sagte sie und nahm die Zigarette, die er ihr anbot. »Wer ist das?«

Victor schirmte die Feuerzeugflamme mit seiner Hand ab, Annika lehnte sich zu ihm und legte beim Anzünden der Zigarette ihre tätowierten Finger auf seine.

»Bist du sicher? Er schien dich zu kennen. Wir haben deine Nummer in seinen Sachen gefunden.«

Annika zuckte gleichgültig die Schultern. Jacinthe verdrehte die Augen. Was für eine Zeitverschwendung!

»Hast du schon mal was zur Place Versailles geliefert?«

»Nee, das ist zu weit. Wir bleiben im Stadtzentrum. Mit dem Fahrrad sind wir im Verkehr schneller unterwegs und brauchen keinen Parkplatz, aber Päckchen und Pakete schicken die Kunden meist mit dem Lieferwagen.«

Victor holte die Fotos von Ducas Opfern aus der Tasche, sortierte die ersten beiden oben auf den Stapel und reichte sie Annika. Es waren die Bilder von Lawson und Harper.

»Kennst du eine dieser Personen?«

Jacinthe seufzte theatralisch und stand auf.

»Ich warte im Auto. Und ich hab Hunger, also mach hin, Lessard.«

»Die Frau kenne ich«, antwortete Annika, ohne zu zögern. »Jemand hat mir dafür Geld gegeben, dass ich sie auf der Straße anspreche und ihr etwas ausrichte.«

Wie angewurzelt blieb Jacinthe stehen und fuhr herum.

»Und was genau solltest du sagen?«

»Einen Satz auf Englisch: *I didn't shoot anybody, no sir!* Seltsam, was?«

Die beiden Ermittler wechselten einen eindeutigen Blick.

»Dann erzähl mal«, forderte Victor sie freundlich auf.

»Das lief alles per Telefon. Mir wurde gesagt, es sei ein Scherz zum Geburtstag einer Freundin. Die Person hat mir genaue Anweisungen zu einem Versteck im Park gegeben, und da hab ich einen Umschlag in einer Plastiktüte gefunden. Da drin waren Geld und ein Foto der Frau. Außerdem ein Zettel, auf dem stand, dass man mich vorher noch mal mit Infos zu Uhrzeit und Treffpunkt anrufen würde.«

»Und das fandest du alles nicht merkwürdig?«, unterbrach Jacinthe ungläubig.

Victor erdolchte sie mit einem Blick, der sagte: »Halt die Klappe, und lass sie reden!«

»Ein bisschen schon. Aber für fünfhundert Dollar konnte es meinetwegen ohne Ende merkwürdig sein«, antwortete die junge Frau selbstsicher. »Außerdem war das ja alles nicht illegal. Stimmt's?«

»Absolut«, bestätigte Victor. »Wie ging's danach weiter?«

»Die Person hat mich eines Morgens wieder angerufen, um mir zu sagen, dass die Frau gegen sieben Uhr auf der Avenue McGill College wäre. Ich hab sie nicht gleich erkannt, hat so stark geschneit. Aber dann hab ich den Satz gesagt und bin weg.«

»Erinnerst du dich noch an das genaue Datum?«

»Nee, nicht wirklich. Irgendwann vor Weihnachten.«

»Am 15.?«, schlug Victor vor.

Annika verzog den Mund, so wie Victor es von seiner Tochter Charlotte kannte. Ohne die Piercings hätten sie einander sogar ähnlichgesehen. Kaum waren sie raus aus dem Teenageralter spielten sie die Erwachsenen.

»Kann sein.«

»Wie hat sie reagiert?«, fragte Victor.

»Keine Ahnung. Überrascht, würde ich sagen. Ich bin ja nicht lang da geblieben. Ich hab mir mein Fahrrad geschnappt und bin gleich wieder los.«

»Hast du den Zettel noch? Und den Umschlag?«

»Nee, die hab ich weggeschmissen.«

»Kannst du mir die Stimme vom Mann am Telefon beschreiben? Ist dir ein Akzent aufgefallen oder irgendwas Besonderes?«

»Wieso Mann? Das war eine Frau.«

16. MAI 1980

WENN ICH SIE RICHTIG
VERSTANDEN HABE

Seit 1979 ist sie für die PQ aktiv und gehört seit etwas mehr als drei Monaten zu dem Team, das vor Veranstaltungen, an denen der Premierminister teilnimmt, an Ort und Stelle alles vorbereitet. Sie kümmert sich um Ablauf, Unterlagen und Kopien.

Nackt ausgestreckt auf den weißen Laken sieht sie ihm dabei zu, wie er sein Hemd in die Hose steckt und sich unbeholfen die Krawatte bindet. Dann kommt er zum Bett und setzt sich neben sie. Er nimmt die Zigarette entgegen, die sie ihm hinhält, inhaliert einmal tief und gibt sie ihr zurück.

Bevor er aufsteht, küsst er sie sanft auf die Stirn.

Es ist nicht das erste Mal, dass er ihr einen solchen Besuch in ihrem Hotelzimmer abstattet.

»Wenn ich Sie richtig verstanden habe, René, heißt das bei Ihnen bis zum nächsten Mal ...«

Er steht wieder dem Bett gegenüber, senkt mit erhobenen Schultern ein wenig den Kopf und schließt eine halbe Sekunde lang die Augen, ein kleines Lächeln im Mundwinkel. Er hat diesen Ausdruck, der ihn so einnehmend macht ...

Er nimmt einen Gegenstand von der Kommode, dreht ihn in den Händen, schaut ihn sich an.

»Weißt du, ich hab dich wirklich gern, Charlie. Aber auch wenn ich ab und zu mal falsch abbiege, Corinne und ich, wir leben quasi in einer Symbiose. Verstehst du?«

Sie lächeln einander an, beide in dem Wissen, dass es das Ende von etwas besiegelt.

»Viel Glück für nächste Woche. Wir haben den Sieg verdient. Ich werde an Sie denken.«

»Dann wissen wir endlich, ob Trudeau überzeugender war als ich.«

René Lévesque lacht aus vollem Hals und wirft den Gegenstand, den er in den Händen hält, aufs Bett.

»Auch wenn's was Jungenhaftes hat, steht sie dir leider trotzdem ausgezeichnet«, gesteht er im Hinausgehen.

Die Lippen der jungen Frau verziehen sich erneut zu einem Lächeln, diesmal aber ist es ein melancholisches. Sie drückt ihre Zigarette aus.

Lange nachdem er gegangen ist, nimmt Charlie ihre blonden Haare zusammen, flicht sie zu einem dicken Zopf und steckt diesen unter die Baseballmütze der Montreal Expos.

85.
ICH SCHWÖRE,
ES WAR DAS ERSTE MAL

Die Straße zog an seinen Augen vorbei, und in seinen Ohren rauschte das Blut. Victor kaute auf der Unterlippe herum; in seinen Synapsen verdichtete und beschleunigte sich alles. Er hatte richtiggelegen. Duca war nicht allein vorgegangen, er hatte eine Komplizin gehabt. Oder vielleicht noch schlimmer: Es gab zwei Mörder, zwei Monster, von denen eines nach wie vor auf freiem Fuß war und weiter unbehelligt töten konnte.

Auch wenn Victor die Möglichkeit, dass es sich um ein Pärchen handelte, nicht ausschloss, schien ihm das unwahrscheinlich. Einerseits waren die Morde nicht sexuell motiviert gewesen; andererseits waren Serienmöderpaare eher eine Seltenheit. Trotzdem musste er an Paul Bernardo und Karla Homolka denken, vielleicht weil sie das letzte mörderische Pärchen in den Schlagzeilen gewesen waren.

Darüber hinaus hatte es in den Achtzigern noch den Fall Gallego in den USA gegeben.

Der Crown Victoria hielt auf einem schlammigen Parkplatz, und Victor sah ein Schild mit der Aufschrift *MetalCorp*.

Er fühlte eine Leere. Ein Nichts. Alles verschwand, bis von weit her eine Stimme zu ihm durchdrang und ihn an die Oberfläche zurückholte wie einen Ertrunkenen.

»Wir sind da, Lessard. Wach auf!«

Nachdem der Schock und die Überraschung abgeklungen waren, hatten sie Annika befragt. Aber abgesehen davon, dass die Frau am Telefon ein akzentfreies, untadeliges Französisch gesprochen hatte, konnte sie ihnen auch nicht mehr sagen. Sie hatte sie nie gesehen und kannte auch ihren Namen nicht. Also hatten sie Annika in der Rue Cathcart, mitten auf dem Gehweg, mit ihren Piercings und ihrem Rad, stehen gelassen und sich in den Crown Victoria gesetzt.

Victor hatte sich in einem katatonischen Zustand befunden und Jacinthe beim Anlassen des Wagens ununterbrochen denselben Satz wiederholt:

»Horowitz! Wir müssen noch mal zu Horowitz!«

Flüchtig hatte Victor ein Gesicht vor Augen gehabt. Er brauchte einen Moment, um sich Horowitz, den Besitzer des Lagerhauses, dem die Entdeckung von Judith Harpers Leiche einen Herzinfarkt beschert hatte, in Erinnerung zu rufen.

»Ich wusste es von Anfang an, einem Mann darf man niemals trauen! Er hat uns belogen, was den Schlüssel angeht. Den hat er nämlich der Schlampe gegeben, mit der er ins Bett gegangen ist!«

Noch leicht benommen und mit einem Pfeifen in den Ohren hatte Victor den Eindruck, in einem fremden Körper neben sich herzugehen. Es war surreal. Nichts tat ihm weh, er hatte nur das sonderbare Gefühl, in einem Traum festzustecken, aus dem er nicht aufwachen konnte.

In diesem Traum standen sich Marionetten aus Lumpen gegenüber.

Da war ein Zebra, unter dem sich in Wahrheit ein Wolf versteckte. Dann befand er sich plötzlich im Confessionnal und stürzte auf die Toilette, um sich den Mann mit der Mütze zu schnappen.

Ein Mann, der gar keiner war, sondern eine Frau ...

Da war es auch nicht weiter verwunderlich, dass er niemanden vorgefunden hatte. Einen Mützenmann hatte es nie gegeben. Er hätte nach einer Mützenfrau suchen müssen, und zwar ganz woanders.

Zu wissen, dass sich Ducas Komplizin nur wenige Schritte von ihm entfernt in der Damentoilette versteckt hatte, ihn vielleicht sogar belauscht hatte, machte ihn stinkwütend und verursachte ihm gleichzeitig Schwindel und Gänsehaut.

Nachdem Jacinthe wie ein Wirbelwind ins Lagerhaus gefegt war, herrschte sie den Mann an, der ihnen entgegeneilte kam. Es wurde laut. Victor, der nach und nach in die Realität zurückkehrte, verstand, nachdem er die mitgehörten Satzfetzen in die richtige Reihenfolge gebracht hatte, dass der Mann behauptete, einer der Brüder und Geschäftspartner von Horowitz zu sein, und dass Letzterer mit seiner Frau in den Süden verreist sei.

Das Pfeifen in Victors Ohren ließ nach. Er bekam mit, dass ein heftiger Streit um einen Anruf entbrannt war, zu dem Jacinthe den Mann zwingen wollte, der jedoch wiederholte, er wolle seinen Bruder nach dem Herzinfarkt auf gar keinen Fall beunruhigen. Dann aber erledigte sich alles wie von Zauberhand, als Jacinthe beiläufig erwähnte, sie könne auch die Spurensicherung antanzen lassen.

Das war eine schamlose Lüge, aber die Angst, sein Lagerhaus schon wieder von den Kriminaltechnikern auf den Kopf gestellt zu bekommen, veranlasste den Mann nun doch, vor ihren Augen auf dem Festnetztelefon die Nummer seines Bruders zu wählen. Als sich am anderen Ende eine Stimme meldete, drückte Jacinthe die Wartetaste, schmiss den Mann aus seinem eigenen Büro und schloss die Tür.

»Hör auf zu träumen, Lessard!«, brüllte sie, bevor sie den Anruf wiederaufnahm.

Um ihr zu beweisen, dass er wieder auf Kurs war, sah Victor seiner Partnerin in die Augen, zwinkerte ihr zu und streckte einen Daumen in die Höhe.

Horowitz hatte in dem Glauben, sein Bruder riefe an, ahnungslos abgehoben.

Das bereute er in diesem Moment bitterlich und gab vor, nicht reden zu können, da er mit seiner Frau am Strand sei. Damit hatte er sich unwissentlich selbst die Schlinge um den Hals gelegt. Jacinthe, die keinen anderen Weg kannte als den direkten, kam sofort zur Sache.

»Ihre Frau? Ich hoffe, sie kann uns hören, Ihre Frau! Sagen Sie, Horowitz, was hält denn Ihre Frau eigentlich von der Schlampe, der Sie den Schlüssel gegeben haben, mh? Mit der Sie im Lagerhaus gevögelt haben, mh?«

Eine lange Stille, gefolgt von Räuspern und Gestammel bestätigten, dass Jacinthe ins Schwarze getroffen hatte.

»Ähm ... einen Moment bitte.«

Sie hörten Flüstern. Zweifellos ging Horowitz ein Stück beiseite, um allein mit ihnen reden zu können. Am anderen Ende blieb es still, und sie fürchteten schon, ihn verloren zu haben, als sie Schritte hörten und das Einrasten einer Tür.

»Ich bin seit vierzig Jahren verheiratet, Madame! Ich schwöre Ihnen, so was ist mir nie zuvor passiert!«

Victor flüsterte Jacinthe zu, dass Horowitz bloß keinen weiteren Herzinfarkt bekommen dürfe.

»Beruhigen Sie sich, Monsieur Horowitz, wir werden das gemeinsam klären«, übernahm er mitfühlend.

»Es war das erste Mal, das müssen Sie mir glauben!«

»Wir glauben Ihnen ja, Monsieur Horowitz, wir glauben Ihnen.«

»Einen Scheißdreck glauben wir, mieser Betrüger!«, fuhr Jacinthe dazwischen und schlug gleichzeitig mit der Faust auf den Tisch.

»Es war nur ein einziges Mal! Mir war nicht klar, dass es einen Zusammenhang gibt!«

Horowitz klang verzweifelt.

»Geben Sie uns ihren Namen und ihre Adresse, und wir lassen Sie in Frieden«, sagte Jacinthe trocken.

»Die kenne ich nicht.«

»Ihnen ist also lieber, dass wir alles Ihrer Frau erzählen?«, rief Jacinthe, deren Halsadern anschwollen.

»Ich kenne ihren Namen nicht! Ich schwöre es!«

Und dann erklärte Horowitz, dass die Frau sich als Installationskünstlerin ausgegeben hatte, eines Morgens im Oktober in der Lagerhalle aufgetaucht war, um Metallteile für eine Arbeit zu kaufen; dass er sie nur dieses eine Mal gesehen hatte; dass sie nie ihren Namen erwähnt hatte; dass eines zum anderen geführt und er sich plötzlich auf dem Sofa in seinem Büro wiedergefunden und mit ihr ... mit ihr ...

»... gevögelt! Sie haben mit ihr gevögelt, Horowitz. Nennen wir das Kind doch beim Namen!«, schäumte Jacinthe. »Und der Schlüssel? Haben Sie ihr den auch auf dem Sofa gegeben?«

Der Mann fing an zu schluchzen. Jacinthe verdrehte die Augen.

»Ich ...«

»Sie dachten, Sie würden sie wiedersehen, ist es das?«, sagte Victor.

»Ich ... ich habe ihr bloß gezeigt, wo der Schlüssel liegt. Falls sie ...«

Die nächsten Worte des Mannes waren unverständlich.

»Sie haben ihr den Schlüssel gezeigt, falls sie wiederkommen wollte«, führte Victor den Satz zu Ende.

»Ja.« Sie konnten ihn weinen hören. »Das war dumm ... Aber seit zwanzig Jahren hat sich zum ersten Mal jemand für mich interessiert!«

»Wie sah die Frau denn aus?«, knurrte Jacinthe.

Horowitz stammelte etwas von vollen Lippen und dem schönsten Körper, den er je gesehen habe, von einer mittelgroßen Frau in den Vierzigern mit dunklen Haaren und grünen Augen.

»Haben Sie Zugang zu einem Computer? Sie werden sich uns

zur Verfügung halten müssen. Ein Spezialist für Phantombilder wird Sie nach unserem Telefonat kontaktieren. Eventuell werden Sie Ihren Urlaub auch verkürzen und nach Québec zurückkehren müssen«, erläuterte Victor ihm.

»Werde ich ins Gefängnis kommen?«

Völlig überfordert mit den Ereignissen, klang Horowitz wie jemand, dem soeben mit Wucht zwischen die Beine getreten worden war.

»Eins nach dem anderen«, antwortete Victor. »Im Moment ist unsere oberste Priorität, die Frau zu finden, und Sie werden uns dabei helfen. Alles andere sehen wir später.«

»Aber was soll ich meiner Frau sagen?«

»Das ist Ihr Problem, Horowitz!«, wetterte Jacinthe. »Was mich betrifft, kann sie Sie liebend gern teeren und federn ... Sie sollten dringend mit Ihrem Kopf denken, statt mit Ihrem ...«

»Monsieur Horowitz«, fiel Victor seiner Partnerin ins Wort und sah sie scharf an, damit sie es endlich gut sein ließ, »schließen Sie die Augen, und denken Sie nach. Alles, woran Sie sich erinnern, kann uns dabei helfen, Leben zu retten.«

»Sie hat ihre Tasche und ihre Schlüssel auf den Schreibtisch gelegt. Ihr Schlüsselanhänger ... Das war so ein Plastikdings mit einem Namen drauf.«

»Welcher Name?«

»Charlie.«

Jacinthe stellte den Anruf auf stumm und drehte sich zu ihrem Partner.

»Deine neue Flamme da, die Tochter von Tousignant, die hat nicht zufällig volle Lippen, dunkle Haare und grüne Augen?«

Diesmal schaltete Victor nicht auf stur. Was Jacinthe da sagte, war ihm ebenfalls durch den Kopf gegangen. Horowitz' Beschreibung hatte ihn ziemlich erschüttert. Und er musste wieder einmal an Virginies unberechenbares Verhalten an jenem Tag denken, als ihr Vater verschwunden war.

»Zunächst mal ist sie nicht meine neue Flamme. Und sie heißt Virginie, nicht Charlie.«

»Aber hat sie nicht ein ›C‹ im Namen?«

Ihm kam der Buchumschlag in den Sinn, der eingerahmt an Tousignants Wand gehangen hatte. Offensichtlich hatte Jacinthe ihn auch bemerkt.

»Du hast recht. Sie heißt Virginie C. Tousignant.«

Victor sah seiner Kollegin in die Augen.

»Und sie hat ein Buch über Charlie Chaplin geschrieben.«

86.
DAS MÄNNLICHE MÄDCHEN

> Et on se prend la main / Und wir nehmen uns an der Hand
> Une fille au masculin / Ein männliches Mädchen
> Un garçon au féminin / Ein weiblicher Junge
>
> INDOCHINE, 3ᴱ SEXE

Durch die Fensterfront des Van Houtte Cafés sah Victor den Spaziergängern auf der verschneiten Rue Notre-Dame hinterm Justizpalast beim Flanieren zu. Er führte die Tasse an seine Lippen und trank einen Schluck brühend heißen koffeinfreien Biokaffee, den er sich eben am Tresen bestellt hatte. Vor ihm auf dem Tisch lag sein Handy. Außer ihm waren kaum Gäste im Lokal.

Zum x-ten Mal wischte er sich die feuchten Hände an der Jeans ab. Sein Blutdruck stieg, seine Augen sprangen fast aus ihren Höhlen, und sein Herz schlug hart gegen seinen Brustkorb. Was er sich unmittelbar vor einer Aktion ausmalte, stellte sich immer als schwieriger heraus als deren tatsächliche Umsetzung. Seine ganze Haut juckte.

Im Auto hatten Jacinthe und Victor so lang an ihren Theorien gefeilt, bis sie zu einer erstaunlich simplen Schlussfolgerung gelangt waren: Die Kinder von Lortie und Duca, den beiden Hauptverantwortlichen in den Mordfällen von 1964, hatten sich zusammengetan, um die Spuren der grausamen Taten ihrer Eltern zu beseitigen.

Was diese Theorie auch wert sein mochte, weiter waren sie nicht gekommen.

Da ihnen die Zeit fehlte, um beim Standesamt eine Überprüfung der Personendaten zu beantragen, hatten sie im Büro angerufen und die Kollegen gebeten herauszufinden, was sich hinter dem C in Virginies Namen verbarg. Doch die Recherche war ergebnislos geblieben.

Jacinthe hatte nicht protestiert, als Victor anmerkte, es sei besser, wenn er allein mit Virginie spreche.

Er hatte ihr sogar einen Zwanziger in die Hand gedrückt, da er sein Versprechen, sie zum Mittagessen einzuladen nun doch nicht halten konnte, und sie war mittlerweile unterwegs zum McDonald's an der Ecke.

Am Telefon hatte Victor Virginie keinen Grund für ihr Treffen genannt; er hatte lediglich gesagt, sie solle umgehend ins Van Houtte kommen, wenige Häuserblocks entfernt von der Zeitungsredaktion, in der sie arbeitete. Es war die einzige Möglichkeit gewesen, die garantierte, dass sie sich gleich auf den Weg machte, aber auch, um ihre Reaktion zu testen.

Jeder Fluchtversuch würde sie sofort verraten.

Daher hatte sich Jacinthe am Eingang des Gebäudes postiert, um sie im Fall der Fälle abzufangen. Sollte die junge Frau nichts zu verbergen haben, würde sie in der Annahme, sie hätten die Leiche ihres Vaters gefunden, vermutlich halb tot vor Aufregung bei Victor eintreffen.

Alles in allem war ihnen diese Lösung lieber, als Virginie im Redaktionsbüro zur Rede zu stellen, was sie um jeden Preis verhindern wollten.

Doch nichts dergleichen geschah, und weniger als zehn Minuten später sah Victor Virginie den Boulevard Saint-Laurent heraufkommen. Sie war nach wie vor schön, auch wenn Müdigkeit und Sorgen deutliche Spuren auf ihrem Gesicht hinterlassen hatten.

Sie kam auf ihn zu und wollte ihn gerade zur Begrüßung auf die Wangen küssen.

Doch da Victor, um sein Verhör vernünftig führen zu können, unbedingt Distanz wahren musste, täuschte er ein Husten vor.

»Geht's dir gut? Es klang dringend. Meine Güte, was ist denn mit deinem Gesicht passiert?«

Victor legte einen Finger an die Schwellung unter seinem Auge. Sie war zurückgegangen, aber jede Berührung tat noch weh. Durchs Fenster sah er Jacinthe, die mit einer McDonald's-Tüte gegenüber vom Café in den Crown Victoria stieg.

Victor vermied es, Virginie direkt in die Augen zu sehen, und setzte ein höfliches Lächeln auf.

»Geht schon. Ich habe mich an 'ner Schrankkante gestoßen«, log er. »Entschuldige bitte den Anruf, ich weiß, dass du dir sicher Sorgen machst. Aber ich kann dich beruhigen. Was deinen Vater angeht, habe ich keine schlechten Neuigkeiten. Beziehungsweise habe ich überhaupt keine Neuigkeiten. Wir sind immer noch auf der Suche. Wie geht es dir denn?«

»Ich versuche, nicht daran zu denken«, antwortete Virginie, die sich nach Victors einleitenden Worten jetzt offenbar etwas entspannte. »Beim Arbeiten bekomme ich das auch einigermaßen hin. Aber ich könnte unmöglich zu Hause sitzen und die ganze Zeit grübeln. Das würde mich verrückt machen.« Sie runzelte die Stirn. »Bist du sicher, dass alles in Ordnung ist? Du hast doch was … Ist es wegen neulich?«

»Nein, es hat nichts damit zu tun«, antwortete Victor und senkte den Kopf. »Willst du was bestellen?«

Die junge Frau verneinte. Zum ersten Mal seit Beginn ihres Treffens hielt Victor ihrem Blick stand.

»Ich muss dir ein paar Fragen stellen. Alles Routine, aber nicht besonders angenehm.«

Virginies Augen trübten sich. Sie atmete tief ein und schob eine Strähne beiseite, die ihr ins Gesicht gefallen war.

»Dann seid ihr jetzt wohl an dem Punkt, wo jeder, inklusive der Tochter des Vermissten, als verdächtig gilt. Hab ich recht?«

»So was in der Art, ja. Wofür steht die zweite Initiale in deinem Namen?«

Virginies Gesichtsausdruck lag irgendwo zwischen Überraschung und Belustigung.

»Die ist ein Überbleibsel aus meinem Masterstudium. Eine Kommilitonin von mir hieß genauso wie ich, also hab ich das C hinzugefügt, damit die Profs uns nicht immer verwechseln.«

»Steht in deiner Geburtsurkunde ein zweiter Vorname, der mit C anfängt?«

Sie verzog verächtlich den Mund.

»Nee, auf meiner Geburtsurkunde steht als Zweitname Marguerite. Aber den fand ich nicht besonders sexy. Den Buchstaben habe ich aus sentimentalen Gründen ausgesucht.«

»Soll heißen?«

»Du wirst mich nicht für besonders originell halten. Das C war zu Ehren Chaplins.«

»Aber C wie Charlie oder C wie Chaplin?«, bohrte Victor weiter.

Plötzlich griff Virginie nach ihrer Tasche auf dem Boden und öffnete sie. Sofort hellwach fuhr Victor mit einer Hand in die Jacke und legte die Finger um seine Glock. Virginie, die nichts weiter bemerkt hatte, holte ein Haargummi heraus und band sich einen Zopf.

»Wieso fragst du? Macht das irgendeinen Unterschied?«

Virginies Hand wanderte auffällig zu Victors Ellbogen. Wie Spinnenbeine krabbelten ihre Finger über den Tisch.

»Beantworte einfach meine Frage! Zu Ehren Charlies oder Chaplins?«, wiederholte er und umfasste ihr Handgelenk.

»Aua! Du tust mir weh, Victor. Was ist denn los mit dir?«

Sie sah ihn vorwurfsvoll an; er lockerte seinen Griff.

»Darf ich mal deinen Führerschein sehen oder deinen Schlüsselbund?«

Demonstrativ kippte Virginie den Inhalt ihrer Handtasche

auf den Tisch. Ein Mann, der in der Nähe saß, sah neugierig zu ihnen herüber.

»Da, bedien dich. Tampons hab ich auch.«

Victor ignorierte die Bemerkung und überprüfte ihre Karten: Nirgends stand die Initiale.

»Wo warst du am 15. Dezember? Das war ein Donnerstag.«

Es handelte sich um den Abend, an dem Judith Harper getötet worden war. Sollte sie ein Alibi besitzen, reichte das zwar noch nicht, um zu beweisen, dass sie nicht Ducas Komplizin war – sie müssten immer noch klären, wann sie sich wo aufgehalten hatte –, aber es wäre zumindest ein Anfang. Virginie tippte kurz auf ihrem iPhone herum, sah in ihrem Terminkalender nach und antwortete dann:

»Ich war Skifahren in Vermont.«

»Allein?«

»Nein, mit meinem Schwager und meiner Schwägerin und einem befreundeten Pärchen ... und ... mit meinem Mann.«

Die junge Frau hielt den Blick gesenkt, als spreche sie ungern über ihn.

»Willst du ihre Nummern haben?«, fragte sie.

»Ja, bitte.«

»Ach so, und ich hab noch was vergessen: Die dreizehnjährige Tochter unserer Freunde war auch dabei, wobei an der eher ein Junge verloren gegangen ist. Vielleicht ist sie ja der Mörder, nach dem du suchst? Soll ich dir ihre Handynummer auch noch besorgen?«, schrie sie jetzt beinahe.

Victor war längst aus dem Gespräch ausgestiegen und starrte ins Leere. Etwas hatte klick gemacht, und Virginie bemerkte es nun auch. Sofort wich die Wut ihrer Neugier.

»Was? Was ist? Was hab ich gesagt?«

Die Stuhlbeine schabten über den Boden, als Victor hektisch aufstand.

»Ich muss sofort los!«

87.
CHARLIE

»Spreche ich mit Doktor McNeils Sekretärin?«

»Ist am Apparat.«

»Hier Victor Lessard vom SPVM.«

»Ja, ich habe Ihre Stimme wiedererkannt, Sergent. Wie kann ich Ihnen behilflich sein?«

»Bei unserem ersten Besuch im Louis-H. haben Sie uns mit einer Pflegehelferin bekannt gemacht, die sich viel um André Lortie kümmerte …«

»Ja, daran kann ich mich gut erinnern.«

»Wie war ihr Name?«

»Charlie Couture. Wieso?«

88.
SENDESCHLUSS

Daniel Tousignant drückte auf die Stopptaste des Aufnahmegeräts. Das rote Lämpchen erlosch, und die Zahlen hörten auf, sich zu drehen. Als der Senator eine Hand auf den Tisch legte, schlugen die Ketten, die er trug, geräuschvoll gegen das Holz. Sie waren an Handgelenken und Knöcheln befestigt und führten zu einem im Boden verankerten Metallring. Tousignant hatte schon getestet, wie robust die Konstruktion war. Es gab keine Chance, der Falle zu entkommen.

Die Frau kehrte mit einer Wasserkaraffe und einem Teller Melonenstücke zurück. Beides stellte sie auf den Tisch.

»Guten Abend, Senator. Ich wollte mal sehen, was es Neues gibt.«

Tousignant schwieg einen Moment, ließ aber keinerlei Anzeichen von Trübsal oder Panik erkennen. Es war schwer zu sagen, ob er sich damit abgefunden hatte, aber er schien mit seinem Schicksal im Reinen.

»Guten Abend, Charlie. Bald ist Sendeschluss, richtig?«

Die Frau nickte. Ihr Gesichtsausdruck war ernst, aber ohne jedes Gefühl.

Der alte Mann musterte sie: Obwohl sie die blonden Haare zu einem strengen Dutt gebunden hatte und keinerlei Make-up trug und ungeachtet der harten, vom Leben gezeichneten Züge war Charlie noch immer eine schöne Frau; sie hatte volle geschwungene Lippen und leuchtend grüne Augen. Selbst die eher männliche Kleidung ließ grazile Kurven erahnen.

Der Senator konnte sich ein Schmunzeln nicht verkneifen, was Charlie sofort auffiel.

»Warum lächeln sie?«

»Ich habe Sie gerade angesehen und mir gesagt, dass ich Ihnen an dem Tag, an dem Sie mich entführt haben, niemals die Tür geöffnet hätte, wären Sie keine Frau gewesen.«

Charlie nickte und lächelte ebenfalls. Sie konnte Mitgefühl vortäuschen, auch wenn sie keines empfand. Das sonderbare Halsband in ihrer Hand bemerkte Tousignant nicht.

89.
DIE ATTACKE

Bis zu den Knien im Schnee eingesunken verschwand Victor zwischen den Bäumen, kämpfte sich durch die Wand aus Tannen und erreichte die Uferböschung. Alle Sinne in Alarmbereitschaft blieb er einen Augenblick stehen und horchte. Die Autos auf der 138, die irgendwo hinter ihm verlief, waren kaum noch zu hören.

Er hielt die Glock schussbereit in der Faust und trieb kleine Atemwölkchen vor sich her, während er auf dem vereisten Schnee ein paar vorsichtige Schritte wagte.

Ihn umgab tiefschwarze Nacht, die das Anschleichen erleichterte. In der Luft tanzten ein paar Flocken.

Im Weitergehen warf er einen Blick zu seiner Linken, dort, wo sich jenseits der Tannen der Sankt-Lorenz entlangschlängelte, weiß und gefroren. Weiter oben, rechts von ihm, stand einsam und teils von Bäumen und einem Hügel verdeckt, das Haus.

Victor kniff die Augen zusammen und glaubte zwischen den Zweigen auf dem Fluss ein schwaches flackerndes Licht auszumachen. Sein Puls hämmerte gegen seine Schläfen.

Sie waren mit dem Crown Victoria die Rue Sherbrooke hintergerast und schon kurz vorm Louis-H. gewesen, als Jacinthe eine plötzliche Kehrtwende hinlegte. McNeils Sekretärin hatte Victor soeben die Adresse von Charlie Couture durchgegeben, und die lag zwischen Lanoraie und Lavaltrie. Couture war seit dem 26. krankgeschrieben. Seit Ducas Todestag.

An dem Punkt, wo sie von der 138 abgefahren waren, lag die Nationalstraße über einen Kilometer vom Ufer entfernt. Um nicht entdeckt zu werden, fuhren sie seitdem mit ausgeschaltetem Licht an Äckern und Feldern vorbei und stellten den Crown Victoria zweihundert Meter vorm Ende der Landstraße ab.

Loïc und der Gnom waren ebenfalls zu dem Grundstück unterwegs, würden jedoch gute fünfundvierzig Minuten nach ihnen da sein, da Loïc Gilles erst von zu Hause hatte abholen müssen.

»Wir sollten auf die beiden warten, Jacinthe«, hatte Victor bei ihrem Eintreffen gesagt.

Doch seine Partnerin zwinkerte ihm nur grinsend zu:

»Sie hat uns kommen sehen und versucht sich in Sicherheit zu bringen. Uns bleibt gar nichts anderes übrig!«

Und dann war da natürlich noch das, was sie nicht laut aussprach, aber mitmeinte: »Hast du Angst, Lessard?« Während er aus dem Auto stieg und seine Waffe lud, warf Victor ihr vor, dass sie aus der Lektion mit dem König der Fliegen offenbar nichts gelernt hatte.

»Jetzt komm schon, Lessard! Ist doch nur eine Frau …«

Bevor sie sich trennten, fassten sie einen gemeinsamem Plan: Victor würde links ums Haus herum zum Ufer gehen, und Jacinthe würde noch fünf Minuten am Auto warten, bevor sie den von der Landstraße abgehenden direkten Weg zur Hintertür nahm.

Victor brauchte einen Moment, um zu begreifen, dass das Licht aus dem Fenster einer Hütte zum Eisfischen kam, die etwa hundert Meter vom Ufer entfernt stand. Das gelbliche Licht flackerte wie eine Laterne und warf ein helles Rechteck aufs Eis. Die Hütte schien zum anderen Ufer ausgerichtet, sodass Victor, so weit er das einschätzen konnte, auf einen Teil der Hinterseite und die rechte Wand blickte.

Er sah auf die Uhr und stellte fest, dass die fünf Minuten um waren. Das hieß, Jacinthe ging jetzt ebenfalls los. In diesem Moment hätte er eigentlich nach rechts abbiegen und den Hügel wieder hoch zum Haus laufen sollen, das sich jetzt in etwa auf seiner Höhe befinden musste.

Doch er machte nur wenige Schritte auf dem vereisten Boden, als er erneut stehen blieb. Da unten war eine Bewegung, etwas war kurz in den Lichtschein getreten.

Seine Augen mussten sich anstrengen, um im Dunkeln etwas zu erkennen: Da war ein Umriss auf dem Eis. Dort stand jemand mit auf dem Rücken gefesselten Händen.

Victor lief auf das Licht zu.

»Lessard!«

Das war Jacinthes Stimme. Ein Hilfeschrei, der ihm das Blut in den Adern gefrieren ließ.

Victor zögerte nicht eine Sekunde. Er wirbelte herum, drehte der Hütte den Rücken zu und rannte, so schnell er konnte. Seine Partnerin war in Gefahr.

Im Haus war alles dunkel.

Nur der heulende Wind unterbrach die Stille und begleitete Victor. Je näher er kam, desto offensichtlicher wurde der baufällige Zustand des Hauses.

Die verschmutzte Aluminiumverkleidung blätterte ab, die Bodenplanken waren verzogen.

Victor ging eine morsche Holztreppe hoch auf eine Veranda. Zu seiner Rechten blitzte etwas auf: Eine Spiegelung in der Terrassentür, deren Umrisse er nun in den Schatten ausmachte.

An die Wand gekauert, die Waffe noch immer gezückt, versuchte Victor leise die Glastür zu öffnen; sie glitt geräuschlos über die Schiene, Victor schlüpfte hinein und schloss sie hinter sich. Bis seine Augen an die Lichtverhältnisse gewöhnt waren, verharrte er reglos. Er spürte seinen Herzschlag bis in die Ohren.

Als er glaubte, dass die Luft rein war, wagte er sich vor.

Unter seinen Schuhsohlen knirschten Glasscherben. Auf einmal wurde es hell, und ihn blendete ein Lichtstrahl. Kurz überlegte Victor zu schießen, da er aber nicht wusste, wo Jacinthe war, wollte er nicht riskieren, sie zu treffen.

In der dunklen Ecke des Zimmers erklang seelenruhig eine tiefe ernste Frauenstimme.

»Ich habe auf Sie gewartet, Monsieur Lessard. Legen Sie doch bitte Ihre Pistole auf den Tisch. Sie haben nichts zu befürchten. Meine Waffe ist auf meinen, nicht auf Ihren Kopf gerichtet.«

Das Licht wanderte und erhellte für den Bruchteil einer Sekunde die Stahlmündung eines Gewehrs, die sich in eine dreifarbige Expos-Mütze drückte, dann wurde Victor wieder geblendet.

Der Tisch stand gleich neben der Glastür. Victor konnte ein Aufnahmegerät und originalverpackte TDK-Kassetten darauf erkennen, einen kleinen Pappkarton und ein Fernglas.

Den Finger am Abzug seiner Glock, die er nach wie vor auf die Frau gerichtet hielt, sicherte er den Hahn. Auch ohne sie zu sehen, wusste er, wo sie war. Ein gut gezielter Schuss, und alles wäre vorbei.

»Was wollen Sie?«

»Ich bin bereit, Ihnen ein Geständnis abzulegen, Sergent. Alles, was Sie brauchen, um es aufzunehmen, finden Sie auf dem Tisch. Aber bei der kleinsten falschen Bewegung blase ich mir das Gehirn weg. Und Sie werden nichts weiter erfahren als das, was Sie bereits wissen.«

Die leise Stimme der Vernunft befahl Victor, nicht auf diesen unsinnigen Vorschlag einzugehen und zu schießen.

»Und meine Partnerin?«

»Machen Sie sich keine Sorgen. Sie ist im anderen Zimmer. Ein Stromstoß vom Taser und eine kleine Injektion. In ein paar Stunden wird sie aufwachen und keinerlei Nachwirkungen davontragen. Außer leichten Kopfschmerzen vielleicht. Aber das ist alles. Also, drücken Sie ab, oder legen Sie Ihre Pistole beiseite, Victor. Sie sind doch einverstanden, wenn ich Sie mit Ihrem Vornamen anrede?«

»Und Senator Tousignant?«, ignorierte Victor die Frage. Er nickte in Richtung Fluss. »War er das auf dem Eis?«

»Ja, das war er. Aber sollten Sie auch nur den geringsten Versuch unternehmen, ihm zu helfen, bevor wir unsere Unterhaltung hier beendet haben, verlieren Sie auf beiden Spielfeldern. Er wird tot sein, bevor Sie die Hütte erreichen können, und bis Sie wieder zurück sind, hab ich mir ebenfalls die Lichter ausgeknipst.«

Missmutig verzog Victor das Gesicht.

»Wie wollen Sie ihn denn von hier aus umbringen?«

»Wissen Sie, was ein Herzschrittmacher ist? Ich habe ihm rechts und links vom Herzen eine Reihe Elektroden angebracht. Und sehen Sie dieses Teil hier?« Eine Hand schob sich in den Lichtkegel. Sie hielt einen elektronischen Apparat, dessen schwarzes Gehäuse kaum größer war als ein Handy. »Das ist ein drahtloser Elektrostimulator. Diese Dinger benutzen manche, um ihre Muskeln zu trainieren, ohne Sport zu treiben. Aber bei Menschen, die einen Herzschrittmacher tragen, gibt es eine erhebliche Kontraindikation. Ich kann ihm damit ein paar Stromstöße verpassen, die für einen Herzstillstand reichen sollten.«

»Sind Sie sicher?«

»Nein, sicher bin ich nicht, da haben Sie recht. Aber wenn Sie das Risiko eingehen wollen, bin ich bereit, es zu testen«, antwortete sie spöttisch. »Soll ich?«

Der Tonfall der Frau ließ Victor keinen Zweifel daran, dass sie von dem, was sie sagte, überzeugt war, aber ohne ihr Gesicht zu sehen, konnte er unmöglich wissen, ob sie bluffte oder nicht.

»Und was garantiert mir, dass Sie nach unserer Unterhaltung nicht trotzdem eine Ladung losschicken?«

»Ich fürchte, auch das Risiko müssen Sie eingehen, aber ich gebe Ihnen mein Wort. Wenn wir hier fertig sind, gehört er Ihnen. Ich habe keinerlei Interesse an seinem Tod. Öffnen Sie den Karton.« Victor hob den Deckel und sah mehrere datierte und durchnummerierte Kassetten. »Ich habe ihm persönlich sein Geständnis abgenommen, in der Hoffnung, dass er für seine Taten zur Rechenschaft gezogen wird.«

Victors Gehirn arbeitete auf Hochtouren und wog in wenigen Sekunden seine Möglichkeiten ab. Die Zeit blieb stehen, und die leise Stimme befahl ihm wieder abzudrücken. Wenn er richtig zielte, könnte er sie davon abhalten, die Fernbedienung zu betätigen, und anschließend Tousignant befreien. Auch wenn der Senator ein blutrünstiges Monster war, es war Victors Pflicht, ihn zu beschützen.

In jenem Fall würde er dann auf die Geständnisse verzichten müssen. Und wenn er sichergehen wollte, dass sie den Elektrostimulator nicht auslösen konnte, musste sein Schuss tödlich sein.

Falls er aber danebentraf, lief er nicht nur Gefahr, dass sie den Senator unter Strom setzte, sondern auch, dass sie zurückschoss. Dieses Risiko schien ihm allerdings eher gering. Zwar konnte er die Frau im Halbdunkel nicht gut sehen, aber Victor wusste exakt, wo im Zimmer sie sich befand. Aus dieser Distanz würden ein paar Kugeln die Sache zufriedenstellend erledigen.

Das Problem war, dass er häufiger auf seinen Instinkt hörte als auf seinen Verstand.

Er wusste durchaus, dass er ein großes Risiko einging und sich täuschen konnte, aber er fühlte sich von dieser Frau nicht bedroht und beschloss, es drauf ankommen zu lassen.

In der Stille war das Klicken seiner Abzugssicherung zu hören.

Victor legte die Pistole auf den Tisch, jedoch so, dass er im Notfall schnell nach ihr greifen und schießen könnte.

»Haben Sie ihm eine Ketzergabel umgelegt?«, fragte er.

»Sie haben also Ihre Hausaufgaben gemacht, Victor. Warum nehmen Sie nicht das Fernglas und sehen selbst nach?«

Victor tat wie geheißen und richtete das Fernglas auf die Gestalt, die ihm den Rücken zuwandte. Der Senator bewegte sich nicht, seine Hände waren mit Handschellen gefesselt, an denen eine schwere Kette hing. Das andere Ende führte zur Hütte, was ihn offensichtlich davon abhielt zu fliehen.

Um Tousignants Hals lag ein breites Metallband mit einem Loch in der Mitte des Nackens. Von diesem Halsband gingen zwei Stangen ab, die zu einem kleinen schwarzen Kästchen zwischen seinen Schulterblättern führten. Darunter verband eine weitere Stange das Kästchen mit den Handschellen um Tousignants Handgelenke, sodass die gesamte Vorrichtung auf seinem Rücken ein Y bildete. Circa zwanzig Zentimeter über seinem Kopf schwebte außerdem eine Art Metallspinne, deren Beine mit den am Halsband befestigten Stangen und dem Kästchen verbunden waren. Ein schwarzer Stachel von gut fünfzehn Zentimetern Länge schaute aus der Vogelspinne hervor, und dieser tödliche Stachel zielte direkte auf das Loch im Halsband, sodass er den Nacken exakt in der Mitte durchbohren würde.

Da Victor den Senator nur von hinten sah, konnte er die Spitzen, die sich in Tousignants Hals und Brustbein bohrten, nicht sehen, doch dessen weit zurückgeneigter Kopf ließ keinen Zweifel.

An seinen Knöcheln und Schenkeln waren Eisenstangen mit Duct Tape befestigt, sodass er die Beine nicht knicken, geschweige denn sich setzen konnte. Das beantwortete Victor zwei bisher ungeklärte Fragen. Erstens wusste er jetzt, was die Ursache der Klebstoffreste an Harpers und Lawsons Beinen gewesen war, zweitens verstand er, warum nichts darauf hingedeutet hatte, dass sie aufgehängt worden waren. Die Stangen machten diese Vorkehrung überflüssig.

Vor dem Senator stand ein Holzklotz auf dem Eis.

»Liegt der Schlüssel auf dem Stamm?«

Auf der anderen Seite des Zimmers antwortete die kalte, beherrschte Frauenstimme:

»Ein schlauer Schachzug, Victor. Hätte ich Ihre Frage bejaht, wüssten Sie, dass ich nie die Absicht hatte, ihn mit dem Leben davonkommen zu lassen. Der Schlüssel liegt auf dem Tisch, unter dem Aufnahmegerät.«

Victor sah nach. Sie sagte die Wahrheit. Dort lag ein Schlüssel.

»Der Mechanismus ist nicht gespannt. Es ist schmerzhaft und unangenehm, aber nicht lebensbedrohlich.«

Vorausgesetzt, sein Herz hält durch, dachte Victor.

»Steht er da schon lange?«, fragte er.

»Etwa eine Stunde.«

»Also haben Sie uns erwartet, Madame Couture?«

»Ich würde sagen, ich habe eher auf Sie gehofft«, gab die Frau zurück, die es offenbar nicht weiter kümmerte, dass Victor ihren Namen kannte.

»Diese Spielchen können Sie sich bei mir sparen«, antwortete Victor ruhig, aber bestimmt. »Woher wussten Sie, dass wir unterwegs sind? Hat McNeils Sekretärin Sie gewarnt?«

»Audrey ist eine Kollegin. Wir haben in der Klinik oft zusammen Mittag gegessen. Nehmen Sie es ihr nicht übel. Ihr Anruf hat sie sehr beunruhigt, und sie dachte, sie täte das Richtige, indem sie mir mitteilte, dass die Polizei nach mir fragt. Auf der Kochstelle hinter Ihnen steht übrigens Tee. Wollen Sie uns nicht welchen einschenken?«

Victor zögerte, ging ein paar Schritte rückwärts und fand zwei Tassen auf der Arbeitsfläche. Er nahm die Teekanne vom Herd und schenkte ihnen von der dampfenden Flüssigkeit ein. Dann trug er die Tassen zurück zum Tisch.

Der Lichtstrahl wanderte erneut und fiel vor ihm auf die Dielen.

Seine Augen nutzten die kurze Verschnaufpause und huschten sofort in sämtliche Richtungen, um so viele Details wie möglich aufzunehmen.

»Stellen Sie meine auf den Boden, ins Licht, und dann setzen Sie sich an den Tisch«, befahl die Frau.

Victor gehorchte. Eine geäderte Hand tauchte aus dem Schatten auf und griff nach der Tasse.

»Danke. Übrigens, wie Sie die Situation mit Ihren Kollegen handhaben wollen, die sicher auf Ihr Signal warten, um zur Verstärkung anzurücken, überlasse ich Ihnen. Aber ich sage es noch einmal: Beim geringsten verdächtigen Geräusch puste ich mir das Gehirn weg, und Sie erfahren überhaupt nichts mehr.«

Victor sah auf die Uhr.

Loïc und der Gnom würden in weniger als zwanzig Minuten hier sein.

»Soll ich die Aufnahme starten?«, gab er als einzige Antwort zurück.

»Ja. Eine Kassette ist schon drin.«

Noch einmal bewegte sich der Strahl der Taschenlampe. Die Frau richtete ihn so aus, dass er Victor nicht mehr blendete, sie jedoch weiterhin im Schatten blieb. Wenn Victor die Augen zusammenkniff, konnte er ihre Silhouette erahnen, aber ihr Gesicht sah er nicht.

»Sie kennen meinen Namen ... Aber wissen Sie, wer ich bin?«

Victor zuckte die Achseln.

»Auf dem Weg hierher habe ich mir den Kopf zerbrochen, wo mir Ihr Nachnamen neulich noch begegnet ist. Und dann fiel's mir wieder ein. In der Evergreen-Akte, die Sie in den Müllsäcken vor Senator Tousignants Haus abgestellt haben. Wenn ich mich nicht irre, sind Sie Gilbert Coutures Tochter. Einer meiner Kollegen ist gerade dabei, das zu überprüfen. Ihr Vater war Buchhalter bei Bélanger, Monette und Partnern, einer Firma aus Joliette. Er und zwei weitere Angestellte wurden 1964 auf Senator Tousignants Befehl von André Lortie ermordet.«

»Ersparen Sie Ihrem Kollegen die Mühe, Victor, Sie haben mit allem recht. Meinen Bruder Lennie haben sie übrigens auch umgebracht, aber dazu später. Bevor wir weitermachen, darf ich Sie fragen, womit ich mich verraten habe?«

»Eine Kleinigkeit ... ein winziges Detail ... Vorhin hat jemand mir gegenüber die Tochter von Freunden erwähnt, an der ein Junge verloren gegangen sei. In dem Moment habe ich begriffen, dass die Frau, die mir im Confessionnal das Paket Streichhölzer ausgehändigt hat, nicht verkleidet war, um wie ein Mann auszusehen, sondern ein grundsätzlich maskulines Auftreten hat. Und da musste ich an Sie denken und an Ihre Bemerkung in der Klinik, als ich sagte, es müsse sehr viel Kraft kosten, die Patienten so zu bewegen, wie Sie es tun.«

»Und ich antwortete, dass mein Vater lieber einen Sohn gehabt hätte ...«

»Exakt. Zum Glück habe ich mich an unser Gespräch erinnert. Wobei es auch so nur eine Frage der Zeit gewesen wäre. Bei der Überprüfung Ihres Vaters und seiner Vergangenheit wäre Ihr Name schon noch aufgetaucht.«

Victor trank ein paar Schlucke Tee. Charlie fuhr fort:

»Sie haben sicher auch schon mitbekommen, dass Eltern, die vom Geschlecht ihres Kindes enttäuscht sind, dessen Entwicklung unter Umständen unbewusst erheblich beeinflussen können. Mein Bruder war geistig behindert. Und mein Vater hat das nie akzeptiert. Mich hat er immer wie einen Jungen behandelt. Bis ich mich schließlich wie ein Junge verhalten habe.«

Die leise Stimme in Victors Kopf äußerte erneut Zweifel. Was sollte eigentlich dabei herauskommen, wenn er hier Tee trinkend mit dieser Frau plauderte, als wären sie alte Bekannte, anstatt nach seiner Pistole zu greifen und dieser Farce ein Ende zu bereiten?

Die Stimme verschwand, sobald er sich darüber klar wurde, dass er sich selbst belog.

Im Grunde kannte er die Antwort genau. Sie bot ihm die Möglichkeit, die Löcher in der Geschichte zu stopfen, seine Neugier zu befriedigen und gleichzeitig die Chance aufrechtzuerhalten, Tousignant zu retten.

Plötzlich fiel es ihm wie Schuppen von den Augen: Die Tatsache, dass sie ihm lieber hier ihr Geständnis ablegte als in einem Verhörraum, schien ihm äußerst aufschlussreich.

Charlie Couture hatte weder vor, sich einem Richter zu stellen, noch eine Strafe zu verbüßen.

90.
DIE ROTE LINIE

Victor würde diesen Moment bis ans Ende seines Lebens, bis zu seinem letzten Atemzug, nicht mehr vergessen.

Vier Wände, der Duft von Tee, die Dielen, die unter dem Gewicht seines Stuhls knarzten; die Glastür, durch die der Sankt-Lorenz-Strom zu sehen war, auf dem sich im gelblichen Licht eine Figur abzeichnete; zwei Personen, ein Mann und eine Frau, ein Polizist und eine Mörderin, ein Gespräch, das die Zukunft verändern würde. Und das Leben, das zerrann, Sekunde für Sekunde, stetig wie ein tropfender Wasserhahn.

»Da sich Lucian Duca bei Baker, Lawson, Watkins anstellen ließ, um einem seiner Opfer näherzukommen, schätze ich, Sie haben dasselbe getan, indem Sie im Louis-H. anfingen. Dadurch kamen Sie McNeil und Lortie näher. Liege ich richtig?«

»Absolut. Ich fing 2008 im Louis-H. als Pflegehelferin an und sorgte dafür, dass ich auf derselben Station eingeteilt wurde, auf der André Lortie hin und wieder in Behandlung war.«

»Hatten Sie vor, ihm die Morde an Harper und Lawson in die Schuhe zu schieben?«

»Ich wollte vor allem, dass er vollends verrückt wird.«

»Oder sich das Leben nimmt.«

»Ob er wirklich so weit gehen würde, war schwer vorauszusehen, aber je mehr Zeit ich mit ihm verbrachte und ihn beobachten konnte, desto einfacher wurde es, die richtigen Knöpfe zu drücken, die richtigen Schalter umzulegen, damit er mental aus dem Gleichgewicht kam.«

»Wenn mich mein Gedächtnis nicht trügt, waren Sie diejenige, die uns in der Klinik davon erzählt hat, dass er nach einem Blackout mit Brieftaschen und blutiger Kleidung aufgewacht ist.«

»Lortie hat das Portemonnaie meines Vaters oder eines seiner anderen Opfer niemals besessen. Das habe ich ihm eingeredet, während er delirierte, und irgendwann vermischte es sich mit seinen echten Erinnerungen. Solang er stationär behandelt wurde, habe ich jeden Tag davon gesprochen. So viel und so oft wie nötig, damit es sich so richtig verfestigt.«

»Sie bereiteten ihn auf das vor, was kommen würde ...«

»Ich bereitete alles vor, damit er noch verstörter wurde, wenn er Harpers und Lawsons Brieftaschen fand und glaubte, denselben Alptraum ein zweites Mal zu erleben. Und er war wirklich zutiefst überzeugt davon. Als er die Brieftaschen fand, die ein junger Obdachloser, den Lucian bezahlt hat, in seinen Sachen versteckt hatte, war Lortie absolut sicher, Lawson und Harper umgebracht zu haben.«

Victor runzelte die Stirn. Er erinnerte sich an den Bericht des Kollegen Gonthier. Bevor er sich hinunterstürzte, hatte Lortie gesagt: »Dann fängt es wieder an. Ich hab genug davon.« Victor hatte Nashs Gesicht vor Augen. War er der junge Obdachlose, den Charlie eben erwähnt hatte? Das konnte sie ihm auch nicht beantworten.

»Aber warum haben Sie uns von den Brieftaschen erzählt? Wenn Sie ihm die Geschichte doch selbst eingeredet hatten? Wollten Sie uns auf eine falsche Fährte locken?«

»Das stand doch sowieso in seiner Krankenakte. Ich habe Ihnen lediglich die klinischen Befunde genannt, wie es jede Kollegin und jeder Kollege getan hätte. Sonst hätte ich mich doch verdächtig gemacht.«

»Und McNeil? Ihre Anstellung brachte Sie auch mit ihm in Kontakt ...«

»Um ehrlich zu sein, wollte ich vor allem an Lortie herankommen. Zu dem Zeitpunkt wusste ich noch nicht, inwieweit McNeil an den Misshandlungen beteiligt war, die Judith Harper meinem Vater angetan hat. Und ich wusste auch nicht, ob er Lortie weiterhin irgendwie überwachen ließ. Am Anfang hatte ich nicht vor, ihn zu töten.«

Victor kam ein Gedanke. Fast hätte er ihn verworfen, aber dann sprach er ihn doch aus:

»Als sich die Gelegenheit bot, haben Sie die Zahlen von McNeils Kühlschrank genommen und ihn an dem Tag, an dem sie Judith Harper umgebracht haben, von Harpers Telefon aus deren Apartment angerufen.«

Charlie blies auf den heißen Tee, bevor sie einen Schluck nahm. Sie nickte.

»Als er dranging, habe ich sofort aufgelegt. Was die Ziffern angeht, die hab ich schon vor einer ganzen Weile mitgehen lassen. McNeil hatte bei sich zu Hause ein Abendessen für die Stationsmitarbeiter organisiert. Ich wollte nur, dass er unter Verdacht gerät, ihm ein bisschen schaden. Aber ich wollte ihn nie umbringen. Bis zu dem Moment, als er herausfand, dass ich Lorties Akte gefälscht hatte.«

Victor erinnerte sich an die handgeschriebenen Notizen in Lorties psychiatrischer Akte.

»Die Anspielung auf Doktor Cameron ...«

»Ja. Ich wollte Sie sanft in Richtung MK-ULTRA stoßen. Da ich die letzte Person war, die die Akte gehabt hatte, stellte McNeil mich zur Rede. Aber anders als erwartet schlug er mir einen Deal vor, ich sollte für sein Schweigen bezahlen. Für den Fall, dass ihm etwas zustieß, hatte er angeblich Vorkehrungen getroffen. Reiner Bluff. Ich habe ihm ein Treffen im Parc Maisonneuve vorgeschlagen. Seine Unvorsichtigkeit ist vermutlich darauf zurückzuführen, dass ich eine Frau bin und er mich kannte, was er aber nicht wusste, war, dass Lucian ganz in der

Nähe mit seinem Bogen auf der Lauer lag. Ich weiß nicht einmal, ob ihm bewusst war, dass ich Gilbert Coutures Tochter bin. Er war dermaßen besessen vom Geld ... Den Rest der Geschichte kennen Sie, nehme ich an.«

Victor sah sich wieder selbst in McNeils Büro, sah den Blick des Psychiaters, sein Aufleuchten, als er die handgeschriebenen Notizen erwähnte. Victor hatte unwissentlich sein Misstrauen geweckt.

»Und die Magnetziffern auf dem Kühlschrank? Wenn ich das richtig beurteile, war die Anordnung für Sie von symbolischer Bedeutung: das Todesdatum Ihres Vaters. Aber bedeuteten sie auch Judith Harper etwas?«

»An dem Abend, an dem Papa ermordet wurde, haben Tousignant und Harper zur Feier seines Verschwindens gemeinsam gegessen. Lortie war ebenfalls dabei und machte Fotos. Die hat Lucian mir gezeigt.«

Victor speicherte das Detail ab, dann bat er Charlie um Erlaubnis, auf sein Handy zu schauen, das gerade gepiept hatte.

Sie stimmte zu.

Per SMS ließ der Gnom ihn wissen, dass Loïc und er aufgehalten worden waren und in frühestens fünfundzwanzig Minuten einträfen. Ein Aufschub, der Victor, selbst wenn er es sich nur ungern eingestand, durchaus gelegen kam, so sehr war er von dem Gespräch gebannt.

Kurz überlegte er, ob er antworten sollte, und beschloss, es erst einmal zu lassen. Dann änderte er doch seine Meinung und tippte: »Okay«, bevor er das Handy auf den Tisch legte.

Jede Minute mit der Täterin verschaffte ihm weitere unschätzbare Informationen.

Außerdem wollte er keine kostbare Zeit vergeuden, indem er den Gnom und Loïc darüber ins Bild setzte, was hier vor sich ging. Charlie Couture wollte keine Erklärungen von ihm. Sie hatte ihn klipp und klar gewarnt.

Jetzt musste er sich entsprechend verhalten.

»Sie sprachen eben von Lucian ... Wie haben Sie sich kennengelernt?«

»Lortie lebte jedes Mal auf der Straße oder in einem schäbigen Apartment, wenn er aus dem Louis-H. entlassen wurde. Als er jünger war, hatte er unzählige Affären. Wann immer er Geld brauchte, machte er die Runde, stand spätabends vor ihren Türen. Oft schlug ihn der neue Lebensgefährte in die Flucht. Aber manchmal traf er auf Mitgefühl und bekam ein wenig Geld. Eine dieser Frauen, Silvia Duca, Lucians Mutter, hatte Mitleid und nahm ihn immer wieder für ein paar Nächte bei sich auf. Lucian war damals noch sehr klein. Weder ihm noch Lortie hat sie jemals gesagt, dass sie Vater und Sohn waren, nur hatte Lortie das auch so begriffen. Während einer seiner manischen Phasen gestand er Lucian irgendwann, dass er sein Vater war, und erzählte ihm von seiner Vergangenheit, von der schrecklichen Folter, der Judith Harper und McNeil ihn unterzogen hatten, von seiner Teilnahme an verschiedenen Aktionen der FLQ und seiner Beteiligung am Komplott zur Ermordung Präsident Kennedys. Lucian erinnerte sich, dass Lortie, wann immer er bei ihnen untergekommen war, Dokumente und Fotos im Badezimmer versteckt hatte. Dokumente, deren Existenz Lortie selbst offenbar vergessen hatte, die jedoch seine Behauptungen belegten.«

Victor musste an sein Gespräch mit Cleveland Willis denken, der diese Dokumente, mit denen Lortie seinerzeit gefährlich angegeben hatte, ebenfalls erwähnt hatte. Ohne groß darüber nachzudenken, sagte Victor:

»Dokumente, die außerdem enthielten, dass Ihr Vater und seine Kollegen von Judith Harper misshandelt worden waren ... und von Lortie hingerichtet.«

»Sie haben recht, das war ein Teil davon«, gab die Frau zu. »Lortie hatte nicht nur Dokumente im Zusammenhang mit

Aufträgen versteckt, die er für Tousignant und Lawson erledigt hatte, sondern auch Papiere, die seine Kontakte zu Oswald belegten ...«

Victor schaute ein paar Sekunden ins Leere, während sein Gehirn Charlie Coutures Worte verarbeitete. Sie aber fuhr unbeirrt fort:

»Als er all das erfuhr, war Lucian am Boden zerstört. Er sprach nur selten über seine Gefühle, und über jenen Abschnitt seines Lebens weiß ich nicht viel, aber ich kann mir seine Reaktion ziemlich gut vorstellen. Innerhalb weniger Wochen fand er nicht nur heraus, wer sein Vater war, sondern auch, dass dieser ein Schlächter gewesen war, der die schlimmsten Gräueltaten begangen hatte.«

»Hat Lucian seinen Vater zur Rede gestellt?«

»Lortie hat alles geleugnet. Er behauptete, er könne sich an nichts erinnern. Als Lucian weiter darauf beharrte – schließlich besaß er Dokumente, die alles bewiesen –, sagte Lortie, es sei nicht seine Schuld, dass man an seinem Gehirn herumgepfuscht hätte und dass er für seine Taten nicht verantwortlich sei. Die Akte enthielt gleich mehrere Seiten zu Lorties Behandlung im Rahmen von MK-ULTRA. Beispielsweise gewisse Sätze, die er unaufhörlich wiederholte und die von Judith Harper aus seinem Gedächtnis gelöscht worden waren. Darunter einer, den Oswald nach seiner Festnahme gesagt hat.«

»I didn't shoot anybody, no sir!«

»Ganz genau. Aber Lucian hat sich nicht täuschen lassen: Die Dokumente belegten eindeutig, dass Lortie den Behandlungen 1969 und 1970 unterzogen worden war, also lange nach den Morden von 1964. Daraufhin hat Lucian sämtliche Brücken eingerissen, und Lortie ist spurlos verschwunden.«

Das Puzzle in Victors Kopf begann sich zu vervollständigen.

»Und mit den Informationen aus den Dokumenten hat Lucian Sie gefunden.«

»2007 war das. Lucian ist einfach eines Abends bei mir aufgetaucht und fing an, mir all diese Dinge zu erzählen. Er bestand darauf und sagte, ich sei die erste Person, mit der er darüber spräche, dass ich das Recht hätte, alles zu erfahren, und dass er mit Hilfe der Dokumente alles beweisen könne. Anfangs habe ich gar nichts verstanden, ich dachte, er sei verrückt. Ich habe ihn rausgeschmissen und wollte nichts mehr davon hören. Aber in den darauffolgenden Tagen war Lucian derart hartnäckig – er rief mich an und stand andauernd vor meiner Tür –, dass ich irgendwann doch nachgab und alles schluckte. Erst hat es mich völlig erschüttert ... und dann angewidert.«

»Bis dahin dachten Sie, Ihr Vater und Ihr Bruder wären bei einem Jagdunfall ums Leben gekommen.«

»Nein. Ich wusste immer, dass Papa und Lennie umgebracht worden waren, ich hatte den Mörder auf dem Waldweg selbst gesehen. Aber da kannte ich Lorties Identität noch nicht. Als ich mit meiner Mutter darüber sprechen wollte, ließ sie mich schwören, nichts der Polizei zu sagen, weil wir sonst die nächsten wären. Ich habe keine Ahnung, inwieweit Mama Bescheid wusste, aber sie weigerte sich bis zu ihrem Tod, mir mehr zu erzählen.« Sie hielt kurz inne. »Ich weiß nur, dass sie mich damit beschützen wollte. Mit der Zeit habe ich mir ein neues Leben aufgebaut, habe versucht zu vergessen, das Ganze hinter mir zu lassen. Verstehen Sie?«

Victor konnte das Gesicht der Frau immer noch nicht sehen, aber ihre Ergriffenheit spüren. Sie machte eine längere Pause, bevor sie fortfuhr.

»Ich habe Lucian gefragt, warum er zu mir gekommen ist, anstatt zur Polizei zu gehen. Er hatte keine Antwort darauf. Dann wollte ich zur Polizei gehen, aber jedes Mal, wenn ich im Auto auf dem Weg war, drehte ich nach halber Strecke wieder um. Wer würde mir glauben? Und dann saß ich stundenlang in der Einfahrt hinterm Steuer und hab geheult. In den ersten Wochen haben Lucian und ich uns jeden Tag getroffen. Ich hatte das Bedürfnis, mit ihm zu reden, um zu verstehen. Nach und nach hat sich daraus eine Beziehung entwickelt, wir haben uns verliebt. Sein Interesse an mir schien mir ganz irreal. In meinem Leben hatte es schon lange keinen Mann mehr gegeben. Dazu kam der erhebliche Altersunterschied. Aber es tat mir gut. Ich versuchte mir einzureden, dass wir in der Gegenwart leben und die Vergangenheit hinter uns lassen mussten.«

»Aber dazu waren Sie nicht der Lage.«

»Wenn ich mit dem Älterwerden eines begriffen habe, dann dass uns die Vergangenheit immer einholt … Als Lucian in mein Leben trat und ich die Wahrheit erfuhr, ist die Wunde, über der sich mit der Zeit eine Kruste gebildet hatte, wieder aufgerissen, etwas in mir ist zerbrochen, und dieses Mal endgültig.«

Victor nickte unbewusst. Was sie über die Vergangenheit gesagt hatte, deckte sich ziemlich genau mit seinen eigenen Erfahrungen.

»Und dann haben Sie gemeinsam mit Lucian Ihre Rache geplant.«

»Aber nicht auf die Art, wie man es vielleicht erwartet. Man steht nicht eines Morgens auf und sagt zum anderen, jetzt rächen wir uns. Das diskutiert man nicht. Aber irgendwann wacht man auf und akzeptiert es einfach, unhinterfragt. Es war einige Zeit vergangen. Ich hatte mir angewöhnt, Tousignant zu beobachten, sein Kommen und Gehen, und das von Harper und Lawson auch. Mir wurde schlecht von ihrem beruflichen und finanziellen Erfolg, aber mehr noch von der Tatsache, dass sie einfach hatten nach vorn blicken können, dass sie ihre Leben völlig ungestraft weiterleben konnten, ohne je für ihre Verbrechen zu büßen. Ab da hat sich in meinem Kopf ein Plan entwickelt. Aber mit Lucian sprach ich noch nicht darüber. Irgendwann, 2008 glaube ich, ist mir auf der Straße ein Obdachloser begegnet. Als ich mich geweigert habe, ihm Geld zu geben, schrie er: ›Verfluchtes Hundeleben!‹ und hat auf den Boden gespuckt. Ich war mir absolut sicher, dass ich Lortie vor mir hatte. In meinem ganzen Leben habe ich nur eine einzige Person diese Worte sagen hören. Als ich zurückkam, erzählte ich Lucian davon.« Wieder machte sie eine kurze Pause. »In den Tagen danach suchte er ohne mein Wissen in den Obdachlosenheimen nach seinem Vater. Als er mir eine Woche später eine Liste sämtlicher Orte vorlegte, an denen Lortie sich aufhielt, habe ich ihn zum ersten Mal in meinen Plan eingeweiht. Lortie wurde häufig im Louis-H. behandelt. Da ich praktischerweise ausgebildete Krankenpflegerin bin, bekam ich dort recht schnell eine Anstellung. Nach und nach nahm die Sache Gestalt an. 2010, als Lortie wieder mal ins Louis-H. eingeliefert wurde, wartete ich schon auf ihn. Damit begann die finale Phase meines Plans.«

Victor ahnte zwar, dass Charlies Beweggründe ein kompliziertes Geflecht darstellten, aber er wollte ihr eine offene Frage stellen:

»Sie haben doch nicht ausschließlich aus Rache gehandelt?«

»Man wird sich meine Verbrechen ansehen und ausschließlich von Rache reden, das weiß ich. Angesichts des Unverständnisses, das Grausamkeit hervorruft, tendieren wir dazu, die Welt klar in Gut und Böse aufzuteilen, als könne man beides so eindeutig trennen. Aber Sie haben recht, Victor. Im Grunde waren meine Taten nicht von Rachedurst motiviert. Ehre war in den Augen meines Vaters das höchste Gut, und nichts hat er leidenschaftlicher und verbissener an mich weitergegeben. Ich habe vor allem gehandelt, um sein Andenken zu ehren. Ich wollte ihm zeigen, dass ich mich erinnere.« Diesmal schwieg sie länger. »Rache kam erst später dazu. Viel später … Als ich die Angst und den Schmerz in den Gesichtern meiner Opfer sah. Und es mir Freude bereitet hat, sie leiden zu sehen.«

Victor schüttelte den Kopf. Es war erschöpfend, Charlie beim

Enthüllen ihrer dunklen Seele zuzuhören, aber angesichts all dessen, was sie erlebt hatte, konnte er auch nicht umhin, ein gewisses Verständnis für sie zu empfinden.

»Und um das Andenken Ihres Vaters zu ehren, brauchten Sie Tousignants Geständnis? Reichten Ihnen dafür nicht die Dokumente, die Lucian Ihnen gegeben hatte? All diese Tode hätten doch verhindert werden können!?«

»Die Dokumente stellten Tousignant als führenden Kopf dar, gleichzeitig aber als eine Nebenfigur, die sich der Verantwortung auch hätte entziehen können. Mir ging es darum, jede Mehrdeutigkeit aus dem Weg zu räumen. Tousignant verfügt über beträchtliche Geldmittel. Ich wollte sichergehen, dass er sich nicht hinter einer Armee von Anwälten verschanzte. Und um ihn zu einem Geständnis zu bewegen, um ihn genug in die Enge zu treiben, mussten die anderen tot sein. Tousignant durfte keinen Zweifel daran haben, dass ich zum Äußersten bereit war – bereit, ihn umzubringen, sollte er sich weigern zu reden. Ich musste ihn überzeugen, dass ihm keine andere Wahl blieb.«

»Sie hätten aufhören können, als Sie die Anklageschrift und die Dokumente gefunden hatten – Lawsons berühmte Evergreen-Akte. Die belastete den Senator doch eindeutig.«

»Aber ich konnte doch nicht wissen, dass Lawson diese Dokumente besaß. Und natürlich haben sie manche Leerstelle gefüllt, aber zu dem Zeitpunkt war es für einen Rückzieher schon zu spät.«

»Warum hat Tousignant Ihnen gegenüber ausgepackt? Er konnte doch nicht wissen, ob Sie ihn nicht trotzdem, auch nach seinem Geständnis, noch umbringen würden. Der Beweis dafür ist, dass er in diesem Moment auf dem Eis steht und – das schwöre ich Ihnen – denkt, er wird sterben.«

»Das stimmt, aber wenn wir dem Tod ins Auge sehen, sind wir alle gleich. Wir sind zu vielem bereit, um ihn hinauszuzögern, selbst wenn es sich nur um Sekunden handelt. Der Senator wollte lieber reden und es drauf ankommen lassen, als zu schweigen und definitiv zu sterben.«

Victor schüttelte erneut den Kopf. Ihm war bewusst, dass die Frau ihn aus der Dunkelheit heraus beobachtete.

»Erzwungene Geständnisse sind vor Gericht wertlos«, sagte er.

»Ich überlasse es den Richtern, ihren Job zu tun. Sie hätten sehen sollen, welche Angst Harper und Lawson hatten, als sie sich der roten Linie näherten.«

Auf Victors Bitte erläuterte Charlie Couture, was es mit dieser roten Linie auf sich hatte: Es handelte sich um einen Markierungsstreifen, den sie mit Duct Tape vor dem Möbelstück, auf dem sich der Schlüssel befand, auf den Boden geklebt hatte.

»Für sie war die Linie wie eine Bedrohung, eine Warnung vor unmittelbarer Gefahr. Welche Freude in ihren Gesichtern lag, nachdem sie die Linie, überzeugt dabei sterben zu müssen, unbeschadet überschritten hatten und nach dem Schlüssel griffen, in dem Glauben, er würde sie befreien.« Charlie lachte so wahnsinnig, dass Victor eine Gänsehaut bekam. »Der Schlüssel, mit dem sie eben nicht wie erhofft ihre Handschellen öffneten, sondern stattdessen den Mechanismus auslösten, der ihren Tod bedeutete.«

Victor wurde klar, dass sie ihren Opfern beim Todeskampf zugesehen hatte. Die rote Linie, der Schlüssel, der den tödlichen Stachel in Bewegung setzte, das alles hatte sie mit angesehen ... Hatte sie den Horror sogar gefilmt? Diese Frau war verrückt, brillant und eine Psychopathin.

»Warum haben Sie sie auf genau diese Weise getötet?«

»Ach, das ist auch eine Art Hommage. Mama war Historikerin, spezialisiert aufs Mittelalter. In ihrer Doktorarbeit ging es um die Ketzergabel, aber Mama konnte sie nie fertig schreiben. Papas Tod hat ihr Leben zerstört. Danach ist sie an Krebs gestorben.«

»Wie haben Sie sich eine beschafft?«

»Eine Ketzergabel? Die hat Lucian gebaut. Bevor er von Baker, Lawson, Watkins eingestellt wurde, arbeitete er in einer Gießerei. Er hatte sehr geschickte Hände.«

»Dann hat er den Mechanismus für den Stachel entworfen, der den Nacken durchbohrt?«

»Wenn die Vorkehrung gespannt ist, löst das Opfer in dem Moment, wo es den Schlüssel dreht, um die Handschellen zu öffnen, den Stachel selbst aus. Im Scherz habe ich mal zu Lucian gesagt, er solle sich das Ding patentieren lassen.« Sie hustete. »Wissen Sie, Judith Harpers Tod hat mich trotz allem nicht befriedigt. Sie ist zu schnell gestorben. Sie hatte sich damit abgefunden und schon nach kurzer Zeit den Schlüssel genommen. Innerhalb weniger Stunden war alles vorbei.«

»War Lucian bei Ihnen?«

»Nicht, als ich sie entführt habe. Nachdem ich sie mit dem Taser außer Gefecht gesetzt und ihr ein Anästhetikum gespritzt hatte, habe ich sie im Rollstuhl aus ihrem Wohnhaus geschafft. Danach habe ich sie in mein Auto gehoben. War ziemlich einfach, sie war so zart und dürr.«

Dabei musste Victor wieder daran denken, wie er Charlie im Louis-H. zugesehen hatte, als sie einem korpulenten Patienten aus dem Bett half. Diese Handgriffe gehörten zu ihrem beruflichen Alltag.

»Sie brachten Sie zum Lagerhaus. Sie hatten Horowitz verführt und kannten die Öffnungszeiten …«

»Das Lagerhaus ist freitags geschlossen. Horowitz hat mir erzählt, dass sie das seit zwanzig Jahren so machten.« Sie lachte. »War nicht sehr schwierig, das alte Schwein rumzukriegen.«

»Für den Anlass trugen Sie eine dunkle Perücke, richtig?«

»Absolut«, antwortete Charlie leise.

»Nathan Lawson wiederum haben Sie ein paar Tage gefangen gehalten, bevor Sie ihn töteten.«

»Bei Lawson war ich bereit, größere Risiken einzugehen,

selbst auf die Gefahr hin, dass er mir entwischte. Es war ein Spiel geworden. Ich wollte, dass er genug Zeit hatte, um Angst zu kriegen, aber auch darauf zu hoffen, er könnte noch entkommen. Ich bin ihm im Auto gefolgt, als er das Büro verließ. Ich wusste, dass er die Polizei nicht verständigen würde. Und wenn ich wirklich hätte befürchten müssen, dass er mir stiften geht, hätte ich immer noch den Taser einsetzen können. Einmal habe ich ihn überholt und die Erleichterung in seinem Gesicht gesehen – eine Frau ...« Sie schwieg kurz. »Ich bekam so meine Zweifel, als Lawson erst vor einem Geschäftszentrum haltgemacht hat und dann zum Friedhof weitergefahren ist, aber ich wusste von Lucian, dass er ihm dabei geholfen hatte, eine Akte in seinem Kofferraum zu verstauen. Während ich Lawson gefolgt bin, hat Lucian sichergestellt, dass er die Akte auch wirklich auf dem Friedhof versteckt hat. Im Übrigen kannte ich Peter Frosts Haus schon. Ich war Lawson ein paar Wochen vorher, als er mit seinem jungen Liebhaber hinfuhr, schon mal gefolgt. Als mir klar wurde, wohin er unterwegs war, wusste ich auch, dass ich alle Zeit der Welt hatte. Er plante sich zu verstecken.«

Die Frau holte tief Luft. Inzwischen erzählte sie, auch ohne dass Victor ihr Fragen stellte. Ob sie sich von einer Last befreite? Ob sie damit ihr Gewissen erleichterte? Victor konnte es nicht sagen.

»Nachdem Lawson die Dokumente versteckt hatte, haben Lucian und ich sie uns angeschaut, aber danach bat ich ihn, sie wieder zurück auf den Friedhof zu bringen. Ich wusste, dass sie für Lawson eine Art Lebensversicherung darstellten, ein Tauschobjekt, und dass jemand anderes versuchen würde, sie sich zu beschaffen, um Tousignant mit ihrer Veröffentlichung zu drohen. Für Lawson war die Gleichung simpel: Er war überzeugt, dass der Senator hinter seinem Leben her war. Ich habe Lawson lang genug sediert, um zu schauen, was passieren würde. Wie zu erwarten kam Rivard, um sich die Akte zu holen. Er war die einzige Person, der Lawson vertraute. Das wurde mir klar, als ich nach der Pressekonferenz Rivards Aufruf sah.«

»Er hat sich direkt an Tousignant gewandt, als er sagte, er hätte, wonach er suche.«

»Ab dem Moment war offensichtlich, dass Rivard Lawson hintergangen und beschlossen hatte, die Akte an den Meistbietenden zu verkaufen, also an den Senator. Lucian hat sich daraufhin an Rivards Fersen geheftet. Am Tag nach der Pressekonferenz ist er auf den Friedhof, um sich die Akte zu beschaffen. Übrigens erklärt Tousignant in seinem Geständnis auch, wie Rivard zu ihm Kontakt aufgenommen hat.«

»Und Lucian hat Rivard getötet, um zu verhindern, dass die Akte in Tousignants Hände gerät?«

»Lucian und Rivard arbeiteten in derselben Firma. Und Rivard war dem Büropersonal gegenüber grundsätzlich herablassend und ungerecht. Lucian hasste ihn sowieso schon. Als Rivard dann kam, um die Akte zu holen ...« Sie hielt inne. »Lucian ist Skiwettkämpfe gefahren und mit Pfeil und Bogen auf die Jagd gegangen ... Rivard hatte keine Chance.«

Victor gingen diverse Lichter auf, dann wieder herrschte Chaos in seinem Kopf. Er würde sich die Aufnahmen noch mal anhören müssen, um sicherzugehen, dass er sämtliche Wege des Labyrinths gegangen war.

91.
UNTER SCHOCK

Getragen von Charlie Coutures Stimme lösten sich die Wörter auf, zerbrachen Sätze und Gedanken und wichen Bildern von Tod, Schmerz, aber auch von Liebe und Sehnsucht, die sie in Victors Kopf heraufbeschworen.

Ein Klicken ließ Victor hochfahren, so sehr war er von ihrem Bericht gefesselt gewesen.

Die erste Seite der Kassette war voll. Victor nahm sie heraus, drehte sie um und drückte erneut auf Aufnahme. Charlie Couture redete bereits seit einer halben Stunde.

»Wie lange noch, bis Ihre Kollegen hier sind?«

»Zehn Minuten«, antwortete Victor nach einem Blick auf die Uhr.

Es herrschte eine stille Übereinkunft zwischen ihnen.

»Ich wüsste gern noch etwas anderes«, begann Victor. »Sie haben von Anfang an Spuren hinterlassen. Die Ziffern auf dem Kühlschrank, die CD in Lawsons Auto, die Anspielung auf Doktor Cameron in Lorties Krankenakte, die Streichholzschachtel im Confessionnal, die Evergreen-Akte in den Müllsäcken, Tousignants Brieftasche, die Sie mir geschickt haben. Und von Lucian weiß ich von der Galgenmännchenzeichnung, die er Lawson selbst überbracht hat. Sie sind ununterbrochen Risiken eingegangen, um uns in die richtige Richtung zu lenken. Ob nun bewusst oder unbewusst, Sie wollten doch, dass wir Sie schnappen, oder?«

»Bei der CD ist uns ein Fehler unterlaufen, die hatten wir

schlicht vergessen. Lucian wollte sie gerade holen, als Sie ihn im Summit Woods überrascht haben. Was den Rest angeht, sage ich Ihnen nur so viel: Letztlich war mein Ziel, dieses Gespräch mit Ihnen zu führen. Allerdings hatte ich natürlich gehofft, dass Lucian ...«

Sie sprach den Satz nicht zu Ende. Eine bedeutungsschwere Stille machte sich breit. Victor ließ einige Zeit verstreichen, bevor er weiterfragte.

»Ich will damit nicht sagen, dass ich Ihre Beweggründe billige, doch ich glaube, ich kann sie zumindest verstehen. Aber Lucians?«

»Könnten Sie damit leben, der Sohn eines Monsters zu sein?«

Die Frage traf Victor wie eine Ohrfeige. Sicher hatte die Frau keine Ahnung gehabt, wie sie auf ihn wirken würde.

»Das Leben ist voller Widersprüche ... Lucian trug so viel Gewaltpotenzial in sich, dass er überzeugt war, es von Lortie geerbt zu haben und dazu verdammt zu sein, in die Fußstapfen seines Vaters zu treten. Da ihm das unvermeidlich schien, beschloss er, sein Leben einer Sache zu widmen, die er für gerecht hielt.« Sie stockte. »Und wir haben uns geliebt, wissen Sie.« Die Gefühle verschlugen ihr die Sprache.

Als Victor ihr unterdrücktes Schluchzen hörte, schnürte es ihm den Hals zu. Aber Charlie fing sich schnell wieder.

»Entschuldigen Sie. Ich war froh, als ich gesehen habe, dass Sie den Fall übernehmen. Ich kannte Sie aus dem Fernsehen und vertraute auf Ihr Urteilsvermögen und Ihre Integrität.«

»Sie haben mich benutzt. Während ich in den Mordfällen ermittelte, die Sie mit Lucian begingen, wussten Sie, dass ich früher oder später auf die Morde von 1964 stoßen würde. Das wollten Sie doch, oder? Dass ich gewissermaßen das Puzzle vervollständige.«

»Wenn ich mit meiner Geschichte zu Ihnen gekommen wäre, hätten Sie mir niemals geglaubt. Sie hätten mir geraten, einen Anwalt zu nehmen, der jahrelang gegen deren Anwälte gekämpft hätte, um meine Anschuldigungen zu beweisen. Man hätte mich wegen Verleumdung angezeigt und schließlich als verrückt abgestempelt. Aber durch Ihre Suche nach dem Mörder von Harper und Lawson, durch Ihre unabhängige Ermittlung können Sie den Wahrheitsgehalt meiner Aussagen jetzt bestätigen. In meinem Zimmer finden Sie mein Tagebuch. Das beantwortet Ihnen vielleicht noch ein paar weitere Fragen.«

Victor trank die letzten Schlucke seines Tees, stellte die Tasse zurück auf den Tisch und ließ ein paar Sekunden verstreichen, bevor er das Wort ergriff. Er war so perplex, dass er nicht wusste, wie er das, was ihm nun im Kopf herumging, ausdrücken sollte, zumal es etwas Emotionales war.

»Vorhin sagten Sie, dass Sie der Wunsch antrieb, das Andenken Ihres Vaters zu ehren. Aber da ist noch was anderes, nicht wahr, Charlie?« Er zögerte einen Moment. »Etwas, das noch viel tiefer geht, oder?«

Sein Instinkt hatte ihn nicht getäuscht, denn die Antwort kam prompt.

»Was Papa angeht, habe ich nicht gelogen. Aber mein Leben wurde zu lange von Tousignants, Lawsons und Harpers Grausamkeit bestimmt. Ich habe es damit zugebracht, nach mir selbst zu suchen. Jetzt, wo meine Taten definieren, wer ich bin, kann ich frei und unabhängig gehen. Verstehen Sie?«

Victor senkte den Kopf, sein Blick streifte über den Boden vor ihm. Er konnte Charlie Couture nicht sehen, aber er wusste, dass sie ihn taxierte.

»Sie haben sich keine Hintertür offen gelassen, nicht wahr, Charlie?«

»Aus so einer Geschichte kommt man nicht unbeschadet heraus. Sie sind ein exzellenter Polizist, Victor. Und davon abgesehen ein guter Mensch. Ich werde nicht mehr da sein, aber

Sie können allen sagen …« Sie stockte. »Sagen Sie, dass Charlie Couture sich erinnert.«

Seine Hand wollte nach der Glock greifen, doch er erreichte sie nicht mehr: Ein Stromstoß aus dem Taser fuhr durch seinen Körper, und er fiel paralysiert zu Boden.

92.
DER FLUSS

Quand la nuit s'étend, elle se laisse tomber au hasard /
Wenn die Nacht kommt, lässt sie sich zufällig fallen
Elle enveloppe et elle sape les carcasses atroces /
Sie verhüllt und vergräbt die grässlichen Wracks
Et si tu peux te perdre du côté du fleuve /
Und wenn du's schaffst, dich zum Fluss zu verlaufen
Il te calmera jusqu'à ce que tu ne puisses plus respirer /
Beruhigt er dich, bis du nicht mehr atmen kannst

NOIR DÉSIR

Victor rappelte sich auf. Die Tür stand offen, Wind peitschte ihm ins Gesicht. Weiter unten sah er ein Licht, das sich auf dem zugefrorenen Fluss fortbewegte, schon jetzt jenseits der Stelle, an der sich Senator Tousignant befand. Noch ziemlich angeschlagen griff Victor seine Pistole vom Tisch, hastete die Treppe hinunter und stürzte sich in den Schnee.

Charlie musste ihm etwa zwei Minuten voraus sein.

Er steckte die Glock ins Holster, schaffte es mit wenigen großen Schritten zum Ufer, schlitterte einen Moment übers Eis und erreichte die Hütte.

Der Senator war in bemitleidenswertem Zustand.

Sabbernd und stöhnend hatte er das Gesicht vor Schmerz verzogen, und die Augen traten aus ihren Höhlen. Unter dem Kinn, wo sich die Spitzen in seine Haut bohrten, blutete er. Das rote Rinnsal bahnte sich einen Weg den Hals hinab und sickerte auf Höhe des Brustbeins, in dem das andere Ende der Gabel steckte, in einen klebrigen, sich ausbreitenden Fleck auf seinem Mantel.

»...fen Sie mir, hel... Sie mir«, kam es gurgelnd aus seinem Mund.

»Ich komme wieder, und dann kümmere ich mich um Sie, Senator.«

»...ard! Blei... ben Sie h... hier! Less... ard!«

Vor ihm flackerte das Licht. So schnell, wie es ihm sein Bein erlaubte, rannte Victor durch die Dunkelheit. Da er nicht mal seine eigenen Füße sah, stolperte er mehrfach über Unebenheiten in der sonst glatten Eisfläche.

Er kam dem Licht immer näher. Ermutigt beschleunigte Victor noch einmal seine Schritte. Vor ihm kondensierte seine Atemluft.

Nach hundert Metern in diesem Tempo spürte er, dass sich der Boden unter seinen Chucks veränderte, dass er brüchiger wurde, poröser. Plötzlich bemerkte Victor, dass seine Socken nass waren.

Zu dieser Jahreszeit war der Fluss noch nicht vollständig mit Eis bedeckt.

Es bildete sich immer zuerst an den Ufern, wo das Wasser flacher war. Wie weit waren sie inzwischen gelaufen? Befanden sie sich schon im gefährlichen Bereich?

Als Victor ein Knacken hörte, begriff er, dass sie geradewegs in die Katastrophe liefen.

»Charlie! Bleiben Sie stehen!«

Victor war nur noch fünfzig Meter von ihr entfernt, doch das Licht bewegte sich unbarmherzig weiter. Unter seinen Füßen bekam das Eis Risse, und er verlangsamte sein Tempo. Da er schwerer war, würde die Eisdecke sein Gewicht dort, wo es Charlie ein paar Augenblicke zuvor noch gehalten hatte, nicht mehr tragen.

Und plötzlich hörte er das schreckenerregende, ohrenbetäubende Knacken, mit dem das Eis direkt vor ihm nachgab.

»Charlie!«

Und da sah er sie: Das Licht glitt in Richtung Boden und verlosch.

Victor trat auf einen Gegenstand, der ein metallenes Geräusch verursachte, und als er mit seinem Handy auf den Boden leuchtete, erkannte er auch, was es war: die Kette, die den Senator in der Nähe der gelben Hütte gehalten hatte. Der Strahl einer Taschenlampe fiel auf ihn, und er wurde geblendet. Schützend legte sich Victor eine Hand vor die Augen.

»Alles in Ordnung, mein Freund?«

Am Ufer kam ihm der Gnom entgegen. Victor senkte den Blick und merkte jetzt erst, dass seine Jeans genauso durchnässt war wie seine Schuhe.

»Ist sie …?«

Victor nickte und fuhr sich mit dem Finger von links nach rechts über den Hals. Der Gnom erstarrte, fassungslos und mit offenem Mund.

»Und Tousignant?«, fragte Victor zurück.

»Drinnen, mit Loïc. Wir konnten ihm die Gabel abnehmen. Aber er ist schwach und hat eine Menge Blut verloren. Krankenwagen und Spurensicherung sind unterwegs. Jacinthe ist auch eben aufgewacht. Aber scheiße, verdammt! Was ist hier passiert?«

Victor seufzte laut.

»Das ist eine lange Geschichte, Gilles.«

Eine krachender Schuss durchbrach die Stille. Nach kurzer Schockstarre zückte Gilles seine Waffe und lief zurück zum Haus, doch Victor bewegte sich nicht. Er musste nicht nachsehen, er wusste, was passiert war. Couture hatte ihr Gewehr im Haus gelassen.

Tousignant hatte Selbstmord bevorzugt.

Sein Bedürfnis zu leben war nicht groß genug gewesen, sich

der Aussicht, dass sein Geständnis publik wurde, und den Folgen zu stellen. Wenn es seine Beteiligung an den Morden von 1964 ans Licht brachte, bewies es womöglich auch sein Mitwirken am Komplott zur Ermordung Kennedys.

Mit zitternder Hand steckte Victor sich eine Zigarette an und zog so fest daran, dass der Tabak knisterte.

Auf einmal waren da nur noch die Dunkelheit und die Stille und der Schnee, der um den rotglühenden Punkt zwischen seinen Fingern wirbelte.

93.
TAGEBUCH

Wie Charlie angekündigt hatte, lag ihr Tagebuch demonstrativ auf ihrem Bett. Während Gilles Loïc beruhigte, Jacinthe in Begleitung der Sanitäter wieder zu Bewusstsein kam und die Kollegen von der Spurensicherung mit ihrer Arbeit begannen, fand Victor im Untergeschoss eine ruhige Ecke, um es zu überfliegen.

Bei der letzten, erst wenige Tage alten Eintragung verweilte er lange Zeit:

27. Dezember

Ich schwöre, Papa

Man kann in die Welt hinausschreien, dass man frei ist
Aber es sind die inneren Ketten, die man sprengen muss
Ich befolge das Selbstbestimmungsrecht meiner Zellen
Ich bin frei und souverän, ich allein lege meine Staatsform fest
Ich bin unabhängig von jedem fremden Einfluss
Ich werde das neue Jahr nicht mehr erleben, und außerdem bricht die Zeit ein
Ich verlasse dieses Québec, das ich so sehr liebte
Ich gehe, um barfuß über die Erde zu laufen
Und ich schwöre, Papa, jetzt und in alle Ewigkeit:

Werde ich mich erinnern.

94.
TRAURIGE LIEDER

Samstag, 31. Dezember

Die Tür öffnete sich einen Spaltbreit. Zwischen zerzausten Strähnen blitzte ihn ein verquollenes Auge an.

»Ich kann später wiederkommen, wenn es gerade nicht passt.«

»Nein, komm rein. Aber ich warne dich, ich höre meine Traurige-Lieder-Playlist und flenne.«

Im Näherkommen beachtete er weder die riesigen Fenster mit Blick auf die Innenstadt noch die Wände und Decke aus Rohbeton, nicht die Designermöbel und auch nicht den dicken weißen Teppich, die Kunstwerke oder das Chaos.

Stattdessen fiel es ihm beim Abstreifen seiner Chucks schwer, den Blick von Virginies umwerfenden Körper abzuwenden, die mit heruntergerutschtem Träger, nackten Beinen und nur in Kniestrümpfen und Slip in den hinteren Teil des Zimmers lief.

Nachdem sie sich einen schmeichelhaften Morgenmantel übergezogen hatte, kehrte sie zu ihm zurück, das Gesicht von einer Sonnenbrille verdeckt.

»Bist du allein?«, fragte Victor.

»Ich hab Jean-Bernard mit dem Hund für ein paar Tage zu seinem Bruder geschickt.«

»Dabei bin ich extra vorbeigekommen, um Woodrow Wilson kennenzulernen!«, rief Victor und zog eine Schnute.

Der Scherz entlockte Virginie ein Lächeln. Victors Blick wanderte zum Couchtisch hinter ihnen, auf dem eine Linie weißes Pulver bereitlag.

»Hast du Zigaretten?«, fragte die junge Frau.

Victor steckte sich zwei zwischen die Lippen, zündete sie an und reichte ihr eine.

»Ich bleibe nicht lang. Ich wollte dir nur etwas vorbeibringen.«

Er reichte ihr die kleine Kiste, die er seit seiner Ankunft unterm Arm trug.

»Und was ist das?«

»Das Geständnis deines Vaters. Die Frau, die ihn ... Charlie Couture ... Sie wollte, dass er zur Rechenschaft gezogen wird. Aber jetzt, wo sie beide ... also ... Ich fand, du hast das Recht zu erfahren ...« Er stockte. »Das sind Kopien, du kannst damit machen, was du willst.«

Im Zimmer erklang die unverkennbar hauchende Stimme von Emily Haines:

> My baby's got the lonesome lows
> Don't quite go away overnight
> Doctor blind just prescribe the blue ones
> If the dizzying highs
> Don't subside overnight
> Doctor blind just prescribe the red ones

Was würde sie damit anstellen?

Sie zerstören oder die Wahrheit in einem Artikel veröffentlichen?

Victor hatte keine Ahnung. Er konnte nicht voraussagen, wer die Oberhand gewinnen würde – die Journalistin oder die Frau, die gerade ihren Vater verloren hatte.

Virginies Unterlippe begann zu beben, die Kiste entglitt ihren Fingern, die Kassetten verteilten sich auf dem Teppich. Sie nahm die Sonnenbrille ab und sah ihn verzweifelt an. Dann kam sie auf ihn zu und legte den Kopf an seine Brust, bevor sie in lautes Schluchzen ausbrach. Nach einer Weile wurde sie in seinen

Armen ruhiger. Es gab nur noch ihre Gesichter und die Stille und die Tränen, die der jungen Frau über die Wangen liefen.

Langsam näherte Virginie ihren Kopf dem seinen. Victor spürte, wie ihm ein Schaudern über den Rücken lief, während sein eigenes Spiegelbild in den geweiteten Pupillen der jungen Frau immer größer wurde.

Virginies Mund verharrte kurz vor seinem in der Luft.

»Du und ich, wir werden uns niemals küssen«, murmelte sie.

Sie legte Victor einen Finger auf die Lippen, sodass er nicht antworten konnte.

»Aber wir werden es immer wollen …«

95.
NEUIGKEITEN
AUS TROIS-PISTOLES

Sonntag, 1. Januar

Victor schaltete den Blue-Ray-Player aus, ließ den Flachbildfernseher aber auf einem Nachrichtensender weiterlaufen und stand auf. Der Boxkampf in Kinshasa 1974 ging immer noch genauso aus, und obwohl Victor ihn schon ein Dutzend Mal gesehen hatte, war er immer wieder aufs Neue verblüfft: Wie Muhammad Ali den mörderischen Angriffen George Foremans auswich und ihn schließlich in der achten Runde auf die Bretter schickte.

Victor nahm den Topf Spachtelmasse und den Spatel vom Küchentisch; langsam trug er die dritte Schicht auf die Löcher auf, die er am Abend der Prügelei mit Nadjas Bruder in die Gipswand geschlagen hatte.

Als das erledigt war, säuberte er sein Werkzeug im Spülbecken und streifte ein paar Sekunden durch die Küche, öffnete erst den Kühlschrank, dann die Gefriertruhe und die Schränke, bis er der Tatsache ins Auge blickte: Er musste los und etwas zu essen besorgen.

Die Küchenuhr zeigte 17.12 Uhr, und allein die Strecke bis zum Fenster kam ihm vor wie eine Wüstendurchquerung.

Im hereinfallenden orangefarbenen Licht der Straßenlaterne steckte er sich eine Zigarette an.

Draußen schippte ein Mann Schnee, um sein Auto von einem weißen Berg zu befreien.

Victor schreckte auf: Ein ausgemergelter Hund mit gelbem Fell kam langsam über die Straße gelaufen, sein Kopf schwankte träge zwischen hervorstehenden Schulterblättern.

Ein herannahendes Auto hupte, um ihn zu verscheuchen, doch der gelbe Hund lief im selben gemächlichen Tempo weiter und brauchte eine Ewigkeit bis zur anderen Straßenseite. Dann sprang er über die Schneemauer, die das Räumfahrzeug hinterlassen hatte, und setzte sich auf den Gehweg vor Victors Apartment.

Victor und das Tier sahen einander lange an.

»Ewig nicht gesehen«, sagte Victor irgendwann und schaute dem gelben Hund dabei zu, wie er sich mühsam von dannen schleppte und um die Straßenecke verschwand.

Trotz mehrerer Tabletten saß Victor die Angst im Magen.

Auf dem Bildschirm erschien die Wetterfee in einem rosa Kostüm. Victor drückte sie mit der Fernbedienung weg, noch bevor sie mit ihrer Vorhersage anfing.

Dann starrte er auf das schwarze Rechteck, bis plötzlich sein Handy klingelte.

Eine Stunde zuvor hatte Martin aus Saskatchewan angerufen, um ihm ein frohes neues Jahr zu wünschen. Sie hatten länger nicht miteinander gesprochen, und Victor konnte ihn bei dem festlichen Tohuwabohu, das bei Onkel Gilbert offenbar in vollem Gange gewesen war, kaum verstehen.

Gemessen an der Lautstärke, die ihre Wörter immer wieder übertönte, langweilte sich Martin also nicht. Bevor sie auflegten, hatte Victor immerhin mitbekommen, dass alles in Ordnung und Marie immer noch bei ihm war. Victor hatte das Gespräch mit dem Versprechen beendet, seinen Sohn in ein paar Tagen wieder anzurufen und bald zu besuchen.

Verwundert sah Victor aufs Handydisplay. Dieses Mal war die Nummer unterdrückt. Er glaubte zwar nicht daran, hoffte aber kurz, es könnte Nadja sein.

»Victor?«

»Mmh?«

»Hallo!«, sagte eine heitere Stimme. »Ich war mir nicht sicher, ob du's bist. Hier ist Simone, Simone Fortin! Frohes Neues!«

»Simone! Wow, das ist ja eine Überraschung! Dir auch ein frohes Neues. Und Mathilde und Laurent. Wie geht es euch?«

»Ach, alles wie immer, abgesehen davon, dass ich ...«, im Hintergrund waren laute Freudenschreie zu hören, »schwanger bin!«

Victor hob den Kopf. Wie lang saß er jetzt schon niedergeschlagen am Küchentisch?

Hatte er wirklich den gelben Hund gesehen und mit Simone Fortin telefoniert, oder bildete er sich das nur ein?

Tatsache war auf jeden Fall, dass die Flasche Glenfiddich vor ihm auf dem Tisch stand. Noch fest versiegelt versprach sie ihm die düstere Verlockung des Rausches. Das Eis in dem Eimer, den er einige Minuten zuvor gefüllt hatte, schmolz bereits.

Nadjas Abwesenheit setzte ihm zu, schnürte ihm das Herz zusammen.

Er nahm sein Handy und verfasste eine Nachricht. Seitdem er sie am Tag von Martins Freilassung hinter der Windschutzscheibe ihres Autos zum letzten Mal gesehen hatte, hatte er nichts mehr von ihr gehört.

Bitte verzeih mir

Er schickte die Nachricht ab und griff kurzerhand nach der Flasche Scotch, entkorkte sie, nahm mit den Fingern ein paar Eiswürfel, die er ins Glas fallen ließ, und füllte dieses dann randvoll mit der bernsteinfarbenen Flüssigkeit.

»Was für ein weiter Weg, nur um zum Ausgangspunkt zurückkehren«, flüsterte er vor sich hin, während er das Glas an die Lippen hob.

Bevor er einen Schluck trinken konnte, unterbrach ihn sein Handy mit dem Nachrichtenton. Victors Gesicht hellte sich auf. Nadja hatte ihm endlich geantwortet! Er stellte das Glas auf den

Tisch, schnappte sich das Telefon und öffnete hastig die Nachricht:

> Hey Dad, hab mich gefragt, was du machst … Lust, zum Abendessen vorbeizukommen? Meine Mitbewohner sind alle ausgeflogen. Wir könnten zusammen feiern. Hdl Charlou xx

Victor biss sich auf die Faust, bis es blutete, dann legte er den Kopf in seine Hände. Die Scham drohte ihn zu überwältigen, seine Augen füllten sich mit Tränen. Wie hatte er nur so sehr in Selbstmitleid versinken können, dass er sogar vergaß, seine Tochter anzurufen, um ihr ein frohes Neues zu wünschen?

Da Marie und Martin am anderen Ende des Landes waren, hatte Charlotte in Montreal nur noch ihn …

Und er hatte sie kläglich im Stich gelassen.

Er war ein erbärmlicher Vater!

Das hatte Victor sich auch früher schon vorgeworfen: So etwas gehörte leider oft zum Alltag von Eltern eines schwierigen Kindes. Die Geschwister mussten zurückstecken und bekamen nie die geforderte Aufmerksamkeit.

Seine hatte immer ausnahmslos Martin gegolten, der Victors ganze Energie beanspruchte. Aus Charlotte war derweil eine wundervolle junge Frau geworden.

Mit einem Ruck stand Victor auf, schnappte sich das Glas vom Tisch und die 0,75 Liter Scotch, kippte beides in den Ausguss und warf die leere Flasche in den Müll.

Noch während er Charlottes Nummer wählte, warf er sich den Mantel über.

»Hallo, mein Schatz! … Aber ja doch, hab gerade deine Nachricht gelesen … Na klar hab ich Lust! … Bin schon unterwegs. Soll ich noch was mitbringen?«

Als er die Tür hinter sich zuzog und sich über die Augen wischte, hatte Victor ein breites Lächeln im Gesicht.

BIS ZUM NÄCHSTEN MAL

Je sais souvent je ne suis pas celui / Ich weiß, oft bin ich nicht derjenige
Je sais souvent je suis perdu / Ich weiß, oft bin ich verloren
Je ne sais plus qui je suis / Ich weiß nicht mehr, wer ich bin
Garde mon cœur près du tien / Bewahre mein Herz nah an deinem
Sous le ciel des cautours on sait jamais qui nous sourit / Unter einem Himmel voller Geier weiß man nie, wer einem lacht
Quand on s'pète le gueule / Wenn man sich besäuft

FRED FORTIN, *MÉLANE*

Freitag, 6. Januar

Victor goss mit der Wasserkaraffe die Pflanze, die er aus André Lorties ärmlichem Zimmer mitgenommen hatte. Danach entfernte er vorsichtig mit einem Tuch den Staub von den Blättern.

Der Vormittag war vergangen wie im Flug. Erst ein paar Sitzungen am Morgen, dann hatte er, mit *Mr Beast* von Mogwai auf den Ohren, an dem Bericht gesessen, mit dem sie die »Couture-Affäre« – wie sie den Fall getauft hatten – zu den Akten legen würden.

Der zugefrorene Fluss hatte Charlies Leiche noch nicht wieder hergegeben.

Aber Victor wusste, dass eines Tages, vielleicht morgen, vielleicht im nächsten Frühling oder in zwei Jahren das Telefon klingeln und man ihn ins Leichenschauhaus beordern würde, wo ein weißes Laken gelüftet und er sich den aufgequollenen, halb verwesten Körper und die schlaffe, farblose Haut von Charlie Couture würde ansehen müssen.

Obwohl er wusste, dass es unmöglich war, überraschte er sich manchmal bei dem Gedanken, sie könne überlebt haben und an das andere Ufer geschwommen sein, bevor sie unterkühlte. Oder er stellte sich vor, wie sie in ein Schlauchboot geklettert war, mit dem sie sich in der Dunkelheit hatte forttreiben lassen, bevor sie ein paar Kilometer weiter den Motor anschmiss.

Trotz der schrecklichen Dinge, die sie verbrochen hatte, war Victor von der unendlichen Liebe, die sie ihrem Vater geschworen hatte, nachhaltig beeindruckt.

Das Blut von Charlie, Lortie, Tousignant und den anderen war inzwischen getrocknet, sie hatten für ihre Sünden gebüßt, und ihre Seelen waren auf ewig vom Schmerz befreit, und doch beherrschten sie weiter Victors Gedanken. Erst mit der Zeit würde die Erinnerung an sie verblassen.

Manche würden für immer aus seinem Gedächtnis verschwinden, andere in die Reihen seiner Geister treten und hin und wieder auftauchen.

Manchmal grübelte Victor, ob er sich davor fürchten sollte, was aus ihm geworden war, oder ob er zu dem geworden war, wovor er sich fürchten sollte.

Sein Blick fiel auf das Pflanzenblatt in seiner Hand. Er schüttelte die Gedanken ab und kehrte in die Realität zurück. Zur greifbaren Natur in all ihrer Schlichtheit und all ihrer Pracht. Dieser Natur, die ihn im Gegensatz zu den Menschen niemals enttäuschte.

Er stellte die Karaffe beiseite und legte das Tuch auf einem Metallwagen ab, streckte sich und setzte sich dann an seinen Schreibtisch. Die Schwermut drückte ihm auf die Schultern, aber Victor weigerte sich, ihr nachzugeben.

Ein Blick auf die Uhr verriet ihm, dass er demnächst losmusste. Er zog ein weißes Blatt aus dem Drucker, legte es vor sich und verfasste mit dem Kugelschreiber eine kurze Nachricht:

Lieber Baby Face,
solltest du je nach Montreal kommen, ruf mich an.
Ich bin dir was schuldig, Bruder.
Danke
Victor

Mit Hilfe der Zulassungsnummer in Baby Face' Wagen hatte Victor die Adresse des Taxifahrers, der ihm in Dallas aus der Patsche geholfen hatte, herausbekommen können. Er faltete den Brief zusammen und schob ihn gemeinsam mit den beiden Tickets, die er im Internet für ein Spiel der Texas Rangers im nächsten Mai erstanden hatte, in einen Umschlag.

Gerade war er dabei, die Briefmarke aufzukleben, als Jacinthe hereinkam.

»Da schau an, unser Dornröschen.«

Nachdem sie in Charlie Coutures Haus ohnmächtig geworden war, hatte Jacinthe unfreiwillig diesen neuen Spitznamen erhalten.

»Leck mich, Lessard«, sagte sie mit ausgestrecktem Mittelfinger, aber einem Lächeln auf den Lippen. »Kommst du mit mir und den anderen essen?«

»Danke für das Angebot, aber ich hab schon was vor.«

Victor tastete seine Hosentaschen ab und durchsuchte seinen Mantel. Wo zum Teufel war der Schlüssel des Dienstwagens, den er reserviert hatte? Vermutlich irgendwo zwischen den Papierstapeln auf seinem Schreibtisch.

Als Erstes sah er unter einem Vernehmungsprotokoll nach, das Loïc ihm hingelegt hatte. Dieser hatte noch einmal mit Nash gesprochen, dem jungen Obdachlosen. Zunächst schwor Nash noch, er hätte André Lortie nichts zugesteckt. Dann aber gab er dem Druck der Fragen nach und gestand, dass er von »einem Typen« Geld angenommen hatte und als Gegenleistung einen Umschlag in dessen Sachen verschwinden ließ. Was in dem Umschlag gewesen war, hatte er angeblich nie gewusst. Er identifizierte besagten Mann auf mehreren Fotos, die Loïc ihm zeigte: Es handelte sich eindeutig um Lucian Duca.

Als Nächstes suchte Victor unter einem toxikologischen Bericht. Laut dem Dokument waren in Judith Harpers und Lawsons Blut keinerlei Spuren eines Anästhetikums gefunden worden. Das war allerdings wenig überraschend, nachdem die Ermittler in Charlies Haus mehrere Fläschchen einer Substanz entdeckt hatten, die schon nach wenigen Stunden nicht mehr im Blut nachweisbar war. Ohne Zweifel hatte sie ihren Zugang zum Medikamentenschrank im Louis-H. genutzt.

Scheiße! Wenn er nicht bald diesen Schlüssel fand, kam er zu spät! Victor fegte einen Stapel Papiere mit dem Transkript von Tousignants Geständnis beiseite. Er hatte sich die Aufnahme mehrere Male angehört, ohne viel Neues zu erfahren. Dasselbe galt für die finale, von Lawson verfasste Anklageschrift, die die Polizisten in Charlies Unterlagen gefunden hatten.

Victors Augen glitten über den Autopsiebericht des Senators, der bestätigte, dass Tousignant sich mit dem von Charlie Couture im Haus zurückgelassenen Gewehr das Leben genommen hatte. Das Dokument verschwieg allerdings, dass er die Waffe erst gegen sich selbst gerichtet hatte, nachdem es Loïc wenige Sekunden zuvor gelungen war, ihn davon abzuhalten, die Kassetten mit seinem Geständnis zu zerstören.

Das gesamte während der Ermittlungen gesammelte Material, vor allem die Evergreen-Akte, Tousignants aufgezeichnetes Geständnis sowie Charlies Tagebuch würden vom SPVM dem FBI übergeben werden. Wie es danach weiterging, wusste Victor allerdings nicht.

Ob ihn die US-amerikanischen Behörden vernehmen würden?

Verdutzt tastete er noch einmal seine Hosentaschen ab. Was verdammt noch mal hatte er mit diesem Schlüssel gemacht?

Plötzlich hatte er einen Geistesblitz. Er ließ die Hand in seine Gesäßtasche gleiten, in der er sonst immer sein Portemonnaie verstaute, und fand den Schlüssel! Manchmal waren die Dinge genau dort, wo sie sein sollten, man musste bloß darauf kommen.

Der Wind fegte durch die Straßen von Chinatown, die Sonne versteckte sich hinter Wolken.

Mit aufgestelltem Kragen, die Hände tief in den Taschen, und einer Wunde unter dem Auge, die inzwischen giftig gelb geworden war, lief Victor schnellen, entschiedenen Schrittes. Er bog in die Rue de La Gauchetière, blieb vor einem Briefkasten mit dem Postes-Canada-Logo stehen und warf den Brief an Baby Face ein. Nachdem er die Klappe ein zweites Mal geöffnet hatte, um sicherzugehen, dass der Brief auch wirklich durchgerutscht war, ging Victor hundert Meter weiter und betrat ein unscheinbares Gebäude.

Er lief die Treppe hinauf und den rechten Flur entlang, klopfte an der dritten Tür und trat, ohne eine Antwort abzuwarten, ein.

Am Ende des Flurs erschien ein triumphierendes Lächeln auf Jacinthes Gesicht.

Sie näherte sich der Tür, hinter der ihr Kollege verschwunden war.

Kein Schild, keine Klingel ...

Jetzt würde sie endlich herausfinden, was er in Chinatown trieb.

Davon überzeugt, eine Opiumhöhle oder einen zweifelhaften Massagesalon vorzufinden, drehte sie den Türknauf und trat schwungvoll ein.

Vor ihr auf einer Massagebank lag Lessard, rücklings und mit nacktem Oberkörper.

Der alte Chinese, der Victors Haut gerade mit Nadeln spickte, hielt unterbrochen von Jacinthes stürmischem Auftritt in seiner Tätigkeit inne, drehte sich zu der Störenfriedin um und wies sie mit einer zornigen Schimpfkanonade zurecht.

Zwar verstand Jacinthe die Sprache des Mannes nicht, doch sie erriet recht leicht, dass die Sätze eine Reihe wüster Flüche enthielten.

Victor bedachte sie mit einem vorwurfsvollen Blick.

Akupunktur! Lessard ging zur Akupunktur!

»Ich will mit dem Rauchen aufhören«, antwortete er auf das stumme Fragezeichen im Gesicht seiner Partnerin. »Mach doch bitte die Tür zu, wenn du gehst.«

Nach der Akupunktursitzung begab sich Victor in ein kleines Lokal, in dem er gerne Dumplings und Pho aß. Im Laufen spürte er sein Handy vibrieren. Als er in seine Jackentasche griff, kramte er erst das Päckchen Zigaretten heraus, dann sein Telefon.

Zwischen zwei Wolken kämpfte sich die Sonne hindurch, aber es war Victors Gesicht, das jetzt strahlte.

Die Nachricht stammte von Nadja:

Du fehlst mir …

Als er das Handy zurück in seine Tasche schob, fragte sich Victor, wo sie sein mochte und was sie wohl tat … War sie am Ende doch ins Ferienhaus gefahren, das sie über die Feiertage gemietet hatten? Bei diesem Gedanken bekam sein Panzer erste Risse, und sein Herz pochte hoffnungsvoll.

Vielleicht gab sie ihm eine zweite Chance, vielleicht wurde alles wieder wie vorher.

Und dieses Mal würde er es nicht vergeigen.

Gerade wollte er seine Schachtel Zigaretten in einen Mülleimer werfen, als er an der Ecke einen bettelnden jungen Obdachlosen sah.

Victor blieb vor ihm stehen, gab ihm seine Schachtel und ging in die entgegengesetzte Richtung davon.

»Thank you, Sir! Thank you! Keep smiling!«

NACHWORT

Ein Kriminalroman ist immer in der Realität der Gesellschaft verwurzelt, die er beschreibt, und spiegelt in gewisser Weise eine Zeit und ihre Ereignisse wider, ob nun gegenwärtige oder vergangene. Dieser Roman behandelt jedoch keine historische oder politische Realität. Die Aufgabe eines Schriftstellers ist es, sich vorzustellen, was hätte passieren können. Und da wir uns nicht in der Realität, sondern in einem fiktiven Universum befinden, dienen auch die Gedanken der Figuren in diesem Kontext einzig der Geschichte und ihrer immanenten Logik.

Die Details eines Romans müssen immer von Genauigkeit geprägt sein. Wenn es sich beispielsweise um verschriebene Medikamente oder Archivvorschriften handelt. Eine nicht unerhebliche Anzahl von Personen hat mir dabei geholfen, diese Details zu beachten. Sie werden in der Danksagung erwähnt.

Manchmal muss man der Realität aber auch ein bisschen nachhelfen: Ich habe der Tour de la Bourse zwei Etagen hinzugefügt; 2008 wurden auf dem Dach des New-York-Life-Gebäudes, von dem sich eine der Figuren stürzt, Penthousewohnungen gebaut; einige Orte in Montreal habe ich leicht umgestaltet und mir manche Freiheiten bei historischen Personen erlaubt.

Hinter all diesen Verstößen gegen die Realität verbergen sich jeweils präzise Gründe, die hier aufzuzählen zu langwierig wäre.

Eines aber ist ihnen allen gemein: Sie dienen, wie bereits gesagt, der Geschichte.

Alles steht immer im Dienste der Geschichte.

Martin Michaud
Montreal, August 2012

PLAYLIST

Beim Schreiben höre ich eigentlich immer Musik. Manchmal denselben Song stundenlang in Dauerschleife. Glaubt man meinem iTunes, sind dies die fünfzehn meistgespielten Songs, die ich während des Schreibens von *Aus dem Schatten des Vergessens* gehört habe:

Titel	Interpret	Anzahl der Wiederholungen
Ruled by Secrecy	Muse	267
Give Up	Half Moon Run	226
Take a Bow	Muse	200
Par les lueurs	Dominique A	197
Stockholm Syndrome	Muse	161
Holocene	Bon Iver	128
Silas the Magic Car	Mew	122
Breathe Me	Sia	101
Scotch	Fred Fortin	91
Metamorphosis Three	Philip Glass	89
Cauchemar	Marie-Mai	82
Assassin	Muse	82
Blank Page	Smashing Pumpkins	85
She Went Quietly	Charlie Winston	80
Wandering Star	Portishead	66

MATERIALIEN

Ich habe schon immer gern die Danksagungen auf Plattencovern von Rockbands gelesen, in denen jeder Musiker und jede Musikerin ihre gespielten Instrumente auflistet. Zugegebenermaßen ist das Equipment eines Schriftstellers leider sehr viel bescheidener. Sollten Sie mich je in einem Café schreiben sehen, trage ich vermutlich meine geliebten Audio-Technica ATH-M50-Kopfhörer. Ich weiß, ich weiß, mit den Dingern auf den Ohren sehe ich aus wie ein Marsianer (aber nebenbei bemerkt: Ich empfehle sie allen Eltern, die das Geschrei ihrer Kinder nicht hören wollen). Neben meinem Schreibtisch steht immer eine alte Gibson-Akustikgitarre, die mir mein Kumpel Marc Bernard geliehen hat (und die ich ihm niemals zurückgeben werde; da, ich hab's gesagt!). Ein unerlässliches Instrument, das mir erlaubt, während der Arbeit an einem Roman irgendwie ein mentales Gleichgewicht zu bewahren. Was noch? Zu viele Liter Espresso. Ein iMac, ein MacBook, ein Drucker, der funktioniert, wenn ihm danach ist, ein gelber Textmarker und ein Rucksack. Wow! Wie glamourös!

DANKSAGUNG

Das Schreiben dieses Romans war gleichzeitig eine lange einsame Reise in mein Innerstes und ein Vorhaben, zu dessen Entstehung eine große Anzahl Menschen einen entscheidenden Beitrag geleistet hat. Ich bin jeder der folgenden Personen zu Dank verpflichtet:

Alain Delorme und seinem gesamten Verlagsteam von Éditions Goélette (Katia, Marilou, Geneviève, Emilie und den anderen) für ihre unerschütterliche Unterstützung.

Ingrid Remazeilles, Freundin und Lektorin, die mir beisteht und mich leitet, die an mich und meine Fähigkeit, Geschichten zu erzählen, glaubt.

Benoît Bouthillette, Gewinner des Prix Saint-Pacôme für den besten Kriminalroman 2005, für seine Hilfe beim Polieren von Stil und Wirkkraft dieser Seiten. Es war mir eine Ehre, dich in meiner Ecke zu wissen, Mickey.

Judith Landry, meiner Pressesprecherin, Freundin und Mama von Rantanplan, die meinen Büchern so großartig die Türen öffnet.

Patricia Juste und Fleur Neesham, diesen talentierten Korrektorinnen, die ihr Können in den Dienst meines Textes gestellt haben.

Geneviève Gonthier, Polizistin beim SPVM, die durch das Erzählen eines von ihr erlebten Falls den Grundstein zu einem Teil der Handlung gelegt hat und die mir anschließend großzügig mit ihrem Rat zu sämtlichen die Polizei betreffenden Fragen zur Verfügung stand.

Jacques Fillipi, der seine gesamte Zeit geopfert hat, um mein Manuskript ehrlich und mit Blick fürs Detail zu lesen und zu kommentieren. Grüß deine Jungs, Jacques! (Hoffentlich ist es beim nächsten Mal warm genug für den Pool!)

Marie »Mémé attaque Haïti« Larocque, live aus Jacmel, für das begeisterte, humorvolle, kluge Lesen und Kommentieren meines Manuskripts.

Doktor Robert Brunet, Psychiater, dafür, dass er mir so großzügig seine Tür geöffnet hat, mich geduldig zum Thema Bipolarität und seiner pharmakologischen Behandlung aufgeklärt und mir geholfen hat, das psychiatrische Profil von André Lortie zu entwickeln.

Jean-François Lisée dafür, dass er mich wenige Tage nach der Geburt seines jüngsten Kindes bei sich empfangen, meine Fragen in Bezug auf die Rolle der amerikanischen Geheimdienste in Québec während der sechziger Jahre beantwortet und mir dabei geholfen hat, Cleveland Willis eine Vergangenheit zu geben.

Michel Boislard für das Erklären der Archivierungsprozesse in großen Anwaltskanzleien.

Isabelle Reinhardt für ihre erhellenden Informationen zum Handelsregister.

Ariane Hurtubise für das Teilen ihrer Erfahrungen im Psychiatriebereich.

Carole Lambert und ihrer Schwester für die Informationen zum Finanzwesen.

Anne-Marie Lemay und Yvon Roy für ihre Geduld, ihre Großzügigkeit und die zahlreichen Versuche. In der Hoffnung auf ein nächstes Mal und dass es dann das richtige ist.

Patrick Leimgruber, meinem Agenten, und Véronique Harvey, seiner Mitarbeiterin, die immer erreichbar sind und mir, wenn ich sie brauche, mit Rat und Tat zur Seite stehen.

Billy Robinson, Morgane Marvier, Johanne Vadeboncœur und anderen Buchhändlerinnen und Buchhändlern in Québec, die mit ihrer Leidenschaft und ihrer Liebe für Bücher den Unterschied machen und ermöglichen, dass Romane wie meine ihr Publikum finden.

Meinem Freund Marc Bernard, der inzwischen immer der Erste ist, mit dem ich das Gerüst meines Romans diskutiere.

Meinen Eltern für das, was sie mir beigebracht haben; meinem Vater für diesen Satz, den er unermüdlich wiederholte, als ich jung war: »Wenn du etwas machst, mach es gut, oder lass es bleiben.«

Meinen Kindern Antoine und Gabrielle für eure Unterstützung und eure Liebe und all die Stunden, die ich euch stehlen durfte, um dieses Projekt vernünftig zu Ende zu bringen.

Geneviève, meiner Liebe, meiner Muse, meiner Korrekturleserin, meiner Lektorin, meiner Dialogistin, Setzerin, die mich immer unterstützt, in den guten wie in den weniger guten Momenten, die aufsammelt, was mir entgleitet, die mir unfassbar viel Zeit widmet und sich zu meinen Gunsten viel zu oft selbst vergisst. Dein Name hätte es verdient, neben meinem auf dem Cover zu stehen.

Bei euch allen bedanke ich mich und versichere euch, dass ich mich erinnere.

Sollte dieser Roman Fehler enthalten, trage selbstverständlich ich allein die Verantwortung dafür.